庫NV

〉

暗殺者の復讐

マーク・グリーニー
伏見威蕃訳

早川書房

7376

DEAD EYE

by

Mark Greaney

Translated by
Iwan Fushimi

First published 2014 in Japan by
HAYAKAWA PUBLISHING, INC.
This book is published in Japan by
arrangement with
TRIDENT MEDIA GROUP. LLC
through THE ENGLISH AGENCY (JAPAN) LTD.

わたしの凄い甥、カイル・エドワード・グリーニーに

謝辞

ニック・シューボタリュー、クリストファー・クラーク、ニコール・ギア・ロバーツ、J・T・パトン、フーリガン003、タクティカル・レスポンス社のジェイムズ・イェーガーとそのチーム、ジェフ・ベランガー、ダルトン・フューリー、キース・トムソン、イーゴリ・ヴェクスレル、マイケル・ヘイガン、クリス・オーエンズ、デヴォン・ギリランド、デヴィン・グリーニー、タルサのグリーニー一族、ダンとジュディ・レスリー、ジェニファー・ダルスキー、ジョンとワンダ・アンダーソン、ミッチェル・ヒル米陸軍大尉、エコルズ家、レスリー家、ペンギン社のアマンダとケイトリン・マルルーニー＝リスキ、トライデント・メディア・グループのステファニー・フーヴァー、クリエイティヴ・アーチスツ・エージェンシーのジョン・キャシア、ミステリー・マイク・バーソー、ジョージ・イースターに感謝する。

トライデント・メディア・グループのスコット・ミラーとペンギン社のトム・コルガンには、ことに感謝している。

自分たちの前になにがあるか、栄光と危険の両方について明確な展望があり、それでもなお、それに立ち向かう者こそが、最高の勇者であるにちがいない。

――トゥキュディデス

暗殺者の復讐

登場人物

コートランド・ジェントリー…………グレイマンと呼ばれる暗殺者
ラッセル・ウィトロック
　　　（デッドアイ）………………民間企業タウンゼンド・ガヴァメント・サーヴィスィズの独行工作員
リーランド（リー）・バビット………同社長
ジェフ・パークス………………………同ナンバー・ツー
ニック……………………………………同トレッスル・チームのリーダー
ジョン・ボーモント……………………同ジャンパー・チームのリーダー
カール……………………………………同UAV（無人機）オペレーター
ルーカス…………………………………同UAVセンサー・オペレーター
ルース・エティンガー…………………モサド情報収集部の目標決定官
アロン・ハムリン
マイク・ディルマン　…………ルースのチームのメンバー
ローリーン・タターサル
メナケム・オールバック………………モサド情報収集部部長
ヤニス・アルヴェイ……………………ルースの上司。メツァダの作戦管理・連絡担当官
エフード・カルブ………………………イスラエル首相
グリゴーリー・イワノヴィッチ・
　　　シドレンコ（シド）……ロシア・マフィアのボス
アリ・フセイン…………………………イラン革命防衛隊特殊部隊ＱＯＤＳの将校
アミール・ザリーニー…………………映画監督
ラインホルト・ブレヒト………………武器商人
デニー・カーマイケル…………………ＣＩＡ国家秘密本部本部長

プロローグ

リーランド（リー）・バビットは、急な用事でもあるように、ヘイ-アダムズ・ホテルのドアを急いで通り、階段を通りまで駆けおりた。

ラフェイエト・スクエアの向かいにホワイトハウスがあり、照明を浴びて、冷たい夜の雨のなかで輝いていたが、バビットはその景観には目もくれなかった。そこで待っているリムジンに向けて、また駆け出した。

リムジンの運転手は、客があと一時間半は戻ってこないものと思っていたが、そこはプロだった。タウンカーの暖かい車内からすばやく出て、リアドアをあけた。急いでいるせいで客がコートを――さらにいうなら夫人も――置いてきたことに、運転手は気づいた。

がっしりした体つきのバビットがさっとリムジンに乗り込むと、運転手は運転席に戻って、ルームミラーを覗き、指示を待った。

命令口調の声で、バビットがせかせかといった。「クレセント・プレイス一六二六。交通法規など破ってもいいから、いますぐそこへ行け！」

運転手は、客がどういう人物かを知らなかった。チェヴィー・チェイスの自宅からブラックタイのパーティがあるヘイ＝アダムズ・ホテルまでバビット夫妻を運び、あとで家まで送るために雇われただけだった。だが、運転手は首都ワシントンDCのことを、よく知っていた。もう二十五年もVIPを送り迎えしているのだ。信号を無視して目的地まで行けと命じられるのは、これがはじめてではなかった。

運転手は、エンジンをかけた。「バッジはありますか？」ルームミラーでリアシートの男の視線を捉えようとしながら、そうきいた。

「あるようにふるまえ」

運転手は両眉をあげた。こういう駆け引きには慣れている。「国家安全保障ですか？」

「そうに決まっているだろう」

運転手は肩をすくめた。「それならいいでしょう」セレクターをドライブに入れ、タイヤを鳴らして発進した。うしろで客が携帯電話を耳に当てた。

「これから行く」

クレセント・プレイスは、ジョージ王朝風やネオ・コロニアル風の広壮な屋敷がならぶ二車線の道路だが、どんな重大事があるのか、運転手には想像もつかなかった。また、自分がそれを知ることはありえないとわかっていた。ここはなにしろワシントンDCなのだ。街中の上流階級の門の奥では、運転手ふぜいとは関わりのない妙な出来事が行なわれている。

運転手の仕事は、ある建物の玄関ではじまり、べつの建物の玄関で終わる。そのなかでの出来事など、知ったことではない。

バビットは携帯電話を耳に当てていた。スピードを出していても、リンカーン・タウンカーのエンジン音はささやき声程度だったので、運転手に声がはっきりと聞こえた――低い声で短く吐き出すのは訊問、もっと短いぶつぶつ声は命令のようだった。運転手は、できるだけその声を意識から追い出そうとした。ワシントンDCのリムジン運転手にとっては、それが標準作戦要領(SOP)になっていた。外交官(ディップ)や、政治家(ポル)や、スパイ(スプーク)や、高級ホテルに泊まっている偉ぶったやつらや、外国の要人を乗せて、二十五年も首都を走りまわった運転手は、話しかけられたとき以外は、客の声を聞かないようにしていたし、口が堅かった。

もちろん耳を澄ますこともできる。リムジンのリアシートで一国の運命が定まったことは、運転手の仕事人生で何度かあったはずだ。

しかし、正直いって、運転手にはどうでもよかった。

それに、その晩は、たとえ運転手が客の言葉を聞き取ろうとしても、特定されない表現、暗号話法、文字と数字による指示しか聞こえなかったはずだ。リアシートの男は、これまでリムジンに何時間乗ったかわからないほど、運転手付きで移動することが多かったので、そういうときの標準作戦要領を決めていた――運転手に機密/枢要区画格納情報(TS/SCI)の保全適格性認定資格があり、嘘発見器の徹底した検査を受けていて、関係のあるプログラムを暗号名で知る立場にあるのならべつだが、暗号話法を使うか、さもなければ黙っている。

リーランド・バビットは、この稼業をめっぽう長くつづけてきた。リムジン運転手がプロとして口が堅いことなど、あてにしてはいけないとわかっていた。

1

リンカーンがタイヤを鳴らして急左折し、猛然と走ってくる対向車のヘッドライトに照らされた交差点の濡れた路面で横滑りした。クレセント・プレイスを突っ走り、〈タウンゼンド・ガヴァメント・サーヴィスィズ〉と描かれた、明かりが消えている小さな看板の脇を通った。まだひらき切っていない電動式の鉄の門扉（もんぴ）をどうにか抜けて、葉の落ちた桜がならぶ、曲がりくねった私設車道（ドライブウェイ）を進んでいった。その先では、桃色がかった煉瓦（れんが）の館が、投光照明を浴びていた。バビットは運転手にひとこともいわずにリンカーンをおりると、冷たい雨のなかを走って館への石段を昇り、替え上着（スポーツコート）を着た痩（や）せた男がドアを押さえている玄関にはいっていった。

　大理石の円形ロビーに、兵士らしい髪型で私服の若い男がふたりいて、ヘッケラー&コッホの自動火器を負い紐（ひも）で肩から吊っていた。だれも言葉を発しないうちに、館の奥に通じる長い廊下から、バビットよりも数十歳若い、三十代後半の男が駆け寄ってきた。カーディガンにコーデュロイのズボンという服装で、首からチェーンで吊るしたカードキイ数枚とラミネートされた名札が、胸の上で弾んでいた。

　バビットは、その年下の男とロビーのなかごろで出会った。大理石にバビットの声がこだました。「あれがはじまったんだな？」

「はじまりました」カーディガンの男が相槌を打った。

「強襲が実行されているんだな？」

「こうしているあいだにも、目標地域に侵入しつつあります」

「独りか？　たった独りであの要塞を攻撃するのか？」

「そのとおりです」

「やつなんだな？　あの男なんだな？」

　ジェフ・パークスは、ボスの腕を取り、急いでロビーの奥へと進ませた。「だと思います」

「そんな曖昧なことでは困る」バビットはいった。歩きながらブラックタイをゆるめて、シャツのいちばん上のボタンをはずし、肥った首を楽にした。「グリゴーリー・シドレンコの首にナイフを突き立てたいと思っているやつは、何人もいる」

　長い廊下は染めた桜材で仕上げられ、品よく照明されている壁にはアメリカ西部風の美術品が飾られていた。牛追のカウボーイたちを描いたチャールズ・ラッセルの水彩画や、ジョージ・カトリンによるネイティヴ・アメリカンの荘厳な肖像画が、何点もあった。数十万ドルの価値があるフレデリック・レミントンの砂漠が舞台の作品が二点あり、おなじくレミントンのバッファローのブロンズ像がサイド・テーブルに置かれ、アントラー・ランプ（鹿の枝角を台代わりにした電気スタンド）に照らされていた。

廊下を急ぎ足で進むあいだに、バビットは濡れたジャケットを脱いで、腕にかけた。「どうやってやつを見つけた？」

「較正（こうせい）のために無人機（UAV）を一機、飛ばしていました。今夜、動きがあるとは、だれも予測していませんでした。土曜日なので、攻撃目標の屋敷では一時間前までどんちゃん騒ぎをやっていて、ふだんの三倍の人間がいます。それに、天候が悪く、つぎの衛星画像撮影まで二日以上かかります」

「わかった」

「スキャンイーグル無人機のオペレーターが、二分の一海里沖の動きを見つけました。そのシグネチュア（装備や人員の存在と種類が明らかになるような物理的特性）を追跡し、一分とたたないうちに、〝シド〟の屋敷に対する単独攻撃の可能性が高いと判断しました」

「スピードボートか？」

「ちがいます」

「スキューバか？　水温は五度以下だろう――」

「泳いではいません」

「それじゃどうやって？」

パークスがドアの前で立ちどまり、にやりと笑ってボスの顔を見た。「ご自分でご覧になったほうがいいでしょう」

パークスは、チェーンで吊るしたカードキイを一枚、厚いオークのドアの脇の読み取り機に通した。ドアをあけると、階段があった。パークスは、ボスのあとから階段をおりていった。バビットのパテントレザーの靴の音が、階段の吹き抜けに響いた。下にべつの廊下があって、逆方向に折り返していた。壁には装飾品があったが、一階の廊下とは対照的で、狭く、照明が暗く、実用一点張りだった。

　ふたりが急いで廊下を進むとき、照明付きの大小さまざまな陳列ケースのそばを通った。最初のほうのケースには、鉄板写真や湿板写真があり、黒いジャケットにシルクハットという格好の怖い顔をした顎鬚（あごひげ）の男たちが、ショットガンを抱え、斜めに立ててならべてある棺桶の横に立っていた。松材の棺桶に納められた死人が、両目に硬貨を載せられ、カメラマンのほうを向いていた。そういった写真とともに、大西部時代の品物――色あせた電報、シングルアクションの回転式拳銃（リヴォルヴァー）、鐙（あぶみ）、手錠などが陳列されていた。破れてどす黒い血痕（けっこん）が残っている、男物の礼装用シャツまであった。

　バビットもパークスも、陳列ケースには目もくれずに歩いていた。数え切れないくらい通っているからだ。「で、現地に資産（アセット）（諜報員、協力者、秘密任務に使える非職員、装備、補給品、施設など、多岐にわたるものを指す）はないんだな？」バビットはきいた。

「トレッスル・アクチュアルと連絡をとって、二十分以内で部下（マイク）を集めて装備をそろえろと命じました。保養慰労休暇（R&R）でセントピーター（サンクトペテルブルク）から五〇キロ離れたところにいますが、問題ありません。やつが隠密脱出（エクスフィル）するときも、UAVが追跡します。われわれはやつを見つけたんです」パークスは、満足げな笑みを浮かべた。「もう逃がしません」

捕縛したセルビアの戦争犯罪人から押収した変装用の付け顎鬚とドイツマルクの札束が、いまふたりが通っているところの左手に陳列されていた。右手には、満面に笑みを浮かべて親指を立てているふたりの男の写真があった。目のところに太い黒い帯を塗って、顔がわからないようにしてある。背景は輸送機の貨物室で、目が充血して、手錠をかけられたマヌエル・ノリエガの隣に、そのふたりは立っていた。

廊下の突き当たりに近い陳列ケースには、サダム・フセインの宮殿で押収した黄金のセミ・オートマティック・ピストルが飾ってあり、またおおぜいの男と数人の女の写真がならんでいた。やはり目のところを黒く塗られ、頭に袋をかぶせて手錠をかけた男たちを囲んで立っている。

廊下に陳列されていたのは、その組織――百五十年前から活動している無法者狩り部隊の秘された歴史だった。そして、廊下を足早に進むバビットとバンクスには、まだそういうことを考える余裕はなかったが、当然、現在の狩りの成功を記念する新しい展示品がそこにくわわるはずだった。

廊下の突き当たりには照明の明るい小部屋があり、そこにも兵士風の髪型の男がいて、小さなデスクの横に、整列休めの姿勢で立っていた。肩からヘッケラー&コッホのサブ・マシンガンを吊り、その右手には壁と同一面の厚い鋼鉄のドアがあった。

ドアには〝通信室――生体認証以外入室禁止〟と書かれた小さな表札があった。

ドアの前の歩哨がいった。「こんばんは、バビットさん。すてきなタキシードですね」

リリー・バビットは、ドアの横の小さなスクリーンに掌（てのひら）を当てた。生体認証読み取り機が身許を確認するまで、じっと待つあいだに、バビットは歩哨に呼びかけた。「アル」

「命令してくだされば、すぐに出発します」

バビットは肩をすくめ、いらだたしげに待った。「トレッスルの打順だ、アル。ジャンパーも準備ができている。おまえたちには、こんどやってもらう」

くぐもった金属音がドアの内側から聞こえ、アルがノブをつかんで引きあけ、バビットとパークスを通した。

ふたりがなかにはいると、歩哨のアルが外からドアを閉めて、頑丈なロックがしっかりとかかった。

その部屋は、コンピュータのモニターとビデオ機器の画面だけに照らされていた。向かいの壁に、幅が三メートル、高さが二メートルほどのプラズマ・ディスプレイが取り付けられ、中央の広い部分を挟むように、左右にガラス張りの小さなオフィスがあった。ジーンズとジョージタウン大学のスウェットシャツを着た若い女性が、淡い明かりのなかに現われ、バビットとパークスにワイヤレス・ヘッドセットを渡した。ふたりはヘッドセットをつけた。その部屋はおおむね静かだったが、どのディスプレイの前でも動きがあった。ぜんぶで十数人の男女がデスクに向かい、ヘッドセットのコードで通信機器やコンピュータとつながっていた。

バビットは、イヤホンをはめながらマイクを口に近づけてきいた。「目標までの時間は？」

女性の声がヘッドセットから聞こえた。「あと十秒で陸地到達（フィート・ドライ）。五分以内にX（マイク）に到達します」

バビットは、中央の画面を見つめた。まんなかに赤外線画像が映り、周囲にデジタルのデータ表示がある。高度、気温、湿度、針路、風速。身を乗り出し、カメラが追っている画像に目を凝らした。

女性の声が、さきほどの報告を補った。「フィート・ドライ。現地時間〇三五六時」

その物標（ターゲット）が海面の上を移動していたときには、冷たい海のおかげで輪郭（りんかく）がくっくりと浮かびあがっていたが、陸地の上に達すると、画像がはっきりしなくなった。センサー・オペレーターがボタンを押すと、赤外線シグネチュアが逆転した。白熱した点として移動していた物体が、こんどは黒く表示され、その下の地表はそれよりも薄い灰色になった。そして、ターゲットが小さなデルタ翼の下の人間だと見分けられるようになった。エンジンがうしろの冷たい大気中に熱を吐き出していた。

「これはいったいなんだ？」バビットが、周囲に向かって不思議そうにきいた。

横にいたパークスが答えた。「やつは飛んでいるんですよ、リー。ワンマン空襲です」

「なにで飛んでいるんだ？」バビットはつぶやき、画面に近づいた。「飛行機ではない。ヘリコプターでもない」

「ええ、どっちでもないです」パークスが、にやにやしながら相槌（あいづち）を打った。

2

ワシントンDCの七一六三キロメートル東で、雪に覆(おお)われた梢(こずえ)の一八〇〇メートル上を、小さな飛行物体がブーンという音をたてて通った。はためく薄い翼が、不安定な大気中で揚力を得るために大きくひらかれ、尖(とが)った先端が、一キロメートルと離れていないつぎの経由点(ウェイポイント)に向けられた。

海岸付近の明かりには雪と闇を貫くことができず、東のサンクトペテルブルクは、灰色の光を帯びていた。西は真っ暗だ。フィンランド湾。三〇〇キロメートル離れたヘルシンキまでずっと、なにもない海がひろがっている。

そして、真正面に、針で突いたような明かりが点々と見える。ウシュコヴォは、住宅と建物が十数軒あるだけの寒村だが、まわりをリントゥラ唐松(からまつ)人造林に囲まれているので、真っ暗な空を飛んでいる男にとって、午前四時のそこの明かりは、容易に見分けられるウェイポイントになった。

男は、超軽量の三輪車(トライク)型ハンググライダーに乗っていた。パイロットのためにグラスファイバー製の小さな無蓋のコクピットがあり、動力飛行ができるように、後部にエンジンとプロペラを備えている。その男――ジェントリーは、手袋をはめた手でコントロールバーを握って飛んでいた。前方の明かりと、太股（ふともも）にマジックテープで留めたタブレット・コンピュータを、交互に見ていた。小さな移動地図表示（ムーヴィング・マップ・ディスプレイ）（ボーイング社が開発した航空機用テクノロジー）のGPS位置決定（フィックス）を利用して、高度、速度、位置がわかるようになっている。また、センター・コンソールには風速計も取り付けてあり、五秒ごとに風速がわかるようになっている。だが、海岸近くでは風がデルタ翼を叩き、風速の変化に一〇ノットくらい幅があったので、情報としてはあまりあてにできなかった。

ジェントリーは、暗視装置（NOD）を装着していたが、いまはその単眼の装置を額の上に押しあげてあり、まるで一角獣のように見えていた。暗視テクノロジーがないよりはましだが、旧式の単純な装置で、視野が四〇度しかない。そういう狭い範囲しか見えないうえに、吹きつける雪でレンズが濡れることはまちがいないので、この高度ではほとんど役に立たない。しかし、ターゲットに近づいたら、それを使うしかないとわかっていた。

やがて、ウシュコヴォのすぐ西を通過した。眠っている村には、低いエンジン音は聞こえないはずだ。そこで翼を傾け、新しい針路に向けて、二〇度東へ旋回し、リントゥラ唐松人造林の奥深くへと飛んでいった。パワーをあげて、コントロールバーをかすかに押すと、超軽量機（マイクロライト・プレーン）（軽飛行機に近いものからエンジン付きハンググライダーなどまで、さまざまなものを指す）は雪の舞う空へ上昇しはじめた。

遠くにまたあらたな針で突いたような明かりが見え、近づくにつれて親指の爪の形になった。そこはロシチノの町で、すぐ東の林のなかに城のような館がそびえている。四階建てで、離れや付属する建物に囲まれている。

そこがターゲット、最終ウェイポイントだった。

X。

ロシチノに接近すると、ジェントリーは脚に紐で巻きつけてあった毛布をしぶしぶはずして、脇に投げ、眼下の森に落とした。

それから、コクピット内で体を両手で探り、必要不可欠な装備に触れて、すべてがきちんと固定され、なおかつすぐに手に取れる場所にあることを、最後にもう一度、きちょうめんに確認した。

ウール素材のものを重ね着していないので寒さをしのぐのに役に立たない、黒いコットンフリースのトップと黒いコットンのズボンの上に、ジェントリーは十数キロの装備を固定していた。たいした装備ではないが、機動性とすばやく手に取れることを重視して切り詰めた一式だった。それに、速度を重視して、重量も切り詰めた。

今夜のために何カ月もかけて準備し、戦闘装備もおなじ目的を反映していた。太股の着装具に収めたグロック19セミ・オートマティック・ピストルには、サプレッサーが取り付けてあり、その先端が右脚の外側で膝に達していた。

背中の下のほうには、ロープ二本を入れたナイロンのパックがある。ロープはそれぞれ衣服の下の登山用ハーネスにつながっていて、どちらも電動巻取り機に巻きつけてある。一本は直径八ミリのクライミングロープ（登山用ザイル）で、もう一本はもっと太いバンジー・コードだった。ロープ二本の端にはリモコン式の引っかけ鉤が取り付けられていて、すぐに取り出せるように、そのゴム被覆のチタン製の鉤はパックから引き出してある。

ベルトには巻き取り機のコントローラー、その鉤ふたつ、三段式の小さなレバーが付いている携帯電話ほどの大きさのパネルを取り付けてあった。

その多用途ベルトには、パウチ入りの万能ツールと、すばやく抜ける鞘(さや)入りの刃が黒いコンバット・ナイフ二本も取り付けてある。

服と救急用品を入れた小さなバックパックも背負い、隠密行動用の黒い胸掛け装備帯(チェスト・リグ)には、九ミリ口径の予備弾倉にくわえて、太い短銃身のリヴォルヴァーみたいに見える二六・五ミリ単発信号銃(フレア・ガン)を、マジックテープで固定してある。フレア・ガンには発煙弾を込めてあり、予備の数発もチェスト・リグにマジックテープで留めてある。

右足首には、九ミリ口径のサブコンパクト拳銃、グロック26がある。サプレッサーを取り付けていないので、それを使うはめにならないことを願っていたが、経験豊富なジェントリーは、万一に備えるよう心がけていた。

CIAの仕事をしていたころのおもな教官は、モーリスという人物だった。運よりも準備が肝心だと、モーリスは口を酸(す)っぱくして説いた。ジェントリーが、なにかを運任せにしようとすると、たいがい耳もとでどなった。「片手に希望、反対の手にくそ。どっちが最初にいっぱい積もるか、見るがいい！」

最善を願うとき、あるいは最悪に備えるとき、その光景がジェントリーの脳裏を離れたことはなかった。

寒さでガタガタふるえていた。捨てた毛布が惜しくなったが、つらいのも意に介さず、高度を確認して、揚力をさらに得るために、コントロールバーを押した。

決然と口を引き結び、遠くのターゲットを見つめて、センター・コンソールに手をのばし、エンジンのパワーを最大にあげた。

ワシントンDCのタウンゼンド・ハウスでは、通信室で十四人の男女が、地球の反対側の白くかすんだ森の上を浮遊している、黒い赤外線シグネチュアの画像を見守っていた。監視担当の技術者が通信リンクで無人機(UAV)オペレーターにコマンドを送り、無人機からレーザーが発信された。飛んでいる物体にレーザーが見えない指のように触れて、速度と高度の情報がセンサー・オペレーターのもとに届いた。

だれだかわからないが、男の声がヘッドセットから聞こえた。「上昇し、加速しています」

バビットは、目の前でくりひろげられている出来事を、まだ理解しかねていた。「どうやれば、ロシア人どもにあの音を聞かれずにターゲット地域へ行けるというんだ?」

奥のほうのデスクから、若い男が答えた。「エンジンを切って、隠密性(ステルス)を得るのだと思います。内陸部では海風が追い風になります。エンジンとコクピットの重量があっても、マイクロライト・プレーンにはかなりの滑空性能があります。三〇〇メートルぐらいまで上昇すれば、まったく音をたてずに二、三キロ飛べるでしょう」

「そのあとはどうする? 芝生に着陸するのか?」そんな馬鹿げた計画はないだろうと、バビットは思っていた。ロシア北西部に夜明けの兆しが現われるまで、あと四時間はあるが、シドレンコの館の敷地に武装した護衛がうようよいることは、地下通信室の全員が知っている。

女性の声が聞こえた。「敷地の北側に着陸するのだと思います――不時着といったほうがいいでしょうが。そちらのほうが警備が手薄です。そこにおりるのであっても、いくつか奥の手を出さないといけないでしょうね」

バビットは、画面から片時も目をそらさなかった。「やつはこれを考え抜いてある。すこぶるつきの凄腕（すごうで）だ。侵入するのなら、脱出の手段があるはずだ」その男を仕留める絶好の機会を逃すかもしれないということは、考えたくもなかった。「現場のＵＡＶチームは、どれくらい接近している？」

ジェフ・パークスが、依然としてボスのそばにいた。「ロシチノにいます。Ｘまで二キロです」

バビットは、ヘッドセットにマイクがあるのに、ことさら声を張りあげた。「ロシチノのＵＡＶチームと連絡しているのはだれだ？」

「わたしです」中年のアフリカ系アメリカ人の女性がいった。バビットの右手にあるワークステーションで立ちあがった。ヘッドセットのスパイラルコードが、頭の横に垂れさがり、通信機器とつながっていた。

「二機目の無人機を飛ばして、配置につけ、旋回させるよう指示しろ。もう一機のスキャンイーグルは着陸させ、給油するんだ。これが終わったあと、やつを見失いたくない」

「すぐにやります」

パークスがいった。「リー、山荘（ダーチャ）には武装した男が五十人いますからね。今夜、その壁のなかで終わってしまう可能性を、考えないといけないんじゃないですか？」

バビットは、鼻息荒くいった。「シドの手下がやつを殺したら、われわれは報酬をもらえない。今夜はコート・ジェントリーを支援する」

ジェントリーは、太股(ふともも)のムーヴィング・マップを最後にもう一度見てから、タブレットを脚からはずし、マイクロライト・プレーンの横手に投げ捨てた。そして、膝のあいだの小さなコンソールに手をのばし、スイッチをひとつはじいて、うしろのエンジンを切った。プロペラの回転が落ち、とまった。エンジン音が消えて、デルタ翼の布地を風がはためかせる低い音だけになった。安らかな静けさと闇が、ジェントリーを包んだ。

はっとさせられるような感覚だった。安心できる力強い追い風に乗り、梢(こずえ)の二六〇メートル上を、音もなく滑空していた。ターゲットは十二時の方向、真正面にある。暗視装置(NOD)をパチンとおろすと、光増幅式のその装置でぼやけたグリーンの映像が得られた。レンズが濡れているせいで光が拡散し、超現実的な感じがよけいに強まっていた。

ジェントリーはじわじわ高度を下げながら、ターゲット・エリアの中心にある広壮なダーチャの瓦(かわら)屋根の真上に向けて、音もなく滑空していた。そこが最終ウェイポイントだった。

もうすこししたら、必死で行動しなければならないが、いまはまだコントロールバーを握り、目前に迫っている作戦で起きる未知の出来事に備えて、頭を明晰(めいせき)にしておくことぐらいしかできない。

そういう未知の出来事はいくらでも起きかねない、と自分にいい聞かせた。

殺しの契約を請け負ってはいるが、今回、ジェントリーはやむをえない成り行きでここにいる。目的のダーチャにいる人物、グリゴーリー・シドレンコ——通称シド——は、同胞（ブラトヴァ）と呼ばれるロシア・マフィアのなかでも危険な大組織の大親分で、この一年間、金に糸目をつけずに、文字どおり地の涯までジェントリーを追っていた。

　シドは、激怒、恐怖、強い強迫衝動が支配する世界で活動している。ジェントリーを殺さなければ、自分が殺されることを知っている。ジェントリーもそれを認識していた。シドはジェントリーを殺すために、永久に人間と金を注ぎ込みつづけるだろう。いつまでも逃げているわけにはいかないと、ジェントリーにはわかっていた。

　この脅威に、こちらから攻め込まなければならない。

　そのために、ジェントリーはシドと競合する、モスクワが根城のブラトヴァの大親分と交渉し、報酬を決めて殺しの契約を結んだ。モスクワっ子の大親分が、自分の大規模な組織を使って、装備や情報を提供してくれた。さらに、モスクワ近くで訓練も行なった。そういったことすべての成果が、今夜の作戦だった。

　モスクワの大親分やその配下のクソ野郎どもと組むのは嫌だったし、シドとその配下のクソ野郎どもを殺すのも、好きこのんでやるわけではなかったが、ほかに手はないとわかっていた。

　シドは殺さなければならない。それによって、ジェントリーが抱えている途方もない数の脅威が、ひとつ減ることになる。

　数の面ではたいして変わりがないが、ほんのすこし息がつける。

　ジェントリーは、暗視単眼鏡を一瞬上にあげて、針路を微調整した。下に手をのばして座席ベルトをはずし、グラスファイバーのコクピットに取り付けてあったバンジー・コードの先端の金属製のフックをつかんだ。それをコントロールバーの右端にあけた穴に引っかけた。すこしたるんでいた左側のバンジー・コードもひっぱり、左端の穴に引っかけた。三本目のバンジー・コードは、バーの中心とコクピットの前面につないだ。

ジェントリーがコントロール・バーを放すと、はためく翼はバンジー・コードでしっかりと固定されていて、安定して降下していたマイクロライト・プレーンは、そのまま飛びつづけた。コントロールバーの両端には長い紐が結びつけられて、袋に入れてあった。ジェントリーはその紐を袋から出し、それぞれコクピットの左右に垂らした。

膝の下、コクピットの床に、小さなビニールのジムバッグがあった。それを取って、あけると、ぜんぶで六十本をつないでバンドで束ねてある花火を出した。大きさ、形、種類はさまざまだった。熱と光を出すロケット花火。光らないが大音響で爆発する花火。数段式の打ち上げ花火。クリスマスの照明みたいに、花火は長い導火線でつないであった。導火線の端には、リモコン発火具が収められた小さな黒い金属箱があった。ジェントリーはすばやくバンドをはずして、爆発物の仕掛けを下に垂らした。それが長さ四・二メートルの蛇みたいに、身をくねらせながら下の森へと落ちていった。

ジェントリーはさらに急いで、コクピットの左側に取り付けてあった縄梯子をほどき、そっと向きを変えて、両脚をのばし、梯子のいちばん上の段に足をかけた。

翼がそのぎくしゃくした動きを気に入らなかったと見えて、マイクロライト・プレーンが左に傾いたが、ジェントリーがコクピットで身を乗り出して姿勢を直すと、右に戻った。この数秒で必要以上に高度を落としたのではないかと、ジェントリーは不安になったが、追い風のおかげで安定して飛んでいた。それに、ここからは、うまくいくことを願うほかにできることはほとんどないと、わかっていた。

コントロールバーが安定していることを、最後にもう一度確認すると、ジェントリーはコクピットの横で縄梯子を伝い、木立の上の闇をおりていった。マイクロライト・プレーンは、時速四〇キロメートルで飛んでいた。縄梯子を下りながら、ジェントリーは手をのばして、コントロールバーにつないだ紐をつかんだ。これで、コクピットの下にいながらデルタ翼で舵を取る、簡単な操縦ができるようになった。

リー・バビットは、幅三メートルのプラズマ・ディスプレイを見ながら、ヘッドセットにどなって指示を出していた。「UAVをもっと降下させろ。熱源や赤外線ではだめだ、ターゲットを目視する必要がある。シドの敵は、やつだけじゃない。これがべつのクソ野郎だったら——」

黒く表示されている人影が、小さなマイクロライト・プレーンの横に移動したので、バビットは言葉を切った。落ちたのではなく、そこにぶらさがっている。コクピットの下に。やがて、人影はなにもない空中をゆっくりと下りはじめた。

十四人が、スイッチのはいっているマイクに向けてあえいだ。

べつのクソ野郎ではないことはたしかだ。

「もういい」バビットはいった。「これはジェントリーだ」

うなじの毛が逆立った。ずいぶん長く待たされ、準備と遅延に一万人時（マンアワー）を要したが、この狩り（ハント）の経費は予算に組み込まれているし、報奨金、経費の割り増し請求、危険手当の増額によって、社員に仕事をつづけさせ、無人機を飛ばしつづけることができた。

さらにいえば、こういうことがすべてできるのは、CIAの闇資金が無尽蔵にあるおかげだった。

スキャンイーグルのオペレーターが、赤外線カメラから暗視カメラに切り替え、マイクロライト・プレーンのコクピットの下にぶらさがっている男の画像が拡大されると、二〇メートルくらいの長さの縄梯子が見分けられた。

ジェントリーは、片手ずつ動かして、巧みな身のこなしですばやく縄梯子を下っていた。

「マイクロライト・プレーンは、だれが飛ばしているんだ？」だれかが質問した。

「だれも飛ばしていない」パークスがいった。「やつは翼を安定させて、直進で降下するように釣り合い（トリム）をとったんだ。おそらくコントロールバーを固定したんだろう。着陸するまで降下経路（グライド・パス）からはずれないのをあてにしているんだ」

「屋根におりるつもりだ」だれかがいった。それから、そっとつけくわえた。「ちくしょう。なんてふてぶてしい野郎なんだ」

バビットは、ヘッドセットをはずして、パークスの腕をつかみ、引き寄せた。画面に目を向けたまま、早口にいった。「資産（アセット）を展開しろ。トレッスルはターゲット地域に行かせろ。ベルリンのジャンパー・アクチュアルに報（しら）せて、UAVの情報しだいで即応できるよう待機させろ。全員を動かして、Xから隠れ家かどこかまでジェントリーを尾行する。シドの城で最後の空薬莢が床に落ちる前に準備しろ」

「了解しました」そう答えてから、パークスはきいた。「独行工作員はどうします？」

通信室にはいってからはじめて、バビットが画面から目を離した。長い溜息をついた。

「あいつの予言が当たった。そうだろう？　ジェントリーは、あいつがいったとおりのことをやっている」

「そうですね」

バビットは、一瞬考えた。さっとうなずいてからいった。「よし、デッドアイと連絡をとれ。現在の作戦は中止させろ。一時間以内に出発させろ」

パークスが、ボスのそばを離れ、通信室の脇にあるガラス張りのオフィスへ行った。

バビットはそこに残り、マイクロライト・プレーンの下の男の映像を、ふたたび眺めた。ジェントリーは、地表から二五メートルのところまで下っていた。まもなくシドのダーチャの外塀を越える。

バビットは、うしろに手をのばし、画面から目を離さずに、キャスター付きの椅子をデスクから引き寄せた。

腰をおろした。「諸君、座って名人の働きぶりを見物するほかに、もうわれわれにできることはなにもない。グレイマンの殺しをリアルタイムで見られる機会は、めったにないんだぞ」

3

　グレイマンという異名をとるジェントリーは、マイクロライト・プレーンのコクピットの下で、縄梯子（なわばしご）を半分まで下っていた。コクピットまで一〇メートル、縄梯子の下の端まで一〇メートル。数週間前、くだらない雑談を装って、ジェントリーはロシア人の教官に、飛んでいるマイクロライト・プレーンからぶらさがることは可能だろうかとたずねた。若い教官は、このアメリカ人は頭がおかしくなったのかというような顔で、ジェントリーを見た。翼を安定させることができ、ぶらさがっている人間の重心が真下にあれば、理論上は可能だと、教官は説明した。でも、いま操縦しているようなサイズの機体では、ふたりが乗るのは無理だし、いうまでもないだろうが、だれも操縦していないマイクロライト・プレーンでそんな離れ業をやるような愚か者がいるわけがない。ジェントリーは、馬鹿なことをきいたと笑い、礼儀正しくうなずいた。そのあとで部屋に戻り、フックや紐（ひも）が副操縦士の役割を果たしてくれる仕組みを工夫した。さらに、コクピットの左右におなじ力がかかるように、縄梯子を取り付けた。

　モスクワの南の雪に覆（おお）われた平原で、何度か単独飛行をして、両手は膝に置いたまま、フックと紐に操縦させた。無動力着陸（パワーオフ・ランディング）も練習して、エンジンを切り、地上に戻した。たいがい、狙った接地点の数メートル以内で地面に車輪をつけることができたが、速度が速すぎて地面に激しくぶつかり、雪の上で転がったことも何度かあった。

そしていま、ジェントリーのマイクロライト・プレーンは、敷地の南の塀を越えて夜空を飛び、針路はほぼ正確だったが、予定よりも高度が下がっていた。下の敷地を見ると、館の南の建物がいくつか見え、その近くに焚き火台(ファイアピット)があって、午前四時にもかかわらず、数人の男が寝ずの番をしていた。テントもあちこちに張られ、ぬかるんだ私設車道や雪に覆われた芝生には、スノーモービルが雑然ととめてあった。なかにはヘッドライトをつけて、敷地の南を照らしているものもあった。トタン屋根の納屋の近くにトラック数台がとまっていて、懐中電灯を持った男ふたりが、そのあいだを歩いていた。

そして、コート・ジェントリーは、その上をするすると飛んでいた。音はたてていないし、暗視装置を持っていて、空を見る理由がないかぎり、下にいる人間からは見えないはずだったが、拳銃を抜くのに片手が使えればいいのにと、思わずにはいられなかった。

敷地の戸外におおぜいいるということは、暖かい屋内にはもっといる可能性が高い。

だが、ジェントリーはそれを承知のうえで、危地にはいろうとしていた。グリゴーリー・シドレンコは、ありきたりのギャングではない。本人は洗練されていてものすごい金持ちだが、身辺警護はスキンヘッドのロシア人という、若いごろつきにやらせている。訓練は行き届いていないかもしれないが、武装は充実している。シドはそいつらを支援している。支援の見返りに、そいつらはシドのさまざまな施設に住み込み、低レベルの犯罪を代わりにやり、ギャングや競合するブラトヴァを縄張りに入れないようにしている。

ジェントリーの得た情報では、今夜、館には四十人以上のゴロツキがいる。土曜日の夜はたいがいひとり残らずやってきて、酒を飲み、どんちゃん騒ぎをして、大好きな娯楽にふける――相手が血みどろになるまで、素手で殴り合いの喧嘩をしてから、泥酔してぶっ倒れる。

ごくふつうの二十人くらいの警備陣を相手にするほうが、ジェントリーにとってはややすいが、今夜、館に集まっている連中は、ほとんど酔っ払っているか、完全に酔いつぶれているはずだった。それに、武装した人間がおおぜいいると、敷地内に集団思考が根をおろす。まともな頭の持ち主なら、こんな夜にシドを襲いにくるはずはないと思い込む。

マイクロライト・プレーンにぶらさがり、屋根に向かって空を飛びながら、その考えは正しいかもしれないと、ジェントリーは心のなかで認めた。

おれはまともな頭の持ち主じゃない。

だが、いまジェントリーは、目の前の目標に神経を集中していた。屋根は傾斜がきつく、向こう側の雪に覆われた森よりも、すこし色が濃い。そして、館の中央には、水ぶくれに似た丸い透明なドームがある。上空から偵察した写真で、ジェントリーはそのドームを見た。いくら馬鹿でかい館だとはいえ、ロシアの森のダーチャにしては、奇妙な建築様式だ。

近づきながらジェントリーは屋根に視線を走らせ、移動しない歩哨か見張りがいないかと探したが、見当たらなかった。

着地まで一五メートルに迫ったとき、左にそれていて、低く降下しすぎているとわかった。縄梯子をおりると、翼の下のほうに重心が下がり、高度を失うとわかっていたので、その分は見積もっていたつもりだった。だが、コクピットの下にぶらさがることが飛行経路にあたえる影響は、予想よりも大きかったようだ。館がみるみる大きくなると、左に大きくそれて、屋根には行き着けないとわかった。このままでは、酔っ払っている武装したゴロツキの群れがあちこちにいる芝生によたよたと着地するか、それとも——このほうがもっとまずいが——屋根の下で館の平らな壁に激突する。そうなったら、ぺしゃんこになった男の凍った死体が、壁ぎわの地面に転がっていて、まわりの雪が血に染まっているのを、朝になって目を醒（さ）ましたロシア人たちが見つけることになるだろう。シドの宿敵だとわかり、マイクロライト・プレーンが発見されて、世界でもっとも偉大な刺客（アサシン）が、世界でもっとも愚か（アサナイン）な計画を実行している最中に死んだと、だれもが大笑いするだろう。

だが、ジェントリーは、そんな目に遭うつもりはなかった。瓦（かわら）屋根の低い部分へ行ける高さまで、縄梯子を急いで昇り、デルタ翼の右の紐（ひも）を引いて、マイクロライト・プレーンを正しい飛行経路に戻した。

なんとか間に合った。屋根の二・五メートル手前で、縄梯子を放し、館の南西の角で雪に覆われた瓦屋根に、〝制御された衝突〟で着地した。勢いを殺すために、傾斜した屋根を駆け登った。運動エネルギーがなくなるまで四つん這（ば）いで進み、それから伏せた。手袋とやわらかいクッション入りのニーパッドが、衝撃と音をほとんど吸収した。ラバーソウルの靴で、足がかりがしっかりと得られた。

縄梯子は屋根の雪の上をひきずられ、館のわずか六メートル上を飛び越した無人のマイクロライト・プレーンのうしろで音もなくたなびいていた。ジェントリーが体を安定させてから見あげると、マイクロライト・プレーンの尾部が暗視単眼鏡で見えた。ドームを越え、北の塀と、その向こうの鬱蒼とした森の方角へ飛んでいった。

予想よりも高度がかなり低い。北の塀を越えられればいいがと思った。ひとがはいり込めない森の奥に落ちて、あまり音をたてないことを願うしかない。

ジェントリーは向きを変えて、敷地に面し、四階下の地上を暗視単眼鏡で調べた。地上の男たちはみんな遠くにいて、移動せずにいるか、あるいはのろのろと歩いていた。

警告の叫びも、銃声も聞こえない。異常な動きもない。

バックパックをおろすと、外側のポケットをあけて、導火線で花火をつないだ二本目のやや小さな仕掛けを出した。やはりリモコン発火具を取り付けてある。この仕掛けは打ち上げ花火で、長さ一〇センチのボール紙の筒に発射薬の黒色火薬が詰めてあり、その上に明るい光と大きな音を発する火薬を包んだ紙の玉が込めてある。ジェントリーはゴムバンドをはずして、仕掛けをのばし、館の南側にほうった。四階下で仕掛けが雪の上に落ちた。

ジェントリーはバックパックを背負い直し、屋根を登って、瓦から突き出している屋根裏の窓を目指した。膝をついた。警報装置は見当たらない。鍵は旧式で、破るのは簡単だった。手がかじかんでさえいなければ。

だが、手をふって温め、一分とたたないうちに窓をあけて、屋根裏に忍び込み、窓を閉めて、サプレッサー付きのグロック19を抜いた。濡れた暗視単眼鏡を上にあげて、銃身の下の赤いライトをつけた。散らかっている広い屋根裏を照らし、動き感知装置はないかと探した。埃の積もった隅にネズミの糞があっただけで、屋根裏はモーション・ディテクターを役に立たなくしてしまう招かれざる客の棲みかなのだとわかった。

サプレッサー付きのグロックを構え、ジェントリーはドアに向けて屋根裏を進んだ。やり遂げた。ターゲット潜入完了。館にはいった。

レフとエヴゲニイは、寒さがこたえていた。ウォッカを飲んでいなかったら、もっとこたえていただろう。今夜のお祭り騒ぎはとうに終わり、館の警備要員はたいがい、テントか、石炭ストーブの暖房がある納屋の北側の細長い小屋にいる。そこでスキンヘッドのネオナチが二十数人、反吐にまみれたオリーブドラブ色の冬用戦闘服を着たまま、寝棚か床にうつぶせになって眠っている。喧嘩の切り傷や痣の手当てもせず、十時間ほとんどずっと飲みつづけたせいで、だれもかれもが酔いつぶれている。

だが、レフとエヴゲニイは、夜間警備要員として働かなければならない十二人に含まれていた。敷地内のほかのゴロツキたちとおなじくらいウォッカやビールを飲んでいたが、それでも仕事はやらなければならない。ふたりは敷地の北で森の小径と未舗装路を、三十分かけて三回見まわることになっていて、二度目のパトロールをやっているところだった。

ふたりともAK–47で武装し、無線機と、ウォッカを入れた紅茶の魔法瓶を持っていた。水気の多い雪のなかを重い足どりで歩き、懐中電灯は下に向けていた。とりたててなにを探すでもなく、北の哨所に戻ってストーブで温まるまで、時間をつぶしているだけだった。

ふたりともまだ二十一歳で、思春期からずっとシドの組織で働いていた。携帯電話を持ってサンクトペテルブルクの赤線地区をうろつき、警官を見たら報告する。自分たちが警備しているダーチャのなよなよした大金持ちへの忠誠心など、まったく持ち合わせていなかった。

それはありえない。彼らはファシストだし、シドは彼らが理想とするロシアを支配するような人間ではなかった。だが、目的のための手段として、利用していた。シドは、彼らの身の安全を確保し、保護し、最低限の入用に足りる金を渡した。ネオナチたちはその見返りに、シドが街の西のダーチャにいるときに、一週間に数夜、警備を引き受けていた。

凍った泥の道が一本、ダーチャの北門から森を通って、ほぼ一キロメートル先でT字路になっていた。レフとエヴゲニイは、その道を歩きながら、ときどき左右の唐松の林を懐中電灯で照らした。トラブルを予期したわけではないが、ふたりとも若く、酔っ払っているうえに男性ホルモンがみなぎっていて、トラブルがあっても、なんなくさばけると思っていた。

レフが小便をするために、ふたりはしばし立ちどまった。道のまんなかでレフがコートの前をあけてズボンのジッパーをおろし、エヴゲニイは魔法瓶からひと口飲んだ。

頭上の闇にすばやい動きがあり、はっとしたふたりが顔から先に雪に伏せた。大きなものが数メートル上を通過し、唐松の幹の白い樹皮を背景に黒いシルエットが見えたと思うと、林に突っ込んだ。枝が折れるバキバキという音がして、最後にどさりと地面に落ちた。

ロシア人の若者ふたりは、急いで起きあがり、音の方角へ走っていった。エヴゲニイがAK－47の薬室に弾薬を送り込み、レフが雪の上の大きな黒いものに懐中電灯を向けた。

ハンググライダーだった。フレームが曲がり、濃紺の翼が折れた枝でずたずたに裂けていた。折れた木の幹のあいだから、プロペラが突き出していた。

「どうなってるんだ？」レフがつぶやいた。周囲の森を懐中電灯で照らし、どこから飛んできたのか、手がかりを得ようとした。

エヴゲニィは、レフの質問に答えなかった。どうなってるのか、わからなかったからだ。だが、やるべきことはわかっていた。コートの下の無線機を出した。「北のパトロールから、北の哨所へ！　こっちでなにかが起きてる！」

ジェントリーは、グロックを前に構え、静かな四階の廊下を進んでいった。暗視単眼鏡のレンズは拭いてある。長いサプレッサーの上でそれを覗き、前方の狭い範囲をグリーンの映像で捉えていた。脅威はなにもない。

モスクワのブラトヴァから得た情報では、館の内部の構造がわからなかったので、ジェントリーは勘でことを進めていた。サンクトペテルブルクにあるシドのべつの屋敷にはいったことがあったが、そこではオフィスも寝室も最上階にあった。上のほうが安全だと思っているにちがいない。シドにはそういう強い思い込みがあり、どの屋敷でもおなじように使っているはずだと推測して、ジェントリーは四階から調べることにしていた。

暗い廊下の突き当たりには、広い円形の吹き抜けを見おろすバルコニーがあった。欄干から下を覗くと、四階下の中庭の中央に低い噴水があり、鉢植えの樹木のあいだにテーブルと椅子がいくつか置いてあるのが見えた。

ジェントリーの頭上、吹き抜けの中心の真上に、ガラス張りのドームがあった。差し渡し一〇メートルほどで、凝った装飾の鉄の梁に縁取られている。そこから照明が吊ってあった。いまは照明が消され、ドームから漏れる月のない夜のかすかな星明かりが、暗視単眼鏡ごしにぼやけて見えていた。

下のバルコニーを覗くと、一階下の、吹き抜けとは反対の側に、歩哨がふたりいた。階段のそばで椅子に座っている。見えない真下にもまだ何人かいる可能性が高いと、ジェントリーは思った。

ここに戻ってくるつもりはなかったが、付近の見取り図をすばやく頭のなかで描いた。撤退しなければならなくなって、位置関係をきちんと見るひまもなく、またここに来ることがあるかもしれない。

それを済ませると、バルコニーから離れて、右にのびている廊下を進んでいった。そこはかなり暗かった。廊下に照明があるのだが、夜のあいだは消してある。だが、その廊下を進んで角を曲がると、突き当たりの厚い木のドアの外で、壁の燭台風の照明が、ひとつだけついていた。さきほどの廊下はむき出しの床だったが、そこは装飾も凝っていて、廊下の突き当たりまである長い絨毯が敷いてあった。それに、薪（まき）の煙や香のにおいが漂っている。

ターゲットは近いという感じがした。

そこを数メートル進むと、右手のドアがあいた。ジェントリーのグロックの銃口が、その動きのほうに向けられ、用心鉄（トリガーガード）を離れた指がトリガーセイフティにかけられ、セイフティのわずかな遊びがなくなるまで引いた。はじめは戸口にだれも見えなかったが、狙いを下げて、六歳か七歳くらいの幼い男の子に向けた。眠たそうな焦点の合っていない目で、男の子がジェントリーを見た。ドアの奥は子供の寝室だとわかった。

廊下にほとんど明かりがなく、部屋のなかも明かりはついていなかったので、銃が見えるおそれはなさそうだった。一・五メートル先の廊下に立っている男の姿すら見分けられないかもしれない。

だれの子供なのか、ジェントリーにはわかっていた。情報によれば、独身のシドは、親類といっしょに住んでいる。組員の従兄弟ふたりと、妹。妹に子供が何人かいる。この館で子供と鉢合わせすることは覚悟していたが、夜中の襲撃なら射線を子供がうろちょろすることはないだろうと願っていた。

そううまくはいかなかった。

「眠れないんだ」子供はロシア語でいったが、ジェントリーにはわかった。

ジェントリーは、グロックをさげて、脚のうしろに隠した。だが、長い暗視単眼鏡は額から突き出したままだった。男の子がそれに気づいて、しげしげと見た。

「なかに戻れ」ジェントリーはロシア語でいった。「ドアをロックしろ」

「あなたはだれ？」

「なかに戻れ」ジェントリーはくりかえした。

「モンスターなの？」少年がきいた。

ジェントリーは膝をつき、暗視単眼鏡を男の子の顔に突きつけた。「そうだ。おれはモンスターだ。逃げろ。なかにはいれ。ベッドの下に隠れて、お母さんが迎えにくるまで待て」

男の子が、恐怖のあまり目を丸くした。部屋に後戻りして、ドアを閉めた。

ジェントリーは立ちあがり、厚い木のドアのそばの明かりを目指し、急いで廊下を進んでいった。

4

サンクトペテルブルクから一七五五キロメートル離れた、ルーマニアのブカレストのリプスカニ地区は、一時間前からずっと静まり返っていた。そこは曲がりくねった通りや横丁が入り組んでいて、人気のあるクラブが何軒もあるので、土曜日の夜はたいがい、馬鹿騒ぎをする若者たちであふれている。しかし、もう午前四時だったし、凍れる風に追われてだれもが屋内にはいり、クルトゥルハウス、テルミヌス、クラブAなどのダンスフロアか、首都のあちこちのフラットやホテルにいた。

リプスカニ地区とドゥンボヴィツァ川を隔てて真向かいにある、五階建てのオフィスビルの屋上で、独りの男がナイツアーマメント製のSR-25スナイパー・ライフルのうしろで伏せていた。男は望遠照準器（スコープ）を覗き、二二〇メートル向こうで薄いシルクのカーテンの奥にいる男の後頭部に、照準の十字線を重ねていた。

狙撃手（スナイパー）の九倍スコープで、知る必要があることはすべて見えていた。スプライウル・インデペンデンティにある高級アパートメントの五階の寝室に、六十代の肥り気味の男が下着と靴下だけの格好で立ち、かなり若い女の服をゆっくりと丁寧（ていねい）に脱がしている。女はベッドの前におとなしく立ち、窓の外のどこかを見据えている。

スナイパーのターゲットは独りきりのはずだったが、本人か警備班がティーンエイジの娼婦を呼び、そのせいでスナイパーの計画はぶち壊された。

最適とはいえないと、SR‐25のうしろの男は結論を下した。

女は銃口炎を見て、スナイパーが隠れ場所を設置した屋上を指さすはずだ。ターゲットの警備班が窓に駆け寄り、スナイパーを探す、それから通りを走り、退路を断つ。

警察にも通報するだろう。道路が封鎖され、午前四時に車を走らせているものはすべて、パトカーに停止を命じられるはずだ。

スナイパーは、女が向きを変えるまで待ちたかったが、ターゲットは脱がせるのを楽しんでいた。それに、護衛がいつなんどき、隣の窓ぎわに出てきて、スナイパーの位置のほうに注意を向けないともかぎらない。

まったく、この殺しは最適とはいえない。ひどいものだ。

だが、できなくはない。

スナイパーは、実行することにした。ターゲットの後頭部に一発撃ち込む。

そして、娼婦も撃つ。

寝室をすばやく見まわして、彼氏の脳みそが女の裸の体にふり注いだら、女がどこへ逃げるかを判断しようとした。ショックのあまり立ちつくす可能性が高いから、セミ・オートマティック・ライフルで二発目の二二〇メートル狙撃の照準をつける時間は、じゅうぶんにあるはずだ。一秒もあれば事足りるし、そのあいだに女が危険だということを悟るとは思えない。

だが、女が床に伏せたり、左か右に動いたりしても、七・六二ミリ・フルメタルジャケット弾から身を護れるような遮蔽物（しゃへいぶつ）はない。

女はターゲットではないが、目標地域からとどこおりなく脱出するには、殺す必要がある。だから、もう迷わなかった。

不測の事態に備えができたことに満足すると、スナイパーは男の後頭部にふたたび十字線を重ね、ライフルの安全装置を親指ではずしてから、指を引き金にかけた。ゆっくりと呼吸し、リラックスするよう意識して血圧を下げることで、脈拍も抑えようとした。

左耳にビーッという音が聞こえ、スナイパーはそっと溜息をつくように、肺から空気を吐き出した。通常の呼吸に戻るために、ちょっと間を置いた。指先を引き金から離して、トリガーガードに置き、左手をライフルの下から抜いた。ブルートゥース接続のイヤホンに左手で触れた。

そっとささやいた。「よし、いえ（ゴー）」

「こちらメトロノーム」

「タイミングが悪い」スナイパーはつぶやいた。「認証番号をいえ、メトロノーム」

「三、七、七、四、九、二、四、三、八」

「確認した。こちらデッドアイ」

「認証番号をいえ、デッドアイ」

「四、八、一、〇、六、〇、五、二、〇」

短い間を置いて、屋根のスナイパーの耳に、相手の声が届いた。「こんばんは、ウィトロック」

「そっちは夜かもしれないが、ここは午前四時だ」

それに返事はなかった。パークスがいった。「ただちに作戦中止。空港へ行ってもらわないといけない」

屋根に伏せていたスナイパーは、スコープをちらりと覗いた。男がひざまずき、女のパンティを脱がしはじめた。だが、スナイパーはもう見なかった。見てもしかたがない。任務は終わった。転がってライフルから離れ、すこしあとずさってから、床尾を握って自分のほうに引き寄せた。二脚をたたみ、弾薬を抜き、分解しはじめた。長年やって手慣れているので、効率よくできる。分解しながら、スナイパーはいった。「いまおれを呼ぶ理由は、ひとつしかない」

パークスの言葉が、それを裏付けた。「第一ターゲットの居所がわかった」

スナイパーはにやりと笑ったが、声音は笑いを含んでいなかった。プロフェッショナルらしく手短にいった。「ロシチノのシドの館で」

「そうだ」間があった。「あんたのいうとおりだった、ウィトロック」

ウィトロックと呼ばれた男は、分解をつづけながらいった。「あたりまえだ。リアルタイム画像はあるのか？」

「やつはいま、館のなかにいる。出てきたら、スキャンイーグルで見張る」

「わかった。音声装置は、なにかを探知しているか？」

「墓場みたいに静かだ」

いくつもの理由から、ウィトロックはそれを聞いて満足した。黒い〈ペリカン・ケース〉をあけて、分解したライフルを入れた。屋根にはだれもおらず、下のオフィスビルも無人だったが、声をひそめていた。「だが、そうではなくなる。やつがそこを出るときには、派手な音をたてるだろう」

パークスがいった。「朝のうちにサンクトペテルブルクに移動してもらう。空港へ行け。飛行機を用意して、あんたが着いたら出発できるようにしておく」

ウィトロック――別名デッドアイ――は、階段室にはいり、闇のなかを静かにすばやくおりていった。左手のペンライトで行く手を照らし、右手に〈ペリカン・ケース〉を提げていた。「どうしてサンクトペテルブルクへ？　ジェントリーはサンクトペテルブルクへは行かないぞ」

「たぶん行かないだろうが、付近にいてもらいたい。サンクトペテルブルクがいちばん近い。べつの場所にやつが行くようなら、飛んでいるあいだに飛行計画書を変更する」

「ジャンパーは戦闘待機しているか？」

「いや。アラート・チームはトレッスルだ。セントピーターにいる。いまXに向かっている。必要なら、ジャンパーもベルリンから行って支援する」

「まずい計画だ、パークス。ジェントリーが作戦後に潜行するまで、二チームとも離しておく必要がある。スキャンイーグルを飛ばしつづけて、やつの通り道におれを誘導しろ。おれが監視し、位置についたら攻撃チームを配置する」

パークスが、それを斥けるようにいった。「バビットにあんたの意見は伝える。とにかく、ラス、急いでくれ。メトロノーム、通信終わり」

ラッセル・〝デッドアイ〟・ウィトロックは、イヤホンを軽く叩いて通信を切り、なおも階段をおりていった。今夜の任務が中止になったのが、残念だった。ブカレストで何週間も前から取り組んでいた仕事だ。理屈のうえでは、任務を進めることもできた。ターゲットを撃ち、女を撃ち、ルーマニアに来た目的を果たす。しかし、現実問題として、跡形もなくすばやく街を出るのが難しくなる。いまはそちらを最優先しなければならない。

コート・ジェントリーは、あのムスリム同胞団のテロリストの百倍以上も重要だ。それに、タウンゼンド・ガヴァメント・サーヴィスィズから、だれかがここに派遣されて、数日、もしくは数週間後に、仕事を片づけるにちがいない。

デッドアイには、どうでもいいことだった。デッドアイは誇り高い男だったが、今夜のような作戦はとうに卒業したつもりだった。こういう殺しは、やりがいのある難しい仕事ではない。誇れるような暗殺とはいえない。なにも警戒していないT（テロリスト）とティーンエイジャーの娼婦の頭を、窓ガラスごしに二二〇メートルの距離から撃てばいいだけだ。

どうでもいい。

デッドアイが狙う獲物は、もっとでかくなければならない。

手強いターゲットでなければならない。

それに、まもなく地球上でもっとも手強いターゲットを狙うことになる。

暗いオフィスビルの一階におりると、床に倒れている警備員のそばを通った。腕と脚が曲がり、目をあけて死んでいる。出口に向かうとき、デッドアイは死体をペンライトですばやく照らし、首紋め具の痕が黒く変色し、首に帯を巻いたようになっているのを見た。通りすがりにその傷痕を見て、みごとな仕事だったと満足した。警備員には、近づくのを悟られもしなかった。

だが、ロビーのドアまで行ったときには、今夜の行動のことはもう考えていなかった。これからの数日、やることが山ほどあるし、新しい任務に注意をすべて集中しなければならない。

通りに出ると、ラス・ウィトロックは、ＢＭＷのトランクに〈ペリカン・ケース〉を入れて、運転席に乗った。夜明け前の乾燥した冷たい闇を縫(ぬ)って、ボルグ・エル・アラブ空港を目指した。サンクトペテルブルクへ行くタウンゼンドのジェット機が、そこで待っているはずだった。

だが、デッドアイは、その飛行機には乗らなかった。民間航空会社の便でベルリンへ行き、そこから北へ向かう便に乗り換えた。リー・バビット、ジェフ・パークス、タウンゼンドのスーツ組は腹を立てるだろうが、デッドアイはそれを気にもかけていなかった。

ラス・ウィトロックは、第一ターゲットのコート・ジェントリーとおなじ独行工作員(シングルトン)の資産(アセット)だった。そして、独行工作員には、独行工作員の流儀がある。

5

グリゴーリー・イワノヴィッチ・シドレンコは、午前四時だったにもかかわらず、デスクで根を詰めて仕事をしていた。シドは、ひどい宵っ張りだった。もとから夜型なのにくわえて、さまざまな慢性的不調のために、バルビツール酸塩系催眠鎮静剤を大量に服用しているからでもある。慢性病と、それと戦うための薬の両方が、気分と睡眠に影響をあたえていた。朝食後にベッドにはいることが多く、昼間はほとんど起きてこない。

手下の若いスキンヘッドたちは、陰でシドを〝吸血鬼〟と呼んでいた。昼間ずっと寝ているうえに、肌が蒼白く、黒い眼が落ちくぼんでいるからだ。

ロシチノ館のシドのオフィスは、木の床になめらかな漆喰の高い天井という、ひろびろとした部屋だった。むき出しの床は、マフィアのビジネスよりもダンスパーティに似つかわしい。バスケットボールのコートの半分ぐらいの広さで、音がよく響く。シドは、帝王にふさわしいひろびろとした空間が好きだった。音を吸収するものは、右手の血のように真っ赤なカーテンだけで、左手で火がはぜている大きな暖炉は、シドがいる部分を、暖かいとはいえないまでも、耐えられるほどにしていた。

シドの馬鹿でかいデスクは、奥の壁に沿って中央に据えてあり、廊下に出るドアと向き合っていた。デスクのうしろのドアは、寝室に通じていた。

デスクのノートパソコンのそばに大きな香炉があった。あとは、電話機一台と紅茶のカップが、書類の山のあいまに置いてあるだけだった。シドは、暖炉の明かりとノートパソコンの放つ光だけで、大量の書類をつぎからつぎへと読んでいた。

ヨシフ・スターリンの肖像が、デスクのうしろの壁に掛けてあった。〝ヨシフおじさん〟の黒い目は、働いているシドの肩ごしに見張っているように見えた。

それに、シドは夜の早いうちから働いていた。今夜の館はお祭り騒ぎだったが、シドは下には行かず、食事もデスクでとった。スキンヘッドたち――シドはそういう言葉は使わず、〝野郎ども〟と呼ぶ――が、一階と雪が積もっている表で、野放図に浮かれ騒いでいた。女を連れてきて、酒を飲み、コカインもすこしやって、ものすごく盛りあがっていた。だが、シドはくわわらなかった。シドと〝野郎ども〟は、たがいに嫌い合っていた。

とはいえ、お祭り騒ぎを迷惑だと思っていたわけではない。むしろ逆で、毎日ここで馬鹿騒ぎをやってもかまわなかった。怖れられ、憎まれている男たちが五、六十人、敷地内で自分の手下として働いていることに、満足していた。妹とその子供たちや従兄弟ふたりといっしょにこの四階にいれば、安心だと思えた。週末には、スキンヘッドたちの奇怪な見世物を見ないですむように、シドの家族はずっと四階にいる。

多少の不便はあるが、武装した男たちの一団が、脅威に対応する態勢をとっていれば――曲がりなりにもそういう態勢でいれば――だれも襲撃しないはずだ。

シドは、デスクで金勘定をするのが楽しみだった。もともとは、九〇年代はじめに犯罪組織の大物ボスの会計士として暗黒街にはいり、数年後に自分のブラトヴァを指揮するようになったので、いまだに毎日——いや、毎晩、きちょうめんに、さまざまな事業の帳簿をつけている。

砂糖を入れた甘い紅茶をごくりと飲むと、シドは葦のように細い指で帳簿のプリントアウトをなぞった。チェコ共和国の売春婦と人間密輸からのあがりが記入されている。デスクの電話が鳴り、出た。午前四時でも電話があるのは意外ではない。夜中にサンクトペテルブルクのシドに連絡がとれることを、世界中の配下が知っている。

「なんだ？」注意をそらされたシドがきいた。それでも、右手の人差し指は、数百枚重なっているバランスシートの上をなぞっていた。

「親分、北ゲートのイワンです」

シドの指がとまり、不安にかられて目つきが鋭くなった。

「どうした？」

「なんでもないかもしれません。電話するのはやめようかと思いました。でも、変なんです」

「さっさといえ、ぐずめ！」シドはどなり、椅子から立ちあがった。もともと過度に猜疑心が強いので、ゆったりとくつろいでいても、つぎの瞬間には恐怖にわななくのがふつうだった。いまもそうなりかけたが、警備要員が煮え切らないいいかたをしたせいで、ドアの閂をかけ、ショットガンを取るのを怠った。

「その……ハンググライダーが、北の塀から二五メートルのところに墜落しました。だれも乗っていませんでした」

シドが小首をかしげ、困惑のあまり鳥のような顔がひきつった。

「ハンググライダー？」

イワンがいった。「唐松林にふたり行かせて、死体がないかどうか――」

「やつだ！」シドは、緊張のみなぎる声でさえぎった。「グレイマンだ。やつが来た。全員、館に集めろ！　オフィスに来させろ。かなりの人数がいる。あとは館内の捜索だ。やつが四階に来る前に見つけるんだ！」

「親分、だれもゲートを通ってません。通れば見ていたはずです。まだ外に――」

「よく聞け。やつはもうなかに――」

その音を聞いて、シドは言葉を切った。聞こえた。古い蝶番がゆっくりときしんだ。廊下に通じる厚いドアがあく音。暖炉の火明かりは、デスクの前の四、五メートルしか照らしていないので、部屋の向かいのドアは見えなかった。いつもなら、ドアがあけば即座にわかる。蝶番がきしむとともに、廊下の明かりが冷たい硬木の床に長い光の輻を投じるからだ。

だが、いまはちがう。廊下の明かりは消えている。

驚愕と狼狽が全身を覆った。膝の力が抜ける。吐き気をこらえ、かすれた声で受話器に向かっていった。「急げ」ふるえる手で受話器を戻して、腰をおろした。

この瞬間を、シドはずっと前から思い描いていた。たとえ悪夢に見たときでも、目を醒ましたときには、状況をじっくり考えるようにした。あらゆる防御手段が役に立たず、このオフィスでジェントリーと一対一で対決するようになっても、ひとつだけ対策がある。

シドの右手は、デスクの下で回転式吊り下げ具に取り付けた二連銃身のショットガンの冷たいグリップを握っていた。銃口を戸口に向けたが、デスクのまわりを照らす暖炉の明かりのほかは、まったく見えなかった。

足音は聞こえなかったが、グレイマンがそこにいて、見通せない闇を近づいてくることはわかっていた。


ジェントリーがひろびろとした暗い部屋にはいったとき、大きな暖炉の明かりに照らされたスターリンの肖像の前にある、突き当たりのデスクの向こうに、独りの男が立っているのが見えた。男は電話を切り、何者かがいるのに気がついたふうで、ゆっくりと腰をおろした。

その男は、シドのようにも見えたが、かなり離れていたうえに、暖炉の前の椅子が長い影を落としていたので、はっきりと見分けることはできなかった。

ジェントリーは、すばやく左に動き、向かいの暖炉の明かりが投じる濃い影にまぎれて、シドの右手のカーテンに沿い、壁ぎわを近づいていった。

男が正面の暗がりを覗き込み、右手をさりげなくデスクの下に入れるのが見えた。

デスクの下ではグリゴーリー・シドレンコの回転式ショットガンが、ゆっくりと左右に向けられ、ターゲットを探していたが、上半身はそれとは裏腹に、落ち着いたふうをよそおっていた。何気(なにげ)ない顔で、笑みまで浮かべて、前方の闇を眺めていた。

目でターゲットを探しながら、必死で頭を働かせていた。六十秒だ、と自分にいい聞かせた。二階の踊り場に配置された男たちが、すでに北哨所からの連絡を受けて、こちらへ向かっているはずだ。急報を受けてここまで来るのに、一分もかからないだろう。ショットガンの射界にジェントリーを捉えて散弾を二発分ぶち込むか、それとも一分だけ時間稼ぎをすればいいだけだ。

そう思い、すこし安心した。それならやれる。やれるはずだ。

明るい笑みを浮かべて、シドは闇に向けて話しかけた。「きみが来るだろうとわかっていた。当然そうなるだろうと」落ち着かない笑い声を漏らした。「この瞬間が待ち遠しかった。意外に思うかもしれないが、まあ聞いてくれ。絶好のビジネスチャンスだとよろこんでくれるはずだよ。とても断われないと思うね——」

スキーマスクで顔を覆った黒ずくめの人影が、はぜる暖炉の明かりに照らされ、カーテンのそばに現われた。シドのデスクの正面からかなり右にそれている。のばした腕にサプレッサー付きの拳銃を握っていた。長いサプレッサーが、シドの顔にまっすぐ向けられていた。筒形の暗視装置が、額から突き出している。

男の顔はシドには見えなかったが、コート・ジェントリーであることにまちがいはなかった。あまりにも忍びやかに近づいてきたことに、シドはびっくりした。もう三メートルも離れていない。ショットガンで撃ち損じることはないはずだった。銃口を右に向けて、相手があと四、五〇センチ近づき、射界にはいるのを待てばいいだけだ。急な動きをしないようにした。グリップをきつく握り、ゆっくりと右に向けながら、しゃべりつづけた。

シドはいった。「これはきみにしかできない任務だ。今夜のきみの行動から、いよいよきみが適格な——」

ジェントリーは、グリゴーリー・シドレンコの額を撃ち抜いた。シドの頭ががくんと仰向き、うしろのスターリンの肖像に血飛沫がかかった。体がまわって、デスクの奥の椅子から転げ落ち、顔を上に向け、目をあけたまま、冷たい木の床に倒れて死んだ。

ジェントリーが、はるばるここまでやってきたのは、シドの話を聞くためではなかった。

6

グレイマンは、デスクのそばを過ぎて、ロシア・マフィアのボスの頭に二発目を撃ち込んだ。死体ががくんと動いて、血が飛び散り、火明かりのなかできらきら光った。そこでジェントリーは向きを変えて、拳銃をホルスターにしまい、長いカーテンに沿って進んだ。窓から出るために、カーテンをさっと引きあけた。

だが、窓はなかった。カーテンは広い煉瓦(れんが)の壁を覆っているだけだった。

ジェントリーを怖れるあまり、シドは窓をなくし、表からの危険を煉瓦で遮断していた。

ジェントリーは、デスクの奥に駆け戻り、シドの死体と床の血溜まりを飛び越して、寝室に跳び込んだ。

そこにも窓はなかった。

くそ。

ジェントリーの脱出計画は、一瞬にして消え失せた。シドを殺したあと、最初に見つけた窓のガラスを割るか吹っ飛ばして、懸垂下降かバンジー・コードで館の壁を伝いおり、館内の警備陣をすべて避けるつもりだった。

だが、窓がない可能性は、考えに入れていなかった。

片手に希望、反対の手にくそ。

脱出経路はひとつしかない。向きを変えて、廊下のドアに面したとたんに、階段を走ってくる男たちの叫び声が聞こえた。

それと同時に、敷地内でサイレンが鳴り出した。

ジェントリーは、チェスト・リグから新しい弾倉を取って、拳銃に装塡(そうてん)しながら、危険に向けて進んでいった。


「動きはじめた」ジェフ・パークスは、デッドアイとの電話を終えて、モニターを見ていた。座っているリーランド・バビットのすぐうしろで、奥の壁ぎわに立っていた。通信室にいたほかのものたちといっしょに、ふたりはメイン・ディスプレイを眺めた。小さな白い点がひとつかふたつずつ、館に向かっている。偶然の動きではなく、それらの人影が命令に呼応していることは明らかだった。

パークスが、自分の推理を口にした。「マイクロライト・プレーンを見つけたやつが報告し、敷地が全面的な警戒態勢になったんだな」

奥のほうで、ひとりの女性が、ダーチャの塀の外側に設置した盗聴装置の音声を聞いていた。イヤホンを手で押さえ、デスクから向き直って、マイクにいった。「ターゲットの位置でサイレンが鳴っています」

だれかがいった。「いよいよ騒々しくなるぞ」

パークスは、ひとりごとをつぶやいていた。だが、マイクがその声にこめられた懸念を拾っていた。「さあ、急げ、相棒。潜入のときよりもずっとあざやかな隠密脱出計画があるといいんだがね」

タキシードが肥った体ではちきれそうになって、すぐそばに座っていたバビットが、確信をこめていった。「やつには計画がある」

ところが、ジェントリーには計画などなかった。

ジェントリーは、狭い廊下をまっしぐらに突っ走った。音から判断して、一五メートルほど先の角の向こうには、五、六人がいるようだった。角のあたりで懐中電灯の光が揺れ、男たちが近づくにつれて光芒(こうぼう)が細くなった。多勢の敵と交戦しなくてすむような手立てをその場に思いつくことを、ジェントリーは願っていたが、彼我の距離が縮まるにつれて、狭い廊下での一対六の銃撃戦を避けられる見込みは、ほとんどなくなっていた。

暗視単眼鏡で狭い視界を得ながら、ジェントリーはひた走った。拳銃をしっかりと握り、照星の前方に目を配って、最初の武装した男と交戦する構えをとった。

右手の六メートル前方で、ドアがあいた。さきほど子供が出てきたドアの向かいだった。

男がひとり出てきて、物音の方角を向いた。

ジェントリーは、グロックで狙いをつけて、その男に迫った。男の左右の手をすばやく見た。右手にはなにもなかったが、ふり出された左手には銀色のセミ・オートマティック・ピストルが握られていた。

ジェントリーは、左掌(てのひら)をグロックの左うしろに添えて、前方の男に一発撃ち込んだ。遊(スラ)

底被(イド)が前後に動いて排莢(はいきょう)するのを左手でさまたげ、薬莢(やっきょう)が落ちないようにした。それによって銃声も抑えられた。

男が廊下に前のめりに倒れ、カーペットを敷いた床にぶつかって鈍い音をたてた。

ジェントリーは、倒れた男を跳び越えて戸口からはいり、死体の脚をひっぱって部屋に入れた。廊下に手をのばして、落ちていた銀色の拳銃を拾い、部屋に戻ると同時に、スキンヘッドの群れが角を曲がった。

ドアを閉めてから一秒とたたないうちに、懐中電灯がドアを照らし、つぎの一秒で一団が通過し、雇い主を護るために奥へと走っていった。

その寝室に明かりはなかったが、暗視単眼鏡でジェントリーはがらんとした部屋を見まわした。死んだ男はシドの従兄弟(いとこ)で、組織の幹部だったが、ジェントリーは知る由(よし)もなかったし、関心もなかった。窓を探すと、二カ所あった。駆け寄って厚いカーテンをあけると、太い鉄格子が目にはいった。

シドのクソ野郎。ジェントリーは声を殺して毒づいた。

空(から)薬莢を排莢してから拳銃をホルスターにしまうと、ズボンのカーゴポケットに手を入れて、携帯電話を出し、画面を明るくした。ボタンに三度触れてコードを打ち込むとき、アドレナリンのせいで手がふるえてやりづらかった。ジェントリーは、花火の仕掛け二本のリモコン起爆装置に、携帯電話からコマンドを送った。

十秒以内に、大小さまざまな花火の炸裂(さくれつ)音が、敷地の南ゲートの一〇〇メートル向こうから聞こえてきた。四五秒後には、二本目の仕掛けの起爆装置が作動し、館の南側で打ち上げ花火が炎を撒き散らすはずだった。

ドアの前に戻り、細目にあけてから、ふたたび廊下に跳び出し、角をまわって吹き抜けに向けて走った。前方に人影はなかったので、拳銃をホルスターにしまい、チェスト・リグにマジックテープで留めたパウチから信号銃を抜き、高く構えて発射した。ポンという大きな音とともに、発煙弾が長い廊下の上で弧を描き、バルコニーを越えて、吹き抜けの四階下に落ちていった。一発目が着弾して、赤い煙がもうもうとひろがる前に、ジェントリーは二発目を込めて、パチンと薬室を閉め、また発射した。シャンパンのコルクを抜くような音が、暗い廊下にふたたび響いた。精いっぱい速く走りながら、三発目を込めた。三発目の発煙弾を発射すると、信号銃を廊下のカーペットに落とし、サプレッサー付きのグロックを抜いた。

いまでは正面のバルコニーに、ふたりの男が現われていた。吹き抜けのガラスドームから漏れている暗い光に、うしろから照らされていたので、ジェントリーは暗視単眼鏡で楽に見ることができた。ふたりともライフルを持ち、こちらへ走ってくる。

黒ずくめで暗い廊下を突っ走っているジェントリーは、ふたりには見えなかった。目の前で明るいオレンジ色の閃光が二度瞬くのを見ると同時に、ふたりの世界は真っ暗闇になった。

吹き抜けまであと一五メートルというところで、ジェントリーはグロックをホルスターに収め、うしろに手をのばして、腰のパックから引っかけ鉤を出した。鉤を取り付けてあるバンジー・コードをひっぱると、ぜんまいの付いたスプールがまわった。コードを手に巻いてから、腕を勢いよく何度も前にふって、どんどんのばし、それを輪にした。

吹き抜けから叫び声が聞こえた。それぞれに、混乱し、怒り、決意をみなぎらせて、どなり合っている。薄暗がりで黒く見える赤い煙を見ても、下にいる連中には、いったいどういうことなのか、わからないだろう。だが、上のほうの階にだれかがいたら、発煙弾が発射される音か、サプレッサー付きのグロックの超音速の銃声が聞こえ、危険が数秒後に迫っているのを悟ったはずだ。

そいつらが待ち構えているにちがいない。それは阻止できない。いまとなっては、予想外のことをやるのが、自分を救う唯一の手立てだ。そして、できるだけ速く動き、敵の射線から逃れる。

バルコニーまであと三メートルというところで、引っかけ鉤を頭の上でふってほうり投げ、バンジー・コードの輪を手放した。錘（おもり）付きの鉤が、伸縮性のあるコードを引いて、飛んでいった。

金属がぶつかるガタンという音がして、ドームを横切っている鉄の梁（はり）に鉤がぶつかり、梁を越えてふり戻ると、バンジー・コードが引っかかった。

ジェントリーのいる場所のうしろにあたる館の外で、無線で作動するリモコン発火具につないだ打ち上げ花火十二本が花火を射出しはじめ、ドンという低い音が響いた。花火が地面をかすめ飛び、ショットガンの銃声を思わせる大きな音が、窓ガラスをびりびりふるわせ、車の警報装置を作動させ、敷地の塀から反響した。

それで注意をそらしているあいだに、ジェントリーは四階の廊下から跳び出した。高く跳躍して、バルコニーの欄干（らんかん）を前に出た足で蹴り、頭を先にして、右手に拳銃を握ったままで、両腕をひろげ、バルコニーから跳びおりた。吹き抜けの下に向けて、ジェントリーの体が弧を描いた。

7

重力にひっぱられて闇を落下し、三階の踊り場を過ぎ、広い階段を駆け昇っている武装した男たちのそばを過ぎ、二階の廊下を突進している男たちの前を過ぎた。

そして、濃い赤い煙のなかにはいった。

バンジー・コードは、四階の窓から跳びおりる長さに調節してあった。長さ九メートルで、一二メートルまでのびる。四階の窓に鉤を取り付ければ、地面からはさほど遠くないところまでおりられるはずだった。

だが、ドームの下の梁(はり)に鉤(かぎ)を投げたので、床まで最大で三メートルないし四・五メートルあるはずだった。

ジェントリーが落ちてゆくのを撃つ機会があった敵が八人いたが、だれも撃たなかった。暗闇、混乱、午前四時という時間、酒で鈍くなった頭に、撃てばターゲットをはずして向かいのバルコニーの仲間に当たりかねないという判断が重なって、敵は引き金を引くのをためらい、わずか数秒しかなかった好機を逃してしまった。そのあいだに、スキーマスクで顔を覆(おお)った男は、あっというまに落ちていった。

煙のなかに消える前から、ジェントリーはハーネスがひっぱられるのを感じていた。六メートルもいかないうちに、バンジー・コードがのびきり、時速一三〇キロメートルの落下から、ぴたりと静止して、服の下で太股(ふともも)と胸に巻いてあるハーネスに力がかかった。暗視単眼鏡が頭からはずれて落ち、体中のパウチやパックの装備の重みで、歯車がきしむのがわかった。

バンジー・コードがのびきったところで、ジェントリーは左腰に手をのばし、引っかけ鉤をリモコンではずすコントロール・パネルのレバーを操作しようとした。長さ二センチ半の小さなレバーを動かせば、鉤に信号が届き、強い風にあおられた傘みたいにぱっと開くはずだった。フックがはずれ、あとは床に跳びおりるだけでいい。

何十回も訓練したことだった。いたって単純で信頼できるテクノロジーだ。

だが、そのときだけは、うまくいかなかった。動いているときにどこかでコントロール・パネルがはずれて、ナイロンのストラップからぶらさがり、胸のリグや拳銃の弾倉にぶつかっていた。一秒以内にレバーを見つけて操作し、自由の身にならなければならない。だが、チェスト・リグの装備のなかから一秒でパネルを抜き出すのは、とうてい無理だった。

三メートルの落下に備え、ジェントリーは体に力をこめていたが、バンジー・コードをはずすことができなかったため、パチンコでビー玉を飛ばすみたいに、勢いよく上にひっぱられた。身を護ってくれる濃い煙から跳び出て、暗い吹き抜けに戻った。

一階にいた四人は、煙にまぎれて反応できなかった。ジェントリーは、その四人のすぐそばを跳び、そちらに銃を向けようとして体をまわした。

だが、ジェントリーが赤い煙から跳び出て上に姿を消すまでの〇・五秒のあいだ、どちらも撃つことはできなかった。

長い落下とバンジー・コードの反発で、ジェントリーの上昇の速度が速まり、二階のバルコニーを過ぎた。そこにはふたりいて、いずれも欄干の上からAK－47を向けていた。

ロケットのような勢いで上昇するとき、ジェントリーはいっぽうのライフルの銃身をつかんで払い落とし、もうひとりの抗弾ベストの胸を撃った。二発目がまだ立っていたスキンヘッドの肩の無線機に当たり、二、三センチほど食い込んで鎖骨を砕いた。弾丸の衝撃のせいではなく、撃たれたために泡を食って、その男は仰向けに倒れた。

三階のバルコニーには、四人が立っていて、身を乗り出していたとき、ジェントリーが目の高さにあがってきた。四人のロシア人の仰天した顔を見て、優位に立っていることをジェントリーは知った。サプレッサー付きのグロックで、そこにいた男たちを撃ちまくり、ふたりを殺した。あとのふたりは、物蔭に跳び込んだ。

三階で上昇の勢いがなくなり、一瞬、宙に浮かんでから、また落下しはじめた。各階の弾幕に身構えながら、弾薬が尽きたグロック19を手放し、右足首に手をのばした。

二階のバルコニーでは、廊下から走ってきた男たちの一団が、真正面にいた。ターゲットが五、六メートル向こうを落下しているのを見て、ひとりがジェントリーの方角に連射を放った。あとの連中もバルコニーの欄干に駆け寄り、上から銃撃を浴びせようとした。

ジェントリーは、また煙幕のなかに戻っていた。右手で足首のホルスターから予備のグロックを抜き、腰のうしろに左手をのばして、のびきろうとしているバンジー・コードをつかみ、そちらに体の正面を向けた。

一度で成功させなければならない。ぜったいにもう一度跳びあがるわけにはいかない。こんどは十数挺の照準に捉えられ、AK－47の弾丸で血みどろの肉片になるまで引き裂かれるはずだ。コードがのびきると、またハーネスが体に食い込み、肺から空気が押し出された。吹き抜けの床の三メートル上で、ジェントリーはセミコンパクトのグロック26を、体から三〇センチ離れたところでぴんと張ったコードに押しつけ、撃った。

バンジー・コードが、ふたつに切れた。ジェントリーはまっすぐに落下した。両腕と脚で勢いを殺そうとしたが、それでも噴水の左側の床に思い切りぶつかった。

息が詰まったが、じっとしてはいられないとわかっていた。だから転がりはじめた。落ちたときにグロックを落としたが、手探りで拾いあげ、なおも転がりつづけた。息ができなかったが、テーブルと椅子にぶつかり、両方とも吹っ飛ばして、這い進みながら起きあがった。濃い赤い煙のせいで前方は見えなかったが、動きつづけた。まだ息をするのが苦しかった。

頭上では激しい銃声が沸き起こっていた。七・六二ミリ弾が当たる鋭い音が、四方から聞こえた。

出口か脱出できる場所が見つかることを願い、吹き抜けの床を覆っている煙から駆け出し、北側の広い宴会場に駆け込んだ。

「あれだ！　あそこだ！　どこへ行くつもりだ？」

ジェフ・パークスは、通信室の奥の画面に駆け寄り、広壮なダーチャの北側の通用口から出てきた白い熱シグネチュアを、ボールペンの先端で示した。そのひとつだけの人影は、その入口に向けて走っているふたりのそばを通過した。ふたりは足をゆるめなかった。

「すぐそばをすれちがった！」だれかが叫んだ。

パークスはいった。「やつだ。館のゴロツキどもとおなじ服を着ているにちがいない」

人影は歩きつづけていた。通信室のあちこちで、命令が下されていた。無人機のオペレーターは、その人影を見失わないよう命じられた。音声担当は、北側の森に隠してあるマイクの拾う音に集中するよう命じられ、トレッスル・アクチュアルとの連絡担当は、グレイマンがなんらかの変装をしてXから徒歩で脱出しようとしていることを、トレッスルとその部隊に伝えるよう命じられた。

画面では、いくつもの人影が館から出てくるところだった。ほとんどは南側の正面玄関からだったが、西と北から出てくるものもいた。ひとつの方向に駆け出したかと思うと、べつの方向へ向かった。炸裂（さくれつ）音、爆発音、叫び声、犬の吠える声をマイクが拾い、やがてガソリンエンジンが始動される音がした。まもなく、小さな盗聴装置のマイクが、AK-47のタタタタという連射音を伝えた。だれかが館の南側で、だれもいない闇に向けて発砲しているようだった。

通信室のひとりの技術者が、敷地内で移動している人影が二十四あることを数え、通信網で報告した。だが、独りだけの熱シグネチュアはなおも歩きつづけていた。まずトタン屋根の小屋と、スノーモービルの不規則な列のあいだを通り、まっすぐに北ゲートに向かっていた。ゲートの哨所のそばの塀ぎわに三人が立ち、人影のほうを向いていた。

「無人機（UAV）オペレーターに、できるだけ近づけろといえ」バビットが要求した。「画質はどうでもいい。クローズアップで見たい」

すぐにカメラが、北ゲートの塀ぎわにある哨所に近づいている人影にズームした。通信室にいたものたちは、はじめて服のひだまで見ることができるようになった。頭にフードをかぶり、両方の手には、なにも持っていなかった。

ひとりの女性がぼそりとつぶやくのが、マイクから伝わってきた。「口先でごまかして通るつもりかしら――」

南部なまりの男の声が、それを否定した。「口先だけで切り抜けるわけがないだろう」

ゲートの武装した三人の三メートル以内に人影が近づくと、通信室は静まり返った。人影はとまらず、三人のほうへ歩きつづけていた。歩哨は三人とも銃口を下げてライフルを持っていたが、なにかに気づいたらしく、三人ともライフルを構えて、あとずさった。ひとりが塀にぶつかった。接近していた男は、最後の三メートルを瞬く間に進み、一挺目のAK-47を脇に払いのけて、片腕を突きあげた。まるでひらいた手が歩哨の喉とつながったように見えたが、はっきりとは見分けられなかった。そのロシア人の体が宙に浮き、じたばたして、ふたり目の歩哨の上に倒れた。ライフル二挺が地面に落ちていた。ジェントリーは――ジェントリーに決まっている――身を躍らせ、跳躍に勢いをつけるために右脚で石塀を蹴り、三人目に跳びかかった。その歩哨が発砲すると同時に、ジェントリーは胸もとに跳び込んでいた。銃口から閃光がほとばしり、北の森の盗聴装置のマイクから、鈍い銃声が伝わってきた。

だが、銃弾はそれていた。グレイマンは歩哨を強烈な羽交い絞めにして、雪の上でぐるぐるまわった。AK-47が宙を舞った。歩哨が暴れたが、グレイマンは両腕を男の頭に巻きつけて、向きを変えさせ、石塀に顔から激突させた。

ふたり目がうしろからグレイマンに跳びかかったが、右肘（みぎひじ）の肘打ちでバランスを崩したところにまわし蹴りをくらった。顔をまともに蹴られて、雪の上にくずおれた。

「たまげたな！」だれかが叫んだ。

歩哨は三人とも倒れ、身動きしていなかった。まわし蹴りのあと、グレイマンは仰向けに倒れたが、ぱっと起きあがり、立つついでにAK－47を雪のなかから拾った。

顔をあげ、館のほうの動きを見ているようだったが、やがて向きを変え、ライフルを肩に吊ると、ゲートを通って出ていった。

バビット、パークス、タウンゼンドの通信室の面々は、光るシルエットが道路を渡って森にはいるのを見守っていた。樹冠の下を進んでいるために、シグネチュアがとぎれとぎれになったが、やがて速く移動していることがわかった。

ずいぶん速い。

UAVが、その動きを捉えていた。体の左右で両腕と両脚が激しくふられているのが、その解像度でもはっきりとわかった。

「走っている」

リー・バビットは、部屋の奥へ歩いていって、プラズマ・ディスプレイの前に立ち、監視要員たちと向き合った。「さて、こういうわけだ、諸君。やつはターゲットから離脱した。シドレンコは死んだ。公（おおやけ）の情報源から聞くまでもなく、わかっている」

何人かが驚嘆して拍手をした。このチームは、何カ月も前からジェントリーを探していたが、成果はなかった。それがいま、位置をはっきりと突き止めたのだ。

吹き抜けから跳びおりたときに、ジェントリーは暗視単眼鏡をなくしていたし、雪に覆(おお)われた唐松林のなかには光が届かなかったが、暗さと鬱蒼(うっそう)とした林冠は障害にはならず、むしろ都合がよかった。

館を出る前に、ジェントリーはバックパックのいちばん上に入れてあったものを引き出した。薄い迷彩柄のプルオーバー。スキーマスクを脱いで、グリーンと黒の迷彩のそれを着た。その格好なら、闇のなかでは、雪の上を走りまわっている男たちとほとんど見分けがつかない。

そのころには、無線機を持った男たちが、どなったり悲鳴のような声で命じたりしていて、無線機を持たない男の叫び声は、なおのことやかましかった。自分たちのなかに混じっているかもしれない殺し屋を探すうちに、収拾のつかない混乱状態になった。男性ホルモンと酒とコカインで興奮した若者たちが、闇のなかでたがいに銃を向けながら、駆けずりまわっていた。

ようやく塀の外にまで捜索の手がひろげられたが、ゴロツキどもはほとんど、花火の音と光をたどり、南に向かっていた。駐車していたトラックや、ゴミ容器のシルエットめがけて撃つものもいた。森のなかではぐれたふたり組のパトロールも撃たれた。それまでにジェントリーは北ゲートの歩哨三人を片づけて、森にはいっていた。樹冠の下にはいると、ジェントリーは、迷彩のプルオーバーの下に手を入れて、ナイロンの白いフード付きウィンドブレーカーを出し、それをいちばん上に重ねて着た。

そのあとは、やるべきことは進みつづけることしかないとわかっていた。ダーチャからできるだけ遠ざかりたい。生命を維持するためには、体を動かして温める必要がある。シドの配下のスキンヘッドたちは、犬を連れていたが、訓練が行き届いていないし、ジェントリーはにおいで追跡されるのを防ぐために、体臭を九〇パーセント遮断する銀色の裏がついた服をいちばん下に着ていた。さらに、走りながら、バックパックからフリーザーバッグを出して、腐りかけた熊の生肉を六切れ出した。それを四方に投げた。犬が肉に気を散らされるのは短いあいだだろうが、それで追跡が中断し、Xからじゅうぶんに遠ざかる時間を稼げればいいと思っていた。そのあいだに、わずかに残っていた臭跡がかすかになり、たどれなくなるかもしれない。

夜明けの一時間前に、ジェントリーは脱出手段と落ち合った。雪の上をとぼとぼ歩き、走り、つまずき、倒れて、四時間近くかかった。道路を走る車の音、男たちの叫び声、犬の吠える声が聞こえたが、差し迫った脅威は凍傷だった。動きつづけて、体温を高く保った。それに、目的の場所まで行けば、凍えた体を温められるとわかっていた。

迎えにきたトラックは、モスクワのブラトヴァが雇った地元の人間が運転していた。空がまだ漆黒の午前九時前に森で人間をひとり拾い、スピードボートが待っている入江まで二〇キロメートル運ぶのが仕事だ、ということしか知らされていない。ジェントリーの隠密脱出(エクスフィル)のその部分は、とどこおりなく進められた。ふたりは言葉を交わさなかった。運転手は気をきかして、紅茶を入れた魔法瓶を用意していた。ジェントリーは手を温めるために両手で魔法瓶を持ち、鼻を温めようとして顔に近づけたが、ひと口も飲まなかった。親切はありがたかったが、どういう男なのかわからない。紅茶に毒が入れられているかもしれない。

ジェントリーは、おいそれとひとを信用するような人間ではなかった。

フィンランド湾の上の低い雲を太陽が灰色に染めるころには、ジェントリーは脱出用のボートに乗っていた。スピードボートという表現はそぐわない。ヨットに足舟として搭載するような全長四・三メートルの小さなボートに、馬力の弱い船外機が付いているだけの代物だったし、艇長はせいぜい十七歳というところだった。だが、湾の水面は鏡のように凪いでいたので、楽に航走でき、正午前にはフィンランドに向かっているロシアの乾式貨物船〈ヘルシンキ・ポラリス〉に横付けしていた。

ボートから貨物船に乗り移るときに、艇長が座席の下に手を入れて、バックパックと小さなナップザックをジェントリーに渡した。ジェントリーは無言で受け取った。バックパックはジェントリーのものだった。モスクワで自分で荷造りし、シドレンコ暗殺作戦を終えたあとの逃亡に必要なものを入れた。新しい拳銃、救急用品、服、その他の雑多な品物。ナップザックには、百ユーロ札の束で二十五万ユーロがはいっている。約束されていたその報酬は、逃げるための活動資金だった。完全に姿を消すには、その大部分もしくは全額が必要になるだろうと、ジェントリーは考えていた。

正午には、船尾に近い狭い船室に立っていた。金をバックパックと厚手のコートのポケットに移してから、汚れた鏡の前に裸で立ち、けさの活動でできた打ち身や擦り傷をじっくりと見た。かなりあちこちをぶつけてはいたが、この荒馬乗りが終わったときの状態は、予想していたよりもずっと良好だった。なによりも重要なのは、やり遂げたことだった。シドレンコを始末し、もっとも激烈で頑固なハンターを取り除くことができた。一日の仕事にしては悪くない。しばらく身を隠し、監視網にひっかからないところで暮らして、つぎの目的地を考えつくまで時節を待つ。それが楽しみだった。

タウンゼンド・ガヴァメント・サーヴィスィズのスキャンイーグルUAVは、ジェントリーの脱出のあいだ、ずっと上空にとどまっていた。ジェントリーが森にはいるとすぐに、バビットは打撃チームに作戦中止を命じることにした。シドの配下のゴロツキの数が多すぎる。トレッスルの八人編成のチームは、スキンヘッドのロシア人三十六人を相手にしても平気だが、目的はジェントリーを殺すことなのだ。ジェントリーはしっかりと監視できている。トレッスルは、ジェントリーがロシアから脱出するのを待ち、邪魔がはいらないところで攻撃すればいい。

スキャンイーグルは、ターゲットをトラックまで追跡し、そこで一機目から二機目に交替した。二機目のスキャンイーグルが、全長四・三メートルのボートまでトラックを追跡し、ボートがフィンランド湾を西に航行する貨物船に横付けしたときも、上空にいた。UAVのカメラで船名が読み取れた――〈ヘルシンキ・ポラリス〉。タウンゼンドの調査員が、世界の艦船のデータベース〝ヴェスル・トラッカー〟で検索し、同船の詳細と予定航路を突き止めた。それによると、〈ヘルシンキ・ポラリス〉は、排水量一八〇〇トンの乾式貨物船で、ヘルシンキが母港だが、ロシア人が所有していて、アンティグア・バーブーダ船籍だとわかった。フィンランドへ貨物を運ぶところで、明朝午前八時にマリエハムンに寄港する予定になっている。

「やつはもうこっちのものだ」すべてが確認されると、バビットはパークスにいった。「船の上でやつを殺る。トレッスルに連絡し、海でやることになると伝えろ」

「わかりました。海上強襲に必要な装備と高速艇を、サンクトペテルブルクの港に用意してあります。先まわりして〈ポラリス〉を捕まえられるように、ヘルシンキに空輸します」

「よし」

パークスはきいた。「デッドアイはどうしましょうか？　作戦休止にしますか？」

「いや。マリエハムンに行かせろ。なにかまずいことになった場合のために、港で待機させたい」

ジェフ・パークスの腰で携帯電話が鳴った。スピーカーホンにして、通信室のひとりからの電話を受けた。

「ジェフだ」

「ジェフ、デッドアイに付けたビーチクラフトのパイロットが、いま電話してきた。資産が来ない。二時間前に空港に来る予定だった。どれだけ待てばいいのか指示してほしいと、パイロットがいっている」

パークスは、バビットのほうを向いた。バビットは、いらだちもあらわに天井を仰いでいた。

「だから独行工作員（シングルトン）は嫌なんだ」バビットはうめいた。「電話しろ。どうせ出ないだろうが、電話しろ。通信室にいるものは全員、作戦のデータをデッドアイの電話に送りつづけろ。あいつがわれわれと話をしたくなくても、狩り（ハント）で起きていることを報せてやるんだ」

「そのあとは？」パークスがきいた。

「そのあと、デッドアイがＡＯ（作戦地域）で姿を現わすのを待つ。あいつもわれわれ同様、必死でジェントリーを狙っている。そこへ行くはずだ。作戦計画に従わないだけだ」

パークスは首をふり、電話を切った。「嫌な野郎だ」

バビットはいった。「ウィトロックみたいな人間を管理するには、手綱をゆるめることも知っていないといけない。自分にはこの作戦を組み立てる頭脳があると思わせておけ。どうでもいい。要するに、棺桶に納まったコート・ジェントリーの醜い三面顔写真（マグショット）さえ手にはいれば、それでいい」

8

その女は美人だったが、どことなく翳（かげ）があった。戸外のカフェのテーブルで、鉢植えの植物に隠れるようにして、独りで座り、日向（ひなた）にいる客たちには目もくれなかった。男の客も、ほとんど女には目を向けなかった。目はデザイナーブランドの大きなサングラスに隠れていたし、丸テーブルに置いたエスプレッソのデミタスを両手で持って、顔を伏せていた。ときどき、前方の通りの向こうに視線を投げているように見えた。車が流れている四車線の道路の先には、四階建てのアパートメントビルと駐車場の裏手の路地があった。

ポルトガルのファロでは、理想的な十二月の午後だった。空は晴れあがり、気温は十数度ある。そこは景色のいい街角とはいえなかったし、街自体も観光地としての価値はあまりないが、歩道にまではみ出したカフェのテーブルは、買い物客や、近くの中流階級（ミドルクラス）のアパートメントビルやその裏の路地の住人で、半分以上埋まっていた。

だが、オレンジの木の下の女は、客の多くとは離れて、独りでじっと座り、エスプレッソをひどくゆっくりと飲んでいた。顔にかかったミッドレングスの髪を払い、またアパートメントビルのほうをちらりと見た。

テーブルにハンドバッグとならべて置いてあったｉＰｈｏｎｅの画面に、テキストメッセージが現われた。女はｉＰｈｏｎｅを手にして、ちらりと見た。

どこにいる？

親指で、女が応答した。

ソファでテレビを見てる。なぜ？

テーブルに電話を置き、また物憂そうな視線を通りの向かいに投げたが、すぐ横で椅子の金属製の脚が歩道をこする音が、その直後に聞こえた。グレイのスーツを着た、女にもてそうな中年の男が腰をおろし、自分の電話を女のｉＰｈｏｎｅとならべて置いた。いま送ったメッセージが、その電話に表示されているのが、女の目に留まった。

腰を落ち着けながら、男がそっといった。「きみに嘘をつかれると、傷つくね」なまりが強かったが、正確な英語だった。

女はうっすらと笑みを浮かべたが、男のほうは見なかった。「わたしのことはよく知っているでしょう、ヤニス」

ヤニスと呼ばれた男は、すでに店内のカウンターで紅茶を買っていた。砂糖をかきまぜながら、話をつづけた。女とはちがい、笑みは浮かべていない。

「ここに来てはいけない」男がいった。

「わかってる」

「ブエノスアイレスでも、おなじことをやった。タンジールでも」

「マニラでもね。でも、マニラではあなたは気づかなかった」男のほうを向いた。女の笑みは、もう控え目ではなかった。セクシーな笑みに変わっていた。男心をそそるような笑みに。

「なんていうか、見ているのが好きなの」

ヤニスは、たわむれに応じなかった。「手順に反する。わかっているはずだ。危険なことになりかねない」

女は、通りの向かいのビルに目を戻した。「この六週間、あなたがそこまでわたしの安全を心配してくれたことがあった？　あのアパートメントにいるクソ野郎と安全な距離を保っているかときいてくれたことは、一度もなかったのよ。それどころか、もっと接近しろといったじゃないの」

ヤニス・アルヴェイは、口調を和らげた。「捜査は終わったんだ、ルース。きみは完璧に役割を果たした。ここを離れて、あとは荒くれどもに任せよう」

「邪魔はしない。それに、どこへも行かない」

ヤニスは、溜息をついた。ルース・エティンガーとこういういい争いをしたことは何度もあるし、一度も勝てなかった。組織ではヤニスのほうが上司だが、ルースはものすごく強情だし、仕事ではすこぶる腕が立つので、この手の些細(ささい)なことは見逃していた。

負けるが勝ちの状況だと、ヤニスは悟った。「わかった。いてもいい。それだけの働きはしたと思う」通りの左右を見てから、携帯電話でいった。「支障なし(クリアー)」携帯電話を置き、茶色い髪の小柄な美女にこういった。「真昼間にやるのは、妙な感じだな」

「わたしの提案よ。ターゲットたちは徹夜して、昼まで働いていた。襲うのにはいまがいちばん好都合なのよ」

「だといいんだがね」ヤニスは、咳払いをした。「武器は持っていないんだろう？」

「バッグに〈メース〉がある」

「それなら、さぞかし安心できるだろうな」ヤニスが皮肉をいった。「わたしはもちろん武装している。厄介なことになったら、そばにいろ」

「ありがとう、ヤニス」本気でそう思っているような声音だった。「それで、どういうふうにやるの？」

ヤニスは、紅茶をひと口飲み、駐車場の隣のアパートメントビルを、カップの上からちらりと見た。「じきにセダンが二台来る。一台あたり三人と運転手だ。もう一台のバンが、駐車場の出口の上で退路を絶つ。六人が上へ行き、戦闘を遂行する」

ルースはうなずいた。「突入チームに参加できればどんなにいいだろうと思っているのね？」

「あたりまえだ」ヤニスが、はっきりとそう答えた。「人生でその場面がいちばん楽しかった。しかし、いまでは急襲して正義を行なう男たちといっしょではなく、通りの向かいで見ている立場だ」

「まだやれるはずだと思う」ルースはいった。

ヤニスは、手をふってそれを斥けた。「周囲を分析してなにも支障がないことを告げる人間も必要だ。それに、連中には、美しい女性とカフェで午後を過ごすようなお楽しみはない。さぞかしわたしをうらやんでいるだろうな」

ルースは、ふっとほほえんだだけだった。

ヤニスは、ルースをしげしげと見ていた。「今回はだいじょうぶだろうね？」

「ええ。もちろんだいじょうぶよ」

「よかった。ずっとつらかったのは知っている。あれから――」

「シーッ」ルースはヤニスを黙らせ、通りの向かいのビルのほうへ、かすかに首を傾けた。グレイのセダンが二台、路地に折れて見えなくなった。そのうしろにバンがつづき、路地の入口にはいったところでとまって、路地と右手の駐車場からだれも出てこられないようにふさいだ。

ヤニスは、小声でいった。「血の雨が降るほうに五十ユーロ」

ルースは答えた。「そんな賭けにのるカモはいない。血の雨が降るに決まっている。あのビルの三階で、これからだれかが死ぬ」

ふたりは、しばらく黙っていた。ヤニスは、指でテーブルを叩いていた。通りの向かいでくりひろげられている戦いに参加できないことが、口惜(くや)しくてたまらなかった。ルースが手をのばして、ヤニスの手に重ねると、テーブルを叩くのがとまった。ルースはまたエスプレッソのデミタスを細い指でくるんだ。

通りの向かいで、ビルの隣の駐車場からトヨタのハッチバックが出ようとしたが、バンにさえぎられて出られなかった。トヨタがクラクションを鳴らしたが、バンは動かなかった。

通りの向かいの作戦のことでスリルを味わえるのは、そんな出来事ぐらいだと、ルースにはわかっていた。たいしたことはないが、それでもよかった。

ヤニスにいったとおり、ルースは見ているのが好きだった。

ルース・エティンガーは三十七歳で、怪しまれにくい官僚もどきの役職名を持っていたが、仕事の内容はいたって単純明快だった。ルースは、イスラエルの情報機関モサドの目標決定官（ターゲティング・オフィサー）だった。

ルースは、モサドの情報収集部にいくつかある任務部隊のひとつで、工作員チームを指揮している。これらの部隊はすべて、イスラエル政府高官を暗殺や誘拐から護る任務を負っている。しかし、じっさいには、ルースが担当した事件はすべて、イスラエル首相エフード・カルブへの脅威に関係していた。イスラエルの指導者カルブは、六十七歳の元イスラエル国防軍特殊部隊将校だ。

ルースは、カルブに会ったことはなく、おなじ部屋にいたこともなかったが、首相に危害をくわえるおそれがある人間を見つけ、脅威の信憑性（しんぴょうせい）を評価し、脅威が現実だと判断されれば、モサドの戦闘チーム〝要塞（メッツァダ）〟（特殊作戦課）を投入して始末させることを、一生の仕事だと受けとめていた。

ヤニスもメッツァダの一員で、作戦を管理し、ルースと作戦部との連絡を担当している。ルースは、ヤニスと情報収集部との連絡を担当している。

ふたりは協力して、世界中でテロリスト、暗殺者、狂信者を追った。ルースは五年以上もこの任務部隊で働いてきた。最初は支援官で、やがてターゲティング・チーム・リーダーになった。情報収集部でもっとも優秀なターゲティング・オフィサーとして、脅威の位置を突き止め、追跡し、評価した。ルース本人もそう自負していた。

ところが、昨年の夏、ローマである出来事が起きた。

ローマの事件は、組織にとって大きな失態となったが、ルースが非難されることはなかった。モサドの精神分析医が、数日後には現場復帰を承認し、まもなくルースは国家の悪辣(あくらつ)なたくらみを頓挫(とんざ)させる仕事に戻った。

ルースは六週間前から、イスラエル占領地(テリトリーズ)で爆弾製造の技術と科学を学び、腕前を磨くためにアフガニスタンで爆発物を使用している、パレスチナ人の兄弟を狩るという仕事に心血を注いできた。恐ろしいことだが、それだけでは、モサド上層部の頑固な首狩り族を注目させるには不充分だった。だが、顔をマスクで覆(おお)った兄弟が、レバノンでテレビに出演し、自分たちがイスラエルを屈服させるといい放ったとき、その大胆な発言について調べ、大法螺(おおぼら)に裏付けがあるのかどうかたしかめるよう、ルースは命じられた。ルースはパレスチナ人兄弟をベイルートからアンカラ、マドリードへと追跡し、ついにこのファロまで来た。兄弟がここに化学薬品と時限起爆装置を大量に備蓄し、イスラエル首相の旅行計画を研究していることがわかった。カルブ首相は、翌週に経済会議のためにロンドンへ行く予定だし、爆弾兄弟はイギリス行きのフェリーの乗船券を予約していた。

ルースとそのチームは、これが首相に対する信憑性のある脅威だと判断し、ヤニスとメッァダの暗殺／捕縛チームを呼び寄せた。そのあと、ルースとそのチームは、テルアヴィヴから来た強い男たちが襲撃して脅威を取り除くあいだ、ターゲット位置から離れているよう命じられた。

だが、ルースはいま、戦闘の場から一〇〇メートルも離れていない涼しい日蔭で、カプチーノをちびちびと飲んでいる。

メッァダの同僚たちのことは、なにも心配していなかった。爆弾兄弟は、この十八時間、化学薬品を調合し、時限起爆装置を組み立てていた。いまごろはぐっすり眠っているはずだし、通りの向かいのアパートメントの通風管を利用してルースのチームが仕掛けたカメラで、部屋のドアに仕掛け爆弾がないことが確認されていた。突入するイスラエルの戦闘員は、可能であればふたりを殺さずに捕らえるよう指示されているはずだ。だが、部屋にいる兄弟はカラシニコフを一挺持っていて、ベッド二台のあいだの床に置いてあることがわかっている。ふたりとも目を醒まし、取ろうとして、操作にもたつくはずだ。

そうなったら、メッァダの戦闘員たちは、脈がひとつ打つあいだに決断し、サプレッサー付きの拳銃で若い兄弟を射殺するだろう。

そして、ドアから撤退し、血まみれの死体と出所をたどられない空薬莢（からやっきょう）数個のほかには、なんの痕跡も残らない。

通りの向かいで、トヨタがクラクションを鳴らすのをやめた。道路封鎖のバンに乗っていた戦闘員がひとりおりて、トヨタを運転していた男にたどたどしいポルトガル語で、友だちがバンのギアをうまく操作できないので、押してどかすから、ちょっと待ってほしいと説明した。トヨタを運転していた男は、礼儀正しい外国人が精いっぱいなんとかしようとしていると察したのか、あるいはその外国人が怖い顔つきで手強（てごわ）そうだったので、怒らせないほうがいいと思ったようだった。

タイヤが一瞬鳴る音が聞こえた。ルースとヤニスが見ていると、モサド戦闘員たちが乗ったセダン二台が、バックで路地から出てきた。道をふさいでいたバンは西に出てゆき、トヨタが通りに出て、東に向かった。セダン二台が狭い路地で完璧な方向転換をして、バンのあとから西へ向かった。

戸外のカフェにいた客たちは、通りの向かいで完璧な振り付けがなされた暗殺が目の前で終わったことを、知る由もなかった。

ヤニス・アルヴェイがいった。「さて……ラストシーンだな」

「いつ見ても飽きない」ルースがいった。たわむれも楽しそうなようすも鳴りをひそめていることに、ヤニスは気づいた。

「終わるのが嫌なんだな」

ルースがそれを訂正した。「終わるのは好き。仕事をきちんと終え、副次的被害が出なければ」

ローマとはちがって、とヤニスは思ったが、口にはしなかった。

ルースがなおもいった。「嫌なのは翌日よ。なにもやることがないときが嫌」

「今夜、食事でもどう?」ヤニスはきいた。迂闊にも、期待する口調になっていた。

ルースが、エスプレッソを飲み干した。「ごめんなさい。隠れ家を〝消毒〟しないと」

何気ないふうを装うよう気を配って、ヤニスはうなずいた。断わられたのは意外ではなかった。「まあいいさ。あまり愛想よくしてくれないだろうし。狩る首がないときのきみは、とんでもなく無愛想で付き合いづらくなるからね」

ルースが立ち、膝を曲げて、ヤニスの耳もとでささやいた。「この二、三日のあいだに、だれかがわたしたちの首相を殺したいといってくれるといいんだけど。そうしたら、またわたしに生き甲斐(がい)ができる――

丸テーブルのあいだを縫(ぬ)って、ルースが離れていった。ルースの勘定を払うために、ヤニスは財布を出した。ふられても平気だった。それもルースの芝居のうちで、強がっているのだ。それをヤニスは知っていたし、その下になにがあるかも知っていた。

ルースは勇敢で、誇り高く、頭がよく、有能だ。しかし、傷つきやすい。

きょう、爆弾兄弟をきれいにこっそりと殺す作戦でルースが成功を収めたので、ヤニスはほっとしていた。しかし、ルースが遠ざかっていくとき、ローマのようなことがもう一度あったらルースは打ち砕かれてしまうだろうと、あらためて思った。

9

二〇一〇〇時、〈ヘルシンキ・ポラリス〉と、それを追っていた舟艇二艘が、ヘルシンキの二〇海里真南にあたるバルト海の黒い水面で邂逅（かいこう）した。

タウンゼンドのトレッスル・チームの戦闘員八人は、黒い〈ゾディアック〉Mk2膨張式ボート二艘に分乗していた。大馬力だが音が静かな船外機で、貨物船の航跡（ウェーキ）を切り裂き、圧倒的な高速で、気づかれないように船尾についた。

〈ゾディアック〉のハンドルをひとりが握り、あとの三人はボートの船べりにあるロープの手掛けを握っていた。二艘は船尾で分かれ、一艘が右舷へ、もう一艘が左舷へと進んだ。同時に〈ポラリス〉の左右に横付けし、先端にパッド付きの鉤（かぎ）がある伸縮式の棒梯子（ぼうばしご）を持ちあげて、主甲板の手摺にひっかけた。六十秒後には、最初のふたりが梯子を登って手摺を乗り越え、縄梯子を投げおろした。棒梯子ははずされ、三人目と四人目は、もっとすばやく安全に昇れるようになった。その一分後には、縄梯子も手摺からはずされ、甲板でまとめられて、六人は身を隠した。上のブリッジでだれかが起きていて、うしろを見ないともかぎらない。

貨物船に横付けしてから二分あまりで、乗り込み隊はヘッケラー&コッホMP7サブ・マシンガンを高く構え、甲板を進んでいた。

　ワシントンDCのアダムズ・モーガン地区では、タウンゼンドの通信室にいる全員が、正面の巨大な画面を見つめていた。上空を飛ぶスキャンイーグルUAVが、作戦のもようを映し出していた。UAVはヘルシンキの隠れ家から発進し、わずか十二時間前にシドレンコのダーチャ近くの隠れ家で作業していたのとおなじチームが操作していた。

　直接行動チームは、姿を隠しつつ、船内を捜索していた。暗視装置を使って暗がりを移動し、ヘッドセットで小声で連絡を保ちながら、貨物船の迷路のような通路を進んでいった。

　乗り込んでから二十六分後に、トレッスル・アクチュアルが船長室に侵入し、船長の寝棚の前でしゃがんだ。銀髪のロシア人の口に手袋をはめた手を当てて、まぶしいタクティカル・ライトで目を照らし、頭を揺すって起こした。

「アメリカ人（グジェ・アメリカーニェッツ）はどこだ？」

　船長は目を丸くしていた。強い光を当てられた目の瞳孔が、針で突いたような小さい点になった。光から目をそらそうとしたが、手でしっかりと押さえ込まれていた。目を閉じても、灼（や）けるような光がまぶたを貫いた。

「アメリカ人（グジェ・アメリカーニェッツ）はどこだ？」

　手袋をはめた手が口からはずされ、船長はためらいがちにいった。

「あの乗客？　ドイツ人だといっていた」

「どうでもいい。いまどこにいる？」

「おりた」

「いつ？」

「えーと――いま何時？」

「一時半」

「午前零時ぐらいだと思う」

「どうやって船をおりた」

「船が迎えにきた。手配していたみたいだ。そのときまで、わたしたちは知らされていなかった。無線で乗客を迎えにきたといわれた。乗客はもう甲板で待っていた」

「どんな船だ？」

「〈ベイライナー〉だと思う。白かった。カンバスの幌付き」男は首をふった。「全長五、六メートルのありふれたちっぽけなモーターボートだ」

「無線では何語だった？」

「ロシア語」

「どこへ乗せていった？」

「さあ……わからない。ヘルシンキじゃないか？　いちばん近い港だ。そのとき、本船から四〇キロメートルくらいだった。ヘルシンキに行ったにちがいない」

トレッスル・アクチュアルは、船長の反応を分析して、信用できると判断した。ひどく動転して、怯えているから、黒ずくめの武装した男たちを騙そうとはしないだろう。

タウンゼンドきってのコマンドウのトレッスルが、肩ごしに視線を投げ、手をうしろにのばした。部下が注射器を手に置いた。針のキャップを歯ではずすと、口にくわえたままで、また船長の口を手でふさいだ。なにをされるのかわからず、恐怖に呑み込まれた船長が、悲鳴をあげてじたばたする気配を見せていた。

　黒ずくめのコマンドウは、船長の首に針を刺して、プランジャーを押した。船長が寝棚で身動きしなくなった。

　その注射器は、ベルセドと呼ばれる強力な筋弛緩剤だった。船長は死にはしないが、数時間は意識が戻らない。前夜の出来事の記憶もはっきりしなくなるはずだが、コマンドウの風体を忘れさせるのが目的ではなかった。船長が警報を発するのを遅らせるためだった。そのときには、トレッスルは〈ゾディアック〉に乗って貨物船から遠く離れている。

　五分後、〈ゾディアック〉がふたたび〈ヘルシンキ・ポラリス〉の舷側に現われ、六人は棒梯子を伝いおりて乗り込んだ。全員が戻ると、〈ゾディアック〉二艘は北に向きを変えて、マリエハムンの目的地に向かっている貨物船から遠ざかった。

　ワシントンDCの通信室では、何事も起こらないUAVの映像を、全員がメイン・モニターで見ていた。トレッスル・アクチュアルが、ターゲットを離れたあとで、衛星携帯電話でバビットに報告することになっていた。

　すぐうしろで海をかきまぜているヤマハの船外機の音に負けないように、トレッスルは声を張りあげなければならなかった。「接敵なし。ターゲットは一時間以上前に下船。白の〈ベイライナー〉、幌付き。目的地は不明」

「わかった」バビットは応答した。「ヘルシンキに戻れ。レーダーのデータを調べて、どこへ行ったか突きとめるが、何時間かかるかもしれない」

「ヘルシンキ、了解。トレッスル、通信終わり」

10

エストニアの首都タリンでは、夜のあいだに雪が降ったが、朝は爽やかに晴れ、青空にほんのすこしだけ白い雲が浮かんでいた。月曜日の道路は混雑していた。タイヤが雪の解けた道路をぬかるみに変え、咳き込む排気管が道端の氷と雪を煤けさせていた。

三十四歳のアメリカ人、ラッセル・ウィトロックは、小高い丘にある公園のベンチに座り、むき出しの頬を刺すような寒気も意に介さず、白い息を吐きながら、グロッグを飲んだ（ヨーロッパ北部ではラムのカクテルではなくグリューワインをグロッグと呼ぶ）。バルト海地域では、スパイスのきいたこのホットワインが、冬に大量に飲まれる。

ウィトロックは、下の道路の向こうにひろがる海を眺めた。

ウィトロックがタリンに来たのは、雇い主のタウンゼンド・ガヴァメント・サーヴィスィズに命じられたからではなく、経験と知識に基づく自分の推理による。昨夜遅くに着いて、駅からタクシーで、聖堂の丘にある三ツ星ホテルへ行った。ベッドに荷物をほうると、すぐに小雪の降る街に出て、朝になってから仕事に取りかかるのにうってつけの場所を探した。

一時間とかけずに、このベンチを見つけて、暖かな部屋に帰った。そして、ホテルのレストランで用意してもらったグロッグをいっぱい入れた魔法瓶と食べ物を持ち、夜明けと同時にベンチに戻った。城壁に囲まれた聖堂と旧市街の北の部分に細長い公園があり、そこが小高くなっている。背後には聖オラフ教会がある。タリンには、ハンザ同盟の裕福な都市だった十五世紀に建てられた、そういう円錐形の尖塔が、二十カ所もある。

丘の頂上からは、眼下のタリン港全体を見渡すことができる。だから、そこはウィトロックの要求する条件をすべて満たしている場所だった。

ベンチのウィトロックのかたわらには、バックパックが置いてあった。膝には〈シュタイナー〉の二〇×八〇の強力な双眼鏡があった。見晴らしのいい場所で下の市街や港の船の写真を撮っている観光客を装うために、〈キヤノン〉のカメラを首から吊っている。前日にベルリンで買った黒いダウンのコートを着ていたので、そう寒くはなかったが、熱いグロッグをちびちび飲んで体を温めるのも悪くない。

小ぶりなショッピング・モールほどもあるカーフェリーが、埠頭の出入口に近いターミナルの停泊位置に繫留されていた。ずっと東のほうでは、もっと小さな船が数十隻、停泊していた。大型貨物船はたいがいタリン湾の沖で錨泊していたが、もっと陸地寄りに中型の貨物船が十数隻いて、艀がそこから人間や貨物を運んでいた。

もっと小さな船も、頻繁にはいってきた。朝の漁を終えたちっぽけな漁船も見られた。

ウィトロックは、〈シュタイナー〉の双眼鏡を覗いて、海のようすを調べた。入港する小船を監視し、さらに八〇〇メートル離れたある場所にも目を向けた。巨大なカーフェリーのターミナル近くにある埠頭の出入口には、下船して街に向かうものがだれでも通らなければならない関門がある。ウィトロックはそこをおもに見張っていた。埠頭から出てくる人間はたいがい三人ないし十人の集団で、海の寒い空気から身を護るためにコートや帽子で着ぶくれしている。そして、近くのバスか車かトラックに向かう。

ウィトロックは、そういう集団には目もくれず、たった独りで歩いている人間を探した。タウンゼンド・ハウスの雇い主とは、一日以上連絡をとっていないが、ターゲットと狩り(ハント)の現況は、携帯電話に送られてくる秘話メッセージを読んで知っていた。そのデータによって、〈ヘルシンキ・ポラリス〉が涸れ井戸(ドライ・ホール)（成果がなにもない攻撃目標）だったと知ったが、ウィトロックはすこしも驚かなかった。ジェントリーが、その船にずっと乗っているわけがない。ロシア・マフィアに裏切られるか、シドレンコの館に近いフィンランド湾を航行している船を片っ端から海上急襲するよう命じられた乗り込み隊に、発見されるおそれがあるからだ。

ジェントリーは抜け目がないから、そんな過ちは犯さない。さすがジェントリーだと、ウィトロックは感心した。ロシア・マフィアと関係がなく、ロシチノでの任務についてもなにも知らない第三者を迎えにこさせるように、手配をしてあったのだろう。

自分もそうしていたはずだから、ジェントリーもそうするだろうというのが、ウィトロックの結論だった。

短い休憩をとって、グロッグを飲み干し、ホテルの朝食のビュッフェで出されるものを使って自分でこしらえたエッグサンドイッチをすこし食べた。そして、また双眼鏡を目に当てた。口から出る白い息が落ち着くのを待っているとき、小さな白い船が、東西にのびている埠頭のなかごろの桟橋(さんばし)に近づくのが目に留まった。全長六メートルの〈ベイライナー〉のモーターボートかもしれないと思ったが、カンバスの幌は見当たらなかった。タリンに来る途中で取りはずしたのかもしれない。そのとき、独りの男が、船長のほうをふりかえりもせず、桟橋におりた。荷物は黒いバックパックだけだ。それを背負うと、埠頭の出入口に向けて、目的ありげな足どりで歩き出した。ウィトロックは、二〇倍の双眼鏡で男をしばし追い、ほかに怪しい人間がいないかどうか、周囲をすばやく調べてから、独り旅をしている唯一の人間であるその男に注意を戻した。

男は埠頭を出て、客待ちのタクシーの列のそばを通り、バス停も過ぎて、南西に向かった。いまではウィトロックがいるほうへ、ほぼまっすぐに向かっていた。旧市街に通じる往来の多い道路で、雪に覆(おお)われた歩道を歩いていた。

ウィトロックは、双眼鏡で男を追いつづけた。倍率の高い〈シュタイナー〉のおかげで、四五メートルの距離から見ているのとおなじだったが、それでもターゲットを識別できなかった。男は黒いコートのフードをかぶり、鼻と口をマフラーで覆っていたので、距離にかかわりなく、面体(めんてい)をたしかめることができなかった。

だが、そうだという気がした。「おまえだな、コート?」ウィトロックはつぶやいた。

双眼鏡のレンズにゴムのカバーをかぶせ、〈キヤノン〉のカメラや魔法瓶とともに、バックパックにしまった。バックパックを背負い、旧市街の出入口に向かった。確信はなかったが、ターゲットを見つけたと思いたかった。

十五分後、その確信が得られた。ウィトロックは、旧市街の城壁のおもな出入口であるヴィルム門の近くで、小さなレストランの二階のテーブルに陣取っていた。石畳の通りを近づいてくる男が、眼下に見える。顔は依然としてマフラーと黒いコートのフードに隠れていたが、身長と体つきはわかる。いずれも、ウィトロックの知るターゲットと一致していた。〈シュタイナー〉の双眼鏡を持ち、男の顔に焦点を合わせた。間近なので目が大写しに見え、動悸が速くなった。顔を付き合わせるくらいの距離にいるように思えた。

男の目は緊張し、探索していた。

ウィトロックは確信した。あれはグレイマンの目だ。

ウィトロックは、その目を何時間も見つめてきた。リー・バビットが、CIAにある写真をすべて送ってきた。どれも古く、パスポートの写真にせよ、ビザの申請書にせよ、なにかしら変装しているものがほとんどだったが、貫くような厳しい目だけは変えられない。

ラス・ウィトロックは、胸を高鳴らせ、窓から顔をそむけた。

「捕まえたぞ。おまえはもうこっちのものだ」ウェイトレスが注文をとりに来る前に、ウィトロックはテーブルを離れ、レストランの階段をおりて、寒い表に出た。

ターゲットは、顔を伏せて、人込みを抜けていた。二分間尾行するあいだに、ウィトロックはジェントリーがフードをおろし、黒いワッチキャップを茶色の髪にかぶり、また脱ぐのを見ていた。じつにさりげないやりかたで、そういうふうに外見を変えられると、遠くからではまったく見分けられなくなる。

ジェントリーは、中世の街の中心にあたる旧市庁舎広場にはいった。冬の市が立っていて、食べ物、飲み物、手工芸品を売る木造の売店のあいだを、何十人もの朝の買い物客が歩きまわっていた。焼きソーセージ、ホットチョコレート、グロッグのにおいが漂っていたが、ジェントリーが、休日の楽しげな光景や物音やにおいをいっさい無視し、使命のみに集中しているのを、ウィトロックは見守った。

　生き延びるのが、ジェントリーの使命だ。

　ジェントリーが突然立ちどまり、通りを渡ってパン屋の前に行き、ウィンドウのガラスを見つめた。

　ウィトロックは、顔を伏せて爪先の石畳を見つめ、ジェントリーを尻目に、そのまま歩きつづけて角をまわった。

　一分後、まったくの偶然で、曲がりくねった旧市街の通りで、ふたたびジェントリーを見つけた。ジェントリーのいる通りと平行に移動していたつもりだったが、一五メートルうしろに近づいていたことがわかった。凍った石畳の道をのろのろと走っていたＳＵＶのすぐ前で、ジェントリーがまた通りを渡り、中世の拱門（アーチ）をくぐって、聖堂の丘に通じる石段を昇っていった。

　ジェントリーが雪の積もった石段の上に姿を消すのを、ウィトロックは見送った。跟（つ）けていかなかった。獲物は高度な技倆（ぎりょう）を備えているし、ＳＤＲ（監視探知ルート）をとっている。まもなく尾行を欺（あざむ）くための複雑な動きをするはずだ。店に跳び込んだり、あちこちの出口を使ったり、方角を頻繁に変えるだろう。尾行者がターゲットを見失うか、あるいは尾行がばれてしまう。たいがいの経験豊富なプロフェッショナルがＳＤＲをやっても、デッドアイは尾行をつづけることができる。しかし、ジェントリーが相手では、そうはいかない。グレイマンを見失わないためには、かなり近づいて、糊（のり）で貼りつけたみたいにぴたりとくっついていなければならない。しかし、そんなことをすれば、グレイマンは尾行されていることにたちまち気づく。

　かならずそうなる。

　だから、ウィトロックはジェントリーを追わなかった。旧市庁舎広場に戻り、売店でグロッグを買い、立ったままでゆっくりと飲み、店から店へと動いてゆく買い物客を眺めた。女たちは、ベビーカーを押したり、子供を乗せた橇（そり）をひっぱったりしていた。男たちはたむろして話をしたり、妻と手をつないだりしている。ウィトロックは、折りたたんだ地図をコートのポケットから出し、位置関係を知り石段を昇るジェントリーを最後に見た場所をたしかめるために、じっくりと眺めた。あとで、できるだけ見込みがありそうな隘路（チョーク・ポイント）を選び、そこでターゲットが通るのを待ち伏せることにした。

　一日ずっと、三、四時間置きに、イヤホンから着信音が聞こえた。ブカレストを出てからずっと、かかってくる電話には出ていなかったが、いまは話をする用意ができた。スマートフォンに指で触れて、着信を選択し、ブルートゥースで接続した。

「よし、いえ」

「こちら墓所（グレイヴサイド）」リー・バビットの暗号名だった。衛星接続の電話の声でバビットだとわかったが、それでも手順は踏まなければならない。

「認証番号をいえ」ウィトロックはあいかわらず手袋をはめた手に持った地図を眺め、グロッグを飲んでいた。

「認証番号、八、二、四、四、九、七、二、九、三」

「確認した。こちらデッドアイ。認証番号、四、八、一、〇、六、〇、五、二、〇」

「確認した。やあ、ラス」バビットがぼそりといったが、三十六時間以上も自分の台本とは関係なく動いていたことに激怒しているにちがいないと、ウィトロックには想像がついていた。

「やあ、リー」

バビットが、さっそく本題にはいった。「昨夜の海上急襲のデータは受け取ったな？」

「涸れ井戸(ドライ・ホール)」ウィトロックは、にべもなくいった。

「そうだ。だが、また足跡を見つけたようだ。衛星画像をアナリストが数時間かけて調べた。〈ポラリス〉の船長の話と特徴が一致する船を見つけた。その船が四十分前に、エストニアのタリンの桟橋(さんばし)に着いた。タリンへ行ってくれ。ターゲットの位置を精確につかめる情報がはいったら、大至急報せる」

ウィトロックは、グロッグを飲み、手にした地図を見ながら歩きはじめた。広場を出て、雪をブーツで踏みしだき、古城の丘へ向かった。「こっちが一歩先だな、ボス。おれは現地にいる」

バビットがしばし沈黙した。ようやく答えた。「タリンにいるのか？」

「そうだ」

「なにをしている？」

「ターゲットの監視を行なっている」

その意味が理解されるまで、すこし間があるはずだとわかっていた。ウィトロックはグロッグをひと口飲み、歩いた。

「ジェントリーを見張っているのか？」

「埠頭からずっと追っていた。いま、やつはSDRをとり、尾行の有無をたしかめようとしている。夕方までずっとやるだろう。だから距離を置いたが、そう遠く離れてはいない」

そのあとの間は、ウィトロックが予想したとおりの長さだった。バビットの頭のなかをなにが駆けめぐっているかを、ウィトロックは想像した。狂喜しているだろうが、かすかな困惑と、疑念すらあるかもしれない。しかし、バビットは企業経営者だから、なにはさておいても、状況を掌握しているように見せかける方法をひねり出そうとしているにちがいない。状況がわかっていないのは、みえみえなのに。

ウィトロックの推理に応えるように、バビットがきいた。「どうしてエストニアにいるとわかった？」

ウィトロックは、温かいワインをまたひと口飲んだ。その味を堪能しながら、自分の手柄を説明する楽しみもじっくりと味わった。「方程式を解いた」

「方程式？」

「ああ。自分が受けた訓練をすべて考慮に入れるのが、やつにとって最善の行動方針だと、おれは判断した。PERSEC（身の安全）の理由から、二日もあの船に乗っているわけがないと思った。どうにかして船をおりるだろう。暗くなってからそうするはずだから、いちばん近いのは南のタリンと北のヘルシンキだ。どちらへ行っても不思議はないが、タリンのほうが考えられる。やつはエストニア語はできないが、ロシア語はある程度できるから、エストニアではロシア人で通る。フィンランドではそう簡単にはいかない」ウィトロックは、なおもいった。「それに、ロシアに戻るわけがない。それはわかりきっている」

バビットがきいた。「やつがすぐにタリンを離れないのは、どういうわけだ?」

「ここが気に入るはずだ。人込み、観光客、警察の力も取るに足らない。寝泊まりし、食事ができる小さな宿屋がいくらでもある。鉄道、道路、海など、交通手段には事欠かないから、二日ぐらいはいるだろう。おれならそうする。やつもそうするはずだ」

ウィトロックは、グロッグの残りを一気に飲み干し、手袋をはめた手で紙コップを潰して、通りの隅のゴミ入れに投げ込んだ。歩行者専用のトンネルを通って丘を昇る石段に着いて、昇りはじめた。

バビットがいった。「トレッスルをそっちへ行かせる。ヘルシンキから飛行機で行けるし、ベルリンのジャンパーよりも早く着く」

ウィトロックはいった。「なんでもやりたいようにやればいい。ただし、おれがターゲットへ誘導するまで、邪魔にならないように遠くにいさせろ。グレイマンは、今夜泊まるところを探すはずだし、おれはそこを見つける。トレッスルのチームをあまり接近させるのは無意味だ。おれがすべて把握している」

「たいへん結構」

「あたりまえだ」ウィトロックはなおもいった。「なんなら、おれが乗り出して片づけてもいいぞ。おおぜい出動させるのは無駄だ。おれ独りでやれる」

バビットが、厳しい口調で答えた。「独りでやつを斃そうとするのはやめろ。ロシアから伝わってきた情報では、ジェントリーはシドの館で八人殺した。負傷者はもっと多い。館には武装した男たちが五十人以上いたんだから、たいした働きぶりじゃないか」

ウィトロックは、衛星接続でバビットに聞こえるように、大きな溜息をついた。「わかった。ターゲットを追跡し、打撃チームに必要とする支援をなんでも提供するだけにする。実行はトレッスルにやらせる」

「よし」バビットはつけくわえた。「やつの動きをすべて読んだのはすばらしい能力だと褒めてもらいたいのなら、褒めてもいいぞ」

「ジェントリーの動きを読むのは簡単だ。ジェントリーとおれは瓜ふたつだからな」

バビットは、その意味がよくわからないらしく、それには答えずにこういった。「トレッスル・アクチュアルがタリンに到着したら、連絡がとれるようにする」

「了解した」

バビットが、やさしい父親めいた声音でいった。「こちらのきみの調教師は、きみがもうすこし連絡をとってくれるとありがたいと思っているようだが、とがめだてするのはやめておく。ある程度まで作戦に柔軟性があることに、きみが慣れているのはわかっている。それは尊重してもいい」

「ただし？」

「ただし、ターゲットを斃すことに関しては、柔軟性は認めない。それは直接行動チームがやる。そのときには退いてくれ」

「いいたいことはよくわかった。トレッスルが位置につくのに手を貸してから退く」

バビットは、デッドアイの従順な返事をしばらく虚空に漂わせていた。ようやくいった。

「たいへん結構。グレイヴサイド、通信終わり（アウト）」

11

ジェントリーは、タリンの街を何時間も歩き、さらに一時間かけて、いくつもの必要な条件を満たすホテルを探した。ジェントリーが腰を落ち着けたのは、クーリ通りにある三階建ての石造りのホテルだった。旧市街の一部を囲んでいる十五世紀の城壁に沿って連なっている低く長い建物と、合体した造りになっていた。ジェントリーの狭い部屋は、壁が中世の胸壁そのものなので、冷たく湿っていた。しかし、部屋そのものは、中世の雰囲気は追わず、床の低い台に載せたベッドと、小さなデスク、洗面所、石の壁を通して北の公園が見える窓があるだけだった。

だが、ジェントリーには申し分のない部屋だった。床板がきしむ廊下の突き当たりにあり、襲撃があれば、敵が近づく音を聞きつけられる。窓からすばやく脱け出して、ツインベッドの脚に結んで下に隠してあるロープで、地面におりられる。

廊下の先のシャワー室で熱いシャワーを浴び、シドレンコの館で体をぶつけたためにできた痣(あざ)や痛む関節をほぐした。それがすむと、服を着て、ブーツをはき、バックパックに持ち物をすべて詰めて、厚いコートをストラップに通して固定した。訓練で学んだとおり、作戦中は服を着て眠り、一瞬のうちに脱出しなければならない場合に備え、持ち物はすべてすばやく持って逃げられるようにしておく。そもそも、ジェントリーは実質的につねに作戦中なので、何年も前から、そうやって暮らしてきた。

　小さなデスクに向かって座り、SDR中に市で買った豆とサーモンの缶詰ふたつを食べ、地元の〈ア・ラ・コック〉ビールで流し込んだ。小さなバーへ行って一杯やり、温かい食べ物を食べたかったが、新しい土地で出歩くのは、一日か二日たってからのほうがいい。はじめての晩は、この部屋にいて、ホテルの物音を聞き、周囲の正常な動きをつかむつもりだった。

　ベッドに腰かけ、テレビをつけてCNNに合わせた。サンクトペテルブルク付近での事件については、なにも報じられていなかったが、それは意外ではなかった。ロシア・マフィアの銃撃戦が外国で報道されるのは、ニュースに扇情的な映像が伴っているときだけだ。シドの館にはいたるところに防犯カメラがあるはずだが、シドの後釜（あとがま）に座ってブラトヴァを支配している人間が、映像を公（おおやけ）にしたいと思うわけがない。

　ジェントリーは、ベッドに横になって、チャンネルを変えていった。緊張をほぐせればいいのだがと思った。数週間ぶりにはじめてとる休息なのだ。

ロシア・マフィアのシドレンコを排除したのは、いい気分だった。これで最強の脅威――アメリカ合衆国――に集中できる。CIA本部（ラングレー）の親玉たちに〝目撃しだい射殺〟指令を下され、これでもう五年も、CIAの追っ手から逃げまわっている。どうしてCIAが殺そうとしているのか、ジェントリーには皆目（かいもく）わからなかった。わかっているのは、つぎからつぎへと殺し屋を差し向けられているということだけで、それは当面変わりそうにない。

ＣＩＡの人狩り（マンハント）の対象になっているため、ジェントリーはこの五年間、アメリカには入国せず、インターネットも使わずに暮らし、ほとんど発展途上国にいて、殺しの契約を請け負い、それで逃亡資金を稼いでいた。長年のあいだに、ハンドラーや後援者の人脈ができ、そういう連中のために働いた。イギリスの大物スパイには裏切られた。ロシア・マフィアのシドの場合は、ジェントリーが裏切って、ついには殺した。成り行きでメキシコの麻薬カルテルの頭目も騙（だま）した。

ジェントリーは、より大きな善行をほどこすために、金を払って自分を雇う連中の目的を、そんなふうにことごとく潰してきた。

雇い主がこの世のクズのときは、裏切ることにまったく痛痒（つうよう）を感じなかった。しかし、そういう小さな勝利は、けっして最終目標ではない。ジェントリーの最大の願いは、アメリカに帰ることだった。ＣＩＡの〝目撃しだい射殺〟の制裁から解放されることだった。

だが、いまは祖国のない男、国外に追放された金で雇われる刺客（アサシン）だ。

暗いなかで、ジェントリーはチャンネルを変え、フランスのコメディを見た。不安がどんよりとのしかかっていたにもかかわらず、ストーリーの馬鹿ばかしさに、笑いがこみあげた。

表では、風のなかでふんわりした雪が舞っている。そして、二階下では、べつの独り旅の客が、ホテルの狭いロビーにはいってきたところだった。

探すのに一時間かかったが、ラス・ウィトロックは四度目で鉱脈を掘り当てた。

一軒目のホテルでは、ほかの客の情報がうまく得られなかったので、わざわざ部屋をとったが、そのあとで主人からきょうの最初の客だと聞かされた。部屋にあがり、ベッドを乱しておいて、すぐさま裏口から脱け出した。二軒目では、あとの客は国際ボートショーを見にきた東洋人の団体だけだとわかったので、宿泊料が高いと文句をいい、フロントの女が値段を下げるといい出す前に出てきた。

三軒目も涸れ井戸だった。

作戦後にすぐさま逃走をはかろうとしている人間に必要なあらゆる条件を満たすホテルが、四軒目で見つかった。そのときには、暗くなっていた。そのホテルは、観光スポットが多く、外国人やよそ者がいつも押し寄せる旧市街にあったが、小体で街区の北の端に位置していた。つまり、夜は静かだし、だれかがはいってくれば目につく。

ホテルの正面の窓は、三方をほかの建物に囲まれた、屋根のない駐車場に面していた。ちょうど小さな広場のようで、近づく車や叫び声が大きく増幅される。

裏のほうへ歩いていくと、公園があり、木と石で造られたホテルが、六百年前の旧市街を囲む城壁を利用して建てられていることが見てとれた。円錐形の木の屋根を冠した石造りの大きな円塔が、城壁からそびえていた。そして、石の城壁には窓があった。ホテルの裏手の部屋の窓にちがいない。

そうとも、ウィトロックは思った。これにちがいない。

ロビーにはいり、フロントの若い女に、部屋はあるかと聞いてから、宿帳を見た。

一時間前に、だれかが三〇一号室をとっていた。サインを見たが、殴り書きか一本の線のようだった。コート・ジェントリーと書いてあるとは思わなかったが、時刻からしてそれらしかった。まちがいなくその客だと思った。

フロントの若い女が、三階の部屋を割り当てようとしたが、氷で滑って膝を痛めたので、下の階に空いた部屋がないかと、ウィトロックは頼んだ。気の毒に思っているような笑みを浮かべた女が、二〇一号室を割り当てた。ターゲットの真下だ。

ウィトロックは、三泊分をユーロで払った。パスポートを見せてほしいといわれたので、自信たっぷりに出した。タウンゼンドの人間が、完璧な書類を用意してくれたはずだ。タウンゼンドはCIAと特別の結びつきがあるので、その手先は、CIAと国務省の共同プログラムに属しているという身分で行動できる。

ウィトロックはジェントリーとはちがい、思いのままに世界のどこへでも行ける。身分証明書も細かい吟味に耐えるはずだとわかっている。

二階へ行って、バックパックを置くと、屋内のレイアウトを記憶するために、ホテルのなかを数分歩いた。それから、コートのジッパーを閉めて、表の寒気のなかに出た。雪が降りしきり、雲に覆われた空の下で、風に吹き散らされていた。周辺の地図を脳裏に描きながら、近くの建物にはいった。それから、ひきかえして、城壁に沿った公園を歩き、どれがジェントリーの部屋の窓かを見極めた。偵察を終えると、食事のために街の広場に向かった。

タウンゼンドに電話して、ターゲットの位置を突き止めたことを報告し、打撃チームのリーダーが到着したらすぐに連絡がとれるようにしてくれと頼んだ。

旧市街のすぐ南で、ヘラジカのシチューと赤ワインの食事を味わった。レストランの暗い隅に独りで座り、ゆっくりと食べ、飲んだ。食事をしながら、スマートフォンを使って、ホテルの周囲の広い範囲を調べ、自分の目で見た地域の鳥瞰図（ちょうかんず）を頭に入れた。それが終わると、エストニアの地図を出して、街からすばやく簡単に出られるような鉄道路線と幹線道路のルートをいくつか指でなぞった。

食事を終えかけたときに、電話がかかってきた。

「よし、いえ」ウィトロックは、低い声でいった。

「トレッスル・アクチュアルだ」

「認証番号をいえ」ウィトロックは命じて、皿にあった最後のソーダパンを取って、ヘラジカのシチューに浸してから、口に入れた。

「認証番号、九、三、三、〇、八、七、二、五、九」

「確認した。こちらデッドアイ。認証番号、四、八、一、〇、六、〇、五、二、〇」

「いま空港だ。一時間でAO（作戦地域）に行く。ターゲットの位置は突き止めたんだな？」

「当然だ。突き止めた」

「よし。二一〇〇時に会おう」

ウィトロックは、紙の市街図をポケットから出して、ちょっと眺めた。「地図をひろげて、書き留めてくれ」

12

ウィトロックは、両手をポケットに入れ、顔を伏せて、吹き降りの雪のなかを独り歩き、自由広場を横切った。聖ヨハネ教会の投光照明が、大きな広場を照らしていた。車はときどき通りをのろのろと走っていたが、夜のこの時刻になると、広場を通る歩行者も、歩道を歩いている人間も、ほとんどいなかった。

通りを渡ると、ウィトロックは公園にはいり、遊歩道をはずれて、木立のなかを歩いていって、丘を登った。深雪の下の凍った地面に、ブーツがしっかりと食い込んだ。ファルギ通りを車が数台走っていて、公園の端にあるバス停で数人が待っていたが、ほかにひとのいる気配はなかった。バス停を避けて遠まわりし、木立の奥にはいってからようやく、ベンチが円形にならんでいる、小高い丘のてっぺんを目指した。

公園の奥まで届いている街路のかすかな明かりで自分の白い息を見ながら、ベンチのそばに立ち、寒いなかで待った。無数の雪片が地面に降る音が、低い空電雑音のように聞こえていた。

ウィトロックは、気配りを示すために数秒待ってから、咳払いをした。「あんたら、どこにいるんだ？」

返事はなかった。

ウィトロックは、溜息をついてからいった。「尾行はいない。いいかげんにしろ」

さらに数秒たつと、うしろの木立から聞こえた。「見せびらかしは、だれだって好きじゃない、ラス」その直後、三人のブーツが雪を踏む音が、雪の降る音に重なって、うしろからかすかに聞こえた。ウィトロックは三人のほうへふりむいた。三人とも三十代で、ハイテク防寒装備を着込んでいる。

いましがた返事した男がいった。「おれたちは旅客機で来た。チームの残りは、装備を積んであとから来る。〇二〇〇時に到着する」手を差し出した。「調子はどうだ、ラス？」

「ニック」ウィトロックはそういってから、あとのふたりにうなずいてみせた。

ニックが、トレッスルのチーム・リーダー、暗号名トレッスル・アクチュアルだった。ウィトロックは、タウンゼンドでの仕事を通じて、今回の対ジェントリー作戦に参加する打撃チームのすべての人間と共同で作業したことがある。いずれも射手としても突入隊員としても優秀だが、臭跡を感知されずにコート・ジェントリーの作戦領域に侵入することはできないだろうと、ウィトロックは判断していた。こいつらには、ひと目を惹（ひ）かないようにするという心得がない。〈オークリー〉のサングラス、〈ウールリッチエリート〉のズボン、〈Gショック〉の時計、〈サロモン〉のブーツ。戦闘作戦にはうってつけの装備だが、目立ちすぎるので、好きではなかった。ニックとその部下たちに、ジェントリーの脳みそに二発速射（ダブル・タップ）する能力があるのはたしかだ。そういうことだけなら、だれにでもできる。だが、自分が作戦の下準備をしなかったら、こいつらがやってくるのを、ジェントリーはかなり遠くから感づいていたはずだ、とウィトロックは思っていた。

ウィトロックは、チームのひとりからボールペンとメモ帳をひったくり、雪の上で片膝をついた。非常口、階段、三階の突き当たりにあるジェントリーの部屋の位置がわかるように、タクティカル・ライトの光を当てて、ホテルの見取り図をすばやく描いた。見取り図が雪の上に立つ三人にまわされ、それぞれがじっくりと眺めた。

「屋根へ出られるか？」ニックがきいた。

「三階と近くの建物を下見した。廊下から上に昇れるところはない。屋根裏は隣のアパートメントの一部になっている。ホテルとはべつだ」

「まちがいないんだな？」

ウィトロックはうなずいた。「天井に穴でもあけないかぎり、ホテルの三階から上には出られない」

ニックが、自分のメモ帳に書いた。

ウィトロックはつけくわえた。「もうひとつ。ターゲットの部屋の前の廊下は、ひどくきしむ。古い床板がゆるんでいる。ターゲットの部屋の手前の階段を出発点にして急襲するほうがいい。廊下を歩けばどうせ音を聞かれるから、一気に駆け出してドアを破れ」

「わかった」

ウィトロックは、まわりの雪を見まわした。風に吹き散らされている。公園に来てから、降りかたがかなり激しくなっていた。「やつが外に出たら、こういう天気だと厄介なことになるぞ」

「わかっている」ニックがいった。「最新の気象情報だと、〇三〇〇時には猛吹雪になる。今夜はUAVの支援は得られない。フィンランドからUAVチームを連れてくるのもやめた」

「天気が回復するまで、作戦を休止するつもりは？」

「いや。すこしぐらい雪が降っていてもやれる。四人をやつの部屋に差し向ける。あとは、逃げようとした場合に備えて、一階に配置する」

ウィトロックはいった。「おれは階段にいる。やつがあんたのチームをやりすごしたときには、逃げ道をふさぐ」

ニックが首をふった。「だめだ。バビットは、あんたをXから遠ざけるようにといってる」

「バビットに教える必要はないだろう。表は猛吹雪だ。ジェントリーがどこかのドアか窓から脱け出したら、あんたの作戦は失敗する」

「バビットが――」

ウィトロックはいった。「バビットがどういおうが、知ったことか。現場指揮官はあんただろうが。あんたが決めろ。失敗したら責任をかぶるのはあんただぞ。このターゲットについては、柔軟になったほうがいい。バビットはハイテク装備一式とともに後方にいる。われわれは、現場で、やらなければならないことをやる」

ニックは譲らなかった。「あんたに邪魔してもらいたくない」ウィトロックの顔に指を突きつけた。「以上だ」

ウィトロックは、肩をすくめた。「あんたが決めることだ。手伝おうとしただけだ」

ニックが、つけくわえた。「落ち着け、デッドアイ。ジェントリーを逃がしはしない。やつの部屋をぶち壊して、その場でぶっ殺す」

レナルト・メリ・タリン国際空港は、ヨーロッパのほかの航空交通拠点に比べると、さほど活気のある空港ではないが、猛吹雪の火曜日の午前三時、メインターミナルから八〇〇メートル離れた滑走路26の端にある北東の格納庫群では、ほとんど活動がとまっていた。

完全にとまっていたわけではない。

小さな格納庫ひと棟だけに、いくつか明かりがともり、大きな携帯用温風器が床に温かい空気を流していた。ガルフストリーム200が、格納庫のどまんなかに駐機していた。ヘルシンキからの飛行と、空港の税関の承認を得るために駐機場で長く待たされたために、まだ機体が濡れている。ガルフストリーム200のそばには、扉に車首を向けた白い十二人乗りのバンがとまっていた。

格納庫には、八人の男がいた。トランクに腰かけて、武器に弾薬を込めているもの、ニーパッドやエルボーパッドを着けているものがいた。閉ざされた格納庫扉のそばにひとりが立ち、どこかの衛星からの電波が厚い雲を貫いて携帯電話に届くのを待って、いらいらと歩きまわっていた。

この間に合わせの中間準備地域は、空港警備部や税関とはかなり離れているが、それでも準備を急いでいた。自分たちの幸運は長つづきしないとわかっていたからだ。空港の警備員が不審に思ったり、整備員が仮眠の場所を探しにくるかもしれない。そうなったら、ここでやっていることがばれてしまう。

チームは、きわめて効率よく準備した。この手の作業は何年もやっている。それぞれの主要な武器はヘッケラー&コッホMP7〝PDW（個人防護武器）〟だった。サブ・マシンガンよりもずっと威力があるが、アサルト・ライフルほど大きくはない。

また、九ミリ口径のSIGザウアー・セミ・オートマティック・ピストルを腰に携帯し、ヘルメットの下にはペルターComTacⅡヘッドセットを装着していた。胸と背中は、軽量のケヴラー製抗弾ベストに護られていた。ライフル弾に耐える、ハイテクのセラミック製SAPI（小火器防護用プレート）で完全防御するという手もあったが、情報によって、ターゲットはライフルを持っていないという確信があった。拳銃弾ならケヴラーで食いとめられる。けさの作戦では、それですむはずだった。

それぞれが時計を合わせ、MP7に取り付けたレーザー照準器とフラッシュライトを作動させて点検し、最後にマジックテープで留めたパウチを二度点検し、必要なものがすべてあるべき場所にあることをたしかめた。

電波が届くように、格納庫を出て雪のなかで立たなければならなかったが、トレッスル・アクチュアルことニックは、ようやくタウンゼンド・ハウスとの電話がつながった。双方が認証番号を確認しなければならなかったが、ニックも電話の受け手も、認証番号確認はいやというほどやって体得しているので、すばやく終えることができた。

リー・バビット、暗号名グレイヴサイドは、打撃チームのリーダーに不必要な質問をするべきではないことを心得ていた。ニックにREMF——銃後のクソ野郎（リア・エシュロン・マザーファッカー）——だと見られているのはわかっていたし、六五〇〇キロメートル離れたところから銃撃戦のマイクロマネジメントをやろうとしていると、最前線の人間に思われたくはない。そこで、質問はせず、現場の戦闘員にぎりぎりの瞬間に情報を提供するために、いつものように任務前の短い要旨説明（ブリーフィング）をやった。「天候は午前中のなかばまで回復しない。夜明け前にすこし弱まるかもしれないが、前線がバルト海上空で停滞しているから、雪はやまないだろう。上空からの監視情報は提供できない」

　格納庫の外に立っていたニックの装備とヘルメットは、早くも白くなっていた。「わかった」

「デッドアイと話をしたか？」

「数時間前に会った。変わった野郎だな。ちがうか？」

「あいつは独行工作員（シングルトン）だ」バビットがいった。それですべて説明がつくというような口ぶりだった。

「ターゲットの真下に部屋をとっていて、グレイマンの動きが音でわかるそうだ。位置関係に変化があれば、報（しら）せてくることになってる」

「デッドアイは、自分で行動したがっていた」

「ああ」ニックはいった。「本人がそういった。部屋でじっとしていて、邪魔するなといってやった」

「それでいい」バビットが、しばし間を置いて、咳払いをした。「今夜、ジェントリーを始末しろ。いいな？」

「わかってますよ」

「船でやれればよかったんだがな。街中ではなく。後片づけが楽だからな」

「了解。できるだけ散らかさないようにする」

バビットの声が低くなった。空電雑音の多い衛星携帯電話でも、重々しい口調が際立っていた。「そうしろ。だが、これは肝に銘じておけ。今回のこの特別な一件では、副次的被害は必要悪だと了解されている。ミスタ・ジェントリーはアメリカ合衆国にとって、いまここにある明確な脅威だ。彼を抹殺するこの絶好のチャンスを逃すことはできないし、逃してはならない」

ニックは、むろんそう説明されていた。今回は暗殺もしくは捕縛という任務ではない。突入し、クソ野郎が大の字になって倒れるまで撃ち、倒れたのをまた撃ち、脱出する。地元の人間が邪魔をしたときには、ターゲットにたどり着くまで、撃ちまくって突破する。そうニックは、了解していた。

ニックもトレッスル・チームのあとの七人も、そういうことに長けている。

「わかった」ニックは答えた。非戦闘員を撃つ覚悟をするのは、そう簡単ではないが、前にも経験していた。それにタウンゼンド・ガヴァメント・サーヴィスィズが自分たちをこの人間狩りに送り込んだのは、天使のような人間だと見込んだからではなく、汚れ仕事ができるからだ。

バビットが重ねていった。「終わったら写真を撮れ。そう要求されている。だが、死体はそのままにして、空港に戻り、そこから脱出しろ。天候のために飛べなかったら、陸路で隠密脱出しろ。大至急、揚収する」

「わかりました」

「幸運を祈る、ニック。忘れるな……アメリカのためだ」

こんどはニックが黙る番だった。「その……こいつがどんなことをやらかして、〝目撃しだい射殺〟指令が出たのか、教えてくれませんかね……ちょうどいい機会だし」

バビットは、びしりといった。「いいから責務を果たせ。通信終わり」

ニックは電話を切り、衛星携帯電話をしまった。格納庫に戻ると、グレイヴサイド、トレッスル2が近づいてきた。すでにヘルメットをかぶり、ゴーグルを付けて、頭のてっぺんから爪先まで黒い防弾装備を身につけ、MP7PDWを胸の前に吊るしている。ニックの主要武器を持っていた。

「準備ができた」といい、MP7をニックに渡した。

ニックは、MP7を受け取った。「よし」

「グレイヴサイドがついに事情を打ち明けた、なんてことはなさそうだな」

ニックは肩をすくめ、負い紐に首を通して、MP7を胸の前に持っていった。「いつもの調子だよ。経営陣はフレーフレーと応援するだけで、なにも教えやしない。〝責務を果たせ。神と国のためだ。ジェントリーはいまそこにある明らかな脅威だ〟とさ」

トレッスル2が目を剝いて、オナニーをする手ぶりをした。

ニックは、胸の装備のぐあいを直した。いつもなら笑うところだが、戦いの表情になっていた。指揮権上の次級者のほうを見た。「なにも問題はない。ジェントリーは国家の敵になるようなことを、やったんだろう。われわれは国家だ。まあ……そんなものだ。それに近い」笑みを浮かべた。「さあ、あわれなやつを殺しにいこう」

「ああ、そうだな」

ふたりは、バンに乗り込んでいる仲間のほうへひきかえした。

13

ジェントリーは目を醒まして横たわり、ざらざらの粒のような雪が、三階の狭い部屋の窓に当たる音を聞いていた。時計を見ると、午前四時に近かった。窓から見えるかぎりでも、すさまじい猛吹雪が荒れ狂っているのがわかる。

眠りたかった。何時間かうとうとしたが、意識を閉ざすことができなかった。戦闘後はたいがい二、三日かけないと、緊張をほぐすことができない。今回もおなじだ。シドレンコ殺しには成功したが、そのときに起きたことを思い出すと、ストレスを感じた。

あの男の子のことが、気になっているのかもしれない。シドの館で、廊下に駆け出してきた幼い男の子。部屋に戻って隠れるように、精いっぱい脅かしたつもりだった。たぶんそれで命を救ったことになるだろう。銃撃戦がはじまったときに、男の子が暗い廊下をうろちょろしていたら、麻薬でラリって銃をふりまわしているスキンヘッドどもが、その動きに怯(おび)えて、撃ち殺していたにちがいない。

そうだ、あれは正しい行動だった、とジェントリーは認めた。短期的には。では、長期的には？

真夜中に家にはいってきて伯父を撃ち殺したモンスターと出遭ったことが、あの子の悪夢になるのではないか？　やがては、宿敵が刺客(しかく)を差し向けたのだとわかるようになるだろう。その刺客は、いくら技倆(ぎりょう)が優れていても、亡霊ではない。モンスターでもない。だったら、何者なのか？

　ジェントリーは、窓の外を見つめた。おまえは何者だ？

　ジェントリーは、さまざまな名前で知られている。もちろん、もう本名で呼ばれることはほとんどない。母親は幼いときに死に、父親とは長年話をしていないし、数年前に弟を亡くした。

　CIAで、ジェントリーは当初、違反者(ヴァイオレイター)と呼ばれていた。独立資産開発プログラム(AADP)に配属されたときにあたえられた暗号名だった。ノースキャロライナ州ハーヴィー・ポイントに訓練場があり、道に迷ったはぐれ者の若者が連れてこられて、アメリカ合衆国のために汚れ仕事ができるように、荒っぽい一面を鍛えられる。

　9・11同時多発テロ後、ジェントリーは独行工作から引き抜かれて、G S(ゴルフ・シエラ)という尖兵(せんぺい)部隊に組み込まれた。CIA特殊活動部(SAD)に属する対テロ任務部隊で、冗談めかして特務愚連隊(グーン・スクワッド)とも呼ばれていた。ジェントリーは六人編成のチームのいちばん下っ端で、ヴァイオレイターからシエラ6(シックス)へと呼び名が変わった。そこで拉致(らち)捕縛任務を行ない、アメリカの敵を訊問のために秘密施設(ブラック・サイト)に護送し、あるいは命令によって頭に銃弾を撃ち込んだ。

　それが突然――じっさい、まったく寝耳に水の出来事だった――シエラ6でもなければ、チームの一員でもなくなった。グーン・スクワッドが襲ってきた。明らかにジェントリーを殺せと命じられていた。

だが、シエラ6が以前、ヴァイオレイターとして受けていた訓練がものをいい、独りでチームを撃破した——一対五だった。それがアメリカでの人生に終止符を打った。翌日、アメリカを出て、それ以来、追ってくるハンターをふり切るために走りつづけている。

世界最強の国の衝角に叩き潰されないで生き延びるために、ジェントリー、ヴァイオレイター、シエラ6のすべての能力を結集し、金で雇われる刺客グレイマンになった。グレイマンは、一般市民の殺しの契約を請け負うが、殺すのは犯した犯罪を極刑でつぐなうのが当然だと思われる人間にかぎられていた。この五年のあいだに、テロリスト、麻薬王、マフィアの頭目、独裁者にくわえ、ほかの刺客まで始末した。

インターネットなしで外国で暮らしてきた歳月のあいだずっと、ジェントリーの最終目標はアメリカに帰ることだった。紅海沿岸で、以前は友人だったSAD戦闘員を窓口にして、CIAと和解しようとしたが、みじめな結果に終わった。その友人は、地の涯までジェントリーを追うといい放った。だが、いつの日か、どうにかアメリカに戻るのを許されるはずだという希望を、ジェントリーは捨てていなかった。CIAが温かく抱擁してくれるか、しぶしぶ黙認するだろうと思っていた。

だが、いたずらに月日が流れるだけで、ジェントリーとCIAとの関係はいっこうによくならなかった。

それに、ほかにも大きな問題がある。ここ数カ月、シド殺しの準備に追われ、それだけに力をすべて注いでいたので、ほかのことはあまり考えていなかった。シドが片づいたいま、それが意識のいちばん前に出てきて、考えないわけにはいかなくなった。シドのような極悪人と関係を持ったために、相手にしなければならない新しい敵が増えてしまい、CIA問題はあとまわしになっていた。シド殺しは必要だったが、終わってみると、時間を無駄にしたという気がしていた。

ジェントリーを殺したがっているものが、ほかにもおおぜいいる。敵にまわしたフランスのエネルギー多国籍企業には、その後雇われたが、まずい別れかたをしたので、恨まれている。

メキシコでは、麻薬カルテルの頭目のために働き、そのあとで裏切った。先ごろ、その頭目がYouTubeに動画を投稿した。世界の最重要指名手配者のひとりである、コンスタンティノ・マドリガルが、カウボーイハットとバンダナで顔を隠して、カメラに向かってしゃべっていた。

「この メッセージは白人野郎（グリンゴ）の殺し屋（ピストレロ）ホセに宛てたものだ。おまえの友だちのカウボーイ組（ロス・バケロス）からおまえに忠告がある。青いバナナは買うな（バナナが熟す前におまえは死ぬという警告）」

マドリガルが、耳障りな笑い声をあげ、金メッキのAK‐47をふるところで、動画は終わっていた。

マドリガルは長年、カメラの前に姿を現わしたことがなかったので、その画像が各国のマスコミに取りあげられた。ジェントリーは、シド襲撃の準備をしていたときに、モスクワの隠れ家でその動画を見た。ほかの人間には謎だっただろうが、ジェントリーには意図がわかった。メキシコでは、ホセと名乗っていた。青いバナナうんぬんがなにを意味しているかも明らかだった。

　モスクワでは、ジェントリーはその問題よりもシドがもたらす危険な状況を優先していた。自分がロシアにいたし、シドのほうがメキシコの麻薬王よりもずっと大物だったからだ。だが、シドが死んだいま、マドリガルやフランスの多国籍企業ローラングループに、これからどれほど悩まされることになるのだろうと思った。

　おおぜいの悪党どもに追われているせいで、手の空(す)く時間がまったくなくなっていた。

　長期的にこの問題を解決するには、悪魔どもと取り引きするしかないとわかっていた。信用できない調教師(ハンドラー)のために働いたり、ターゲットにする邪悪な人間よりもさらに多くの血で手を汚してきたやつらの保護を受けたりするのはやめて、この稼業から足を洗わなければならない。

　どうにかして、グレイマンの人生を終わりにしなければならない、と思った。

　その考えは、ふと頭に浮かんだようでもあったが、思い返してみれば、だいぶ前からそんなふうに考えるようになっていたのだと気づいた。

　この五年間、自分はいったいどれだけ役に立ったといえるのか？　悪辣(あくらつ)な多国籍企業はまだ存在しているし、アフリカには独裁者が何人もいる。ロシアのブラトヴも栄えている。メキシコではむごたらしい麻薬戦争がつづいている。

　自分は齢をとり、叩きのめされ、ぼろぼろになり、戦闘疲労に悩まされ、打ちひしがれているが、周囲の世界は変わりもせず、改善もされずにまわりつづけている。

　なんとか達成したのは、生きつづけることだけだった。こういう暮らしをつづけていたら、このささやかな勝利はいずれ徒労に終わり、殺されてしまうだろう。アジアのジャングルか、ヨーロッパの路地か、南米の腐ったどぶ川か、あるいはバルト海のひと気のないホテルの部屋で。

不意にみっともない最期を迎えるのだ。

ベッドに横たわって、なぜかモーリスの言葉を思い出した。ハーヴィー・ポイントのAADPでジェントリーを担当した教官のモーリスが、かつてこういった。

「真の兵士は、目の前のものを憎むからではなく、背後にあるものを愛しているから戦う」

チェスタトンの言葉の引用だった（《イラストレイテッド・ロンドン・ニューズ》週刊新聞に掲載の随筆より）。当時、ジェントリーは十九歳の若者で、武器を持たせるとすさまじい技倆を発揮したが、目的もなく、問題を抱えていた。その言葉の意味がジェントリーにはわからなかったので、モーリスは説明した。「戦うときには、なにか愛するもののために戦え、ということだ」

これまでの五年間、ジェントリーに祖国はなかったし、まったくわからない原因によって、憎むものばかり探しつづけているように思えた。

おれはなにをやっているんだ？　と、自分に問いかけた。こんなものは長期の計画ではない。変革をもたらしていないし、意欲をかきたてるような動機もない。もうこんなことをやるのは嫌だ。

そのとき、その場で決断した。このタリンで二、三日鳴りをひそめ、それから出発して、殺しよりももっと建設的なことができる静かな場所を見つける。避けられないことが起きるまで、無駄なことをくりかえすのはやめる。

ジェントリーは、窓に吹きつける雪の音に集中して、意識からいろいろな思いを追い出し、眠りにつこうとした。

ウィトロックは、狭い部屋のデスクに向かって座り、真上にいる男のことを考えた。前のデスクには、グロック19と十五発入りの予備弾倉二本があった。ウィトロックは、ふだんはグロックを使わないが、今夜は考えがあってその拳銃を持っている。そのそばにスマートフォンとバックパックが置いてある。そして、その横には半分飲んだ〈ア・ラ・コック〉ビールの五〇〇ミリリットル瓶があり、水滴でデスクに輪ができていた。

時刻を確認し、午前四時だと知った。バックパックのポケットに手を入れ、小さな白い薬瓶を出した。そこから二錠ふり出した。〈アデロール〉という中枢神経刺激薬だった。〈ア・ラ・コック〉をごくごくと飲んで、ウィトロックは薬を飲み下した。

ブルートゥース接続のイヤホンから着信音が聞こえた。ウィトロックはそれに軽く触れた。

「よし、いえ」

トレッスル・アクチュアルからだった。認証番号の確認を終えてからきいた。「どこにいる?」

「二〇一号室。ターゲットは上の階、真上だ。〇二〇〇時にトイレに行き、ベッドに戻った。それから動いていない」

「わかった」

「ほんとうに手伝わなくていいのか?」

「くどいぞ。部屋を出るな」

ウィトロックは、溜息をついた。「わかった。荷造りして、支障なしとあんたが伝えてきたら、隠密脱出（エクスフィル）する」

「よし。おれは突入チームといっしょに行く、五分（ファイヴ・マイク）後に攻撃。終わって、安全に出ていけるようになったら報せる」

「了解。幸運を祈る」ウィトロックは、通話を切った。

電話を終えたとたんに、動きはじめた。バックパックをあけて、ワイヤレス送信機を取り付けた小さなピンホールカメラを出した。ふたつ合わせてブックマッチくらいの大きさで、パテのような粘着材が裏についていた。それをデスクのそばにくっつけて、ちゃんと貼り付くのをたしかめてからはがした。スマートフォンを取って、アプリを立ちあげた。数秒後には画面にピンホールカメラの映像が映っていた。ウィトロックは、両方ともポケットに入れて、グロックをジーンズのウェストバンドの右内側に取り付けたホルスターに差し込んだ。予備弾倉二本は、ウェストバンドの左の弾薬パウチに入れた。それから黒いコートを着た。バックパックを背負い、ビールの残りを飲み干して、空き瓶をバックパックの外ポケットに入れた。最後にドアの掛け金に手をかけ、ちょっと間を置いた。

トレッスルの指示に従うつもりはなかった。部屋にじっと座ってはいない。これからの行動方針は、自分が決める。会社の命令には従わない。ある計画を編み出し、あらゆる瑣末（さまつ）なことに最新の注意を払い、時がたつうちに磨き込み、改良した。

それから、計画をしまい込み、タウンゼンド・ガヴァメント・サーヴィスィズが世界一悪名高い刺客のところへ案内してくれる日を待った。

グレイマンのところへ。

地球上で最大の獲物、もっとも手強いターゲットを追うのだ。

長く息を吐き、〈アデロール〉の助けを借りて決意を強固にすると、ウィトロックはドアをあけて、痕跡ひとつ残さずに部屋を出た。


ジェントリーは、眠っていなかった。服をすべて着て、仰向けになり、雪が窓を叩く音を聞いていた。だが、廊下の足音に注意を惹かれ、枕からさっと頭を離した。忍び足ではなかったが、部屋のドアに近づくにつれてゆっくりになった。それに、不自然で怪しげな足どりだった。ジェントリーは右手をさっとのばし、グロック19の冷たいプラスティックのグリップを握って、起きあがった。

足音がとまった。ジェントリーは銃口をドアに向けて、撃つ構えをとった。

ノックがあり、ジェントリーは硬木の床の上を、身を低くして動いていた。床板がきしまないように、できるだけ壁ぎわを進んだ。ちっぽけな部屋のひとつだけの窓のそばを通るとき、公園のほうを見た。雪が激しく降り、地面が見えなかった。

またノック。こんどは大きく、矢継ぎ早だった。

くそ。モーリス教官のべつの言葉が、頭に浮かんだ。「午前三時にまともなことが起きるわけがない」

午前四時を過ぎていたが、その考えは有効だ。

ジェントリーは、ドイツ語でいった。「そこにいるのはだれだ？」

ラス・ウィトロックは、三〇一号室の前に立っていた。脅威ではないことを示すために、なにも持っていない両手を頭の上に高くあげていた。ドイツ語はわからないし、ジェントリーの声も聞いたことがなかった。照明の薄暗い廊下で、ドアに面して立ち、突然、とんでもない過ちを犯したかもしれないと思った。数カ月かけて憶えたジェントリーについての情報を、急いで思い出そうとした。語学能力：ロシア語、良好。スペイン語、きわめて堪能。フランス語、良好。ドイツ語、ひととおり。

そうだ。ジェントリーはドイツ語ができる。

ウィトロックは、英語で答えた。「コート。おれは味方だ。独りきりだ。話をしないといけない。ものすごく重要なことだ」

間があった。「ヴェール・イスト・ダー？」ドアの向こうの男はくりかえした。

ドアがあいた場合に備えて両手をあげたままで、ウィトロックはドアに近づいた。「ぐずぐずしているひまはないんだ、ヴァイオレイター。おれは味方だ。信じなきゃだめだ」

すぐにロックがはずされる音がして、ノブがまわりはじめた。ドアが細目にあいたので、ウィトロックは両手をあげたまま、なにも持っていない掌(てのひら)を見せた。

ドアが一〇センチほどあいたところで、チェーンがのびきった。なかは暗かった。ウィトロックが覗き込むと、窓から漏れるかすかな明かりが見えた。ドアをあけた人間は、横に移動していた。

「おまえはだれだ？」こんどは英語だった。ドアの向こうからではなく、右手の壁の裏から聞こえた。

ウィトロックは、肩ごしにさっと視線を投げてからいった。「いまのおれは、あんたの命を左右する人間だ」

闇から返事が聞こえた。「そして、いまのおれは、おまえのちんぽこを銃で狙っている人間だ」

ウィトロックは、小首をかしげてから、下を見た。それでわかった。闇のなかで低く構えているグロックの四角い銃の先端が見えた。それを握っている手は、ドア枠の横から出ていた。部屋のなかを見て、ジェントリーが射線にはいらずに狙いをつけるのに使えるような、鏡か反射する面を探した。なにも見当たらなかったが、廊下の照明で自分のシルエットが浮かびあがっているのはわかっていた。

ウィトロックはいった。「おれはラス。あんたとおれは友だちになったほうがいい」

「それよりも、黙って消えたらどうだ」

ウィトロックはいった。「信じられないかもしれないが、おれはあんたの最大の問題じゃない」

壁の裏から、人影が部屋のまんなかに出てきた。手にしたグロックがあがって、ウィトロックの胸を狙っていた。「話を聞こう」

ウィトロックは、グレイマンと向き合っていた。この瞬間のことを、何カ月も前から考えていた。自分の未来のすべてが、この会話がうまくいくかどうかにかかっているとわかっていた。「はいってもいいか？」

「見せなければならないものがある。コートの右ポケットに手を入れて、スマホを出す。ゆっくりと動く」

「だめだ」

「動くな」ジェントリーは命じて、一歩進み、ドアチェーンをはずして、ウィトロックのポケットに手を入れ、スマートフォンを出した。ドアから一歩下がった。

「画面を見ろ」ウィトロックが指示した。

ジェントリーは、見知らぬ男の胸に銃口を向けたまま、いわれたとおりにした。

カメラの映像だった。このホテルの階段らしい。角度がおかしく、画質が悪い。この男はミニ監視カメラを階段の上に取り付けたのだろうと、ジェントリーは思った。生の動画が映っていた。最初はなにも動きがなかったが、やがて黒ずくめの人影が四つ、戦術隊形で階段をゆっくりと慎重に昇ってきた。銃身の短い武器を高く構えて、階段の上に向けている。一秒とたたないうちに、ジェントリーは銃、抗弾ベスト、通信機を見分けていた。

ジェントリーの目がぎらりと光り、グロックの照星ごしに男の目を覗き込んだ。言葉はなかった。

ウィトロックは沈黙を破り、早口でささやいた。重要なことだけをいった。「ぜんぶで八人。四人が昇ってくる。あとの四人は下だ」真剣な声で、つけくわえた。「腕の立つ連中だ」

「くそ」

ウィトロックはさらに声をひそめた。「心配するな、ヴァイオレイター。いっしょに切り抜けよう」

14

ジェントリーは、目の前にいる男の顔を探るように見た。年齢はほぼおなじぐらいだったが、風貌は自分よりも彫りが深く、風雪を経てくたびれているように見えた。ジェントリーとおなじように顎鬚(あごひげ)を生やしているが、色はすこし薄い茶色で、もうすこし短く刈っている。しかし、背丈も体つきもほとんどおなじだった。

しゃべりかたと雰囲気から、ジェントリーは長年の経験をもとに、男はCIAの資産だろうと見分けた。第一階層(第一線級)の特殊作戦戦闘員か、それとおなじたぐいの精鋭部隊の兵士か、スパイだろう。

要するに、ジェントリーの考えでは、厄介な相手だった。

だが、階段を昇ってくるやつらのほうが、もっと厄介だ。

ジェントリーは、廊下の男のほうに銃を向けたままで、バックパックのほうにあとずさった。見知らぬ男から目を離さずに、バックパックを背負った。コートはストラップに通してあったが、着る手間はかけなかった。公園を見おろす窓からちらりと外を見たが、やはり吹きつける雪と闇しか見えなかった。床のロープを見て、それを使って地面におりようかと思ったが、下に四人いるとすると、ふたりが裏手にまわっているはずだし、身をさらけ出してロープを伝いおりたくはなかった。

だめだ。何者かは知らないが、この新しい味方とともに戦って脱出するしかない。

「わかった」ジェントリーはいった。「銃(ピース)はあるか？」

ウィトロックはささやいた。「ウェストバンド」

「抜くな」どう転ぶかわからない状況を天秤にかけながら、ジェントリーは命じた。「まだだ。考えないといけない」

「なんでも好きなようにやれよ、隊長(チーフ)。しかし、せいぜい十五秒――」

ジェントリーの左手で窓ガラスが砕けた。音のほうを向くと同時に身をかがめたが、しくじった。ガラスを貫いた小さな筒形のものが、狭い部屋の奥の壁にぶつかって跳ね返り、落ちたのを見失った。それがうしろで、ベッドの前の床へ転がっていった。

だが、ウィトロックはそれを見た。顔をそむけて叫んだ。「特殊閃光音響弾(ナイン・バンガー)！」だが、ジェントリーを救うのには間に合わなかった。

それは九連爆竹(ナイン・バンガー)と呼ばれる、強化型の特殊閃光音響弾だった。三秒間に九回、頭をハンマーで叩くような二〇〇デシベル近い炸裂音(さくれつおん)が響き、すさまじい閃光がほとばしって、付近にいる人間の五感を狂わせる。ジェントリーは、両膝をついて、グロックを落とし、頭を抱えた。最初の閃光の前に目を閉じていたが、それでも灼(や)けるような激しい光がまぶたを貫き、聴覚と視覚がほとんどきかなくなっていた。

だが、ウィトロックは優秀だった。廊下に逃げることで、特殊閃光音響弾の影響を受けずにすんだ。腰のグロックを抜き、階段に狙いをつけた。トレッスル・チームの先頭が、角をまわったところで、ヘッケラー&コッホのサプレッサーだけが見えていた。ウィトロックは狙いをつけて撃ち、その男が廊下に全身を現わす前に、額のどまんなかに命中させた。男が倒れて、うしろの三人にぶつかり、四人いっしょに階段を転げ落ちた。

階段にいる連中が首をひっこめるように、ウィトロックは廊下の先にさらに二発放ってから、ジェントリーの黒いシャツをつかみ、立たせて、壁に押しつけた。ジェントリーのグロックを床から拾い、自分のベルトに挟んだ。それからまたジェントリーの体をつかんで、自分のグロックを前で構えて階段に向けて進んでいった。廊下の明かりふたつを撃った。いずれも火花を散らして炸裂し、廊下は真っ暗になった。

ジェントリーの脚に力がはいり、頭がはっきりしてくると、ウィトロックは足を速めた。

「一名ダウン、一名ダウン」ニックは、マイクに向けてどなった。二階と三階のあいだの踊り場にひきかえしていた。トレッスル3(スリー)が、階段から最初に廊下に出たが、顔からだらだら血を流して、ニックの上に倒れていた。ゴーグルの額のところに醜い穴がひとつあいていた。もう救うことはできないとわかっていた。自分とチームメイトふたりが、戦闘を再開するほかに、できることはない。

スリーを脇に押しのけ、立ちあがろうとした。

そのとき、階段の上に動きが見えた。そちらに銃口を向けようとしたが、銃口炎が何度かひらめき、左から右へと移動した。撃っているやつが、階段の上で廊下を横切ったのだ。

ケヴラーの抗弾ベストに拳銃弾が一発あたり、取り付けてあった弾倉から火花が飛び散っ

た。ニックはまた階段に倒れた。右手の一段下でトレッスル6(シックス)が、びっくりしたようにう
めいて、うしろによろけ、壁にどすんとぶつかってから、踊り場のスリーの死体のそばに倒
れ込んだ。
ニックは上の動きに向けて応射したが、相手はもういなくなっていた。
「二名ダウン！　あとふたりこっちへ来い！」ニックはどなりながら、立ちあがった。死ん
だトレッスル・スリーと負傷したトレッスル・シックスを踊り場に残し、トレッスル5(ファイヴ)と
ともに、急いで階段を昇った。

ジェントリーは、ひきずられているのだとわかった。シャツの右袖をひっぱられ、力のな
い脚をできるだけ速く動かしていた。壁にぶつかり、押しつけられたのだとすぐに気づいた。
ラスと名乗った男がそうしたのは、ふりかえって背後の廊下のなにかを撃つためだったとわ
かった。
ナイン・バンガーの影響で、まだ耳鳴りがひどかったので、ジェントリーはひずんだ低い
ズンという銃声を、耳で捉えるのではなく、体で感じていた。視界のまんなかが白くかすん
でいたため、なにが起きているのかを見るには、顔を横に向けなければならなかった。
ふるえる手でウェストバンドに手をのばし、グロックを抜こうとしたが、そこにはなかっ
た。
「おい！」ジェントリーは見知らぬ男に向かって叫んだが、また袖をつかまれて、廊下を走
りはじめていた。

廊下の突き当たりはT字形になっていて、男はジェントリーを右にひっぱっていった。角を曲がったとたんに、くだんの廊下の壁に不ぞろいな穴があき、耳鳴りがひどくても、背後の銃声がサプレッサー付きの銃のものだと、ジェントリーは聞き分けた。

ジェントリーは、体の感覚をだいぶ取り戻していて、視界もじわじわと戻っていた。あらたな相棒が廊下の突き当たりでとまって、跳びあがり、屋根裏部屋にはいる天井の扉の鎖をつかんだ。そして、折りたたみ式の梯子（はしご）を引きおろし、ふりむいて、廊下で折り敷き、いま来た方角に銃の狙いをつけた。

「おれの銃！」ジェントリーは、必要以上に大きな声で叫んだ。ウィトロックがズボンのベルトからジェントリーのグロックを抜き、渡した。

ウィトロックが廊下に二発放ち、向きを変えて、梯子を昇りはじめた。ジェントリーはそれを掩護（えんご）した。ジェントリーがぼやけた目を廊下の角に向けて、ふるえる手で銃を構えているあいだに、ウィトロックは華奢（きゃしゃ）な木の梯子を昇った。

ウィトロックがうしろの天井の穴に姿を消したとき、廊下の先で、黒いヘルメットにゴーグルをかけた男が、角から覗いた。ジェントリーは額を狙って一発撃った。それが左肩をかすり、男はあわてて角から体をひっこめた。

屋根裏に登っていたウィトロックが、上で配置についていた。ジェントリーの真上で、上半身を穴から出し、天井からさかさまにぶらさがっていた。体の正面を背後の脅威に向け、T字に交差している廊下の角に銃の狙いをつけていた。

「早く！」ウィトロックが叫び、ジェントリーは向きを変えて、うしろでさかさまにぶらさがっている男に掩護されながら、屋根裏へと梯子を昇っていった。

黒い戦術装備を身につけた男がふたり、前方の廊下に飛び出して、向かいの隅まで進もうとした。デッドアイがそのふたりを狙い撃った。グロックが三度吠えて、ひとりの側頭部に一発が命中した。

屋根裏に登ると、ジェントリーは華奢な梯子を踏みつけて、天井に固定していた蝶番を壊した。もうひとつの蝶番も壊し、梯子を廊下に落とした。これで廊下から屋根裏に昇る手段がなくなった。だが、それくらいで攻撃側が手をゆるめることはないと、ジェントリーにはわかっていた。

「行くぞ！」ウィトロックが、またジェントリーの襟をつかんで、ひっぱった。ウィトロックが弾倉を交換し、ふたりは細長い屋根裏を進んだ。急傾斜の屋根裏から突き出している丸太の梁にぶつからないように、頭を低くした。ジェントリーに聞こえるように、ウィトロックはどなった。「屋根裏は隣の建物に通じている。そこから表に出られる」

その時点でジェントリーは、相乗りするしかないと気づいた。暗くて低い屋根裏でつまずきながら、この建物だけではなく敵のことをびっくりするほどよく知っている見知らぬ男のあとをついていった。

トレッスル・アクチュアルことニックは、廊下の突き当たりの脅威に目の焦点を合わせる前に、左肩の上を撃たれ、衝撃で体がまわって、床に叩きつけられた。傷を調べた直後、ふたりが階段を昇って廊下に来た。猛吹雪のなか、建物の正面で表に配置されていたため、T

字形に交差している廊下の向かいへ駆け出したとき、黒い抗弾ベストから雪が落ちた。ニックがニーパッドを付けた膝で立ち、T字形のひらけた部分のほうを向いたとき、ふたりが廊下を全力疾走で横断した。

トレッスル8(エイト)が、走っているときに右側頭部に一発の銃弾をくらった。ヘルメットが揺れて、額の左側から血が噴き出し、よろけながら進むあいだ、壁に飛び散った。エイトがそのままの勢いでトレッスル7(セヴン)にぶつかり、廊下が交差している箇所の先にセヴンが倒れ込んだ。

ニックは角まで這っていき、床に伏せて、ヘッケラー&コッホを前に構えたまま転がり出た。廊下の向こうに、パジャマ姿で部屋からおたおたと出てきた中年の夫婦がいて、ニックのほうへ歩いてきた。

ターゲットに追いつくために、ニックはふたりに狙いをつけ、撃ち殺そうとしたが、ターゲットはもうその向こうの廊下にはいなかった。

銃声が夫婦のうしろから聞こえ、屋根裏に登る梯子が床に落ちているのが見えた。デッドアイのいったことは、まちがっていた。三階から屋根裏にあがれるのだ。ジェントリーは屋根には出ないだろうと、ニックは思った。屋根は六〇度という急傾斜だし、五、六センチの深さの滑りやすい氷と雪に覆(おお)われている。走って逃げるには足場が悪すぎるし、ロープを持っていたとしても、建物の側面を懸垂下降しなければならない。そこでもチームの残りが待ち構えている。

だから、ジェントリーは屋根裏伝いに隣の建物に逃げるだろう、とニックは考えた。隣には個人のアパートメントが何部屋かある。ターゲットはそこから脱出しようとするはずだ。

屋根裏を追跡したくはなかった。廊下から屋根裏に登ろうとすれば、ジェントリーの銃に身をさらけ出し、撃たれればひとたまりもない。

ヘッドセットに向かって、ニックは叫んだ。「2(ツー)および4(フォア)、東の建物に突入しろ、コーリ通り九番地だ。やつは屋根裏からそこの階段を目指している」

「移動する！」

ツーとフォアは、ホテルの裏手の公園にいた。アパートメントの裏口からはいるしかない。

ニックは跳び起きて、階段に向けて駆け出した。セヴンとファイヴが、あとにつづいた。

15

ジェントリーは、ウィトロックにつづいて屋根裏を階段のある方角へと進み、個人のアパートメントにはいった。そこに住んでいた中年の女は、隣で銃撃がはじまると、バスタブに隠れ、屋根裏からふたりの男が跳び込んできても、リビングを覗かなかった。

ウィトロックが部屋の正面ドアに駆け出したが、ジェントリーが追いついて、耳鳴りがするせいで馬鹿でかい声で聞いた。「どこへ行く？」

「階段で下におりる」

「やつらが待ち伏せているぞ！」

「やむをえない。交戦するしかない」

ジェントリーは叫んだ。「屋根を行こう！」

ウィトロックが、首をふった。「傾斜したスレート屋根で、雪と氷が積もっている。一五メートルと行かないうちに滑り落ちる」

ジェントリーは、部屋のなかを見まわした。強烈な光に灼かれた瞳孔がまだ治っておらず、首を曲げていた。「五、六メートルの命綱がいる。長いのがあればもっといい。電気スタンドのコード、延長コード、電話機のコード、なんでもいい」しゃべりながら、デスクの電気スタンドをひったくって、コードを壁と本体から引っこ抜いた。

ウィトロックが反論しかけたが、ジェントリーが計画に自信を持っているようだと気づいたので、電話機をつかんで、裏からコードを引き抜き、壁に接続されている部分をたぐった。壁からコードを抜くと、こんどは床の太い延長コードに目を向けた。

ジェントリーはいった。「屋根のてっぺんの左右に分かれる。たがいに支えあって、斜面を進む。わかるか？」

ウィトロックは納得した。感心したようにうなずいた。「おたがいの体重で釣り合いをとるんだな。やろう！」

すぐにふたりは、ふたりの体重に耐えられる強さがある、長さ六メートルの命綱をこしらえた。ジェントリーは窓に駆け寄り、吹雪のなかをよじ登った。ジェントリーが命綱のいっぽうを持ち、ウィトロックが反対の端を握った。ふたりとも手首に命綱を巻きつけ、ジェントリーは雪に覆われた屋根にそろそろと登った。窓の外側につかまって体を引きあげるとき、雪と氷が滑り落ちた。指と膝が冷たくなってひりひりした。衛星テレビアンテナをつかみ、屋根のてっぺんによじ登った。ウィトロックが窓から脱け出し、つづいて登った。ジェントリーは屋根の反対側の数メートル下に滑りおりて、体を前に傾け、ぴんと張った命綱でバランスをとりながら、おずおずと立ちあがった。ウィトロックに向かって叫んだ。「東か、西か？」

「東だ！」うなる風に負けない大声で、ウィトロックが返事をした。

ジェントリーは答えなかった。黙って屋根のてっぺんの南側を東へと進んでいった。ウィトロックはひっぱられるのを感じ、北側でおなじように進みはじめた。

二、三歩おそるおそる歩いたあと、ふたりとも屋根のてっぺんを挟んで速く進みはじめた。雪とつるつるのスレート瓦で滑りやすかったが、命綱が手がかりになり、外側に体を傾けて立った姿勢をとることができた。ふたりが進むあいだ、命綱が屋根のてっぺんをこすって、安定を保ちやすかった。煙突が突き出している箇所では、ジェントリーとウィトロックが屋根を登って近づき、命綱にたるみをこしらえて、煙突の上をさっと越えさせた。煙突の向こう側に命綱が落ちると、またぴんと張り、バランスをとって走りつづけた。

ジェントリーが足を滑らせ、不意に激しく膝をついた。ナイン・バンガーの影響が残っていて、平衡感覚が完全に戻っていなかった。左腕に巻いた命綱のおかげで、滑落せずにすんだ。すばやく起きあがり、吹きつける雪に目を細くして、進みつづけた。

ニックは、コーリ通り九番地のアパートメントビルの玄関に着いていた。セヴンとファイヴがすぐうしろにつづき、シックスはホテルの前をまだよろめき進んでいた。負傷していたが、命に別状はなく、乗ってきたバンに向かっていた。

タウンゼンドの戦闘員ふたりのすぐ前で、階段近くのドアがあいた。ニックは、その動きにヘッケラー&コッホのタクティカル・ライトを向け、戸口から身を乗り出した男を照らした。

まぶしい光を浴びた男が、片手で目をかばった。ニックはすばやい動きで発砲し、エストニアの一般市民の胸に三点射を撃ち込んだ。エストニア人が、仰向けにアパートメント内に倒れ込んだ。死体が床にぶつかる前から、タウンゼンドの戦闘員三人は、ターゲットではないと気づいていた。アパートメントの内部に動きがあり、女の悲鳴が聞こえた。ファイヴが音のほうへ連射を放ち、絶叫していた女を黙らせた。

トレッスル・チームのヘッドホンから聞こえた。「だれかが屋根にいる！」負傷してバンに向かっていたシックスだった。「東へ進んでいる。吹雪のせいで見えないが、雪が上から落ちてきた」

「ライトを使え！」ニックはどなった。

「雪から反射するだけだ！」

「それなら撃て！　落ちてきたら識別しろ！」ニックは、すでにアパートメントビルのロビーを通って裏に向かっていた。あとのふたりが、すぐうしろにつづいた。

「交戦する！」シックスが叫び、サプレッサー付きの銃の機関部が動く金属音が、表からニックの耳に届いた。

ジェントリーの前方の下で、屋根のスレート瓦から火花が飛び散った。地上の敵から銃撃されている。

ジェントリーは、右の肩ごしにふりかえた。雪と漆黒の闇を透かして見えたのは、ホテルの正面の駐車場で輝いた銃口炎だけだった。ジェントリーはグロックを抜いて手をのばし、走りながら銃口炎めがけて二度撃った。

おなじ場所でまた閃光が瞬いたので、はずれたとわかった。立ちどまり、左手で命綱をしっかりとつかみ、また右手をのばして、念入りに狙いをつけた三発を放った。

撃ち終えたとたんに、左の肩に激しくひっぱられるような感触があった。被弾したのかと思ったが、雪に覆われた屋根にうつぶせに倒れたとき、急にとまったせいで、向こう側のラスが不意に命綱でひっぱられ、尻餅をついたのだと気づいた。向こうも肩におなじ感触があったにちがいない。

ジェントリーはグロックの銃口を支えにして、雪に足をふんばり、屋根の傾斜がきついので苦労しながら立った。

駐車場にもう銃口炎は見えなかったし、撃ってきた男に命中したという自信があった。

ジェントリーは、また走りはじめた。肩にかかる力が弱まったのでほっとした。屋根の向こう側のラスもおなじだろう。

ふたりが走りはじめたところの数メートル先が、屋根の端だったが、闇と激しい雪のせいで、ほとんど見えなかった。見えていれば、決断するのに迷っていたかもしれない。だが、凍った表面でとまるのはまず無理だったから、そのまま行けば、四階から跳びおりるしかなかった。速度をあげて、屋根から跳ぶのがやっとだった。

手首の命綱で結ばれたふたりは、屋根を強く蹴って、なにもない空間に躍り出た。一五メートル下では、石畳の路地がガス灯に照らされている。路地の向こうは木造の三階建てで、屋根はやはり傾斜がきつかった。

ふたりは、三階の傾斜した屋根に同時にぶつかった。ジェントリーが屋根のてっぺんの右側、ウィトロックが左側で、大の字になって急斜面の屋根に着地したが、命綱でつながっていたので、下の地面に滑り落ちるのを避けられた。

ふたりとも起きあがり、数秒後には前進していた。

ニックは、頭上の屋根を見失わないようにしながら、狭いコーリ通りを走った。すぐうしろにトレッスル・セヴンがいた。ファイヴはチームを通りの先で拾うために、ホテルの正面の駐車場に向かっていた。トレッスル・フォアとツーと、連絡を維持していた。そのふたりは、旧市街の城壁に沿って建っているホテルの裏手で、公園を抜けて走っていた。横殴りの猛吹雪のせいで、戦闘員たちには屋根の上のほうが見えず、ヘッケラー&コッホの把手に取り付けたタクティカル・ライトも、ほとんど役に立たなかった。ライトは、ターゲットがいると思われる場所とのあいだの、地面も空も見分けがつかないホワイトアウト状態を照らしているだけだった。

ブロックの端に近づいたとき、トレッスル・セヴンが叫んだ。「見つけた！」セヴンがなにに目を留めたのかをたしかめようとして、ニックは肩ごしにうしろを見た。セヴンの目とヘッケラー&コッホの銃身が、そばの建物群と、隣のブロックのもっと低い建物群のあいだの路地に向けられていた。ガラスみたいにつるつるで傾斜が六〇度の屋根を、ジェントリーがそれほど速く移動できたとは思えなかったが、ニックにもその人影が見えた。

ニックとセヴンは、同時に発砲した。

ジェントリーとウィトロックは、急傾斜の城壁の屋根から、さほど急ではない屋根に跳びおりていた。積もった雪がもっと深く積もって、凍りついていた。前の屋根よりも五センチくらい深い雪が、通りの上で軒から突き出し、つららになって垂れさがっていた。ジェントリーが走っているところの真下で、通りからの連射が窓を砕いた。もう一度下を見ると、ふたりが追い抜き、真下で石畳の狭い路地を走っているのが目にはいった。

吹雪を透かして、つながっている隣の建物の屋根を見た。傾斜がほかの屋根ほどきつくないので、雪の深さが三〇センチくらいあった。嵐のなかで聞こえるように、ジェントリーは叫んだ。「三メートルゆるめろ!」一秒後、左手に巻いた命綱がゆるむのがわかったので、また叫んだ。「確保(ビレイ)!」

ジェントリーは、高く跳びあがり、隣の屋根に尻で勢いよく着地した。巨大な白い塊が雪崩のように建物側面を崩落した。ジェントリーは、屋根の反対側のウィトロックと命綱でつながっていたので、屋根から滑り落ちはしなかった。

ニックとセヴンは、ターゲットの真下を走っていた。ふたりともMP7の弾倉を交換したところで、頭上に狙いをつけようとしたとき、ジェントリーの叫び声が聞こえた。激しい吹雪のなかでターゲットを探したが、見えたのは、七、八メートル上の屋根から落ちてくる厚さ三〇センチの板状の氷だった。降った雪が硬く固まった雪崩(なだれ)は、車一台ほどの大きさで、重さが数百キロあった。落下するにつれて、雪崩の速度と威力が増した。セヴンが雪崩をまともにくらった。ニックにセヴンの姿がちらりと見えたが、つぎの瞬間には、セヴンは生き埋めになっていた。ニックは身を躍らせて、凍った雪を避けたが、両脚が一瞬、雪に埋もれた。

建物の反対側でなにが起きているのか、ラス・ウィトロックにはまったくわからなかったが、銃声と、命綱をゆるめろというジェントリーの叫び声は聞こえた。屋根のてっぺん近くへ駆け登って、ジェントリーが自由に動けるようにした。そして、ジェントリーが確保と叫ぶと、命綱をしっかりと張るために両膝をついた。そしていま、おなじ場所から、滑りやすい屋根を精いっぱい速く走っていた。つぎの建物では屋根によじ登らなければならなかったが、まもなくまた走り出し、そのまま東へと進んで、ブロックの端にどんどん近づいた。

傾斜した屋根で進むのに苦労しながら、ウィトロックはイヤホンを叩き、プログラムされている番号にかけた。

「はい」

あせっているように思わせるために声を荒らげつつ、吹雪のなかでジェントリーに聞こえない程度の声でいった。「こちらデッドアイ。こっちはやばいことになっている！」

「認証番号をいえ、デッドアイ」

「メトロノーム、おれだ。トレッスルたちがつぎつぎと殺されている！　引き揚げさせないと――」

「認証番号をいえ」

「チームは表に出ている！　街路で銃撃戦をやってるんだ！　引き揚げさせろ！」

「認証番号をいわないと――」

「馬鹿たれ、パークス！　攻撃に参加する！」ウィトロックは叫んで、通信を切った。

「どうした？」ジェントリーが叫んだ。

ウィトロックは、屋根ごしにどなった。声が聞こえるのは覚悟していたので、返事を用意していた。「屋根がもうすぐとぎれるといったんだ。また跳ばないといけない！」

「了解した！」

ブロックの端には、また狭い路地があった。向かいはずっと低い倉庫で、手前がアトリエになっていた。片流れ屋根で、ウィトロックの側が高く、ジェントリーの側は地面からわずか三メートルの高さだった。

ふたりは、さきほどとおなじように、石畳の路地を跳び越した。

ウィトロックは、着地点を見据えて、宙に跳び出した。片流れ屋根のてっぺん近くが、吹雪のなかでどうにか見える。だが、路地を半分跳んだところで、うしろから銃声が聞こえた。どうにもできないとわかっていた。雪に覆われた屋根に、ジェントリーとならんでぶつかり、ぶざまに左半身を打って、衝撃にうめいた。ふたりとも滑ったり転がったりして屋根から跳び出し、小さな雪崩といっしょに地面に落ちた。

ふたりの男と、数百キロの重さの深雪が、路地に面したアトリエの庭にひと塊になって落ちた。体にからまった命綱をはずし、小さな雪崩から這い出して、ふたりはふたたび戦う構えをとった。

「ターゲットはふたり！　くりかえす、ターゲットはふたり！」トレッスル・ツーの報告が、ニックの耳に届いた。建物群の向こうにいるツーが、どうしてそんなことをいうのか、理解できなかった。ニックは戦闘の場所にまだたどり着けず、屋根から落ちてきた氷の塊の下敷きになったセヴンを残して、コーリ通りを進んでいた。

通りで立ちどまり、すこし手間取りながら、雪の上に倒れたときに曲がったマイクのブームを口もとに戻して送信できるようにした。「いまのをくりかえせ。第二のターゲットは何者だ？」

「男がふたり……ふたりが路地の向かいの屋根に跳び移った。おれが撃ったのが、ひとりに当たったと思う」

ニックはまた進みはじめたが、ヘッドライトの光をうしろから体に浴びた。立ちどまって肩ごしに見ると、小さなパトカーが猛スピードでアイダ通りを走ってくるのが見えた。サイレンがけたたましい甲高(かんだか)い音を発し、パトカーはニックから一〇メートルほど離れたところで、滑りながらとまった。

「くそ！」ニックはヘッケラー&コッホを雪に投げ込み、血まみれの肩の傷を片手で押さえて、通りのまんなかに立った。

ふたりして雪のなかから這い出したとたんに、ウィトロックが叫んだ。「接敵(コンタクト)、うしろだ！」ふたりとも折り敷いて、拳銃を路地に向けた。黒ずくめの戦闘装備の男ふたりが、角を曲がって姿を現わした。どちらも武器を屋根に向けていた。ターゲットが建物の庭に落ちたのに、気づいていないのは明らかだった。

ジェントリーとウィットロックは、いっしょに撃ちはじめ、距離六メートルでターゲットふたつに十数発を撃ち込んだ。

タウンゼンドの戦闘員ふたりが、雪のなかに倒れた。

「こっちだ」ウィットロックがいい、死んだ男たちに背を向けて、アトリエと城壁のあいだの低い通路に向かった。

雪崩から這い出したとき、ジェントリーはまわりの雪に血が飛び散っているのに気づいた。立ちあがるときに手に血がついたため、手袋に弧状の跡がついた。急いでうしろを見ると、積もった雪に点々と血がしたたり、赤くなっているのが見えた。

ウィットロックもそれを見た。「あんたに当たったんだな」

ジェントリーは、体に傷がないかと探りながら、通路にはいった。左手から血が出ているのが感触でわかったが、体を手でなでても、ほかに傷は見当たらなかった。

通路の南側の出口まで行き、街頭の光が届くようになってから、ジェントリーはウィットロックのほうを向いた。「おれはだいじょうぶだ。あんたに当たったにちがいない」

ウィットロックが足をゆるめて、ジェントリーとおなじように、血が出ているところがないかと探った。上半身を手でなでてから、腹、太股（ふともも）、そして最後に腰のうしろに触れた。痛みに顔をしかめた。左腰から戻した手の指が真っ赤に染まり、服が濡れているせいでその血が薄まっていた。「クソ野郎め。当たっている」血をとめるために腰を手で押さえ、ジェントリーに大声でいった。「南へ行け。港には近づくな。隠れる場所を探して、待っていてくれ。一〇分（マイク）で追いつく、東側から離れるな。警察署は西のコルデ通りにあるから――」

ジェントリーはいった。「警察署の場所は知っている。あんたはどこへ行く?」

「その前に片づけなければならないことがある」ジェントリーに、グロック用の新しい弾倉を渡し、自分のグロックの弾倉も交換した。

ジェントリーは、弾倉を交換してからいった。「銃創の手当てや警察から逃げるのよりも重要なことか?」

「じつはそうなんだ。待っていてくれ」

「わかった」

ウィトロックは向きを変えて、逆方向へ駆け出した。片手でグロックを持ち、片手で腰を押さえていた。ジェントリーがいわれたとおりにするかどうかはわからなかったが、ほかに方法はなかった。

まだトレッスル・チームが残っている。皆殺しにしなければならない。

ニックは、両手を高くあげて、石畳の通りに立っていた。警官ふたりが、フロントウィンドウごしにじっと見ていた。ひとりが無線機になにかをいい、もうひとりがガラスごしに拳銃を向けていた。

警官たちは、現場に着くとすぐにパトカーからおりかけたが、東のブロックから長い一斉射撃の音が聞こえたので、車内に戻り、パトカー十数台が署から到着するまで我慢して待つことにした。

ニックは、逮捕されるのを覚悟しながら、銃声と近づいてくるサイレンのコーラスが大きくなるのを聞いていた。警官ふたりが勇気を奮い起こして、パトカーから出てきて、自分に手錠をかけたとたんに、忌まわしい国際的な事件になるだろうと、早くも想像していた。マイクに向かって、ニックは行った。「ツーとフォア、こちらアクチュアル。やつを殺(や)ったんだろうな」

応答はなかった。

「ツー、フォア、受信しているか？」

なにも聞こえない。

「くそ！　キップ？　デイヴ？　返事をしろ」

さきほど聞いた銃声は、複数の拳銃で同時に発砲していたような感じだった。どうなってるんだ？　ターゲットがふたり？　殺られたのはおれの部下か？

「かまうもんか」とつぶやいて、両腕を目にもとまらぬ速さで下におろした。右腰のリテンション・ホルスター（素材のテンションだけで拳銃を保持するホルスター）からＳＩＧザウアーＰ２２６を抜き、折り敷いて警官ふたりに狙いをつけた。

タリン生まれの若い地方警察官ふたりは、その動きを見たが、拳銃を握っていた警官も、無線機で交信していた警官も、防御できるほどすばやくはなかった。

ニックはふたりめがけて撃ち、若い警官ふたりとパトカーに九ミリ・ホローポイント弾をつぎつぎと撃ち込んだ。フロントウィンドウが砕け、ガラスが白い土埃(つちぼこり)のようになり、車のインテリアに血が飛び散った。

銃声のこだまが消え、サイレンが西と南から近づいてきた。

ニックはすばやく弾倉を交換し、トレッスル・ツーとフォアに追いつこうとして、通りをひきかえしたが、そのときに闇から独りの男が近づいてくるのが目にはいった。拳銃を構えたが、街灯の明かりのなかに現われたのは、デッドアイだった。

ニックは銃口を下に向けて、腹立たしげにどなった。「部屋から出るなといったはず——」

デッドアイが、銃を構えた。

「いったいなんの——」

ウィトロックは、トレッスル1(ワン)ことニックの顎を撃ち抜いた。ニックが凍った道路に仰向(あおむ)けに倒れて、両腕を大きくひろげ、拳銃が手から転げ落ちた。

ウィトロックは、ニックを見おろして立った。降る雪のなかで、ふたりの目が合った。ウィトロックはニックの額を撃ち、ひざまずいてSIGを拾った。

その一分後、トレッスル・ファイヴは、ホテルの正面にとめたバンの運転席に乗った。シックスが駐車場で死んでいるのを見つけて、死体を引きずり、バンに積んだ直後だった。周囲の建物はすべて、明かりがついていた。何人かが窓から見ていたが、住民のほとんどは分別を働かせて、身を低くしていた。

ドアをあけたままで、エンジンをかけようとしたとき、左手に人影が見えた。ファイヴはさっと向きを変えて、脅威にMP7を向けたが、すぐに銃口を下げて、ほっと安堵(あんど)の息をついた。

例の独行工作員(シングルトン)だった。デッドアイ。左腰を押さえて、右手に拳銃を持っていた。

トレッスル・ファイヴはいった。「乗れ！　だれも応答しない！　チームが全員殺られた！　おれたちは――」

デッドアイが拳銃を抜き、目の高さに持ちあげたので、ファイヴは言葉を切り、脅威に対応するために自分の武器を構えようとした。だが、ウィトロックはファイヴの額のまんなかに一発撃ち込んだ。ファイヴがサイドウィンドウからはじかれたように離れて、座席から飛び出し、バンのセンター・コンソールに覆いかぶさった。足がブレーキから離れた。バンが前進しはじめ、雪が激しく降る駐車場を横切って、ホテルのエントランスに突っ込んだ。

デッドアイは背を向けて、暗がりへと姿を消した。

16

ジェントリーは、南東に向かい、旧市街から遠ざかって、こんな時刻なのでひとっ子ひとりいない、レストランやオフィスビルが建ちならぶ新市街へ行った。銃撃戦の現場へ急行する緊急車両のサイレンが、四方から聞こえていた。ガラスや金属面が、回転灯の光を映していた。緊急車両が見えると、ジェントリーは戸口やバス停の蔭（かげ）に隠れたが、それでは逃げる速度が遅くなる。もっと速く脱け出す方法を探していた。

ラスという男には嘘をついた。八人の男がどこからともなく現われ、地獄行きの切符にパンチを入れようとした殺戮地帯（キル・ゾーン）に、長居するつもりはなかった。ましていまは街中の警官が、猛吹雪をついて、現場に急行している。

ジェントリーは、向かい風のほうに体を傾けて、吹雪（ふぶき）のなかを進みつづけた。黒いコートを着て、暗がりから出ず、目につかないように気を配りながら、現場からすこしでも遠ざかろうとした。

一部始終を思い返してみた。とにかく、特殊閃光音響弾の影響が消えてから起きたことを、すべて思い出そうとした。敵を三人か四人斃（たお）したことはまちがいない。梯子（はしご）を昇る前に、ホテルの廊下でひとりを撃った。ホテルの駐車場から撃ってきた男を撃った。それから、屋根から雪崩(なだれ)とともに落ちたあと、ラスといっしょに敵ふたりを撃った。屋根を走っているときに、氷の塊で敵ふたりを生き埋めにしようとしたが、成功率の低い計画なので、成功したかどうかはわからない。

それに、ラスが敵を何人斃したのか、見当がつかない。つまり戦闘能力のある敵が四人か五人、こちらを殺す命令を担(にな)って、付近にいる可能性がじゅうぶんにある。

冗談じゃない。ジェントリーは吹雪のなかを歩きながら、心のなかでつぶやいた。そんな状況でじっと待つつもりはない。

ラスにどういう話をしたかは関係ない。自分で切り抜けられると、ジェントリーにはわかっていた。

ただ、ラスはこっちの命を救おうとしていたときに、撃たれた。

ちくしょう。

ジェントリーは歩きつづけた。すこしは足をゆるめたかもしれないが、歩きつづけた。カウバマヤ通りは暗くて静かだったので、そこに折れて、激しい雪のなかで、街灯の光の届かないところを移動した。サイレンが平行する大通りから聞こえたが、数ブロックは安心してそこを進むことができた。

ラスに助けを求めたわけではなかった。ラスが何者で、どういう意図があるのかは、まったくわからない。ひょっとして、マドリガルか、ローラングループか、いまシドの組織を仕切っている人間のところへ、おれを生きたまま送り届けるよう命じられている、賞金稼ぎかもしれない。アメリカ人らしい英語で話すからといって、悪党でないとはいい切れないのだ。

そんなことはあてにはならない。おれが知っている最大の悪党は、アメリカ人だ。だが、ラスは一発くらった。おれを狙った銃弾を。

ジェントリーは、さらに足をゆるめた。

「いいかげんにしろ、ジェントリー」と、つぶやいた。

ラスのために、なにかをやらなければならない。脱出の手助けをするか、良心の呵責を感じることなく立ち去ることができるようなことを。しばらく雪を避けて暖をとる場所を見つけてもいい。そこで、ラスが脱出できる状態かどうかをたしかめる。

ジェントリーは、交差点を照準線に収められる暗い路地を見つけて、風を避けられる戸口に立った。コートを覆っていた雪を払い落とし、旧市街に通じる何本かの通りを見張った。回転灯を光らせ、サイレンを鳴らしている緊急車両が、三十秒ごとに通り過ぎ、旧市街に向けて坂を登っていった。そこでだれもが車からおりるため、まるで打ち上げ花火の会場みたいな混雑だった。赤や琥珀色の光がひらめいて、四〇〇メートル四方のあらゆる反射面から跳ね返った。その光が猛吹雪のなかでも見えていて、いまごろは警官がうようよいて、通りにはおおぜい野次馬が出ているにちがいないとわかった。

銃創を負ってよろめき歩いているラスが、姿を見られずにあそこから脱け出すのはとうてい無理だと、ジェントリーは判断した。

ジェントリーは、街灯がならぶすこし遠い場所に目を向けていた。だれかが通るとは思えなかったし、だれの姿も見えなかった。だが、もっと近い歩道に、ふとした動きが見えた。一五メートルしか離れていないところに、黒っぽいコートを着て、バックパックを背負った人影が見えた。かすかに足をひきずっている。怪我をしているのは明らかだったが、さきほどまでジェントリーがやっていたのとおなじように、通る車のライトを避けながら、すいすいと街路を進んでいた。

その男――まちがいなくラスだった――が、雪の上で立ちどまり、左手を顔にあげて、血がついているかどうかを見てから、また腰に手を当てて、足をひきずるようにして歩きつづけた。

くそ。ジェントリーは、ラスが通り過ぎ、雪のなかに姿を消すまで見送りたかったが、生まれつきの自衛本能が、そのときばかりは、名誉を重んじるという本質に負けた。負傷しているアメリカ人を置き去りにすることはできない。

ジェントリーは、路地から出て、口笛を吹いた。すぐにラスが通りを渡り、戸口のジェントリーのそばに来た。

ラスがいった。「行っちまったのかと思っていた」

「いや」そのほうがよかったかもしれないと思いながら、ジェントリーは答えた。

「銃声が聞こえた。またやつらに出くわしたのか?」

「ああ。いままでは、正義の味方のおれたちふたりだけになった」ジェントリーは、ラスが左腰に当てていた手をどかして、バックパックから出した懐中電灯でそこを照らした。腰の左側のベルトの下で、ジーンズに穴があいて、血で膝まで濡れていた。

ジェントリーはいった。「まだ血の跡を残すほどじゃないが、どこか手当てできる場所を見つけないといけない。しばらく、隠れていよう。とにかく警察や消防がいなくなるまで」

ラスが黙ってうなずき、出血を抑えるために腰をまた圧迫した。

路地を進むと、地階のドアに通じる階段があった。ジェントリーは懐中電灯で照らし、バックパックから出したピッキングの道具を鍵穴に差し込んだ。その間、ラスは階段に無言で立ち、見守っていた。

一分とたたないうちになかにはいると、そこは営業時間を過ぎて閉店したパブの厨房だった。ふたりはバーのほうへ行き、ラスがバーカウンターの奥にはいって、アイリッシュ・ウィスキイの〈レッドブレスト〉を取った。栓をくわえて抜き、床に吐き出すと、ごくごくと飲んだ。

ジェントリーは、店の正面へ行って、ビニールのカーテンをあけ、厨房とおなじようにそこも地階だと知った。小さな階段が、上の道路に通じていた。

時計を見た。四時四十五分。窓の看板によると、開店時間は午後三時だった。

「ここならだいじょうぶだ」ジェントリーは、ラスにいった。「通りから見えない」

ジェントリーは、奥のバーにひきかえし、旧市街での戦闘後はじめて、自分の体もだいぶひどい状態だと気づいた。瘤や打ち身や切り傷があり、筋肉も引き攣れていた。血流のアドレナリンにくわえて、寒気のせいで感覚が鈍っていたのだが、路地を跳び越したり、屋根から落ちたりした影響が、いま出はじめていた。とはいえ、体のいまの痛みは、どんな手当てをしても、あすになるともっとひどくなる。経験からそれがわかっていた。

しかし、ラスの傷はもっと深刻だから、急いで手当てしなければならない。ジェントリーはバーカウンターの小さな電気スタンドをつけて、傷口を見ながらきいた。「これを調べて

も いいか？」

ラスがコートを脱いで、シャツを持ちあげ、血まみれのジーンズのボタンをはずして、七、八センチおろした。前かがみになってバーカウンターに両肘をつき、かならず襲ってくる痛みに身構えた。

ジェントリーは、安物のウォッカをバーの奥から取ってきて、キャップをはずした。痛いはずだと念を押すまでもなかった。わかっているだろうと確信していた。そこで、傷の程度がわかるように、黙って瓶の半分を血まみれの傷口に注いで、血を洗い流した。射入口と射出口の両方が見えた。左側のベルトの下で、射入口と射出口は五センチくらい離れていた。

「いい傷だ」ジェントリーはいった。

灼けるような痛みにラスがうめき、不服そうにいった。「〝いい〟って、どういう意味だ？」

「あんたは死なない。だからいいじゃないか。射出口もあるから。弾丸はきれいに抜けた。それもいい。破片が残っていないかどうか、調べてもいいか？」

やはりどういうことか、わかっているはずだと、ジェントリーは確信していた。

ラスが体に力をこめて、カウンターの縁をつかんだ。痛みを予期して、またうめいた。それからささやいた。「やってくれ」

ジェントリーは、ウォッカを右手の指に注ぎ、射入口の外側の周囲を探りはじめた。やがていった。「破片はない。小さい穴だ。拳銃ではない。かっこいいMP7だ。だから、あんたは四・六ミリ弾をくらっている。おれの好みの口径じゃない」

ラスがいった。「おれもそいつを毛嫌いする偏見を持ちはじめているよ」

ジェントリーは、愛想よく鼻を鳴らして笑った。ウォッカで消毒した指で、こんどは傷のなかを探った。危機一髪で死を逃れたためにびくついているのを、この見知らぬ男に悟られないことを願い、手のかすかなふるえを抑えて、作業に集中した。

ラスが痛みにうめいて、もっと切迫した問題を抱えていることを示した。

ジェントリーは、手にまたウォッカを注ぎ、血を洗い流した。「腰の骨が折れているかどうか、診る必要がある。用意はいいか？」

ラスは黙ってうなずいた。額が汗にまみれていた。

ジェントリーの指が、銃弾の通り道を探った。破れた皮膚と筋肉の下の骨をこすり、かすったあとがぎざぎざになっているのがわかったが、大きく欠けたり割れたりしているところはなかった。「運がいいな。骨をちょっとかすっている。二週間くらいは痛むだろうが、感染しなければ、撃たれたのも忘れるだろう」

ジェントリーは、傷から手を引いて、残ったウォッカをすべて傷口に流し込んだ。「おいおい、あんた、めっぽう血を流しているな」

ラスは、痛みをこらえるために唇を噛んでいた。顔から血の気が引き、カウンターでどうにか体を支えていた。

ジェントリーは、バーの布巾で手を拭いた。「圧迫包帯と氷がいる」

バーの布巾で包帯をこしらえ、それをウォッカで消毒してから、コットンのエプロンを上から巻いて締めつけた。フリーザーの氷をポリ袋に入れて、布巾の上から、べつのエプロンでくりつけた。

脚と腰のぐあいをたしかめるために、ラスが店内を歩きまわった。ジェントリーに弱々しく親指を立ててみせた。「よくやった」

水が傷の痛みを和らげ、出血を抑えるので、ラスはすぐに元気になったようだった。両手の血を洗い流し、水道の水をすこし飲んでから、〈レッドブレスト〉の瓶とショットグラス二客をカウンターの奥から取ってきた。ジェントリーの顔を見た。「おい、一杯おごってやろうか？」

17

ふたりの男は、埃っぽいビニールのクッションがあるボックス席に座り、無言でウィスキイをちびちび飲みながら、向かいの相手をじっと見ていた。通りの周囲の光がカーテンから漏れていたが、明かりはカウンターの電気スタンドだけだった。

ジェントリーはむろん、ラスという男にききたいことが山ほどあったが、言葉にしないで、相手にそれを感じさせるだけにとどめていた。表情とボディランゲージを読み取って、相手がいまどういう脅威になりうるかを推し量ろうとした。

ラスに命を救われたことは、認めるが、まだ信頼する気持ちにはならなかった。テーブルの下で、ジェントリーはジーンズからグロックを抜き、膝のあいだに置いていた。右手はそのすぐそばの太股（ふともも）に載せていた。

撤退計画はひそかに用意してあったが、こうして会話もなしに状況を評価しているだけでは、にっちもさっちもいかないと気づいた。向き合っている相手は、体を動かすときに、たまに痛みにうめくだけで、顔からはなにも読み取れない。相手から見た自分もおなじだろうと、ジェントリーは思った。

「手がふるえているな」ラスがいった。ジェントリーが見ると、そのとおりだとわかった。

左手の指のふるえはかすかだったが、見ればわかった。ショットグラスを手にすると、ふるえは消えた。

「寒いだけだ」

「アドレナリンだ」ラスがそう正した。「銃火を浴びると、たいがいの人間がふるえる」

ジェントリーは、ウィスキイを飲み干し、「寒いからだ」とくりかえした。

ラスは反論しなかった。その代わり、ジェントリーのグラスに注いだ。「きっと、それだけなんだろう」

テーブルの向かいからラスが見つめているあいだ、ジェントリーは手のふるえを必死で抑えた。話題を変えるためにいった。「ひとつ質問だ。おれに関係ないことだが、知りたい」

「なんでもきいてくれ」

「なにをやってる？」

「どういう意味だ？」

ジェントリーはうなずいた。「腰の傷だが、やけに出血している。まだ若くて健康そうだから、降圧剤を飲んでいるとは思えない。コカインをやっているわけでもないから、アンフェタミンのたぐいを飲んでいるんだろうな」

「薬学に詳しい人間みたいな口ぶりだな」と、ラスが応じた。

ジェントリーは答えなかった。一年ほど前の作戦後に、鎮痛剤中毒になったが、テーブルの向かいの見知らぬ男が知っているはずはなかった。

まもなくラスが答えた。「〈アデロール〉だ。反応時間が速くなり、認識機能が高まり、痛みを抑える」

「おれにもやれというのか？」

「やっている理由を説明しているだけだ」

ジェントリーはいった。「おれはあんたのママじゃない」暗くて埃っぽいパブの店内に、しばし静寂が流れた。ようやくジェントリーはいった。「ききたいことが山ほどある」

それにラスがうなずいた。「頭のなかを質問が渦巻いているんだろうな」

「あんたは何者だ？」

「おれの名はラッセル・ウィトロック」探るような視線で、ジェントリーを見た。「なにか思い当たるふしは？」

ジェントリーは首を振った。「ないといけないのか？」

肩をすくめた。「傷つくね」

「ヴァイオレイターと呼んだな」

「ああ」

「CIA（エージェンシー）の人間か？」

「以前は」ウィトロックが、小さなショットグラスから、ウィスキイをすこし飲んだ。しばらくは、ビニールの座席で腰を動かす音しか聞こえなかった。ウィトロックが手を差し出した。「暗号名デッドアイ」

ふたりは握手をした。

「それも聞いたことがないんだろう？」

「ああ」

ウィトロックが、にやりと笑った。「おたがいを知らないような仕組みになっていた。OPSEC（作戦保全）とPERSEC（身の安全）のために。それに、お行儀よく、自分の仕事に専念するように」

「だが、あんたはおれを知っている」

「おれはだれでも知っている」

ジェントリーは、それ以上きかなかった。べつの質問をした。「さっきおれたちを襲ったチームだが、エージェンシーの資産（アセット）なのか？」

「ちがう」

「では何者だ？」

「タウンゼンド・ガヴァメント・サーヴィスィズ」

「それは……詳しくいうと、なんだ？」

「政府の仕事を請け負う民間企業。まあ、賞金稼ぎだな」

「おれがタリンにいるのを、そいつらはどうやって見つけた？」

「シドの館の上にUAVを飛ばしていた。それで〈ヘルシンキ・ポラリス〉まで追跡した。おとといの晩にタウンゼンドの資産が〈ポラリス〉を急襲したが、あんたは逃げ出したあとだった。おれはあんたが現われるのをここで待ち、ホテルまで尾行し、タウンゼンドの打撃チームを呼んだ」

ジェントリーは、アイリッシュ・ウィスキイを半分飲んだショットグラスをゆっくりと置いた。「あんたが？」右手がテーブルの下で膝のあいだにのびた。グリップを握り、テーブルの向かいの男に狙いをつけた。

「そうだ。いっておいたほうがいいだろうな」ウィトロックが咳払いをして、自分の腰をちょっと見てからいった。「おれはタウンゼンドに雇われている」

オークのテーブルの下でほんの小さな音が聞こえた。なんの音か、ウィトロックにはすぐにわかった。グロックのトリガーセイフティの遊びがなくなるまで引き金が引かれ、かすかな力をかけるだけでも発射できるようになっている。ウィトロックはいった。「当ててみよう。またおれのちんぼこを狙っているな」

「タウンゼンドについて話せ」

「民間企業だ。かなり昔からある。一〇二四契約。ＣＩＡが闇資金で支払っている」

「任務は？」

「きょうだい、いまはあんたが連中の任務なんだ」

「おれを殺すために、あんたをよこしたのか？」

「あんたを見つけるためにだよ。直接行動チームが、あんたを殺すはずだった。今夜ホテルを襲撃したろくでなしども、トレッスル・チームは、あんたがシドの館で首を出すのを待って、サンクトペテルブルクで六十日待機していた。ジャンパーというやつが指揮しているべつのチームもある。そいつらはベルリンにいる。第三のチーム、ダガーは、アメリカだ。まもなく交替のためにヨーロッパに来るだろうな」

ジェントリーは、テーブルの下でグロックの銃口を下げたが、指はトリガーガードにかけたまま、いつでも撃てるようにしていた。「だれが指揮している？」

「あんたを付け狙っている男は、リーランド・バビット。五十歳くらいだ。もと空軍将校で、しばらくDIA（国防情報局）に文官として勤務していた。それからFBI防諜部に移った。やり口が汚くて、フーヴァー・ビルから追い出された。高圧的手段が、市民的自由の侵害だとして何度も告訴されたからだ」

「そいつがタウンゼンドを動かしているのか？」

「そうだ。ナンバー2（ツー）は、ジェフ・パークス。いかにもアメリカ人らしい外見の、いけ好かない野郎だ。CIA本部（ラングレー）で工作担当官（ケース・オフィサー）をやっていたが、数年前に過酷な訊問が問題になったときに、辞（や）めさせられた。タウンゼンドの社員は、たいがいもとCIA局員だ。中級職の公務員だ。七階のお偉方じゃない。それにはいくつか理由がある。

タウンゼンドは、一八〇〇年代からずっと、政府の汚れ仕事を請け負ってきた。ネイティヴ・アメリカンとの戦争もやったし、フィリピンが不穏になったときにも汚れ仕事をやった。噂によれば、マーティン・ルーサー・キング牧師を撃ち殺したジェイムズ・アール・レイも、タウンゼンドの資産だったという。スウェーデン首相オラフ・パルメを暗殺し、中南米でも左翼人権運動家多数を殺した。政権が気に入らない人間がいて、狙ってばれるとやばいようなときには、たいがいタウンゼンドの出番になる」

ジェントリーには、まったくのたわごとのように思えた。自分も政府が関係を否認するような非合法作戦を、何度もやってきた。民間企業がおなじようなことをやっているという話は、聞いたことがない。そういう企業が何百年もつづいているのであれば、噂になるはずだ。

「リー・オズワルドもタウンゼンドの手先だというつもりか？」

デッドアイことウィトロックが、首をふった。「いや。オズワルドは、ただのナルシスト的な馬鹿野郎で、ボルトアクションのライフルを持っていて、下っ端の仕事をしていた。それで、オープンカーに乗っていたアメリカ合衆国大統領を照準線に捉えただけだ」

それが真相だろうと、ジェントリーにはわかっていた。デッドアイが空想の世界にはまり込んでいないとわかって、ほっとした。

ウィトロックがつづけた。「タウンゼンドはほかのこともやっている。訓練、警備、捜査、逮捕、犯人の身柄引き渡し。エージェンシーやホワイトハウスだけではなく、アメリカ企業の権益のための仕事もしている。しかし、連邦政府は、自分たちが触れたくない汚い作戦の代理部隊として、連中を使うのが好きだ。ノリエガがアメリカのいうことをきいていたときには、連中はやつのために働き、いうことをきかなくなったときには、やつを捕らえるのに関与した」

ジェントリーはこの稼業が長いので、たいがいのことを聞いても驚かないが、それは初耳だった。「ほかには？」ときいた。

「CIAが支援したサダム・フセイン捕縛、八〇年代の南アフリカのアパルトヘイト政府、パキスタンのムバラク、九〇年代のクロアチア。9・11後は、CIAが長さ三メートルの竿でも触れたくないアフガニスタンの武装勢力指導者たちとの協力」

「だいぶ読めてきた」

ウィトロックは、片手で包帯を押さえ、反対の手をふってみせた。「なあ、コート、タウンゼンドの昔の仕事に興味を持っても、しかたがないんじゃないか。それよりも、やつらの現在のターゲットのほうを心配したらどうだ」

「おれか」

「そうだ」

ジェントリーはいった。「そうだな。しかし、おれの話をするまえに、あんたの物語が聞きたい」

ウィトロックは、肩をすくめた。「三十四歳、ワシントン州で生まれ育った。オリンピアの近くのセコイア・パークという小さな町だ」

ジェントリーは、テーブルごしに左手をのばして、ウィスキイを注いだ。「で、バイセクシャルの女やビーチをゆっくり散歩するのが好きなんだろう」

「だれだってそうじゃないか」

ジェントリーはいった。「あんたのさっきの行動だが、すべて鏡を見ているようだった」

「褒(ほ)め言葉だと受けとめよう」

「おれがいいたいのは、あんたが独立して行動する工作員だということだ。おれたちはどうやらおなじプログラムにいたようだな」

ウィトロックはうなずいた。「独立資産開発プログラム。おれは海兵隊にいたときに勧誘された。二年間、精密検査、コンバットブーツをはいてマラソン、スキューバ訓練、操縦訓練、狙撃術、諜報技術(トレードクラフト)、クラヴマガ(イスラエルの格闘術)、ブラジル柔術、語学集中教育、ワイオミングでのアルペンスキー、砂漠でのサバイバル、モハーヴェ砂漠での地上ナビゲーション。あんたが経験したお楽しみやお遊びとおなじだろうな」

「おれはソノラにいた」

「メキシコの？　そうか、あんたら昔の人間は、筋金入りだな」

ジェントリーは、笑わなかった。

「とにかく、作戦態勢にあると認められ、現役に投入され、それから数年、あちこちへ行った。おもに中東と北アフリカだ」

ジェントリーは、そのことを考えてみた。自分の独立資産運用プログラムでの仕事は、もっぱら旧ソ連が中心だったが、中東にも行った。グーン・スクワッドに移ってからは、それが増えた。長年のあいだには、ラス・ウィトロックとおなじ作戦地域で走りまわっていたことがあったかもしれない。

「そのあと、CIAを辞めたんだな？」

「一年前にタウンゼンドに移った。給料がいいし、役所的な四角四面なところもすくない。あんたみたいなアメリカン・ヒーローたちをターゲットにして抹殺しようとしなければ、そう悪くない仕事だよ」

「どうしておれがヒーローだと思う？」

「作戦準備のために、あんたの身上調書を読んだ。あんたのことを研究するうちに、自分の経歴を読んでいるような感じがしてきた。あんたは長年、アメリカのために働いてきた。首をへし折り、報酬をもらい、感謝されるどころかこうなった。あんたに対する〝目撃しだい射殺〟指令は、馬鹿げている。あんたを殺すのには関わりたくなくなった。自分を殺すのと変わりがない。おれたちはどっちも、邪悪な世界の正義の味方だ」ウィトロックが、ショットグラスを掲げ、ジェントリーのグラスと打ち合わせようとした。「きょうだいふたりに乾杯」

ジェントリーは、ショットグラスを持たなかった。「そのバビットという男に、〝目撃しだい射殺〟に乗り気でないということはいったか？」

「いうわけがないだろう。そんなことをいったら、信頼できないと思われてクビになる。やつらはべつの人間を差し向けていただろう。コート、よくやったと褒めてもらいたいわけじゃないが、今夜タリンにいたのがおれじゃなかったら、あんたは死んでいた」

「礼をいう」ジェントリーは、にべもなくそういった。相手の動機がどうにも理解できなかった。自分とおなじような工作員が不公平な扱いを受けていると思っただけで、ウィトロックがここまでやるというのが、疑り深いジェントリーには信じられなかった。

「いいんだ」ウィトロックはいった。「正直にいうと、ふるえを見てびっくりした」

「ふるえ？」

「あんたの手だ。戦闘の経験が豊富なのに、そんな影響があるとは思っていなかった」

「寒かっただけだ」ジェントリーは前とおなじように弁解した。

「おれはふるえたことはない」ウィトロックはいい放った。「なにもない。一度も。とてつもないことを経験してきたが」右手をテーブルの上に出した。「エージェンシーにテストされた。ストレスが高い出来事を経験しても、血圧は低いままだし、脈拍も影響されない。戦闘ではそれが有利だ」

「運がいいな」

「あんたの秘密は？　あんたの作戦のことをいろいろ読んだ。自分の身に降りかかったあらゆることを、あんたはどうやってくぐり抜けたんだ？」

ジェントリーは、肩をすくめた。「あんたみたいな異常能力(スーパーパワー)はない。それがききたいんだろう」

「謙遜するな。キエフでの戦闘後報告を読んだ」

「キエフ？」

「とぼけるなよ」

ジェントリーは黙っていた。

「ＣＩＡのアナリストたちは、キエフの作戦をあんたが独りでやったとは思えないと判断している。おれは、あんたがだれかと協力してやったとは思っていない」ウィトロックは反応を待ったが、返事がなかったのでいった。「そう、あんたが独りでやったんだと思う。だが、正直いって、どういうふうにやったのかは、皆目(かいもく)わからない」

「おれがやったんじゃない」と、ジェントリーは答えた。

ウィトロックが、天井を仰いでみせた。「おれなら話してもだいじょうぶだ。もちろん、ここだけの話だ。頼むよ。さっきあんたを銃火からひっぱりだしてやったお返しに、好奇心を満足させてくれよ」

ジェントリーは、首をふっただけだった。「キエフのことには、関わっていなかった。自分がやっていないことで、いつも濡れ衣を着せられる」

ウィトロックは、ジェントリーを長いあいだ見つめていたが、ようやく溜息をついて、それ以上きくのをやめた。グラスのウィスキイを飲み干し、〈レッドブレスト〉に手をのばした。もう一杯注ぐのかとジェントリーは思ったが、ウィトロックは瓶を引き寄せると、テーブルの栓を取って押し込んだ。

「そろそろ出かけないといけない」ウィトロックは、スマートフォンを出した。「番号を教えてくれれば、あした連絡をとれる」

「なあ、あんたがやってくれたことには感謝している。理解できないが、ありがたいと思っている。しかし、おれはあんたのことを知らない。追跡できるようなものを教えるわけがないだろう」

ウィトロックは、スマートフォンをしまった。連絡方法をジェントリーが教えないことに、驚きはしなかった。肩をすくめて、バックパックのポケットに手を入れ、紙切れを出して、テーブルの上から差し出した。ジェントリーが紙切れをひらくと、電話番号が鉛筆で書いてあった。下にウェブサイトのURLも書いてある。

「これはなんだ？」

「おれの電話番号と、モバイルクリプトのリンクだ。電話にそのアプリを入れてある。そうすれば盗聴や逆探知を避けられる。あんたもおなじようにすれば、あんたが使っている電話の機種も、どこからかけているかも、おれにはわからない。おれたちはここで分かれるが、あす危険地帯を出たらすぐに、連絡してくれ」

ジェントリーは、紙切れをポケットに入れた。「あんた、スパイ映画にはまっているのか?」

ウィトロックは、強くなってきた痛みを抑えるために、腰の包帯を押した。「今後のことを説明しておこう。おれはここを出たら、町を避けて安全な場所を見つけ、それからタウンゼンド本社に電話する」

ジェントリーは驚いた。「おれはいい雇用関係の専門家じゃないが、同僚を殺したあんたに、ボスは怒り狂うんじゃないのか」

「おれならだいじょうぶだ。それに、あんたをやつらから護るには、内部でやるしかない。やつらは、おおぜい駆り集め、ハイテク機器をしこたま駆使して、これからもあんたを追うだろう。おれに連絡してくれれば、やつらの狩りについて、あんたに情報を流すことができる」

ジェントリーは、つぎの質問をひどく甲高(かんだか)い声で口にした。「なぜだ? あんたはなぜ、おれを護るのを仕事にしているんだ?」

「おれはもうじきタウンゼンドを辞めるからだ。予定がある。でかいことだ。それはやつらに関わりがない。あんたの手助けがあるとありがたいし、あんたの得意な仕事だ」

ジェントリーは、両眉をあげた。「そうか。こんどは商売の売り込みか」

ウィトロックはいった。「そうだ。あんたに売り込もうとしている。いっしょにやろう。あんたとおれで。向かうところ敵なしだ」

「シドレンコ殺しのあと、おれは引退した」ジェントリーは、デッドアイが馬鹿な計画に熱をあげているのを冷まそうとした。

「馬鹿をいうな。神経が疲れているから、そんなことをいうんだ。いまはちょっと燃え尽きているが、CIAと仲直りするか、脳幹に一発くらうまで——どっちが先になるにせよ——ゲームからおりることはできないんだぞ。いや、これはあんたの生まれついての才能だ。おれもおなじだ。

それじゃきくが、潮の流れに逆らって泳いだことはあるか？」

ある、とジェントリーは思った。いままさにそう感じている。

「それで」

「フリーランスになってから、この二年間、あんたはCIAで働いていたときよりもおおぜいの敵をこしらえた。だが、あんたがやっていることは重要だ。つぎの正しい作戦をあんたが探しているのはわかっている。善を行なうのが、あんたの目標だというのも知っている。正義の戦いをな」ウィトロックは、片手を首に当てた。「おれもだ。おれもその一翼を担いたい」

ジェントリーは、疑いを捨てなかった。「そして分け前は半々か。嫌だね」

ウィトロックが、頑固に首をふった。「おれをごまかそうとしても、そうはいかない。あんたは金のためにこういうことをやっているんじゃない。おれもおなじだ。おれたちは善を行なう。あんた独りでやる二倍の善を。いっしょに組もう」

ジェントリーは、あきれたというように目を剝いた。「バットマンとロビンみたいに？」

ウィトロックが、腹立たしげにどなり返した。「くだらないたとえはやめろ。そんなことはいっていない。もちろんべつべつに作戦する。調整してやろうといっているだけだ。おたがいのうしろを掩護して、助け合おう」

ジェントリーは、答えなかった。

ウィトロックがいった。「とにかく、安全なところから、あす電話してくれ。細かい話はあとだ。あんたもおれに、それぐらいの恩義は感じているだろう」

ジェントリーは、電話番号を書いた紙切れを一瞬持ってから、フリースのポケットに入れた。

「いいだろう」

ウィトロックは、ジェントリーの顔に厳しい視線を据えていた。ごまかすつもりがないかどうかを見てとろうとした。にやりと笑い、手を差し出した。ジェントリーがそれを握った。

数分後、ふたりは雪のなかに戻り、闇のなかで別れて、はじまったばかりの人間狩りと夜明けから急いで遠ざかった。

18

モサドのターゲティング・オフィサー、ルース・エティンガーは、正面の小径から目をそらし、公園のベンチにならんで座っている男の顔に、顔を近づけた。男のほうも体を動かし、ふたりの唇が一センチくらいに近づいた。ルースは目を閉じて、じゃれるように男の唇を唇でなぞり、それからふたりはキスをした。相手の動作や考えに慣れ切っている恋人のようだった。ルースが舌をのばして、男の口のなかをそっとなめ、ちょっと口を離して、男のうなじの髪に指を入れて、目をあけ、やさしい笑みを浮かべた。

男がキスを返してから、笑みを浮かべた。「ルース、ダーリン。きみは肥ってきたねって、いったっけ？」

ルースがにやにや笑い、また男にキスをすると、一音節ごとに温かな息が感じられるほど男の口に唇を近づけて話しかけた。「新型の集音マイクには、三バンドのイコライザーしかないの。新しいマイクのイコライザーを旧式の五チャンネルに切り替えられるかどうか、技術部に電話して聞いてみる」

ふたりはまたキスをした。厚いダウンのスキージャケットを着て、いとおしげに抱き合っていた。男がいった。「たまにはシャワーを浴びるのも悪くないぞ。山羊（やぎ）みたいなにおいだぜ」

それにルースは答えた。「技術部が五チャンネル・イコライザーを使わせてくれなかったら、中音域をブーストするようソフトウェアを改良できないか、ためしてみる。再生のときには役に立つはずよ。でも、生で聞いているときに、音声とバックグラウンドノイズを分離するのには使えない」

「きみがいやらしいことをいうと、すごくいいね」

公共の場でいちゃついていたことに突然気づいた恋人たちのような笑みを浮かべて、ふたりはベンチで居住まいを正した。アイススケート・リンクのそばの〈ナッツ4ナッツ〉の屋台で買ったハニー・カシューナッツの袋を、ルースが取った。ナッツをひとつ口にほうり込んでから、年下の恋人役のアロンに袋を渡した。二十八歳のアロンは、きょうのセントラルパークでの監視で、ルースの恋人を演じている。

アロンは、ルースの三人編成のチームに属している。あとのふたりもカップルを装い、セントラルパーク動物園の入口前の遊歩道のずっと先にあるベンチに座っている。マイク・ディルマンとローリーン・タターサルは、いずれも三十代はじめで、感じのいい顔立ちだが、異性の目を惹きつけるほどではない。三〇メートル先のベンチで、ふたりもキスをしている。マイク、アロン、ローリーンは、上官のルースとおなじようにアメリカから移民したイスラエル人なので、ニューヨークでも完璧に溶け込める。

偽の恋人ふた組のちょうど中間のベンチに、アラブ人の男がいた。妻といっしょで、赤ん坊が乗ったベビーカーが前に置いてある。夫婦で話をしながら、アラブ人がときどきベビーカーを押していた。
ローリーンが持っている馬鹿でかいハンドバッグの横の小さな穴から、細長い指向性マイクの先端が突き出していた。それを使って、ローリーンとマイクは、アラブ人と妻との会話をほとんど聞き取ることができた。ブルートゥース接続の小さなイヤホンに音声が流れていた。ふたりともアラビア語に堪能で、二十分前に公園のそこで監視をはじめてからずっと、おむつや赤ん坊の便についての長ったらしいやりとりを盗み聞きしていた。おむつを換えるのを夫があまり手伝わないことについてのいい争いで、妻のほうにだいぶ分があるようだと、ローリーンは思った。

　マイクとローリーンは、小径のルースやアロンとおなじように、甘い恋人の演技を盛りあげていた。ローリーンがときどきマイクの耳もとに顔を寄せて、くすくす笑い、いやらしいことをささやく。マイクは顔を赤くしたり、びっくりしたり、嫌な顔をしたりしなかった。おなじようにやり返し、あからさまな言葉でそっと応じた。

　部下三人とはちがい、ルースはこういうときでも生真面目だった。役割はボディランゲージで演じていたが、ささやくのは仕事のことばかりで、監視作業の技術や兵站面の細かい事柄を話していた。重要な話がないときには、若手の部下たちがふざけても、ある程度は許していたが、自分はこの手の仕事をさんざんやってきたので、近接尾行でも静止監視でも、部下と唇を合わせるのにはにかみはしなかった。

　ルースとアロンは、厚いスキージャケットの詰め物を通してはいり込む十二月の寒気と戦いながら、ベンチでまた体をすり寄せた。またキスをした。「ぼく、むしろマイクとなら、最後までいけそうだな」と、アロンがいった。

ルースが、集音音響装置の話を中断して、「つぎはそうしてあげる」といった。

アロンが、それを聞いて笑った。

こんなふうにときどきふざけてはいたが、四人ともアメリカに到着してから数時間後なのに、真剣に仕事にはげんでいた。ポルトガルのファロで、エフード・カルブ首相を狙おうとしていた爆弾作りの兄弟が射殺された作戦の後片づけをしていたときに、チームをニューヨークに移動させるようにという命令を、ルースが受けた。このマンハッタンで、新生児がいる三十五歳の教師が、先ごろ硝酸アンモニウムを大量に買い込んだために、FBIに監視されていた。硝酸アンモニウムは化学肥料だが、強力な爆弾の重要な原料でもある。

FBIは肥料購入に不審を抱いたが、違法とはいえないので、ルースにいわせれば、苦痛なほどおもしろみのない、だらだらとした捜査がはじめられた。教師はパレスチナ人で、ガザ地区のハマスの中堅幹部の親類と結婚しているため、モサドが関心を抱いた。それに、カルブ首相が数週間後にニューヨークの国連本部で演説をする予定だったので、ルースとそのチームは、ファロからそのままマンハッタンへと移動し、自分たちでもっと手早い捜査を開始した。

ルースは、アメリカに来るのはいっこうにかまわなかったが、仕事がすべて終わったら、ブルックリンの母親の家に寄らないと気がとがめるのが困る。それに、ほんとうは、母親のキッチンのテーブルで牛の肩バラ肉（ブリスケ）や団子（マッツァボール）スープを食べているよりも、血まみれのテロリストを追っていたかった。

アロンが、ルースの膝に手を置いて、顔を近づけた。にこにこしながらしゃべっていたが、もうふざけてはいなかった。「第一印象は？」

ルースが笑みを返し、首をふって、ささやいた。「この男は脅威じゃない」

「どうしてそういい切れる？」

「あれを見て」

アロンが、アラブ人のほうを盗み見てから、〝恋人〟に目を戻した。「テロリストは公園に子供を連れてこない、ということかな？」

「テロリストじゃない。テロリストはにおいでわかる」

アロンが、その意見に賛成した。「それは否定できないね。あなたには最悪のやつらを嗅ぎわける鼻があるみたいだから」

ルースは、アロンの手を取り、ミトンごしに握り締めた。「こんなのは、まったくの時間の無駄よ。それに、わたしは時間を無駄にするのが大嫌いなの」

パレスチナ人夫婦に注意を戻して、ふたりがベビーカーを交替で揺するのを見ていた。あまり熱のこもらないいい争いがつづいていた。

ルースは退屈していたが、退屈には慣れていた。この仕事が自分のチームにとって役不足なのはわかっていた。だが、自分がこの地域に詳しいうえに、テロリズムにかぶれている連中のなかから本物のテロリストを見つけ出す能力があるからこそ、最適のチームだと考えられて派遣されたのだということは、認めざるをえなかった。部下三人は軽口を叩きはするが、このチームは全員が高度なプロフェッショナルだし、仕事に真剣に打ち込む。モサドの精神科医には、物事を過度に真剣に受けとめているといわれたが、そういう政府のお抱え医者の知ったかぶりの意見は、いんちき療法の医者の見立てとたいして変わりがないと、ルースにはわかっていた。

自分にはなにも問題はない、とルースはみんなにきっぱりといった。それに、現場に出て、仕事に専念しているときが、いちばん調子がいい。

ハンドバッグのなかで電話が鳴り、上司のヤニス・アルヴェイだとわかっていたので、すぐに出した。対象（サブジェクト）についてあらたな情報がはいったら連絡する、といわれていた。

「もしもし」

「どんなぐあいだ（マニシマ）？」ヤニスはいつも手順を守らず、テルアヴィヴから電話してくるときに、ヘブライ語を使う。

ルースは、生まれ育ったブルックリンなまりの英語で答えた。「ハイ、ジェフ。調子はどう？」

ジェフと呼んだのは、英語で話をするようにという合図だ。もちろん、追跡している対象にルースが電話をかけている相手の声が聞こえるおそれはないが、相手が外国語をしゃべっていると、うっかりしてヘブライ語で返事をしてしまうかもしれない。

ヤニスが答えた。「対象はシロだ。購入は良性だった」

「どういうふうに？」

「彼は高校教師だが、最近、ペンシルヴェニア州サリヴァン郡の農業協同組合のメンバーになった。彼は豆とイチジクを栽培している。組合ではありとあらゆるものを栽培している。

小規模な組合で、ひとりが農機を買い、べつのひとりが種を買い、さらにもうひとりが肥料を買って、それらすべてを組合の資源にするという仕組みになっている」

ルースは、まわりを見てから、ささやいた。「それじゃ、農業用に硝酸アンモニウムを買ったのね？」

「ちょっと信じられないが、そうだ」

「ＦＢＩはそれを知っているの？」

「まだ知らない。対象の銀行の記録をハッキングで調べたが、肥料の代金と同額が組合から払い戻されている。組合についても調べた。かなり前からあるし、購入された肥料の量は畑の広さと一致している。ひきつづき監視するが、まとも（コシャー）のようだ」

十九世紀に設立されたイスラエルの都市リション・レジオンで生まれたユダヤ人のヤニスが、〝適法〟という意味のその言葉をアメリカ人ふうに使ったので、ルースはあきれて目を剝（む）いた。

ルースはいった。「それじゃ……見かけどおり、害のない人間なのね」

「そのようだな」ヤニスが答えた。

「わかった。これで取りやめね」

「がっかりしているような声だな。ルース、われわれの国家指導者に対する差し迫った危険がないのが、つまらないというように聞こえるぞ」

「わたしは仕事が好きなのよ、ヤニス」

ヤニスが、すこしためらってから答えた。「それだけじゃない。きみは自分の肩に、必要以上のものを背負っている」

「ローマ以来、といいたいのね」

「ローマ以来だ」

「ローマのあと、わたしの作戦のテンポが速まったのは、わたしたちの首相の敵に対抗する熱意が強まったからよ。失敗をあがないたいという極端な願望のせいじゃない」

「そういう熱意を否定したことはない。それに、ルース、きみは失敗などしていない」

ルースは、それには直接答えなかった。「カルブがあちこちで怒りをかきたてるようなことをしなければ、家にいて蘭でも栽培しているかもしれない」

「まあ、それは望めないだろうな。きみが取り組めるような揉め事を、じきに見つけてやる。心配するな。恐ろしいことが待ち受けているという気がする」

「馬鹿ばかしい」

「チームはこっちに戻すが、きみは二日くらいいて、お母さんに会ったらどうだ」

「その手の揉め事はいらない。みんなといっしょに帰るわ」

「これは命令だ」

ルースは、心のなかでうめいた。「わかった、ヤニス。でも、危険手当をちょうだい」

ヤニスが笑い、電話を切った。

無駄な一日だった。無駄な長旅。アロン・ハムリンといちゃつくのは、最悪の時間の使いかたとはいえないが、つぎのターゲットがほしくてしかたがなかった。だいいち、ピスタチオを育てるために肥料を買っただけの家族思いのパレスチナ人を、セントラルパークで見張っても、イスラエル首相の安全を図るのには、まったく役に立たない。

母親に電話して、いま着いたところだといい、あすのブランチをごちそうしよう、と思った。母親のだらだらしたおしゃべりを聞く二、三時間も、ブラディマリーを飲んでいれば、すこしは短く思えるかもしれない。

ラッセル・ウィトロックは、タリンから五〇キロメートルほど離れたバルト海沿岸のエストニアの都市パルティスキで、くすんだ色のアパートメントが何ブロックもつづいている地区の雪道をとぼとぼ歩いていた。午後三時ごろだった。この二十四時間で一五センチほどの粉雪が積もっていたが、頭上でふくれている灰色の雲は、いまのところ雪を降らせていないし、気温は零度をすこし下回る程度だった。この時期にしてはしのぎやすい。

ウィトロックは、小さな宿屋の前で足をとめた。薄汚いありふれた宿屋で、踏み固められた細道から、ちょっと考えられないくらい奥まっているが、ひと晩ぐらいなら我慢できそうだと思った。五つ星のホテルのほうがずっと好きだが、いまはそんな贅沢(ぜいたく)は許されない。銃創の手当てをして、安全に寝泊まりし、ジェントリーの連絡を待つのに、目につかない静かな場所が必要だった。

この街は観光地ではない。冷戦時代は、ソ連の原子力潜水艦訓練所があったため、鉄条網に囲まれた、閉ざされた街だった。

二十年後のいまもよそよそしい都市で、当時の雰囲気がわかるような気がした。

夕方が夜に変わり、窓から射し込む光が暗くなって、完全に消えるまで、ウィトロックはホテルの部屋にじっと座っていた。ホテルの近くで薬屋を見つけたし、隣に酒屋があった。どちらも、思いがけない貴重な存在だった。部屋に戻って、傷口を消毒し、包帯を換え、ウォッカのキャップをあけてごくごくと飲んだ。

タウンゼンド・ハウスに電話するのを十時間遅らせたが、ようやくその覚悟ができた。自分の戦闘行動の迅速さと巻き起こした混乱が功を奏し、トレッスル・チームがだれも裏切りを雇い主に報告していないことを願った。とにかく、それをたしかめるには、こちらから連絡するしかない。

スマートフォンの短縮ダイヤルボタンを押し、タウンゼンド・ハウスのバビットの電話にかけた。

あわただしく認証番号の確認を終えてから、バビットがいった。「きみも死んだと思っていた」

「なんとか切り抜けた」ウィトロックは答えた。「しかし、チームは全滅した」

「なにがあった？」

「それを教えられればいいんだが、あいにく、あんたのところの若い連中に、ターゲットを攻撃するあいだ、ホテルの部屋にじっとしていろと命じられた。ジェントリーのほうが先に攻撃したにちがいない。やつのグロック19の銃声が聞こえてから、サプレッサー付きのMP7の応射があった。わかっているのはそれだけだ。どこがまずかったのかを突き止めるために戦闘の流れを再現することは、おれにはできない」

一瞬、沈黙があり、やがてバビットがいった。「わかった」咳払いをした。「攻撃中にきみは電話してきて、これから交戦するといったな」

「ああ。なにかできればと思ったんだが、作戦に組み込まれていなかったし、おれが手を出す前に作戦はめちゃめちゃになっていた。追いつこうとしたが、ジェントリーはずっと先へ行っていた。姿を一瞬見ただけだ。あいにく、やつに気づかれ、一発くらった」

バビットが、驚きのあまり叫びそうになった。「やつがきみを撃ったというのか？」

ウィトロックは、左腰に圧力がかからないように、小さなベッドでおずおずと動きながら答えた。「そうだ」

「負傷したのか？」バビットには、事情が呑み込めないようだった。

「死にはしない。おれも何発か撃った。当たったかもしれないが、なんともいえない。要するに、最初からおれにやらせてくれれば、きのうの朝、ジェントリーが船をおりた直後に、細い短刀をやつの背骨に突き立てることができたといいたいんだ。戦闘員を八人失い、ターゲットに逃げられるなんていうことには、ならなかったはずだ」

「死んだ戦闘員は七人だ」と、バビットが答えた。

ウィトロックは、ベッドで跳び起きた。「七人？」

「トレッスルのうち、ひとりが生き延びた。トレッスル・セヴンは雪崩かなにかで雪に生き埋めになっていた。まだはっきりした事情はわかっていない。セヴンは地元の人間に掘り起こされ、脊椎が首のところで損傷し、肋骨も六本折れたが、助かるだろう」

ウィトロックは、二度ゆっくりと息を吸った。怒りが湧き起こり、体がこわばり、筋肉に力がこもった。「そいつは明るい報せだな、リー」

「まあ、セヴンは、雪に生き埋めになったままのほうがよかったと思うだろう。たとえ退院できたとしても、しばらくはエストニアの刑罰制度の客になるわけだからな」

「おれになんとかしてほしいと思っているんじゃないのか？」ウィトロックはきいた。遠まわしないいかただが、なにをいっているのかは、わかりきっていた。生き延びた男の口を封じるために殺すべきだと、ほのめかしていた。バビットがどうするつもりなのか、ウィトロックにはわからなかったが、自分なりの動機があった。トレッスル・セヴンに、ジェントリーといっしょのところを見られたかもしれない。それがバビットに伝わるのは、避けなければならない。

バビットが、ためらってから答えた。「いまはいい」

ウィトロックは、このあらたな問題を意識から追い出した。どうにもできないことだ。

「なにもかも、ひどすぎた。プロフェッショナルらしくない」

バビットが失敗を認めるはずがないというのはわかっていた。バビットは企業経営者だから、超然と高い立場にいて、自分の意思決定の余波をかぶることはない。ウィトロックが予想していたとおりの反応を示した。話題を変えたのだ。「きみにはアメリカ（AO）に帰ってきてもらわなければならない。怪我をしているし、けさの出来事のあと、作戦地域を動きまわるのは危ない。旅ができるようにするのに、医者を派遣する必要はあるか？」

「アメリカには帰らない。ジェントリーを追う」

「だめだ、ラッセル。いまきみが官憲に捕らえられたら困る。われわれのサーバーでは最新鋭の顔認識ソフトが動いているし、タリンの一〇〇キロメートル以内のカメラすべての情報が得られる。UAVチームには、先進型の超小型無人機を送ったから、都会環境でもやつを探せる。そちらの現地時間の午前零時までに探知できなかったら、捜索範囲をひろげる。せめて二日は作戦を休止してほしい」

逆らっても無駄だと、ウィトロックにはわかっていた。「わかった。だが、そっちの情報は即座に送ってくれ」

「了解した」

「それと、リー。レーダーにひっかからないように、二日だけおとなしくしているが、作戦休止は引き延ばさない。おれを使うのが、いちばんあんたの利益になる。UAVチームも、直接行動資産も、おれほどには、ジェントリーのことがわかっていない」

「わかった。とにかく安全なところで傷を治してくれ。それまでにやつの居所を突き止める」

ウィトロックはいった。「デッドアイ、通信終わり(アウト)」

リー・バビットは、電話を切ると、椅子にもたれて目を閉じた。とんでもない大失態だ。もちろん、デッドアイがなかなか連絡してこなかったことには腹を立てていたが、だいじな独行工作員が生きていたので、胸をなでおろした。それに、タリンで起きたことで、デッドアイに腹を立てるいわれはない。むしろその逆で、配下のなかできちんと仕事をしたのは、ラス・ウィトロックだけだった。

これからの数日、いや、数週間は、タリンの作戦の影響をすべて後始末するのにてんやわんやになるとわかっていた。ＣＩＡが介入して、エストニア側との悶着はどうにかしてくれるだろうが、会社が失敗したことに対して、たっぷりと見返りを要求するだろう。

だが、いまはそういうことを心配してもはじまらない。ジェントリーを見つけて、葬ってから、あとのことに注意を向ければいい。ヨーロッパ中の官憲がタリンの事件を知っているいま、怪我をしている頭のいかれた反抗的な独行工作員に、捜索をつづけさせるわけにはいかない。

会社の通信室がウィトロックに情報を送りつづければ、ウィトロックはその情報に従って動くにちがいない。ウィトロックのスマートフォンに情報を送るのを中止させよう、とババビットは決断した。これから二日のあいだに、運よくジェントリーを見つけたときに、現場に駆けつけようとするデッドアイが官憲に捕らえられるような危険を冒すわけにはいかない。

ババビットは、髪をかきむしり、目をこすった。とんでもない大失態だ。

19

ジェントリーは、午後五時にタリンク・フェリーのターミナルビルの表に立っていた。通る車のライトや桟橋に繋留されている船の明かりがあるだけで広大なターミナルの外は暗かったが、ジェントリーにはむしろそれがありがたかった。闇を利用し、正面の壁の隅に姿を隠した。服装をすべて変えて、むさくるしい顎鬚を剃り落とし、自分たちが撃ちまくって破壊した界隈を歩くのを避けるために、タクシーで街を横断した。

それでも、戦闘のあった場所に、望ましくないくらい近づいた。三十分前に、しぶしぶグロックを海に捨てた。拳銃を所持しているのを見つかるわけにはいかなかった。だが、街の中心部に戻ると、まだ危険は去っていなかった。タクシーをおりたとき、政府のリンクス・ヘリコプターが、旧市街に近い丘に着陸した。調査を行なうのか、それとも政府関係者かだれかが、自分の目で現場を見なければならないのだろう。死体は袋に入れられて霊安室に運ばれただろうが、戦闘から十三時間ほどたったいまも、犯罪現場は保全されていた。戦闘で何人死んだのか、ジェントリーにはわからなかったが、四、五人は死んだはずだ。

ジェントリーは、時計を見て、ここに来るのが遅すぎて、計画を実行する時間が足りないかもしれないと心配になった。だが、ストックホルムから到着したフェリーの乗客が、ターミナルの正面からぞろぞろと出てきたので、無用の心配だったとわかった。

まもなくひとの流れが切れ目なくつづくようになり、キャスター付きの荷物をひきずっている数百人が、ひとりだけで、あるいは家族を従えて、タクシー乗り場やバス停に向かった。なかには深く積もった雪を踏んで、夕闇へと歩いていくものもいた。

ジェントリーは、条件に合う人間が出てくるのを待った。

いた。エストニア人とおぼしい若者が、カートを転がして、ターミナルのドアから出てきた。カートは空で、大きなバックパックを背負っている。

商売っ気のあるエストニア人が、フェリーターミナルの免税店も含めて、自分の国で品物を買ってカートに積み、ストックホルムへ行って、上乗せした値段で売るというのは、よく見られる光景だった。その若者も、そういうフェリー貿易業者のようだったので、条件にぴったりだとジェントリーは判断した。

若者が通りを歩くのを追い、ターミナルから出てきたひとの群れと離れるのを待った。〈スタトイル〉のガソリンスタンドの駐車場で、ジェントリーは若者に追いつき、横にならぶと、ロシア語でいった。「すみません。ロシア語はわかるかな？」

若者が立ちどまり、うなずいた。あたりに目を配った。警戒してはいるが、怖がってはいない。この手の商人が密輸になるような品物も売り買いすることを、ジェントリーは知っていた。だから、見知らぬ人間に頼まれたやばい仕事もするし、警官や金を奪ったり縄張りを荒らしたりする悪党には用心している。

ジェントリーは、脅威ではないことを示す穏やかな声で、落ち着いた態度を心がけた。手早くやらなければならないし、駐車場に長くいたくはなかった。「おれは友だちだ」ジェントリーはいった。「頼みがあって、金も払う」

「どんな頼みだ？」

「今夜のストックホルム行きの乗船券がほしい」

若者は、ジェントリーをしげしげと見てから、また歩きはじめた。金の儲かる話ではないと思ったのだ。「それじゃ買えばいい」

ジェントリーは、深く積もった粉雪を蹴とばしながら、そばを歩いた。「厄介なことに、パスポートをなくしたんだ」

若者がまた立ちどまった。「それじゃ、ストックホルムへは行けない。パスポートがないと、乗船券は売ってもらえない」

「ああ。でも、あんたが買ってくれれば、おれのパスポートは関係ない。二百ユーロ出す」

エストニア人が、左右を見てから、ジェントリーに目を戻した。「ターミナルまで歩いていって乗船券を買うだけで、二百ユーロ？」

「ああ」

「おれの名前の乗船券でもいいのか？」

「自動改札ではパスポートは見せない。見せるのは買うときだけだ」

エストニア人の若者は、その流れを思い浮かべてから、考え込むようすでうなずいた。

「ストックホルムでも見せないな」

ジェントリーは、にやりと笑った。「だろ？」若者が納得し、いずれそのやりかたで金を稼ぐ計画を練りはじめているのが、手に取るようにわかった。

そこで、若者が口ごもった。「あんたが捕まったら。なにかやらかしたら——」

「乗ったらすぐに乗船券を破り捨てる。乗船券を買うときにあんたが書き込むホテルにも行かない。乗ったら、ストックホルムまで姿を隠している。おれになにかあっても、あんたと結びつけられることはない」

若者はまた考えていた。報酬を値上げするつもりだと、ジェントリーにはわかっていた。

「五百ユーロ」

「三百だ」相手に余分な金を見せないようにして、ジェントリーは乗船券の代金を出した。「これが乗船券の分。礼金は戻ってきたら渡す。いま買いに行かないといけない。急いでくれ。フェリーは三十分後に出る。それに乗れなかったら、金は出せない」

若者が同意した。ジェントリーは若者につづいてターミナルにひきかえした。カートも押してやった。乗船券を若者が買うあいだ、うしろのロビーで待った。

警官がうようよいて、警戒していたが、だれを探すというあてはないようだった。ホテルのフロント係が警察に人相を説明しているはずだが、ジェントリーは目立たない男（グレイマン）という異名をとっている。フロント係が憶えていることよりも、忘れていることのほうが多いはずだ。それに、警察はデッドアイも探している。どちらもアメリカ人で、人相風体が似ているから、それでまずいことになる可能性はある。それに、デッドアイの諜報技術がどれほどのものなのか、ジェントリーにはわからなかった。しかし、デッドアイが記憶に残るような印象を残す男だったら、独行NOC工作員（大使館員のような公式偽装身分がない工作員）として、ここまで長く生き延びられたはずはない、と結論を下した。

警官はたしかに目を皿にして探していた。それははっきりとわかったが、混雑したターミナルを歩いている茶色い髪の三十代の男は、百人以上いて、フロント係が説明したはずの特徴に、ほとんどすべての人間が当てはまっていた。

ジェントリーはターミナルを出てから、アルド・トゥブール名義のストックホルム行き乗船券と三百ユーロを交換した。

取り引きが終わるまでは友好的な雰囲気だったが、交換を終えて握手をすると、ジェントリーは怖い顔になった。

「もうひとつ頼みがある」

「なんだ？」

「口が堅いほうがいいぞ。おれはタリンに友だちがいる。おれがストックホルムに無事に着いたかどうかを、そいつがたしかめるんだよ、アルド」

「だから？」

「なんでもない。おまえがこの取り引きのことをだれかにしゃべる心配がなければ、おまえはなにも心配しなくてすむ」

ジェントリーは、アルドのような人間を何百人も見てきた。こういう人間は、他人を売るために警察に駆け込むようなことはしないとわかっていた。それでなくても警察に睨まれているから、わざわざ問題を抱え込みはしない。しかし、街に戻ったとたんに、アルド・トゥブールは、外国人の一団——ここの連中なら欧米人というだろう——が、暗いうちから撃ち合っていたことを知るだろう。口を閉じているよう念を押さなかったが、ロシア語をしゃべる外国人と取り引きして、その外国人がフェリーでストックホルムへ行ったことをしゃべりたくなるかもしれない。

そういうリスクを負うのはわかっていたが、効率よく迅速にここから離れるには、最善の手段だと考えていた。

数分後、ジェントリーはフェリーターミナルの二階で列にならび、乗船券を通して回転式の自動改札を抜け、乗り込んで、十二時間の船旅をはじめた。

だれもパスポートの提示を求めなかったし、乗船券を見せろともいわれなかった。声をかけられることもなかった。

ピアノバーのそばの自動販売機で、コーヒーと、ペットボトル入りの水と、ビニール包装でビニールの味がするソーセージを買い、甲板（デッキ）に出た。エストニアを出航したフェリーが西に向かいはじめると、ベンチに座り、コートと帽子とマフラーと手袋でしっかりと体をくるんで、バルト海の広大な暗闇を眺めた。

ウィトロックは、パルティスキの宿屋のすぐ近くにあるレストランで、簡単な食事をした。ブルートゥース接続のイヤホンは、ずっとはめたままにしていた。気を揉（も）みながらジェントリーの電話を待ったが、食事のあいだはかかってこなかったので、部屋に戻り、包帯をもう一度換えた。ウォッカを前に置いてデスクに向かっていると、刻々と時間が流れていった。

もう一度時計を見た。午前零時。ジェントリーがもう連絡してきてもいいころだったが、まだ連絡がなかった。

ジェントリーは電話しないつもりなのだろうと、気づいた。とにかく、きょうのところは。

ウィトロックは、歯ぎしりをした。

怒りが湧き起こってきたが、それに負けないように抑え込んだ。グレイマンが自分の流儀、自分の予定で物事をやることは、わかっていた。

自分の腹立ちに皮肉を感じて、にやりと笑った。おれが予定の連絡を入れなかったとき、リー・バビットはまさにおなじように感じたにちがいない。

因果はめぐるというやつだ。無作法をすれば、無作法をされる。

予想しておくべきだったと思った。物事の大きな流れにあっては、道路の瘤みたいなものだ。グレイマンはいずれ連絡してくる。今後、協力したいからではない。それはありえない。グレイマンがこの途方もない計画に乗るというような幻想は抱いていない。しかし、昨夜仕掛けた餌に食いつかずにはいられないはずだ。タウンゼンドの人間狩りを避けるのを手伝う、という申し出に。

ウィトロックは、ウォッカをラッパ飲みしてから、デスクのそばの小さな窓をあけた。凍てつく風が部屋に吹き込んだ。残っていたウォッカを下の駐車場にこぼし、窓の前の雪に覆われた藪に、瓶を投げ捨てた。

腹が立っていたが、怒りをふり払うつもりだった。計画のつぎの段階でも、キャベツにくらいつくウサギみたいにジェントリーがよろこんでついてくると思ったのが、あさはかだった。いまではっきりと悟った。だが、怒りに負けるつもりはなかった。

落ち着いて、ゆっくりと息を吐き出した。「いいだろう、コート、このクソ野郎。おまえのやりかたでやろう。だが、おれたちはぜったいにやる」

テーブルを離れて立ちあがり、腰がずきずきと痛むたびに顔をしかめながら、バックパックをつかみ、部屋を出た。

この汚い宿屋にじっとしていても無意味だ。列車に乗り、南のリトアニアのヴィリニュスへ行こう。

そこから飛行機に乗る。それに、もう移動したほうがいい、と判断した。

20

黒いリンカーン・ナビゲーター二台が、タウンゼンド・ハウスの門を通り、桜の木がならぶ曲がりくねった私設車道を抜けて、円形の車寄せを目指した。リーランド・バビットとジェフ・パークスが、広いフロントポーチに立っていた。ふたりとも濃紺のスーツを着て、ラペルと髪が寒い朝の風でそっと揺れていた。

リンカーンのSUV二台は、玄関前の円形の車寄せにとまり、ダークスーツの男五人がおりた。ジャケットの前ボタンがはずしてあり、裾が風でめくれて、脇に吊ったFN－P90PDW（個人防護武器）が見えた。腰のSIGザウアー・セミ・オートマティック・ピストルのグリップは、もっと目についていた。四人が車道で配置につき、五人目がうしろのSUVのリアドアをあけた。

もうひとりが、SUVからおりていた。長身で痩せていて、くだんの五人よりも年配だった。スーツはグレイで、一見したところ武器は持っていない。玄関のふたりを見つめたとき、ほとんど表情を変えず、警備班に左右を固められて、そちらへと昇っていった。

「おはよう、デニー」バビットがいい、手を差し出した。

CIA国家秘密本部（NCS）のデニー・カーマイケル本部長は、返事をしないでバビットとパークスの手を握った。三人はたちまちカーマイケルの警護班に囲まれて、タウンゼンド・ハウスの豪華な一階の会議室にはいった。南北戦争時代の武器の巨大な陳列ケースの横に、フレデリック・レミントンの大きな絵が二点飾ってある。完璧に手入れされているホイットワースとエンフィールドの先込めライフルが、ヘンリー、バーンサイド、スペンサーなどのライフルの上に固定してあった。どの銃器も、ガラスケースのなかで、当時の刀剣類に囲まれていた。刀剣類はまるで鏡のように磨きこまれ、鋭利そうで、百五十年前に戦場でふりまわされていたときとおなじように、現在でも戦闘に使えるだろうと思われた。

タウンゼンドの社員がコーヒーと焼き菓子を用意したが、デニー・カーマイケルは手をふって、社員と近接警護班を追い払った。

経営幹部を除く全員が会議室を出ると、バビットとパークスは、客の向かいに腰をおろした。バビットがいった。「お嬢さまがおめでただとのこと、お祝い申しあげます」

それに対して、カーマイケルは答えた。「けさの会議は手短にやるし、本題だけにする。エストニアでいったいなにがあった？」

バビットは、顎を突き出して、力強くいった。「ターゲットの抵抗。頑強な防戦があるだろうと予想していた。なにしろグレイマンだから。しかし、用心していたにもかかわらず、われわれの直接行動チームは、戦闘不能に陥った。優秀な部下を何人も失った」

死んだ部下のために祈っているかのように、バビットはぴかぴかのテーブルの上で頭を垂れた。

カーマイケルは身を乗り出し、怒りもあらわにいった。「コートランド・ジェントリーの戦闘能力をもっと意識することはできなかったのか」

「意識していたし、これからも意識する。もっとも優秀なものを八人派遣し、独行工作員からリアルタイム情報を得たあとで、突入した」

「それでも、ジェントリーは打撃チームを掃滅した」

バビットはうなずいた。「七人死亡。ひとりは負傷し、逮捕された」

「なんということだ」カーマイケルはうめいた。「最悪の結果じゃないか」

「ええ」バビットはうなずいた。

「で、独行資産（ソロ・アセット）は生き延びたのか？」

「一部始終は、デッドアイから聞いた。急襲中は行動を休止しろと、デッドアイは命じられていた。ターゲットが先に発砲するのを、デッドアイが聞いている。ジェントリーがつきに恵まれ、打撃チームが自分のほうに接近するのを発見したのか、それともなにかの警報装置か電子機器があって、チームがそれを見落としたのかもしれない」

「それで、デッドアイはいまどこだ？」

「負傷しているが、作戦行動は可能だ」

「作戦前に行動を休止していたのに、どうして負傷した？」

「自主的に交戦にくわわった。対応が遅れたため、直接行動資産を救うのには間に合わず、ジェントリーの銃で撃たれた」

カーマイケルは溜息をつき、テーブルを指で叩いた。「それで、副次的被害は？　警官ふたり、民間人ひとりが殺されたと聞いたが」

ジェフ・パークスが、あわてて口をはさんだ。「いずれもコート・ジェントリーが殺したんです」言葉を切ってから、つけくわえた。「ジェントリーは、CIAが訓練し、離叛した資産ですよ」責任の一端をCIAに押しつけようとしていることが、見え透いていた。

カーマイケルは、くそでもくらえという目つきでパークスを見た。

バビットが、咳払いをした。「現場でなにも手落ちがなかったとはいわない。直接行動チームの生き残りと、できるだけ早く戦闘後討論評価（アフター・アクション・ホット・ウォッシュ）をやるし、そのものが提供できるデータを反映して、必要な戦術改善を行なう。しかし、デニー、あなたに依頼されたこの一件はきわめて厄介だが、われわれがまちがいなく片をつける。思わぬ障害にぶつかっただけだ」

カーマイケルは、一瞬、虚空を見つめた。「ジェントリーの襲撃が迫っていることをシドレンコに教えてやれば、こんなことはいっさい起きなかったはずだ。シドレンコのダーチャには五十人も護衛がいたそうだな。ジェントリーが作戦地域に侵入することを、きみたちはあらかじめ知っていた。電話一本かければ、シドレンコは防御を固めることができ、ジェントリーは罠にかかっていたはずだ」

バビットは、首をふった。「シドレンコの警備陣がターゲットを抹殺するように配置される可能性は薄いと思われた。それに、シドレンコか部下のうかつな動きで、警告が発せられたのをジェントリーが察するおそれもあった。そうなったら、空中監視があると悟られる。今後、ジェントリーを追跡するために、それがばれるのは避けなければならない」

カーマイケルの鉄灰色の目が、鋭くなった。「よくそんなでたらめな弁解ができるな、リー。ジェントリーがサンクトペテルブルクのロシア・マフィアの手で殺されたら、報酬がもらえなくなるのが心配だったんだろう」

バビットが、テーブルの上に両手を出して掌（てのひら）を見せ、懇願する仕種（しぐさ）をした。「ターゲットを除去したときにわれわれの社員が現場にいなくても、契約の条件を満たしているから報奨金がもらえると、正式に保証していただけるとありがたい」

「契約はいまここで打ち切ってもいいんだ」カーマイケルは、腹立たしげにいった。

バビットは、瞬きもしなかった。「いいとも。でもやらないだろう。われわれはグレイマンの顔に銃を突きつけている。負傷しているかもしれないと、デッドアイはいっている。ＣＩＡがこの五年間、できなかったことだ」

「われわれはやつを見張っていた」カーマイケルは、反論した。「ロシアで見つけ、取り逃がした。スーダンで見つけ、逃げられた。メキシコで見つけ、また逃げられた」

「きみの網を潜り抜けたのとおなじようにな、リー」

「また見つける。もうじき。一分くれれば、うちの通信室に案内し、人間狩りに使っている最新テクノロジーを見せられる」

カーマイケルは、首をふった。「これからコート・ジェントリーを捕らえて殺すという説明に時間をかければかけるだけ、ジェントリーを捕らえて殺すことができない時間が増えるだけだ」

ＣＩＡのスパイの親玉は、立ちあがり、会議が終わったことを示した。

カーマイケルはいった。「冗談にもならない。やつを見つけて、殺せ」間を置いた。「ジェントリーを抹殺したらタウンゼンドに報奨金が行くよう、契約の条件を書き換える」

「状況如何にかかわらず？」

「はなはだしい副次的被害が出ないかぎり」

「はなはだしい、を定義してください」パークスが、片方の眉をあげた。

カーマイケルは、日に焼けた皺の深い顔をパークスに向け、冷ややかな目で見据えた。

「だめだ」

沈黙が数秒つづいた。ついにバビットがテーブルをまわった。「結構だ、デニー」ふたりは握手したが、うれしそうな顔をしたのは、バビットだけだった。「これで狩りがやりやすくなる」

カーマイケルが、会議室のドアのほうへ歩きはじめた。バビットがならんで歩き、パークスがあとをついていった。「リー……これまで、わたしたちのために、とてもいい仕事をしてくれたな。わたしたちはタウンゼンドとの関係を評価している。議会の公聴会でわたしは単純明快に証言できるし、きみたちはいつも、目的の人間を始末してくれる」

廊下を玄関ホールに向けて大股に歩くときに、バビットはカーマイケルの肩に手を置いた。「タウンゼンドの社員は、愛国者だ。国のために尽くすのを誇りに思っている。それは知っているだろう」

カーマイケルは、それには答えず、こういった。「コート・ジェントリーは、まったくちがう動物なんだ。やつの存在そのものが、アメリカのインテリジェンス・コミュニティに危険な亀裂を生じさせている。やつがいなくなれば、アメリカは絶大な利益を得るだろう」

「どういうふうに？」バビットはきいた。「修正前のやつのファイルを、何度となく隅から隅まで読んだが、答よりも疑問のほうが多く残った。タスク・フォースでおおぜいを殺したのはわかるが、しかし……」

「やつを抹殺することは、国家情報長官に承認されている。それでじゅうぶんでないというのなら、転業したほうがいい」

バビットは、なおもいった。「それだけじゃない。重要なことがファイルにない。そうだろう？」

「機密扱いなんだ、リー」

「このわたしにもか、デニー？」

カーマイケルが立ちどまった。玄関ホールのまんなかにいた。カーマイケルの警護班が、菱形(ひしがた)に取り囲み、表に連れ出してナビゲーターに乗せる用意をしていたが、バビットはそのなかから出なかった。

カーマイケルは、つぎの言葉を探しあぐねているようだった。ようやく口をひらいた。

「コート・ジェントリーをわれわれが競技場から排除できないために、重要な同盟国に関わりのあるアメリカの国家安全保障が、大幅に劣化している。国際社会における重要相手国との将来の良好な関係にとって、きみときみの組織は、まさにわれわれの最後の頼みの綱なんだ」

バビットの肩を叩いた。「期待を裏切らないでくれよ、リー。この件では、監督がもっと厳しくなるだろうな。タリンで起きたような大虐殺は二度と許さないぞ」

カーマイケルは、バビットにさっとうなずいてから、向きを変え、警護班とともに出ていった。

バビットは、大理石敷きのホールに立ち、カーマイケル本部長がいまいったことを、じっくりと考えた。外国がグレイマンの死を望んでいるから、CIAが全力をあげてそれに取り組んでいるというのか。

いったいどうなっているんだ？

パークスが、ボスに近づいた。「すらすらと片づきましたね」皮肉だというのが、ありありとわかった。

バビットは、グレイマン殺しの契約の裏事情に関する、カーマイケルの説明にもならない答のことを、なおも推し測っていた。混乱をふり払い、パークスにいった。「監督が厳しくなるだと。でたらめだ。カーマイケルがわれわれをCIA本部（ラングレー）に釈明に行かせるはずがない。本部の人間が調べにくることもありえない。われわれがこの仕事をやっているのは、CIA（エージェンシー）に使える戦闘員がいないからだ。カーマイケルは、タウンゼンドを自分の私兵だと見なしている。職員をよこして監督させたら、それが台無しになる。ブラフだ。心配はいらない」バビットは、一本指を立てた。「訂正。数日以内にジェントリーを見つければ、心配はいらない」

狩りの現況を報告しろという意味だと、パークスは受けとめた。

「優秀なハッカーたちが、バルト海地域のすべての自治体と民間の警備ネットワークの情報を引き出しています、最新の顔認識ソフトウェアで、それを処理しているところです」

「ネットワークの範囲は？」

「もちろんバルト海全域です。ポーランドの一部も。必要なら、ドイツとウクライナを含めてもいいですが、コストが急上昇します。それと、タリン発スウェーデン行きのフェリーが一日一便あって、ノルウェーにも寄ります。それで、オスロとストックホルムも情報収集に含めました」

「ソフトウェアは、データすべてを処理できるのか？」

「いまあるなかでは最高のソフトウェアです。砦（フォート）で使っている最新のソフトウェアよりも、ずっと高性能です」〝砦〟がNSA本部（フォート・ミード）を表わすことを、バビットは知っていた。

「よし。必要な人員はいるか？」

「全社員にやらせています。ジェントリーがカメラの前に顔を出すのは、時間の問題ですよ。そのときには、数時間以内に襲撃できます」

21

ベイルートのラフィク・ハリリ国際空港の到着ロビーにあるタクシー乗り場から車を出す前に、運転手が客に、まちがいなくこの住所でいいのかと、念を押した。乗客が西洋人で、渡された住所がベイルートの南郊外にあたるダヒヤ地区だったからだ。ダヒヤ地区は治安が悪いし、サングラスをかけて替え上着(スポーツコート)を着た茶色の髪の男が指示した行き先の界隈(かいわい)は、シーア派の貧困層が多数を占めている。犯罪が多発し、欧米人が誘拐されていることが、知れ渡っている。この客が料金を払ってタクシーから一歩出たとたんに、道路で捕まえられ、地下室に引きずっていかれて、ラジエターに鎖で縛りつけられる光景を、タクシーの運転手は思い描いた。

だから、渡された住所のメモを、客にもう一度確認してもらった。

だが、その外国人のアラビア語湾岸方言は、びっくりするくらい流暢(りゅうちょう)で、自信に満ちた答だった。男は悠然と笑みを浮かべて、ベイルートには有力な政府関係者の友人がいるし、その地区にも友人がいるから、身の安全についてはちっとも心配していない、と説明した。

つまり、このよそ者——この西洋人——は、ヒズボラ(神の党)と密接な結びつきがあるのだと、運転手は解釈した。それなら、行き先の周辺の街路で、もっとも危険な状況をまぬがれることができる。この街ではヒズボラが法律なのだ。

なにしろ、この西洋人――ラッセル・ウィトロック――がタクシー運転手にいったことは、事実ではなかった。政府に知り合いなどいない。CIAにいたときには、中東でかなり仕事をしたし、NOC工作員として、また国家秘密本部の独立資産開発プログラムの一員として、何度もベイルートに出入りしてきたが、今回の旅では紅茶を飲んだり、水煙草を吸ったりしながら歓談するようなことはしない。ベイルートでウィトロックは、シリア軍の将軍、ヒズボラの政治家、アルカイダの金庫番を暗殺したことがあったが、それらの作戦のときには、地元の知識人や上流階級と交流できるような自由時間も偽装身分もなかった。

つまり、きょうは嘘を押し通して切り抜けるつもりだった。

タクシーが南に向けて走っていると、先ごろのイスラエルとの戦争で爆撃されたビルがあちこちにあり、軍服姿の武装した兵士がバイクで巡回したり、街角に立ったりして、通行する車すべてに目を光らせていた。自爆テロを美化するポスターがあり、国境を越えてイスラエルで〝殉教した〟ひとびと――女性がかなり多い――を称えていた。顎鬚の若者や腕と顔を覆った女性が、国旗の前でカラシニコフ・ライフルを抱えている絵が、街のいたるところにあった。すべていまはあの世に行っているわけなので、ウィトロックはサイドウィンドウから外を見ながら、「いい厄介払いだぜ」と声を殺してつぶやいた。頭を低くして、軍事に関係のありそうなものには目を向けないようにした。そうしないと、タクシーをとめられ、書類を徹底的に調べられるおそれがある。

目的の住所に、ようやくタクシーが到着した。ウィトロックは運転手に料金を払い、小さな革のトートバッグを持っておりた。タクシーが走り去るあいだ通りに佇み、それから正面のビルを見あげた。

中層のアパートメントビルだった。十二階ほどの高さで、あらゆる水平面と垂直面に、アンテナや衛星通信用のディッシュアンテナが取り付けてある。地上では、歩道の先で路地からはみ出している市場の前で、若者や年かさの少年たちが、地面に座って煙草を吸ったり立ったりして、たむろしていた。ウィトロックがタクシーに乗っていて乱れた襟やズボンのぐあいを直す前から、荒々しく物騒な感じの若者たちが近づいてきた。ウィトロックはそれには目もくれず、危険に気づいていないふりをして、ビルの前の細かい金網のスライド式門扉に歩いていった。

ロックされた門扉の内側に、見張りがひとりいて、無表情に見返した。ウィトロックは、なかにいる人間ふたりに会う約束があると、見張りにいった。どのふたりかと見張りがきいた。お偉方と話をするためには、こういう下っ端に邪魔されないようにしなければならないと、ウィトロックははじめて気づいた。

ウィトロックのいった相手に見張りが電話して、ざっと身体検査をしてから、ビル内に入れた。

数分後、ウィトロックは五階の部屋のドアをノックしていた。身体検査をした見張りふたりが、うしろに立っていた。体を探って調べるやりかたは心得ているようだったが、そのあいだの警戒が不充分だった。ひとりはうしろに立って、腕を叩いて調べた。その見張りの喉を肘打ちして体の向きを変えさせ、内股を強く蹴って骨を折るのは簡単だと、ウィトロックにはわかっていた。そして、倒れる相手のウェストバンドから拳銃を奪い、もうひとりを撃つ。

だが、そういうことは起こらなかった。そういう動きが必要な日にそなえるために、頭のなかで戦闘のシミュレーションをしただけだった。

ドアがあき、頬髯(ほおひげ)をきれいに剃(そ)ったシャツ姿の浅黒い男ふたりがいる部屋に通された。握手をするあいだ、ふたりは用心深くウィトロックを眺めた。ひとりは五十歳を超えているようで、もうひとりは三十代のなかばと思えた。

ホメイニ師のポスターが、壁に一枚貼ってあった。あとは殺伐としていた。ウィトロックの左手のキッチンで、笛吹きケトルが鳴っていたが、男たちは無視した。ウィトロックにパスポートとビザを見せろといった。ウィトロックは、スポーツコートの内ポケットから、そのふたつを出した。男ふたりが、交互にそれらの書類を調べた。パスポートの名前はマイケル・ハーキン、カナダ人で、トロントで貿易コンサルタントをやっている。

ふたりが書類を返し、擦(す)り切れたソファに三人とも腰をおろした。ウィトロックは笑みを向け、ふたりも笑みを返したが、ボディランゲージが疑念を表わしていた。

そのふたりは、イランのVEVAK――情報・国家保安省(ヴェザーラテ・エッテラーアート・ヴァ・アムニヤト・ケシュヴァル)――の情報部員だった。ウィトロックが何者かをふたりは知らない。この西洋人と会うようにと上司に命じられただけだった。上司たちも、西洋人のほんとうの身許は知らなかった。

どういう提案がなされるかを相手がうすうす勘づいたら、もっとちがうところでこの会見は行なわれたはずだと、ウィトロックにはわかっていた。だから、ウィトロックは、イラクでよりによって旅行代理店をやっているイラン情報部員に渡りをつけた。マイケル・ハーキンの経歴を教え、ハッキング集団に属してイラン政府に対する工作を行なっているモントリオール在住の反体制派イラン人について、情報を提供すると告げた。

そういうハッカーたちは実在する。インターネットの記事で、ウィトロックは知った。イラクにいたVEVAKの情報部員が、どうして自分の身許がわかったのかときかれたので、じかに会見したときにすべて打ち明けると答えた。イラクへ行ってもいいというと、ベイルートで会うよう逆提案された。

渡りをつける相手を知っていた執拗（しつよう）な西洋人が、イランの情報部員と会うにはベイルートへ行ってもらうしかないと提案されたところで、尻込みするのもひとつの手だと、ウィトロックにはわかっていた。もっとべつの安全な手配を頼んでもいい。デンマーク、リトアニア、ウクライナなどで第三国の大使館か領事館を使うか、そういった土地でべつの諜報員に会い、指揮系統の上にメッセージを届けてもらうこともできる。マイケル・ハーキンに成りすましたままでいたいなら、ベイルートまで行くことはない。

だが、ウィトロックはチェスの数手先まで考えていた——チェスの名人から学んだこともある——そこで、会見に同意した。自分はマイケル・ハーキンではない。〝ほんとうの〟身許を信じてもらうには、世界のどこへでも行ける能力に自信を抱いていることを示す必要がある。

だからここにいる。ヒズボラが支配するベイルートのもっとも危険な地域のどまんなかで、イランの情報機関の人間と向き合っている。

顔には悠然と笑みを浮かべて。

ふたりが紅茶を勧め、ウィトロックは飲むことにした。アラブ人やペルシア人の客になったことは何度もあり、礼儀を心得ていた。

三人は、英語で話をした。飛行機の旅と空港からの道すじについて雑談をした。しゃべるのはもっぱらウィトロックのほうで、こいつは何者でなにが目的なのだろうと疑っていたふたりは、あまりしゃべらなかった。

ついに年配の男がいった。「テヘランの同僚から、渡りをつける相手を知っている人間がいて、きょうまっとうな話をしてくれると聞いている。しかし、なぜ地球をまわってはるばるやってきて、われわれと話をするのか、納得のいく理由をあんたが教えていないと、注意された。たしか、コンピュータに関係があることだとか」

「たしかに、曖昧な話しかしていない」ウィトロックは、正直に答えた。

ふたりのうち若いほう——ふたりとも、名乗っていない——がきいた。「カナダの貿易コンサルタントに、われわれがどういう便宜を図ることができるんだ？」

ウィトロックはにっこり笑った。「おれはカナダの貿易コンサルタントではないんだ」

「ほう」若いほうの男が、片方の眉をあげた。

「本名を教えてもいい」

「マイケル・ハーキンではない？　偽名でレバノンのビザを請求すれば、罰せられるおそれがありますよ」

ウィトロックは笑った。ソファで脚を組み、いかにも自信のあるところを見せつけた。

「本名が知りたいのか？　知りたくないのか？」

「あんたさえよければどうぞ」

ウィトロックの笑みが消え、すこし身を乗り出した。「おれはコートランド・ジェントリーだ」

22

年配の男は動じなかったが、若い男は反応を隠せなかった。わずかに目を丸くしたが、すぐに気を取り直した。「その名前が、われわれになにか重要な関わりがあるというのか？」

「あんたたちの組織がそれなりのものなら、関わりがあるはずだがね。かなり重要な」

年配の男は、ほんとうにわけがわからないようだった。若い男がそちらを向き、早口のペルシア語でささやいた。ウィトロックはペルシア語はわからないが、ペルシア語だというのはわかった。

年配の男がもうひとりに確認してから、正面のぼろぼろのソファに座っていたウィトロックのほうを向いた。何気(なにげ)ないそぶりで紅茶に手をのばし、ゆっくりと飲んだ。「あんたがグレイマンだというのを信じなければいけないのか？」

「それは他人がつけた名前だ。正式なものではない」

ふたりとも信じられないという顔をしたが、若いほうがいった。「なにが望みだ？」

「ＶＥＶＡＫのあんたの上司は、しばらく前からおれとビジネスのつながりがある。じかに話がしたかったんだが、大使館に正面からはいっていくわけにはいかない。イランの公館はどの国でもアメリカの情報機関に監視されているし、われわれの関係が明るみに出るのは困る。そこで、いわゆる裏口からはいったわけだ」

男ふたりは、またペルシア語で相談した。ウィトロックは、ふたりが話をするのをただ見ていた。どうすればいいのかわからないようだったので、助け舟を出すことにした。「おふたかた、あんたたちが電話をかけられるいちばん偉い人間に電話して、おれがここにいて、仕事をする用意があると伝えたらどうだ。VEVAKのなんらかの手段を使って、おれの身許を確認できる人間を上司がよこしてくれるはずだ。それまでおれは辛抱強く待っている」

若い男がなにもいわずに立ちあがり、ドアから出て、アパートメントの奥のほうへ行った。廊下を歩きながら、携帯電話を出した。年配の男は、しばし黙っていたが、ウィトロックのほうに指を一本立ててみせると、廊下に出ていった。ドアをあけたまま、そこに立っていた見張りふたりと話をした。すぐに見張りふたりがはいってきて、ジャケットの前をあけたまま、ソファに座っているウィトロックを見据えた。キッチンのドアのそばに陣取り、ウィトロックからは五、六メートル離れていた。

ウィトロックは、ふたりに笑みを向けてうなずき、年かさのVEVAK情報部員のほうを向いた。「安心しろ。おれは味方だ」

「わかった。待っていてくれ」

「待つとも」

「紅茶のお代わりは？」

「いただこう」

ラス・ウィトロックは、一時間以上、ソファで独り待っていた。アパートメントのべつの部屋から、話し声が聞こえた。VEVAK情報部員ふたりは、必死で電話をかけているようだったが、どちらも首を出して状況を教えるようなことはしなかった。リビングの見張りふたりは、プロフェッショナルだった。ウィトロックをじかに見ないで、どんなことにも用意ができている有能なワルを装っていた。

ウィトロックは、ふたりを殺す方法を練りながら、時間をつぶした。

ようやくドアにノックがあった。見張りが心配そうな顔をしたが、若い情報部員が奥から出てきて、ドアをあけ、紺のダブルのスーツを着た、身だしなみのいい、女にもてそうな男を抱擁した。男が笑みを浮かべ、車のキイ、サングラス、携帯電話を持ってはいってきて、優美な仕種(しぐさ)で、それらをキッチンのカウンターに置いた。

男に対するうやうやしい態度を見て、ウィトロックは即座に、現場の有力者にちがいないと察した。ベイルートは、テヘランを除けばイランの情報機関の爆心地だから、この男はかなり階級が上にちがいない。VEVAKのベイルート支局長補佐あたりかもしれないと推理したが、たしかめはしなかった。

「アリ・フセインだ」イランではジョン・スミスなみのありふれた名前だから、偽名だろうとウィトロックは思った。

ふたりは握手を交わした。「コート・ジェントリーだ」

「そうかどうかは、まだわかっていない」アリが笑みを浮かべていい、ウィトロックの手をしばらく握ったままでいた。ふたりの顔は、三〇センチくらいしか離れていなかった。高級な服と上品な態度という洗練された外見に、酷薄で邪悪なものが隠されているのを、ウィトロックは見抜いた。この男は、情報機関のデスクワークをしている支局長補佐などではない。イランの武力を世界に輸出することを任務としている、イラン革命防衛隊の特殊部隊QODS（エルサレム部隊）の将校にちがいないと、ウィトロックは即座に判断した。

アリ・フセインは、まちがいなく危険きわまりない人間だ。

よし。おれはこういう恐ろしいやつに会いにきたのだ。

アリとウィトロックは、リビングで向き合って座った。アリがジャケットのポケットから、たたんだ紙を一枚出した。「グレイマンについての情報がすこしある。いくつか質問させてくれ。用意はいいか？」

「いいよ」

アリが、笑みを浮かべた。「だといいんだがね」キッチンに目を向けたとき、若いVEVAK情報部員が、トレイに載せた紅茶を運んできた。

「どうも」アリが軽く礼をいってから、向かいのアメリカ人に目を向けた。

アリが質問した。「CIAでの暗号名は？」

ウィトロックは、はきはきと答えた。「ヴァイオレイター」

「コールサインは？」

ウィトロックは、びっくりして両眉をあげた。「あんたたちの知識には感心した。おれが前に勤めていたところは、あんたたちにふさわしい敬意を表していない」

「質問に答えられるか？」

「ＳＡＤチームでのコールサインは、シエラ６(シックス)」

「ＳＡＤ？」

「特殊活動部だ」

「コマンドウだったのか」

「そんなふうなものだ」

アル・フセインが、考え込むようにうなずいてから、質問をつづけた。

「生地は？」

「フロリダ州ジャクソンヴィル」

「妹がいるな。名前は？」

「弟がいたが亡くなった。名前はチェイス」

アル・フセインは、反応を示さなかった。目の前の紙片をちらりと見ただけだった。

ジェントリーの身上調書はすっかり読んでいたので、質問されてもウィトロックはいっこうに平気だった。それに、安心しているのには、もうひとつ理由があった。数カ月前に、ジェントリーのファイルのわずかな部分を、イランの情報機関にリークしてあるから、答は先方の知識と一致するはずだった。

だが、つぎの質問は、リークした情報には含まれていなかった。

「二〇〇四年にあんたはビカーア平原で作戦を行なった。イラクのアルカイダの一員だったシリア人の同胞が、あんたとあんたの仲間によって自宅から拉致(らち)され、モロッコのＣＩＡの刑務所に連れていかれた。その作戦に関して、そこにいたことを証明できるようなことをいえるか？」

　ウィトロックは、ジェントリーの身上調書でその作戦のことは読んでいたが、イラン側がどこから情報を入手したのかがわからなかった。「申しわけない。おれはもうＣＩＡに属していないが、愛国者だし、国を愛している。機密情報を外国の情報機関に教えて国を裏切るために、ここに来たんじゃない」

　ＱＯＤＳ将校が応じた。「あんたからその情報を手に入れる方法は、いくらでもある」

「われわれのあらたな友情を損なうようなことをやるようなら、あんたは愚か者だよ、アリ・フセイン。なぜかというと、おれはきょうここで、十年も前の作戦の詳細を知ることよりも、百倍の諜報的価値があることを提案するつもりだからだ」

「なにを提案するんだ？」

　ウィトロックは、ソファにもたれて、脚を組んだ。「あんたたちの最大の問題を取り除くつもりだ」

　アリ・フセインが、小首をかしげた。「なにがわれわれの最大の問題だ？」

「なに、ではない。だれ、だ」

「わかった……だれが最大の――」

　アリが、途中で言葉を切った。答がわかったからだ。「エフード・カルブ」

　ウィトロックはうなずいた。「あんたたちの政府は、前におれに頼もうとした。そっちがこの殺しの契約（コントラクト）を提案したと、前のハンドラーのグリゴーリー・シドレンコがいっていた。おれだけに依頼すると。一年以上前だ。そのときは引き受けられなかった」

ＣＩＡはだいぶ前から、シドの電子メールを読んでいた。イランの安全器（カットアウト）（秘密工作の要員間の接触を秘匿するために使われる第三者）がシドに連絡して、提案したことを、ウィトロックはその情報により知っていた。その時点では、シドとジェントリーが仇敵になるとは、考えられていなかった。

アリが、ウィトロックの顔を見た。信用しておらず、納得もしていなかったが、興味をそそられていた。「考え直したというのか？」

「かもしれない。条件がよくなれば」

「グレイマンがイランのためにイスラエル首相を殺す？」

ウィトロックは、肩をすくめた。「イランのためじゃない。すまないが、それはおれの目標じゃない。二千五百万ドルのためにやる。そんな金はないという前に、いっておこう。あんたたちと、裕福な湾岸諸国は、それだけの価値があると思うだろうし、その分は……そうだな、半時間分の原油生産で支払える。それでイスラエル国家の首を斬り落とせる」

「一年前にわれわれがそう提案すればよかった。それで提案しなかったとはいわないが。ところで……べつの人間にその手配を頼んでいないと、どうしてわかる？」

ウィトロックは、さっと身を乗り出し、大げさに指をふった。「それはないだろう。ほかの人間にそういうチャンスをあたえるわけがない。成功しても失敗しても、イランが殺人契約を拡大したことが、なんらかの形でばれるだろう。ばれるのは困る。攻撃され、経済制裁、禁輸措置、海上封鎖、その他の方法で、締めつけられ、イスラエル国家の首を斬ろうとした罰を受けるだろう」

アリはそれに反論しなかったが、そういう突っ込んだ話は手に余るように見えた。ウィトロックはそれを予想していた。イラン政府上層部に計画を何度かぶつけないと、正式に依頼してくる人間は見つからないだろう。

「ここで待っていてくれ」というと、アリはアパートメントの奥へ向かった。

「いいとも」アリの背中に向けて、ウィトロックはいった。

二十分後に、アリが戻ってきた。「同僚たちが、イランへ来てほしいといっている」

ウィトロックは首をふった。「論外だ」

答はわかっていたというように、アリがうなずいた。

「世界一の刺客(しかく)が、どうして独りでベイルートへ来たのか、同僚たちは理由を知りたがっている。どうして仲介を使わずに連絡してきたのか？　こういう話を決めるときには、それが通常の諜報技術(トレードクラフト)のはずだ」

「おれは日曜日に、前のハンドラーを殺した」その言葉の意味を理解したアリが、目を丸くした。ウィトロックは、肩をすくめた。「これからは自分で手配しようと思ってね」

不安げに咳払いをしたあとで、アリがいった。「あんたが本人だということにも、同僚たちは納得していない」

「しかし？」

「しかし、納得させる方法がある」

どういうことをいわれるのか、ウィトロックには想像がついていたし、それが厄介な問題になるとわかっていた。

「キエフのことが知りたいというんだろう」

アリ・フセインは、感心していた。「そのとおりだ。あんたがグレイマンなら、三年前にキエフであれが起きたとき、イラン軍がいたのを知っているはずだ」

「もちろん知っている。それに、ただのイラン軍じゃない。ＱＯＤＳだ」ウィトロックの目が鋭くなった。「あんたの友だちじゃないのか？」

アリが首をふった。「ちがう」

「まあ、とにかくイラン軍は見た」

「ほかには？」

「キエフの戦闘後報告を完全にやれというのか？」

「それで身許についての疑惑は晴れる」

「秘密を漏らすのはごめんだ」

アリは、がっかりしたようだった。「では、あんたのことと提案を調査する時間がほしい。見知らぬ人間に、イスラエル首相をターゲットにするのにイラン政府のお許しが出たとはいえない。なんらかの齟齬（そご）をきたした場合、イランが甚大な被害をこうむるおそれがある」

「あんたたちが適正評価手続き（デューデリジェンス）をやるのを待ってはいられない。この契約を引き受けるとしたら、ただちに動き出す必要がある。首相は来週、ブリュッセル、ロンドン、ニューヨークを歴訪する。その後数ヵ月は、外国に出る予定がない。いまが絶好の機会だ」

「それなら、証明してくれ。四月八日の夜、ヴァシリキーウ防空軍基地で、二〇〇〇――」

「キエフの話はしない。だが、本人だということを、証明してみせる」

「どうやって？」

「電話をかけて、上司に名前をきけ。ひとりの男の名前をひとつだけ。女でもいい。どっちでもかまわない」

「どういう男？　どういう女だ？」

「今後、五日のあいだに、あんたたちの組織がいちばん抹殺したいと思っている人間だ。ただし、ヨーロッパにいる人間でなければならない。地形的な制約から、それがひとつの条件だ。あとは……どうでもいい。警備された門の奥にいてもいいし、警護付きの有名人でもいい。そんなことは関係ない。午後にベイルートを出る。その人物を見つけて、イラン政府の問題をひとつすぐに片づける。そんな約束ができるのは、グレイマンしかいないぞ」

アリ・フセインは、その提案に驚きを隠せなかった。二度なにかをいいかけたが、二度とも言葉を呑み込んだ。

ウィトロックは付け足した。「報酬はいらない。あんたたちへの影響もない。成功すれば、あんたたちは勝ち。失敗しても、なにも失わない。いっしょにやるわけじゃない」

「ヨーロッパ大陸にいるだれかを殺すというんだな。五日以内に」

「そうだ」

アリは、しばし黙っていた。アリはかなりの有力者だから、数分置きに部屋を出て上司の承認を得るのには慣れていないのだろうと、ウィトロックは見ていた。だが、しばらくすると、アリはソファから立ちあがった。「電話をかける。おれはまだなにも納得していないが、同僚たちはあんたの申し出を受け入れるかもしれない」

ウィトロックは笑みを浮かべ、慇懃に軽くお辞儀をした。馬鹿にしたつもりだが、アリにはわからなかっただろうと思った。アリが出ていき、ウィトロックは紅茶を飲みながら、見張りを殺す空想にふけった。

アリが戻ってきて、たたんだ紙片を差し出したときには、午後三時ごろになっていた。その間に、ウィトロックの周囲の見張りは三倍に増えていた。銃を持った男六人に、ウィトロックは目も向けなかった。ジェントリーでもそうしていたはずだ。いらだちと退屈の入り混じった表情で、数分置きに時計を見ていた。

ウィトロックは、紙片を受け取ったが、見ようとはしなかった。

アリがいった。「名前が書いてある。そいつは――」

ウィトロックはさえぎった。「だれだろうが関係ない。おれが始末し、あんたに連絡をとる。あんたの組織が約定(やくじょう)を守ることを願おう」

「カルブ殺しの契約(コントラクト)をあんたに依頼するということだな」

「そのとおり。二千五百万ドル。ドバイの番号のみの口座へ」

「ちょっといわせてくれ。あんた、とてつもない大口を叩いたな」

「大口を叩いたかもしれないが、とてつもないというほどじゃない。だいたい、おれがいつもやっていることだからな」

「そこに書いている相手は、難攻目標(ハード・ターゲット)だ」

「それなら、さっさと取りかからないといけない」ふたりは握手をした。ウィトロックは、武装した男たちのスクラムを抜けて、ドアに向かった。

23

タリンク・フェリーで十二時間かけてバルト海を横断し、ストックホルムに着いたジェントリーは、疲れ果てていた。船内では体を動かすようなことはなかったが、眠るわけにはいかず、たえず警戒していなければならなかった。ここ数日の戦闘で疲れ、ストレスを受けていた人間にとっては、疲れとストレスがよけいひどくなる作業だった。だが、フェリーの旅は何事もなかった。エストニアの官憲は、タリンのターミナルでの警備は強化していたが、船に警官は乗っていなかった。だから、姿を隠しやすい大都市で泊まる場所を見つけて、潜伏し、移動するときまで休息をとるのを、ジェントリーは楽しみにしていた。

タクシーで街の中心部へ行き、雪に覆(おお)われた公園のベンチでひと眠りしたい気持ちと戦いながら、SDR(監視探知ルート)をとって、昼過ぎまでつづけた。エステルマルム地区を歩き、タクシーや市電やバスを乗り継ぎ、眠気を我慢するために、ときどきカフェでコーヒーとタンパク質を摂取した。

デパートのなかを歩き、ドアからドアへと抜けていったが、そのあいだに家庭用品売り場で、刃渡り一〇センチでプラスティックの鞘(さや)がついているペアリングナイフを買った。グロックで武装したかったが、スウェーデンでは市販されていない。ハンティング用の銃なら売っているが、買うのに必要な申請書の記入欄を埋められないとわかっていた。だから、脳と肉体とキッチン用品で身を護るしかない。

行動範囲をひろげて、安全そうな下宿屋か安宿を探しはじめた。

日が暮れるころに、中心街の北で好都合な場所を見つけた。貸間ありという手書きの看板が出ている窓の下で、歩道に立ち、通りの左右を見てから、そこの安全確保の状況が自分の要求に合うと判断した。

一階のステーキハウスへ行って問い合わせ、いったん表に出るようにと教えられて、隣の狭い階段を昇った。暗いホールにしばらく独りで立っていると、すぐに英語のできるセルビア人があがってきて、三部屋のうちどれがいいかときいた。ジェントリーは三部屋を見て、通りの二方向が見える窓がある、角の部屋を選んだ。部屋は狭く、木の床に敷いたマットレスがベッド代わりで、キッチンにはカードテーブル、椅子一脚、ホットプレート、薬缶があるだけだった。便所とシャワーは廊下にあり、おなじ階のほかの住人と共用だった。

汚い住まいだったが、目立たないし、通りのかなりの部分を見通し線上に捉えられる。ジェントリーは最低限の暮らしに慣れていた。四つの大陸でひどい場所に寝泊まりしてきた。だから、セルビア人に、借りると告げた。

ユーロで払うと、セルビア人が困った顔をしたが、受け取り、鍵を差し出した。ジェントリーは、部屋にはいるとすぐにドアをロックし、マットレスに横になった。

頭のてっぺんから爪先まで、全身が痛かったが、朝まで死んだように眠った。

翌日、あちこち歩きまわって、街のようすを頭に入れながら、必需品を買った。地元住民の服装や癖、男が持っている小物、寒さをしのぐための着こなし、挨拶(あいさつ)するときに女がキスをして、男が握手するやりかたを観察した。

新しい環境に身を置くとき、ジェントリーはいつも、観察によって住民のことを深く知ろうとする。もちろん、溶け込むことも必要で、自分とおなじ年齢の男の服装、行動、話しかたができれば、役割をきちんと演じられる。しかし、その手順には、ほかにも目的があった。本来そこにいるはずのない人間を、見つける必要がある。見慣れないコートを着ている男や、通りで出会ったときの仕種(しぐさ)がぎこちなかったり、過度に親しげだったりする女ふたりがいたら、よく観察したほうがいい。自分を追っている無数の組織のどれかが派遣した、追跡者かもしれない。

ジェントリーの観察には一定の体系があるが、高度な科学ではない。いまでは身についているし、背景に溶け込んでいない人間を見つけるのは簡単だった。見知らぬ土地で何年も過ごすうちに、ジェントリーはなみなみならぬ人間観察の技倆(ぎりょう)をそなえるようになった。

防犯カメラがある地区も、あえて通った。いたるところにあるとわかった。通りの角、商店のウィンドウ、ビルの外壁、駐車場、スタンドで立てた警察の移動式カメラまであった。街を移動するときにコートのフードをかぶり、ウールのマフラーで鼻と口を覆(おお)うことで、ジェントリーはカメラによる監視に対抗した。陽射しが強いときには、サングラスもかけた。アメリカの当局が使っている顔認識ソフトウェアの質や効率がどれほどのものなのかはわからないし、敵がストックホルムを電子的に監視しているかどうかもわからないが、念には念を入れて用心するつもりだった。気温が低いので、ジェントリーのような冬支度は街に完全に溶け込んでいた。そこで、部屋にいるとき以外は、マフラーをはずさないことにした。

タウンゼンドかCIAかNSAの電子監視によって身許を識別されるのが、ストックホルムでは最大の懸念だった。それにひきかえ、数ヵ月間は金に困ることはない。モスクワのブラトヴァからもらった現金は、ジェントリーが慣れているような暮らしをすれば、かなり長いあいだもつはずだった。しかし、ユーロをクローナに両替しなければならない。銀行や街の正式な両替店に行くことはできない。カメラにまともに顔を写されてしまうからだ。

この小さな問題を、ヒュートリエット広場近くの小さな中華街で解決した。闇両替店数軒をすぐに見つけて、適当に一軒を選んだ。捜索の網の目をくぐりながら移動してきた何年ものあいだに、こういう店を何度も使っている。ポケットから五千ユーロを出して渡すと、かなり高い手数料で両替され、現地の金がたっぷりと手にはいった。

食料その他の必需品を持って部屋に戻ると、こんどはべつの目的のために、寒気のなかに出ていった。ふたたび顔と頭を覆い、作戦地域で見つけたカメラはすべて憶えていた。マフラーとサングラスの隙間から覗いている二、三センチの頬だけで識別できるようなソフトウェアは、この世にはないとわかっていたが、それでもカメラを避けるために通りを渡った。

駅に近いクララ・ヴァトゥランドで中古エレクトロニクス店を見つけ、店内にはいって、通りの遠くのカメラにはちらりとしか写らないように、正面のテレビとオーディオ機器の前を通ってから、マフラーとフードをはずした。もちろん小さな店のなかにも防犯カメラがあったが、顎までマフラーで覆って、サングラスをかけていたし、カメラをすぐに見つけて、できるだけ写されないように注意した。

その店に行ったのは、ノートパソコンを買うためだった。ラス・ウィトロックと連絡をとる安全な通信手段を研究するのに、コンピュータを使うつもりだった。そのプロトコルが手に入れられるURIをウィトロックが教えてはいたが、ジェントリーは単純に指示に従うつもりはなかった。そのテクノロジーを独自に調べ、安全な通信を自分のやりかたで確立してから、おなじ独立資産開発プログラムの資産だったウィトロックに連絡をとる。

ウィトロックには、じっくりと時間をかけて、安全なやりかたで慎重に連絡をとり合うと伝えるつもりだった。PERSEC（身の安全）の観点から見て適切だからやるのだと、自分にいい聞かせていた。タウンゼンドの訓練、戦術、手順に関するウィトロックの情報が正しいとすると、連絡を保つのは自分の利益になる。ウィトロックが得た情報を、できるだけ搾（しぼ）り出す。

ほかにもウィトロックと連絡をとりたい理由があったが、それは精いっぱい否定しようとした。ウィトロックが、そのことを口にしていた。独行工作員として、ふたりは取り残され、天涯孤独だ。高度な暗号化技術による超安全な方法があれば、最低限の信頼しかなくても、ある程度、連絡をとり合うことで気が休まるかもしれない。

中古エレクトロニクス店の店員は若いインド人だったが、スウェーデン人の大半とおなじように、完璧な英語を話すことができた。ジェントリーに、MacBook Pro、合皮のケース、外付けバッテリーを売った。

ジェントリーは、クローナで払い、またミイラみたいに顔をくるむと、表の寒気のなかに出ていった。

店の奥のディスプレイ・スタンドに置いてあったノートパソコンの縁に内蔵されているカメラに、顔の一部を写されていたことに、ジェントリーはまったく気づいていなかった。画像は店のワイヤレス・ルーターに転送され、市販のセキュリティ・ソフトによって暗号化されていただけだった。

ジェントリーは、部屋にまっすぐ戻らずに、一時間かけてSDRをとり、途中でコンビニにはいって、プリペイド式携帯電話を買った。

スウェーデンが気に入っていたし、顔を隠して歩きまわれるのがありがたかった。うまくすると、晩春までストックホルムにいることができるかもしれない。そのころには、フードをかぶってマフラーで顔を覆ったままで歩きまわることはできなくなる。そうしたら、すばやく巧妙に移動する。それまでに計画ができているかもしれない。

その計画でも、隠れるのをやめることはできないが、もしかして――ひょっとして、じきに、こんなふうに逃げまわらずにすむようになるかもしれない。

24

モサド情報収集部のターゲティング・オフィサー、ルース・エティンガーは、会合は当然、ヴァージニア州ラングレーにある、自治体に組み込まれていない施設——ジョージ・ブッシュ情報センターという正式名称があるCIA本部で行なわれるものと思っていた。しかし、木曜日の午前八時前、タイソンズ・コーナーのホテルでタクシーに乗ったときにかかってきた電話で、CIA本部から五・五キロメートルのところにある国家情報長官事務所へ行くよう指示された。

タクシーは、リバティ・クロッシングの表ゲート前で、ルースをおろした。国家対テロセンターと国家情報長官事務所がある情報施設は、タイソンズ・コーナーにあり、そう呼ばれている。ルースの行き先はリバティ・クロッシング2、略してLX2だった。9・11後に設立され、アメリカの十七の情報機関すべてを統括する国家情報長官事務所が、そこにある。

リバティ・クロッシングに向かう前に、タイソンズ・マクリーン・ドライヴ前のゲートで、ルースはスマートフォンとハンドバッグを連邦政府の警備員に渡し、指示棒をふって通され、バッジをもらって、すぐに武装警備員の運転するゴルフカートに乗った。LX2の正面玄関までゴルフカートで送られ、その表でひとりの女が待っていた。女はコートにくるまり、暖をとるために足踏みをしていた。

なかにはいると、金属探知機を通り、三階の狭い会議室に案内された。コーヒーとぎとぎとした菓子パンを出されて、会議テーブルの前で三十分以上、独りで待たされた。パンには目もくれずに、ブラックコーヒーをちびちびと飲み、会合に不安をおぼえながら、メモ帳に自分向けのメモを書いた。

ようやくドアがあき、CIA国家秘密本部のデニー・カーマイケル本部長と向き合うことになった。

カーマイケルが、自信に満ちた大股ではいってきて、ドアが閉まる前に、ルースは男女ひっくるめて五、六人の取り巻きの姿を見た。カーマイケルが一対一で会うことにしたのが、ルースにはありがたかった。

この緊急会合を手配したのは、カーマイケルの旧友、モサド情報収集部のメナケム・オールバック部長だった。ふたりは、ルースがまだ学齢に達する前に、それぞれの情報機関で最前線に勤務していた。友好国であるはずの両国はときおり対立することがあるが、ふたりはそれを意に介さず、プロフェッショナルとしても一個人としても、たがいを尊敬してた。オールバックは、昨夜、デニーの自宅に電話して、ちょうどアメリカにいる若手ターゲティング・オフィサーに会ってほしいと頼んだ。おたがいの機関にとって相互に重要な問題だと、請け合った。さらに、公式な記録に残したくないかもしれないことを話し合うので、正式な会合にはしないほうがいいとほのめかした。

カーマイケルは承諾した。オールバックとは三十年以上の付き合いなのだ。しかし、その頼みをカーマイケルは嫌がっていることが、ルースには想像がついた。

「会ってくださってありがとうございます」ルースは立ちあがり、会議テーブルをまわって、手を差し出した。

「よろこんで」といったが、カーマイケルの表情に、よろこんでいるような気配はまったくなかった。ただ、自分に会いにきたモサドの女性が、あまりにも美人なので、いくらか驚いていた。

カーマイケルが女として自分を見ているのを、ルースは察した。失礼だとは思わなかったし、うれしくもなかった。必要とあればあとで使えるように、情報として頭のなかにファイルしただけだ。

カーマイケルは、ルースを必要以上に長く眺めてから、いかつい顔に笑みを浮かべた。ふたりとも腰をおろした。カーマイケルの顔には、悩みからくる深い皺が何本も刻まれていて、笑うと顔が割れてしまうのではないかと思えた。六十代なかばのようだが、健康そうで、もっと若い男のような身のこなしだった。それに、そういう印象を見せびらかしているようなふしもあった。

カーマイケルがいった。「ぎりぎりになって場所を変えてすまなかった。長官と懇談するために、さきほどここへ来なければならなかったのでね」

「ぜんぜんかまいません」

「メナケムはどうしている?」

「嫌なやつで、うんざりします。とっつきにくくて、強引です」

若い女の正直な答に驚いて、カーマイケルはくすくす笑った。「三十年ずっと変わっていないな。それなら元気なんだろう」

「よろしくとのことです」

「メナケムはきのう、わたしに電話してきて、自分の最優秀の部下に会う時間を割いてくれといった。きみをだいぶ高く買っている」

ルースは、陳腐な褒め言葉には答えず、こういった。「何度か問題を解決して、いいところを見せられるようにしたことがありました」

「だいぶ自信があるようだな」カーマイケルは、あらためて驚いて、笑い声を漏らした。ペットボトルの水を飲み、もう一度ルースに笑みを向けた。「わたしはちがう世代の人間だからね、ミズ・エティンガー、失礼だと思ったら許してもらいたいんだが、モサドにはいつもとびきり美人の部員がいるね」

ルースは、間髪をいれずに応じた。「そして、CIAにはいつもまったく礼儀をわきまえない幹部がいますね」

カーマイケルは、ルースの返事を聞いて、両眉をあげた。この女は、何度となくこういう場面に出会っているのだろう。目の前の男が、ただの美人ではないと気づくような場面に。カーマイケルは椅子に座った腰をもぞもぞ動かした。それに、この女はこういうことを楽しんでいる。いやらしい目で見た男を、知力と対決もいとわない姿勢で、居心地悪くさせるのが好きなのだ。その率直さは新鮮だと思って、ようやく笑った。「きみの意見は正しいが、わたしの意見も正しいんだよ」

ルースは、礼儀正しくほほえんだだけだった。

「きょうここに持ってきてくれた問題の話をしてくれ」

ルースはすぐさま本題にはいった。「ベイルートに情報源がいます。統合情報源ではなく。わたしたちの独占的な情報源です」

「優秀なのか？」

「これまでずっと、信頼できました」

「その情報源を共有させてもらえるのかな？」冗談めかしてカーマイケルがいうと、ルースは笑みを返してから、首をふった。カーマイケルが、なおもきいた。「その情報源がきみたちに話し、きみたちがわたしたちに教えたいのは、どういうことかな？」

「情報源はこういいました――ベイルートの工作担当官（ケース・オフィサー）に、というべきですね――イランの情報部員が、きのうアメリカ人と会ったと。その男を、イスラエル首相暗殺に雇ったというのです。噂を信じるとすれば、金で雇われたその殺し屋は、あなたがたの組織で訓練を受けています」

「だれだ、その殺し屋は？」

「グレイマン」ルースは、相手の視線を捉えて、その情報がどう受けとめられるかを探った。

カーマイケルは、まったく反応しなかった。無言でじっと座っていてから、こういった。

「その変名は、きみが想像もできないくらい、頻繁にひとの口にのぼっているんだ、ミズ・エティンガー」

「いまも申しあげたとおり、情報源は信頼できます。わたしたちの判断では、イラン側はコートランド・ジェントリーのファイルを持っていて、その知識とアメリカ人が教える情報を比較して、ほんもののグレイマンと取り引きしていると確信したもようです」

「どんな情報を教えたんだ？」

「情報源はその会見にはくわわっていませんでした。伝えてきたのは、たしかに間接的な情報ですが、これまでの情報はずっと信頼できるものだったので、この脅威を真剣に受けとめて、対処するつもりです」

カーマイケルの目になにかを読み取り、ルースはふたつの理由からびっくりした。ひとつは、カーマイケルがいかつい顔で無表情を保てなかったことだった。何十年も工作担当官をやった経験があるのだから、驚愕するようなことを聞いても、警戒や興奮を隠すすべを身につけているはずだ。

もうひとつは、反応が予想よりも弱かったことだ。それはまずい！　でもなければ、もっとありそうにない、よし、いいぞ！　でもなかった。離叛者の殺し屋になった元ＣＩＡの刺客をＣＩＡが追っていることは、公然の秘密だったが、その男が友好国の首相を暗殺する陰謀という文脈に登場したことに、カーマイケルはよろこんでいる。それが解せなかった。

カーマイケルがいった。「わかった。やつがそこにいる。それがわかった。それじゃ、ベイルートのきみたちの情報源が信用できるとしよう。われわれはきみたちにどう協力できる？」

「グレイマンについてわかっている情報を、すべて提供していただきたいのです。グレイマンはあなたがたの……いえ、以前はあなたがたの配下でした。ＣＩＡでは最大限の努力を払っているのでしょうが、何年ものあいだ取り逃がしてきました。わたしたちも独自に探すつもりです。こちらで始末します」

「グレイマンは、われわれの問題なんだ、ミズ・エティンガー」

ルースは首をふった。「お言葉ですが、わたしたちの首相を暗殺する契約を請け負った時点で、グレイマンはわたしたちの問題になりました。わたしはこの数年、おおぜいを追いつめてきました。メナケムが昨夜のあなたとの話し合いで、わたしの能力と優秀さに触れたとしたら、まさにそのことなのです。協力していただければ、グレイマンを追いつめ、これ以上害をなす前に阻止できるはずです」

「〝阻止する〟というのは……？」

ルースは、テーブルの上に身を乗り出した。「殺すか、捕らえます」

カーマイケルが笑みを浮かべて、椅子にもたれ、うしろに引いてから脚を組んだ。ルースは、その仕種にむっとしたが、顔には出さなかった。侮辱するつもりだと見抜き、その手には乗らなかった。カーマイケルがいった。「ミズ・エティンガー、わたしの局にも情報源がないわけではない。グレイマンについてそちらがなにを知っているのかはわからないが、われわれが五年にわたって人狩りを行なっていることは、きみたちの組織もじゅうぶんに承知しているはずだ。やつを首尾よく捕らえるために、ＣＩＡだけではなく、統合特殊作戦部隊も、それに参加している」

「でも、わたしたちの首相が――」

カーマイケルが、その言葉を斥けるように、手をふった。「レバノンのきみたちの資産が、イスラエル首相が脅威にさらされているといっている。それはわかった。しかし、この件を話し合うために、きみのような若い女性をメナケム・オールバックがよこした理由が、わたしにはわからないんだ。きみが元気いっぱいで任務に熱心なのはわかるが、このビルや、隣のビルや、CIA本部、いや、ワシントンDC中の十数カ所の施設には、この男の居所を見つけて抹殺するために精勤している、頭のいい若者がごまんといる。それでも、やつは世界中で死と破壊の痕跡を残している」

「わたしが見つけます、カーマイケル本部長。見つけられなかったことはありません」

「ミズ・エティンガー、きみは小国の小さな機関の人間だ。自分の価値に幻想を抱いている。自分で思っている半分も、特別な人間ではない」

会合を終わらせようとして、カーマイケルが立ちあがりかけた。「もちろん、侮辱するつもりはない」

ルースも立ちあがり、テーブルの上に身を乗り出し、天板の端をつかんだ。「カーマイケル本部長、あなたはわたしのことも、わたしの能力のことも、ご存じないようですね。わたしはイスラエルに対する直接の脅威十三人の逮捕と抹殺を、成功させてきました。聞いてください、あちこちの施設に、優秀な人間がそんなにいるのなら」――両手をあげて、指をふり、皮肉を強調した――「〝わたしみたいに優秀な〟人間がいるのなら、とっくにジェントリーを殺し、テロとの戦いを終わらせ、キューバや北朝鮮を解放していたはずでしょう。でも、そうではない。ちがいますか？」

しゃべりかたはすこしゆっくりになったが、厳しい言葉は変わらなかった。

「あなたはわたしのことを知らないから、優秀だというわたしの話が信じられない。でも、CIAがいまだにわたしのことや、わたしの業績を知らないのであれば、自分のところの人間のことや能力がわかっていないと考えざるをえないでしょうね。わたしの能力すら知らないわけですから。

わたしたちの首相が、暴走したCIAのプロジェクトに脅かされているとしたら、離叛してマフィアのボスや第三世界の独裁者を暗殺していた超極秘資産が、そういう稼業をやめて、第一世界でアメリカの同盟国であるイスラエルの指導者を暗殺しようとしているとしたら、あなたがたにとって五年間の頭痛の種程度だったことは、たちまち脳みそをぶちまけるような頭の銃創に悪化し、あなたがたの局はきわめて現実的な損害を受け、さらし者になるでしょうね。

でも、きょうからあなたがたの状況はよくなります。なぜなら、わたしがここにいて、コート・ジェントリーという名のあなたがたの失敗作を見つけて、こちらの殺し屋を差し向けます。特殊作戦課(メツアダ)の隊員の前では、あなたがたの統合特殊作戦部隊は、にきび面の思春期のボーイスカウトみたいに見えるでしょうね。それに、あなたがたのターゲットをいっしょに殺そうといっているのは、あなたがたが自分たちだけでできないことがはっきりしているからです」

ルースはゆっくりと腰をおろしてから、こう結んだ。「もちろん、侮辱するつもりはありません」

カーマイケルのうしろのドアが細目にあき、若い女が上半身を入れた。大声が聞こえたので、見にきたようだった。「本部長？」

「出ていけ」カーマイケルがどなった。

女が姿を消した。

カーマイケルは、しばらく黙って座っていた。ルースは注意深く観察して、なにを考えているのかを読み取ろうとした。カーマイケルの目からさきほど読み取った興奮の炎が、また燃えあがるのが見えたように思った。それが見まちがいなら、さっさと追い出され、イスラエルに戻されるだろう。

だが、カーマイケルのつぎの言葉で――「やつについて、どういうことが知りたい？」――ルースは自分が勝ったことを知った。

ルースは、口調を和らげた。強引にやるときと、なだめすかすときを心得ている。いまはあとのほうだった。「そちらがわたしたちに提供してくださるものは、すべてとても感謝されるはずです。情報源にせよ手段にせよ、たとえ友好国が相手でも秘匿したいものがあるでしょう。それはわかります。でも、わたしはメナケムとはちがいます。わたしたちの関係について、大きな全体像には関心がありません。関心があるのは、どんな手立てだろうとこの男を見つけ、どんな手立てだろうと阻止することだけです」

カーマイケルがすぐに答えなかったので、ルースはやんわりと押した。「たとえば、コート・ジェントリーは、殺し屋になる前には、あなたがたのためにどういう仕事をしていたのですか？」

「動的作戦の専門家だった」

ルースは、メモ帳に書いてから、読みあげた。「では、殺し屋だったんですね」

「そうはいわなかった」

ルースはうなずいたが、メモに書いたことを線で消しはしなかった。

カーマイケルがきいた。「きみの機関がやつについてすでに知っていることは？」

「コート・ジェントリーのCIA時代のことに関するモサドのファイルは、薄っぺらです。同盟国の機関の工作員についての情報は、あまり蓄積していません。敵に対処するだけで手いっぱいです」

カーマイケルが両眉をあげて、そんなでたらめは片時も信じないということを表わした。モサドが、敵国だけではなく友好国もスパイするのは、有名な話だ。ルースは自分が事実をいっていないことを承知していたが、そういうしかなかった。それに、カーマイケルには嘘だとわかっているし、聞き流すはずだとわかっていた。

友好国の情報機関同士の関係とは、そうしたものだ。

ルースは、話をつづけた。「CIAを辞めてからのジェントリーについて、わたしたちはあまり知らないんですが、わかっているのは、ジェントリーの暗殺がある種の道義的な基準に従っているように思えることです。お金のために何人も殺していますが、ターゲットはすべて、大量の血で手を濡らしたことがあるような人物です。グレイマンが殺したというのが噂にすぎないものを取り除くと、グレイマンがこれまでにわたしたちの首相のような人間をターゲットにした例は、ひとつもありません」

ルースは、自分が抱えているジレンマを説明した。「カルブ首相をイランが殺したいと思っている理由はわかりますが、グレイマンがなぜ首相を殺したいと思っているのかがわかりません」

カーマイケルが、ペットボトルの水をすこし飲んだ。「あいつは蛇だ」

ルースは、小首をかしげた。「カルブ首相が？　それともジェントリーが？」

「ジェントリーがだ。コート・ジェントリーは、ふたつの評判を打ち立てた。まず、世界でもっとも優秀な非合法工作員だ。その評判は、かなり正当な根拠がある。ジェントリーの現場における勤務評定は最高位だ。だが、やつがスナイパー・ライフルを持ったロビン・フッド、高潔な戦士だという、もうひとつの評判は、幻想だ」

「事実ではないと？」ルースは、心底驚いて、そうきいた。

「汚い言葉を使ってすまないが、くそみたいなたわごとだ。ＣＩＡを辞めてからのジェントリーは、冷酷非常な殺し屋だ。それ以外の何者でもない」

「わたしたちの情報が、まちがっているのかもしれませんね。良心のある刺客というのが、わたしたちの解釈です。何度となく殺しの契約――それも実入りのいい契約を、ターゲットの経歴がどういうものであるかを理由に断わっていることが、わかっています。はっきりとはつかめないのですが、なんらかの道義的な基準があるように思われます」

カーマイケルが、そっけなく応じた。「ジェントリーはわたしの同僚をおおぜい殺したんだ、ミズ・エティンガー。家族もあり、前途もあるひとびとを。あいつが正義の味方だというような話をきみがこれ以上つづければ、わたしに対するきわめて不愉快なあてつけだと受けとめる」

「もちろん、正義の味方だとはいっていません。エフード・カルブ首相を殺すことで、グレイマンの道義的な感覚がどう達成されるのかを、理解しようとしているだけです。この情報は、グレイマンにつきまとって離れない――」

ルースは話をやめた。読めた。いままでは気がつかなかったが、個人的な遺恨のようなものがからんでいる。「知っているんですね、彼を。個人的に知っているんですね」

カーマイケルが手をふって、座り直した。「よくは知らない。ああいう男はおおぜいいる。似ている人間という意味ではない……わかるだろう。槍の穂先みたいに剣呑（けんのん）な戦闘員タイプだ。つまり、ちがう、親しかったわけではない。だが、そうだ（イエス）……どういう男かはよく知っていた」

ルースが、なにかを書きつけた。「そういうことなら、本部長のお話をうかがうのが、いちばんいいかもしれませんね。驚くべきことが語りぐさになっています。通りですれちがっても気がつかないそうですね」

カーマイケルが、薄笑いを浮かべた。「ミズ・エティンガー、あなたのキッチンですれちがっても、気づかないだろね」

ルースは書くのをやめて、目をあげた。「そんなに凄（すご）いんですか？」

カーマイケルが、笑みを浮かべた。「見つければ、自分の目で見てわかる」

ルースは、笑みを返した。「ファイルを見せてくだされば、見つけてさしあげます」

カーマイケルは、磨き込まれたテーブルを、しばらく指で叩いていた。「きみに会わせたい人間がいる」

「カーマイケル本部長、それがコート・ジェントリー本人でないのなら、方程式でいちばん重要な人間と、わたしはいま話をしているのではないですか」

「それは事実ではない」

ルースは、首をかしげた。

「結構ですね。そのひとの時間はとれますか？」

カーマイケルがいった。「ジェントリーに対する作戦の責任者のことだ」

「わたしがいえば、いつでも時間はとれる」

ルースはほほえんだ。立ちたくなるのをこらえた。「このリバティ・クロッシングにいるのですか？　それともラングレー？」

「どちらでもない」

「外国の支局に配属されているのですか？」

「CIAの人間ではない」

どういうことなのかと、ルースはまごついていた。カーマイケルがそれを見ていった。

「コート・ジェントリー非常事態に対処するのに、民間セクターに手伝わせるのが賢明だと、われわれは判断した」

「ナンバー1ターゲットの捜索をアウトソーシングしたんですか？」

カーマイケルが、スーツの襟から糸くずを取りながらうなずいた。「タウンゼンド・ガヴァメント・サーヴィスィズ」

「聞いたことがありません」

「それに、これがすべて終わったら、聞いたことも忘れることだ。ワシントンDCに本社があるから、社長（ディレクター）のリーランド・バビットとすぐに会えるよう、手配する」

ルースは、まだ納得していなかった。「人狩りをやる民間企業、ですか？」

カーマイケルがにやりと笑った。「パルプ・フィクションみたいに派手な活劇ではないよ、ミズ・エティンガー。現実の世界はもっと退屈だ。タウンゼンドの社員は軍人や情報機関にいたものばかりだ。すべて機密を扱える人間であることを確認され、身許を調べられていて、とことん優秀だ。彼らはじきにグレイマンを捕捉するだろうが、捜査の現況をきみに教えるよう指示する。それから、バビットには、きみが狩りにくわわったことを伝える」

「申し分ありません、カーマイケル本部長。できれば午前中にでも、バビットさんと会わせてもらえますか」

25

南ベイルートのホテルの部屋で、ターゲットの名前を書いた紙片をQODS将校が渡したときには、ウィトロックは緊張も見せず、ターゲットが何者なのか、まったく関心がないような態度だった。だが、ラフィク・ハリリ国際空港に戻るとすぐに、洗面所の個室にはいって、折りたたんで封をしてある紙片をひらき、残された時間を計算して、自分が殺すことになっている相手について予備知識があることを願った。

ターゲットの名前と住所が、すぐに目にはいった。聞いたことのある名前だったが、どういう人間かは思い出せなかったし、すぐには調べなかった。それよりもターゲットの居場所を見て、急いで洗面所を出てカウンターへ行き、フランス行きのファーストクラスの航空券を買った。九十分後には、パリのシャルル・ドゴール空港行きの飛行機に乗っていた。そして、その三時間後には、ニース－コートダジュール空港行きの便に乗り換えていた。最終目的地には、午後十時に着いた。イラン側に殺してほしい人間の名前を渡されてから、八時間もたっていなかった。

QODS将校が渡した紙片に書かれていた名前は、アミール・ザリーニー——イラン生まれのフランス市民で、五十六歳の映画制作者だった。イラン側のいい分を信じるなら、ザリーニーは、映画というマスメディアを通じて何度となく、預言者ムハンマドを冒瀆(ぼうとく)し、イラン政府を侮辱してきたということだった。

ベイルートからニースまでの二本の便で、ウィトロックはノートパソコンを使い、ターゲットのことを研究した。ファーストクラスのキャビンで、ザリーニーの経歴、付き合いがあるとわかっている仕事仲間、生活の手はずを、公開されている情報源をもとにしたウェブ検索で調べた。ザリーニーは、圧政的なイスラム政権下の女性やキリスト教徒の苦境を描く長篇映画をフランスで数多く制作し、成功させていた。カンヌ国際映画祭の最高賞パルム・ドールに二度ノミネートされたが、芸術的な面は万人に評価されているわけではないようだった。ザリーニーの映画で悪評が立った国のほとんどが、ザリーニーを脅迫していた。イランだけではなく世界中のイスラム過激派のターゲットになっていることを、ザリーニーは強く意識しているはずだった。

ウィトロックはほとんど映画を見ないし、まして中東の女性の権利をテーマにした暗い外国映画など見たことがなかった。ターゲットの人柄を知るために、ザリーニーの映画を一本ノートパソコンで見ようかと思ったが、やめた。時間がないし、内容に興味はない。

ザリーニーについての記事を、《ル・モンド》のオンライン版で見つけ、ウィトロックはフランス語の能力をいかんなく発揮して読んだ。記事は役に立った。生活の細かい状況がわかり、海辺の屋敷の内部まで紹介されていた。二度のザリーニー暗殺未遂事件についても触れていて、それがウィトロックの記憶を呼び覚ました。数カ月前、ニースの屋敷が襲撃されたという記事を新聞で読んだ。だから、アミール・ザリーニーの名前に聞きおぼえがあったのだ。

暗殺未遂事件について、もっと詳しく調べようと、記憶にとどめた。やってはいけないことを知るために。

ウィトロックは、ニースには詳しかった。地中海の向かいにある北アフリカや中東で何年も過ごしていたころ、ニースはことに魅力のある保養地だった。アラブ世界の危険と術策に身を浸している男にとって、仕事に付き物の土埃と闘争と禁酒から逃れ、カジノ、夜遊び、コートダジュールのビーチで日を送るのは、じつに楽しい気晴らしだった。アルカイダの工作員を追跡したり、イスラム同胞団のテロリストを監視したりするために、アレキサンドリア、ベイルート、ダマスカスの隠れ家で何カ月も禁欲的な生活をつづけたあと、パレ・ド・ラ・メディテラネのデラックス・ルームに泊まったことが、何度もあった。自分はアメリカの代理として仕事をやっているが、それに対する報酬は安すぎると思っていた。アメリカには大きな貸しがある。だから、休んでいるときには、せいぜいアメリカの金を使うようにしていた。

ニースには気に入っている場所があちこちにあったが、いまはコート・ジェントリーがカナダ人ビジネスマンに化けているという、二重の偽装身分を使っている。だから、定宿の五つ星ホテルは避けて、べつの手配をしなければならない。海から数ブロック離れたル・グリマルディのスイートをとった。ルームサービスを利用してから、〈アデロール〉を一錠飲んで、眠くならないようにしてから、アミール・ザリーニーのターゲット資料作成に取りかかった。

ホテルの部屋に落ち着くとすぐに、ウィトロックは三十分かけて、体液がにじんで痛む銃創を消毒した。それがすむと、ノートパソコンを起動し、タウンゼンド・ガヴァメント・サーヴィスィズの秘話ネットワークを呼び出して、秘密扱いのアメリカ政府情報データベースへ裏口（バックドア）からアクセスした。そこに保存されているのは秘密扱いではあっても、アメリカのインテリジェンス・コミュニティの国家機密に属する情報ではなかった。だが、公開されている情報源にはない情報であることはたしかだった。ウィトロックは、アミール・ザリーニーの名前を入力し、まもなく二度の暗殺未遂事件についてのフランス国家警察の詳細な記録を読んでいた。

一年足らず前のザリーニー監督の命を狙った最初の事件は、イスラム主義者の一般市民のグループが引き起こし、当然ながら、みじめに失敗していた。

ザリーニーはニースにいて、近代美術館の映画シンポジウムで講演していた。ステージにあがったとき、モロッコ出身でフランス国籍の若者三人が、ナイフをふりまわし、わめきながらステージに突進した。ザリーニーがひとりを床に押し倒し、そのときに手首に切り傷を負った。そのアラブ系フランス人の若者は、最前列から駆けつけた聴衆たちに体当たりされ、ナイフを取りあげられた。

ふたり目の刺客（しかく）志望者は、美術館が雇っていた警備員に攻撃され、ザリーニーの三メートル以内に近づく前に、殴られて意識を失った。

ついていない襲撃者グループの三人目は女で、ナイフのほかに大きな旗を持っていた。暗殺のあと、ステージでひろげるつもりだったのだろう。駆け出したときに旗が客席の手摺にひっかかり、その計画はおじゃんになった。旗がひらいてしまい、その拍子に女はつまずいて、落としたナイフが、手の届かないところまで床を滑っていった。会場整理のために雇われていた非武装の警備員に、女は取り押さえられた。

あまりにも間の抜けた襲撃なので、ウィトロックは笑ったが、すぐに笑いは消えた。その事件のせいでザリーニーの身辺警護が強化され、監督本人が公(おおやけ)の場に姿を現わすことがすくなくなったと、CIAが報告していた。

ザリーニーの命を狙った二度目の試みは、最初のアマチュアそのもののやりかたとはちがい、プロフェッショナルの手口だった。ウィトロックは何ページもの資料を読み、図表をじっくりと見て、目撃者の証言を熟考し、わずか数カ月前の事件の検証報告を検討した。

その暗殺未遂の実行犯は、兵役年齢の男が五人という編成だった。タウンゼンド・ネットワークのデータによれば、五人はシリアやレバノンのパスポートを持っていたが、QODSではないかとCIAは疑っているようだった。

あまりにも大胆な計画だったので、ウィトロックは驚いた。暖かい七月の晩、五人は塀に囲まれたザリーニー邸の裏のビーチを膨張式の上陸用舟艇で急襲し、散開しながら岩の多いビーチをそのまま進んだ。ザリーニーの番犬のうちの一頭が、曲者(くせもの)の存在に気づき、吠えはじめた。二階のバルコニーにいた警護要員が、敷地の裏を懐中電灯で照らし、AK-47三挺の銃弾を浴びて、その場で死んだ。

QODSの戦闘員五人は、屋敷に突入し、警護要員四人と番犬二頭を殺し、ザリーニーの寝室を目指した。ところが、ターゲットはその隣のパニック・ルーム（緊急避難用の密室）に逃げ込んだあとだった。

ウィトロックは、そこをもう一度読んだ。

パニック・ルーム。

くそ。夜間に侵入するという計画は、一瞬にして消えた。敷地内には侵入できると思っていた。いや、確信していた。だが、警護要員、銃、門、番犬、防犯ライトをかわし、まったく気づかれずに侵入することはできるか？　数秒あれば、ザリーニーはパニック・ルームに逃れられるだろう。パニック・ルームの存在は、屋敷の急襲をとてつもなく困難にしてしまった。

QODSチームの急襲が、まさにそれを実証している。目的を果たすことができないと悟った五人は、フランス警察の特殊戦術チームが邸内に突入すると同時に自殺した。イラン人監督とその家族は、かすり傷ひとつ負わずに、襲撃をかわした。

二度の暗殺未遂から得られる教訓は、明らかだった。これはかなり難しい作戦になる。ザリーニーはめったにひと前に姿を現わさないし、自宅では防御手段で完全に優位に立てる。

つまり、移動中に殺るしかない。

ル・グリマルディのスイートにいながらにして、ウィトロックは、アミール・ザリーニーの警護を請け負っている民間警備会社の社名を調べあげた。翌朝、会社の営業時間になると、ウィトロックはセキュリテ・エクスクリュジヴ・ド・パリに電話をかけて、パリ地区の責任者と話をした。タウンゼンドの社員という立場を利用し、アメリカとフランスの警備産業の実在の人間や、NOC工作員だったときに知っていた元兵士やスパイの本名をいくつかあげて、女性の責任者と好意的な話をすることができた。そういった人間とどういう関係にあるかという話に深入りしないよう気をつけながら、自分が名乗ったとおりの人間であることを相手に信じ込ませ、仕事を探しているのだと、ウィトロックはいった。責任者の女性が、礼儀正しく電話をまわして、セキュリテ・エクスクリュジヴの経営幹部とじかに電話面接をするよう手配した。

ウィトロックは、パリにいる人事部長と一時間、電話で話をして、まず雇用条件をたずねた。だが、すぐにふたりは、警備業界で使われる装備、訓練、戦術の話に熱中していた。人事部長のほうが有益な情報を得ていると思うように仕向けた。ハイリスクの警備業界の〝内部の人間のみが知る情報〟にウィトロックがかなり通じていると知った人事部長は、近い将来に会社が受注できそうな紛争地帯の情報を聞こうとした。

最終的に、人事部長とウィトロックは、現在空きがあるポストはウィトロックには役不足だとおたがいに判断した。だが、たまたまウィトロックがニースにいるので、その地域で働いている社員の名前を、人事部長がいくつか教えた。

夕方になると、ウィトロックは、セキュリティ・エクスクリュジヴの契約社員と、サン・ジャン・カップ・フェラにあるレストランバー〈ル・ピラート〉でビールを楽しんでいた。その店は、数百万ドルの価値があるザリーニーの屋敷から、海岸線を数キロメートル北上したところにある。契約社員は、ザリーニーの警護班にはくわわっていなかったが、近くでべつの裕福なクライアントの仕事をしていた。すぐに、すんなりと数カ月前のザリーニー邸襲撃の話題になった。この新しい飲み友だちが、作戦の詳細をすべてじかに知っているとわかり、ウィトロックはよろこんだ。その男の親しい友人のひとりが、その襲撃で死んでいた。現在の警護班にも、何人か友だちがいて、ザリーニーはめったに公(おおやけ)の場に現われないが、モナコの国境のすぐ先にある、車で二十数分の距離の友人の別荘へ毎週行く、と男は教えた。危険な習慣だと思ったザリーニーの警護班は、ザリーニーに注意した。だが、ザリーニーはそれを斥(しりぞ)け、きみたち警護班は週に一度の外出のときこそ、報酬に見合う働きをしなければならないといった。

ウィトロックのほうも、裕福なのにけちくさい香港のクライアントを相手にするときの問題について、長ったらしい作り話をした。やはり決まりきった日課にこだわるので、警護がかなり阻害される、と。

フランス人の契約社員は、もう一杯ずつ注文して、自分が警護している間抜けな要人にまつわる武勇談をしたが、すぐにアミール・ザリーニーの話に戻った。毎週土曜日の正午、ザリーニーと警護班は車二台に分乗し、海岸線を二十五分北上し、モナコにはいる。

数分のうちに、ウィトロックは知る必要があることをすべてつかんでいた。ザリーニーの移動警護班は、四人編成だった。その四人は、現在は民間警備会社の契約社員だが、以前はRAID――フランス国家警察の特別介入部隊（RAIDは調査・救援・介入・抑止の略）――の隊員だった。ヘッケラー&コッホUMP-9サブ・マシンガンと、高威力の四〇口径S&W弾を使用するCZセミ・オートマティック・ピストルで武装している。

また、ザリーニーは装甲のほどこされていないメルセデスのSUVに乗っていて、運転手は武装している。二台目のメルセデスSUVも運転手が武装していて、一台目が走れなくなったときには、ザリーニーを乗り移らせる備えをしている。

ウィトロックは、〈ル・ピラート〉で新しい友人ともう一杯おごり合ってから、別れを告げた。

そんなふうにして、ザリーニーの名前を教えられてから三十時間後に、ラス・ウィトロックはターゲットの日程を把握していた。警護班の配備、受けた訓練もわかった。二台のSUVに装甲がないことまでわかった。

つぎにウィトロックは、ザリーニーの屋敷からモナコへのルートを車で走った。強力な爆発物を道路脇に仕掛け、ザリーニーのメルセデスが通過するときに起爆させるのが、もっとも簡単で利口なやりかただろうが、それはグレイマンの手口ではないとわかっていた。ちがう。ジェントリーなら、副次的被害をなくすために命を懸けるはずだ。そういう思考は愚かしいと思っても、これはグレイマンの作戦のように見せかける必要がある。

ウィトロックは、スイートに戻って、ひと晩中起きていて計画を立てるために、〈アデロール〉を一錠口にほうり込み、コーヒーを飲んだ。

地図を何時間も眺めて、ザリーニーと警護班が通らなければならない道路を見おろす山の斜面に陣取り、望遠照準器付きのライフルでターゲットの車を狙撃するのが、最善の行動方針だと判断した。副次的被害はないし、森を抜けてなんなく迅速に付近から遠ざかることができる。警護班には見られず、うまくすると目撃者もいないかもしれない。

どこをどう見ても、グレイマン流の殺しだ。

実行可能な計画ができたことに満足すると、ウィトロックはよく冷やした九四年のドム・

ペリニョンをルームサービスに注文し、届けられるとラッパ飲みした。今夜はやれるだけのことをやった。あすは狙撃に必要なライフルを手に入れなければならない。伝手は知っていたし、そのパズルのピースは、きちんとはまるはずだとわかっていた。

だが、シャンパンを飲み干したとき、意識のてっぺんに不安が浮かびあがった。必要不可欠なひとつのピース、なによりも重要なピースが、自分の手ではどうにもできない。

コート・ジェントリーのやつから、連絡がなければならない。

26

ルースは、ほとんど一日、会議室ばかりにいた。朝にマクリーンの国家情報長官事務所に行ったあとで、CIAの車でワシントンDCのアダムズ・モーガン界隈に連れていかれて、長い私設車道を進み、タウンゼンド・ガヴァメント・サーヴィスィズに着いた。ジェフ・パークスの案内で、滑稽なくらい現実離れしている建物のなかを通った。壁という壁が、アメリカ大西部へのオマージュに占領されていた。この会社について知っているわずかな知識――元工作員を生死を問わず捕縛する仕事をCIAに依頼された、保安官もどきだということ――から、自分のような外部の人間と会議をするとき以外は、パークスをはじめとする社員がみんなテンガロンハットをかぶり、拍車をつけているのかと思いたくなった。

パークスが、ルースをとある部屋に案内して、ターゲットに関係のある書類が詰まっているアコーディオンファイルを渡した。情報を見せるのが不服そうだったが、CIAにそうしろと命じられていることは明らかで、忠実な犬みたいに、いわれたとおりにしていた。それでも、一定のグラウンドルールに同意するよう求めた。スマートフォンとノートパソコンは使わないこと、情報のメモも書いてはいけない。ルースは同意し、パークスは作業の邪魔にならないように部屋を出た。ルースは、熱心にファイルを調べていった。

ＣＩＡに情報をすべて見せてほしいと頼んだにもかかわらず、書類の大部分が黒塗りされていたので、ルースはがっかりした——ターゲットの経歴の七五パーセントが編集されているように思われた。

ファイルは、ジェントリーがＣＩＡに徴募されたところからはじまっていた。三重殺人で有罪判決を受けたあとでＣＩＡに引き抜かれたことに、ルースは啞然とした。その犯罪の詳細が、身上調書に書いてあった。当時、ジェントリーは十九歳で、小物の麻薬密輸業者のボディガードとして、フロリダ州南部のオパロッカ空港を根城にしていた。

ファイルに書かれている証拠すべてから判断すると、ジェントリーの雇い主はコロンビアの組織に暗殺されそうになったが、ジェントリーが救出しにきて、カルタヘナから来た殺し屋三人を殺したという。警察がその直後に来た。ジェントリーは銃を捨て、身柄を拘束された。

ジェントリーは、殺人罪で有罪判決を受け、刑務所に収監されたが、すぐさまＣＩＡが掬いあげて、二年間の訓練プログラムを受けさせ、ＮＯＣ資産に仕立てあげた。

ルースの考えでは、そのプログラムは控え目にいっても不正規なものだった。なぜなら、その先になると、身上調書は曖昧模糊として怪しげな感じだったからだ。バルカン半島のことでいくつか記入があり、サンクトペテルブルク、ラオス、ブエノスアイレスという地名が挙がってはいたが、若いころのジェントリーが、そういう遠く離れた土地で具体的になにをやっていたかについては、まったく説明がなかった。

だが、二〇〇一年に、ジェントリーがＣＩＡ特殊活動部の軍補助工作員になり、アルカイダの構成員を世界各地で捕縛または殺害する作戦に従事するようになってからは、また記録が残されていた。ルースは、CIAのタスク・フォース・ゴルフ・シエラの作戦の詳細を読んだ。世界中で犯人引渡しや暗殺が行なわれ、作戦についての記録は残されているものの、ターゲットの心理プロファイルを組み立てられるような材料は、ファイルにはなにひとつ見つからなかった。

ジェントリーは、そのチームの一員で、シエラ6（シックス）と呼ばれていた。情報はそれしかない。やがて、問題の事件の詳細を記した箇所に行き当たった。その事件が、ジェントリーに対する殺害／捕縛命令、とファイルに書かれている状況をもたらしたのだ。

ルースは、それを二度読んだ。最初はすっかり心を奪われたが、二度目は強い疑いを抱きながら読んだ。

報告書によれば、ジェントリーはヴァージニアビーチの自宅アパートメントにいて、チームの同僚たちが訪れたという。そして、なんの前触れもなく、ジェントリーがチーム全員を殺した、

四人全員を。

現場で長年積み重なった心的外傷後ストレス障害のせいでキレたのだというCIAの精神分析医の意見を除けば、それをやった理由について、書類にはなんの説明もなかった。チームメートや同僚を脅威と見なしたというのだ。

ルースの考えでは、あまりにも都合のいい解釈で、かなり疑わしかった。だいいち、チームの全員がたまたまジェントリーのアパートメントに集まるような理由が見当たらない。ジ

変わった？　事後報告を見た。

エントリーがみんなを招いて、フットボールの試合でも見ていたのか？　事後報告を見た。銃撃戦があったのは、夜明け前だった。深夜のパーティが、超一流工作員同士の撃ち合いに変わった？

そう、撃ち合いがあったことはたしかだ、とルースは心のなかでつぶやいた。ルース・エティンガーの嘘発見器の針が、レッドゾーンへと跳ねあがった。

戦闘が行なわれたことに、疑問の余地はなかった。数体の遺体の写真があった。壁に血痕があった。窓ガラスが割れていた。床に空薬莢が散らばっていた。だが、ルースは、事件の公式報告書を信じる気にはなれなかった。

アコーディオンファイルにはいっていたジェントリーの身上調書の最後のものが、もっとも整っていて、ルースにはもっとも興味深かった。そこには、タウンゼンド・ガヴァメント・サーヴィスィズ自体のグレイマン狩りの詳細が記されていた。書類が真実を語っていると信じるなら、狩りはメキシコからヨーロッパへと移り、工作員チームがいまもヨーロッパ北部に展開されていることになる。

最後の書類を精読するとすぐに、ルースは時計を見て、三時間過ぎていたことに気づいた。関連のある情報を暗記し、四時に予定されている、この奇妙な企業のディレクター、リーランド・バビットとの会見で質問することを、頭のなかでまとめた。

バビットは、ジェフ・パークスをうしろに従え、時間どおりに会議室にやってきた。タウンゼンド・ガヴァメント・サーヴィスィズのディレクターは、猪首の大柄な男で、満面の笑みを浮かべていた。ルースと握手をしてから、こういった。「心構えをしておけといわれたよ」

「なんの心構えですか？」

「すごい美人の前でも、プロフェッショナルらしい態度を崩さないようにと」

ルースは、ちょっと作り笑いを浮かべて、目を剝いてあきれたという仕種をしたくなるのを我慢した。

バビットが腰をおろした。「われわれにできる手助けはなんでもやるようにと、デニーにいわれている。この厄介なプロジェクトで、よろこんで伝説的なモサドの力を借りるつもりだ」

本心ではないだろうとルースは疑っていたが、丁重な言葉に礼をいった。

バビットがいい添えた。「身上調書を見て、わたしに質問があるんだろうね」

「あります。このファイルは大幅に編集されていますね」

バビットが、暗い顔でうなずいた。「ああ。わかっている」

「内部書類が見られるといわれました。あらいざらい」

「編集は情報源の書類になされている」

でたらめをいわないで、といいたいのをこらえて、ルースはいった。「なるほど。ジェントリーは、記録を残さないような形で使われていたということですね」

「ジェントリーは、最初のころの仕事では、国家安全保障上の趣旨で書面が残されないようなプログラムに参加していた」

ルースは小首をかしげたまま、バビットにもっと情報を出すよう促した。だが、バビットはその手に乗らなかった。

「それで、コートランド・ジェントリーについて、わたしに提供できるようなものは、ほかにはないんですか？」

「口頭ならいえる。ジェントリーは、数年間、独立して行動する堅実な工作員だった。9・11後、CIAは特殊活動部という打撃チームを編成した。ジェントリーの名前が適切候補者として挙がり、タスク・フォースに参加した」

ルースは、ファイルの書類を一枚出して、それを見た。ざっと読みながらきいた。「そこで標的殺害や変則的な犯人引き渡しに従事していた」

「そのとおり」

ルースは、べつの書類一式を持ち、親指ですばやくめくって、目当てのページを見つけた。「CIAを離れたあとのフリーランスの仕事を見ると、つじつまが合わないことがあります」そのページを持ちあげた。「これらの暗殺には、動機があります。ジェントリーの動機は正義です。でも、カルブ首相の暗殺には、動機が見当たらないんです」

パークスがいった。「あなたはデニーに、二千五百万ドルの報酬をイランが申し出たといったね。金は立派な動機だろう、ミズ・エティンガー」

ルースは首をふり、ひとりごとのようにささやいた。「そうとはかぎりません。ジェントリーの場合はちがいます」話題を変えた。「ジェントリーを直近に目撃した場所は？」

「エストニアのタリン、火曜日の朝。捕縛チームがジェントリーを追いつめたが、全滅した」

「ジェントリーが殺したんですか？」

「ほとんど全員を」

「タウンゼンドの捕縛チームですね？」

「そうだ」

ルースは、エストニアでの銃撃事件についての暗号通信を読んでいた。だが、モサドはそれをグレイマンと結びつけてはいなかった。テルアヴィヴの本部とともに詳細を探ろうと、記憶にとどめた。

「あなたがたは、殺傷も承認されているんですね？」

「もちろんだ。やつは危険な男だ」

「それはわかります。イスラエルにも、もちろんグレイマンのファイルはありますから。この四、五年のあいだに、世界のあちこちであった超法規的殺人の際立って有名なもののうち、いくつかはグレイマンの仕業だと断定できます。それに、あなたがたのファイルにはなにもありませんが、何年か前のキエフでの作戦は、彼が単独でやったと、わたしの組織は確信しています。事実グレイマンのやったことだとすると、評判どおり、あらゆる面で危険な人間です」

バビットが、片手をあげた。「やつの腕前は最高だ。しかし、キエフの作戦はやっていない。モサドのような優秀な組織が、そういう都市伝説のたぐいをひろめるのに手を貸しているとしたら、残念だね」

「どうして事実ではないといい切れるのですか？」

「ジェントリーは単独で行動する。キエフの空港で起きたようなことは、ジェントリーの技倆をもってしても、独りで実行するのは無理だ」

ルースは、テーブルに身を乗り出した。「理由を教えてください」

「〝号令射撃（コマンド・ファイア）〟という手順を知っているかな、ミズ・エティンガー？」

ルースは、ゆっくりと首をふった。「正直いって、知りません」

「戦術用語で、おもに狙撃兵（スナイパー）が使う。戦術的優位を得るために、複数の武器で、複数のターゲットを同時に射撃することだ」

「なるほど」

「キエフのあの晩、交戦がはじまると同時に、まったくおなじ時刻に二カ所が銃撃された。ターゲット四人のうちふたりは移動していた。ターゲットふたりは、おなじ銃から発射された弾丸で殺された。四人とも頭を撃ち抜かれた。スナイパー独りではぜったいにできない。スナイパーが三人いて、観測員も三人いたはずだ」バビットが、指を六本立てて見せた。「そして、そのあと、近接戦闘がはじまった。つまり、ほかにも六人ないし八人がいたにちがいない。CIA本部（ラングレー）では、キエフに十二人ないし十四人の特殊部隊員がいたと判断している……独りではなく」

モサドにこの情報を伝えて、ジェントリーのファイルを修正させようと、ルースは記憶にとどめた。「もうひとつ質問があります」

「どうぞ」

「コートランド・ジェントリーは、悪党ですか？　それともヒーロー？」

パークスが大声で笑った。

バビットがいった。「どうしてそんな質問を？」

「率直にいって、ジェントリーはかなりいい仕事をしています。彼がターゲットにしたのは人間のクズで、いないほうがこの世がよくなるようなやつらです」

「それはきみの意見だろう」

「それに、あなたがたの大幅に編集されている――〝改竄されている〟というひともいるでしょうね――ジェントリーのファイルでも、作戦についての漠然とした記述がかなりたくさんあって、それを読めば、CIAが結果に満足していることがよくわかります。それがある日、なんの前触れもなく、ジェントリーがアパートメントでピザパーティをやり、同僚を皆殺しにした」

バビットが、すかさず反論した。「その晩の出来事について、そんなことは書いてない――」

ルースはさえぎった。「変な表現を使ったことはわかっています。もっと事情があるはずです」男ふたりをじっと観察した。「もっといろいろな事情があるはずです。正直なところ、そういうことはどうでもいいんです。ジェントリーがどこにいるのか、カルブ首相にとって脅威かどうかが、知りたいだけです」

バビットがいった。「やつが不公平な扱いを受けているというような幻想を抱いていたら、やつを斃すのに集中するのが難しくなるんじゃないのか」

「バビットさん、そういうことを考えるのは、わたしの流儀ではありません。首相が殺される前にグレイマンを阻止するのが、わたしの仕事です。グレイマンがどういう人間であるかは関係ない。カルブ首相にとって脅威であるなら、追跡し、見つけて、斃します」

パークスが、片手をあげた。「その点をはっきりさせておく。きみのチームが、われわれのあとをついてくるのはかまわない。助言も聞こう。しかし、やつを見つけて、斃す仕事は、われわれがやる。われわれの作戦に参加したいなら、こっちの条件に留意してもらう」

反論しても無意味だと、ルースにはわかっていた。モサドにとっても、そのほうが好都合だろう。「あなたがたにとっては収入が重要なんでしょうね。わたしにとっては、国家の存続が重要です。そちらの条件に従います。ジェントリーは、首相にとって脅威になる可能性がじゅうぶんにありますから。しかし、きょう読んだファイルは、半分も信じていませんし、あなたがたの話も二五パーセントも信じていません」

バビットは、そうなじられても知らん顔をしていた。肝心な問題が片づいたので、ほっとしてうなずいた。

そのとき、会議室のドアがあき、パークスが外に呼び出された。

すぐに戻ってきた。「失礼、リー、ちょっとふたりだけで話ができませんか？」

バビットが席をはずしそうになったが、ルースはいった。「すみませんが、ジェントリー作戦に関係のあることなら、わたしを情報伝達に参加させるいい機会でしょう」

バビットが、パークスのほうを向いた。問いかけるような目つきで、意味深長だった。パークスが、かすかにうなずいた。

バビットが座った。「いってくれ、ジェフ」

パークスがいった。「識別の可能性ありです。まだかなり初期で、この段階では行動可能ではないでしょうが、でも――」

「どこなの？」ルースはきいた。

「顔認識ソフトウェアが、そうかもしれないし、そうでないかもしれないデータポイントを探知しました」

「どこなの、パークスさん？」

ルースのしつこさにいらだちを隠そうともせず、パークスが溜息をついた。「スウェーデンのストックホルム」

ルースはスマートフォンを出して、差しあげた。「部下に連絡します」ボタンを押して、黒い髪の下にスマートフォンを入れた。

パークスが注意した。「フライングかもしれない。こういう初期段階では、資産を展開するわけにはいかない。ソフトウェアを微調整し、目撃の可能性があった地域に近い道路などのカメラからデータを集めて、それから――」

ルースが明らかに聞いていないのがわかったので、話すのをやめた。

「わたし。彼はストックホルムにいる。これからそこへ向かうから、あすの朝、落ち合いましょう」それだけいって、電話を切った。

バビットが、いくぶん驚いたように首をふった。なにかいいかけたように見えたが、思いとどまり、手をふってその考えを追い払った。「いまエストニアに電子監視班がいる。あなたがストックホルムに行くのなら、そちらに派遣しよう。あなたのチームと協力できる。狩りに役立つ驚異的な新ツールがある。運よく見つけられるかもしれない」

ルースは立ち、バビットと握手した。「ありがとうございます」

バビットも立っていた。「わたしたちは、あなたを食事に誘おうかと思っていたんだ。近くにすごくいいイタリア料理店がある」

「ありがとうございます。でも、結構です。つぎの食事はストックホルムで食べます」

「そうだね。わかっている」

バビットとパークスは、表で待っていたタクシーまで、ルースを送っていった。午後のにわか雨のなか、タクシーが走り去ると、パークスはバビットのほうを向いた。

「ジェントリーがエフード・カルブを狙うと思いますか？」

バビットが首をふった。「いや、やつの手口じゃない。カルブは聖人ではないが、ジェントリーは国際社会の重要な指導者を殺すようなことはしない。相手がよっぽど悪辣(あくらつ)な人間ならべつだが、カルブはそうじゃない」

「モサドの情報がまちがっているのかな？」

「よくあることだからな」そこで、バビットはきいた。「あの女について、どんなことがわかっている？」

パークスは、タブレットコンピュータに視線を向けて、ファイルを呼び出した。「察しはついたと思いますが、アメリカ人です。もっとも、いまは二重国籍です。典型的なブルックリンのユダヤ人一家に生まれました。一族に、政治家、情報機関関係者、軍人はまったくいません。高校ではずっと成績優秀で、陸上競技でも球技でも優秀選手でした。心理学を専攻してコロンビア大学を卒業、もちろんクラスのトップです」

「もちろん、か」

「ニューヨーク大学ロースクール三年生のときに、婚約者が9・11で死にました」パークスは咳払いをした。「彼氏は国際金融関係の仕事をしていたんです。2WTC（第二タワー）の九十二階にいました」

　バビットは、その先を推理した。「愛する恋人が殺されると、ロースクールをやめて、モサドの諜報活動をやりはじめた」

　パークスはうなずいた。「恋人を殺した連中との戦いに参加したかった気持ちはわかりますが、どうしてモサドなんですかね？　アメリカのために働いてもいいわけでしょう？」

　バビットは、肩をすくめた。「心理学の学位があって、ロースクールを中退したという学歴があったわけだから、FBIやCIAにも打診しただろう。ユダヤ人の若い女が、諜報戦（ゲーム）に参加しようとしているという噂を、モサドが聞きつけ、接近したんじゃないか。そして、真相を教える」

「真相？」

「モサドはCIAやFBIよりも激しく攻撃するということだ。規模が小さく、機敏で、政治に制約されていない」バビットは、感心したようにいった。「あの女は、政治など歯牙（しが）にもかけなかっただろう。反撃したくてたまらなかったんだ」

パークスは、タブレットを見おろした。「いまもおなじみたいですね。去年、ローマで起きたイスラエルの大失態に関わっています。叱責されず、クビも切られなかった幹部は、部門全体であの女だけです。彼女の懸念にそれなりの注意が払われていれば、悲惨な事態は避けられたかもしれないとして、賞状までもらっています」

バビットは、にやりと笑った。「いやな女だが、勝ち残るだろうな。それは認めるしかない。口も達者だ。カーマイケルにあの女を押しつけられたわけだが、ジェントリーを見つけるのに利用できると思う。デッドアイは負傷しているし、ジャンパーのチームは監視の専門家じゃない。それに、UAVチームがやつを見つけることはできても、無人機には人間が目と足でやれることができない。女とそのチームを、作戦にくわえよう」

「ジェントリーを殺す段になったら？」

「われわれが殺す」バビットは、冷ややかにいった。「手柄はモサドにくれてやる。われわれは金を取る」

27

ニース東部のサンロック市電(トラム)駅にほど近い、マッス通りという短い二車線道路を、シルバーのレンジローバーがゆっくりと走っていた。運転しているのは地元民ではなかった。それどころか、ここまで来るのに、自宅から丸一日、車を運転していたマッス通りの左右には、シャッターがおりている車庫が無数にあり、疲労に闇夜が重なって、住所を読み取るのに苦労した。ようやく、そこだけシャッターがあいている車庫の前にとめて、暗い入口の上の住居表示を見ると、そこが目的の場所だとわかった。

不安にかられながら、車をゆっくりと車庫に入れ、セレクターをニュートラルにした。ヘッドライトは消さなかった。車庫には明かりがなかったし、ふだんの取り引きのときよりも用心しているわけではなかったが、真っ暗闇にじっと座っているのはごめんだった。

革ジャケットの下に手を入れて、コルト45をホルスターに固定している革ストラップのボタンをはずした。

顧客の身許がちがっていた場合のために。

レンジローバーのセンター・コンソールのカップホルダーに差し込んである携帯電話の着信音が鳴り、車の無線機にそれが接続された。ハンドルのボタンを押して、電話に出た。

「ブレヒトだ」

レンジローバーを運転していた男は、オーストリア人で、いつも姓を名乗るようにしていた。

電話をかけてきた相手は、英語を使っていた。二十四時間に二度話をしたのと、おなじ人物だった。「それでいい」男はいった。「そこにとめておけ。車をおりてくれ」

ブレヒトがいった。「姿を見せてくれ。独りだとわかるようにな」

レンジローバーの真上で突然明かりがつき、ブレヒトは一瞬泡を食った。一秒後にべつの明かりがついた。こんどはブレヒトのところから一五メートル離れた、車庫の突き当たりだった。頭のてっぺんから爪先まで黒ずくめで、スキーマスクで顔を完全に隠した男が、壁のスイッチのそばに立っていた。両手にはなにも持っていない。ヘッドセットかなにかを使って電話をかけているのだろうと、ブレヒトは思った。

その姿を見て安心したとはいえなかったが、自分の仕事ではリスクをとらなければならないと承知していた。それに、そもそも指示に従わなかったら、この取り引きは行なわれなかった。ブレヒトはエンジンを切り、レンジローバーからおりて、車庫の奥へ歩いていった。

スキーマスクをした男が、明るい片隅を出て、薄暗がりにはいり、ブレヒトから三メートルくらいのところで立ちどまった。

「こんばんは（グーテン・アーベント）」ブレヒトはいった。

「こんばんは」これまでの通話とおなじように、男がアメリカ英語でいった。

「金は持ってきたか？」

スキーマスクの男が、腰のうしろに手をまわして、封筒を出して、投げた。ブレヒトは、暗がりでそれを見失ったが、両手をあげて、一瞬、つかみそこねそうになったものの、胸で受けとめ、封を切った。

三万ユーロを数えるのには手間がかかるし、ラインホルト・ブレヒトは入念に数えたが、その間も、目の前の音をちらりちらりと見ていた。

もちろん警戒していたが、きょうはいつもほど心配してはいなかった。いつもながら、身の安全をはかるための手段をいろいろと講じておく。安全器(カットアウト)を使い、武装した助手にあらかじめ現地を調べさせ、取り引きがお流れになって揉(も)め事が起きた場合に備えて、姿を見られないように近くに配置する。

だが、今夜はちがう。今夜は独りで来た。それに用心はしているが、この取り引きはかなり安心できる。

ユーロ札が詰まっている封筒から目をあげて、ブレヒトはにっこり笑った。「もちろんちゃんとある。わかっていたけどね」金をジャケットにしまうと、レンジローバーのほうへ歩いていった。

「おろそうか？」

「頼む」アメリカ人がいった。

ラインホルト・ブレヒトは、リアシートから大きな黒い革のバッグを出して、車庫のコンクリートの床に置いた。ジッパーをあけて、なかに手を入れた。アメリカ人が小さな懐中電灯で照らし、ブレヒトが、五つの部分に分解されたブレイザーR93スナイパー・ライフルを出した。スキーマスクをつけたアメリカ人と、表の通りに、ときどき目を配りながら、ブレヒトがライフルを組み立てた。

組み立て終えると、またバッグに手を入れて、リューポルドMk2望遠照準器を出し、ライフルの上のレールにはめた。もう一度手をのばして、三〇〇ウィンチェスター・マグナム四発を収めた箱型弾倉を出した。

弾倉を差し込み口に入れると、ライフルをアメリカ人に渡した。

「零点規正は?」スキーマスクの男がライフルを受け取り、ひとしきり眺めながらきいた。

「指示どおり射程一〇〇メートルで調整した」ブレヒトが目をあげて、ウィンクした。「ちゃんと働いてくれるだろう」

スキーマスクの男が、遊底をあけたり、照準器を覗いたりして、いかにもプロフェッショナルらしくライフルを調べるあいだ、しばし沈黙が流れた。やがて、男がブレヒトにライフルを渡した。

「もとに戻してくれ」

ブレヒトがひざまずいて、指示どおりにすると、立ちあがった。

「弾薬五十発も入れてある。ほかにいるものはありますか?」

「結構だ。もう帰っていい」

「よければ、その前にひとこといいたい」

「いってみろ」

ブレヒトは、かすかな笑みを浮かべた。「三〇〇ウィンチェスター・マグナムを使う組み立て式ブレイザー・ライフルを頼む人間を、おれはひとりしか知らない」

スキーマスクの男は、それに答えなかった。

ブレヒトがさらにいった。「二年半前、おなじ銃をあんたのために調達した。じかに話はしていない。べつの人間が注文した。だが、その男があんたのハンドラーのサー・ドナルド・フィッツロイの配下だというのを、おれは知っていた。イタリアまでその銃を届けた。その直後、ヨーロッパの女をおおぜい奴隷として売っていたギリシャの人身売買業者が、三〇〇マグナム一発で殺された。七〇〇メートルの距離から、額のまんなかを撃ち抜かれていた」ブレヒトは、興奮気味にうめいた。「この商売の人脈で、グレイマンという名前がささやかれるようになった」

ブレヒトは、胸を張った。「その作戦でささやかな役割を果たしたのが、自慢だったよ」

スキーマスクの男は、またしてもひとこともいわなかったが、ブレヒトはその沈黙に注意を呼び起こされた。

「だいじょうぶだ」かすかな不安が声ににじんでいた。「もちろん、おれは口が堅い。顧客の身許がわかっていても、ふだんは口にしない。ただ……その……この商売では、そんな完全無欠の人間と仕事をする機会は、めったにないんでね。

おれはビジネスマンだし、自分の商品で相手がなにをしようが気にしていない。でも、きょうはおれの武器をいいことのために使う善良な人間に渡すことができて、気分がいいんだ。これからも、あんたのどんな要望にも応じられるよう控えていることを、知っておいてもらいたかった」

ラス・ウィトロックは、にやにやしたくなるのをこらえていた。もっとも、この男にたるんだ笑顔を見せても、偽装に傷はつかないだろうと思っていた。こんな褒め言葉を聞いたら、グレイマンもうっとりするはずだ。

ウィトロックがこの武器商人を選んだ理由は、三つある。ひとつ、信頼できる。ウィトロックも何年も前から知っていた。品質のいい銃を手に入れられるし、配達も早い。

ふたつ、ジェントリーの身上調書を読んで、一度だけブレヒトからスナイパー・ライフルを買っていたことがわかっていた。ブレヒトはむろんその取り引きのことを憶えているだろうし、ギリシャ人のポン引き兼人身売買業者を殺したのはグレイマンだと見当がついていたはずだ。

三つ、ブレヒトは口が堅いと断言しているが、じつは逆だった。ときどきCIAやその他の欧米の情報機関から金をもらい、商売にはげみながら拾った情報を流している。グレイマンに武器を供給したことを黙っていられるわけがないと、ウィトロックはにらんでいた。まさにそこが付け目だった。作戦のこの段階の成功は、ラインホルト・ブレヒトの口が軽いことにかかっている。

「ありがとう」ウィトロックはいった。「またいっしょに仕事ができることを願っている」

「そうなれば光栄です」というと、ブレヒトはお辞儀までした。

とんでもない間抜けだ、とウィトロックは思った。グロックを抜いて、それで殴り倒してやりたくなった。だが、ただうなずいて、そこに立ち、ブレヒトが車に乗って走り去るのを待った。

レンジローバーが夜の闇に遠ざかると、ウィトロックはブレイザー・ライフルのはいった革のバッグをかつぎ、明かりのスイッチのところへ戻って、スイッチを切り、あたりを真っ暗闇に戻した。

28

ルース・エティンガーと部下のターゲティング・オフィサー三人は、ストックホルムのイスラエル大使館で落ち合い、モサドのモータープールから四ドアの黒いシュコダを借りて、四人いっしょに、サンクトエリクスガタン通りに用意されたタウンゼンドの隠れ家へ行った。雪に覆われた駐車場に車をとめ、荷物を肩にかついで、階段を四階まで登った。

アパートメントを使っていたのは、タウンゼンドの無人機チームのふたりだけで、やはり到着したばかりだった。UAVオペレーターのカールと、センサー・オペレーターのルーカスが、自己紹介するあいだだけ、装備を荷ほどきする手を休めた。

ルース、アロン、ローリーン、マイクは、アパートメントの奥の広い寝室へ行った。無人機チームは、つねに装備の近くにいられるように、ベッドからマットをはがして、リビングにひきずっていった。

それに、装備がまた多かった。タウンゼンドのふたりが、テーブルにラックを置いて、ノートパソコンを四台設置し、飛行制御装置のジョイスティックを調整し、マイク付きヘッドセットのコードをほどき、ようやく同型のUAV三機の荷ほどきをするのを、ルースとあとの三人は見守っていた。UAVは超小型クアッドコプター（ローターが四つのヘリコプター）で、Xの形にひろがった腕四本に覆い付きの小さな回転翼があり、中心の球根形の機体に動力、頭脳、カメラが収められている。三機ともまったくおなじもので、直径はわずか四〇センチ、重さは二・三キロしかない。

マイク・ディルマンが口笛を鳴らした。「ぼくたちにもすごい装備はあるけど、これはないなあ」

ルーカスが、一機を床に置いた充電ステーションに載せた。「最新鋭だ。アメリカでもこれで遊んだけど、現場で使ったことはなかった。だれも使っていない。スカイシャークという名称で、DARPA——国防高等研究計画局から調達した。最新のすばらしいおもちゃはみんな、あそこの連中が作っている。都市環境で現場テストするために、わが社によこしたんだ」

「いいなあ」マイクがいった。

ローリーンがきいた。「これをストックホルムの中心街で飛ばして、だれにも見られないと思うわけ？」

カールがそれに答えた。「こいつはほとんど音をたてないけど、見えなくはない。目撃されないようにいくつかテクニックを使う。もちろん、できるだけ高いところを飛ばすけど、リーパーやスキャンイーグルとはちがって、高度一二〇〇メートルとか一五〇〇メートルとかでは飛べない。移動監視の場合、ターゲットの六〇メートル以内にいなければならないから、たいがいターゲットのうしろを飛ばすようにする。それから、太陽が出ているときには、逆光で見えにくいようにする。だから、ターゲットには監視されていることはわからない」

ルーカスがいい添えた。「暗いほうがもっといい。もちろんカメラには暗視能力がある」笑みを浮かべた。「夜だったら、だれもこいつを見つけられない」

タウンゼンドが顔認識ソフトウェアでジェントリーだと識別した画像が見たいと、ルースは頼んだ。カールが、ラックに据え付けたノートパソコンで、静止画像を一枚表示した。ここから数キロメートル離れた中古エレクトロニクス店で、きのう撮影されたものだと、カールが説明した。一瞬の動画から、いちばん鮮明な画像を取り出したものだった。

ルースは、身をかがめてじっと見てから、片方の眉をあげた。タウンゼンドのアナリストが、ジェントリーの写真をルースとそのチームの全員に提供していた。ルースはその写真をスマートフォンの画面に呼び出した。スーツを着て眼鏡をかけている写真を見てから、ノートパソコンの画像に目を戻した。「たしかに決定的とはいえない」

カールが首をふりながらいった。「確率は六〇パーセント」

「そんなに？　ぼやけているし、顔の三分の二くらいしか見えない」

「そうだけど、カメラは眼周囲――つまり目のまわりを捉えている。指紋よりもずっと確実に生体認証できる手がかりがいくつもある。それに、ファイルにあるジェントリーのいろんな写真から、顔のバーチャル３Ｄモデルをこしらえてある。その復元された眼周囲で、この人物が六〇パーセントの確率でジェントリーだと判断された」

理論のうえでは、ルースにもなじみのあるテクノロジーだった――人間の追跡を生業にしているのだから――しかし、こんなぼやけた粒子の粗い画像から、現場で眼周囲データを取り出すのは、見たこともなかった。

ルースのチームの三人も、ノートパソコンの画像と自分のスマートフォンのジェントリーの写真を見比べた。アロンとマイクは、同一人物だと思ったが、ローリーンとルースはまだ半信半疑だった。

ルースはきいた。「事実ジェントリーがここにいるとしたら、どうやって見つけるつもり？」

ルーカスが、それに答えた。「バビットは、きみたちを捜索に参加させるといっているから、みんなでどうやるのかを、きみたちが教えてくれたらどうかな」

カールが、スカイシャーク無人機をバルコニーに持っていき、まもなくなにも持たないで戻ってきた。ルーカスが隣でノートパソコンをいじくっているあいだ、カールは飛行制御装置の前に座っていた。

「準備よし」

無人機がバルコニーから離陸し、数メートル浮かびあがってから、横に飛んだ。また上昇して見えなくなった。ルースと三人は、アメリカのUAVオペレーターふたりのうしろに立ち、ノートパソコンにいくつか表示されているライブ画像を眺めた。UAVのカメラのうち、一台は真正面を写していた。二台目は後方を向いていた。三台目は真下を写しているとおぼしく、センサー・オペレーターのコンソールにあるトグルを動かすことで、画像がまわったりズームしたりした。

付近のビルの上を無人機が飛び、何度も旋回し、ビルとビルのあいだで降下して、商店街の歩行者専用道路の上でホヴァリングするあいだ、一同は画面を見つめていた。センサー・

オペレーターが、ぶらぶら歩いている若い女をカメラに捉えた。ミンクのコートと、おなじ毛皮の帽子といういでたちで、両腕にショッピングバッグをいっぱい抱えている。

作業しながら、ルーカスがいった。「テクノロジーが改善されるにつれて、ジェントリーのような逃亡犯は隠れるのがどんどん難しくなる」

「生体認証のせいで?」ルースはきいた。

「そのとおり。いまや生体認証の世界だ。数年前には、顔認識ソフトウェアはまったく存在しないか、あっても信頼度が低かった。でも、改善されると、ジェントリーは寒さで目を醒(さ)ました恐竜も同然だ。

CIAの生体認証データベースは、いまではかなり豊富になっているけど、ジェントリーは運よく、ほとんどのデータが集められる前に逃げ出している。ジェントリーのソフト生体認証プロファイル、つまり歩容(ほよう)、立ち姿といったデータは、まったくない。ファイルにあるのは虹彩スキャンと指紋だけで、今回の状況では役に立たない。でも、われわれが使う顔認識でじゅうぶんだ」

ジョイスティックとトグル式スロットルでUAVを操縦しながら、カールがいった。「中古エレクトロニクス店のカメラの画像で、服装がわかった。コート、帽子、サングラス。身長と体重もわかる。それをアルゴリズムに組み入れる。スカイシャークがカメラで捉えた通行人をすべて写して、画像をここに送る。ソフトウェアが、一分間に二百人以上を分析し——

——」

ルースが、口をはさんだ。「無人機がちゃんと働いているときはね」

「ああ」ルーカスが認めた。「ちゃんと働いているときに。通行人の九九パーセントは、すぐさま取り除かれる。身長、体重、コートがちがう、女の服装といったことで。でも、もう一度よく見る必要があるとコンピュータが判断したら、無人機にそれが伝えられ、無人機がおなじ人物をまた撮影する。二度目の画像がコンピュータに送られ、また分析される。さらに三度目、それでもっと絞り込める」

「そのあとは？」アロンがきいた。

「そのあとは、一致する可能性があるとされた画像が画面に表示され、それを手作業で絞り込んでいかなければならない」

ルーカスがいった。「カールがスカイシャークを壁に激突させないように集中しているあいだに、ぼくがそれをやる」

ルースはいった。「ジェントリーを見つけたら？　そのあとは？」

カールが答えた。「そこからがすごいんだ。画像のなかからジェントリーを見つけたら、一致したものがあったことをコンピュータから無人機に伝えさせる。その時点で、スカイシャークは捜索モードから、追跡モードに切り換わる。一致した人物のいた場所を記憶し、戻って、また見つけ、においを追う犬みたいにロック・オンする」

「たいしたものね」ルースは、正直にそういった。「欠点は？」

カールが、答を用意していた。「モーターが電気を食う。スカイシャークは、三十分しか飛びまわれない。呼び戻して、充電しないといけない。でも、たいした問題じゃない。三機あるから、交替で飛ばせばいい」

タウンゼンドのUAVチームが、時間がかかることをみずから認めた人間狩りを開始すると、ルースはマイクとローリーンを、ジェントリーがコンピュータを買った中古エレクトロニクス店に行かせた。ふたりは店員から話を聞き、手分けして近くのホテルを調べ、目を皿のようにして探す。

ルースは、ヤニスに電話をかけて、スウェーデンで作業に取りかかっていることを報せた。

「アメリカ側にはどういう扱いを受けている?」

「チームにくわえられたみたい。CIAはこの男を捕らえるのに血眼になっている」

ヤニスは、ルースの口調に妙な感じを受けた。「きみも、じゃないのか?」

「いまはまだ、怪訝に思っているだけ。アメリカ側がこちらの支援がほしいのは、はっきりしているけど、首相を殺すとジェントリーにどういう利益があるのかが、はっきりしないのよ。逃亡しながらこの男が自主的にやったいろいろな善行のことを、どうしても考えてしまう」

「善良な人間だって、悪いことをやる。悪人だってたまにはいいことをやるだろう」

「でしょうね。これについては、狭い考えかたはしていないけど、まだ短剣を研ぐ気にはなれない」

ヤニスがいった。「重要な時機だぞ。カルブ首相にいまなんらかの危険が及ぶおそれがあるとしたら、今後二週間の歴訪では、さらに攻撃に脆い状態になる。ターゲットのフォルダーを完璧に整えるようなことに時間を割いている余裕はない。やつを見つけ、識別し、タウンゼンドの連中がターゲットを見失わないように、目を光らせているんだ。連中が自分たちの殺し屋を差し向けてやつを殺したいというのなら、それなりの理由があるはずだから、きみはうしろにさがって、やらせておけ。アメリカ側がやつを抹殺すれば、カルブ首相にとって脅威かどうかは、どうでもよくなる」

「わかった、ヤニス」ルースはそう答えたが、いい残したことがあるという口調だった。

「でも、わたしたちはいつからCIAの猟犬になったの？」

「キツネがうちの鶏小屋のまわりを嗅ぎまわりはじめてからだ」

「そうね」

「仕事に取りかかれ。だが、用心しろ。CIAが、けさジェントリーの件でわれわれと電話会議をした。ジェントリーはずる賢いやつだ。尾行を見つける訓練を叩き込まれている。やつを見つけろ。だが、あせってはだめだ」

「心配してくれてありがとう、ヤニス。だいじょうぶよ」

「もちろん、だいじょうぶだ」

29

ジェントリーは、一日部屋のなかにいて、ノートパソコンでストックホルムについての無害な旅行サイトをあちこち見ていた。一時間半かけて、過酷な自重エクササイズを何度もやった。腕立て伏せ（プッシュアップ）、ジャックナイフ、壁を利用するハンドスタンド・プッシュアップ。サンクトペテルブルク近郊の森でやった作戦と、二日前にタリンで襲撃されたあとで巻いた包帯が、まだとれていないので、ふつうではないエクササイズになったが、それでも楽しかった。シャワーを浴び、疲れて痛む筋肉をほぐすと、ベッドに一時間横たわり、ちっぽけなテレビのチャンネルをあちこちに変えて見た。そのあとで、隅の小さなテーブルに向かい、缶詰めのサーモンと電子レンジ用パッケージの米飯を冷たいまま食べた。

繁華街からはずれたところにある近くの暗いバーに座っているほうがずっといいと思いながら、食べ物といっしょにビールを一本飲んだ。

今夜はだめだ——今夜はべつの計画がある。

食事を終えると、窓ぎわへ行き、カーテンの狭い隙間から数分のあいだ覗き、場ちがいに見える車やトラックがないかとじっくり調べた。通行人を目で追い、一階下の歩道を歩いている人間をひとりひとり観察した。バルト海沿岸からスカンジナヴィアまで、だれにも跟（つ）けられていないと確信してはいたが、見おぼえのある人間がいないかどうかをたしかめた。

三十分かけて表の車と歩行者の往来を観察すると、カーテンをぴったり閉じて、ベッドに腰かけた。すこしためらってから、携帯電話と電話番号を書いた紙切れを手にした。

ウィトロックに電話をかけようと思ったが、考え直した。インターネットで調べて、モバイルクリプトのアプリが安全だと書かれているのをさんざん読み、そのアプリを使って自分を探しているタウンゼンドの人間について情報を得るのは、危険ではあってもやるべきことだと納得していたが、ジェントリーはそれでも用心を怠らなかった。コートを着て、ヘッドホンをかけ、部屋を出て、街路におりていった。

電話はかけるが、ここではないところからかける。

ジェントリーが借りた部屋の数分西にある、テグネルルンデン公園の街灯の下で、雪のかけらがふわふわと舞っていた。その街灯の下にしばし立ち、携帯電話を片手に持って、紙切れに書かれた番号を見た。コートのフードの下で、マイク付きのヘッドホンをかけていた。モバイルクリプトを立ちあげ、番号を打ち込んだが、発信ボタンは押さなかった。まだ発信しない。歩きはじめて、公園から遠ざかり、西に向かった。インターネットで読んだ情報がすべてまちがっていて、じっさいは電話を探知できるとしたら、移動しているほうが位置を突き止めづらいはずだ。

ほんとうにこんなことをやるのか？　と自問した。いつもなら、他人と話をしないようにする。あらゆる手段で、他人を避ける。食事は機械で注文するほうがいいし、列車の乗車券は自動券売機で買う。任務に必要な情報は、インターネットカフェでオンライン検索する。この五年間、市場での買い物で金を払ったり、タクシー運転手に行き先をいうときに、ふたことみことしゃべるだけで、何週間もひとと話をしないことが、何度かあった。

今夜は、みずから課した孤独の歳月とは逆に、みずから連絡をとる。やらなければならない、と自分にいい聞かせたが、不安だった。連絡したいという気持ちのせいかもしれない。

「軟弱になるな、ジェントリー」低い声で、連絡をとりたいと思っている自分を叱った。強い不安にとらわれながら、発信ボタンを押した。

ラス・ウィトロックは、ル・グリマルディのスイートの床に座っていた。前には分解したブレイザー・ライフルが置いてある。三十分のあいだ、分解と組み立てをくりかえした。最初はゆっくりと、慎重にやった。それから、切迫した状況に置かれているように、すばやくやった。つぎに、組み立てはふつうにやり、左腕か左手を怪我したという前提で、分解を右手だけでやった。それから、こんどは左手で分解した。それにはかなり時間がかかった。

横の床には、アルチザンチーズとよく冷やして栓を抜いたシャンパン——〈ルノーブル・グラン・クリュ・ブラン・ド・ブラン〉——が、顧みられずに置いてあった。褒美(ほうび)として贅沢(ぜいたく)にふける前に、あと二、三回、組み立てと分解をやっておきたかった。

土曜日の昼前に予定しているアミール・ザリーニー暗殺の真剣な準備に追われ、あわただしい一日だった。狙撃する予定の場所へ列車で行き、周囲とターゲットの位置を下見して、潜入地点と脱出地点を決めた。日が暮れたころにホテルに帰り、服を脱いで、血と膿（うみ）にまみれた腰の包帯をはがした。

傷口の包帯を取ったときに、等身大の姿見の前に立ち、かさぶたができ、まわりが黒ずんでいる傷口を、じっくりと見た。傷口から視線をそらして、あとの全身をゆっくりと見まわした。惚（ほ）れ惚（ぼ）れと眺めたわけではない。顔と体から片時も目を離さずに、格闘技の型の稽古（けいこ）をはじめた。腰が灼（や）けるように痛み、たちまち汗が流れはじめた。真剣な表情から、憤怒の形相に変わり、骨も砕けよとばかりに、パンチをくりだし、蹴り、投げ技、肘打ちをやった。格闘の稽古の激しい興奮から冷めるのに、数分かかった。腰から血が流れ、すさまじい痛みに襲われた。

エクササイズのあとで、ウィトロックはシャワーを浴びて、着替え、腹ぺこになったが、さらに自分に試練を課した。食事と飲み物を注文し、それに手をつけずに、ライフルの組み立てと分解をやった。コートダジュールの四つ星ホテルに泊まりながら、精神と肉体を精いっぱい苦しめて、気を引き締めるためだった。

ウィトロックは、スナイパー・ライフルをかなり使用した経験があったが、ブレイザーにはあまりなじみがなかった。海兵隊の斥候狙撃兵（スカウト・スナイパー）だったので、支給されたのはM40スナイパー・ライフルで、それが気に入っていた。慣れた武器のほうがいいという考えかたをすれば、M40かその市販型のレミントン７００にするべきだろう。だが、ジェントリーがR93を選んだのは賢いと、認めざるをえなかった。ドイツ製のR93は槓桿（ボルトハンドル）をまっすぐに引くだけのストレートアクション機構なので、二発目の発射準備がM40よりもわずかに速くできる。もっとも、半自動ライフルほど速くは撃てない。とはいえ、射場でこのライフルを試し撃ちしなくても、箱型弾倉の四発を予定の距離ですばやく精確に撃ち終えることができると、ウィトロックは考えていた。

また左手で分解しようとしてライフルを組み立てはじめたとき、床に置いたイヤホンから着信音が聞こえた。スマートフォンは部屋の向こうのデスクに置いてあったので、ブルートゥース接続のイヤホンを耳にはめて、ボタンを叩き、電話に出た。

「ああ」

「もしもし」

ジェントリーの声だった。ウィトロックは床からがばと立ちあがり、拳で空パンチを放った。すばやく気を静めて、のんびりした声でいった。「あんたのことを考えていた」

「このあいだの晩は、電話しなくて悪かった」

「いいんだ、きょうだい。電話があるのは、何日かたってからだろうと思っていた」嘘だったが、悠然と構えているふうをよそおった。

「どうして？」

「あんたのことは知っている。どう考えるか、知っている」

「あんたがどう考えるかが、おれにわからないのは、どうしてだ？」

「どういう意味だ？」ウィトロックは、アイスバケットからシャンパンを抜いて、ひと口飲んだ。祝うタイミングだ。

「あんたの魂胆がわからない」

「魂胆なんかない、コート。手を貸したいだけだ。どうして信じられないんだ？」

「さあな」

「まあいい、おれがその質問に答える。あんたはCIAの仲間に裏切られ、騙されてきた。カーマイケル、ハイタワー、ハンリー――」

「ハンリーはどうした？」

「メキシコシティであんたに撃たれたあとのことか？」

「なんでも知っているんだな」

ウィトロックは、シャンパンをごくごくと飲んだ。思いどおりの方向に話が進んでいる。

「マット・ハンリーはだいじょうぶだ。ラングレーに戻った。グレイマンに撃たれるというのは、いい業績になるんだろうな」

「撃たれたといえば、腰の傷はどうだ？」

「痛い」ウィトロックは答えた。

「ああ、だいたいそういうものだ」

ウィトロックはきいた。「タリンから脱出するのに問題はなかったか？」

「こっちがききたい。タウンゼンドのあんたの友だちは、なんといっている？　おれが気づいていない追っ手はいるのか？」

ウィトロックは、また嘘をついた。二日のあいだタウンゼンドからはなにも連絡がないが、ジェントリーに価値のある相手だと思い込ませておかなければならない。「じきにターゲットを見つけるといってきた。詳しいことは聞いていない。あんたがどこにいるにせよ、そこにじっとしていて、つぎはできるだけ早く、おれに連絡したほうがいい」

すこし間を置いてから、ジェントリーはいった。「わかった。そっちはどうする？　このあいだの出来事の余波は、問題なかったか？」

「いっただろう。自分で片をつけられる」ウィトロックは、シャンパンを長々とあおった。

「このあいだ話をした機会が、もうじきめぐってくる。このあいだの夜に話し合ったことを、考えてくれたか？」

「あんたがフリーランスになりたいという話だな？」

「ああ」

「どうしてそうしたいのか、教えてもらいたいね」

「自分のボスになりたいのさ」

ジェントリーは低い笑いを漏らした。「フリーランスで働けば、ボスの数は増える。減りはしない。雇用主と揉めなければ、あんなふうにサンクトペテルブルクの西でダーチャを攻撃することにはならなかっただろう。この稼業では、だれも信用できないんだよ」

「役に立つ豆知識をありがとうよ」

ジェントリーは答えた。「おれに仕事のことで助言してほしいというんなら、あんたは間抜けだ」つけくわえた。「おれたちみたいな人間は、独りのほうがいい」

「反対だ、コート。なぜなら、〝おれたちみたいな人間〟は、ほかにはいないからだ。おれたちふたりだけだ。いっしょにやったほうがいい」

「最後のふたりだというのか？」

「独立資産開発プログラムには、十九人が参加した。最年長はジョーゼフ・ペルトン、二十八歳。最年少はコート・ジェントリー、十九歳。おれは二十五歳で参加した」

「それで？」

「訓練中に四人が死んだ」

「当然だろうな。おれも二度、危うく死ぬところだった」

「おれもだ。このプログラムでは、現場で八人が死んだ。その後の仕事で死んだのが五人。CIAか高リスクの民間警備会社での仕事で死ぬか、自殺した」ウィトロックは、またシャンパンをラッパ飲みした。「そんなわけで、友よ、ジェントリーとウィトロックだけが、この世にふたりだけ残された」

「くそ」

「おい、そんなに悪くないぞ。もっと人数がいたら、おれたちの価値は下がる」

「価値が高くなれば、頭に描かれた的もでかくなる」

「フリーランスなら、はいる金もでかくなる」と、ウィトロックは反論した。

ジェントリーはきいた。「前の状態に戻れればいいと、ときどき思うことはないか？」

ウィトロックはきき返した。「なんの前だ？」

「訓練を受ける前。おれたちが作られる前」

ウィトロックは、またシャンパンをがぶ飲みした。「いや思わない。とんでもない。断じて思わない」

ジェントリーは黙っていた。

「そう思っているんだな」ウィトロックはいった。

「ときどきだが」ジェントリーは認めた。

「あんたはいまの自分をもっと高く評価すべきだ」ウィトロックは、そこで言葉を切った。

「自分がやっていることを、もっと高く評価すべきだ。地球上であと独りしか備えていないような技倆を、備えているんだからな」

「あと独りとは、あんたか？」

「そう、おれだ。このあいだの夜にいったように、おれはあんたの作戦を研究してきた。あんたがやったことをすべて、隅々まで漏れなく読んだ。おれもまったくおなじようにやっていたはずだ」

「それはどうかな」いくらか皮肉をこめて、ジェントリーはつぶやいた。

「そうとも」すこしためらってから、ウィトロックはいった。「もちろん、キエフの一件だけはわけがわからない。どうやったのか、ほんとうに知りたい」

「またその話か」

ウィトロックは、シャンパンを飲んだ。数日前には、イラン人からカルブ暗殺の契約を確実にもらうために、キエフの作戦の詳細をすべて知る必要があるだろうと考えていた。だが、その知識が抜け落ちているのをブラフで切り抜け、ザリーニーを暗殺するという約束で話をつけたので、キエフのことはもう知る必要がなくなった。それでも、心底好奇心をそそられていた。ウィトロックはいった。「いつか、コート、あんたから聞き出すよ」

しばらく沈黙が流れ、やがてジェントリーがいった。「もう切るぞ」

「いい女と約束でもあるのか？」

「いや、ねぐらに戻って、あんたがこの電話を逆探知し、また射手(シューター)をよこした場合に備えて、バリケードを築く」

「コート、もっと知恵を使え。おれがあんたに死んでもらいたいと思っていたら、月曜日の晩、ベッドを出ないで、タウンゼンドの殺し屋どもがあんたを殺すのをほうっておいただろう。いろんな理由があって、疑り深くなるのも無理はないが、今回ばかりは、考えかたが合理的じゃない。おれは味方だ。敵じゃない。あんたとおれはひとつなんだ。遅かれ早かれ、あんたにもそれがわかるだろう。おれたちはすごいチームを組める」

ジェントリーは、こう答えただけだった。「あすまた連絡する」

「それがあんたのためだ。タウンゼンドは、あんたの居所を突き止めたかもしれない。力を貸してやろう」

「あすだ。今回はまちがいなく連絡する」

電話が切れた。ウィトロックは、冷えたシャンパンを股に挟んで、大きなベッドの端に腰かけた。ジェントリーをもうすこし騙(だま)しつづけて、計画に深く引き込みたかったが、今夜のほんの小さな一歩でも、一歩も前進しないよりはましだ。

馬鹿野郎が連絡してきた。それが肝心だ。それに、このやりとりのあと、だれも攻撃しなかったら、独りぼっちの哀れなコート・ジェントリーは、毎晩電話してくることだろう、とウィトロックは結論を下した。

ルースとアロンは、午(ひる)過ぎから夜にかけて、ジェントリーがノートパソコンを買ったエレクトロニクス店から二キロメートル以内にある隘路(チョーク・ポイント)を歩いた。午後八時、テイクアウトのインド料理を、自分たちとＵＡＶチームのために買い、隠れ家に戻った。四階のアパートメントに向けてふたりが階段を昇ると、入れ替わりに夜の雪のなかで三、四時間の人狩りをやるローリーンとマイクがおりてきた。

隠れ家にはいると、ルースはアロンとＵＡＶチームのふたりに食べ物を配り、ノートパソコンが設置されたＵＡＶ管制室で座った。カールは、ストックホルムの旧市街(ガムラスタン)上空に無人機を飛ばしていたが、操縦しながら、片手でナンをソースにつけて、ビールで流し込むことができた。

ほとんど切れ目なく七時間、ＵＡＶで監視して、可能性のある発見が六十件あり、いずれもＵＡＶチームがノートパソコンの画像を見るという手作業で、除外するかどうかを判断した、とルーカスが報告した。

ルーカスとカールは、結局すべて除外していた。

「でも」ルーカスがいった。「まだ初日だ。ハッキングで防犯カメラの画像をすべて取り込んで、それを顔認識ソフトウェアで調べ、なにも出てこなかったら、パークスはおれたちに三日か四日、監視をつづけさせるだろう」

「彼はここにいる」ルースはいった。「においでわかる」

カールとルーカスが、顔を見合わせたが、なにもいわなかった。

ルースとアロンは、食事を終えて、すこし眠るために部屋に戻った。翌朝の夜明け前に街に出る予定だった。タウンゼンドのUAVオペレーターたちは、混雑している歩行者専用道路の上をもう一度だけゆっくりと飛ばしてから、無人機を戻すことにしていた。

十五分後、ルースはショーツとタンクトップだけの姿で、バスルームで歯を磨いていた。だれかが叫ぶのが聞こえたように思い、水をとめた。

「アロン？ なにかいった？」

だが、叫んだのはルーカスだった。もう一度、もっと大きな声でいった。「ヒットした！」

30

ルースは、ショーツとタンクトップのまま、リビングに駆け込んだ。コンタクトレンズをはずしていたので、あわてて眼鏡をかけ、裸足で木の床をばたばた踏みながら近づいた。

「たしかなの?」

ルーカスがいった。「さあ、でもコンピュータがそういってる。まあ、かなりたしかだ。独りの男を、約二分追跡していた。二度うしろをふりむいたのが、諜報技術(トレードクラフト)みたいに思えた。それに、もっと重要なのは、顔認識ソフトウェアが眼周囲が七三パーセント一致の可能性があるとしていることだ」

ルースは、ルーカスの肩ごしに画面を見て、アーケードのない商店街を両方向に動いている歩行者数十人のグリーンがかった画像を見た。群集のなかのひとりが、ぬかるみと雪のなかを歩いている。四分の三丈でフード付きの黒いコートを着ている。カメラには顔を向けておらず、性別はわからない。その黒っぽいコートの人物に、赤い四角が重ねられていなかったら、群集のどこに目を向ければいいのか、ルースにはわからなかっただろう。

「これがそうなの?」

「ちょっと見ていて。そのうちにふりかえるから」

ルースは、ルーカスにいわれたとおりにしたが、男が真うしろを確認するのを待つあいだに、ふと思いついてたずねた。「どうしてだれもUAVに気づかないの？　かなり低く飛んでいるんでしょう？」

それまで黙ってスカイシャークを操縦していたカールが、注意を集中している顔で答えた。

「ちょっとコツがあるんだ。四階ぐらい上を、できるだけビルの壁に近づけて飛ばす。昼間は、灰色と黒のUAVのシルエットが空に浮かびあがらず、コンクリート、ガラス、金属に溶け込む。夜は、街灯の上を飛べば、もっと見えなくなる」

ルーカスが、椅子をすばやくまわして、ラックのべつのノートパソコンのほうを向き、必死でマウスを動かし、キイボードを叩きはじめた。

「なにをやっているの？」ルースはきいた。

「追跡に役立つように、歩容をコンピュータが記録する設定をしている。人間の歩容は、ひとりずつかなりちがっているんだ。ジェントリーの独特の歩容を読み取ることができれば、徒歩のときに自動的に見つけて追跡できる。最高の生体認証とはいえないが、これがジェントリーだとすると、あとで群集のなかにいるときに絞り込むデータとして使える」

「ジェントリーだとすればね」ルースは念を押した。

そのとき、その人影が歩行者の流れから出て、右手のビルに近づいた。足をゆるめて、店のウィンドウを覗き込んだ。完全に立ちどまり、ひとびとが流れていくあいだに、ふりむいて通りに目を向けた。

ルースの前にあるノートパソコンの画面で、男の顔の画像が自動的にズームされた。解像度はびっくりするくらい高く、暗視光学装置を使っているため、顔はグリーンがかっていた。ルースはいった。「ジェントリーかもしれない。わたしにはまだ――」

そのとき、べつのノートパソコンの前にいたルーカスがいった。「識別の確率が、九〇パーセントに跳ねあがった」

「それじゃ」ルースはいった。「どうやらジェントリーをつかまえたようね！」

ルースとアーロンは、すばやく寒さにそなえる身支度をした。六十秒後には、リビングに駆け戻っていた。

「ジェントリーはいまどこ？」ブーツをはきながら、ルースはルーカスにきいた。

「やつは……くそ」ルーカスが、ノートパソコンの移動地図表示（ムーヴィング・マップ・ディスプレイ）に描かれているスウェーデンの地名を読むのに苦労していた。「ドロットニング通り（ガタン）？　読みかたがよくわからない。ここから徒歩で二十分だ。北へ遠ざかっている」

「車で行くわよ」ルースは、イヤホンを耳にはめた。「現況を連絡して」

コートのフードをかぶり、アロンにつづいてドアから出た。

十分後、ルースは大使館のシュコダをテグネルルンデン公園のそばにとめて、イヤホンから聞こえるルーカスの指示に従い、降りしきる雪のなかをアロンとともに足早に歩きはじめた。ローリーンとマイクにも連絡してあり、ふたりともまもなく南から徒歩で接近するはずだった。

「よく聞いてくれ」ルーカスが、チーム通信網で伝えた。「やつは数分前方を進んでいる…

…ロードマンス通り（ガタン）だ。読みかたは知らないが」

「わかった」ルースはいった。「わたしたちで追跡できるから、無人機が見つからないようにして」

「心配はいらない」

「心配よ、ルーカス。相棒にスカイシャークを回収するようにいって」

短い間を置いて、ルーカスが答えた。「なあ、あんたたちは自分の仕事をやり、おれたちは自分の仕事をやる、ということにしないか？　スカイシャークはやつには見えないが、やつはあんたたちを見つけるかもしれない」

ルースは溜息をついて、体から長く白い息を吐き出した。

ルースがいい返す前に、アメリカ人のセンサー・オペレーターは重ねていった。「大当たり！　やつがビルにはいった。まっすぐそこへ向かっていた。自分の行き先がわかっていたからだ」

「どのビル？」

「待って」住所かなにかの表示を見るためにカールが無人機の位置を変えるまで、しばし間があった。待つあいだに、ルースとアロンはいっそう足を速めた。ジェントリーがビル内にはいったのだとすると、かなり接近しないかぎり、姿を見られるおそれはない。

ふたりが歩いているあいだに、マイク・ディルマンとローリーン・タターサルが、すぐうしろで合流した。二人組はいずれも、たがいを認めたそぶりをしなかった。数百メートルの間隔をあけ、ただおなじ方角に向けて歩いた。

「ロードマンス通り（ガタン）の南西の角だ……くそ、なんて読めばいいんだ？」

ルースは、ルーカスをどなりつけた。「なんでもいいから読んで、ルーカス！　早く！」

ルーカスが、のろのろといった。「スヴェア通り（ヴェーゲン）かな。二ブロック西の交差点に遊歩道があって、道路よりも高くなってる。そこの階段から、ターゲットがはいっていったビルがよく見える。遮蔽物（しゃへいぶつ）はないが、あまり近づかないで入口を見張ることができる」

ルースと部下三人は、ルーカスが説明を終えたときに、その高みに着いていた。

「着いた」ルースはいった。

「よし。やつはきみらの右手のビルにいる。距離は約三五メートル」

「どういうビルなの？」

ルーカスが、住所をコンピュータに打ち込んでから答えた。「一階がステーキハウスだが、店にははいらなかった。隣の階段で二階にあがった。安い貸し間だ。移民の家族が住むような。ジェントリーのいつもの手口だ。ジェントリーはよく安い部屋を借りる。ストックホルムにいるあいだ、やつがそこに住むつもりだというのに賭ける」

マイク・ディルマンが、タウンゼンドのUAVオペレーターに聞こえないように、イヤホンを手で覆（おお）った。「おれのちんぼこが凍ってとれちまう前に、メッツァダに連絡して、つぎの飛行機に乗ってもらおうぜ」

アロンとローリーンが笑った。

ルースは、いらだたしげにマイクの顔を見た。自分のイヤホンのマイクを覆った。「ジェントリーがなにをやろうとしているのかも、わからないのよ。彼が脅威だとわかるまでは、メッァダはこの作戦でだれもターゲットにしない。そういうことを軽々しくいうのはやめて」

マイクがいった。「冗談だよ、ボス」

アロンは、ちょっとルースの顔を見た。「どうかしたのか、ルース？　タウンゼンドの連中にやつを殺らせて、それでおしまいにすればいいじゃないか」

「どうもようすがおかしいという気がする。はっきりとはわからないんだけど」

ルーカスが、四人に伝えた。「スカイシャークを呼び戻して、終わりにする。朝にまた監視を再開する。あんたたちはなんならそこにいてもいいけど、おれたちはへとへとだ」

イスラエル人四人は、ロードマンス通りを見おろす階段の上にしばらくいて、あたりの街路を観察し、ビルを見張るのに都合がいい場所を探した。すぐそばを通行人が昇りおりするあいだ、徹夜でビルを見張る配置について、四人は小声で相談した。

モサド・チームの四人がそこに立っていると、七人家族がそばを通り過ぎた。二階の部屋に通じる階段に向けて、雪のなかをとぼとぼと歩いていった。いちばん幼い子供は、二歳にもなっていないような女の子で、厚いブーツで目の高さまで雪を飛ばし、列の横をぴょんぴょん跳ねるように歩いていた。

ローリーンがいった。「子供がいる。面倒なことになりそうね」

ルースはうなずいた。「ああいう移民の間借り人には、たいがい子供が何人もいる。ビル内のようすを知っておかないといけない。アロン、あした、空き部屋があるかどうか調べて。

ビルの見取り図を用意して、壁からジェントリーの部屋へ光ファイバーを通しましょう」

話をしながら、アロンが自分たちのいる高い遊歩道を見まわした。「今夜はここがあのビルを見張るのには、いちばん都合がいい。近くにアパートメントを借りる必要もない。見通し線は最高じゃないけど、悪くない」

「そうね」ルースは同意した。「悪くない」肩ごしにうしろを見てから、通りとジェントリーのいるビルを見おろした。

それからこういった。「ジェントリーはミスを犯した。戦術面での。そうよね？」

自問したのだが、アロンが答えた。

「あの貸し間に隠れていること？　道路の上に入口を見張れる監視場所があるのに？」

「そうよ」ルースが答えた。ほかのことに気をとられているような声だった。

ローリーンがいった。「考えることが山ほどあるからじゃないの。このあたりには、借りられる部屋がいくらでもあるし」

「でもどうしてこの部屋なの？　どうしてここなの？」

マイクが答えた。「便利だからだ。市電の駅が近い。船に乗って逃げ出すのに、川が近い。ファイルに、追いつめられたときに都会の水路を使ったことがあると書いてある。それに、食べるところも近所にいろいろある」

ルースは首をふった。「この男は、そういう考えかたはしない」

「それじゃなにを考えるの？」ローリーンがきいた。「へまをしただけじゃないの？　気を抜いて」

ルースは、もう一度首をふった。最初はゆっくりとだったが、やがてきっぱりと首を横にふった。「ちがう。ちがう。そういうことじゃない」

「それじゃ、どういうことなの？」

ルースは、通りを見おろす階段に背を向けて、二階の貸し間の窓が見える狭い見通し線から遠ざかった。なんの不安も見せていない、ゆっくりした動きだったが、三人に下した指示は厳しい口調だった。強く命じていた。「向きを変えて、いっしょに歩いてきて。いいから急いで！」

「どうしたの？」ローリーンがきいたが、指示に従った。

「どこを見ればいいか、ジェントリーにはわかっている」

「えっ？」

「この監視場所があるという欠点に、ジェントリーは気づいた。見逃すはずがない。それでもあそこを選んだ。あそこにいれば、隠れ家を監視できるような場所を、一カ所に絞り込める。ビルを出るたびに、まずここを見あげる。この監視場所だけに目を光らせていればいい。怪しいと思う人間、場ちがいな人間、たとえば、わたしたちみたいに雪のなかで立って入口を見張っている四人の間抜けが目に留まったとたんに、居所がばれたと気づき、姿を消すでしょうね」

四人はいっしょに監視場所から離れて、逆方向へ進んでいった。ぶらぶらと通りを歩いて、ロードマンス通りの小高くなった場所へ戻った。

「すごく頭がいいな」アロンがいった。「あなたのいうとおりなら、だけど。すこし買いかぶりすぎて――」

「買いかぶっていない。ジェントリーはそれほど優秀なのよ」

「それで、おれたちに気づいたかな?」

ルースは、歩きながら肩をすくめた、両手をコートのポケットに入れ、吹きつける雪に向けて頭を下げていた。口惜しかったが、部下にそれをくどくどと説明するつもりはなかった。

「いいえ、気づかれていないと思う。角に窓があれば、あの監視場所が部屋から見えるでしょうけど、その可能性は低い。わたしたちは銃弾を避けられたと思う」安全な場所まで行くと、三人のほうをふりむいた。「この相手には、いつも以上に抜け目なくやらないといけない。動きをもっとゆっくりにして、考えながらやるのよ。短時間は、やむをえなければ見失ってもいい。でも、ぜったいに見つかってはいけない。ジェントリーがストックホルムから姿を消し、つぎに現われるのがカルブ首相暗殺の場というのでは困るのよ」

「では、どうすればいい?」

「ここでひとりが徹夜する。通りの先にバス停がある。ビルを見張るには見通し線がかなりひどいけど、正面入口だけは見張れる。あしたになったら、通りに貸し間か貸しオフィスがないか探して、見通し線上で二十四時間監視する」

ルースは溜息をついた。まだ白い息が口から吐き出された。自分とチームの能力に自信を持っていたが、相手はこの戦いを長年、精鋭レベルでやってきた人間なのだと気づいた。モサド本部に一本電話をかければ、電子機器、バン、カメラなどを完備し、どこへでも好きなところへ行ける偽造身分証明書を用意した監視専門家が、二十四時間以内に、十数人やってくるだろう。

だが、ルースは今回の捜査を小規模なものにしておきたかった。異変が起きる気配を察したとたんに、ターゲットは逃げ出すだろうし、タウンゼンドのUAVは、発見される可能性が低い、有効なテクノロジーのように思える。

いまはそれですませよう。

それだけではなく、ルースはイスラエルから応援を呼ぶのが気乗りしなかった。自分が狩っている男が、イスラエルの指導者にとって脅威であるかどうかが、まだわかっていない。わかっているのは、アメリカ人がその男の死を確実に願っていることだけだった。

31

ラス・ウィトロックは、シャンパンを飲み干し、チーズを食べ終えて、五階のバルコニーに立ち、ヴィクトル・ユゴー大通りの往来を見渡した。金曜日の夜のニースは、車が潤滑には流れない。ひんやりする風が、シャツのボタンのあいだから吹き込み、アルコールにも助けられて、久しく感じたことのないくつろぎにひたっていた。

ジェントリーの電話が満足のいくものだったので、よけい安らぎを感じていた。二週間もたてば、これがいっさい片づく。おれがやったことを知っている人間は、ごく小数だし、知っている人間はそれを派手に祝うようなことはしないだろう。そう、おれは有名にはならない。伝説的人物にはならない。

ほんの一秒のあいだそれを嘆いて、バルコニーに佇(たたず)んでいたが、やがてにやりと笑った。有名な刺客(アサシン)は、一生、逃亡生活をつづけなければならない。コート・ジェントリーのように。

それに、伝説的人物はすべて死ぬ。これがすべて片づいたときの、コート・ジェントリーもおなじだ。

スマートフォンが鳴り、ウィトロックはポケットから出して、暗いなかで見た。タウンゼンド・ハウスからだった。

ウィトロックは、イヤホンを耳にはめた。「よし、いえ」

「グレイヴサイドだ」

バビットにちがいなかったが、ウィトロックは手順を守った。「認証番号をいえ」

「認証番号、八、二、四、四、九、七、二、九、三」

「こちらデッドアイ、四、八、一、〇、六、〇、五、二、〇」

「確認した。どんな気分だ、ラッセル？」

「回復しつつある」

「よかった。どこにいる」

ニースにいるのを打ち明けるわけにはいかない。そこで、「フランクフルト」と答えた。

「仕事に戻る準備はできているか？」

できていない。ウィトロックはバルコニーで向きを変えて、部屋に戻った。「もちろん」

「ストックホルムへ行け」

ウィトロックは、急に立ちどまった。どういうことだ？「わかった。なぜだ？」

「ターゲットを識別した。いま監視している」

なんてこった！ 口ごもった。「朗報だな」その逆だったが、ウィトロックはそういった。

「やつはどこだ？」

「ロードマンス通りの部屋を借りている。街の中心部だ。ストックホルムへ行ったら、誘導する。もっとも、きみが行ったときには、もう用はなくなっているだろうが」

「どういう意味だ？」

「ジャンパーが最初のチャンスに行動する」

「ジャンパーが監視してるのか？」くそ、くそ、くそ！

「そうじゃないが、数時間後に到着する。やつはうちのUAVチームが識別した。モサドの少人数のチームも、徹夜で見張っている」

ウィトロックの首の血管が、激しく脈打った。「待て。なんだって？　モサド？　どうしてモサドがグレイマンを追っているんだ？」

「われわれは、モサド情報収集部のターゲティング・チームと共同作業している」

ウィトロックは、口をぱくぱく動かしていた。どうにか怒りをこらえて、きいた。「いままでそれを伝えてこなかったのはどういうわけだ？」

「タリンのあと、きみには作戦休止していてもらう必要があった。きみが参加しても問題はないか、あるいはそのほうが賢明だとわたしが判断するまで、何日か情報伝達を控えるようにと、通信室に命じた」

ウィトロックは、平静な声になるように気をつけた。「それで、モサドはどうしてジェントリーを重要視しているんだ？」

「モサドは、エフード・カルブ首相暗殺をジェントリーが引き受けたという情報を得た」

ウィトロックは、ベッドに倒れ込んで、顔を両手で覆った。うかつな動きに、左腰の破れて腫れている肉が抗議の悲鳴をあげた。だが、ウィトロックは痛みを意に介さず、平静な声を保とうとした。「リー……ジェントリーがイスラエル首相を狙うとは信じられない」

「われわれもだ。こっちのアナリストは、カルブがグレイマンのターゲットになることは考えにくいと判断している」

「それで……どうしてモサドがわれわれの作戦に関与しているんだ？」

「CIA本部(ラングレー)のカーマイケルに押しつけられた。ここだけの話だが、タリンの件でわれわれを罰しているんだ。それから、モサドを使い、われわれの作戦を監視させている。作戦に気に入らない面があれば、連中がじかにカーマイケルに苦情がいえると知って、われわれをそいつらと協働させているんだ」

「船頭が多すぎるよ、リー」

「わかっている。わかっているよ。しかし、わたしは手を縛られている。モサドの四人編成チームは、もう現地入りして、うちの現場UAVチームと統合した。向こうへ行ったら、そっちと連絡をとってくれ。フランクフルトに飛行機を迎えにいかせてもいいが、自分で手配したいのなら、それでもいい」

ウィトロックは、聞いていなかった。大きなベッドに仰向(あおむ)けになり、天井を睨(にら)んでいた。

イスラエルは、ベイルートに長期潜入工作員(もぐら)を潜り込ませている。そいつはなにを知っているのか？

長期的には、カルブがグレイマンに暗殺されたことにしたい。だが、それは事後の話だ。カルブ暗殺計画が発覚したいま、グレイマンへの追及が激しくなった。ジェントリーに潜伏していてもらいたいときに、モサドまでもが捜索を開始した。

「ラッセル？　聞いているか？」

ウィトロックは、上半身を起こした。打つ手はない。自分の役割を演じつづけ、ジェントリーがまたもやこの稼業に付き物のピンチを切り抜け、首にかけられた輪縄から脱け出すことを願うしかない。「ああ。こっちのやりかたでストックホルムへ行く。着いたら連絡する」

バビットがいった。「急げ。ジャンパーの動きが遅れるか、なんらかの形でしくじったら、モサドが自分たちの手の者を送り込んで、ジェントリーを始末しようとするおそれがある」

「メツァダだな」ウィトロックはいい、表情がいっそう暗くなった。立ちあがり、スイートを歩きまわりはじめた。

「そうとも。厄介きわまりない！」「厄介だな」バビットにではなく、自分に向けた言葉だった。

行動しなければならない。時間が逼迫（ひっぱく）してきた。十二時間以内にターゲットを抹殺しなければならない」

「了解した」ウィトロックは電話を切ったが、しばし歩きまわっていた。

ジェントリーへの怒りが、いちばん激しかった。世界最高のはずの工作員が、顔認識で発見され、無人機に識別され、モサドのターゲティング・オフィサーに尾行されるとは、なんということだ。しかも、数時間後には、武装した殺し屋集団の哨兵線に包囲される。

こっちは二五〇〇キロメートル離れたところにいて、事態を制御できない。数時間以内にジェントリーが電話してくれば警告できるが、さっき話をしたばかりだから、二十四時間か、それ以上たたないと、連絡してこないだろう。

ジェントリーはまた独りきりになった。過大に評価されていたにちがいない間抜けが、独力で脱出するのを願うしかない。

カルブが死ぬ前にジェントリーが死んだら、基本計画が瓦解する。

ホテルのスイートで、ウィトロックはわめいた。「ジェントリー！」壁に拳をたたきつけ、手の甲に打ち身と擦り傷をこしらえた。

ジェントリーは、ぱっと目をあけて、闇のなかで左右に目を配った。

廊下の先の部屋で赤ん坊が泣いたが、泣き声で目が醒めたのではないと思った。

床のマットレスから身を起こし、目をこすった。携帯電話を取り、時間をたしかめた。

午前四時。

携帯電話を床に戻し、仰向けになって、天井を見つめた。

貸し間のビルには、音とにおいが充満していた。二階だけでも五、六十人が住んでいるにちがいない。だが、ジェントリーはこの五年間、夜はほとんどこういう場所で過ごしてきたので、がさごそという音や、赤ん坊の泣き声や、自分にはわからない言語での口論など、とっくに気にならなくなっていた。

ほかの間借り人はすべて移民だった。ポーランド人、トルコ人、バルカン諸国の人間。ひと間の部屋にはたいがい家族がいて、子供がひしめき、夜の早いうちには廊下を駆けずりまわっていた。

だが、いまは赤ん坊の泣き声がするだけで、静かだった。

それに、眠れないのは赤ん坊のせいではなかった。まったくちがう。

ウィトロックへの電話が原因だった。ウィトロックは、不安をもよおすようなことや、PERSECを脅かすようなことは、なにもいわなかった。むしろその逆だった。殺そうと思えば、とっくに殺せたといった。

そのとおりだと認めつつ、ジェントリーは横になって考えた。だが、ウィトロックがいくら力説しても、そんなものは揺るぎない事実とはいえない。人間は変わる。動機、欲求、受けた命令が変わる。以前は殺意などなかったのに、ある日突然、こちらに殺意を抱くようになった人間の名前を、いくらでもあげることができる。

そのため、ジェントリーの人生は先が読めない。

とはいえ、ウィトロックがいまも潜在的脅威であることに変わりはないが、最大の懸念材料ではなかった。テクノロジーそのものが心配だった。モバイルクリプト。自分が完全に理解することができないテクノロジーは、信用できない。そのうえ、諜報の現場のテクノロジーがさまざまな面で進歩していることは、認めざるをえない。要するに、自分に有利な面はほとんどない。

利点はほとんど、追う側のものになっている。

自分が時代に合わせて変化していないことが、ジェントリーは心配だった。いまだに肩ごしにうしろをたしかめ、だれかが侵入したかどうかを知るために、ドア枠に髪の毛を貼り付けておく。いっぽう、ウィトロックの話では、タウンゼンドはろくでもない空飛ぶロボットを使ってこちらを発見したという。

このゲームからおりる潮時だ。変わりつつあるルールが、どんどん圧力を強め、いつの日か近いうちにジグザグによける方向をまちがえて、聞いたこともないテクノロジーのために殺されるだろう。

要するに、いまいるここよりも安全な場所がどこなのか、自分にはわからない。いまのところ、ストックホルムが気に入っている。顔を隠して動きまわれるから、いろいろな面で勝算が大きい。最先端のテクノロジーだと予想される未知の部隊の追跡から逃れるためには、ここを出たくなかった。

問題はストックホルムではない。

電話をかけたことで、攻撃される危険性が増したことが問題だった。ウィトロックには二度と電話しないし、朝のうちにべつの場所に移ろうと、そのとき決心した。

考えが固まると、すこし気が休まったが、やはり眠れなかった。

32

ルースは、午前四時に起きた。四時間しか眠っていない。スマートフォンを取って時間をたしかめる前から、体がそれをはっきりと伝えた。

いまごろは、ロードマンス通りのターゲットの位置から七〇メートル離れたベンチで、マイクがすこしでも温まろうとして体を丸めているはずだ。ビルの窓の見通し線にはいらない暗がりで、マイクは屋根付きのバス停にこもっている。起きてマイクと交替し、三時間見張らなければならない。そのあとは、ローリーンが交替しにくる。

チームに無理をさせていることを、ルースは承知していたが、去年の春にローマで起きたことを二度とくりかえさないようにするには、そうするしかなかった。

ローマでは、ルースの情報は完璧だった。ルースとチームは、ヒズボラの殺し屋をモンテサクロ地区の家まで追跡し、まもなく開催される気象会議でエフード・カルブ首相を襲撃する陰謀があることを、監視によって突き止めた。

ルースは、その情報を特殊作戦課（メツァダ）に伝え、モンテサクロの家の内部をもっとよく知るために、さらに二、三日監視させてほしいと頼んだ。

だが、却下された。モサド指導部は、即刻の急襲を命じた。事後の内部報告書は、緊急行動が命じられた裏には、議会で翌週に特殊作戦予算の増額要求を行なうのに弾みをつけるという事情があったが、皮肉な結果に終わったと、遠まわしに述べている。

理由はともあれ、メツァダは、現場のターゲティング・オフィサーの要請を無視して、家を襲撃した。

なんの罪もないひとびとが、五人殺された。父親、母親、子供三人。ヒズボラの殺し屋は、場合によっては取り引き材料に使おうとして、五人を誘拐し、監禁していた。メツァダの戦闘員たちが玄関ドアを破って突入すると、殺し屋は家族を階段から突き落とした。戦闘員たちは、転げ落ちてきた人影を銃のライトで照らして脅威と判断し、五人とも撃ち殺した。そのあとでヒズボラのテロリストと交戦し、殺した。

この大惨事のあと、ルースは腑抜けのようになった。だが、すぐに落ち度はなかったと判断され、仕事に復帰したいと要求した。ヤニスがそれを許可せず、しばらくカウンセリングを受けさせた。だが、心に傷を負っているかどうかはべつとして、ルースは仕事にきわめて熟達していたし、カルブ首相に対する脅威は数限りなくあったので、数日後には任務に支障なしと判断され、その後、仕事に倍ほども励んでいる。

ルースは目をこすり、スマートフォンのアプリで気温を見た。見まちがいではないかと思って、また目をこすった。

うめき声を出した。「マイナス一六度？　嘘でしょう？」

暖かいベッドから転がって出たとき、隠れ家のリビングから物音が聞こえた。何人もの男の声。最初は、カールとルーカスが話をしているのかと思った。まだ早いので、ちょっと驚いた。だが、すぐにあらたな人間が話にくわわっていると気づいた。クイーンサイズのベッドには、ルースといっしょにローリーンが寝ていたが、身動きもしていなかった。

「あれはだれだ？」部屋の反対側のベッドで、アロンがいった。

ルースは答えなかった。眼鏡をかけて寝室を出ると、暗い廊下を、リビングの明るい光のほうへ歩いていった。

近づくにつれて声が大きくなり、装備を動かしているドスン、ガタンという物音も聞こえた。自分の目で見る前に、なにが起きているのかは察しがついた。

まずい。

ルースは、男たちがおおぜいいるリビングにはいっていった。ルーカスとカールを含めて、ぜんぶで十人いる、UAVオペレーターのふたりも、明らかに目が醒めたばかりらしい。ルースが知っている人間はいなかったが、諜報の分野で十三年働いていなくても、タウンゼンドの暗殺チームだということは、すぐにわかった。

「おはよう」ニット帽をかぶり、スキージャケットを着た、がっしりした顎鬚の男が、南部なまりのしわがれた声でいった。しゃべりかたも動きも、この一団の指揮官らしく、まるで自分の家にいるような態度で部屋を横切り、ルースに近づいた。「ジョン・ボーモントだ。あんたがルースだね」

ルースは握手をしたが、友好的なところはなく、義務的にそうしただけだった。「まさか貸し間を急襲するんじゃないでしょうね」

「おれは行けといわれたところへ行くだけだ。いわれたことをやるだけだ。あんたもそうじゃないのか」

ルースは、激しく首をふった。物事を統制する立場にいたいのに、統制できなくなり、気が変になりそうだった。「ビル内のターゲットの位置が、まだわかっていないのよ。どの部屋にいるのか、ビルにはほかに何人いるのかもわからない。家族が住んでいる。子供がいる。行動するのは早すぎる」

「〇六〇〇時に攻撃する。おれの教科書では遅すぎるぐらいだが、このあたりの夜明けは〇九二五時なんでね」

ルースは半狂乱になっていた。「だめ！　もっと時間をちょうだい。せめて半日」

ボーモントが、尻ポケットから嚙み煙草の缶を出して、中身をいっぽうに寄せるためにさっとふった。「おれはあんたの部下じゃない。指図は受けねえよ」

「なんですって？」

「落ち着けよ。おれたちは子供は撃たない。おれだって自分で見て、なかのようすをもっと知りたいが、適応してなんとかするしかない。民間人の服装、軽装備でやる」ゆがんだ笑みを浮かべた。「邪魔をしないやつらには、とびきりやさしくするよ」嚙み煙草ひと塊を口に入れて、にやりと笑った。

部下ふたりが、そのうしろでくすくす笑った。あとの男たちのほうに目を向け、はじめて武器を見た。マイクロ・ウージ。イスラエル製の小型サブ・マシンガン。予備弾倉を取り付けたホルスターに収まっている拳銃は、見分けられなかった。もちろん、ルースも武器取り扱い訓練は受けていたが、現場では銃器は持たないし、持ちたいとも思わなかった。

「おれはこれから朝めしをこしらえる」ボーモントがいった。「オムレツにしようと思ってる。オムレツを作ることについて、諺（ことわざ）があるよな」

「いったいなんの話？」ルースには、わけがわからなかった。

ボーモントの部下のひとりが、ウージを持ちあげて答えた。

「卵をいくつか割らないといけない、ですよね、ボス」

「そうだ。さて、お嬢ちゃん、おれたちは一般市民に死傷者が出ないよう、精いっぱい努力する。本気だ。だが、〇六〇〇時に、そのビルにいるコート・ジェントリーをまちがいなく制圧（ニュートライズ）する」

「嫌なやつ」

ボーモントは、意にも介さなかった。外国の諜報機関の人間を相手に外交手段をためしたが、だめだった。それだけのことだ。ボーモントは背を向けて、装備を準備している部下に手を貸した。

ルースは、ローマの二の舞だという気がしてきた。それを食いとめる方法を見つけなければならない。ルーカスとカールのほうを向いた。荒々しい戦闘員がひしめくリビングで、ふたりは小さくなっているように見えた。新手の客がリビングにいるのがうれしくなさそうだったが、文句はいわないだろう。

ルースは急いで寝室に戻り、エンドテーブルからスマートフォンを取った。テルアヴィヴのヤニスに電話しようかと思ったが、そうはせずに、ワシントンDCのバビットの番号にか

けた。そちらは午後八時だ。「バビットさん。もうすこし監視をつづけさせても
できるだけ温和な口調で切り出した。

らえませんか」

「どうしてそんな必要がある。ターゲットの居場所はわかったと、ルーカスがいっている。いまもそこをきみの部下が監視しているそうじゃないか」

「ええ、表でね。いまの段階で屋内の監視をやるのは馬鹿げていますから」

「そんな必要はない。突入してやつを捕らえればいいだけだ」

「殺す、ということですね」

「それはやつしだいだ。しかし、これだけいっておく。やつはわたしの部下をこのあいだ何人も殺した。だから、直接行動チームには、無用の危険を冒さないよう命じてある」

ジェントリーを殺す計画になっているのだと、ルースは確信した。はなから捕らえるつもりはないのだ。しかし、それはとがめなかった。そのかわり、強襲をしばし待ってほしいと、強く訴えた。「会社があく時間になったら、ひとりに部屋を借りさせて、うまくすると正午には生の映像か音声が得られるかもしれません」

「ジャンパー・アクチュアルには会ったんだろう?」

「ボーモントという男? ええ」

「けさそっちへ派遣したわたしの部下だ。映像はいらないし、部屋を借りる必要もない。敷地内を通り、ターゲットを見つけて、もっとも都合のいい手段でやつを制圧する」

ルースはいった。「子供がいるんですよ。移民の家族がいる。折り重なるようにして暮ら

していうでしょうね。みんな違法移民ですよ。銃を持った白人を見たら、逃げ惑うにちがいない。ジェントリーがそのあいだを抜けたら、血の海になる!」

「二度とターゲットを見失うわけにはいかない。それだけのことだ」ババットがつけくわえた。「ボーモントとそのチームは、きわめて優秀だ。メツァダの戦闘員だって、おなじことをやるだろう」

「メツァダは、副次的被害を出さずに必要なことをやれる情報をわたしが提供しないかぎり、突入しません」

「ローマのときみたいにかね、ミズ・エティンガー?」

ルースは、しいて大きな溜息をついた。「ローマでは手ちがいがありました。立派な人間でも、ミスを犯すことはあります。メツァダには信義があります。アメリカの特殊部隊にも信義があります。いっしょに仕事をしたこともあります。でも、あなたのところの人間は?いったいどういう男たちですか?ネイティブアメリカンの頭の皮を剝ぐために大平原に突撃する武装隊みたいな態度ですよ。銃をぶっ放しながら、外国の首都を走りまわるわけにはいかないんですよ!開拓時代の西部じゃあるまいし!」

「考えかたのちがいだな。いまの時代のほうが難しい。アメリカの敵は、開拓時代の西部よりもずっと多岐にわたっている。それに、脅威はいたるところにひろがり、それがわが国にあたえる影響もはるかに深刻になっている。昔よりもずっと由々しい事態なんだ。だが、タウンゼンドの基本的な考えかたは、その当時、その時代の保安官代理とほとんどおなじだ」

タウンゼンド・ハウスの壁に飾られたブロンズの楯の文句でも読んでいるようだと、ルースには思えた。「コート・ジェントリーが〝目撃しだい射殺〟指令の対象になった理由すら、あなたは知らないんじゃないですか。知っていても知らなくても、そんなことはあなたにはどうでもいいんだと、わたしにはわかっています」

「もう切るよ、ミズ・エティンガー。やりかたが気に入らないようなら、きみとチームは、この作戦から離れてくれてかまわない。今回、きみたちが手伝ってくれたことについて、モサドに感謝している」

「カーマイケルに電話しますよ。いま作戦を中止させます」

「ミズ・エティンガー、きみにデニーを電話で呼び出す力があるとは思えないんだが、呼び出せるとしても、手間をかけて不愉快な思いをするだけだ。そんな目に遭わないように、あらかじめ注意しておくが、この五年間、カーマイケルはほとんど独りでジェントリー捕獲作戦の旗ふりをやってきた。ジェントリーがなにをやったにせよ――チームの仲間を殺す前になにか重大なことをやっていたんだ――それでデニー・カーマイケルには、個人的な遺恨があるにちがいない。いまきみが電話して、ジェントリーを制圧する前にチーム・ジャンパーを九十分間作戦休止させる必要があるといったとしても、笑いとばされるのがおちだろうな。あるいは、わたしはこっちのほうを心配しているんだが――作戦の邪魔をされないように、きみとあとの三人を縛りあげろと、デニーはわたしに命じるかもしれない」

ルース・エティンガーは、激怒した。

バビットが、大きな長い溜息をついた。タウンゼンドのまがいもののカウボーイのイメージとおなじで、ルースには見え透いた芝居のように思えた。バビットがやがてこういった。

「これから痛ましいことが起きるんだ、ルース。それをもっとひどくすることはない」

33

この三十分のあいだに、ルース・エティンガーは思い知った。いくら重ね着しても――自分の寒冷地用装備をすべて着込み、暖房のきいているシュコダに乗って隠れ家に戻るモーリーンからジャケットを一枚借りても――ブーツにはラバーソールと薄いインナーソールしかない。厚い靴下をはいていても、凍った地面から冷たさが足の裏からずっと上に伝わってきた。暗闇に三十分いただけで、膝までの骨が硬く凍ってしまったような気がした。足踏みをして、ときどきバス停の冷たいベンチに腰かけ、足を地面から離したが、マイナス一六度の戸外では、どうやっても温まることなどできなかった。

もちろん、事態のほうは――あくまで比喩(ひゆ)だが――まもなく熱くなる。一時間とたたないうちに、荒々しいアメリカ人の暗殺チームが、道路を車で突っ走ってきて、ルースがいるところから七〇メートル離れた貸し間ビルのドアから突入して、階段を昇り、二階と三階に住んでいる数十人に銃を突きつけるはずだ。アメリカ人は目当てのターゲットを見つける。その男もおなじように荒々しい人間なので、その先は恐ろしい展開になるはずだ。

もちろん、ルースはヤニスに電話して、苦情をいった。大使館のシュコダで暗い町を走りながら、テルアヴィヴでぐっすり眠っていたヤニスを起こし、怒りをこめてきっぱりといった。わたしは、アメリカの民間の賞金稼ぎ組織が子供がおおぜいいるビルに、行き当たりばったりの急襲をかけるのを手伝うために、この仕事に就いたのではないし、彼らが殺そうとしている男は、これまで何度となく英雄的行為をしてきた。それに、アメリカの情報機関の追及には正当な理由がないのではないかと思える、とルースはまくしたてた。

ローマの話はしなかった。するまでもなかった。ヤニスには、ルースの考えていることがわかっていた。

ヤニスは、ルースが怒っているときのいつもの応対をした。丁寧に話を聞き、もっともな理由がある反論をやさしく口にして、それから、作戦を中止して帰りたいかとたずねた。

いいえ、とルースは答えた。いつでもノーと答える。それに、いつでも目的を達成する方法を見つける。だからこそ、ヤニス・アルヴェイは、このとんでもない癇癪持ちの、とてつもなく優秀なターゲティング・オフィサーを甘やかしている。

だが、今回はそうはいかない。今回は、この作戦に必要な支援はすべてアメリカ側に提供するようモサド指導部に命じられていると、ヤニスはルースに決然と告げた。

それを聞いて、ルースは憤然としたが、ボスに八つ当たりしなかった。ヤニスがそういう制約を課されているのなら、文句をいうだけ無駄だ。しかし、そのこと自体が不思議だった。モサド指導部は、これまで一度もルースの作戦に口出しをしたことがなかった。ローマのときはたしかにごり押しで作戦を実行させたが、それはルースとそのチームが脅威についてじゅうぶんに調査したあとだった。

ジェントリーの件で、わたしのことを深読みしているのは、どういうわけなのだろう?

とルースは思った。

屋根のあるバス停に座っているあいだ、通りの先のビルから一瞬目を離したが、すぐにまた視線を戻した。そのとき、ドアがあいて、独りの男が出てきた。ドアの近くの歩道に街灯があり、男がその下を通るときに、フード付きの黒いコート、ブルージーンズ、手に提げた黒いバックパックが見えた。

ジェントリーだった。通りの左右に目を配ると、バックパックを肩にかつぎ、スヴェア通りを川の南に向けて進んでいった。

ルースは、バス停の闇に隠れていたが、立ちあがり、もっと奥にひっこんで、ジェントリーの見通し線から出た。

ジェントリーがビルを出た。いまなら街路でジャンパーが攻撃できる。電話すれば、そうなるはずだと、ルースにはわかっていた。ボーモントとその部下たちが、バンで駆けつけ、サブ・マシンガンの銃弾でジェントリーを蜂の巣にして雪の上で斃し、そのまま走り去るだろう。

ルースはスマートフォンに手をのばし、隠れ家のアロンを呼び出そうとした。ターゲットが移動していることを、アロンがジャンパー・チームに伝えればいい。だが、不意に手をとめた。

これまで経験したことがないような、重大なジレンマにぶつかっていた。この作戦は、なにもかもが胡散臭い。ルースは、グレイマンと、グレイマンが自主的にやった作戦のことを考えた。前方でガス灯の光のなかから姿を消そうとしている男は、ルースが知っているだれよりも、アメリカの敵を斃すのに一個人として貢献している。生国アメリカの敵は、祖国イスラエルの敵でもある。

それがいま、自分はグレイマンを殺す常軌を逸した作戦の渦中に置かれていた。その作戦を行なうのは、信用できない連中だ。彼らにとっては、副次的被害などどうでもよく、ターゲットを斃すことと、自分たちの失敗を取り繕うことのみに関心がある。さきほど、それをじかに確認したばかりだ。

タリンの大失態のことも、あらゆる記事を読んで知っている。警官ふたり、民間人ひとりが殺された。モサドのデータでは、過去五年間のグレイマンの既知の作戦で、非戦闘員がグレイマンによって負傷させられたことは一度もない。

どうして今回だけ、死者が出たのか？

クソ野郎のボーモントに似たようなタウンゼンドの男たちが、警官と傍観者を殺した可能性が高いと、ルースは思った。非戦闘員を殺すのは、グレイマンの手口ではない。いっぽうタウンゼンドには、非戦闘員の死傷を避けるという手法はないようだ。

ルースは、スマートフォンから手を離した。これに関わりたくない。ローマで急襲にもっと強く反対しなかった自分を、どうしても許すことができなかった。モサド上層部によって責任はないとされても、自分は真実を知っている。

ローマの出来事は、自分の落ち度だった。

今回は、やらなければならないことをやる。

だれにも電話しなかった。ＵＡＶチームにも、ボーモントにも、アロンにも。

タウンゼンドをはずす方法を考え出し、メッツァダを呼ぼう。メッツァダならジェントリーを殺すことができるだろうし、もっと調査をつづけさせてくれるはずだ。自分の作戦が大虐殺の先触れになるようなことは避けられる。

ルースは、グレイマンが数百メートル前方に見えなくなるまで、バス停に三分間とどまっていた。それから、急いで貸し間ビルの前に行った。雪がまた積もっていたし、午前五時十五分、道路も歩道もほとんど人影がなかったので、足跡を追うのは簡単だった。十分間、南にたどった。ジェントリーは一度、通りの反対側に渡っていたが、スヴェア通りをずっと進んでいた。さらに、遠くを走り去るのをルースがさきほど見かけたトラックのタイヤの跡の内側に沿って歩き、足跡をごまかそうとしたことがわかった。だが、トラックが曲がったところから、ルースはまた足跡を見つけた。新しい足跡は、そのまま先へと進んでいた。

足どりが変わった場所も、見分けることはできた。ジェントリーがそこで足をゆるめて、肩ごしにふりかえったのだとわかるところでは、ルースもかならず立ちどまった。尾行が追いつくのをジェントリーが待ち伏せているといけないので、距離をあけるために、ふるえながらじっと待った。

足跡は、何度か曲がり、ＵＡＶチームが昨夜はじめてジェントリーを発見した商店街、ドロットニング通りに出た。午前六時から働かなければならない不運なひとびとが、そこをぼつぼつ歩いていた。歩行者が増えると、ジェントリーの足跡をたどるのが難しくなったが、ドロットニング通りが終わるすぐ手前で、ルースはまた足跡を見つけた。そこはノルルストレム川の河岸だった。足跡は、旧市街（ガムラスタン）の小島へ渡る小さな橋へと進んでいた。

ルースは、橋には行かなかった。前の日にそのあたりを歩いていて、島に狭い道路や通路が密集しているのを知っていた。姿を見られずに尾行するのは無理だ。ジェントリーがどの角で待ち伏せているか、見当もつかない。だから、ひきかえすことにした。

ジェントリーを見失うと、これでよかったのだろうかと思い悩んだ。

自信喪失の波が押し寄せ、ジェントリーが逃げようとしているからジャンパーを大至急よこしてほしいと、アロンに電話しようかと二度思った。

だが、そうしなかった。

ジェントリーが街を出るつもりなら、鉄道駅に行くか、タクシーで空港に行くか、あるいは桟橋を目指すだろう。そのいずれでもない。まだストックホルムにいるつもりなのだ。

もう一度見つける。見つけなければならない。

ルースは踵を返し、ターゲットがとっくにいなくなっているのは承知のうえで、貸し間ビルを監視する位置に戻った。

ジャンパー・チームは、〇六〇〇時に貸し間ビルを急襲した。ルースはその前に隠れ家に戻り、チームのあとの三人とともに荷造りをしていた。イスラエル人四人は、荷造りの手を休めて、UAVチームのうしろに立った。無人機は、ロードマンス通りとスヴェア通りの南西の角にあるビルの上空で、夜明け前の空を飛んでいるところだった。

ジャンパー・チームにジェントリーが見つからないことは、むろん知っていたが、急襲で非戦闘員が殺されたり怪我をしたりするのではないかと、まだルースは心配していた。アメリカ人のチームがターゲット位置に向かう途中で、ルースは二度マイクを通じてボーモントとそのチームに念を押した。警察や役人を怖がっている中欧人たちと出会う可能性が高く、そういうひとびとは、ターゲットと無関係で、知り合いでなくても、逃げたり抵抗したりするかもしれないと注意した。

最初にそれを指摘したとき、ボーモントは、「これはおれの最初のロデオじゃない」と答えた。ブルックリン生まれのルースはそれを、非戦闘員が射線にはいる可能性は意識しているという意味だと解釈した。

グレイマンを確実に照準に捉えるまで、引き金に指をかけないようにと、二度目にルースが注意したとき、ボーモントはそっけなく応答した。「ルーカス、その女を通信網からはずせ!」

ルーカスが、マイクをルース・チームから遠ざけた。

そのとき、ジャンパー・チームが急襲を開始した。

アメリカの民間軍事会社の戦闘員たちが、ヘッドセットで交信し、テーブルのスピーカーからその声が流れていた。男たちの叫び声につづいて、女や子供の悲鳴、ドアか家具が壊される音が、聞こえてきた。

ジャンパー・チームのやり口は荒っぽかったが、さいわいに迅速だったのは、ルースも認めないわけにはいかなかった。五分とたたないうちに、ボーモントが腹立たしげにマイクに向かってどなった。

「接敵なし(ネガティヴ・コンタクト)! やつの部屋はもぬけの殻だ。どうやら引き払ったようだ」

ルースは、ルーカスからマイクを奪い返した。「管理人に、何時に出ていったかきいた？」

「管理人は知らない。前をそっと通ったか、最初からいなかったんだろうよ」

ルーカスがいった。「たしかにいた」

「屋根から脱け出したのかもしれない」ルースはいった。「わたしたちは遠くから見張っていただけだから。完璧な見通し線じゃなかった」弁解しすぎかもしれないと思ったが、周囲の人間や現場のアメリカ人チーム指揮官に怪しまれている気配は、まったくなかった。

「やつが街を出たと想定するんだろう？」カールがきいた。「だって、居所を突き止められたのに気づいたのならべつだけど、そうでないのに市内で移動したりするかな？」

ジャンパーが答えた。「ずらかった可能性が高いが、タウンゼンド・ハウスが顔認識でまた見つけるまで、しばらくここで探す。向こうで三〇〇キロメートル四方をすべて監視しているし、そう遠くへは行っていないはずだ」

「了解した」

「漁船」ルースはマイクに向かっていった。

「漁船がどうした？」

「それがジェントリーの手口よ。よく漁船を雇って、貨物船まで運んでもらうことがある。このあいだロシア・マフィアの仕事をしたときも、脱出するのにロシア船籍の貨物船を使った」

ちょっとためらってから、ボーモントが答えた。「ああ。そのとおりだ。桟橋へ行って嗅ぎまわってみよう」

ジャンパー・チームをまちがった方角に行かせることに、ルースはなんの痛痒も感じなかった。水路を一日ずっと探しまわればいいと思った。

ルースとそのチームは、荷造りを終えた。ルースは、カールとルーカスに、また連絡するといった。だが、自分たちだけで偵察するつもりだった。UAVの情報が得られなくなるのは残念だった。ルーカスとカールとスカイシャークの作業なしでは、グレイマンをストックホルムで一日以内に見つけるのは無理だろう。しかし、無人機がふたたびターゲットを捕捉したら、ボーモントと乱暴者どもがまた集められるだろうし、そうなったらまた大惨事の瀬戸際に逆戻りする。ルースはそんなことに関わりたくなかった。

自分たちは昔ながらのやりかたでやろう、と決意した。最後にジェントリーがいたと思われる場所へ行き、そこから手分けして、見つかるまで探す。

先刻、ジェントリーがビルを出るのを目撃したことを、ルースは部下にいわなかった。かばってくれるのはわかっていたが、ヤニス・アルヴェイに真実を知られ、命令に違反したとして呼び戻されるか、あるいはクビになったときに、部下を巻き込みたくなかった。

34

現地時間で土曜日の午前十時、ラス・ウィトロックは、海沿いのエズ駅で、列車をおりた。背中に大きなバックパックを背負っていた。小さな駅をあとにすると、エズの集落を通っている急坂の道路を登りはじめた。歩きつづけるにつれて、地中海の青い海が水平線まで見渡せるようになった。モナコから西のニースやその向こうの沖合いまで、小さなプレジャーボートが数十隻、朝日を浴びてじっと浮かんでいた。

ウィトロックは、ふりかえって海や下の道路を肩ごしに眺めるということを、めったにやらなかった。きょうは尾行されるおそれはない。ここにいることは、だれにも知られていない。これからやることについても、目撃者がいる気遣いはないだろうと思っていた。南フランスでは閑散期だ。観光客に人気のある場所ですら、歩いている人間はほとんどいない。だが、防犯カメラは気がかりだった。だから、商店やホテルやレストランのあるエズの石畳の目抜き通りは、避けていた。そういうところには、なんらかの形でインターネット接続もしくは閉回路の防犯カメラがある。だから、建物の裏手を通って登りつづけ、海から遠ざかって、集落の西にある、低木の茂みと大きな岩が多い低山を目指した。

もちろん腰は痛み、一歩ごとに不愉快な思いを味わった。

トレッスルの戦闘員のどいつに撃たれたにせよ――まぐれ当たりをだれが放ったのかは、知る由もないが――八分の七の確率で、そいつは死んでいる。ざまを見ろと思った。林や茂みを抜けて登りつづけ、目的の場所に近づいた。前の日の午後にも登って、条件に合う場所を見つけ、ひと目を避けてスナイパーの隠れ場所へ潜入し、脱出する方法を決めてあった。

もちろん、まっ昼間のこういう作戦は、いちばん望ましいやりかたではないが、ターゲットを殺る唯一の機会だった。アミール・ザリーニーは、モナコからの帰り道にもおなじ道路を通るが、そのころには暗くなっている。リューポルドの望遠照準器でも、夜に車内のターゲットを識別するのは不可能だろう。

約束の五日という期限内にザリーニーを殺すには、こうするしかない。それも、きょう、これからやらなければならない。

駅をおりてから五十分後に、決めておいた場所を見つけ、じっくり時間をかけて、青々とした低木の茂みに身を隠した。バックパックを横において、地面に寝そべったが、まだライフルは出さなかった。しばらく時間をつぶさなければならないし、変わり者のフランス人ハイカーがたまたま隠れ場所のそばに来て、長い黒い銃を持っているのを見られるようなことがあってはならない。

これがすべて終わる前に、だれかに姿を見られることは、予想がついていた。数百メートル左手には、エズの中世の集落がある。そこを通るときに、たぶん見られるだろう。だが、どうということはない。なにが目に留まるというのか？　三十代の白人男性。引き締まった体格、髪と顎鬚（あごひげ）は茶色。それぐらいのものだろう。

その特徴は、べつの人物に当てはまるように思える。もっと有名な人物に。もちろん、それが狙いだった。

ウィトロックは、これから開始される戦闘行動を思い描き、この作戦のすべての面を計画したときとおなじように、グレイマンのことを思った。なにもかも、ジェントリーならこうやるだろう、というやりかたで実行しなければならない。ここでアミール・ザリーニーを殺したのがグレイマンだと思われるように。

それになにが必要とされるかを、ウィトロックは知っていた。ＣＩＡがジェントリーについて書いたものをひとつ残らず読み、ひとつの動かしがたい結論に達した。

ジェントリーなら、完璧にやる。

要するにこういうことだ。報告書によれば、ジェントリーの仕事はとどこおりなく（スムース）、すっきり（クリーン）している。彼こそ最優秀（ベスト）だ。

「ふん、くそくらえ、ジェントリー」ウィトロックはつぶやいた。

自分にもとどこおりなく、すっきりした仕事ができると、ウィトロックにはわかっていた。二〇〇八年、バグダッドでアルカイダの副司令官を暗殺し、二〇一一年にはその後任の副司令官をペシャワルで暗殺した。いずれも立入禁止区域に見つけられずに潜入し、サプレッサー付きのM40ライフル——グレイマンが好むこんなブレイザーとかいう外国製の武器ではない——を使い、すんなりと脱出した。

そうとも、自分もジェントリーのようにやれる。

しかも、きょうはそれを自分で実証するいい機会だ。もちろん、ザリーニー殺しがラッセル・ウィトロックの仕事だということは、だれにも知られないはずだ。そういう狙いではあるが、いくぶん残念だった。アメリカのインテリジェンス・コミュニティは、この作戦をグレイマンの仕業だとするだろう。いつものグレイマンの殺しの契約と比べると、ターゲットがいくぶん奇妙なので、首をかしげるかもしれないが、やはりグレイマンのやったことだと決めつけるにちがいない。

きょうの仕事は、ウィトロックにとって一石二鳥だった。イラン人にグレイマンだと信じ込ませ、世界の情報機関の仕事がやりやすいようにお膳立てする。グレイマンはイランの仕事をしていると、どこの情報機関もすぐに思い込むだろう。

そう、ザリーニー襲撃もカルブ暗殺も、イランに影響が及ぶことはないと、あのQODS将校に約束した。しらばくれてそう断言した。

だが、それは事実ではなかった。作戦の報酬を受け取ったら、グレイマンがカルブを暗殺した、グレイマンはイランの手先だと、国際社会に知らしめる。それが事実だった。

そのころには、グレイマンは自分で自分を弁護できるような立場ではなくなっている。

ウィトロックは、時計を見た。

時間だ。

バックパックのジッパーをあけて、ブレイザーR93を組み立てていった。九十秒以内ですべて組み立て終えた。最短時間ではなかったが、急いではいない。四発入り箱型弾倉を差し込み、五発目を薬室に送り込んで、ボルトを閉鎖した。

五発は必要ないと考えていた。一発だけだ。だが、準備はつねに怠（おこた）らないほうがいい。ライフルのうしろで射撃姿勢をとり、スコープを覗いた。はるか下のレイモン・ポアンカレ・アヴェニューをひとしきり眺めて、銃撃に都合がいい位置を見つけた。ターゲットまでの距離を確認し、三三五メートルだと知った。スコープの射角（エレヴェーション）ノブ（着弾点の上下を修正する）を設定した。風の強さを推し量り、距離が短いので、無視していい程度だと判断した。

あとは待つだけだったが、そう長くは待つ必要はなかった。リューポルド・スコープに目を当てて車の流れを見はじめてから四分後に、メルセデスGクラスのSUVが、駅のそばを通って姿を現わした。

申し分ない組み合わせの車列だった。

先頭のメルセデスに、三人が乗っていた。フロントシートにふたり、リアシートにひとり。スコープでは、リアシートの男を識別するのは難しかった。それに、フロントウィンドウが太陽を反射して、ウィトロックは、スコープを覗いていた目を一瞬、閉じなければならず、識別する時間を数秒失った。

射撃の時刻が近づいたとき、その位置では先頭車両のザリーニーを確実に識別できないと気づいた。スコープの向きを変えて二台目に向け、フロントウィンドウごしに見ると、フロントシートとリアシートにふたりずつ乗っていた。四人ともターゲットには見えない。全員、ボディガードのようだった。

狙撃可能な時間枠が急激にせばまるなかで、ウィトロックはライフルの床尾をすこし持ちあげ、銃口をかすかに下向けて、スコープの狙いを先頭のメルセデスに戻した。狙撃位置の真下をメルセデスが通ったとき、リアシートの男が見えなくなった。男はシートの向こうの端に座っていた。

運転している男しか見えない。それに、数秒後にはカーブをまわり、その男も射界を出てしまう。

くそ。ヴィトロックは思った。すっきりした仕事は無理だ。

スコープで狙いをつけ、息を吸って、半分吐いたところでとめた。

ブレイザーの引き金を絞った。

三分の一秒後、先頭のメルセデスの運転席側のサイドウィンドウが砕けた。運転手の首が横に曲がり、車が急激に右に曲がった。かなりの速度で走っていたメルセデスが、道路脇の土留め壁をこすり、運転している人間がいないまま、左に急に跳ね返って、対向車線に突っ込んだ。

メルセデスは、対向車線を走ってきたフォルクスワーゲンのカブリオレと正面衝突した。まるでなにかが爆発したように、金属とガラスが四散し、蒸気や液体が空中に噴きあがった。アミール・ザリーニーとボディガードふたりにくわえ、フォルクスワーゲンに乗っていた学生三人は、即死だった。

二台目のメルセデスは、前方の大事故を避けようとして、道路でほとんど横向きになりかけ、事故現場のわずか七、八メートル手前でとまった。乗っていた四人すべてが、車から出てきた。ひとりが先頭のメルセデスの残骸（ざんがい）のほうへ走っていったが、あとの三人は、スナイパー・ライフルの銃声に反応して、P90サブ・マシンガンを抜き、山の斜面に向けた。

ウィトロックは、槓桿（ボルトハンドル）を引いて、次弾を薬室に送り込み、生きているものはいないかと、メルセデスの残骸に視線を走らせた。残骸を撒（ま）き散らした先に車体が横倒しになっていたが、生存者がいないと確実に思えるような火の球のたぐいは、なにもなかった。確実にターゲットの息の根をとめておかなければならない、とウィトロックは判断した。グレイマンが負傷したターゲットを現場に残して去ることはありえない。ウィトロックは、メルセデスをすばやく撃った。ルーフに等距離の穴を四つあけた。それぞれがリアシートのちがう部分に当たったはずだ。衝突のあとでだれかが生きていたとしても、まちがいなく殺せたはずだ。

それに、山の斜面のおなじ場所から、さらに四発が放たれたら、下の武装した男四人がどういう反応を示すか、ウィトロックにははっきりとわかっていた。民間軍事会社のボディガード四人は、P90で連射しはじめた。ウィトロックの周囲の山に銃声が谺（こだま）するあいだ、ウィトロックは冷静に空（から）弾倉をはずして、新しい弾倉に交換した。銃弾が甲高（かんだか）い悲鳴をあげてまわりの岩から跳ね返り、ウィトロックはその作業をいっそう急いだ。薬室にも一発入れて、五発を発射できるようにすると、レイモンド・ポワンカレ・アヴェニューにいるボディガードのひとりに狙いをつけ、胸を撃ち抜いた。腕をふりまわしながら、男が仰向（あおむ）けに倒れた。スーツのジャケットがめくれあがり、銃がアスファルトの路面を滑っていった。

ふたり目が、ウィトロックの隠れ場所めがけて銃弾をばらまいた。三三五メートルはP90の射程外なので、正確で有効な射撃はかなり難しい。もっとも、一発くらい命中したところで、死ぬおそれはまったくない。それでもウィトロックは射程の長いライフルで撃ち、大きな弾丸をボディガードの額に送り込んだ。ボディガードは、さきほど撃たれた同僚とならんで、海辺の道路に倒れた。

そのころには、残りのボディガードふたりは、不利な立場で応戦しても無駄だと悟り、向きを変えて逃げ出し、道路沿いの低い土留め壁を跳び越そうとしていた。ウィトロックはひとりの動きを追って、もう一発放ち、背中の下のほうに命中させた。

要人警護を専門とするボディガードの四人目は、物蔭に達していた。しばらくは身を潜めているだろうと、ウィトロックは確信していた。

スコープから目を離し、ライフルを分解しようとしたとき、左手から叫び声が聞こえた。山の斜面の向こうに目を向けると、地元住民数人と、制服警官がひとりいるのが見えた。地方警察の警官が、エズの町はずれに立っていた。拳銃のようなものを持ち、距離一〇〇メートルほどから撃ってきた。はずれた。ウィトロックが伏せていた場所から三メートルほど離れたところで、土くれと埃(ほこり)が舞いあがった。ウィトロックはすばやくライフルを警官に向け、スコープを下向きの距離三三五メートルの射撃に調整してあることを計算に入れて、頭のてっぺんを狙った。ウィトロックと警官が、同時に発砲した。警官の弾丸はまたはずれたが、ウィトロックの三〇〇ウィンチェスター・マグナム弾は、警官の眉間に命中した。

そこに立って見物していた馬鹿な連中に向けて、ウィトロックはもう一発放ち、わずかな差で撃ち損じた。そして、すばやく落ち着いてライフルを分解し、バックパックに押し込んで、腰の痛みに足をひきずるようにして、山を駆け登った。

ほとんど車が走っていない、中部絶壁路(モワイヤン・コルニシュ)という九十九折(つづらおり)の山岳道路まで、三分とかからなかった。そこの展望台に、ウィトロックはBMWをとめてあった。それに跳び乗り、ライフルを入れたバックパックを助手席にほうり投げて、地元官憲が大挙して出動する前に、白い土煙をあげて猛スピードで走り去った。

四時間後、ラス・ウィトロックはイタリアのジェノヴァにいて、三ツ星ホテルの部屋で等身大の姿見の前に立っていた。シャワーを浴び、顎鬚(あごひげ)を剃(そ)り落とし、髪を小ぎれいに短く刈っていた。腰の包帯を取り替え、先に送ってあった〈アルマーニ〉のスーツを着た。

鏡に映る自分の姿を惚(ほ)れ惚(ぼ)れと眺め、きょうの大活躍に誇りがこみあげた。たしかに、計画どおりにはいかなかった。副次的被害があった。だが、ウィトロックの考えでは、警官を殺したのはやむをえなかったし、目的を達成するのにぜったいに必要だった。車に乗っていて死んだ一般市民は、まずいときにまずい場所に居合わせたというだけのことだ。

何人もが死んだことで、ウィトロックは自分を責めはしなかったが、客観的に見ることはできた。今回の暗殺は、完璧なグレイマンの暗殺のようには見えない。

だが、自分の目的にはあれでじゅうぶんだったと、自分にいい聞かせた。

鏡を見てネクタイをもう一度直すと、イタリア製の革のローラーバッグを閉めて、部屋を出た。

下におりて、ローラーバッグを転がしながら、道路に出た。タクシー運転手が合図したが、手をふって断わった。スマートフォンを出し、歩道を歩いて、プライバシーが保てるように、ホテルのエントランスから遠ざかった。

モバイルクリプトを使って、ある番号にかけ、相手が出るのを待った。

「はい」週はじめにベイルートにいるときに会った、QODS将校のアリ・フセインだった。声でウィトロックにはわかった。

「おれだ。終わった」

「知っている。テレビのニュースでさんざんやっている。もっと……慎重にやってほしかった」

「あんたたちが関与しているというようなことは、いわれていないだろう」

「そういうことじゃない。わたしの組織は、きょうの出来事でひどく不安になっている。任務に成功したのはさすがだと思っているが、ああいう副次的被害からして、あんたが名乗ったとおりの人間なのかどうかが、かなり心配になってきた」

怒りのために力がこもり、ウィトロックはスマートフォンを強く握り締めた。「事象の戦術的現状が、予期せぬ人命の損失を招いた」

「どういう意味だ？」

ウィトロックは、腹立たしげに答えた。「〝ついてないこともある〟という意味だ」

すこし間を置いて、アリがいった。「この、きょう起きたことは、グレイマンの仕事らしくない」

ウィトロックは、話をつづける前に気を静めようとして、音をたてずに二度長く息を吸い、なにもかも自分の説得力しだいだと心のなかでつぶやいた。「あんたたちの懸念はわかる。よくわかる。作戦のいくつかの面では、おれもがっかりしている。だが、おれは名乗ったとおりの人間だ。こんな窮屈な時間枠で、この作戦を実行できるものが、ほかにいるかどうか、よく考えてくれれば、おれが真実をいっているとわかるはずだ」

「われわれを納得させる方法は、たったひとつだ」

キエフのことをいっているのだと、ウィトロックにはわかっていた。目を閉じた。スマートフォンを道路に投げ捨て、ホテルの壁を殴りつけたくなるのを、必死で我慢した。

QODS将校のアリがいった。「問題の夜にキエフのヴァシリキーウ防空軍基地にいたイラン兵全員から、供述をとってある。その夜の出来事について、あんたが話すことが、われわれの知っていることと一致すれば、エフード・カルブに関する取り引きを結ぼう。あんたが話すのを拒むか、あんたの話が目撃者の供述とちがっていたら、二度と連絡はとらない」

しばし沈黙が流れ、やがてアリがいった。「単純明快だ」

ウィトロックは、激情を抑えられなくなりはじめていた。怒りが沸きあがり、熱い血が心臓と脳を駆けめぐった。歩道に立っていると、捌け口のない怒りのせいで、体が爆発しそうな気がした。

「こちらから連絡する」というのが精いっぱいで、ウィトロックは電話を切った。

もう避けることはできないとわかった。なんとかしてジェントリーを見つけて、キエフのことを聞き出さなければならない。不可能に思えるその目標を達成する方法を考えようとする前に、手にしたスマートフォンの呼び出し音が鳴った。ジェントリーからであることを期待して、画面を見た。

そうではなく、タウンゼンド・ハウスからだった。うわの空で、ウィトロックは答えた。

「よし、いえ」

　バビットの声が聞こえた。「グレイヴサイドだ」認証番号を確認したあとで、バビットがいった。「ストックホルムにいるんだな？」

「ああ」ウィトロックは嘘をついた。

「ジャンパーがけさ襲ったが、涸れ井戸（ドライ・ホール）だった。ジェントリーは前の晩にモサドの監視をすり抜けたようだ」

　ウィトロックは、ゆっくりと安堵（あんど）の息を吐き出した。ようやく明るい報せが聞けた。「やつがどこにいるか、見当は？」

「UAVを飛ばしているし、ジャンパーはふたりずつの四組に分かれた。チョーク・ポイントを見張っている」

「モサドは？」

「まだストックホルムにいるが、いまのところ、われわれとは独立して行動している。テルアヴィヴから応援を呼ぶつもりだろうな」バビットが、言葉を切った。「ジェントリーのことと、やつがなにを企んでいるかについて、きみが第六感を発揮する、いい機会じゃないか」

「わかった。努力する」

　ウィトロックは電話を切り、歩道に立って、つぎの行動を考えあぐねた。このジェノヴァからロンドンへ行き、八日後のエフード・カルブ襲撃の準備をはじめるつもりでいたが、ストックホルムに結集している部隊をすべてジェントリーが回避できるとは、考えられなかった。それに、カルブが死ぬ前にジェントリーが死んだら、自分は命綱をなくすことになる。

ほかに手はないと悟った。急いでストックホルムへ行き、ジェントリーが首にかけられた輪縄から脱け出すのを手伝い、どうにか説得してキエフの話を聞き出さなければならない。

35

ジェントリーは、一日の大半をガムラスタンの狭い屋根裏部屋にこもって過ごすことにした。それまでの数日、泊まったところにくらべれば、贅沢な設備だった。バスルームとシャワーがあり、小さな冷蔵庫まで備わっている。だが、昼が夜に変わり、表の雪が激しくなると、閉じこもっているせいで気が変になりかけた。狭い通りを角の市場まで行って、食べ物を買い、昼間のあいだに見つけた近所の暗いバーでビールを一杯飲もうと思った。

〈セブン‐イレブン〉で、チーズスプレッドと、パッケージ入りのトースト、ミネラルウォーターを買った。金を払うために列にならんでいるときに、コンピュータが三台、奥のテーブルに置いてあって、ちっぽけなインターネット・カフェになっているのに目を留めた。代金を払ってから、ぶらぶらとコンピュータの前に行って、腰をおろし、アメリカ国務省の顔認識システムについての情報を集めた。現在では、それが世界一先進的な認証ソフトウェアだとされている。まだ情報が公開されていないテクノロジーがいくつもあるはずだが、タウンゼンドがそういう能力を備えているかどうかは、見当もつかなかった。

ぱさぱさのトーストにスプレッドを塗り、水を飲みながら、市場の正面に目を向けると、女が独りではいってくるのに気づいた。ジェントリーは、すばやく女を盗み見てから、オンラインのデータに目を戻した。

三十三歳のモサドのターゲティング・オフィサー、ローリーン・タターサルは、〈セブン-イレブン〉のドアを通ってから、ダウンのコートのフードから雪を払い落とし、手袋を脱いだ。両手で顔を温めてから、エスプレッソを飲むために、コーヒーマシンへ向かった。ターゲットがいる可能性のある二十一番目の場所——通りのすぐ先にあたる——を調べる前に、最後にもう一度、カフェインを体に取り込んでおかなければならない。

午後八時を過ぎていた。ぼってりした雪片が、旧市街の色とりどりの建物から吊るされたガス灯のまわりを漂っていた。気温はまたマイナス二〇度になりかけていたし、イスラエル人のローリーンは、表に出る前に、一秒でも長く暖をとっていたかった。

チーム全員にとって、長くつらい一日だった。タウンゼンドの隠れ家から八〇〇メートルと離れていない、街の中心部にあるホテルに移動した。ルースが最後にジェントリーを目撃したガムラスタンまで、一〇〇メートルもない。四人は寒冷地用装備にくるまって、付近を捜索した。ホテル、アパートメント、貸し間、B&B。段ボールの上でボロ布にくるまっているホームレスがいる、橋の下まで調べた。

これまでのところ、なにも見つからず、二時間後に切りあげて、翌日また再開することになっていた。

ローリーンは、角砂糖をひとつ入れて、エスプレッソのカップを口もとにあげた。その動きにつれて、照明が明るい店の奥に目を向けたとき、凍りついていて、熱いコーヒーで口と舌を火傷しそうになった。

その男が目の前のコンピュータからちらりと見あげたとき、ローリーンはもう目を伏せていた。ローリーンは、角砂糖をもうひとつコーヒーに入れた。それから向きを変え、レジに代金を払いに行った。

あの男だ。グレイマンが、〈セブン-イレブン〉の奥に設置された三台しかない小さなインターネット・カフェにいる。黒いニット帽を目深にかぶり、顔の下半分はマフラーでゆるく覆っている。前に見たのとはちがうコートを買ったようだが、ターゲットにまちがいないと、ローリーンは確信した。

ローリーンは、コンビニを出ると、用心に用心を重ねて、曲がりくねった道を一ブロック先まで下り、跟けられていないことをたしかめてから、イヤホンのボタンを押し、ターゲットの居所を突き止めたことを、チームに報せた。

ルース、マイク、アロンが、数分後にローリーンと合流した。大使館のシュコダを、ガムラスタンの有料駐車場に入れて、しばらく車内にいた。発見される危険は冒したくないので、コンビニのターゲットを見通し線上に捉えてはいないが、いい位置だと満足していた。四人は、スマートフォンでインターネット検索をして、グレイマンが泊まりそうな、その地域の貸し間や宿屋を探していた。近くに作戦基地を設営できるように、自分たちに都合のよさそうな部屋も探した。

マイクがいった。「市場から二分のところにカスタネア・ホステルというホテルがある。

やつが好みそうな感じの場所だし、いちばん近い」

ルースは、自分のスマートフォンを出した。「そうね。このあたりにこんなに安いところは、ほかにない。ここにいるはずよ。朝になったらたしかめましょう」

アロンは、チームが今夜泊まれる場所を検索していた。「すぐ近くにガムラスタン・ロッジというのがある。そこへ行って、ふた部屋とってこよう」

「そうして」ルースはいった。

アロンが車をおりて、通りを歩いていった。

ルースは、ジェントリーを発見したことをヤニス・アルヴェイに報せようと思ったが、電話をかける前に、耳に着信音が聞こえた。スマートフォンを見おろすと、ヤニスからだとわかった。

「はい」ルースはいった。

「どこにいる?」

「ストックホルム。ターゲットを見つけた。まだここにいる」

短い沈黙があった。「たしかか?」

「たしかに決まっているでしょう。ローリーンが、三十分前に見つけたのよ」

「しかし、丸一日、目視していなかった。そうだな?」

「そうよ。でも、いまは見つけた。泊まるところもわかったと思う。そこから二ブロック離れたところに、これから移動する」

「最後に監視できたのは、昨夜の……午後十時だったな?」

ヤニスの質問に、ルースはまごついていた。「それぐらいだったでしょう。九時半だったかもしれない。どうして?」

ヤニスがいった。「きみのターゲットが南フランスのニースへ行って、ひとをひとり殺したからだ。いまそこにいるというのが確実なら……確実なんだろう?」

「ちょっと待って。フランスでひとり殺したって、どういう意味?」

「けさ、アミール・ザリーニーが殺された」

「なんですって」ルースは、すぐにつけくわえた。「でも、ジェントリーがやったんじゃない」

「CIA本部(ラングレー)と電話会議をしたばかりだ。初期情報はすべて、アミール・ザリーニーがほかならぬコート・ジェントリーによって射殺されたことを示しているそうだ。昨夜、ストックホルムから飛行機で現地へ行ったにちがいない。乗客名簿を手に入れることはできるが、チャーター便はそうはいかない。ストックホルム・アーランダ空港の運航支援事業者(フィクスト・ベース・オペレーター)(空港内や近辺に拠点を持ち、一般航空(航空会社の定期路線や軍の航空を除いた航空事業)への関連サービスを行なう会社)へ行って、じかに話を聞いたほうがいいだろう」

「ジェントリーはニースには行っていませんよ。ありえません」

「どうしてありえないんだ? 二十四時間近く、見失っていたわけだろう。ありうるだけではなく、完璧につじつまが合う。やつは昨夜ストックホルムを発(た)ち、けさ狙撃して、きょうの午後か夜に戻ってきた。きみたちはまたやつを見つけた。みごとな仕事ぶりだ」

ジェントリーがけさもストックホルムにいたことを、ルースは知っていた。急襲前に姿を見ている。だが、命令に反して、故意にタウンゼンドの襲撃を失敗させたことがヤニスにわかれば、この件からはずされ、テルアヴィヴに呼び戻されるだろう。

ルースはいった。「ザリーニー暗殺について、わかっている情報をすべて送って」

「まだ初期報告だけだ。おい、九時間しかたっていないんだぞ。しかし、CIAがフランス連邦警察と――」

「いいからぜんぶ送って。急いで。お願い」

モサドのチームは、旧市街の石畳の狭い広場を見おろす、ガムラスタン・ロッジという小さなホテルの二部屋に移った。通りの向かいには、学生や安ホテルやホステルの宿泊客に人気のあるバーがあり、大盛況だった。若い男女が雪の降る広場を横切り、バーの明るい出入口をたえず出入りしていた。

マイクが近くの駐車場に車をとめるあいだに、アロンとローリーンが荷ほどきをした。ルースは小さなデスクに向かい、ヤニスが送ってきたニースでの暗殺事件の情報を、くまなく読んだ。ウェブ版のCNNとBBCでも、事件の報道をざっと見た。

マイクが戻ってくると、暗殺事件の情報がもっと得られないかと思って、四人でテレビを見た。ホテルの衛星設備でフランスの国営テレビ放送のフランス2が受信でき、現場の映像も含めて、事件のことが長々と報道されていた。ねじれた車の残骸、黄色い防水布をかけた遺体。背景のプレジャー・ボートが点々と浮かぶ青い海とは、まるで不調和な光景だった。

ルースがテレビを見ているあいだに、あとの三人はヤニスが送ってきたCIAの報告書を読んだ。三人が読み終えると、ルースはいった。「あなたたち、コート・ジェントリーがやった作戦の事後報告書を、読んだことがあるでしょう？」

全員がモサドにあるファイルを読んでいた。タウンゼンド・ハウスで閲覧を許された身上調書の内容を、ルースは三人に説明した。

「これがでたらめだというのが、わかるでしょう。ニースのこの作戦は、グレイマンのやりかたとは似ても似つかない」

アロンが反対意見をいった。「でも、ザリーニー暗殺に使われたライフルは、ブレイザーR93だった。グレイマンのお気に入りの武器だ。オーストリア人の武器密売人が、そのライフルを買ったのはグレイマンだと識別している。現場の目撃者が供述した犯人の特徴も、グレイマンと一致する。ザリーニーはイランのターゲットだったことが知られているし、先週にイランとグレイマンが接触していたことがわかっている」肩をすくめた。「たしかに、一致しない面もある。それは否定できない。でも、詳細の大部分が一致する。それは否定できないだろう」

ルースは反論した。「三十代で茶色の髪の白人なんて、ごまんといるのよ。だれだってこのライフルを使える。でも、ターゲットと副次的被害は……警官を殺すというのは、ジェントリーのやりかたじゃない」

マイクがいった。「腕が落ちたんだ。ターゲットを撃ち損ねて、運転手を撃ち、それで衝突事故が起きた。作戦が大きく狂ってしまい、おまけに警官が近づいてきた。ほかに手はない。やつは警官を排除した」

「ターゲットを撃ち損ねた？　グレイマンはぜったいに的をはずさないのよ！」

「そう力まないで」アロンがいった。「根拠のない作り事に取り憑かれてるみたいな口ぶりだ」

「作り事じゃない。それほどの技倆なのよ。それほど強い道徳観念があるのよ。グレイマンは警官を撃たない」

「自分のチームのメンバーを殺したという話は、あなたから聞いたんだよ」

「彼が自分のチームのメンバーを殺したとCIAがいっている、といったのよ」

「それを信じないのか？」

ルースは口ごもった。「殺したのには、それなりの理由があったのだと思う」

アロンがいった。「でも、時間的には、ジェントリーはザリーニーを殺すことができた。ニースまでは二五〇〇キロだ。小型自家用ジェット機なら四時間で行ける。ターボプロップ機でも、往復がそれぞれ一時間長くなるだけだ。ニースへ飛行機で行って、ザリーニーを殺し、ストックホルムに戻ってくる時間はじゅうぶんにある」

ルースには反論できなかった。早朝にジェントリーを目撃したことを、いうわけにはいかない。

マイク・ディルマンは、ずっと窓ぎわに立っていた。外を見てから、あわてて天井の明かりのスイッチのほうへ行った。スイッチを切ると、マイクはいった。「噂をすれば影だな」

ルースは、デスクから身を乗り出して、狭い広場を覗き込んだ。つぎの瞬間に上半身を起こし、窓から離れた。リモコンでルースがすぐさまテレビを消し、部屋は真っ暗になった。

「あの男？」

「ああ」マイクがいった。

ルースはもう一度外に目を向けて、広場の向かいの小さなバーの明かりに向けて独りで歩いてゆく男を見た。この距離なら、暗い部屋のここにいれば、まず見られるおそれはないが、男があたりに目を配ったとき、その視線が感じられた。

男がバーにはいったあとで、ローリーンがいった。「あのひと、今夜は独りで飲むのが嫌みたいね」

「ああいう男は、みじめな人生を送るのさ」マイクがいった。「殺し屋稼業をやっているのも無理はない。訓練を受けるうちに、人間性が抜け落ちてしまう。それに、ほかの仕事のやりかたもわからない」

ルースは反論した。「あの男に人間性がなかったら、暗殺者としての仕事人生は、まったくちがったものになったはずよ。ただ金をもらい、殺す。質問はせずに」

アロンが、すくなからずいらだたしげな口調でいった。「やつは金をもらって、エフード・カルブ首相を殺すつもりでいる。そうじゃないのか？」

「それはまだわからないのよ」すこしたってから、ルースはいった。「ここにじっとしていたのでは、それをたしかめられない」立ちあがった。「あそこへ行く」

「冗談でしょう」ローリーンが反対した。「行ったらだめよ。見破られる」そこでつけくわえた。「殺し屋なのよ。忘れているといけないからいうけど」

「グレイマンが、おなじバーにいる女の頭を撃ち抜くおそれがあるというようなことは、ファイルにはなにも書いてない」

アロンも反対した。「リスクが大きすぎる。べつの環境で、やつに接近しなければならないようなことがあるかもしれない。いまそういう行動をとったら、そのときに偽装が通用しなくなる」ルースが諜報技術と作戦保全についてチームに教えたとおりのことを、アロンはいっていた。それが正しいのはわかっていたが、ルースはアロンが知らないことを知っていた。ジェントリーは、けさのニースでの虐殺とは無関係だ。何者かが、ジェントリーに濡れ衣を着せようとしている。それに、ルースには答を知りたいことがいくつもあった。ターゲットに接近することで、この捜査を進展させたい。みずからそれに賭けるつもりだった。

自分を正当化させるために、ルースはいった。「あそこでグレイマンはイラン側と接触するかもしれない。すこしは無理をしないと、あの男がなにを企んでいるのかを突き止めることはできないでしょう？」

アロンが、気はたしかかというように、ルースの顔を見た。「ぼくのいうことなんか、聞いてもらえないかもしれないけど、いわせてもらうよ。やつがスウェーデンのバーでイラン人と打ち合わせをするわけがない」

「あの男を尾行して、アメリカ人が抹殺するのを待っているわけにはいかないのよ」ルースは立ちあがり、明かりをつけて、バッグからブロンドのかつらとウィッグキャップを出し、急いで鏡の前に行った。

アロンは、ドアのそばに立った。「ちょっとふたりだけで話ができるかな、ルース？」

ルースは、茶色の髪をひっぱってウィッグキャップに押し込んだ。「いいたいことがあるのなら、いいなさいよ、アロン」

アロンがいった。「これはローマのことがあるからだろう」

ルースは、腹立たしげに首をふった。ブロンドの髪が垂れて目にかかったが、すぐに払いのけた。「これはいまのこと、ここのことよ。ローマでもっと上層部に強く反対していれば、なんの罪もない家族五人が殺されることはなかった。二度とそういう過ちは犯さない」

「でも――」

ルースはさえぎった。「これからバーへ行く。これからのことは、そこで決める」

「まさか、やつに〝ぶつかる〟んじゃないだろうね？」

ルースは、デスクに置いた化粧ポーチのほうへ行った。「さあ。バーに来て見ていてもいいけど、邪魔しないでよ」

数分後、ルース・エティンガーが広場を渡るのを、モサドの下級工作員三人が見守っていた。

「まずい思いつきよ」ローリーンがいい、あとのふたりは反論しなかった。

36

バーはほとんど満席だったが、L字形の木のバーカウンターのドア寄りに、ひとつだけ空いている止まり木（スツール）があった。ドアがあくたびに、すさまじい寒気が流れ込んでくるからだろう。ルースはコートを着たままで、二十代のブロンドのカップルのそばの席に座った。用心して、最初はまわりを見ないようにして、スマートフォンをちょっといじり、ロックミュージックの音に負けない大声で、〈ファルコン・ピルスナー〉の生ビールを注文した。

バーテンダーから目をそらして、店内にひとしきり目を配り、ジェントリーがL字形のバーカウンターの角あたりにいるのを見つけた。ほぼ逆の位置だった。七、八メートル離れていたが、ルースがグレイマンにこれほど接近するのは、はじめてだった。ビールのグラスを口に近づけながら、グレイマンを盗み見た。前に瓶ビールが置いてあり、顔を伏せている。黒いニット帽をかぶり、コートのジッパーは閉めていない。頬と顎に数日分の無精髭（ぶしょうひげ）がのびていて、焦茶色（こげちゃいろ）にすこし灰色が混じっている。

ビールのほうに身をかがめ、周囲の物事や人間に注意しているようには見えなかった。だが、数分ごとにちらりと見るだけでは、ジェントリーの意識がどれほど鋭いかを精確に推し量ることはできないと、ルースは気づいた。

ターゲットがイランの情報将校だとわかっている人物とならんで座り、百ドル札の束がはいったスーツケースを受け取る現場を見ることはありえない。それはルースにもわかっていた。だが、グレイマンの人物を見定めるには、こういうふうに接近する必要があると思っていた。今回の作戦でルースは、グレイマンの経歴の公式な記録に、最初から不審の念を抱いていた。それに、グレイマンの動機をいくらかでも理解したいと、自分が強く願っていることに気づいていた。その動機は、グレイマンが脅威かどうかを判断する材料になるはずだった。

だが、ここではたいしたことはできそうにない。十分でビールを飲み終え、二杯目を頼んだとき、アロンのいったとおりだったかもしれないと思った。あすも監視する必要があるかもしれないし、かつらといつもより濃い化粧で変装しているとはいえ、もう徒歩で接近して尾行することはできなくなった。バーにいた女だと、ジェントリーが記憶しているおそれがあるからだ。

ジェントリーが、評判どおりに優秀なら、精いっぱい変装した相手の顔でも忘れないだろう。

ルースは、目を落として、ビールのグラスの縁を指でなぞり、すばやくジェントリーに視線を投げた。

ジェントリーが、まっすぐに見つめ返した。

正体がばれたのだと、ルースは悟った。目をそらしたが、何気(なにげ)ないとはいえない仕種(しぐさ)になってしまったので、まったく逆の計画に変更することにした。ジェントリーの視線を捉えることを願い、目を戻した。異性として惹かれたから見ただけだと、思わせることができるかもしれない。

数秒かかったが、またジェントリーと目が合った。いまでは完全な警戒態勢になっているのがわかった。バーカウンターの向こうの女にどうしてじっと見られているのだろうと、思っているにちがいない。この視線は誘いだとして見逃されるよう願うほかに、ルースにできることはなかった。

ルースはジェントリーに笑みを向け、目を伏せて、視線をそらした。その裏で五感が激しく働いていた。ジェントリーがどう出るかが、まったく読めない。

またちらりと見ると、ジェントリーが視線をそらした。まずい、と心のなかでつぶやいた。演技だとばれている。

うしろでドアがあき、まもなくアロンが背後を通り過ぎて、L字形のバーカウンターをまわり、店の奥のテーブルに向かった。かなり混雑していたが、アロンは大学生の群れに割り込んで、まるで長年の知り合いみたいにしゃべりはじめていた。

ルースがジェントリーに目を戻すと、まだ視線を下に向けているとわかった。最初は目の前の瓶を見つめているのかと思った。だが、驚いたことにジェントリーは携帯電話を出し、親指で番号を押して、耳に押し当てた。

ラス・ウィトロックの乗った飛行機が、ストックホルム・アーランダ空港にさきほど着陸した。ウィトロックは、ほかの乗客とともに飛行機をおりて、手荷物受取所へ行った。

スマートフォンを見て、タウンゼンド・ハウスから情報が届いていないことがわかった。ジェントリーの首にはまだ輪縄がかかっていないということだ。荷物を取り、タクシーで街の中心部へ行く途中でパークスに電話して、状況を聞くつもりだった。

スマートフォンをコートのポケットに入れたとたんに、鳴り出した。モバイルクリプトのアプリ経由でかかってきたので、発信者の番号は表示されない。すばやく時間をたしかめた。現地時間で午後九時過ぎ。ジェントリーが約束していた電話であることを願った。

「よし、いえ」

背景の雑音が聞こえていた。音楽も聞こえる。と、コート・ジェントリーが、緊張のにじむ低い声でいった。「おれになにか新しいことをいいたいんじゃないのか？」

よし！　ウィトロックは、宙にパンチをくりだしたくなるのを我慢し、精いっぱい控え目に答えた。「もっと早く電話してもらいたかったよ。きのうの晩、あんたと話をしてから、情報がはいった。タウンゼンドの連中がストックホルムに来ている。貸し間ビルにいるのを突き止めたと思い、けさ急襲した。サブ・マシンガンを持ったチームだ。タリンのこのあいだの晩とおなじだ。どうやったのか知らないが、あんたはそいつらを撒いたようだな」

「あの女はだれだ？」

「女？」

「とぼけるなよ。いまおれに色目をつかっている女だよ。だれだ？」

「わからない。監視チームかもしれない」

ジェントリーは、バーの反対側に座っている男好きのするブロンドをもう一度見た。女はちょっと自分のビールを見つめてから、こちらをちらりと見た。一瞬、視線をとめてから、またよそに向けた。優秀だというのは、認めざるをえない。ゆったりした態度で、旅行に来てビールを二杯ほど飲もうとしている、ただの淋しい女のように見える。

「確認できないか？」

「もちろんできる。どこにいる？」

「ガムラスタンのバーだ」

「わかった。携帯の番号を教えろ。こっちからかける」

ジェントリーは答えた。「五分後にこっちからかける」

「五分以上かかるかもしれない。おい、コート、民間の殺し屋チームは、あんたの居所を突き止めたんだぞ。監視チームに見張られているという確信があるのに、あんたの命を救ったことがある人間に、番号を追跡されると心配しているのか？　本気か？」

ジェントリーは説得に負けて、携帯電話の番号を読みあげた。

ルースは、ターゲットと目を合わせた回数で、どういう賭けに出るかを決めるという手法を身につけていた。たとえば、五回になったら、選択の余地はない。相手は怪しんでいるから、それ以上怯えさせないようにするには、近づいて声をかけなければならない。ターゲットを安心させ、自分を品定めしているこの女は、ただ淋しいか、男に飢えているだけで、脅威ではないと、納得させることは可能だろう。それに、うまくカードを切れば、ターゲットとその意図をすこしは探れるかもしれない、と自分にいい聞かせた。

スツールから立ちあがり、ビールをバーカウンターから取ると、近づいていった。学生たちとおなじテーブルにいるアロンを、左の眼の隅で見た。アロンが目をあげて、こちらに向けて肩をそびやかした。アロンはプロフェッショナルなので、警戒する表情にはならなかったが、大声で呼ぶのではないかとひやひやした。ひょっとして椅子から急に立ち、おおぜいの血で手を汚している男の隣に座る前に、体当たりしようとするかもしれない。

だが、アロンは叫んだり体当たりしたりしなかった。ルースは何事もなくターゲットのところへ歩いてゆき、相手に目を向けたまま、バーカウンターの隣に割り込んだ。

ジェントリーは、ビール瓶を覗き込んでいた。筋肉ひとつ動かさない。

「ねえ」ルースはいった。英語の〝ヘイ〟とおなじ発音の挨拶で、ルースはスウェーデン語はその単語しか知らなかった。

相手がゆっくりと、ルースに顔を向けた。「ハロー」と英語で答えた。思ったよりもやさしげな声だった。

「混んでるのね」ルースはいった。「みんな寒いなかに出たくないのよね」

「だろうね」

「あなた、アメリカ人？」

相手はうなずき、またビール瓶を見た。正面を向いたままで、ルースのほうに体をまわそうとはしない。本気で話しかけるつもりだったら、そういう態度で自尊心をひどく傷つけられていたはずだ。

「わたしも」

相手は顔もあげず、答えなかった。

「ごめんなさい」ルースはいった。「自己紹介してもいいかなって思って」

「いいんだ」

ルースはそれを招きと解釈し、そうでないのは承知のうえで、ちょうどあいた隣のスツールに座った。


諜報の世界では、敵の諜報員とたまたま出会ったふりをすることを、〝ぶつかる(バンプ)〟という。たとえば、相手のスパイが男で、地下鉄に乗っているとすると、美女がすぐそばでハンドバッグを落とし、中身をふたりで拾いながら、話をはじめる。彼女が彼に〝ぶつかった〟わけだ。その出会いは、無作為に起きたことではない。

ジェントリーは、この女との出会いをバンプだと思っている気配を顔に出さなかった。だが、ジェントリーは疑り深い男だった。監視チームの一員ではないことが確認されるか、実証されるまで、そうだと想定することにした。

女が立ち去り、二度と現われなかったら、これはバンプではない。そうでなければ、バンプにちがいないと気づいた。

ジェントリーが話しかけなかったので、女が口をひらいた。「わたし、旅行で来ているの。生まれも育ちもブルックリン」笑みを浮かべた。

ジェントリーは目をあげたが、女のほうは向かなかった。正面のバーテンダーのうしろに目を向け、酒瓶を眺めるふりをして、ガラスに映る映像を見た。生ビールの蛇口の上の把手まで鏡代わりに使った。

「わたし、レベッカ」女がそういって、手を差し出した。

ジェントリーは、その手をそっと握った。目を合わせはしなかった。

ジェントリーの携帯電話が鳴った。「失礼」かすかな笑みを浮かべていった。「仕事だ」

「どうぞ」女が丁重に答えて、スツールをまわし、正面を向いて、ピルスナーをひと口飲んだ。

ジェントリーは、いそいそと電話に出た。「もしもし」

「答がわかった」

「よし。いってくれ」

ラス・ウィトロックがいった。「短い答はこうだ。おれがあんたなら、さっさと飲んで切りあげる」

「そのあとは」

ウィトロックがいった。「そのあともある。あんたがいま必要な情報は、すべて握った。生きるか死ぬかの瀬戸際だぞ。だが、見返りがほしい」

「なんだ？」

ウィトロックがいった。「キエフのことが知りたい」

ジェントリーは、かすかな溜息をついた。「またな」といって、携帯電話を耳から離しかけた。

ウィトロックが叫んだ。「その女はモサドだ！」

ジェントリーは、急いで携帯電話を耳に戻した。呼吸が速くなっていたが、驚きは見せなかった。

「事実か？」右隣に座っている女は、正面を向いて、ビールをゆっくりと飲んでいた。

「ああ。モサドのチームが、タウンゼンドに協力している。詳しいこともわかっているが、おれが知りたいことを先に教えろ。キエフでやったことを、なにもかも」

「いまはちょっと都合が悪い」

「そうだろう。ひとがまわりにいるからな。いいか、あんたが約束を守る人間だというのはわかっている。キエフのことを話すと誓ってくれ。嘘っぱちじゃなくて真実をだ。そうすれば、イスラエル人どもから逃げるのに手を貸してやる」

ジェントリーは、バーカウンターの奥の鏡ごしに女を見た。女が鏡のなかで目を向けて、にっこりと笑った。

モサド。冗談じゃない。この五年間、イスラエル人には近づかないように、ことに気を配ってきた。モサドの能力を、ジェントリーは高く評価していたので、その連中に追われていることを知ると、下腹が落ち着かなくなってきた。

低い声で、ジェントリーは答えた。「よし、取り引き成立だ」

「よく聞け」ウィトロックがいった。「いまタウンゼンドのジェフ・パークスと話をした。女の名はエティンガー。ルース・エティンガー。四人編成のターゲティング・チームを指揮している。タウンゼンドに協力してはいるが、今夜は別行動している。だが、ターゲティング・オフィサーがそこにいるんなら、まもなく銃撃戦がはじまると思っておいたほうがいい」

「それは残念だな」ジェントリーは、にべもなくいった。

「街を出たほうがいい」

「そうだな」

ジェントリーは、左の肩ごしにうしろを見た。裏口に通じる廊下がある。それがいちばん近い逃げ道だったが、そこまでのあいだに三十人以上の客がひしめいている。

「裏はだめだ」ウィトロックがいった。もちろん、ジェントリーの姿が見えているわけではないが、おなじ独行工作員なので、考えていることが手に取るようにわかる。「まずそっちに銃の狙いをつけるだろうな。正面も見張るはずだが、ひとが多いほうへ跳び出してくるとは思わないだろう」

ウィトロックのいうとおりだと、ジェントリーにはわかっていた。こんどは正面出入口に目を向けた。バーカウンターの横に厨房口があった。その奥にも出口があるはずだ。

「わかった。連絡をくれてよかった。あす電話する」

「ああ」

ウィトロックが間を置いてからいった。「女はそこにいるんだな？」

「話をしたのか？」

「たっぷりとな」

ウィトロックがいいよどんだ。また口をひらいたとき、明らかにうろたえていた。「そこから脱け出してくれないと困る！」

「おたがいにな」

「やつらはあんたを殺そうとしてる。あんたを殺（や）る絶好の機会を待ってるんだ！」

ジェントリーは、携帯電話を耳に当てたまま、無言でうなずいた。隣の女が鏡ごしにまた笑みを向け、ビールを飲んだ。

「聞いてるのか、コート？」

「ああ」

「さっさとそこを出て、おれに電話しろ。キエフのことを教えろ。そうしたら、おれはタウンゼンドに連絡し、窮地からあんたが脱け出すのに必要な情報をすべて聞き出して、伝えてやる」

「いい計画のようだ。あとで連絡する」ジェントリーは電話を切り、コートのポケットに戻した。

隣の女に向かっていった。「すまなかった」

「平気」女がジェントリーのほうを向き、ちょっとためらってからきいた。「土曜日のこんな遅くまで忙しいなんて、どういうお仕事？」

ジェントリーは、ゆっくりと首をまわして、首すじをのばした。目は女に向いていなかった。正面を向き、バーのあちこちの反射面を見ていた。

「廃棄物管理（ウェイスト・マネジメント）（wasteには「殺す」という意味もある）」

女の声が、ためらいがちになった。「ああ、そうなの」

そこでジェントリーは、スツールから立ちあがりながら、ルースに体を寄せた。コートの前があいていて、裾（すそ）がバーカウンターのそばの左手を隠し、右側の客たちから見えないようになっていた。

「そして、あんたはモサドだ」

ルースが眉間に皺を寄せて、スツールからジェントリーのほうを見あげた。「なんですって？」

「どうしておれを追っている？」

「なによ、あなた」ルースは腹立たしげに笑い、ハンドバッグをつかんで、スツールから立った。「淋しそうだったし、わたしも退屈していたから、一杯ぐらいおごってもらおうと思ったのよ。なにをいっているんだか、さっぱり――」

ジェントリーは、右手でルースの腕を下のほうでつかみ、ぐいと引き寄せた。

ふたりのうしろで、アロンがさっと席を立ち、客のあいだを押し通ろうとしていた。

ジェントリーは、ルースの耳もとに口を近づけてどなった。「あの部下を追い払え。さもないと、あいつを殺す！」

コートの内側の動きを、ルースは感じた。ウェストのところでセーターがめくられた。そして、店内のだれにも見えないように、長い刃が腹にぴったりと押しつけられていた。

37

ルースは急いでターゲットから顔をそむけて、アロン・ハムリンのほうを向いた。激しく首を前後に動かした。二十八歳の若いモサド工作員は、その合図に気づいて足をゆるめたが、進みつづけていた。ルースは、掌を下にして片手を差し出し、上下に動かした。

アロンが、店のまんなかで立ちどまった。その周囲にひしめく客は、そばで起きていることにまったく注意を払っていなかった。

ジェントリーは、ルースの耳もとに顔を近づけた。「右手をカウンターに置け。これからあんたの左手首を握る」

ルースの動きがすこし遅かった。セーターの下でナイフが動き、鋭い刃が肌をそっとなでて、灼けるような感覚があった。

ルースは、右手をさっとカウンターに置いた。すこしふるえていたので、漆塗りのカウンターの縁をつかんだ。

ジェントリーはいった。「おれが話をするが、あんたはやつになにもいうな」

ルースはうなずいた。またアロンのほうを見て、首を動かし、もっと遠ざかれと合図した。アロンがのろのろと従った。

「それから、表の射手(シューター)とも話をするな」

「表には……だれもいない」

「あんたのチームのほかのやつらは？」

「ほかにはいない」

「嘘だ」右手でジェントリーはルースをさらに引き寄せ、左手に握ったナイフの鋭い切っ先を、ブラのすぐ下のあたりで肋骨(ろっこつ)に当てた。ルースがあえぎ、唇をわななかせた。

「わかった。いう。表にはあとふたりいる。でも、武器は持っていない。神に誓う」

「タウンゼンドのやつらはどこだ？」

パニックに屈しそうになるのを、ルースは我慢した。ジェントリーは、ルースの目つきから、べつのなにかを読み取った。どうして自分のこととタウンゼンドのことを知られたのか、怪訝(けげん)に思っているのだ。「わたしは、彼らをあなたから遠ざけたのよ……けさ……あなたが貸し間のあるビルから出ていくのを見た。タウンゼンドの連中はドジを踏むに決まっているから、あなたが出ていったのを、わたしはいわなかったのよ」

ジェントリーがナイフをみぞおちのほうに動かしたが、体からほんの数センチしか離れていないはずだと、ルースは思った。下を見ることはしなかった。

ジェントリーがまた顔を近づけて、音楽やざわめきのなかでどうにか聞こえる声でいった。

「おれを探しているアメリカ人に協力している理由は？」

「エフード・カルブ首相のことがあるから」

ジェントリーは、小首をかしげた。「カルブがどうした？」

ルースは、最初は答えなかった。

「カルブ——が——どうした？」

「わたしを殺したら、ここから生きて出られないわよ」

「あんたが答えなかったら、あんたも生きて出られない」

頬を涙がひと粒伝い落ちたが、ルースは顎を突き出していた。「水曜日にベイルートでQODSの将校と会ったでしょう？」

「QODS？　イラン革命防衛隊の？」

ルースはうなずいた。

「いいか、おれはどんなことだろうと、QODSのやつに会ったことはないし、ベイルートには何年もいっていない」つけくわえた。「ものすごく危険な場所だぞ」

ジェントリーは、ルースの手首を離して、右手を体の前にまわし、ビールを取って、ひと口飲んだ。またゆったりと構えているように見えたが、ふたりのやりとりとは関係なく、周囲に溶け込んでいるように見せかけるためだと、ルースにはわかっていた。

ルースが動かなかったので、ジェントリーはビールのほうを示した。「ひと口飲んだらどうだ。手がふるえているんじゃないか？」

「ふるえてなんかいない」

「飲んでみろ」

ルースは、ビールのグラスを取って、小さく飲み、置きかけたが、また口もとにあげて、がぶ飲みした。

「あんたらの情報はまちがっている」ジェントリーは、きっぱりといった。

「わ……わたしもそう思った。でも、情報源は優秀なのよ」

「どうやら、その情報源はだめだな」ジェントリーはいった。「おれはだれも狙っていない。ましてイスラエル首相など。ただ行方をくらましたいだけだ」ビールをひと口飲んだ。「おれに手出しをしなければ、こっちもなにもしない」

ルースは、ちょっとためらってから、こういった。「まだ——まだあるの」

ジェントリーは、その口ぶりが気に入らず、声音でそれを示した。「なんだよ？」

「あなたはニースにいたと思われている」

「そりゃ行きたいさ」と茶化してから、ジェントリーは瓶ビールを口に戻し、「いつの話だ？」ときいてから、ごくごくと飲んだ。

「きょう」

「きょう？」ジェントリーは、ビールを噴きそうになった。「どうしておれが——」

「アミール・ザリーニー暗殺のために」

「映画監督の？　とうとう殺られたのか？」

ルースはうなずいた。「けさ。あなたがやったといわれている」

「しかし、けさあんたはストックホルムにいるおれを見た」

ルースはうなずいた。

「モサドは、おれがテレポートできると思っているのか？」

「あなたをけさ逃がしたことを、わたしがいえるわけがないでしょう」

「それで、おれが殺されるのを、黙って見ていようというのか？」

「これが黙って見ているといえる？」

「あんたがなにをしようとしているのか、おれにはわからない。逆ナンパしにきたわけじゃなさそうだが」

ルースはいった。「どういうことなのか、事情を突き止めるために、ここに来たのよ。あなたの濡れ衣を晴らす方法がないかと思って。だって、ニースにいなかったのは知っているから」

ジェントリーが、それに答えかけたが、口を閉じて、急にルースのほうに身をかがめ、また手首をつかんだ。ルースははっとした。それまでとはちがう大きな声で「やつをさがらせろ！」とジェントリーがいったので、ルースはうろたえた。

左側を見た。アロンが三メートル以内に近づいていた。

ルースは腹立たしげに手をふった。アロンが数歩さがった。

背後の出来事がどうしてジェントリーにわかるのか、ルースには不思議だった。「あなたがわたしを怪我させると思っているのよ」

「必要がなければ、そんなことはしない。正直いって、これではどうなるかわからないぞ」

「さがらせます」ルースは、またアロンを指さし、壁を指さした。アロンが、哀願するように両手をあげて、さらにあとずさった。

客たちは、やはりまったく気づかなかった。

ルースはいった。「いい、わたしはあなたのファイルを読んだの。うちのも見たし……あなたの国のも見た。CIA（エージェンシー）のファイルは、穴だらけだった。この捜査は、はじめからどうも胡散臭（うさん）いの。カルブはグレイマンが狙うようなターゲットではないといったんだけど、信じてもらえない」

「だれにいった」

「カーマイケル、バビット、うちの組織」

「カーマイケルか」ジェントリーは、考え込むようにいった。「事態がややこしくなると、いつもやっこさんの名前が出てくる」ビールをひと口飲んだ。「そいつらは、おれがベイルートにいたと、いまだに思っているんだな」

「ええ」

「そして、ニースにも？」

「ええ」

ジェントリーは、一瞬虚空を見つめてから、首をふった。ルースは、ジェントリーをしげしげと見た。疲れたようすで、やつれている。打ちひしがれている。だが、重苦しい考えがつかのま消え失せたかのように、決意の宿る目が鋭くなった。「わかった。今夜のあんたの願いをかなえてやろう」

「願いって？」

「一杯おごる」百クローナ札を一枚握っている左手が現われ、ルースのビールのグラスと、自分の瓶ビールのあいだに置いた。「武器は持っているか？」

「〈メース〉」

ジェントリーは、首をかしげた。「ほんとうに？　それだけか？」

「ええ」

「ハンドバッグを調べて、拳銃があったら、おれはかなり機嫌が悪くなるだろうな」

「銃は持たないの」

両眉をあげたが、ジェントリーは答えなかった。つぎにこういった。「おれはカウンターから離れる。あんたもいっしょに来い。厨房口まで行ったら、そこで別れて、おれは脱け出す。あんたかちびの助手がおれを追ってきたら、だれかが怪我をすることになる」ジェントリーは言葉を切ったが、ルースは衝撃のあまり黙って見つめていた。「おれの話を信じているんなら、うなずけ」

「信じている」

「よし、ルース。おれがニースの事件に関わっていなかったことを、あんたが上層部に伝えてくれることを願う」

「わたしのいうことなんか、聞かないでしょう。みんなあなたを消したいと思っているのよ、ジェントリー。わたしにはそれを変える力はない」

ジェントリーはいった。「それじゃ、そろそろ行ったほうがよさそうだ」厨房口に向かった。ルースはあとをついていった。

「タウンゼンドの乱暴者どもか、モサドのニンジャがいたら、あんたが嘘をついていたとわかる」

「だれもいない」と、ルースはいった。

ジェントリーはひとこともいわずに向きを変え、カウンターの奥から厨房にはいっていった。ふたりいたバーテンダーは、ジェントリーが通ったのに気づいてもいなかった。

ルースは、気を静めるためにバーカウンターに両手を突いた。アロンがそばに来た。「だいじょうぶ？」

ルースは、うわの空でうなずいた。数秒たって落ち着きが戻ると、正面出入口に向かった。

アロンがあとをついてきた。

それからしばらくして、モサド工作員四人は、ガムラスタン・ロッジのルースの部屋にふたたび集まっていた。コートを脱ぎ、ゆっくりと深呼吸することで精いっぱい気を静めているあいだ、ルースはあからさまな批判をこめた部下三人の質問の嵐に耐えなければならなかった。

ローリーンがきいた。「いったいなにをやっていたのよ？」

「脇腹にナイフを突きつけられて、ビールを飲んでいたのよ」

「やつはなんていった？」マークがきいた。

「わたしたちのことを知っていた。タウンゼンドのことも。カルブ首相を殺したいとは思っていないといった」

「首相を殺したいと思っているやつがいいそうなことだ」

「そうね。そう思っていないひとも、そういうでしょう。わたしはそう信じている」

マイクがいった。「タウンゼンドに連絡して、ＵＡＶで見つけよう」

ローリーンがいった。「それとも、あなたたちがあしたまた会って、飲むのがいいかも。そのときに捕まえましょう」

ルースは、部下に皮肉をいわれたり、説教されるのを我慢する気分ではなかった。「たしかに、わたしの計画どおりにはいかなかった。でも、あの男は信じられる。首相を狙ってはいないし、ニースにもいなかった。目視したことはタウンゼンドには伝えない。あいつらは、ただ殺そうとするだけだから」

「それで?」マイクがきいた。「どうするんだ?」

「ヤニスに電話する。たぶん、あなたたち三人がいったのとおなじことをいわれるでしょうね」

38

ジェントリーは、ストックホルム中央駅を足早に、落ち着いた態度で歩いていた。フードをかぶり、ニット帽を深くかぶり、マフラーを顔の上に引きあげていた。午前零時に近かった。二千人が楽々とはいれるような駅の大待合室にいるのは、せいぜい百人ほどだった。だれが脅威なのかわかりはしないので、ジェントリーは壁ぎわを進みながら、ひとりひとりを観察した。

そこでは防犯カメラに見張られていることがわかっていた。顔をかなり隠しているので、顔認識は避けられると自信を持っていたが、いま自分を探している連中に、コートとバックパックの特徴を知られている。駅構内を独りで歩いている男がいれば、ストックホルム中で追いまわしている男と同一人物にちがいないとわかるだろう。

それはどうにもできない。いずれ姿を見られ、銃を持った馬鹿者どもが駅に殺到するだろう。やつらが来る前に出発していることを願うしかない。

しかし、列車には乗らない。ここに来たのは、列車に乗るためではない。

とにかく、いまはまだ乗らない。

そうではなく、これはＳＤＲ（監視探知ルート）の一環で、しかも二重の目的がある。

この駅に来たおもな目的は、施設を下見するためだった。監視カメラを見つけ、常駐の警察の警戒態勢を判断する。あとで戻ってくる予定だし、つぎに来るときには、できるだけ姿を見られないように構内を移動したい。

ジェントリーは、駅構内の小規模な警察署の前を通った。ガラスの奥の警官たちは、おしゃべりに興じていて、こちらには目を向けなかった。

そこで、ジェントリーは防犯カメラに注意することにした。それが構内で最大の危険材料だった。大待合室の上のほうにあるカメラの数と位置を確認した。そこにあるとわかっていたし、今夜、下見をしなくても、そういうカメラは避けられるはずだった。だが、徹底的に調べておきたかったし、駅構内にいたるところに避けなければならないカメラがあることを意識していた。

メインフロアの飲食店街（フードコート）近くに、ATMが二台あった。二台とも、五メートルほどの範囲を捉えている防犯カメラを備えていた。ジェントリーにとってありがたいことに、二台はいっぽうの端にならんで設置されていた。セルフサービスの屋台の上にも、カメラがあった。

大待合室だけでも、ぜんぶで十二の電子の目を発見した。そのすべてが、この瞬間にも自分の顔の画像を、ワシントンDCか、コロラド州か、シリコンバレーかどこかのサーバーに送っているはずだ。そこで顔のデータポイントすべてを構成する情報が処理される。もちろん、数百万の顔がおなじ手順で調べられるため、自動的に処理されている。

ジェントリーは、下りエスカレーターで、照明が明るい通路にはいり、右手の〈バーガーキング〉の上のほうの防犯カメラも見つけた。暖房のない乗降場（プラットホーム）に通じる出入口を通るときにも、カメラを一台見つけた。そのカメラは手前のホームのずっと先にあったので、ジェントリーは左に折れ、階段をあがった。

線路脇の高みから見ると、ホームごとに防犯カメラがあった。ジェントリーの知っている型だった。向きを変えられるようにモーターを内蔵し、オペレーターが遠隔操作できるが、レンズの視野は六〇度しかない。ホームの左端を進めば、写されずにすむ。

中央駅全体の偵察には、五分とかからなかった。それを終えると、ジェントリーはホームの先のほうまで歩いて、高い屋根の下を抜けて、闇に包まれた。そして、ホームからおりて、雪に覆(おお)われた通勤列車の線路を歩いていった。

二十分後、ジェントリーは、ストックホルムから二十分の距離にある町に向かう列車に乗っていた。そこで深夜バスに乗り、さらに遠くへ行った。列車でもバスでも顔を覆い、バックパックを膝に置いて、そこに顔を載せた。いまのところ、ほぼ危険はないとわかっていた。

とにかく、あと数時間は。

一日か二日、市外にいようかとも思ったが、すぐにその考えを捨てた。自分を探している男や女が首都にいることはまちがいないが、都会の雑踏と騒音のなかが、ジェントリーにとってはいちばん安全な隠れ場所だった。郊外や村をうろついてたら、もっと目につくだろうし、うっかり防犯カメラに写されれば、殺し屋どもがやってくる。敵地および敵手脱出の見込みは、ゼロに近くなる。

だめだ。郊外にいてもいいのはせいぜい数時間だし、つぎの大都市に逃げるには、いったんストックホルムに戻らなければならない。

ルース・エティンガーは、ホテルの部屋でチームの面々と、つぎの動きについて話し合っていた。上司のヤニス・アルヴェイとの電話を終えたところだった。ヤニスは、よくいっても機嫌を損ねていた。どなったり、激しい怒りを見せたりはしない――それはヤニスの流儀ではない――しかし、ターゲットと話をしたのは、とんでもないまずい判断だったと、はっきり指摘した。ルースとそのチームを丸ごとつぎのチームと交替させるのが、だれにとっても最善かもしれないといったが、最後には折れた。

ルースは議論にどうにか勝ったが、アミール・ザリーニー暗殺にジェントリーが関わっていた可能性はきわめて低いという意見は、ヤニスにはまったく認められなかった。当然ながら、ジェントリー本人の言葉など、ヤニスにとってはなんの重みもない。

早朝にテルアヴィヴからモサドの技術監視チームがストックホルムに到着したときに、ターゲットの追跡を開始できるように、可能なかぎりジェントリーを急追するようにと、ヤニスがルースに厳しく命じた。

いつも抗命ぎりぎりのことをするルースだが、ヤニスの命令にすなおに従った。技術監視チームこそ、今回の作戦に必要だとわかっていたからだ。十五人の技術者チームがジェントリーの周囲で監視作戦を行なえば、カルブ首相暗殺はおろか、どんな襲撃も予定していないことが、すぐに判明するだろう。

電話のあと、ルースはしばらく黙然と座っていた。自分の知っていることをチームの三人に打ち明けようかと、一瞬考えた。ターゲットが昨夜に大陸を縦断して、昼前に大虐殺を行なったことは、ぜったいにありえない、そういおうかと思った。やはり、その情報は胸に秘めておくことにした。ヤニスに話していないのだから——さきほどのやりとりで、ぜったいに話すことはできないと確信した——自分の隠し事に部下三人を巻き込むのはフェアではない。

アロンが、ひそやかな不安からルースを引き戻した。「現場に戻る必要があるんじゃないかな。せめて、やつが街から逃げ出そうとした場合のために、駅を見張るとか」

ルースはうなずいた。「賛成だけど、見張るなら動かずにやらないといけない。真夜中に街中を動きまわったら、こっちが見つける前に、あの男に見つかってしまうでしょうね。中央駅近くに、ぜったいにばれないような静止監視地点を見つけて、三時間交替で見張りましょう」

アロンが、すぐさまコートのジッパーを閉めて、フードをかぶった。「ぼくが最初に見張る」

マイクが、シュコダのキイを持った。「それじゃ、おれが車を運転しよう」

ジェントリーは、ストックホルムの南西にあるヤコブスベルグ行きのバスに乗って、早朝の時間をつぶした。ヤコブスベルグには、見るものもやることもない。着くとすぐに、ストックホルムへ戻るバスに乗った。

乗客はほかに五、六人しかいなかった。ジェントリーはバックパックを膝に載せ、うしろの席に独りで座っていた。バックパックの上に携帯電話を置き、イヤホンを耳につけていた。

そのまま三十分じっと座っていたのは、デッドアイと連絡をとる覚悟が、なかなか固まらなかったからだった。

電話をかけなければならないことは、わかっていた。ウィトロックは、敵の情報を得るための唯一の人脈だ。タウンゼンドだけではなく、それに協力しているモサド・チームのことも知っている。ウィトロックが手を貸してくれる動機や、三年前のウクライナでの出来事にひどくこだわっている理由が、どういうものであるにせよ、キエフの詳しい話をするのにかける五分間が、生死を左右する可能性がある。

ジェントリーは、モバイルクリプトを使ってウィトロックの番号にかけ、コートのフードに顔を深くうずめて、周囲の世界から自分を絶縁しようとした。

ウィトロックは、空港でBMWのレンタカーを借りて、中心街のグランド・ホテルに部屋をとった。これまで二時間、ジュニアスイートのリビングで座り心地のいいソファで待っていた。皺のできたダークスーツをまだ着ていて、ネクタイをゆるめ、襟ボタンをはずしていた。そばのエンドテーブルには、ミニバーにあったシャンパンのハーフボトルがあり、半分くらい減って、生ぬるくなっていた。〈アデロール〉の薬瓶も置いてある。まだ一錠も飲んでいないが、瞬時に行動に移れるように、瓶を置いて準備していた。

なんとなく複雑な思いだった。覚醒しているのに、気持ちが沈んでいた。ジェントリーが電話してこない時間が一分長引くたびに、作戦が失敗に近づいてゆく。グレイマンを殺すことで、頭がいっぱいだった。それを実行するための残忍な計略を十数個思いついた。この危険な冒険で、あの野郎が自分の役割を演じなかったら、そうやって殺す。アリ・フセインを殺すやりかたも考えた。イラン人の野郎も、自分の役割を演じようとしない。ザリーニー殺しは、グレイマンの仕業だと納得させるのにじゅうぶんな出来だったと、ウィトロックは考えていた。あいつらは、副次的被害だなどという馬鹿げたことで文句をつけて、あら探しをしようとしている。このあいだ示すことができなかった証拠を見せろと要求されたことが、腹立たしくてたまらなかった。この一件がうまくいかなくなったら、ベイルートへ行って、アリ・フセインの目に短剣を突き刺してやる、とウィトロックは心に誓った。

コート・ジェントリーもそうしてやる。

スマートフォンはポケットのなかだったが、イヤホンは右耳につけていた。それをすっかり忘れていたので、イヤホンから着信音が聞こえると、はっとして体を起こした。ついさっきまで絶望しかけていたのに、あっというまに期待に胸を高鳴らせていた。

最初の呼び出し音で出た。「あんただな、きょうだい？」

「おれだ」

「バーから逃げ出せたようだな」〈アデロール〉を二錠、薬瓶から出し、口にほうり込みながら、ウィトロックはいった。

「ああ。ほかになにを聞いている？　新しい情報はあるか？」

ウィトロックは、ぬるくなったシャンパンで、錠剤を飲み下した。シャンパンが喉を灼いた。「ああ。いまタウンゼンド・ハウスに電話したところだ。メッツァダが乗り出した。街に来て、位置につこうとしている」事実ではなかったが。ジェントリーをあせらせる必要があった。

「メッァダ」ジェントリーはつぶやいた。不安げな声だった。「それを怖れていた」

「心配するな。その前にあんたを窮地から救い出してやる。また道案内してやるよ」

「わかった」ジェントリーは、そっと答えた。

「もちろん、話をしてくれればだが」

間があった。「どうしてキエフのことに興味があるんだ？」

「単純な話だよ、きょうだい。その晩についてＣＩＡが知っていることは、おれもすべて知っている。警察の報告書、弾道分析、目撃者の証言、アナリストのでたらめな分析。しかし、すべての答がわかってるわけじゃない。おれの稼業で、この作戦だけは、どうにも真相がつかめない。それに、自分で解けない戦術の方程式があるときには、おれはカンニングするのにやぶさかじゃない。頼むよ、コート。答を教えてくれ。いったいどうやってやったんだ？」

「あんたが知っていることをいえよ。細かい部分を埋めてやるから」

「嫌だね。知ってることは、こっちの胸にたたんでおく。そうすれば、あんたが嘘をついていないかどうかがわかる」

ジェントリーが、長くゆっくりと溜息をついた。これまで、自分の作戦の詳細を語るという経験がなかったのだと、ウィトロックには察しがついた。

「話す。そのあとであんたが話せ。メッァダがどこにいるかを教えろ。タウンゼンドのやつらがどこにいるかを教えろ。知っていることを洗いざらい話せ」

「もうひとついいことがある。おれはストックホルムに来ている。おれが介入して、みんなをあんたから遠ざけるようにする」

ジェントリーがいった。「そうしてほしくない。タウンゼンドの戦闘員はひとり残らず殺してもかまわない。だが、イスラエル人には指一本触れるな。これ以上厄介に巻き込まれるのはごめんだ」

「いうとおりにするよ」ウィトロックは、ソファにもたれた。「さて……キエフだが」

ジェントリーは、低い声でいった。「キエフ」つづけた。「おれがやった」

「たった独りで？」

「たった独りで」

笑みを含んだ声で、ウィトロックはいった。「そうにちがいないと思っていたぜ」

39

三年前

ウクライナの黄色い三叉矛(トルィズーブ)の紋章を帯びたＭｉＧ－25ＰＤフォックスバット戦闘機九機が、キエフの北西にあるヴァシリキーウ防空軍基地の飛行列線に駐機していた。移動照明塔が各機の横にあり、上から機体を照らしている。夜の雨は一時間ほど前にあがっていた。濡れた戦闘機の列と、駐機場の五〇メートルほど北にある離れた基地運航部ビルのあいだに、まばらな靄(もや)が浮かんでいた。

円筒形のずんぐりした管制塔が、運航部ビルから聳(そび)え立っていた。狭い歩路(キャットウォーク)が管制塔の周囲にあり、武装した歩哨たちが配置され、固定式の探照灯が吊るされていた。管制塔内にもふたりいて、基地全体を見張っていた。管制官ではない。今夜、公式な航空機運航は予定されていない。そのふたりは、管制塔の屋上に設置されたミサイル陣地の操作員だった。暖房のある居心地のいい室内にいながらにして、照準をつけ、ミサイルを発射して、制御できる。有線誘導のロシア製９Ｍ－１３３コルネット対戦車ミサイルは、ヘリコプターに対しても有効だ。管制塔の上の発射機に、コルネット四基が搭載されているのが見えた。

管制塔の三〇〇メートル西、防空軍基地の正面ゲート近くに、コンクリートの兵舎があり、警戒部隊の兵士多数が宿営している。その兵舎の屋根にも、コルネット・ミサイル陣地が設置されていた。そちらのミサイルの操作員も、雨風と攻撃をしのげる場所にいる。屋根のミサイル発射機の隣にある掩体（えんたい）が、そのふたりを防御していた。窓から見えるのは顔だけだし、危険の気配があれば体を低くして、ミサイルの先端部（ノーズコーン）に内蔵されたカメラを使い、安全な場所からミサイルを誘導すればいい。

対戦車／対空ミサイル陣地二カ所にくわえ、防空基地にはフェンスに沿って八カ所にコンクリートの掩蔽壕（えんぺいごう）があった。一カ所あたりふたりの歩哨がいて、ライフルとロケット推進擲弾発射機（グレネード・ランチャー）で武装していた。それらの武器のほかにも、強力な探照灯があり、歩哨はそれを遠隔操作できる。くわえて、各掩蔽壕は警備部隊兵舎との無線連絡を維持していた。基地の安全が脅かされたときには、六十人がただちに展開できる。

フェンスの周辺では、軍用犬を連れた武装パトロールが巡回し、この軍事施設の防御線をさらに強化している。

航空機の運航は予定されておらず、航空交通管制官はひとりもいなかったが、午前零時過ぎに、一本の滑走路の照明がぱっとついた。そのわずか一分後に、ロシア製のアントノフAn－74輸送機が滑走路の上に現われ、とてつもなく低く垂れ込めた雲の層を抜けて、降下してきた。着陸し、滑走路で停止すると、機長の携帯電話にメールで命令が伝えられた。機長はそれに従い、兵舎近くの暗い滑走路に向けて、輸送機を地上走行（タキシング）させた。

すると、滑走路の照明が、ついたときとおなじように、突然ふっと消えた。

輸送機が格納庫に向けて進んでいるとき、コート・ジェントリーは滑走路脇の排水溝から這(は)い出した。頭のてっぺんから爪先まで黒ずくめで、黒いバックパックを背負っていた。うしろの溝に手をのばし、もうひとつの黒いバックパックをつかんだ。それは英陸軍の装備の大型背嚢(ベルゲン)で、ぬるぬるの泥にまみれていた。ベルゲンを溝から引きあげて滑走路の端まで持ちあげるのには、すこし苦労したが、コンクリート面に載せたあとは、中身と外に取り付けた装備で重さが三六キロあるベルゲンも、扱いやすくなった。本体と車輪を艶(つや)消しの黒に塗ったスケートボードが、ベルゲンにくくりつけてある。滑走路の端を走るあいだ、易々(やすやす)と牽(ひ)いていくことができた。

完璧な位置につくために、何度となく立ちどまってはまた走って、十分間移動し、滑走路を離れた。滑走路とフォックスバットの飛行列線のあいだの濡れた短い芝生へと、バックパックをひっぱっていった。装備を牽いて進むのには、力と忍耐がありったけ必要だった。そのために力をふり絞りつつ、あちこちの哨所に目を配っていた。

さらに数分を経て、芝生の近接位置に着いた。滑走路から三五メートル離れ、飛行列線まで二〇〇メートルある。そこに伏せ、自分がいるのを察知された兆しはないかと、五感を鋭敏に働かせて、しばらくじっとしていた。これまでの動きによって存在がばれたおそれはないと確信すると、背中のバックパックから双眼鏡を出した。ミサイル陣地二カ所の操作員四人の位置を双眼鏡で念入りにたしかめてから、大きなベルゲンをひきずり、芝生をひきかえしはじめた。

動きをとめ、コルネット・ミサイル陣地をもう一度双眼鏡で見た。これからの作業に適した位置に自分がいると納得すると、しばし息を整えた。

防空軍基地のどまんなかのそこで、ジェントリーは完全に姿をさらけ出していた。大騒ぎになったときに遮蔽物に使えるいちばん近い防壁まで、一五〇メートルほどある。だが、探知されずにいられる可能性は高いと考えていた。歩哨の位置はすべてわかっているし、ここに二十四時間以上いるから、動きも予想できる。基地内には、近くの修理工場から戻された輸送トラックに隠れて運び込まれた。ジェントリーとこの作戦の契約を結んだ人物の共犯者たちが、シートのうしろの隠れ場所にジェントリーを潜ませ、装備をスペアタイヤを入れる場所に固定した。

そのあと、基地の奥へはいり込むのは、いたって簡単だった。地上員がすべて持ち場を離れて兵舎に帰ったとわかるまで、トラックの車内のとてつもなく窮屈な場所で九時間待った。トラックから這い出して、駐車場の床に転げ落ちたときには、脚がのびた麺みたいになっていた。下半身が使えるようになるとすぐに、スペアタイヤ用のくぼみからバックパックを出して、歩哨とライトを避けながら、ゆっくりと移動し、作業に取りかかった。

夜明けには、飛行場のずっと先にある滑走路脇の排水溝まで、三〇〇メートルの距離を進んでいた。昼間はずっとそこにいた。基地内の通信を傍受できる無線機を持っていて、真夜中に行なわれる会合に関して警戒部隊に下されている指示を聞いた。

基地警戒部隊指揮官のウクライナ陸軍少佐が、今夜の行事は警備という面からすると暴挙だと考えていることが、無線交信からわかった。だが、司令官が少佐の意見など意に介していないこともわかった。ウクライナ政府と強い結びつきがある防空軍の将軍が、たんまり報酬をもらい、イランのQODS部隊とロシアのFSB（連邦保安局）の秘密取り引きの場所として、この基地を用意したのだ。少佐とその部下たちが、会合のあいだに独りきりの殺し屋を見つけたら、躊躇せず殺すにちがいない。

ジェントリーは、ミサイルを見あげた。発射機に装塡され、基地上空に向けてある。あれが最大の脅威だ。

飛行場周辺の歩哨や、ゲート近くの兵舎の兵士も懸念材料だった。フェンスの軍用犬パトロールにも不安を感じていた……しかし、なによりも恐ろしいのは、管制塔と兵舎の上のコルネット・ミサイル陣地だ。

今夜のロシアとイランの秘密会合は、核開発機密の売買に関係がある。イランには金があり、ロシアには知識がある——イランの核物質濃縮プログラムの効率を最大限にする計画が、合わせて数百ギガバイト、小さなハードディスク・ドライブ三台に保存されている。ジェントリーがそれを知っているのは、この儲け話からはずされ、ぺてんにかけられたと思っているロシア軍の将軍から聞いたからだ。その将軍は、会合を阻止し、貴重なデータが保存されているハードディスク・ドライブを破壊させるために、ウクライナのギャングと取り引きをした。核拡散という邪悪から世界を護ろうという気持ちがあったわけではない。自分がイランと商売をして、貴重なデータが保存されている自分のハードディスク・ドライブを売りたいだけだ。

濡れた芝生でジェントリーが動くのをやめてからまもなく、滑走路の照明がふたたびついた。今回、着陸したのはロッキード・ジェットスターだった。小型のビジネス・ジェット機で、八人ないし十人の乗客が快適に空の旅ができる。ジェントリーの左手を滑走したジェットスターが、やがて速度を落として、滑走路のずっと先でとまった。すぐに、兵舎の近くの滑走路に向けて、タキシングをはじめた。

それにイランのQODSの戦闘員が乗っていることを、ジェントリーは知っていた。現金を渡して、ロシア人からハードディスク・ドライブを受け取るために来たのだ。交換にはそう時間はかからないはずだから、これからやることをすばやく準備しなければならない。

大きなカンバスのベルゲンのジッパーをあけて、巨大な武器を三つ取り出した。ロシア製のドラグノフSVD半自動狙撃（セミ・オートマティック・スナイパー）ライフルが三挺。重量四・三キロのスナイパー・ライフルそれぞれに八倍スコープと十発入り弾倉を取り付けてある。いずれもすでに薬室に弾薬が込めてあった。さえぎるもののないひろびろとした飛行場で、初弾を薬室に送り込む音だとはっきりわかる金属音を聞かれたくないからだ。

ドラグノフの銃身下の二脚をひろげて、三挺とも前に設置し、ベルゲンのところに戻って、四挺目の長銃（ロング・ガン）を出した。折りたたみ式銃床付きのカラシニコフRPKM軽機関銃。世界中どこにでもあるAK－47によく似ているが、銃身が長くて太く、七十五発入りドラム弾倉を備えている。単純な三倍スコープと負い紐（ひも）が付けてあった。

ジェントリーは、RPKMを組み立てて、一・五メートルうしろの芝生に設置した。それからまた、ミサイル陣地と、イランのジェットスターがアントノフの隣でとまりかけている格納庫のようすをうかがった。

予定どおり進んでいることに満足し、ベルゲンからさらにふたつの武器を出した。七二ミリ口径の対戦車ロケット推進擲弾数発と、RPG－32擲弾発射機(グレネード・ランチャー)が二挺。擲弾は長さ九〇センチの筒に収まり、一発の重さは二・七キロだった。筒の照準器とグリップを起こしてから、芝生に置いた。

ベルゲンから取り出した最後のものは、電気式起爆装置だった。携帯電話に似た形で、ボタンがいくつもあり、バックライトの液晶画面を備えている。それを目の前の芝生に立ててから、ドラグノフ・スナイパー・ライフルに注意を戻した。

一挺の狙いを、管制塔内の男に合わせた。距離は二四〇メートル。ジェントリーの位置から見える唯一の部分――ヘルメットのてっぺんに照準器の十字線を重ねた。もうひとりがうしろにいたが、管制塔内を歩きまわり、兵舎近くの動きを双眼鏡で見張っていた。

ジェントリーは、一挺目のドラグノフをそのままにして、二挺目を引き寄せた。そちらは、兵舎の屋根のミサイル陣地にいる操作員に狙いをつけた。距離は三一〇メートル。大きなお手玉(ビーンバッグ)をベルゲンから出して銃床を支え、ターゲットに十字線を重ねた状態を保った。

三挺目のドラグノフは、二挺目のできるだけ近くに置いて、兵舎の上に築かれたコンクリートの掩体にいるもうひとりの操作員に狙いをつけた。その操作員は、座っている相棒のそばで、双眼鏡を持ち、歩きまわっていた。ジェントリーはまたお手玉を使って、その男の近くに照準を合わせたが、動きを追うことはできなかった。

そこで、長さ三〇センチのアルミの棒をベルゲンから出し、兵舎の屋根の対戦車ミサイル陣地に向けてあるドラグノフ二挺のトリガーガードに通した。

長い溜息をついた。

ここからは困難をきわめる。

ジェントリーは作戦の準備段階から、もっとも厄介な問題は、身を護れる場所から有線誘導ミサイルを発射できる操作員四人だと考えていた。操作員が楽々と発射したミサイルが、飛行場を越え、ここに着弾するおそれがある。そうやって吹っ飛ばされるのを防ぐには、四人の姿が見えているうちに全員を排除するしかない、とジェントリーは判断した。その計画には、もちろん難点がある。ライフルをひとつのターゲットに向けて発射すれば、あとの三人は座席から離れて、見えなくなるだろう。離れたところにいても、その連中はミサイルを発射し、内蔵のカメラで誘導することができる。

サプレッサー付きのスナイパー・ライフルを使っても、基地のまんなかからほとばしった閃光は、ほぼその方向を向いていた人間にはっきりと見えてしまう。それに、サプレッサー付きでも、まったく音をたてないわけではない。さえぎるものがない場所では、遠くまで音が届く。

操作員たちが伏せて射線から出る前に撃てるチャンスは、一度しかない。ほとんど同時に四人すべてを斃すことができなかったら、任務のあとの部分はどうでもよくなる。それを実行するコート・ジェントリーがもう生きていないからだ。

そこで、攻撃開始にあたり、四人をすべて同時に撃ち殺す。この基地の地図と航空写真で、位置関係を何時間もかけて研究した。装備はすべて、それに応じて選んだ。

双眼鏡を持ち、格納庫で行なわれている会合のようすを見た。ジェットスターの乗降口が閉まり、三十秒とたたないうちに誘導路に向けてタキシングをはじめたので、交換は見そこねたのだとわかった。

時間が逼迫してきたので、ジェントリーの動悸が激しくなった。起爆装置を顎の下に引き寄せて、管制塔に狙いをつけたドラグノフを芝生の上でひきずり、曲げた左腕に銃身を乗せて、三時の方向（右真横）に銃口を向けた。銃床を左の二頭筋で支え、左の人差し指をトリガーガードにかけた。スコープを通して見るには、左に首をのばして、逆さに接眼レンズを覗かなければならない。かすかに位置を直してから、あとの二挺に注意を集中した。二挺は目の前に一〇センチの間隔でならべてある。トリガーガードに通したアルミの棒を引くだけで、二挺を同時に発射できる。それぞれのスコープを覗いて、十字線が正しい位置に重なるように、お手玉をすこし動かした。座っている操作員には、完璧に照準が合っていた。双眼鏡を持った男は、十字線の中心を前後に動いている。

ジェントリーは、丸一日、排水溝のなかで辛抱強く待っていた。だが、いまでは事態が急速に動きはじめていた。ジェットスターが滑走路をジェントリーの方角にタキシングしてきた。滑走路の端まで行って、方向転換し、離陸滑走を開始するはずだ。大型のアントノフ輸送機は、乗客が乗り込んで、滑走路の向こう端の誘導路で待っていた。ジェントリーは左右を見て、肩ごしにうしろも見て、近くに軍用犬パトロールがいないことをたしかめ、飛行列線とMiGの列を観察して、そこにも動きがないのを見てとった。

イランのジェットスター機は、九〇メートルほど離れたところで、左手の滑走路を進んでいた。ジェントリーは声に出さずにカウントダウンし、それからスナイパー・ライフルのスコープを交互に覗いた。

管制塔を狙っているドラグノフを確認した。座っている操作員に照準が合っている。もうひとりは、そのうしろを歩きまわり、射線を出たりはいったりしていた。兵舎のミサイル陣地に座っている操作員に向けたドラグノフも確認した。十字線が額と重なっていた。

兵舎のミサイル陣地に向けてある、もう一挺のドラグノフをたしかめた。動いている男は、十字線よりもすこし左を歩いていた。

ジェントリーは、そのドラグノフのお手玉をすこし動かし、また最初のドラグノフから順繰りにおなじ確認をくりかえした。

三十秒間に三度、三挺のドラグノフの狙いを確認して、必要なときにはミリ単位の調整をやりながら、カウントダウンをつづけた。さらに、頭のなかで第二と第三のタイマーのスイッチを入れて、移動ターゲットの動くタイミングを計ろうとした。

もう一度スコープ三つを覗き、イランのジェット機をすばやく見てから、三時の方向に向けたドラグノフの引き金に左人差し指をかけ、横一列にならべて十二時の方向を狙っているドラグノフ二挺の引き金を引くためのアルミの棒に指をひっかけた。

ターゲット四つを確認した。横一列のスコープを覗いてから、右腕に載せてあるドラグノフのスコープを上から覗いた。

動いている男たちの姿が十字線と重なるように念じながら、ほんの一瞬だけ待った。「いまだ」と低くつぶやき、アルミの棒を引くと同時に、管制塔に向けていたドラグノフの引き金を左人差し指で引いた。

三挺のスナイパー・ライフルが同時に発射され、銃声が重なって、耳障りなひとつの銃声になった。前の二挺はジェントリーの肩に支えられていなかったので、弾丸と熱いガスが銃身から飛び出したときに、反動で顔にぶつかった。三時方向に向けていたドラグノフは、激しく跳ねて二頭筋にぶつかった。

管制塔のガラスが砕け、座っていた操作員が椅子から吹っ飛んだ。すぐうしろに立っていた操作員が、双眼鏡を落として倒れた。

兵舎の屋根の掩体では、座っていた操作員の頭ががくんとうしろに揺れてから、制御盤に顔から倒れこんだ。隣で双眼鏡を覗いていた操作員の体が持ちあがり、デスクの上を越えて、コンクリートの床に仰向(あおむ)けに倒れた。

四人すべてに命中したのかどうか、ジェントリーにはわからなかった。対戦車ミサイルが空で弧を描いて追ってきたときに、はじめて首尾がわかる。だが、ジェントリーは、そういうことになるまでぐずぐずしてはいなかった。スナイパー・ライフルを発射するやいなや、起爆装置に手をのばして、ボタンを押した。

飛行列線に駐機していたＭｉＧ25フォックスバットの三機目が、爆発して火の玉と化した。数秒後に二次爆発が起きて、戦闘機の破片が数十メートル上まで吹っ飛んだ。

ジェントリーが防空軍基地に潜入するのに使ったトラックが、駐車場で爆発した。夜空にすさまじい爆煙が立ち昇り、基地運航部ビルのガラスが爆発の破片で砕けた。

ジェントリーは、自分の手並みを見届けることもしなかった。立ちあがり、濡れた芝生からＲＰＫＭ軽機関銃をつかみあげ、肩にかついだ。滑走路をタキシングしているイランのジェット機に狙いをつけ、コクピットの風防に向けて三度、短い連射を放った。大きな軽機関銃を肩にかけて、芝生をあともどりし、RPG-32二挺のうちの一挺を持った。

五秒後、発射機が強烈な光を放ち、炎をたなびかせている擲弾が、アントノフAn-74に向けて低い弾道で飛行場を横切った。擲弾は主翼の付け根の胴体を直撃して燃料タンクを突き破り、機体全体が炎に包まれてバラバラに飛び散った。火の玉がいくつも噴きあがり、その光と影のなかであたりは騒然となった。

ジェントリーは、二挺目のRPGをその場に残して、滑走路で停止していたジェットスターに向けて、全力で疾走した。

走っているときに、はじめて銃撃を浴びせられた。フェンス近くの外周部の歩哨が、ロケット推進擲弾の発射を見て、闇のなかでだいたいの方角を撃っているのだろう。MiGとトラックとアントノフの派手な爆発で、地上部隊の注意を基地中央からそらすつもりだった。だが、超音速で飛ぶ弾丸がまわりで鋭い音をたてていることからして、その計略にひっかからなかった歩哨が何人かいるようだった。とはいえ、もっとも近い歩哨から、二〇〇メートルほど離れていたし、飛んでくる銃弾はまばらで、狙いも不正確だった。

ジェントリーが走っていると、探照灯が四方で地面を照らしはじめた。

滑走路にじっととまっているビジネス・ジェット機まで行くと、キャビンの丸窓にRPKMの狙いをつけて、長い連射を放ち、ガラスを打ち砕いて、与圧が抜けるようにした。小さな粘着式の〝蝶番爆破装置(ヒンジ・ポッパー)〟を乗降口に貼り付け、爆風を避けるために機体の下をくぐって反対側へ行った。爆薬が炸裂(さくれつ)すると、乗降口が蝶番(ちょうつがい)からもげた。ジェントリーは、装備着(ユーティリティ)

装帯から特殊閃光音響弾を一発はずして、あいた乗降口から投げ込んだ。身をかがめて顔をそむけ、RPKMを滑走路に投げ捨てた。グロック17を抜き、乗降口から跳び込んで、怯えているイラン人三人に狙いをつけた。

一挺の機関銃の長い連射が滑走路を襲い、すぐうしろで火花が散った。ジェントリーはキャビンの奥へ進み、イランの情報将校とおぼしい最初の男の額に銃口を押しつけた。

「二秒やる！　ドライブはどこだ？」

「なに？　なんのドライブだ？　いったいなにを――」

ジェントリーは、その男の頭を撃ち、乗降口までひきずっていって、滑走路に蹴り落とした。

つぎの男のほうを向いた。「二秒やる！　ドライブは――」

「ここにある！」男が叫び、膝のそばの床に置いてある、銀色のケースを指さした。

「あけろ！」

男がいわれたとおりにした。角ばったハードディスク・ドライブ三台がはいっていた。

「ふたりともジャケットを脱げ」

ふたりはビジネススーツを着ていた。すくなからず混乱し、あわててジャケットを脱いだ。

表では基地中でサイレンが甲高く鳴り響いていた。まぶしい探照灯が、イランのジェット機をしっかりと捉えていた。まだジェット機に発砲するものはいなかったが、ぐずぐずしてはいられないとわかっていた。ウクライナ軍はそのうちに、対戦車ミサイルでジェット機を滑走路から吹っ飛ばそうとするはずだ。

ジャケットを脱いだふたりが、ハードディスク・ドライブを隠し持っていないとわかると、壊れた乗降口からおりろと、ジェントリーは命じた。ふたりともいわれたとおりにした。殺されなかったことに、啞然（あぜん）としているようで、両腕をあげ、探照灯に向けて手をふって、撃たないでくれと合図した。

ジェントリーは、身を低くしてコクピットへ行き、副操縦士の死体を座席からひきずり出して、そこに座った。風防が穴だらけだったが、視界が悪いのは意に介さず、スロットルレバーをめいっぱい押し込んだ。

滑走路の半分しか使えないし、向かい風ではなく追い風だったが、あらかじめ計算してあり、離陸にじゅうぶんな距離があるとわかっていた。

速度をあげ、下げ翼（フラップ）を離陸に適した角度に調整した。自動火器の曳光弾が、前方の夜空を飛び交いはじめたので、ジェントリーは座席で身をかがめたが、体を動かせる余地はすくなかったので、精いっぱい速度をあげるほうに専念した。

一連射がうしろで胴体にあたったが、ジェントリーは割れた風防の前方に注意を集中し、滑走路の端近くで操縦輪（コントロール・コラム）を引いた。

ジェットスターが宙に浮かび、あっというまに濃い雲に包まれた。

傷ついたビジネス・ジェット機が、高度五〇〇〇フィートを超えて上昇しているとき、ジェントリーは操縦系統をそのままにして、副操縦士の死体を乗り越え、キャビンに戻った。乗降口で風が悲鳴をあげて吹きすさび、雲の多い暗夜が照明に照らされているキャビンまで忍び込んで、どろどろのスープのなかを飛んでいるような心地がした。ジェントリーはひざまずいてバックパックをおろし、ふたつの物を出した。ひとつは小さなパラシュート・パックだった。バックパックの半分を、それが占めていた。二十秒とたたないうちに、ジェントリーはそれを装着していた。

もうひとつはもっと小さく、重さは一キロ半ほどで、食パン一斤くらいの大きさだった。保護キャップを取り付けた黒い箱がいっぽうにあった。ジェントリーはキャップの下に指を入れて、スイッチを入れた。ジェットスターが高度二〇〇〇フィート以下を飛んでいるときに、ジェントリーはキャビンの床のハードディスク・ドライブ三台の横にそれを置いた。ジェントリーはキャビンから転げ出て、真っ暗な雨空に跳び出した。

ジェットスターはそれから三十秒のあいだ上昇をつづけたが、やがて〈セムテックス〉爆薬一キロ半が爆発して、ジェット機と機内のものをすべて粉々に吹き飛ばした。

ジェントリーは、傷ついたジェット機から脱出した九十秒後に、ひろびろとした畑に着地した。

ラス・ウィトロックは、イラン側に要求されていた詳しい話をするために、さきほどジェントリーから聞いた話を一人称で語った。電話の相手のアリ・フセインは、ウィトロックが話しているあいだ、ひとこともいわなかったが、キエフの西の畑に着地したところでウィトロックが話を締めくくり、その後の隠密脱出はあんたらには関係ないというと、ようやく口をひらいた。「ミスター・グレイ。存分に納得した。あんたの話は、生き残った工作員ふたりの話と、完全に一致する。契約しよう。仕事が終わったときにどこに金を届ければいいかをいってくれるだけでいい」

ウィトロックは、にやりと笑った。困難や挫折はあったが、作戦はやっと軌道に戻った。

「口座番号をメールで送る」

「わかった」

ウィトロックはいった。「もうひとつある。仕事が完了したあとは、状況にかかわらず……おれの状況に関係なく……金を払ってくれ」

アリ・フセインは、合点がいかないようだった。「条件をもっとはっきりいってくれ、ミスター・ジェントリー」

「簡単にいうと、このあとで、おれは身を隠さなきゃならない。おれが殺されたという話が耳にはいるかもしれない。もちろん、カルブ首相暗殺のあと、生き延びられない可能性もあるが、ニュースになるようなことがあっても、うまく仕組んだ偽情報だと思ってくれ」

「なるほど」

「あんたの組織は、おれに金を払うのを延期したくなるかもしれない」長い間を置いてから、つけくわえた。「それは大きなまちがいだ」

「よくわかった。保証する。もし神が望まれるならば（インシャーアッラー）、あんたが責任を果たせば、われわれも責任を果たす。あんたが生きていて口座から金を引き出せるかどうかに関係なく、金を送る」

「それでいい、アリ・フセイン。口座番号をメールする」ウィトロックは電話を切った。

40

ジェントリー捕捉作戦のような大規模な人狩りをやるとき、タウンゼンド・ハウスの通信室は二十四時間ずっと稼動する。技術者、通信士、アナリスト、IT専門家その他のスタッフが、すべて秘話通信経由でUAVおよび直接行動チームと接続し、現地で夜のあいだずっと、何カ月も追っている獲物を探していた。

先刻、歩容パターン・身体パターン認証ソフトウェアをモニターしていたアナリストが、ストックホルム中央駅の防犯カメラ数台の画像から、一度ヒットした。決定的ではなかった。もっともひと通りの多い昼間に、このテクノロジーは街中のカメラの画像から、一分間に一度のまちがった確認情報を得ていた。だが、深夜に独りで駅構内を歩いている男がいて、ターゲットとおなじコートとバックパックを身につけ、歩容も似通っていたので、ジャンパー・チームに連絡して、べつの場所からスカイシャークをそこへ移動させることになった。

UAVが到着したときには、駅の外に男がいる気配はなかったので、ジャンパー・チームは隠れ家に呼び戻された。

ジェフ・パークスは、通信室のすぐそばにある自分のオフィスのソファで眠っていた。一週間前に、フィンランド湾上空をジェントリーがマイクロライト・プレーンで飛んでいるのを発見してから、ずっとそうしていた。靴を脱ぎ、足を高くして、二時間ほど目をつぶっていると、デスクの電話が鳴った。暗号化された衛星電話だとわかる呼び出し音だった。

パークスは、靴下のままでオフィスを横切り、暗号名をいった。「メトロノームだ」

「こちらはデッドアイ」ウィトロックが連絡してきたことに、パークスは驚いた。二十四時間ずっと、連絡をとろうとしていたのだ。タリンでの撃ち合いのあと、パークスはウィトロックと一度も話をしていなかった。

ふたりとも認証番号を確認してから、街の中心部にいると、ウィトロックがいった。

「どうして電話に出なかったんだ？」

「忙しかった」

「なにをしていた？」

「現場作業(フィールドワーク)。手順はわかっているだろう？」現場の経験がないくせにとあてこすり、侮辱しているのだと、パークスは受けとめた。タウンゼンドのナンバー2のパークスは、デスクに向かって座り、CIA時代に配置された世界中の発展途上国をつぎつぎと挙げようかと思ったが、やめることにした。デッドアイやグレイマンのような独行NOC工作員は、自分たちとはちがう人間、つまり銃とナイフと殺人任務を帯びて地球上を歩く人間ではないものを軽視する。パークスはかつてはCIA秘密工作本部の工作担当官だったが、それくらいではラス・ウィトロックのような一匹狼の変人には敬われない。

パークスは、ウィトロックの嫌味を聞き流した。「必要なものは？」

「グレイマンは見つかったか？」

「まだだ。スウェーデンにいて、まだストックホルムにいるかもしれないが、いまはそれしかわからない」

「最後に目視したのは、いつ、どこでだ？」

「ストックホルムにいるのに、どうしてわたしに電話してきた？　ジャンパーやUAVチームと協働すればいいじゃないか」

「そうしないのは、あんたのチームと前に協働したとき、チームが全滅し、おれが撃たれ、ジェントリーが逃げたからだ」

「隠れ家の住所をメールで送る。そこへ行け。ジャンパーとその部下は、監視の専門家じゃない。きみがいたほうが助かる」

「そうだな」ウィトロックはいった。「そこへ行って、やつらに野球帽を脱げっていおう。アメリカ人だっていうのがみえみえだからな。モサドはどうした？」

「わからない。ストックホルムのターゲティング・チームとは連絡がない。チーム指揮官の女が、ボーモントたちの態度が気に入らなくて、手を切ったようだ」

ウィトロックは興味をそそられたが、いまはアメリカ‐イスラエル情報協働の複雑な事情を探求している場合ではない。ほかに困った問題がある。

パークスの声から、それが感じとれた。煮え切らない口調。よそよそしい。こちらの話を信じていないように思え、ウィトロックは不安をおぼえた。

タウンゼンドはなにかに感づいたのか？

突き止める方法はただひとつ。

ジャンパーに会うしかない。

ウィトロックは、午前五時過ぎにタウンゼンドの隠れ家のドアをノックした。数秒後にドアがあき、野球帽をかぶって革ジャケットを着た顎鬚(あごひげ)の戦闘員に、ウィトロックはうなずいてみせた。名前は知らなかったが、ジャンパー・チームの人間にちがいない。

その男が、うしろの部屋のほうにどなった。「ボーモント。独行工作員(シングルトン)が来た」

だが、ボーモントとは顔見知りだった。広いアパートメントの暗いリビングにはいりながら、ウィトロックは、大男の南部人のほうに手を差し出した。UAVステーションのカールとルーカスにも会釈をした。

「狩りはどんなぐあいだ？」ウィトロックはきいた。

ボーモントは、手を差し出さなかった。

「問題があるのか？」

「いまバビットと電話で話をしたところだ」顎鬚の大男がいった。あとの男たちは、寝袋を巻いているか、コーヒーを飲んでいた。UAVのデスクの向こうにふたりが座り、カールがスカイシャークを操縦するのを見ていたが、いまは全員が、リビングのまんなかに立つふたりを見つめていた。

「え？　なんの話だ？」

「ジョエル・ローレンスのことだ」

「だれだ？」

ボーモントが、持っていたプラスティック・カップに、嚙み煙草の汁を吐いた。「トレッスル・セヴン」

ウィトロックは、表情を変えず、この話の方向に感じているかすかな懸念を見せないようにした。「どんなぐあいだ?」

「快方に向かってる。骨折やら、ひどい状態だ。しばらくあっちにいることになるだろうが、そう長くはかからない。CIAがエストニアの司法機関に袖の下をつかってるから、せいぜい一年ですむだろう」

「よかったな」

また嚙み煙草の汁を吐いたあとで、ボーモントがいった。「バビットが弁護士を派遣して、タリンでジョエルと話をさせた。ジョエルは見張りつきで入院してるが、こないだの晩のジエントリーとの騒動について、事情を聞くことができた。はじめにいっとくが、あんた、ジョエルの話はどうにもつじつまが合わないんだよ」

くそ、ウィトロックは心のなかで毒づいた。争いになった場合に備え、すばやくその場にいる人間の数を勘定した。ジャンパー・チームが八人、UAV要員のおたくがふたり。そのふたりは敵にならないと、即座に判断した。ほんとうの脅威は八人だ。どんな武器を持っているか、さっと見た。全員が、腰に拳銃を携帯している。ウージが、壁ぎわにならべたケースの上に置いてある。近くの木箱には、手榴弾、ショットガン、本格的急襲用の抗弾ベストがはいっていた。

ウィトロックも武器は持っていた。錐刀と首絞め具。だが、火器はない。

さりげなくきいた。「なんていってるんだ？」

「ホテルの三階からは屋根裏に行けないと、あんたは報告したそうだな」

ウィトロックはうなずいた。「そのとおりだ」

「三階の廊下の東側に、引きおろせる梯子（はしご）があったと、ジョエルはいってる」

「見落としたんだな」ウィトロックは、肩をすくめた。「なにもかもやれっていうのは無理だ」

「ほう」ボーモントが、チームのほうを見た。ふたりが近づいてきたが、威嚇（いかく）しているだけで、なにかをやろうとしているかどうかは判断できなかった。

「まだある。ジョエルは、雪に埋まっていたときに、無線交信を聞いたそうだ。トレッスル・ツーが、ターゲットをふたり見たというのを、ジョエルは聞いてる」

「ターゲットをふたり？」

ボーモントが、自分よりも小柄なウィトロックから目を離さず、また嚙み煙草の汁をカップに吐いた。

「そうだ」

ウィトロックはいった。「ジェントリーと交戦してるおれを見たんじゃないか」

「あんたはバビットに、戦闘には出遅れたといった。あんたたちふたりがいっしょだったような気がすると、ジョエルはいうんだが、どう思う？」

ウィトロックは答えた。「おれにわかるわけがないだろう、ジョン。おれならあんなドジは踏まないってことはわかってる。トレッスル・チームは、間抜けぞろいだった。あんたら特殊部隊員(スネーク・イーター)がどんなことを考えるか、おれには見当もつかないね」

ボーモントの南部なまりの低い声が、いっそうひきずるような感じになった。「撃たれたって聞いたんだがね」

「ああ」

「傷はどうだ？」ボーモントが、ウィトロックに半歩近づいた。

ウィトロックは、さがらなかった。「だいじょうぶだ。なぜきく？」

「見たいんだよ」とがめるような口調だということに、ウィトロックは気づいた。

「なんのために？」

「おいおい、きょうだい。あんたはグレイマンにオカマを掘られて生き延びたんだ。その傷痕を見せびらかしてもおかしくないんだぜ」

周囲の男たちは動かなかったが、雰囲気が険悪になり、ウィトロックは彼らに押し包まれるような心地を味わった。

「ジェントリーはグロック19を持ってた」ボーモントがいった。

「だから？」

「トレッスル・チームは、MP7を携帯してた。弾丸がずっと小さい」ボーモントは、小柄な相手にのしかかるように、体を近づけた。「銃創もかなり小さくなる」

「あんた、おれが同士討ちでやられたというのか？」

ボーモントが、噛み煙草をウィトロックのブーツに吐き出した。「同士討ちだなんてだれもいってない。おまえとジェントリーが、ふたりでトレッスルと交戦したといってるんだ」

ジャンパー・チームの八人全員が、立ちあがっていた。ホルスターから銃を抜いているものはいないが、たいへんな窮地に陥ったことを、ウィトロックは悟った。

「頭がいかれたのか、ボーモント？」

「すぐにわかる。傷を見せろ」

ウィトロックは笑ったが、はったりだった。笑えるようなところはなにもない。憤慨するふりをした。「パンツを脱いで銃創（GSW）を見せろっていうのか？　ジャンパー・チームの兵舎では、そんなおふざけが流行（はや）ってるのか？」

ジャンパー・アクチュアルの目が鋭くなった。「十秒やる、デッドアイ、部下たちにやらせてもいいんだ」

41

タウンゼンド・ハウスの通信室の夜間当直が、数分前にまた探知した。前回のヒットよりもずっと確実だった。

アナリストが、オフィスにいたパークスを呼び出した。パークスがすぐに通信室に走ってきた。

「なにをつかんだ?」

「シティターミナルでジェントリーを目撃したことが確認されました。ストックホルムの主要バスターミナルです」

パークスは、通信室の奥へ進み、発券窓口の前に立っている男の、きめの粗い画像をしげしげと見た。乗車券を買おうとしている。黒いニット帽をかぶり、大きな黒いコートを着ているが、マフラーは巻いてない。しかも、明らかにジェントリーだとわかる。

「これはリアルタイムか?」

アナリストが、画像のタイムスタンプと自分の時計を見比べた。「約二分前です。街を出る交通機関の拠点を監視していて、これを見つけました」

「どこへ向かおうとしているのか、調べられるか?」

「いまやっています」

通信室のハッカーがすぐに、発券窓口からデータを引き出して、画像のタイムスタンプの時刻に売られた乗車券を突き止めた。すぐさまハッカーがいった。「ヨーテボリ行き片道乗車券、四十分後の発車」

パークスは、興奮して両手を打ち合わせた。「ジャンパーを出動させろ。UAVも飛ばせ。ジェントリーがバスに乗るところを殺る」

左腰の射入口と射出口が、九ミリ弾の銃創には見えないことを、ウィトロックは知っていた。もっと小さい。ボーモントは、ひと目見ただけで、トレッスル・チームに撃たれたのだと見抜くだろう。そうなったら、ここで厄介なことになる。同時に三人を斃せる自信はあった。肉体を威力のある防御兵器に変える、高度な格闘戦訓練を受けている。相手が拳銃を持っていても、第一波か第二波の攻撃までは、速さ、不意打ち、動きの激しさで打ち勝つことができる。

しかし、八人をすべて斃すのは無理だ。まして腰の傷で動きが鈍っている。

ウィトロックが動かず、ジーンズのボタンもはずさなかったので、ボーモントがいった。

「断わったのだと思うことにする」

UAVデスクで電話が鳴った。ジャンパー・チームは、だれひとりとしてそちらを向かなかったが、カールが出て、すぐさまスピーカーホンに切り換えた。

「全員います、メトロノーム。どうぞ」

小さなスピーカーから、パークスの声が聞こえた。「ジェントリーは、中央駅のそばにあるバスターミナル近くのどこかにいる。五分前にヨーテボリ行きのバスの乗車券を買った。発車時刻まで三十分ほどしかない」

カールがいった。「了解しました。これからシャークをそっちへ移動します。でも、目視できるのは、やつが外にいるときだけですよ」

「それでいい」パークスがいった。「ジャンパー、すぐに向かってくれ。そこへ行って、やつを消せ」

「デッドアイはどうする？　ここで見張りをつけてもいいが」

パークスが数秒間、受話器のマイクの部分を押さえている気配があった。やがていった。「チーム全員でジェントリーを追えと、バビットが指示している。ウィトロックは解放しろとのことだ。だが、その前に武器を奪って、隠れ家にはいれないようにしろ。そこの武器を盗めないように。デッドアイのことは、ジェントリーを始末してから片づける。UAVチームにも武器を渡しておけ」

ボーモントが、ウィトロックのボディチェックを部下に命じた。ボディチェックは手早かったが、乱暴で、包帯を巻いた腰をわざと叩いた。ウィトロックは、銃を持っていなかったが、小さなナイフを取りあげられた。ボーモントの部下が立ちあがった。「これだけです、ボス」

ボーモントは、デッドアイをしばし睨（にら）みおろしてからいった。「これですむと思うなよ」

ウィトロックは、ボーモントを睨み返した。状況が急転したため、元気になっていた。

「あたりまえだ。ブーツを弁償してもらう」

ボーモントは、自分より背の低い相手を数秒のあいだ、険悪な目つきで見ていたが、やがて目をそらし、部下に命じた。

「よし、みんな。出かけるぞ」

ルースは、スマートフォンの鳴る音で、午前五時二十五分に目を醒（さ）ました。すぐに上半身を起こし、スマートフォンを耳に当てた。

「はい」

「マイクだ」

「捕捉したの？」

「べつのものを。SUV二台が、駅の前を通過して、通りの向かいのシティターミナルにとまった」

「バスターミナルね？」

「当たり。だれがおりてきたと思う？」

「タウンゼンドの射手（シューター）？」

「また当たり。銃は見えないけど、バスで海岸に行くためじゃないだろうね」

そういってから、マイクがきいた。「もっと接近しようか？　いまは駅構内にいて、大待合室と表の通りが見える」

「だめ。そこから動かないで。バスターミナルは、わたしたちが調べる」

ルースは、電話を切り、ローリーンの脚をつかんで揺り起こした。「起きて！　六十秒で出かけるから」

ルースより若いローリーンも、服を着たままで寝ていた。監視の仕事を長年やっているので、ボスとおなじようにぱっと目を醒まして、すぐさま動きまわれるようになっていた。目があく前から体を起こし、ブーツに足を突っ込んでいた。

ルースは、隣の部屋の壁を叩いた。アロンが叩き返した。駅の監視から戻ったあと、一時間しか眠っていなかったが、すぐさま動きだした。

三人は、一分とたたないうちに、表の駐車場に出ていた。

ラス・ウィトロックは、レンタカーのＢＭＷに乗って、タウンゼンドの隠れ家をあとにした。それと同時に、ジャンパー・チームのＳＵＶがバスターミナルに向けて突っ走っていった。だが、ジャンパーとおなじターゲットを追っているとはいえ、ウィトロックはＳＵＶにはついていかなかった。

べつの目的地が頭にあった。

ウィトロックは、ストックホルム中央駅の大待合室の駐車場に、ＢＭＷをとめた。

ジェントリーは、ストックホルムをどうやって離れるかを明かしていない。だが、ウィトロックが通りの向かいではなくここに来たのは、当然の判断だった。ジェントリーがバスの乗車券を買っているのをカメラが捉えた、とパークスがいったとたんに、バスターミナルへは行かなくていいと思った。ジェントリーがそんなうかつなことをやるわけがない。バスの乗車券をジェントリーが買ったのは、防犯カメラで監視してる人間を欺瞞するためだ。ジェントリーがほかの方法でこの地域から脱出するはずだと、ウィトロックは見抜いていた。中央駅はバスターミナルのすぐ南にある。大きな駅で、だだっぴろい地階があるから、身を潜めるには格好の場所だ。それに、なによりも確実な理由がある。自分がジェントリーの立場なら、そこへ行くはずだ。

ウィトロックは、中央駅の大待合室にはいり、モサドの監視員が構内にいないかどうか、目を光らせながら、地階におりていった。

イスラエル大使館のシュコダが、バスターミナルの西側にある駐車場にはいり、モサドのターゲティング・オフィサー三人がただちにおりて、雪に覆われた車のあいだを、ターミナルビルに向けて歩いていった。

ルースは、ブルートゥース接続のイヤホンで、チームの全員との通信をつないだままにしていた。「マイク、わたしたちが見える？」

マイクは、通りの向かいにある中央駅の上の階にいて、大きな窓から見渡していた。「捉えている。タウンゼンドの連中は、表にいて、そっちの北側で、バスの列の横を歩いている。ターミナルにはいって、静止監視地点を見つけたほうがいい」

「了解」ルースは時計を見た。バスの発車時刻まで、十五分を切っていた。

早朝なのに、乗車券を買うひとびとや、寒い表に出ないで暖かい屋内でバスを待つひとびとで、ターミナルはかなり混雑していた。ルースとあとのふたりは別れて、壁ぎわを大きく迂回して進みながら、ターミナルにいる人間をひとりひとり観察しようとした。

東側の壁ぎわを歩きながら、ルースがいった。「ここじゃないという気がする。あの男は、こんなところには来ないでしょう。じっと立っているわけがない。ローリーン、ここからジャンパーを見張れるような窓を探して。アロンとわたしは下に行ってみる。ここにいるとしたら、もっと静かな場所にいるはずよ」

ルースとアロンは、階段でターミナルの下の階へ行った。たちまちルースのうなじの毛が逆立った。そこはがらんとした広い通路で、早朝なのでひと気がほとんどなかった。階段の真向かいのコーヒーショップも、開店したばかりだった。その通路は、ふたりの右手でターミナルビルの真下を通り、道路の下をくぐって中央駅へ行ける地下道につながっていた。自動券売機の前に数人がならび、なかごろの発券窓口に係員がひとりいた。だが、もっと先の通路の東側は、闇に包まれていた。そこはなにかが建設中らしく、通路のかなりの部分が立入禁止になっていた。黄色いテープとビニールシートで、関係者しかはいれないように仕切ってある。

ルースは、アロンにささやいた。「あそこにいる……もしここにいるのなら」

アロンがうなずき、ふたりは通路を渡ってコーヒーショップへ行き、席についた。

ジェントリーは、建設現場のウォールボードが積んである鉄の足場の蔭に立っていた。階段から近づいてきたルースと相棒が、そこから見えた。距離は三五メートルほどで、ルースは前夜とはちがい、ブロンドのかつらをかぶっていなかった。ルースだとわかったのは、黒いコートがリバーシブルで、内側がグレイだったのを、前夜に見届けていたからだ。バーを出たあと、ジェントリーはグレイのコートを着た女はいないかと、ずっと目を光らせていた。

数分のあいだそこに立ち、ほかに監視はいないかと注意深く見た。カメラに顔を見せて乗車券を買い、追っ手をわざとおびき寄せたので、来るはずだとわかっていたが、識別して要員を派遣するのに、どれくらい時間がかかるのか、知るすべがなかった。

かなり感心した。時間はほとんどかかっていない。数分前に上の階にいて、男たちの一団がバス駐車場を動きまわっているのを見た。エイブラハム戦車みたいにひどく目立っていたが、彼らの目的は、霧のように忍びやかに移動することではない。あれは暗殺チームだ。隠密行動の能力はかなり劣っているのがわかったが、人間を殺す技倆がどうかを見極めるためにここに残っているつもりはなかった。

そこへモサドの女が現われた。ルースは昨夜、もうタウンゼンドのためには働いていないといったが、地上の男たちはモサドの特殊作戦部隊には見えない。だから、ルースが嘘をつき、デッドアイが真実をいったのだと、ジェントリーは判断した。モサドとタウンゼンドは、事実、協働して狩りをやっている。

ルースと相棒が視界の右に移動したので、コーヒーショップにはいったのだとわかった。ジェントリーはそれを、悪い兆候だと考えた。よほど怠け者の諜報員ならべつだが、ここに来たとたんにコーヒーショップに陣取ったのは、ビニールシートに覆われた暗い建築現場を、獲物が隠れ場所に使う可能性があると判断したからにちがいない。あのふたりがいると、通路をひきかえして階段を昇るわけにはいかない。

だが、それは大きな懸念材料ではなかった。バスターミナルに戻るつもりはなかったからだ。この通路の南側の壁には、道路の下をくぐって中央駅に行ける地下道があるし、建設現場を抜ければ、コーヒーショップから見られずにそこまで行けるとわかっていた。最初から駅が目的の場所だった。

ジェントリーは時計を見て、タイミングはぴったりだと判断し、闇のなかを移動しはじめた。

ルースとアロンは、コーヒーショップの席から、建設現場の八五パーセントを見張っていた。見えないのは、シートとテープで囲まれた暗い場所の南の端だけだった。その部分が、道路の向かいにあるストックホルム中央駅に通じる地下道までずっとのびているので、ターゲットが姿を見られずにそこまで行ける可能性があった。

最初からこれがジェントリーの計画だったのではないかと、ルースはふと思った。

「ローリーン、そっちはどう？」

「アメリカ人はまだ表の駐車場にいる。捜索してから、何人かずつに分かれた。いまは人だかりのなかにいて、溶け込もうとしているわ」

ルースはいった。「バスに乗っていくという情報をつかんだにちがいない」通路のほうに目を向けた。「そうじゃないと思う。ターミナルにいるのを見つけたのかもしれないけど、あの男は、わたしたちを撒くためにここに来たにちがいない」

マイクが、通信網にくわわった。「いまから午前六時までのあいだに、ここから出る列車が、八本ある」ルースはいった。「わかった。それじゃ、作戦の一部を駅のほうに移さないといけない。マイク、下におりて、バスターミナルとのあいだの地下道に向かって。そこから来るかもしれない。来たときには前方にいて、静止監視をやること。ローリーン、道路を渡って、大待合室を見張って」

つづいて、アロンのほうを向いた。「一階に戻って、ボーモントとその部下たちがやっていることを見張って」

ルースは立ちあがり、駅に通じる地下道を独りでゆっくりと歩いていた。ターゲットがほんとうにその方向へ行ったのだとすると、あとを跟けるつもりだった。

マイク・ディルマンは、大待合室の階段から地下におりて、バスターミナルに通じる地下道があるはずの北に折れた。早朝の旅行者がかなりいて、プラットホーム方面の出口に向かう通路を進んでいた。大多数は通勤列車からの乗り換え客で、国内か外国の遠い目的地に向から長距離列車に乗ろうとしていた。

マイクは、照明の明るいところを一五メートルほど進み、駅構内の案内図に行き当たった。そこからさらに一階下におりなければならない。関係者以外立入禁止のドアのノブをまわすと、鍵はかかっていなかった。奥は暗い廊下で、大きな業務用エレベーターがあった。マイクはすばやくエレベーターに乗り、一階下のボタンを押した。

業務用エレベーターのドアがあくと、そこは照明が薄暗く、建設中だと明らかにわかった。

そばに車一台くらいの大きさの金属製ゴミ容器があり、割れた煉瓦や廃棄される塩化ビニールの管がいっぱいはいっていた。真正面の明るい通路とそこを、長いテープが仕切っていた。ショッピング・カートを牽いている高齢の夫婦が、左から右へ横切るのが見えた。そのふたりはバスターミナルから来て、通路の先にあるエスカレーターで大待合室へ行くのだろうと思われた。

静止監視にうってつけの場所だと、マイクは判断した。現場内で明かりをつけるようなことをしなければ、ジェントリーが通過するときに暗視ゴーグルをかけていないかぎり、一五メートル離れたゴミ容器のそばに立っているのを見られるおそれはない。

マイクは、暗がりにはいっていって、遠くの明かりを見た。動きが見え、たったひとつの人影が近づいてきた。だが、まだ遠すぎて、ターゲットなのか、それともほかのだれかなのか、見極められなかった。

マイクは、エレベーターとゴミ容器のあいだに陣取り、ブルートゥース接続のイヤホンを通じてささやいた。「業務用エレベーターのそばで静止した。通路のすぐ南だ。ここで目視の可能性あり。待ってくれ。通過したら確認して連絡する」

「了解」ルースがいった。「あなたの位置まであと二分、下の階の通路から行く」

マイクは、ルースの呼びかけに応答しなかった。近づいてくる男に、注意を集中していた。目を凝らして、もっとよく見ようとしたが、そのとき、顔の前になにかの動きがあった。両手をあげて身を護ろうとしたとたんに、喉に鋭い痛みを感じ、気道が一瞬ふさがれた。両手をそこにのばし、首を押さえているものをひっぱろうとしたが、きつく締めつけられてい首に紐を巻きつけた。だれかが――グレイマンにちがいない――闇のなかをうしろから近づいてきて、首に紐を巻きつけた。だれかが―

た。強く食い込んで、はずすことができない。

マイクの脳はなにが起きているかを知っていたが、本人は信じたくなかった。だれかが――グレイマンにちがいない――闇のなかをうしろから近づいてきて、首に紐を巻きつけた。首絞め具で、絞め殺されかけている。

マイクは、渾身の力で抵抗した。磨き込まれたタイルの床を、ブーツのゴム底がしっかりと捉えていた。背中で押すと同時に、頭をうしろに突き出して、襲撃者の顔を懸命に頭突きしようとした。だが、見え透いた戦術を襲撃者は読んでいて、頭突きが届かないところに顔を離していた。マイクのイヤホンがはずれ、床にカタンと落ちて、闇のどこかへ見えなくなった。

マイクは両脚を使って押した。喉に食い込んでいる細い紐をつかもうとすると、手が血で濡れるのがわかった。体が傾いたのもわからず、いつのまにか倒れて、うしろの男といっしょに床に激突した。襲撃者が首絞め具をさらに食い込ませると同時に、足を床に突っ張っているのがわかった。そのままの態勢で、ゴミ容器の蔭のもっと暗いところへ、ひきずっていこうとしているのだ。

ばたつかせていたマイクの腕から力が抜けて、だらんと垂れた。革ジャケットが血まみれになっているのがわかった。なにか武器に使えるようなものが転がっていないかと、闇を手探りしたとき、床にたまった自分の生ぬるい血を掌が打った。

くだんの男が照明がある通路をこちらに向かっているのが、遠くに見えた。まもなく一五メートル足らずのところを通るはずだ。

マイクは、悲鳴をあげ、助けを呼ぼうとしたが、気道をふさがれていて、声が出なかった。脚で左右をがむしゃらに蹴り、音をたてようとしたが、襲撃者はマイクの体を左右にふり、腰を横転させることで、その動きを封じ込んだ。

マイクのすぐ前方を例の男が歩いていたが、業務用エレベーターのそばの暗い通路で起きていることには、まったく気づいていなかった。

マイクはまた叫ぼうとしたが、一瞬、低く喉を鳴らすことができただけで、その拍子に首絞め具がいっそう強く食い込んだ。

視野が狭くなり、意識がぼやけて鈍くなり、パニックを起こして激しくなっていた脈が、不整脈に変わり、停止したとたんに、マイクは見た。

理解はできなかったが、見た。

前を通り過ぎた男は、コートランド・ジェントリーだった。

42

ウィトロックは、首絞め具を必要以上に長く、死んだ男の首に巻いたままにしていた。息が切れ、腰の痛みがすさまじかった。転がって体を起こし、膝をついて立つのが怖く、死体を上に載せたまま、じっと横になっていた。

こいつは戦士だった。見かけによらず強かった。

それでも死んだ。ジェントリーは、闇で起きたことに気づかずに通り過ぎ、いまごろエスカレーターに乗って、プラットホームのある階に昇っているだろう。

モサドには手を出さないと、ジェントリーに約束したが、ニースのときとおなじで、戦術状況で最初の計画をすこし調整する必要があったのだと、ウィトロックは考えていた。いま、タウンゼンドの情報網からはずされたため、そちらの行動についてはなにも情報を得ることができない。ましてモサドの行動はまったくわからない。だから、ジェントリーがストックホルムを脱け出すのを手伝うには、その場で工夫しなければならないと考えたのだ。

うまくすると、ジェントリーはもうじき列車に乗り、ストックホルムを離れているはずだ。ジェントリーがここの監視の目から逃れれば、こちらの作戦も軌道に戻る。

ウィトロックは、よろめきながら立ちあがった。血みどろの首絞め具をコートのポケットに戻し、ズボンで両手を拭いた。

そのとき、腰から出血しているのがわかった。

くそ。これは死んだ男の血じゃない。おれの血だ。銃創がまたひらいてしまった。

とりあえず、やることはやった。これ以上ジェントリーに手を貸せば、発覚する危険を冒すことになる。血が脚をしたたっているのに、人だかりをよろよろ歩きまわるわけにはいかない。

滅相（めっそう）もない。早くここを離れなければならない。

足をひきずって業務用エレベーターに乗り、上の階を目指した。


ルースは、照明の明るい通路を、ゆっくりと進んでいった。ターゲットの姿がちらりとでも見えないかと思い、できるだけ遠くに目を向けたままにしていた。

マイクが、一分以上も連絡してこない。対象（サブジェクト）の可能性がある人間を見張っているといったあと、ずっと沈黙している。近接監視のときにはOPSEC（作戦保全）のために通信を中断するのは、よくあることだったので、応答の遅れをルースはなんとも思わなかった。

だが、地下道を抜けて、駅の地下の北端に出ても、マイクの姿はなく、連絡もなかった。駅の側にもテープで仕切られた建設現場があり、そこの闇のなかに業務用エレベーターが見えたが、マイクはどこにも見当たらなかった。

ルースは、歩くのをやめた。「マイク」イヤホンを通じてそっといった。「静止監視だけにしてといったでしょう。ターゲットを徒歩で追っているのなら、ひきかえしなさい」

応答はなかった。

「マイク、送信できないのなら、せめてイヤホンを叩いて」

マイクがブルートゥース接続のイヤホンを叩く音が届くのを待ったが、やはりなにも聞こえなかった。

アロンがずっと聞いていた。自分も呼び出そうとした。「ディルマン、ルースがきみと連絡をとろうとしている。受信しているか？」

ルースは不安になっていた。立入禁止と書かれたテープをまたぎ、仕切られた暗い場所にはいっていった。「マイク、いますぐに監視をやめて連絡しなさい」

上の階にいるローリーンが、連絡してきた。「ターゲットを目視。くりかえす、目視。ジェントリーはホームがある階にいる。中二階から監視中」

「マイクは尾行しているの？」ルースはきいた。

「いいえ、マイクは見えない」

アロンがいった。「駅に向かう」

ルースは、業務用エレベーターの前に着いて、エレベーターを呼ぶためにボタンを押した。マイクが電波が届かないところにいるせいで、通信が途絶えたのだろうと思っていた。

だが、大待合室の階へ行くためにエレベーターを待つあいだに、まわりを眺め、建築資材や壁ぎわの大型ゴミ容器を見たとき、そのうしろからブーツが突き出しているのが目に留まった。

一瞬、駅に寝泊まりするホームレスかもしれないと思った。ヨーロッパでは、いたるところにホームレスがいる。だが、ブーツの向きが、なんとなく妙だった。爪先が上を向いている。ルースは急いでハンドバッグから懐中電灯を出し、照らした。

ブーツに見おぼえがあった。喉の奥から小さなあえぎが漏れ、駆け出して、ゴミ容器の向こうにまわると、マイク・ディルマンが倒れていた。あいたままの生気のない目が、ルースの懐中電灯の光を反射し、首のまわりで血が光っていた。ルースはしゃがんで、マイクのようすを見た。

イヤホンから、ローリーンの声が聞こえた。「対象（サブジェクト）はプラットホーム12。くりかえす、1、2」

アロンがいった。「ルース、そっちへ行こうか？　それともターゲットを追ったほうがいい？」

ルースは答えなかった。目に涙がこみあげ、泣き声を押し殺しながら、マイクの生存徴候（ヴァイタル・サイン）をたしかめた。

「ルース。応答してくれ」

だが、ルースは応答しなかった。物音ひとつたてなかった。マイクの死体のまわりにひろがっている血を避けながら、床にゆっくりと座り、両手で顔を覆（おお）った。

なにが起きたのか、疑問の余地はないと思った。ジェントリーがマイクと出くわし、なんらかの方法で殺して、逃げおおせた。理解できなかった。ジェントリーというターゲットについてこれまで収集した心理データや履歴すべてに反する。だが、まちがいない。ほかに説明がつかない。

ずっと考えちがいをしていた。ジェントリーはまちがいなく脅威だ。首相にとっても、自分の部下にとっても。

動きが鈍っている頭脳が、状況を推し量る能力を取り戻すと、ルースは気づいた。チームのあとのふたりには教えられない。まだだめだ。ふたりには任務をつづけさせなければならない。街を離れようとしているジェントリーを追跡しなければならない。マイクがゴミの山のそばで仰向けに倒れて死んでいると教えたら、ふたりは任務に集中できなくなるだろう。

アロンが呼びかけた。「ルース？」

ルースは、マイクのコートの下に手を入れて、財布とスマートフォンを抜いた。床に落ちていたイヤホンも見つけて、拾い、あとのものといっしょにポケットに入れた。

ローリーンが、不安げな声で呼びかけた。「ルース？　マイク？」

ルースは自分自身を憎んだ。脳の奥の計算高く冷たい部分が、感情をすべて撃退して、任務を続行させていることが、忌まわしかった。

アロンがいった。「ルース、下におりていく。二分でそこへ行ける」

嘆き悲しむのはあとでいい。だが、あとで自分のしたことを思い返すと、いっそう自分自身が憎くなるだろうと、すでにわかっていた。

ルースは、自分が感じている恐怖の気配を出さないように気をつけて、きっぱりと応答した。「だめ。ターゲットに集中して。こっちから行く」

「マイクはどうした？」

ルースは目を閉じた。涙が顔を流れた。唇を強く噛み、顎を突き出した。「マイクの通信機が壊れたの。予備を持ってくるように行って、車に戻らせたところ」

「了解」アロンがいった。「プラットホーム12に向かう」

ルースは、マイクの死体を置き去りにして、ホームの階に通じるエスカレーターに向けて駆け出した。


十二両編成の長い国際線の列車がホームの両側にとまっていたため、プラットホーム12は乗客で混み合っていた。

ルースが階段を昇ってホームに出たとき、ローリーンが連絡してきた。ローリーンは、ルースのうしろの中二階から、ターゲットを見張っていた。

「ジェントリーは、プラットホーム12Aの列車に乗った。ここから電光掲示板が見える。オスロ行きよ。まもなく発車する」

「アロン、どこなの？」ルースはきいた。いつものような高飛車な声が出なかったが、徒歩で急追している興奮のさなかで、なにかが欠けているのを部下に気づかれないことを願った。

「これから列車に乗る。先頭車両」アロンがいった。ルースの一五メートル前方にいた。ルースは、列車が出る前に自分も乗り込もうとして、人だかりを押し進みはじめた。「そっちは乗った？」アロンがきいた。

「まだ。あと三十秒」

先頭車両の横で、車掌がホイッスルを吹いた。

「急いだほうがいい」

ありがたいことに、前方の人だかりに道ができていたので、百人の口から凍てつく大気に吐き出される白い息のなかで目を細めながら、ルースは走っていった。列車のドアが閉まり、オスロに向けて出発する前に、行き着こうとした。

そのとき、黒っぽいコートを着てバックパックを背負った男が、オスロ行き列車のうしろから二番目の車両からおりるのが見えた。フードをかぶっていて顔が見えなかったが、ジェントリーかもしれないと、ルースは思った。男はすばやくホームを横切り、逆方面に向かうＳＪ高速鉄道（エクスプレス）の列車に乗った。

ルースは、立ちどまった。「あれなの？」ときいた。「ローリーン、彼は列車をおりた？」

「いいえ」ローリーンが応答した。つづいていった。「わからない。おりるのは見なかったけど、十両以上の長さで、ひとがおおぜいいるから」

その列車側の頭上にある電光掲示板には、〝ハンブルク〟とあり、発車時刻が迫っていた。ずっと向こうの先頭車両の横で、車掌が手にしたホイッスルを吹いた。「まったくもう！」どちらに乗ればいいのか迷って、ルースはいった。

決断するまでもなかった。オスロ行き列車のドアが閉まり、ゆっくりと動き出した。あれには乗れない。ストックホルムに残るか、ハンブルク行きにターゲットが乗っている可能性に賭けるしかない。

ルースは、ＳＪエクスプレスの最後尾の車両に跳び乗った。すぐにその列車も動きはじめた。

ルースは、最後尾の一等車に乗ったままで、前の車両とのあいだのデッキに目を配っていた。そこに動きがあれば、すぐに立ちあがって、うしろの洗面所へ行くつもりだった。しばらく無言でじっと座っていた。アロンはいまごろ、オスロ行き列車の車内を慎重に、ゆっくりと進んでいるはずだ。待つあいだ、窓から早朝の暗闇を見つめ、マイクを見つけたときのことを考えた。身許やどういう仕事をやっていたかがわかるようなものは、すべて抜き取り、あそこに置き去りにした。自分の任務のことを思った。ターゲットは脅威ではないという自信のせいで、部下がひとり殺され、任務をしくじった。

自信ではない、と自分をいましめた。無能だ。

ローマのことを思った。

ローマの事件のときは、薔薇の香りを漂わせて切り抜けた。モサド指導部に、監視が完全ではないと作戦部に警告しようとしたことを称揚された。だが、経歴に傷がつくのをまぬがれるような働きはしていなかったと、ずっと思っていた。もっと強く反対していれば、メッァダの急襲を阻止できて、なんの罪もない一般市民が殺されることはなかった。ふりかえってみれば、それがよくわかる。ターゲットの状況を組み立てるのにもっと時間がほしいと、テルアヴィヴの上司に電子メールするだけではなく、差し迫っていた強襲に大声で猛反対すればよかった。部門も規律も度外視してわめき、暗殺／捕縛部隊の前に立ちはだかるべきだった。家のなかの人間に情報を漏らして、逃げる時間をあたえることもできただろう。

だが、そういうことは、なにもやらなかった。しごく単純なひとつの理由から。

自分は急襲を望んでいた。電子メールを送ったという事実があるから、それを否定できるが、イエローフラッグを出したのは、メッツァダの戦闘員の安全を思ったからにすぎなかった。屋内にターゲットのほかに武装した人間や脅威がないことを、たしかめたかったのだ。ターゲットが完全に有罪であることは、片時も疑っていなかった。死ねばいいと思っていた。そいつの仲間が屋内にいた場合には、ともに殺されてもかまわない、と思っていた。身許確認ができないとしても、仲間もやはり有罪にちがいない。

無関係な家族が家のなかにいるとは、思ってもみなかったが、だからといって罪をまぬがれることはできない。それをたしかめるのが、自分の仕事だった。

なんの責任も問われなかったのは、電子メールの文面が具体的ではなく、無実の証明に役立ったからだ。それに、議会の調査委員会は、とんでもない大失態からひとつの光明を見出したいと思っていたのだろう。そこで、上層部に真実を告げて人命を救おうとした若手女性職員の意気軒昂（けんこう）な言葉にすがりつき、組織の損なわれたイメージを取り繕（つくろ）おうとした。

中途半端に文句をつけたあの電子メール一本のおかげで、ローマの大惨事に関わったあとの人間とおなじ運命をたどらずにすんだ。そのことはずっと承知していた。

それが今回は。ああ、なんてことなの。どうしてこうなったのよ？

両手で頭を抱えた。

「ごめんなさい、マイク」

アロンが念入りにゆっくりと列車内を捜索するのに、十五分かかった。終えると、通信網で連絡した。「ルース、やつはそっちだと思う。こっちでは見つけられない」

ルースは席を立った。ジェントリーを探すべきだろうかと、迷っていた。やめよう。危険が大きすぎる。ここにじっとしていて、停車した駅でジェントリーがおりるかどうかを監視するほうがいい。座席のポケットにあった路線図のパンフレットを取り、よく調べた。落ち着いた声を装わなければならない。それにかなり苦労した。「わかった。この列車は、午前十一時十分にコペンハーゲンに着く。飛行機に乗って。先まわりして待っていてほしいの。コペンハーゲンの手前で彼がおりたら、そこでまた予定を変更する」

「了解した」アロンがいった。

「わかった」ローリーンがいった。

数秒後に、アロンがいった。「マイク、聞いているか？」

アロンが、辛抱強く応答を待った。

ルースは、最後尾の車両の座席にじっと座っていた。その列にほかの乗客はいなかったが、向き合った座席で新聞を読んでいる男がいた。

両手を膝に置くと、全身がふるえているのがわかった。胃液がこみあげてきた。はじめはほんのすこしだったが、吐き気がひどくなってきた。

ローリーンが、通信網で伝えてきた。「駅でなにか起きてる。サイレンが聞こえる。救急車が一台と、パトカーが何台か、とまった」

こんどはアロンがいった。「ルース。マイクを呼び出してくれないか？」うろたえている声だった。

そのとき、突然、耐え切れなくなった。

ルース・エティンガーは、気力を失った。

座席から立ち、後部を向いて、狭いデッキのドアへと駆け出した。洗面所のドアを叩きつけるように閉め、洗面台に吐いた。

胃の中身といっしょに涙が流れ、すすり泣きが長くつづいた。

二十分後、ルースは洗面所の外で最後尾のデッキに立ち、スマートフォンを耳に当てた。泣いたせいで顔が赤くなっていた。だれかが洗面所を使いにきたときに、顔色を見られないように、コートのフードをかぶっていた。

電話の相手は、ヤニス・アルヴェイだった。ルースは、ヤニスにすべてを話した。マイクの死体を発見し、部下ふたりには伏せてあること。だが、それだけではなかった。前日の朝にジェントリーを目撃し、タウンゼンドの暗殺チームが来る直前にわざと逃がしたことも打ち明けた。

すこし自己弁護もした。ボーモントとジャンパー・チームが住人を巻き添えにして何人も殺すのを避けたかったのだ、とつぶやいた。だが、それはもっと強く主張してもいいことだった。

自分を呪っていたので、そうできなかった。ローマとおなじようにはしたくない。ごまかして非難をまぬがれるのは嫌だ。

ルースにいうことがなくなり、泣くのをやめると、ヤニスはやさしい声できっぱりといった。「ルース。終わりだ。きみは呼び戻され、交替させられるだろう。ターゲットがその列車に乗っていることをメッツァダに伝え、暗殺／捕獲作戦のゴーサインを出す」

「わかりました」

「きみはつぎの駅まで乗っていて、そこでおりろ。だれかを迎えにやる。わたしは一時間以内にコペンハーゲンに向かう。そこで落ち合い、テルアヴィヴ行きの飛行機にきみを乗せる」

ルースは、スマートフォンを耳に当てたままでうなずいた。「わかりました。残念です」

「こっちも残念だよ」ヤニスがいった。「マイクのことが」

ヤニスが、電話を切った。

ルースは、イヤホンをはずし、ハンドバッグに入れた。スマートフォンの電源を切り、それも入れた。顔を洗うために洗面所に戻った。

ローマの件が、判断を狂わせていた。ローマでメッツァダの戦闘員によってあの家族が撃ち殺された日から、現場に戻るのはどうかと思うと、ヤニスは心配していた。その懸念を、自分は笑いとばした。

だが、ヤニスは正しく、わたしはまちがっていた。ローマの一件で自分が使いものにならなくなっていたことに、気づいていなかった。

ジェントリーを監視する作戦からはずされた。それはしかたがない。ほかに手はない。ヤニスも、わたしを呼び戻すほかに、手立てはなかっただろう。

でも、自分はこれで終わりだと気づいたとたんに、だれの部下でもなくなったのだと悟った。どこにも属していない。

失うものはなにもない。

この列車のどこか前方に、部下を殺した男がいる。その男はまだ自由の身だ。それに、タウンゼンドの殺し屋がこちらへ向かっているかどうかはべつとして、ジェントリーはその連中を掃滅し、逃げて、また殺しをつづけるだろう。

彼らに監視を任せてはおけない、とルースは心に決めた。急襲はどうする？　もちろん、この手でジェントリーの首を絞めて殺したいのは山々だが、そんなことができるはずがない。ボーモントとその部下たちが来たら、邪魔にならないようにする。

だが、それまで――ジェントリーがこの列車をおりるまで、乗りつづける。

43

ジェントリーは、四両目に乗っていた。その二等車の席は、半分くらいしか埋まっていなかった。乗車券を持たずに乗ったが、スウェーデンではめずらしいことではない。女性の車掌が来たときに、ハンブルクまで行くとドイツ語でいい、正規料金で乗車券を買った。

その終着駅までずっと乗っているかどうか、まだ見当がつかなかった。きょうという日が進むにつれて、状況を探っていかなければならない。しかし、ストックホルムからは、できるだけ遠ざかりたい。

フードをかぶった頭を窓にもたせかけて座っていると、上の棚に置いたバックパックのなかで携帯電話が震動した。立ちあがって、携帯電話を出した。ウィトロックが狩りについて情報を伝えてきたかもしれないので、電話に出ることにした。

ジェントリーはいった。「ああ」

「無事か、きょうだい」

近くにはだれもいなかったが、ジェントリーは小声で話をした。「けさまたモサドの女を見たが、撒(ま)いたと思う。そっちの友だちから連絡は？」

ちょっと間があり、ウィトロックがいった。「おれは作戦からはずされた」

「どういう意味だ？」

「当面、タウンゼンド・ハウスからの情報は得られないっていう意味だ」

「おい、話がちがうじゃないか」ジェントリーはうなった。「キエフのことを打ち明けたのに、もう手は貸せないっていうのか？　やつらがおれを追跡しているかどうか、あんたにはわからないのか？」

「最後に聞いた話では、ジャンパーはバスターミナルであんたを探してた」

策略で監視チームの注意を中央駅からそらすことができたとわかり、ジェントリーは満足してうなずいた。だが、ヨーテボリ行きのバスが発車したとたんに、そのごまかしが無効になることもわかっていた。

ウィトロックが、つけくわえた。「モサドは、駅にも静止監視を置いていた」

ジェントリーは、首をかしげた。「どこの駅だ？」

「あんたが五時五十分発ハンブルク行きの列車に乗った駅だ」

くそ。ジェントリーはさっと立ちあがって、棚からバックパックを取り、列車内を移動しはじめた。車内で脅威にさらされているとすると、最後尾か先頭車両にいたほうがいい。そうすれば、護らなければならないのが、一方向だけになる。

ジェントリーが歩きはじめると同時に、ウィトロックがいった。「落ち着け。タウンゼンドのやつらは知らない。知っているのは、おれだけだ」

「どうしてわかった？」

「あんたを見たからだ。どの列車に乗ったのかは見なかったが、あんたが離れていったころに発車した列車は、四本しかない。三本は北行きか西行きだ。南に行くだろうとあたりをつけた。ここでさんざん追いまわされたから、スカンジナヴィアとは完全に縁を切って、大陸に戻り、姿を消したいと思うのが当然だ。おれだってそうする。現にあんたもそうしている」

ジェントリーは、車両のあいだのデッキを通って、食堂車に入り、さらに後部を目指した。

「どうして駅にいた?」

「いまもいったが、タウンゼンドがおれを疑ってて、作戦からはずした」

「それで?」

「それで、あんたに手を貸すべつの方法を考えた」

ジェントリーは、冷たい不安がこみあげるのを感じていた。相手の声音と、見張っていたという事実の裏に、なにかが隠されている。ジェントリーは自分の体験から、デッドアイが過去に受けた訓練、身につけた技倆や戦闘能力がどういうものかを知り尽くしていた。それらの知識すべてが、凶事を予感させた。

最後尾から二両目の車両を通りながら、ジェントリーはきいた。「はっきりいえ。どういうふうに手を貸したんだ?」

その答を聞くのが恐ろしく、胃が胆汁でただれるような心地がした。

「どうでもいいことだ、ヴァイオレイター。あんたは無事に逃げられたし、あとは――」

ジェントリーは、鋭く吠えるようなささやきを発した。「なにをしたんだ?」

列車内を移動してジェントリーを探せるように、ルースは最後尾車両の洗面所で十分かけて変装していた。ショートの黒髪のかつらをつけ、昨夜にバーでジェントリーと顔を付き合わせたときよりもさらに濃い化粧をした。べっこう縁の眼鏡もかけた。フレームがちゃんと調整されていないので、ガリ勉のさえない女という感じの変装になった。

コートも脱いだ。朝にはリバーシブルのグレイのほうを表にして着ていたが、ジェントリーほど訓練が行き届いていれば、コートの型を憶えているだろうし、黒とグレイの両方を探すはずだ。

ジェントリーに気づかれないようにして、列車内で発見するのは、そう簡単ではないだろう。一等車も二等車も、半分の座席が進行方向を向き、あとの半分が反対を向いている。つまり、新しい車両にはいったとき、ジェントリーがこちらを向いている確率は五分五分だった。だとしても、一二メートル離れている可能性もある。

隣の車両に通じるデッキのドアのハンドルに手をかけ、ガラスごしに見たとき、その車両の向こう端から、携帯電話を持ったジェントリーが歩いてくるのが見えた。黒い防寒下着にブルージーンズという格好で、コートを縛りつけたバックパックを肩にかけている。

姿を見られなかったか、ドアのプレキシグラスを通して短い黒髪と動きしか見えなかったことを願いながら、ルースはさっと向きを変えた。

急いで洗面所にはいり、ドアを閉めて、ロックした。

そのとたんに、隣の車両のドアがあいて閉まったのだとはっきりわかる音が、洗面所の外から聞こえた。まもなく男の低いつぶやきが聞こえた。言葉は聞き取れなかったが、ジェントリーがデッキの洗面所のドアの前に立ち、電話で話をしていた。

ルースは、押し寄せるパニックの波と闘った。マイク・ディルマンを殺した男が、すぐそばに立っている。ここにいることは知らないはずだ――知っていたら、電話を切っていたはずだ――それでも、ジェントリーがそこに立ち、〝使用中〟の文字を見て、どうしていつまでも出てこないのだろうと、怪訝に思いはじめるのではないかと、心配になってきた。

ルースは、ハンドバッグから〈メース〉を出したが、伝説的人物のグレイマンを催涙スプレーで無力化できるとは思えなかった。


ジェントリーは、最後尾車両のデッキで壁に寄りかかって、前方の座席に目を配り、脅威が近づいていないかどうかをたしかめていた。だれかがそばの洗面所にいるので、声をひそめていた。

「きくのはこれが最後だ。ストックホルムでなにがあった？」

ウィトロックは、しゃべるのを渋っていたが、長い溜息をついて口を切った。「モサドがいたんだよ、あんた。あんたが列車に乗って逃げるのを阻止しようとしていた」

「それで？」

「それで、あんたと自由のあいだに男がひとりいた」短い間があった。「おれが制圧した」

「殺したのか？」

「それしか方法がなかったんだ、コート。あんたの奇妙な道徳律や繊細な感覚にはそむいたかもしれないが、そいつはあんたにとって大きな脅威だった。タウンゼンドの連中や、あんたが先週に殺したシドレンコの配下なんかよりも、ずっとでかい脅威だ」

ジェントリーは、腹立ちのあまり後頭部を壁にぶち当てた。

「イスラエルの諜報員を殺したのか？　なんという馬鹿者だ！」

「言葉に気をつけろ、ヴァイオレイター！　おれはおまえの命を救ってやったんだぞ！　タリンのときとおなじようにな。これだけ尽くしてやったんだ。おれのケツにキスしてもいいくらいじゃないか」

そのときジェントリーは見抜いた。すべてではないが、かなり読めてきた。ウィトロックがおれの命を助けたのは、おれに生きていてもらう必要があるからだ。「カルブのことがあるからだな。そうだろう？」返事はなかった。ジェントリーはまた頭を壁に打ちつけた。

「おまえか。カルブを狙っているのはおまえだな」

短い間を置いて、ウィトロックが険悪な声で答えた。「あんたとユダヤ人の彼女は、きのうの夜、だいぶ話し込んだみたいだな」

「ニースもおまえだったんだな？　おまえがアミール・ザリーニーを殺ったんだな？」

「おれじゃないよ、コート。あちこちできいてみろ。だれにでもきいてみろ」笑ってからいった。「あんただ」

「それがおまえの計画だったのか？」

くすりと笑い、ウィトロックが答えた。「そのとおり」

「理由は？」

「考えてみろ、天才さんよ」

　ジェントリーは考え、じきに答が出た。「おまえはカルブを殺したい。殺しの契約をとるのに、おれの名前が必要だった。そして、そのあとで生き延びるために、おれに死んでもらいたい」

　ヴィトロックがいった。「万全の計画だと思った。しかし、あんたが生きていてくれないと、うまくいかない。率直にいって、ヴァイオレイター、あんたがすべてのなかでいちばん弱い部分なんだ。あんたについての誇大宣伝を、ひとつ残らず信じたのがいけなかった。あんたは手がふるえてるし、辞(や)めたいとかいってる。あんたを追いかけている人間があまりおおぜいいるんで、大通りで告解火曜日(マルディ・グラ)のパレードをやってるみたいだ。グレイマンの伝説なんて、お笑いぐさだぜ」

「おれがＣＩＡかモサドかタウンゼンドに電話をかけて、おまえの陰謀のことをばらしたらどうなる？」

「やってみろ。それでもおれはカルブを殺(や)るし、あんたにはそれを阻止できない。ＣＩＡはおれをクリスマスカードの送り先からはずすかもしれないが、あんたとＣＩＡとの現状は変わらない。モサドは、あんたを信じないだろう。あんたがモサドに電話して、ただの傍観者だといえないように、いくつもトラックバック（ブログ間のリンクの仕組みを表わす言葉だが、ここでは結びつきをたどれる情報のこと）を仕掛けてある。それに、タウンゼンドはおれに激怒するかもしれないが、あんたを殺せば報酬がもらえる仕組みになってる。おれを殺しても金にはならない。だから、あらゆる手を使ってあんたを付け狙うだろう」

「これはすべて金のためか？」

ウィトロックが、大声で笑った。「ふん！　笑わせるぜ。地球上でもっとも悪名高い殺し屋がそんなことをいうとはな。もちろん、肝心なのは金だ」

ジェントリーには、信じられなかった。ほかになにかがある。あるにちがいない。この男は、精神が不安定だ。「あんた、どういうふうに網の目をくぐり抜けたんだ？　どうやって独立資産開発プログラム（ADAP）までたどり着き、CIA（エージェンシー）の現役勤務をやるようになった？　おれみたいにありきたりのドロップアウトをしたのか？」

「どういう意味だ？」

「おれは、精神的に適格かどうかを調べるテストをさんざん受けた。すべてに合格した」

「おれもおなじテストを受けた」

「それじゃ、どういうふうに勧誘された？」

ウィトロックが答えるまで、長い間があった。ジェントリーは、窓の外を見た。すこし明るくなり、灰色の朝のなかで、凍りついた森の景色が、時速二〇〇キロメートルで流れていた。ようやくウィトロックがいった。「海兵隊でイラクに二年いて、戦闘に二十二回参加するっていう幸運に恵まれた。ファルージャ、サドルシティ。すべて楽しめる場所だ。

そのあとはアフガニスタンだ。おれの中隊は、十一カ月で五百回も交戦した。おれは二度負傷したが、敵を数え切れないくらい殺した。

すると、ある日、おれはJ-Bad（ジャララバード）に戻され、アメリカに帰された。おれがすごい暴れん坊なので、ＳＯＦの適性があるかどうかを見たいというんだ」

「SOF？」

「特殊作戦部隊だ」

「そんなことはわかっている、間抜け。そこで心理評価をやらせられたんだな？」

「ああ、そうだ」

ジェントリーは、洗面所の先にあるドアの窓に目を向けた。雪に覆われた山々の光景があっというまに流れ、ぼやけて見えた。「その先を当ててみよう。心理評価に……問題があった」

「はずれたな。なんの問題もなかった。それどころか、質問にすなおに答えた。その結果、おれは……」

「ソシオパスだった」

「またはずれた」

ジェントリーは目を閉じた。なんてことだ。「それじゃ、サイコパスなんだな？」

ウィトロックが答えるまで間があったので、急所を突いたのだとジェントリーにはわかった。ついにウィトロックがいった。「生まれつきじゃなく、環境でそうなったと反論した。中東の砂漠地帯に二十四カ月いてから、アフガニスタンのクナール州のFOB（前進作戦基地）に一年いたんだぞ。おれがそこでぶつかった現実を計算に入れなかったら、心理評価が狂うのはあたりまえじゃないか――毎日が、殺すか、殺されるかだったんだから」

「しかし、精神科医はその説明に耳を貸さなかった」

「やつらはしゃべるほうで給料をもらってる。くそアフガニスタンから帰ったばかりの海兵隊員(ヘッド)の話を聞くのが仕事じゃない」

「それで、SOFへは行けなかった」

「行けなかった」

ジェントリーは、凍りついた景色が流れ過ぎるのを眺めていた。頭のなかでは、自分のCIAでの日々が流れていた。ウィトロックの物語のつぎの章は、まるで自分の身に起きたことのようにわかっていた。「それで、CIAが現われた。おまえの頭をなでて、自分たちならわかるといったんだな」

「あたりまえだ。それでもテストがあって、おれは受けた。しかし、前のテストでだいたい予想はついていたし、おれくらい頭が切れる人間にとって、テストなんかたいしたことはない。CIAの精神科医の面接があったが、評価する人間よりもおれのほうが頭がいい。知恵のあるサイコパスなら、ちょっと努力するだけで、ただのソシオパス風になれる。やがて、CIAの徴募係どもにぐるりと取り囲まれた。あんたもおなじ売り込みの文句を聞かされたんだろう。やつらはいった。〝きみの人生を価値あるものにしてあげられるが、イエスといったら、きみはわたしたちのモノだ〟」

自分がそうなったときのことを、ジェントリーは憶えていた。コロンビア人の殺し屋を三人撃ち殺して、終身刑を課せられていたとき、フロリダの刑務所から連れ出された。ケンドールの高級住宅地に車で運ばれ──あとでCIAの隠れ家だとわかった──何日も面接やテストを受けた。持ちあげては落とす。スーパーマンのようだと思い込ませては、靴についたくそになったような気持ちにさせる。徴募しながら、評価していたのだ。

「しかし、ソシオパスだと思っていながら、雇ったというのか？」

ウィトロックが、また間を置いてからいった。「コート、こんなことをあんたに教えるのは心外なんだが……それが前提条件なんだよ」ジェントリーは、信じられないというように、首をふった。「いつからそうなった？」

「前からそうだったんだよ」

ウィトロックのいうとおりだった。ジェントリーには信じられなかった。

「あんたの目は節穴か、コート？　おれたちはみんな、精神的に適合すると精神科医が判断したから、AADPに選ばれたんだ。冷酷非常な一匹狼だからだ」

「それは……事実じゃない。おれはソシオパスじゃない」

「あんたはソシオパスぎりぎりのところだ。編集されていないあんたのファイルに書いてある。住所を教えてくれれば、コピーを送ってやる」

ジェントリーは、低い声でいった。「おれはちがう」

「AADPとは、そもそもそういうものだったんだ。社会に適応できず、失うものがなにもないやつを集める。精神的・肉体的な素質を備えた若者を、有能な殺し屋に仕立て上げる。そして鍛えあげ、訓練し、命令に従うようプログラミングし、ロボット化したやつらを世界に送り出す。そいつらは外国で環境に溶け込み、個人的な関係を築いたり、群れをなしたりせずに、命令に疑問を持たないで汚れ仕事をやる」

「おれはちがう。おれは正気だ」

ウィトロックが笑った。「おいおい、コート、あんたはくそ壺のなかで転げまわっているくそなんだぞ。そうだろう？　何年ものあいだに、いったい何人殺した？　それを考えろ。社会に適応している人間みたいな口をきくんじゃない」

「くそったれめ、ウィトロック。おれはやらなければならないことをやっているだけだ」

「馬鹿をいうな、コート。あんたは〝目撃しだい射殺〟指令を受けたあと、逃げて世界中のどこへでも姿を隠すことができた。あんたはこの稼業を捨てることもできたが、タクシーを運転したり、魚をさばいたりしたくはなかった。ひとを殺したかった。悪いやつだけをターゲットにして、血に飢えてるのを正当化してるが、そんなのは筋ちがいだ。ああいうことをやるのが、ヒーローだからじゃなくて、気分がよくなるからだ。よく聞け。悪いやつらがいなくなったら、目標を低くして、あんたはもっとどうでもいいような人間を殺しはじめるだろうな」

ジェントリーは、ウィトロックの意見は頭のいかれた人間の幻想にすぎないとして、打ち消したかった。だが、じつのところ、ウィトロックは事情をよくわきまえているようだった。

ジェントリーはいった。「ずっとおれとの連絡を保ちたがっていたな。なぜだ？」

「こういうおしゃべりが嫌いなのか？」

「おまえは、共感するふりをしておれを騙（だま）している。誘い込もうとしている。ただおれをはめるだけじゃないな。なにかのために、おれが必要なんだ。なにかはわからないが」

「あんたなんか必要ない」ウィトロックはそういったが、うろたえている声だった。

ジェントリーはいった。「おまえの計画には乗らない。もう切るぞ。この電話は捨てる」

ウィトロックが、あわてていった。「だめだ！　まだあんたに手を貸すことができる」

「どうやって？」

「カルブ暗殺はあんたがやったことにするが、そんなものは、あんたには影響がないだろう？　あんたを付け狙う国がひとつ増えるだけだ。たいしたことじゃない。いまあんたを追っているやつらを撒けば、もうだいじょうぶだ。南米に戻るか、東南アジアへ行くか、オーストラリアの奥地へでも行け。電子監視網から出て、近づかないようにしろ。作戦を終えたら、三週間か四週間たってから、また連絡する。五年前にＣＩＡが出した〝目撃しだい射殺〟指令の情報を、すべて教えてやる。それぐらいの借りはある」電話に向かって笑った。「知らなかったこととはいえ、おれが二千五百万ドル儲けるのを手伝ってくれるわけだからな」

ジェントリーは首をふった。「おまえとは縁を切る」

「コート、聞いてくれ。よく考えたほうが――」

「おまえには、おれをコントロールできない、デッドアイ。おまえ自身すら、コントロールできないんじゃないのか」

ジェントリーは電話を切り、バッテリーを抜いた。列車をおりて、ひと目につかないところを見つけたら、壊すつもりだった。

コートをくくりつけたバックパックを背負い、最後尾の車両を出た。じきにコペンハーゲンに着く。そのあと、列車はフェリーに載ってバルト海を渡り、ハンブルクに向かう。

ジェントリーは、そこまでずっと乗っていきたかった。だが、急激に増えている脅威のいずれかがないかどうか、目を光らせていなければならない。

44

洗面所を出たあと、ルースは、最後尾から四両目にジェントリーが乗っているのをたしかめた。頭のうしろしか見えなかったが、ほとんど特徴のない黒いコートとバックパックが上の棚にあり、それで見分けることができた。精いっぱい変装したつもりだったが、ターゲットが背中を向けて座っていたのはありがたかった。

ジェントリーは独りで座り、霧のかかった朝の風景が高速で流れるのを窓から見ていた。とくに警戒しているようには見えなかったが、ルースは数秒後に向きを変え、その車両を出て、一等車の自分の座席に戻った。

この仕事をやるようになってからはじめて、銃を携帯していればよかったと思った。ハンドバッグに銃を入れていたら、いますぐに抜いて、通路を歩き、グレイマンの席の真横まで行けたら、弾倉が空（から）になるまでグレイマンの体を撃ちつづけていたはずだ。

だが、銃はないし、特殊作戦課（メツァダ）のためにターゲティングを行なう責任も負っていない。恐ろしい脅威がすぐ近くにいるのを知りながら、射手（シューター）のチームを呼ぶ力もなく、ルースは途方に暮れた。

数分後、列車はヘッセルホルムに停車した。それまでずっと、とまる駅ごとにルースは最後尾のドアまで行き、身を乗り出して、ジェントリーがおりるかどうかをたしかめていた。今回もそうしたが、ジェントリーがマルメか、あるいはデンマーク側のコペンハーゲンまで、ずっと乗っていくのではないかと、思いはじめていた。だから、四両前の車両からジェントリーがおりるのを見たときには、びっくりした。

ルースは席に戻って、上の棚から荷物をつかみ、ジェントリーを追って列車をおりると、霙(みぞれ)が叩きつける表に出た。

ルースは、駅舎に向けて線路脇を歩いている年金生活者数人のうしろにつき、ジェントリーを見失わないように首をのばして、その一団の上から覗いた。一瞬見失ったが、駅舎にもっと近い屋根付きの線路にとまっている都市連絡鉄道のホームを歩いているのを見つけた。

ジェントリーは、その列車の先頭近くの車両に乗った。ルースが最後尾に跳び乗ったとたんに、車掌がホイッスルを吹いた。

都市連絡鉄道の行き先は、スカンジナヴィア半島南端のヘルシンボリだった。ルースは、うしろ寄りの車両に空席を見つけた。列車が駅を出たあと、通りかかった車掌から乗車券を買い、現金で払った。

列車は西に向かい、頻繁(ひんぱん)に停車した。駅ごとにルースは窓から外を見たが、一時間もしないうちに、ジェントリーは終点のヘルシンボリまで乗っていくだろうという気がしてきた。ヘルシンボリはオーレスン水道を挟んでデンマークと向きあった港町だ。そこからフェリーですばやく海を渡れるし、スウェーデンからヨーロッパ本土への主要ルート——バルト海をフェリーで南に渡る長い旅を避けられる。タウンゼンドはかならずそこを監視しているはずだ。

行き先が読めたので、スマートフォンを出して、ヤニスに電話しようと思った。だが、それをやろうとしたとき、数時間前にマイク・ディルマンを殺した男が、すぐそばにいると気づいた。ジェントリーが列車の通路を近づいてきて、すぐに目をそらし、歩きつづけて、隣の車両にはいっていった。

ルースの動悸が激しくなった。ジェントリーはひと目見ただけで通り過ぎた。それに、目が合ったときに表情を変えなかったという自信はあった。念入りな変装なので、見破られてはいないだろうと思ったが、それを運まかせにするつもりはなかった。ルースは座席を立って、ターゲットとは逆方向の洗面所に向かった。

最後尾まで行って、洗面所にはいり、黒髪のかつらをはずした。ジェントリーにブロンドと黒髪を見られているので、栗色の地毛に戻した。

チームがいっしょならどんなにいいだろう、と思った。諜報技術の通常の基準からすれば、ルースは正体を完全に現わしている。たとえ変装を変えても、ジェントリーの前に姿を現わすべきではない。だが、独りきりなので、外見をできるだけ漏れなく変えなければならない。べっこう縁の眼鏡を取り、髪をポニーテイルにして、化粧落としと、こういう非常事態に備えてハンドバッグにいつも入れてある小さなタオルで、化粧を完全に落とした。黒いセーターを脱ぎ、薄手だが暖かい〈パタゴニア〉のダークグリーンのベースレイヤー（〈パタゴニア〉では重ね着のいちばん下に着けるものをこう呼んでいる）に着替えて、商用で都市連絡鉄道に乗っている乗客から、通勤中の若いアスリート風の女性へと変身した。

新しい変装に満足し、化粧落としと服をバッグに戻し、ドアのロックをはずしてあけ、デッキに出ようとした。

突然、独りの男が目の前に現われて、ルースの顔を手でつかみ、狭い洗面所に押し戻した。無理やりいっしょにはいってきた男が、ルースの頭を壁に押しつけて、ドアを閉めた。

ルースは叫ぼうとしたが、口を手で押さえられていて、小さな声がかすかに漏れただけだった。うしろ向きで左側に体が傾き、小さな洗面台に上半身が乗って、冷たい鏡に後頭部を押しつけられた。襲ってきた男がうしろ手でドアをロックする音が聞こえ、ルースは狭いスペースで抵抗して、ハンドバッグから〈メース〉を出そうとした。男のあいたほうの手がハンドバッグをひったくり、ルースの手が届かない、自分の体のうしろに突っ込んだ。

もちろん、相手の顔に目の焦点が合う前から、ルースにはその男がだれだかわかっていた。

ジェントリー。

ジェントリーが、口を押さえている力をかすかにゆるめ、ルースがそれに乗じた。顔を突き出して、ジェントリーの親指と人差し指のあいだのやわらかいところを嚙んだ。ジェントリーは悲鳴を押し殺し、空いた手をあげてルースの顎を殴ろうとしたが、やめて、嚙みつかれた手を引き戻した。

「やめろ!」ジェントリーはいったが、ふたりのあいだに隙間ができたので、ルースは壁の金属製のソープ・ディスペンサーをつかむことができた。それを引きはずして、ふりおろそうとしたが、ジェントリーは頭を引いて、どうにか避けた。ディスペンサーは、ジェントリーの左の小さな窓にぶつかった。

「やめろ！」ジェントリーはもう一度いったが、右手が自由になっていたルースは、ジェントリーの顔を殴った。顎に拳がぶつかったが、ジェントリーはルースの手を両方ともつかみ、頭の上の壁に押しつけた。ルースの体を自分の体でぐいぐい押して、洗面台に釘付けにした。額でルースの額を押し、動けないようにした。「おれの話を聞け！　聞くだけでいい！」

ルースがまた叫ぼうとしたが、ジェントリーはルースの左腕を放し、また口をふさいだ。たちまちルースが空いた手でジェントリーの脇や背中を殴ったが、狭いので腕をふりかぶることができず、たいした打撃はあたえられなかった。同時に急所を蹴ろうとしたが、ジェントリーの脚でしっかりと押さえ込まれていた。

ルースが何度も殴りつけているあいだに、ジェントリーはいった。「やめろ！　一分でいいから、おれの話を聞け！」

ルースは、左手でパンチをくりだすのをやめたが、手をジェントリーの腰にのばし、昨夜、バーで脅されたときに使われたナイフを探した。

だが、ジェントリーはそれに備え、ルースと対決する前に、鞘に収めたナイフをブーツに差し込んでいた。

ルースは、抵抗するのをやめた。腕を脇にたらし、力を抜いた。必死で闘ったせいで、息が荒くなっていた。

ジェントリーも、揉み合いで息を切らしていた。「どんなふうだったか、おれにはわかる──ひどかっただろう。だが、あんたの仲間をストックホルムで殺したのは、おれじゃない。

おれはやっていない。べつのやつがそこにいた。そいつがおれを利用した。おれをはめた」

「嘘よ！」

「あんたの友だちをおれが殺したとして、どうして否定する必要がある？　いまここであんたを殺せばいいだけだ」

あえぎながら、ルースはいった。「脅威じゃないと、わたしを納得させたいからよ。わたしが上層部に、狩りを中止してほしいと進言できるように」

「あんたたちの人間がおれを追いつづければ、カルブは死ぬ。なぜなら、あんたの仲間を殺したやつは、カルブを殺す計画を立てている。おれのいうことを信じろ。そいつは凄く腕がたつんだ」

ルースは信じなかった。ルースがジェントリーのほうを見たとき、ふたりの目は一五センチくらいしか離れていなかった。ルースには、死んだマイク・ディルマンの見ひらいたうつろな目しか見えなかった。

「あなたがマイクを殺したのよ」

ジェントリーは、首をふった。「彼はラッセル・ウィトロックという男に殺された。あんたたちは、その男を追うべきだ」つけくわえた。「もとＣＩＡ工作員。いまはタウンゼンドの資産（アセット）だ」

ルースは首をかしげた。「タウンゼンドの？」

「そうだ。おれを追跡する役目だったが、組織にそむいた。あんたたちの首相を殺す契約をイランと結んだ。カルブを殺し、おれに罪を着せようとしているが、まだ理解できないことがある」

「嘘よ。信じない」

「信じたほうがいい。やつが野放しになっていたら、カルブは殺される。あんたたちがおれに注意を集中していたら、やつがそれをやるのは、いとも簡単だろうな」

まだ息が荒かったが、ルースはジェントリーのいっていることをしばし考えた。ジェントリーの目を見ると、思いもよらない生真面目な色があったし、口調にもかなり説得力があった。

「そういうことを、どうして知っているの？」ルースはきいた。「ウィトロックのことを？」

「本人がおれにいった」ジェントリーは、ルースをつかんでいる力をゆるめたが、放しはしなかった。「タウンゼンドがエストニアでおれを襲い、ウィトロックがおれに味方して戦った。やつらから逃げるのを手伝うといわれたから、おれはウィトロックと連絡を保った。なにかもくろみがあるのはわかっていたが、昨夜、ザリーニーとカルブ殺しの契約のことをあんたからきき、おれが逃げられるようにあんたの仲間を殺したというのをウィトロックから聞いたところで、ようやく筋書きが見えてきた」

ルースは、ジェントリーを信じたかった。ジェントリーが真実を語っているのだとすると、自分の考えはずっと正しかったことになる。ジェントリーは脅威ではない。

それに、マイクの死は自分の落ち度ではない。

気持ちが楽になるから、ジェントリーを信じたいのだとわかっていた。それに、ジェントリーは自分を護るために嘘をついているのかもしれない。しかし、離叛者の刺客がもうひとりいるという話は、とっぴではあるが、ルースにとっては唯一のつじつまが合う筋書きだった。まだ納得してはいないが、信じる方向に大きく傾いていた。

「ウィトロックはスウェーデンにいるの？」ルースはきいた。

「いまどこにいるかは、わからない。エフード・カルブの行くところへ行くだろうな」ジェントリーは、ルースの顔を見た。「あんたたちの首相はどこにいる？」

信じられないという声で、ルースは答えた。「首相の旅程をあなたにいうわけがないでしょう」

ジェントリーは、あきれて目を剝いた。「来週、ニューヨークへ行くんだろう。テレビで見た。だが、ウィトロックがおれをはめるつもりなら、ニューヨークへは行かない」

ルースにも、それはわかった。「あなたはアメリカのターゲットだから、ニューヨークに行けるわけがない」

「そうだ。テルアヴィヴでもやつはそれをやれるだろう」自分の思考プロセスで、ウィトロックの行動を推し量ろうとした。「しかし、やつはむしろ、イスラエル以外の中立地域でやろうとするだろう」

ルースが、そっといった。「ロンドン」

「カルブはロンドンへ行くのか？」

ルースは、一瞬迷ってからいった。「公表されていることとよ。あさって、首相はロンドンへ行く予定になっているの」

「それだな」ジェントリーはいった。「ウィトロックは、そこで襲撃するつもりにちがいない」

「汎ヨーロッパ通商会議」ルースはいった。「世界の数十カ国の首脳が出席する。どれほど警備が厳重か、想像はつくでしょう?」

「信じてくれ。ウィトロックとおれは、おなじ訓練を受けている」ジェントリーは、ルースの目を覗き込んだ。「おれにはできる。やつにもできる」

ルースは、その言葉を信じた。

ジェントリーはいった。「あんたにその情報を教えて、貸しができた。そうだな?」

「事実なら」

「事実だ。首相のロンドン行きを中止させないといけない。さて、こんどは貸しを返してもらおう」

「なにを?」

「ヘルシンボリでだれがおれを待ち構えているか、いってくれ」

「だれもいない。だれにも電話していない」

ジェントリーは、長いあいだルースを見つめて、その答が正直かどうかを推し量る、言葉以外の手がかりを分析した。

「よし」

「でも、この新しい情報は、電話で伝えないといけない」

「おれがこの列車をおりるまで待て」

「お願い。一刻を争うのよ」

だが、ジェントリーは譲らなかった。「二日あるじゃないか。それだけあれば、カルブがロンドン行きを中止するにはじゅうぶんだ」

ルースは黙っていたが、じっさいは二日もないのではないかと、不安になっていた。

45

ラス・ウィトロックは、午後二時過ぎにロンドンのガトウィック空港に到着した。ビジネススーツを着て、荷物はブリーフケースと小さなオーバーナイトバッグだけだった。国境管理（ボーダー・コントロール）の列にごまんといる、若い国際ビジネスマンの旅客そのものの姿だった。

ふつう、ヨーロッパを旅するときには、税関を通る必要はない。ヨーロッパの二十六ヵ国は、シェンゲン協定により、その圏内であれば旅行者が国境管理を経ないで国から国へ移動できる仕組みになっている。

だが、イギリスはスウェーデンとはちがい、シェンゲン協定には加盟していない。そのため、ウィトロックは到着すると入国審査を受けなければならなかった。それにはなんの懸念もない。タウンゼンドの身分証明はきわめて堅固だし、アメリカのブルーのパスポートがあるので、手続きは形式的なものにすぎなかった。英国国境局の係官は、ウィトロックと書類をちらりと見て、書類をスキャナにかけて、RFID（無線識別認証）チップに保存された情報を読み取り、身許確認を行なった。書類とデジタル情報は、すべて一致した。きょうウィトロックが使う証明書の名義、アレン・モーリスには、なんの問題もなかったので、楽しい滞在をといわれ、手をふって国境管理エリアを通された。

　ターミナルを歩くあいだ、ウィトロックはかすかに足をひきずっているのを隠そうとした。腰の痛みがひどかったが、それをこらえてロンドンで仕事ができるはずだと考えていた。カルブ襲撃を準備するのに、あと四十八時間ある。最適ではなかった——すくなくとも七十二時間はほしい——しかし、前にロンドンに来たときに、準備作業は大部分終えていた。

　タクシー・バス乗り場に近づいたときに、スマートフォンが鳴った。タウンゼンドだとわかっていたし、面倒なことになると予期していたが、電話に出た。自分の殺しの能力とおなじくらい、口先で切り抜ける能力を信じていた。おとなになってからずっと、どちらにも成功してきたから、自信を持っているのも当然だった。

「こちらグレイヴサイド、認証番号八、二、四、四、九、七、二、九、三」

「確認した。こちらデッドアイ、認証番号四、八、一、〇、六、〇、五、二、〇」

　バビットがきいた。「どこにいる、ラッセル？」

「ストックホルム」

　間があった。「なにをしていた？」

「けさジャンパーと接触した。パークスが、街の中心部のバスターミナルにジェントリーがいるという情報を伝えてきた。あんたらはおれを武装解除し、作戦からはずした。だから、ホテルに戻った」

「六時間前だぞ。それからなにをしていた」

　ウィトロックは、歩きつづけた。「寝てた」

　短い間を置いて、バビットがいった。「話し合う必要がある」

ウィトロックは、ターミナル内で、ほかの旅客と離れて座れるところを見つけた。

バビットがいった。「ボーモントが、トレッスル・セヴンのことできみと対立したといってる」

「話をする必要があるのはこっちのほうだ。ブーツの代金の請求書を送る。南部の馬鹿白人が、おれのブーツに唾を吐いた」

バビットがそれに答えるのに、すこし間があった。「報告されたような第二のターゲットを、タリンで見たか？」

「見ていない。猛吹雪で、ジェントリーに撃たれるまで、ろくに見えなかった」

「あの晩の出来事について、いろいろと疑わしいことが浮かびあがっている」

「たとえば？」

「きみはベルリンにあるわれわれの武器隠匿所から、拳銃を一挺持ち出しただろう？」

「した。それが？」

「グロック、九ミリ口径、モデル19だな？」

「そうだ」

「これまでの記録からして、コート・ジェントリーが使う武器だ」

「ただのグロックだ。プラスティック製のすごい銃。だれでも使う」

「きみはちがう、ラッセル。いつも四〇口径のSIGを調達していた。CIA時代の仕事も調べた。やはり四〇口径のSIGだ。九ミリ弾を選んだ記録は、十年遡らないと見つからない。そのときですら、使ったのはSIGザウアーだ。グロックは一度も使っていない」

「なんの話か、さっぱりわからない。装備調達部のジェラルディナに電話をまわしてもらえるか？　おれが書類を書きまちがえたかどうかしたんじゃないか？」

「ジャンパー・アクチュアルとジェフ・パークスは、ターゲットの銃だと見なされるものをきみがタリンで持っていたのは、ひそかにトレッスル・チームと交戦するつもりだったからではないかと疑っている。ほんとうはきみがチームを銃撃したのに、ジェントリーがチームを撃っていたと見せかけるために」

ウィトロックは、わざとらしく長い溜息をついた。「どんな理由が考えられるっていうんだ？」

「わからない。自分で疑いを晴らしてもらいたいね。ただちに帰国してもらう。帰ってきたら、会議室にこもって、エストニアの出来事をじっくりと議論して、事後分析しようじゃないか」

「しかし、ジェントリーのほうはどうする？」

「もうきみがジェントリーのほうに携わる必要はない。まもなく捕らえる。事件を担当してたモサドのターゲティング・オフィサーの上司から、電話があった。モサドの女がジェントリーとおなじ列車に乗っていて、見張っているそうだ」

ウィトロックは、椅子の端を握り締めた。ちくしょう。落ち着いた声を保とうとした。

「モサドから電話があったのは？」

「ジェントリーは、けさターゲティング・オフィサーをひとり殺した。モサドにとって、ジェントリーは憎い敵（かたき）となった。モサド幹部のアルヴェイは、われわれのチームを引き揚げさせるために、それを報せてきた……同士討ちを避けるために」

「だが、ジャンパーを呼び戻すつもりはないんだろう？」

「あたりまえだ」バビットが、こともなげにそういった。「とにかく、こういうことは、きみとは関係ない。いいから帰ってこい。後始末をしよう。きみの傷は、こっちの医者に診(み)させる」

ウィトロックは、まだジェントリーのことを考えていた。さらにいえば、自分の作戦と、ジェントリーが今後それをぶち壊す可能性について考えていた。

バビットは、ウィトロックの沈黙をちがうふうに受けとめた。「なあ、ラス。ホワイトハウスを怒らせた南米のある将軍を狙う契約を、ＣＩＡと結べそうなんだ。それにきみを使いたいから、疑いを晴らして、最高の状態になってもらいたいんだ」

ウィトロックは、立ちあがった。すぐに飛行機に乗らなければならない。だらだらとおしゃべりをしているひまはない。「出発する。デッドアイ、通信終わり(アウト)」電話を切り、ターミナルにあったいちばん手近な出発便掲示板を見た。一覧を見ていって、目当ての便を見つけた。

二十分後には、搭乗に備えてゲートの列にならんでいた。

ワシントンＤＣへは行かない。タウンゼンド・ハウスには戻らない。

いや、ブリュッセルへ行く。急いでそこへ行かなければならない。

ジェントリーを護れるような手立てはなにもない、と気づいた。遅かれ早かれ、モサドかジャンパー・チームがジェントリーを斃(たお)すだろう。それを阻止したり、遅らせたりすることはできない。作戦が台無しになるのを避けるには、カルブ暗殺を早めるしかない。モサドがジェントリーを殺す前に、カルブを殺せば、暗殺の罪をジェントリーになすりつけることができる。

カルブは、翌日の正午にブリュッセルに到着する予定だった。それまで丸一日もない。毎年おなじ日に、カルブがベルギーへ行き、ピエト・デ・シェッペルの墓を詣でることを、ウィトロックは知っていた。シェッペル医師は、危険を冒して、ナチスに捕らえられないように多数のユダヤ人をかくまい、数百人の命を救った。

そのうちのふたりが、カルブの両親だった。

一九九九年にシェッペルが老衰のために亡くなってからずっと、カルブはブリュッセルの首都圏自治体イクルにあるディーヴェーク墓地の墓を毎年詣でている。毎年おなじ日に、戸外のおなじ場所で身をさらけ出すのは、警護上きわめて深刻な問題なので、この旅のことは公表されていない。

だが、CIAは、カルブのその行動のことを知っていた。その情報は、秘密区分では〝秘〟とされ、あまり厳重に護られてはいなかった。アメリカが強い関心を抱くようなものではなかったからだ。ウィトロックは、タウンゼンドの秘密ネットワークを通じて、やすやすとその情報を手に入れていた。それに、カルブについて調べるうちに、毎年の墓参りのことを突き止めていた。

当初、ベルギーでカルブを襲撃する案を捨てたのは、グレイマンならロンドンにするはずだと考えたからだった。ジェントリーが、イスラエル首相の秘密旅行計画を知るはずはない。

それでも、決めてあった作戦を変更し、場所を変えざるをえなかった。グレイマンは伝説的なスーパーヒーローだから、カルブの毎年の墓参りのことも当然知っていた——そう世間が信じてくれることを願った。

急ぎ仕事の暗殺をやる能力が自分にあることは、疑っていなかった。ブリュッセルでも、イギリスとおなじようにタウンゼンドの武器隠匿所から調達できる。ジェントリーがイスラエル人かタウンゼンドに殺される前に仕事を片づければ、発覚することなく逃げられる。

この計画には、明らかな難点があった。ジェントリーが先に殺されるか、あすのカルブ襲撃のときに、ジェントリーが監視されていたら、グレイマンが刺客(しかく)だったと思わせるのは、だれが相手でも難しくなる。だが、ジェントリーがヨーロッパ大陸を目指していることはわかっている。なんとかしてバルト海を渡り、ドイツに行けば、暗殺現場とは数時間の距離だ。グレイマンの超人的な能力は、過大にいいふらされている。秘密旅行中のイスラエル首相を殺すほどの力があったと思われるはずだ。

ジェントリーのみじめな人生を、あとひと晩だけのばしてやればいい。

三十分後、あらゆる物事を必要以上に厄介にしたジェントリーを、声を殺してののしりながら、デッドアイはブリュッセル行きのブリティッシュ・エアウェイズ便に乗った。

ジェントリーとルースは、小雪が降るなかで、スウェーデン南部の港町ヘルシンボリに着いた。ふたりはいっしょに列車を降りて、駅舎に向かった。ジェントリーは四方に目を配って警戒し、周囲に監視か襲撃前の気配はないかと探した。武器は刃渡り一〇センチのペアリングナイフしかない。サブ・マシンガンを持った六人の男から身を護るのは難しいだろうが、ジェントリーは戦わずに殺られるつもりはなかった。

駅舎にはいると、ルースがいった。「上司に電話してもいい？」

「好きなように。おれは出ていく」ジェントリーは、歩き去ろうとした。

ルースは呼びとめた。「待って。このウィトロックという男は、いまタウンゼンドに雇われているのね？」

「そうだ」

ルースは一瞬ためらってからいった。「エフード・カルブ首相は、ロンドンの前にべつのところへ行くの」

「どこだ？」

「秘密なのよ」

ジェントリーは、肩をすくめた。「それならいい。おれには関係ない」

「ブリュッセル」ルースはそっとつぶやいた。この情報をジェントリーに伝えることに、いくらか不安を感じていた。「公表されていないけど、ウィトロックがアメリカの民間情報会社の契約社員なら、その情報を手に入れられるかもしれない」

ジェントリーはいった。「CIAがその旅行のことを知っていることは、まちがいない。つまり、ウィトロックも知っている。カルブはいつブリュッセルに行くんだ？」

「あすの昼ごろ。ブリュッセルを離れるのは午後三時ごろよ」

ジェントリーは、自分がウィトロックの立場なら、どうするだろうと考えた。「時間が厳しいな。ウィトロックがブリュッセルのことを知っていて、武器もそこで用意していれば、ありうるかもしれない」肩をすくめた。「カルブのブリュッセル行きをやめさせろ」

ルースは首をふった。「ブリュッセル行きは中止しないでしょう。毎年行っているのよ。個人的な巡礼みたいなものなの。警護班はやめてほしいと強く求めるんだけど、そのたびに却下される」

ジェントリーは目を剝いた。「だとすると、厄介なことになったな」

「あなた、手を貸してくれない？ デッドアイに連絡して、ブリュッセルに行くのをわたしたちが知っているといって。メツァダがいるから、実行するのは無理だと」

ジェントリーは、ちょっと考えた。モバイルクリプトを使えば、自分の身をさらけ出さずにできる。

「連絡してみる。一時間後におれに電話をかけてくれれば、やつがどういったかを伝える」

バックパックに手を入れて、携帯電話とバッテリーを出した。数十秒後に起動すると、ジェントリーは画面の番号を読みあげた。ルースは、その番号を自分のスマートフォンに保存したが、ジェントリーの計画がよく呑み込めなかった。

「これだけ？ 電話番号を教えるだけ？ あなたがやってくれると、どうしてわかるの？ あなたが電話に出ると、どうしてわかるの？」

「さあな」ジェントリーはそういって、向きを変え、駅の雑多なひとの群れのなかに姿を消した。

ルースは、駅の近くのショッピング・モールで静かな場所を見つけ、ヤニス・アルヴェイに電話をかけた。ヤニスが、最初の呼び出し音で、息を切らしながら出た。怒りと心配のどちらのせいなのか、ルースにはわからなかった。

「どこにいる？」ヤニスがきいた。

「駆け引きはやめて。わたしのスマホを追跡できるでしょう。マイクのもあるから、二重にやれる」

ヤニスがきいた。「ヘルシンボリでなにをしている？　最初の駅でおりているはずだっただろうが。列車を乗り換えて、国境に向かうんじゃなくて」

ルースはためらったが、ヤニスに嘘はつけないとわかっていた。事実を確信させるには、完全に透明な情報を伝えなければならない。ジェントリーとの会話と、もとCIA工作員で第二の離叛者のラッセル・ウィトロック――暗号名デッドアイ――のことと、エフード・カルブ暗殺の罪をジェントリーになすりつけるというウィトロックの陰謀のことを、ヤニスに話した。デッドアイはタウンゼンドに雇われていて、自分もジェントリーもデッドアイがブリュッセルでカルブ首相を暗殺しようとしていると思っていることを説明した。

「ジェントリーはいまどこだ？」

ルースは嘘をついた。「列車に乗った。どれに乗ったかは見ていない」

「その位置から動くな。わたしが迎えにいく」

「わたしがいま話したことはどうするの？　あなたはブリュッセルに行かなければならない。わたしは自分の面倒ぐらいみられる」

「ルース……」ヤニスが、保護者がましい口調でいった。「きみはきょう、部下をひとり失った。帰りなさい。首相への脅威があれば、わたしたちが対処する」

「つまり、わたしの話が信じられないのね？」

「やつの話が信じられないんだ！　信じられるわけがないだろう。だが、調べてみる。タウンゼンドに電話して、この」——書き留めた名前を見ているのだとわかった——「ウィトロックというやつを雇っているかどうか。雇っているとしたら、もっと詳しく調べる」

「ヤニス。わたしのことは知っているでしょう。わたしが敵に踊らされるような人間ではないことを、知っているはずよ」

「知っているとも、ルース。きみは腕前も頭脳も最高だ。しかし、現場でこういう形で部下を失うのがどういうものかも知っている。きみはもがいている。命綱をつかもうともがいている。マイクの死に責任はないという証拠を求めて」

「ちがう——」

「きのうきみがストックホルムでちゃんと自分のつとめを果たしていたら、ＣＩＡ、ＦＢＩ、インターポール、フランスのＤＧＳＥ（対外治安総局）、メキシコ連邦警察、ロシアのＦＳＢ、その他もろもろが追っているコート・ジェントリーは、チェス盤から取り除かれていたはずだし、マイクはけさ駅の奥の真っ暗なところに独り立って、喉を針金で絞められて殺されずにすんだはずだ。お尋ね者の殺し屋がしゃべったことを、自分のやったことから責任をまぬがれるのにこじつけるのは勝手だが、いまはそんなことはどうでもいい。きみを現場から戻らせることのほうが重要だ。チームの生き残りは、すでにテルアヴィヴに向かっている。

そこにいれば、わたしが迎えにいく」

自分は行動からはずされるし、モサドはエフード・カルブに迫っているほんとうの脅威に対してなにも手を打たないのだと、ルースははっきりと悟った。

ルースは、ショッピング・モールで座り、行動を休止する前にもうひとつ予防策を講じておくことにした。タウンゼンド・ガヴァメント・サーヴィスィズのリーランド・バビットに電話した。バビットはすぐに電話に出て、どこから電話をかけているのかときいた。

ジェントリーを追っているのをバビットは知っているのだろうと、ルースは察したが、とぼけることにした。質問には答えずに、こういった。「バビットさん。エフード・カルブへの脅威があるのを突き止めましたが、刺客はコート・ジェントリーではありませんよ」

「説明してくれ」

「べつの男がいます。その男が、自分はグレイマンだといって、イランと殺しの契約を結びました。ニースで映画監督を殺したのも、その男だと思います。グレイマンだという証拠を見せるために」

「ほう。たいへんな話だな。その男とはだれだ？」

「男の名はラス・ウィトロック」

バビットは、答えなかった。

ルースは冷ややかにいった。「おたくの契約社員ですね」

「どこでその情報を得た？」

「コート・ジェントリー本人から」

長い間のあと、バビットがなにかをいいかけて言葉に詰まった。ようやくちゃんと口がきけるようになったようだった。

「きみはジェントリーと会った。そのときにジェントリーは、もうひとりの戦闘員がほんとうの問題だといったのか」ルースが伝えた情報に衝撃を受けているらしく、片時も信じられないというふりをしていたが、自信がないのは明らかだった。

ルースはいった。「ジェントリーはニースにいなかった。それはたしかよ」

「どうしてたしかなんだ？」

「ニースで暗殺があった朝、わたしはストックホルムでジェントリーを見た」

「きのうの朝、ジェントリーを見たというのか？」

「そうよ」

「ジャンパーと連携していたときだな？　その情報は役に立っていたはずだ」

「肝心なことがわかっていないのね。ジェントリーじゃなくて、あなたの雇っている男が、ほんとうの脅威なのよ」

バビットは答えなかった。

一分近くたってから、ルースはバビットが電話を切っていたことに気づいた。

46

ラス・ウィトロックは、これで一日に二度、タウンゼンドに支給されたパスポートを手に、国境管理のチェックポイントを通ることになる。ベルギーはシェンゲン協定に加盟しているが、イギリスは加盟していないので、列にならんで、パスポートを係官に調べられ、スキャナにかけられる。だが係官は、三十四歳のアメリカ人ビジネスマンとは異なる層に狙いをつけているはずだ。

BA便の乗客はほとんどがイギリス人だったし、審査プロセスは潤滑にすばやく進められているようだった。ウィトロックは、窓口へ行って、疲れた笑みを浮かべてパスポートを渡した。時差ぼけでぼんやりしているビジネスマンが、頭がぼうっとなるような決まりきった手順に辟易(へきえき)し、愛想よくするほかになんの手立てもないと思いながら、入国審査を通っているとーーいう風情だった。

ウィトロックは、そういう演技を数え切れないくらいやっていた。書類はよくできているし、完璧な訓練が身についているので、ちょっと気を散らして、ホテルで熱いシャワーを浴び、不愉快な腰の傷を消毒することを考えることができた。それから、ルームサービスに四(フォ)種料理(ア・コース)の食事とシャンパンを頼む。

ベルギー人の係官が、ウィトロックのパスポートを見て、スキャナにかけた。画像とウィトロックの顔を見比べた。ウィトロックは、もう一度笑みを向けた。

係官が画面を見てから、すばやくもう一度見直した。指を一本立てて、ウィトロックにすこし待つようにと合図した。

そして、デスクの電話機に手をのばした。シャワーとシャンパンというウィトロックの夢は、たちまち打ち砕かれた。

数秒後、ウィトロックの横に私服警官がふたり現われた。若くて体格がよく、フード付きの前あきジャケットにブルージーンズという服装だった。ふたりとも右耳にイヤホンをはめている。ウィトロックはすぐさま警官だと見抜いた。「モーリスさん」ひとりがフランドルなまりの英語でいった。「ちょっといっしょに来てもらえますか」

「どうして？」ウィトロックはきいた。不安な顔をしたが、それも偽装のうちだった。オハイオ州のビジネスマンになりすましていたが、そういう人間なら、私服のふたりに入国審査の列から連れ出されれば、困惑するのが当然だ。

「ちょっと来てください。そうしたら解決しますから」

ウィトロックは、ブリーフケースを持って、いっしょに歩いていった。男ふたりは、ウィトロックには触れなかったが、馬鹿なことをしようとしたら用意ができていることを示すために、すぐそばを歩いていた。

無線機を手にした制服警官ふたりが、廊下に立っていた。ひとりがブリーフケースを渡してほしいといい、ウィトロックは差し出した。五人でそのまま廊下の奥へと進んでいった。

廊下を歩いているとき、ウィトロックは破城槌で殴られたような衝撃に襲われた。

バビットのやつだ。ウィトロックは、そういいそうになった。リー・バビットの仕業だ。おれのパスポートにフラッグをつけやがった（所持者が入国を拒否されるか、身柄を拘束されるように手配すること）。

あの野郎。怒りはすさまじく、両手を拳に固め、歯を食いしばり、まわりの四人を殺したい衝動と戦わなければならなかった。四人の頭を激突させ、ひとりの銃を奪って、発砲しながら空港から脱出しようかと思った。

だが、困惑し、憤慨しているビジネス旅客のふりをしながら、歩きつづけた。

取調室に入れられ、ボディチェックをされて、電話と財布その他の持ち物を取りあげられた。ドアがガチャリと閉まると、ウィトロックは小さなデスクの前のプラスティックの椅子に座った。激怒していたが、上の隅にある監視カメラで動きを見張られていたので、演技をつづけた。

ジェントリーは、ルースと別れたあとの三十分、ラス・ウィトロックと連絡をとろうとした。ウィトロックは今週ずっと、なんらかの理由で連絡を維持しようと血眼になっていたのに、急に電話に出るよりもいいことを見つけたようだった。

ジェントリーは、メッセージを残さなかった。携帯電話をバックパックに戻し、オーレスン水道の岸辺近くでSDRをはじめた。尾行されていないことをおおむね確信していたが、どうやってこの街を出るかは、まだはっきりしていなかった。

駅に戻るつもりはなかった。ルースがまだそこにいるかもしれないし、ことによるとモサドの工作員がルースのもとへ駆けつけるところかもしれない。バスに乗ることも考えたが、ストックホルムのバスターミナルで、とうていかわしきれないくらい警官がうようよいるのを見てる。

そこで、マリーナにやってきた。水道を越えてデンマークに渡してくれるような船を探した。デンマークまで行けば、コペンハーゲンの西の橋を通って、ヨーロッパ本土に楽々と行ける。

だが、乗組員（クルー）が乗っている船が、いまのところは見当たらなかった。海に出ているか、それとも寒風を避けて家にいるのだろう。

通りからマリーナを眺めていると、バックパックのなかで携帯電話が鳴った。イヤホンのジャックを差し、SDRをやりながら歩きつづけた。「ああ」

「ルースよ」

「こんなに早く電話してくるとは思わなかった」

「話したいことがあるの。じかに」

「どうして」

「場所を決めて。そこへ行くから。わたしが跟（つ）けられていないかどうか、見張れるでしょう」

ジェントリーは、溜息をついた。最初は丁重に断わろうかと思ったが、求めに応じることにした。必死なのがありありとわかったし、モサドに協力すれば、モサドに追われずにすみ、なおかつモサドがウィトロックをターゲットにするという、二重の利益があるかもしれない。

数分後、ふたりは町の図書館のそばにある雪に覆(おお)われた公園で落ち合った。ジェントリーは、目を皿のようにして脅威を探したが、一〇〇メートルほど向こうでやっているピックアップホッケーのまわりの人だかりと、歩道を歩いて下校する子供が数人いただけだった。

ルースがきいた。「ウィトロックと話をした？」

「出ないんだ」

「そう。かけつづけて」

「ああ」

「上司と話をしたの」

「で？」

「あなたのいうことを、ひとことも信じようとしない」

「だろうと思った。それは、おれにはどうにもできない」ジェントリーはいった。「イランに殺しの契約を破棄するよう、公(おおやけ)に働きかけたらどうだ。イランがからんでいるのを知っているし、暗殺されたら戦争になると脅せばいい」

ジェントリーがあまりにも世間知らずなので、ルースは苦笑した。「それはもうやったのよ。イランにじかに接触して、カルブ暗殺にグレイマンを雇ったことを知っていると伝えた。首相を殺してもイランの関与がばれないようにする計画はつぶれたし、首相の髪の毛一本にでも触れたら、空爆で石器時代に逆戻りさせる、と」

ジェントリーは、皮肉だというのがはっきりわかる口調で、つぎの言葉をいった。「で、それでおしまいか」

「そうでもない。イラン側は、予想どおりの歌や踊りを見せてくれた。なんの話かさっぱりわからないし、そちらの国が戦争を正当化するための情報欺瞞作戦だろう、と」

「それで?」

「それで、モサドでは、イランは契約を守るだろうと結論を下した。カルブ首相が殺されたときには、自分たちは無関係だというでしょうね。そして、わたしたちを非難する。アメリカを非難する。だって、刺客はアメリカ人だし。完全なシオニストの陰謀だというわけよ。そういう解釈が中東では一〇〇パーセントの人間に信じられ、ヨーロッパでは八〇パーセント、アメリカでは五〇パーセントに信じられる。ひどい話だけど」ルースはいった。「イスラエルでもおおぜいがモサドを疑うでしょうね。カルブ首相暗殺は、戦争をはじめて軍事産業複合体に利益をもたらすためのモサドの作戦だとかいうような馬鹿げたことを、左翼の一部はすぐに鵜呑みにするはずよ」

「それでも、空爆で石器時代に逆戻りさせることはできる」

「やつらがカルブを殺したら、そうするでしょうね。でも、それはわたしの目的じゃない。わたしの目的はカルブ首相が殺されないようにすることよ」

ジェントリーはいった。「おれの目的は、おれが殺されないようにすることだ。それじゃ行くよ」手を差し出した。

ルースは、手をのばさなかった。「これをつづけてほしいの。あなたとわたしは、首相が生き延びるための、最後の手段なのよ」

「テルアヴィヴに戻るよう命じられたんだろう」

「テルアヴィヴには戻らない。ブリュッセルへ行く。いっしょに来て。ウィトロックを阻止できれば、あなたへの疑いは晴れる。あなたにとって、価値のあることでしょう」

「そうでもない。おれは数え切れないくらいいろんなことで非難を浴びているから、ひとをひとり殺した罪を着せられても、どうということはないね」

ルースは首をふった。「そんなことは信じられない。メツァダに追われるのは、できれば避けたいはずよ」

「どうしてメツァダがおれを追うんだ？　あんたの仲間とザリーニーを殺したのはウィトロックだと、上司にいったんじゃなかったのか。カルブを狙っているのもウィトロックだと。手遅れになる前にウィトロックに対して行動しろと、いってやれよ」

「あなたがマイクを殺したといってもいいのよ」

ジェントリーは、ルースの顔を見た。「そんなことをするのか？」

ルースはいった。「必要とあればやる。あなたの手助けが必要なの。手を貸してもらうためなら、どんなことでもやるつもりよ」

ジェントリーは、ルースを睨みつけた。利用されるのに腹が立っていたが、驚きはなかった。「それは鞭のほうだな。おれの経験では、飴も見せられるのがふつうなんだがね」

ルースはうなずいた。「手を貸してくれれば、わたしも精いっぱい努力する。あなたはわたしの組織の敬意を勝ち取るだろうし、わたしたちはこれを梃子にＣＩＡに圧力をかける。ひょっとすると――」

ジェントリーは、ルースに詰め寄った。急な動きに、ルースはあとずさりした。

「やめろ！」ジェントリーはどなった。「それをいうな！　話に乗れば、おれの抱えている問題がひとつ残らず解決するというような話を、あんたの口から聞きたくない。そういうごたくを、おれは何年も聞かされてきた。そいつらは、そのときにおれを騙していたか、あとで裏切った」

ルースは、片手をあげた。「ごめんなさい。あなたのいうとおりね。あなたとCIAのことは、わたしにはどうすることもできない」手をのばし、ジェントリーの肩に置いた。「でもね、コート。わたしはあなたのファイルを見て、この五年間、あなたが敵だけをこしらえてきたことを知っているのよ。これからの二十四時間で、あなたは貴重な友だちをこしらえることができる。あなたがイスラエルのためにこれをやってくれれば、かならずそれが認められる。感謝される」

「おれになにをしろというんだ？」

「モサドのターゲティング・オフィサーの仕事でのわたしの行動手段は、つねにメツァダだった。わたしが見つけて、位置を突き止め、メツァダが仕留める。いま、わたしにメツァダはない」

「でも、おれがいる」

ルースはほほえんだ。「だといいけど」

それで話は決まった。ジェントリーの気持ちをつかんだことが、ルースにはわかっていた。彼自身とイスラエルのためにラス・ウィトロックを厄介払いできる見込みがあるのなら、やるしかないはずだ。

「わかった。手を貸す」

「ありがとう」

ジェントリーはいった。「まず、あんたたちの人間が来る前に、ここから逃げ出さなければならない。これからは、おれの流儀に従ってもらう。携帯電話など、モサドがあんたを追跡するのに使えるようなものは、捨てなければならない」

「わかった」ルースは、コートの下に手を入れてスマートフォンを出して壊してから、ハンドバッグに入れてあったマイクのスマートフォンも出してばらばらにした。「いつもなら、追跡している人間が対抗手段をとらないことを願うんだけど、自分が追われるのははじめて」

「慣れるのにしばらくかかる」ジェントリーは答えた。

「つぎは？」

ジェントリーはいった。「船を見つける」

ジェントリーは、マリーナの栈橋を歩いていった。目をつけていたのは、停泊水面で上下に揺れていた全長一〇メートルのヨットだった。ルースが遅れてのろのろ歩いていたが、身を隠そうとはしていなかった。ヨットそのものは、マリーナの百隻ほどのヨットと似たりよったりだったが、船にひとが乗っているのは、その一隻だけだったし、明らかにまもなく出航しようとしていた。そこで、チャンスを逃さないように、ジェントリーはまっすぐにそのヨットを目指した。乗っている男に大声で呼びかけた。「いいヨットだな。英語はわかる？」

「修理のためにここにいたんだ。コペンハーゲンに戻るとこ
「ああ」男がにっこり笑った。

ろだよ」

「そこまで一時間ぐらいだろう？」

「そうだ。もうちょっと早く行ける」

ジェントリーはきいた。「あんたが船長か？」

男が通板をおりてきた。「ああ。なんか用かな？」言葉も動作も、怪しんでいるようには
見えなかった。

「千ユーロ稼ぎたくないか？」

男が耳をそばだて、当惑したような笑みを浮かべた。「なにをやって？」

「おれたちはドイツへ行きたいんだ。バルト海を越えて、おれたちを向こうでおろしてくれ
ても、コペンハーゲンに着くのは二時間くらい遅れるだけだろう」

「悪いな。水上タクシーじゃないんだ」

「二千ユーロ」

船長は、それをちょっと考えているようだったが、またおなじことをいった。「水上タク
シーじゃない。あんた、なにか厄介なことになってるのか？」

「ちがうよ」ジェントリーは、真顔でいった。「友だちは飛行機が嫌いなんだ。それにおれ
たちには金がある」

船長は、信用していなかった。「スカンドラインのフェリーで渡れる。ひとり二十五ユーロだ。二千もいらない」

ジェントリーは、気恥ずかしそうな顔をした。「じつは、フェリーの乗船は一生禁じられているんだ。男だけのパーティでちょっと酔っ払った。よくあるやつさ」

男は、ジェントリーの顔をしげしげと見ていた。よくあるやつだと思っていないのは明らかだった。それでも、引き受けるつもりで値段を吊りあげた。「三千」

「三千払ったら、水上タクシーじゃない。水上リムジンだ」ジェントリーは顎をしゃくって命じた。「いますぐ出発する」

「どうぞ乗ってくれ」船長がいい、ジェントリーはルースを手招きした。

47

取調室のドアがあき、ウィトロックはバビットを殺す夢想からわれに返った。時計は取りあげられていなかったので、見ると、午後六時を過ぎていた。

ここに三時間以上、閉じ込められていた。

警官がひとり、先に立って、さっきの部屋と見分けがつかない狭い部屋に案内した。ひとつだけちがいがあった。紺のピンストライプのスーツを着た男が、小さなテーブルに向かって座っていて、目の前には茶色い封筒があり、足もとにブリーフケースが置いてあった。

ウィトロックの見おぼえのある男ではなかったが、即座に、アメリカ大使館の人間だと見定めた。

ウィトロックは、男と向きあった椅子にどさりと座った。ふてくされた顔を隠そうともしなかった。こいつを相手に演技するにはおよばない。おたがいに時間の無駄だ。そこで、ベルギー警察の警官が出ていってドアを閉め、相手が口をひらくまで、待っていた。

「大使館から来た」男は、そういっただけだった。

やっぱりな、とウィトロックは思ったが、言葉にはしなかった。ふくれっ面でじっと座り、あとの言葉を待った。

ピンストライプのスーツを着た男が、言葉を継いだ。「きみはだれかを怒らせたようだな。クリーンなはずの身分証明書を持って旅をしていたが、本国からフラッグをつけられた」くすくす笑った。「ＣＩＡ本部（ラングレー）が自分のところの人間をそうやって釣りあげるのを見るのは、これがはじめてではないが」

ウィトロックは片手で男の喉笛を押し潰してやろうかと思ったが、数分のあいだ気分がよくなるだけで、状況を好転させることにはならない。だから、その衝動を抑えた。

「ところで、きみには有力な友人たちもいるようだね」

ウィトロックは、座ったまま背すじをまっすぐにした。

大使館の男が、テーブルごしに手をのばして、ウィトロックに茶封筒を渡した。ウィトロックは封筒の中身をあけて、ひとしきり見た。パスポート、ミシガン州の運転免許証、クレジットカード数枚。

ウィトロックは、首をかしげた。「おれを連れ戻すためにきたんじゃないのか？」それ以上いわないほうがいいことは承知していたが、それでも相手は手をあげて制した。

「わたしは配達人だ。それだけ知っておけばいい」

ウィトロックはうなずいた。「それじゃ、おれは自由の身か」

大使館の男が、立ちあがった。「パスポート以外の持ち物は、表の窓口で受け取れる。きみにサインしてもらう書類を、ベルギー側が用意している。サインしろ」――男が手をのばして、パスポートを取り、ちょっと見た――「デイヴィッド・バーンズと」パスポートを返した。「きみが何者で、なにをやろうとしているのかは知らないが。わたしは役目を果たし事に戻れるのでほっとしていた。

ウィトロックは笑みで応じて、立った。どういうことなのか、見当がつかなかったが、仕

ているだけだ」笑みを浮かべた。「休暇を楽しんでくれ、バーンズさん」

リー・バビットは、タウンゼンド・ハウスで午前中ずっと、口惜(くや)しさを噛(か)みしめていた。ストックホルムに配置した資産(アセット)が、ターゲットを逃した。ボーモントとその部下たちは、数時間捜索して、なんの成果も得られなかった。そこへ、テルアヴィヴのヤニス・アルヴェイから突然の電話があり、ジェントリーがコペンハーゲン行きの列車に乗っていることと、イスラエルの特殊作戦部隊が終点で待ち伏せる計画があることを明かした。

バビットはすぐさまジャンパー・チームに連絡し、マルメで列車を邀撃(ようげき)するよう命じたが、車内を調べたところ、ジェントリーとモサドの女が手前の駅でおりたらしいということがわかった。

一時間後、当のルース・エティンガーから電話があった。デッドアイがイランの依頼でイスラエル首相暗殺をもくろんでいるというジェントリーの話を、エティンガーが教えた。それが事実かどうか、バビットにはわからなかったが、そもそもジェントリーがウィトロックのことを知っているという事実に疑念を感じた。パークスに命じて、ウィトロックが取り決めどおりアメリカ行きの便に乗ったかどうかを確認させた。ウィトロックが使える身分証明書すべての名義で調べると、ウィトロックがブリュッセル行きのBA便に乗っていたことが判明した。

いうまでもなく、タウンゼンド・ハウスでは警報が鳴り響くような騒ぎになった。

バビットはただちに、パスポートにフラッグを立て、ウィトロックを拘束するよう命じた。ただでさえ、ジェントリー狩りで気を揉んでいるのに、自分のところの契約社員がカルブ首相を暗殺するのを阻止することにまで気を配らなければならないのは、願い下げだった。

バビットが、アナリストひとりと相談していると、秘書が社内放送で、至急オフィスに戻ってほしいと報せた。オフィスに戻ると、デニー・カーマイケルからの電話が、保留になっていた。

バビットはうめいたが、受話器を取り、明るい声を出した。「やあ、デニー」

カーマイケルは、いつものように無愛想で、すぐに用件をいった。「ブリュッセル空港で拘束されていたデッドアイを解放した」

バビットは、どなりたいのを必死でこらえた。「どうしてそんなことをしたんだ？」

「ジェントリーが風のままに漂っているからだ。ジェントリーをもう一度捕捉するには、デッドアイを使うしかない。ヤニス・アルヴェイの話では、ジェントリーはルース・エティンガーといっしょに移動しているし、ウィトロックを追跡しているようなんだ」

「デニー、なにが起きているか、あなたにはわからないのか？　ウィトロックは、われわれを利用してきた。やつはイスラエル首相を暗殺する計画を立てている！　ジェントリーを生かしておいて、暗殺の罪をかぶせるために、ウィトロックはこれまでずっとジェントリーを掩護してきたんだ！」

「それはわかっているが、暗殺は阻止できると確信している。ブリュッセルでデッドアイを見つけて、監視し、ジェントリーが現われるまで目を光らせていればいい」

バビットは、耳を疑った。「イスラエル首相を餌に使うつもりか？」

「そうじゃない。組織にそむいた離叛者(はぐれもの)のもとCIA資産を使い、さらに悪辣(あくらつ)な組織にそむいた離叛者のもとCIA資産を捕らえようとしているだけだ。ウィトロックをジェントリーとおなじように抹殺することを許可するが、最優先ターゲットは、依然としてジェントリーだ。グレイマンが死ぬまで、デッドアイには指一本触れない」

バビットは、デスクに身を乗り出し、顔を手でさすった。「なんてことだ、デニー」リー・バビットのように秘密工作の経験が豊富な人間にも、この陰謀は濁った深い淵のように思えた。

バビットが渋っているのを、カーマイケルが察した。「落ち着け。非常時には非常手段だ。われわれは、ふたつの汚物を一度に片づけられる。わかるな？　首相に危険が迫る前に、われわれでこれを始末しよう」

「われわれと何度もいうが、CIAの資産を派遣するのか？」

「滅相(めっそう)もない！　もちろん派遣しない。政治的に微妙な問題だから、CIAがじかに関与するわけにはいかない」

CIA幹部の口からそういうことを聞くとは笑えると、バビットは思った。

カーマイケルがいった。「きみにブリュッセルに行ってもらいたい。使える直接行動資産をすべて連れて現地へ行き、デッドアイを見つけるんだ。そうすればジェントリーが見つかる」

「モサドはどうする？」

「メナケム・オールバックと話をした。モサドの実動部門の親玉だ。エティンガーというこの女は、ジェントリーについて考えちがいをしていると、説得した。ラッセル・ウィトロックはジェントリーの偽名のひとつだと、いってやった。この若い女工作員は、去年にローマでイスラエルが犯した大失態のせいで、甚大な精神的打撃を受けたと、モサド側は考えている。彼女はストックホルムで部下をひとり失い、完全に埒を越えた。ジェントリーに騙されたのは、確証バイアスのせいだ。簡単にいえば、ジェントリーについて自分が考えていたことが正しかったと思いたいんだな」

バビットは答えた。「あなたがわれわれに頼もうとしていることは……時間枠が狭く、作戦の規模が大きいから、危険要因がかなり――」

カーマイケルは、その反論の答えを用意していたようだった。「リー。経費プラス請求金額の明細は見ない」

バビットは、驚いて両眉をあげた。金に糸目はつけないといわれたのだ。

迷う気持ちがかなり強く、バビットはのろのろと答えた。「一時間以内に出発する」

「よし。礼をいう。国もきみに感謝するだろう」

「デニー。われわれは仕事をやる。できるだけすばやく、きれいに。しかし、もう信じられない」

カーマイケルが、警戒する口調になった。「なにが信じられないんだ？」

「コート・ジェントリーを殺すことが、アメリカに関係があるとは信じられない」

長い沈黙のあとで、カーマイケルがいった。「いいからやつを殺せ。やつを殺せば、タウンゼンド・ガヴァメント・サーヴィスィズは、この厳しい予算削減の時代に、あちこちの国防・情報関連企業がはまり込んでいるような苦境を避けられる」

脅しか、とバビットは思ったが、口には出さなかった。見え透いたことをやる。怒りを脇に押しのけていった。「わかったよ、デニー。うちの連中を率いて出発する。ブリュッセルから電話する」

タウンゼンドの戦闘員ジョン・ボーモント、別名ジャンパー・アクチュアルは、ドイツのトラフェミュンデ港のフェリー埠頭のあちこちに、戦闘員八人を散開させ、デンマークからのフェリーが午後七時に到着するのを待っていた。ジェントリーが乗っているという具体的な情報があったわけではないが、午後五時着のフェリーで来るときに、船内をくまなく捜索したが、なにも見つけられなかった。

ジャンパー・チームにとっては、腹立たしい一日だった。朝はバスターミナルでなんの成果もなく、数時間後、ターゲットはストックホルムから逃げ出したという悪い報せがワシントンDCから届いた。ヘリでマルメに急行したが、やはり時間の無駄だった。ストックホルム発コペンハーゲン行きの列車に乗り込んだが、バスターミナルとおなじ涸れ井戸だった。

ジャンパー・チームは、コペンハーゲン駅にも何時間か配置されていた。できるだけ多くの発着する列車に乗り降りして、ざっと車内を調べていると、だれかが地元警察に通報し、獰猛な感じのアメリカ人たちがなにをやっているのか、突き止めてほしいと頼んだようだった。そこで、チームはハンブルク行きの急行列車に乗った。列車はスカンドラインズの大型フェリーにそのまま乗り、バルト海を四十五分かけて渡った。そして、トラフェミュンデという海辺のこの小さな町に着いた。

トラフェミュンデは、夏にはたいへん人気のあるビーチ・リゾートだが、いまは灰色の凍りついた静物と化している。フェリーで北のコペンハーゲンやその先のスカンジナヴィアに向かう旅行客や、マリーナで漁船の手入れをしている人間や、遊歩道沿いのレストランで働いている人間がいるくらいで、あとはほとんどひと気がなかった。

ボーモントは、一時間前にバビットの電話を受け、バビットとパークスが、タウンゼンド・ハウスのダガー・チームを引き連れてブリュッセルに向かうことを知らされた。ジャンパー・チームは、明朝に到着するバビットたちと合流する予定だったが、南に行く前に、部下を配置し、つぎのフェリーからおりる客を見張る水際作戦をやることにした。

トラフェミュンデに着くとすぐに、ボーモントはバンを二台借りるように命じた。ボーモントの部下たちがバンに乗って戻ってくると、ＵＡＶチームのカールとルーカスが一台の後部に無人機地上管制基地を設営した。フェリーターミナルの駐車場からスカイシャークＵＡＶが発進し、付近を旋回して、フェリーが着くまでのあいだ、マリーナに繋留されている船を見張った。

フェリーが桟橋に着くと、カールは、小さな船溜まりに向かっているのにさきほど気づいたヨットを調べるために、ＵＡＶをマリーナの南に移動させた。ヨットをおりて、桟橋を歩いている人間ふたりの画像を拡大した。たちまち、動いている遠い人影のいっぽうを赤い四角が囲み、歩容がターゲットと一致している可能性があることを示した。
ルーカスが、バンのフロアに置いてあった無線機をつかんだ。「センサー・オペレーターからジャンパー・アクチュアルへ。目視の可能性あり。確率五五パーセント。画像を得られるよう移動し、報告する」

ボーモントは、八〇〇メートル離れたところにある、フェリー埠頭近くのほぼ満車の駐車場に立っていた。南部なまりの低い声で応答した。「どういうことだ？　フェリーの客はまだおりてこないぞ」

「フェリーに乗っていたんじゃない。その旅行者ふたりは、ヨットからおりた。男と女。そっちの位置の北にある遊歩道を歩いている、どうぞ」

ボーモントは、すぐさま答えた。「ふたりを徒歩で行かせて、調べさせる。対象のほうへ誘導してくれ」

「了解した」

ボーモントは、マリーナの数百メートル南にいたジャンパー7（セヴン）と8（エイト）に無線連絡し、遊歩道に向かわせた。

ジェントリーとルースは、バルト海から吹きつけるすさまじい寒風にふるえながら、トラフェミュンデの遊歩道を歩いていた。気温が三〇度くらい高い夏なら、この遊歩道も旅行者でにぎわっているのだろうと想像がついたが、いまは元気のあるものが何人か出ているだけだった。ジェントリーは、自転車から吹き飛ばされないように必死で乗っている男に、鉄道駅の方角をたずねた。男が道路のほうを指さし、駅(バーンホーフ)までは一キロメートルもないと教えてくれた。

ジェントリーとルースは、それぞれの思いにふけりながら、無言で歩いていた。ルースは、ヤニスとの連絡を絶ったことで自分が受ける影響を考えていた。ジェントリーは、デッドアイのことと、独立資産プログラム(AADP)に組み込まれたのは、反射神経や知力以外のことを見込まれたからだと、デッドアイが暴露したことを考えていた。

ふたりとも、話をする気分ではなかった。

小さな魚料理のレストランやコーヒーショップが固まっているそばを通り、坂をとぼとぼと登っているとき、埠頭の南側から暗い横丁伝いにこそこそと近づいてくる男ふたりに、ジェントリーは気づいた。一分後、ホテルのウィンドウの反射を利用して、そのふたりが四、五〇メートル離れて自分たちを跟(つ)けていることをたしかめた。

ジェントリーは、低い声でいった。「あれはあんたのところの人間か？」

「だれ？」

「尾行されている」

ルースは、ふりかえってはいけないことを心得ていた。「まちがいない？　わたしはだれも見ていない」

「あんたは跟けるほう、おれは跟けられるほうだからな。この問題では専門家だ。モサドかどうか、教えてほしい」

ふたりは歩きつづけた。右手前方に駅が見えていた。

「それにはうしろを見ないと」ルースがいった。

「待て。駅の階段を昇るために向きを変えたときに、一瞬右を見るんだ。だが、すばやく、自然な仕種でやらないといけない。四〇メートルほどうしろだ。すこし足を速めれば、おれたちがいま通っている街灯の下をあいつらが通るときに見られる」

「まるで科学みたいに体系づけているのね」

「おれに寄り添えば」ジェントリーは軽口を叩いた。「追われる身の暮らしを教えてやる」

ふたりは足を速めて、駅の入口へ曲がり込んだ。ジェントリーは右を見なかったが、ルースはそちらをすばやく見た。駅のなかにはいるまで、なにもいわなかった。

「まずい。タウンゼンドの連中よ。ストックホルムにいた直接行動チームの一部。それに、わたしだと見分けているみたい」

ホームに列車ははいっていなかったが、七時十分発のハンブルク行きを寒いなかで待っているひとびとがいた。ジェントリーはルースの手を握り、乗客のあいだを急いで通り抜けた。ジェントリーが暗いところだけ通り、顔を伏せて歩きながら、人だかりをなんなく抜けてゆくのに、ルースは感心した。待合室の中央にある売店の上に取り付けられた防犯カメラを避けるのですら、自然な動きに見せていた。

ふたりは駅舎の反対側に抜けて、線路を横切り、明るい駅から離れて、まず小さな木立にはいってから、住宅地へ行った。街灯のある道路を足早に歩き、裏庭を二度通り抜けて小さな袋小路に出た。

どこへ行くのか、ルースには見当もつかなかったし、ジェントリーにもわかっていないのではないかと思ったが、編集されていないファイルを読んでいたので、危険からするりと脱け出す能力をジェントリーが備えていることは知っていた。

ジェントリーのような人間にとって、なくてはならない技倆だというのはわかるが、低級な空き巣狙いみたいにひとの家の裏庭を独りでこそこそと抜けたり、漆黒の闇の森を通ったりするところを思い浮かべて、ルースは悲しくなった。うしろから迫るハンターたちに追いつかれないように先を急ぐありさまは、まるで猟犬の群れに臭跡をたどられているキツネみたいだ。

ルースは、猟犬という自分の立場のほうが、ずっとありがたいと思った。

「よし」袋小路を出て、ゼロロットライン住宅（敷地節約のために壁一面を共有して建てた住宅。いわゆる二戸一）がならぶ通りを歩きはじめた。「当面は、撒いたと思う」

ルースは、あることに気づいて、すぐさま上を見あげた。「あいつらには無人機があるの」空は暗く、街灯のせいで頭上の見通しがきかなかった。

ジェントリーも見あげた。「なにも見えない」

「見えるはずがないのよ。小さくて、ほとんど音を立てないし」

「どれぐらいの大きさだ？」

「ピザの箱より小さい」

ジェントリーが吐き出した溜息が凍りついた。「ピザに追いかけられているのか」ふと考えた。そのとき、ふたりはフォルクスワーゲン・ゴルフＧＴＩが私設車道にとまっている家の前を過ぎた。車の隣に小さな二輪のトレイラーがあり、覆いをかけたバイクにそれがつながっていた。

ジェントリーは、足をとめた。

「どうしたの？」ルースはきいた。

ジェントリーは、短い私設車道を進んで、防水布を引きはがし、バイクからトレイラーを取りはずした。KYMCO（キムコ）パルサー125。低価格だがなかなかいいバイクだ。

すぐにバイクを引いて、住宅街の通りの先へ行った。ルースがあとをついてきた。ジェントリーはいった。「無人機があるとしたら、隠れられない。銃を持ったやつらとの距離をできるだけひろげるしかない。無人機が追ってこられないように。わかるな？」

ルースには、わけがわからなかった。「でも、バイクのキイがないでしょう？」

ジェントリーは、キックスタンドをかけて、道路にしゃがんだ。「おい、頼むよ」上の街灯の暗い光を頼りに、エンジンにつながっているイグニッションコードをまさぐり、プラスティックの結合器（カプラー）を探し当てた。カプラーをはずして、コード三本を露出させ、そのうち二本をより合わせて、三本目を垂らした。

手を上にのばし、バイクのエレクトロニック・イグニッションを始動した。

ぜんぶで三十秒とかからなかった。

ジェントリーは、バイクにまたがり、ルースがうしろに乗った。ルースのほうをふりかえって用意ができたことをたしかめたとき、長い影が近づいてくるのにジェントリーは気づいた。目の焦点を合わせると、駅から尾行してきたふたりだとわかった。まだ五〇メートルほど離れているが、走ってくる。

「つかまれ!」ジェントリーは叫び、エンジンをふかした。バイクが発進し、凍った路面で尻をふった。

48

「センサー・オペレーターからジャンパー・アクチュアルへ。対象がモレダー通りを東に向かっている」

「誘導しろ！」ジャンパーは叫んだ。ジャンパー2（ツー）が運転する先頭のバンの助手席に乗っていた。後部にはジャンパー5（ファイヴ）と6（シックス）が乗っている。もう一台には、UAVチームと、ジャンパー3（スリー）と4（フォア）が乗っていたが、7（セヴン）と8（エイト）を拾うために車をとめなければならなかったので、かなり遅れて追跡していた。

二台目のバンの後部で、カールとルーカスが、六〇メートル上空を飛ぶ無人機によるターゲットの監視をつづけていた。目視を維持し、全員にターゲットの動きを間断なく伝えることができた。

「右折した」ルーカスが、無線で呼びかけた。バイクとそれを一キロメートルの差で追っている先頭のバンの両方を、視界に捉えていた。

「了解」ボーモントはいった。「UAVでバイクをずっと捕捉できるか？」

「無理だ。せいぜいあと数キロしか監視できない。そのあとは見失う」

「できるだけ長く監視をつづけろ」ボーモントは命じた。

「了解した。いま左折し、ヴェデンスベルク通りを走っている。そっちはあと六十秒で、その交差点に着く」

「やつはどこへ向かっている?」

ルーカスは、べつのノートパソコンを見た。そのムーヴィング・マップ・ディスプレイで、もっと広い範囲の地形図がわかる。ルーカスはいった。「ただ逃げているだけだと思う。北へ向かえば向かうほど、選択肢が狭まる。東は海で逃げ場がないし、西は農地だ」地図を見て、驚いたように笑った。「そっちにもなにもない。やつはどつぼにはまったようだ」


ジェントリーは、どつぼにはまったかもしれないと思いはじめていた。タウンゼンドが猛追しているのはわかっていた。数分前に、白いバンが背後のトラフェミュンデから飛び出してくるのが見えた。北を目指して、海岸沿いを突っ走ることにしたのだが、町を出るとひろびろとした農地で、隠れる場所がないとわかった。

右手はバルト海、左手には低地の畑とときどき小さな村があるだけだった。どこへ向かっているのかもわからず、拳銃すらないので、反撃することは見込めない。いまや敵地および敵手脱出モードになっていたが、UAVが上空にいてすべての動きを追ってる可能性があることで、それを実行するのがかなり厄介だった。

そのとき、左の低空を通過した小型機が、南へと飛んでいった。上昇するときに、その灯火が進行方向の小雪を照らした。

前方に飛行場がある。このあたりでもっとも大きな町のリュベックはもっと南だから、せいぜい小さな簡易滑走路があるだけだろうと思った。

小さなバイクの馬力をすこしでも絞り出そうとして、ジェントリーはスロットルをあけた。

五分後、左に曲がり込んで、ジェントリーは砂利道を走り、ジークスドーフ飛行場のあいたままのゲートの外に、バイクをとめた。芝生の滑走路の小さな飛行場で、格納庫ひと棟と、ファストフード・レストランくらいの大きさのターミナルビルがあった。ジェントリーとルースは、バイクを乗り捨てて、雪の降る暗闇を、ターミナルの明かりに向けて駆け出した。

「ここから飛行機で逃げるんでしょう？」走りながら、ルースがきいた。

「ああ」

「あなた、パイロット？」

ジェントリーは、小さく肩をすくめてからうなずいた。「まあね」

「ファイルを読んだのよ」

「みんなそういうね」

どういう意味なのか、ルースにはわからなかったが、きかなかった。「ファイルには、パイロットだなんて書いてなかった」

「要約版なんだろう」

ルースは、それ以上追及しなかった。

ふたりはターミナルと、その正面の照明を浴びているアスファルトの駐車場を避けて、その向こうの格納庫へ行った。駐車場はそこまでのびていたが、格納庫の周囲に明かりはなかった。

だれもいない暗い格納庫には、小型の単発機が三機、窮屈に収まっていた。ジェントリーは、二機はセスナ152、もう一基はパイパー・チェロキーだと見分けた。

「キイなしで飛行機のエンジンをかけられるの？」ルースはきいた。

ジェントリーは、セスナ二機のそれぞれの機内を覗いてから、パイパーを調べた。「それは必要ない。キイがついている」バックパックをおろし、機内に投げ込んだ。

四人乗りの単発機で、手入れもよく、最近飛んだばかりのようだった。燃料とオイルを確認したあとで、格納庫からふたりで真っ暗闇へと押し出した。急いで押そうとすると、前輪が不安を催すような大きな音をたてたので、できるだけそろそろと動かした。

「こういうのを前に飛ばしたのは、いつ？」ほとんど見えないので、ジェントリーが手探りで操縦翼面を点検していると、ルースがきいた。

「〝こういうの〟は、この型という意味？　それとも飛行機そのもの？」

「わたしが安心するようないいかたで返事してよ」

ジェントリーは、しばらく答えなかったが、ようやくいった。「前に一機だけ飛ばしたことがある」

「まいったわね」と、ルースはつぶやいた。

ジャンパー・チームの先頭のバンは、ライトを消してゲートを通り、飛行場にはいっていった。草と石だらけの野原を切り拓いた、水平でまっすぐな滑走路が一本ある。「やつらが飛行機を盗んで離陸できないように、滑走路のまんなかにとめろ。おれたちは徒歩で接近する」無線機の送信ボタンを押した。「ジャンパー・スリー、飛行場まであとどれぐらいだ？」

「いま砂利道に折れた。二分ぐらいだろう」

「了解した。はいったらゲートを閉めて、滑走路のおれたちのうしろにとめろ」

「わかった」

ボーモントは、バンから跳びおりた。コートの下からマイクロ・ウージを出した。後部からおりたふたりも、おなじようにした。

ボーモントは、ジャンパー・ツーのほうをふりかえった。「飛行機が離陸しようとしたら、バンから出て撃て。おれたちは散開して、野原から格納庫に接近するが、攻撃するのは、あとのバンが着いてからだ」

ジェントリーは、なにも見えない闇のなかでチェロキーのまわりを歩いて、手探りで操縦翼面を点検した。機体の状態はいいと納得すると、右側のドアから乗り込み、左の機長席に体をずらした。

ルースがあとから乗った。「どれぐらいかかるの？」

「飛行前点検に五分。それから……」

「どうしたの？」

バンが滑走路に向かっているのが、遠くに見えた。もう一台が、すでにその前方にとまっている。「考え直した。いますぐに出発だ」

エンジンを始動した。すこし咳き込んだが、すぐにかかった。

闇のなかで、ルースにも二台のバンが見えていた。「滑走路をふさいでいる！　どうやって——」

ジェントリーがスロットルを押すと、小さな飛行機が急に前進しはじめた。

「どこへ行くの？」

ジェントリーは、格納庫前の闇からチェロキーを出して、ターミナルに面した駐車場に向けて走らせた。滑走路は右手にあり、その向こうから走ってくる男たちが見えた。

ジェントリーは、スロットルをすこしゆるめ、肩ごしにうしろを見た。駐車場の端まで行くと、チェロキーを方向転換させ、ブレーキをできるだけ強く踏みつけた。そして、スロットルをめいっぱい押し込んだ。

エンジンが咆哮し、ブレーキがその力に必死であらがった。

「なにをするつもり？」

「知らないほうがいいんじゃないか」

「誘導路から離陸するの？」

「誘導路とはいえない。どちらかといえば、駐車場だ」

二台目のバンの近くで銃火が瞬いたが、銃声はチェロキーのエンジンの爆音にかき消された。

なんとかして飛ぶほかに手はないと悟り、ルースは全身の筋肉に力をこめた。

ルースの横でブレキシグラスの窓が砕け、サブ・マシンガンの弾丸が飛び込んできた。ルースはショックのあまり悲鳴をあげた。ジェントリーは右手でルースの頭をつかんで横倒しにした。股のあいだにコントロール・コラムがあるので、前に伏せることはできず、ルースは左右の座席のあいだのフラップ・レバーの上で身を縮めた。

ジェントリーは、コントロール・コラムを左手でつかんだまま、銃撃をできるだけ無視しようとした。弾丸が前方で雪を跳ねあげ、舗装面で火花を散らしていた。

ジェントリーがブレーキを放すと、小さな飛行機はがくんと前に動き出した。真正面の一〇〇メートル先、飛行場の駐車場の向こうの端に、高さ二・五メートルのフェンスがある。

暗闇を跳ねながら走行しているあいだに、ジェントリーはいった。「地面から浮かぶまでずっと伏せてろ。浮かんだら、あんたの下になっているフラップ・レバーを引かないといけない」

「離陸のときはフラップを下げるんじゃないの？」

「それだと抗力が増す。いまは速度が必要なんだ」

「フラップは揚力を増すためのものでしょう？」

ジェントリーは、それを認めた。「そうだよ」

ルースは、ジェントリーの顔を見た。「揚力がいるんじゃないの？」

「フェンスの向こう側で降下する。地面から一五〇センチくらいのところで水平飛行になり、フラップをおろして、速度をあげ、ここから逃げ出す」

「まったく、もう」ルースは大声でいった。

「がんばれ！」ジェントリーは、飛行機に向けてどなり、速度をあげろと励ました。

弾丸が胴体の尾部寄りを叩いていた。

ジェントリーは、対気速度計を見たが、ほんの一瞬でやめた。速度はこのさい関係ない。エンジンをめいっぱいまわし、機首を起こすだけのことだ。じゅうぶんな速度が出ていれば、浮かびあがる。じゅうぶんでなかったら、フェンスに激突する前にとめることはできないし、二度目のチャンスはない。「がんばれ！」まだどなった。

コクピットの左右を、またサブ・マシンガンの曳光弾が流れ過ぎた。

ジェントリーは甲高く叫んだ。「いまだ！　体を起こせ！」

コントロール・コラムを脚に食い込みそうなくらい、力いっぱい引いた。機首が跳ねあがって、前輪がガタンと浮き、激しい音にルースが悲鳴をあげた。機体がぐんぐん浮かびあがると、ジェントリーは座席のあいだに手をのばして、フラップ・レバーを力いっぱい腹の下のほうへ引きあげた。

チェロキーがフェンスの真上で水平になり、地上から一〇メートルもないそこで、失速しそうになった。また夜空に曳光弾が弧を描いた。ジェントリーがスロットルをめいっぱい押し込むと、機首が下がった。ジェットコースターなみの急な動きで、座席ベルトがきつく食い込んだので、ルースが悲鳴をあげた。雪に覆われた野原に向けて、チェロキーが降下していた。

ジェントリーは、機首を水平に戻そうと必死になっていた。チェロキーが雪原に墜落する前に、急加速したチェロキーを水平飛行に戻さなければならない。「行け！　行け！　行け！」

　エンジンの甲高い爆音のなかでも、下と左手から躍起になって撃っている自動火器の銃声が聞こえた。

　ルースの胃袋は、さっきは喉まで持ちあがっていたが、こんどは腸まで下がりそうだった。まちがいなく墜落すると覚悟した。

　主翼が地面まで五メートル以下に近づくと、地面効果がジェントリーの努力を手伝いはじめた。低空に降下したチェロキーは、姿勢を回復しはじめた。ジェントリーはコントロール・コラムを引き、衝撃に備えて体に力をこめながら、チェロキーが飛びつづけてくれることを祈った。

　水平飛行に移ったときには、車輪は地面から一メートルも離れていなかった。プロペラが新雪を撒き散らし、チェロキーは激しい渦巻きに包まれたようになった。ジェントリーが前方に目を凝らし、左右の水平を維持しようとしていると、九ミリ弾がまた一発、ジェントリーのうしろで機体を貫き、さらに数発が、風防のそばを飛び過ぎた。

　だが、ちゃんと飛んでいた。地面にぶつかりはしなかった。あとはできるだけ早く殺戮地帯を脱け出せばいいだけだと、ジェントリーにはわかっていた。

　小さな単発機は、地面から三メートルの高さで砂利道をあっというまに越えた。ジェントリーは、西に機体を傾けて、チェロキーを上昇させた。もう一〇〇ノット出ていて、さらに加速していた。汗まみれの片手をコントロール・コラムから離し、キャビンライトをつけて、計器をざっと眺め、銃撃でそれとわかる被害を受けていないかどうかをたしかめた。

それをやりながらきいた。「撃たれていないか？」

ルースが、のろのろと答えた。「だいじょうぶだと思う。撃たれていない」

「まちがいないか？」

「まちがいない」ほっとしたとたんに、笑いがこみあげた。まわりを見ると、破れた窓の外の右にあるバルト海には、針で突いた点のような光が、いくつかあるだけだった。遠い船の明かりだ。

上昇しながら左に機体を傾けた。そのあいだにジェントリーは、コクピットの計器をすべて確認し、燃料管などの重要な部分に被弾した形跡がないことがわかった。

「問題ないの？」

「たぶん」

「はっきりいって、どこへ行くの？」

「わからない」機体を傾けて上昇するあいだに、ジェントリーは正直に答えた。「一分だけ、考えさせてくれ」

ジョン・ボーモントは、目の前の雪に唾を吐いた。飛び去る飛行機に向けて、ウージの弾丸を撃ちつくしたが、九ミリ口径のちっぽけなサブ・マシンガンは、とうてい地対空兵器には使えない。

駐車場のボーモントのそばに、部下たちがすぐさま集まってきた。チームのものを拾うために、バンが猛スピードで滑走路に向かった。

「どこへ行くと思う？」ジャンパー・ファイヴがきいた。

「あの野郎のファイルを読んでいないのか？　地図を見ろ。やつはハンブルクへ行く。ヘリを用意しないといけない」

「どうしてハンブルクへ？」

「近いし、人口が多いし、列車やバスに乗れる。ブリュッセルまでずっと飛んでいけるわけがない。三十分以内に着陸しないと、ドイツ空軍が総勢で追ってくる」

ボーモントは、ひとりでうなずいた。「ハンブルクでやつの命をもらう」

49

ジェントリーとルースの乗るパイパー・チェロキーは、ドイツのシュレースヴィヒ・ホルスタイン州上空を南へと飛んだ。高度一〇〇〇フィート以下を保ち、無線の呼びかけには応じなかったが、行く手に機影はないかと、不安にかられながら前方の空に目を配った。

ルースは、風防の弾痕をキャビンで見つけたダクトテープでふさいでいたが、離陸のあとは黙りこくっていた。最後の数分の恐怖が、こたえていた。モサド情報収集部の作戦では、これほどの危険にさらされたことは一度もなかった。武装した男たちに追われたことも、このパイロットのふつうではない戦術も、はじめての経験だった。

それに、テルアヴィヴの支援もなしにウィトロックを追うのを強行すると決断したことにも、迷いが出ていた。ジェントリーのようなお尋ね者に運命をゆだねて、モサドの支援もなしにウィトロックのような人間を追うというのは、衝動的な決断だった。ルールに従っていたら悪化するいっぽうに思えた状況を改善する必要があると感じたから、そう決めたのかもしれない。

ルースは、自分がいるところと現在に意識を戻し、最後までやろうと覚悟を決めた。モサドが引いた一線を越えずにいたら、首相を救うことはできないと、確信していた。

「どこへ行くか、思いついた？」そう質問したとたんに、この状況で自分がいかに無力かということに気づいた。獲物を追う捕食者の場合は本領を発揮できるが、獲物になったいまは、それが専門のジェントリーにすべてを任せるしかない。

「ハンブルク」ジェントリーは、きっぱりといった。「とにかく、そこに近いところ」

「どうして？」

「ひとつだけ、はっきりしていることがある。ブリュッセルでは、銃が必要になる」

「ハンブルクで手にはいるの？」

「前は。いまもそうだといいんだが」

「あいつらはいつ追いかけてくるかしら？」

「タウンゼンドのやつらか？　くそ、たぶん先まわりされるだろう。おれたちにはどうにもできない。やつらはヘリを用意して、まっすぐハンブルクへ行くはずだ。おれたちはもうちょっとまどろっこしいやりかたで、街にはいらないといけない」

ジェントリーは、さらにいった。「だが、もう厄介なのはタウンゼンドだけじゃない。ドイツもだ。もうじき空を追ってくるだろう。おそらく、警察のヘリコプターで。それならふり切れるが、ドイツ空軍がまもなく緊急発進(スクランブル)するにちがいない。大規模な対応がある前に、地上におりないといけない」

「〝地上〟っていうのは、ちょっと曖昧(あいまい)ね」

「道路か畑に着陸するしかない。明かりがあればありがたいんだがね。ドイツのこのあたりは平坦だから、地面さえ見えれば、地形のことは心配いらない」

「経験が足りないパイロットだってわかるようないいかたは、やめてほしいんだけど」

ジェントリーは、それを聞いて笑ったが、すぐにまた注意を集中した。「ハンブルクで別れよう。きみはじかにブリュッセルへ行ってくれ。おれは武器を手に入れて、あすの朝、落ち合う。向こうへ行ったら、デッドアイに連絡して、位置を突き止められるかどうか、やってみる」

「デッドアイ？」

「ああ。CIA時代のウィトロックの暗号名だ」

「あなた、ほんとうにブリュッセルに来るの？」

ジェントリーはうなずいた。「行くよ」

ルースは、ジェントリーの顔を見つめた。無表情な顔が、赤いキャビンライトを浴びていた。ルースはきいた。「どうしてこれをやるの？」

「忘れたのか？　やらないとおれに罪をかぶせるといったじゃないか」

ルースは、首をふった。「メツァダをけしかけると脅したのはわかってるけど、それだけが理由だとは思えない。あなたはこれから逃げ出して、姿を消すこともできるでしょう。これまでやってきたように」

ジェントリーは口ごもり、ルースの顔を見た。いつもの冷静沈着な顔に、突然弱みが現われたのを見て、ルースはびっくりした。「きのう、デッドアイもおなじことをいった。あいつとおれが、どういうところから生まれたか。おれがほんとうだと思いたくないことをいっていた。だが、どうも真実のようだ」

いた。

チェロキーのエンジンのブーンという低いうなりが、とぎれることなくキャビンに響いていた。

「頭の奥で、おれはいつも、自分は欠陥品だとわかっていたようだ」

「どういう意味？」

「そのことはいい。ただ、ウィトロックがおれにいった言葉がまちがっているのを証明するには、やつとカルブのことを最後まで見届ける必要がある。世の中には、正しいこともあれば、まちがったこともある。おれはときどき崖っぷちでふらつく。どちらへ進んでも落ちそうになる。だからそれにあらがう。まちがったほうへ落ちないように戦う。正しいことができるときには、それをやることで。だからといって、おれが純粋なわけではない。ただ、その反対よりはましだというだけだ」

ルースはいった。「あなたがなにをやっているか、それがあなたをどう変えたかということね。いまは、あなたがどういう人間かという話をしているんじゃないのよ」

ジェントリーは、淡く笑った。「そういうのは、きれいごとだろう。おれに途中でやめてもらいたくないというのが、あんたの本音だよ。あんたはおれがウィトロックを追うことを望んでいる。おれがやつを殺すことを望んでいる」

ルースは、うんざりしたように溜息をついた。「そうよ。ほかのひとたちとおなじように、わたしはあなたを利用している」風防の外を見た。「ほかのひとたちよりましとはいえない」

ジェントリーはいった。「これからの二十四時間だけ心配して、あとのことはそのあとで片づければいい」

「そうしましょう」

十五分後、ふたりが乗ったパイパー・チェロキーは、イェルスベクという村近くの照明が明るいゴルフコースのまんなかにある道路に着陸した。ジェントリーとルースは、飛行機を押して道路脇の雨裂に突っ込ませ、歩いて村を抜けた。午後十時には巨大都市ハンブルクに向かうバスに乗っていた。

黒いシコルスキーS-92ヘリコプターが、エルベ川の上の高度二〇〇フィートを高速で飛んでいた。四枚ブレードのローターが、揚力と速力を得るために、凍てつく大気を叩いていた。

シコルスキーは、ハンブルクの工業地帯ハーフェンシティとクライナーグラスブロークの上空を低空飛行する許可を得ていた。ヘリの真下には、数平方キロメートルにわたって、ずんぐりした大きな倉庫の群れやひょろ長い線路がある。入り組んだ港湾地帯では、巨大な貨物船が狭い水路を埋め尽くし、そのすぐ隣に露天のコンテナ置き場がある。

ヘリの機長は、そういう光景には目もくれず、貨物船の荷物の積み下ろしをしている背の高いポーテナークレーンのすぐ上を飛ぶことに神経を集中し、港の北側の街の明かりからも目を離さないようにしていた。航空交通管制には、まだ着陸地は決めていないと報告していたが、中央駅の近くを目指すことになるだろうと考えていた。

シコルスキーの機内では、グリーンのキャビンライトを浴びて、イスラエル人十五人が座っていた。ほとんどが男で、私服姿だったが、コートの外にXM35ライフルを負い紐（ひも）で吊っていたので、一般市民でないことはわかった。

モサドの特殊作戦課（メツァダ）の面々だった。

いまのところ、強襲チームは飛行を楽しむほかに、やることはない。それぞれの思いにふけって、じっと座っていた。眼下の街明かりを窓から見ているものもいた。あとは所在なげに装備をいじくっていた。

キャビンの尾部寄りでは、女性のターゲティング・オフィサーふたりが、いっしょに一台のノートパソコンを眺めて、すでに街にいるモサドの工作担当官からのデータを読み、ハンブルク市の交通監視カメラ網に侵入したテルアヴィヴのハッカーが送ってくるデータの流れと合わせて整理していた。これまでのところ、ターゲットを識別する幸運にはめぐまれていなかったが、作戦がはじめられてから、まだ数分しかたっていない。

そして、女性ふたりのそばに、もうひとり、男がいた。ヤニス・アルヴェイは五十歳で、ヘリに乗っているなかでいちばん年配だったが、数十年のあいだ、やはり首からライフルを吊り、イスラエルの敵を殺す使命を帯びて、任務に服していた。いまは現場の仕事はしない管理職で、情報収集部と特殊作戦課の連絡担当官として、ターゲティング・オフィサーの監督と、特殊作戦課の戦闘員の指揮・実行の権限をあたえられている。

ヤニスも武器を携帯していた。ショルダー・ホルスターにCZセミ・オートマティック・ピストルを収めているが、ここまで昇進すると、それはただの飾りのようなものだった。もう殺し屋ではないが、心根は戦闘員だということを、自分自身とチームに想起させるために、そのセミ・オートマティック・ピストルを携帯している。シャツの下には、メッツァダ戦闘員とおなじ簡単なケヴラーの抗弾ベストをつけているが、危険な環境で撃ったり突進したりするような日々は、遠い過去になっていた。

ターゲティング・オフィサーのひとりが、地元警察の情報提供者と交信していた。電話に向かってうなずき、ヤニスのほうを向いた。

「飛行機が、ハンブルクの北東にあるゴルフコース脇で発見されました。機長に向かうよういいましょうか？」

「いや、いい」ヤニスはいった。「とっくに現場を離れているだろう。交通監視カメラか警察の報告でヒットするまで、街上空を飛んでいよう」

ヤニスは、ルース・エティンガーがグレイマンに協力しているという不安な事実を、受け入れはじめていた。午後にヘルシンボリからルースが連絡してきたときから、それを危ぶんでいた。ルースはジェントリーの無実を心から信じていた。それに、ルースは、公務上の方針が自分の信念と異なるときも、その方針に従うような人間ではない。それにしても、マイク・ディルマンが死んだあと、ルースがこれほど理性的ではなくなったことが、ヤニスにはショックだった。

一時間前にバビットが電話してきて、ジェントリーとルースがトラフェミュンデから逃げたことを報せてきて、ふたりが協働していることがはっきりした。ジェントリーがルースを無理やり拘束している証拠があれば、だれにとってもありがたいのだがと、ヤニスは願っていたが、それはただの幻想だった。拉致(らち)されたのではなく、むしろその逆だ。ルースのことはよく知っている。ゲームのこの段階では、むしろルースのほうがジェントリーの鼻面をひっぱって、先導しているにちがいない。

　ローマのあと、現場から無理やりルースを遠ざければよかった、そうヤニスは自分を責めた。

　いま、モサド本部(テルアヴィヴ)は、ジェントリーを殺し、ルースを連れ戻せと命じている。ジェントリーを殺そうとしているのは、ＣＩＡの主張を信じて、ジェントリーが仕事を引き受け、カルブ首相暗殺をもくろんでいると見なしているからだ。ルースを帰国させようとしているのは、なにも利他主義のためではない。モサド指導部は、表彰を受けているモサド幹部がグレイマンに協力し、首相暗殺の陰謀に加担したという噂がひろまるのを怖れているのだ。

　そんなことになっては困る。

　もちろん愚の骨頂だとわかってはいたが、自分の現場工作員は完全に埒(らち)を越えたわけではないと、ヤニスは上司たちを説得しようとした。だが、説得できなかった。ウィトロックについてルースが警告したことを、もちろんモサド本部に伝えた。しかし、本部はこの一件ではＣＩＡ本部(ラングレー)とねんごろな関係になっていたし、ラングレーはルースの主張にすみやかに反論した。モサド指導部は、自分たちの現場工作員のいうことを信じず、ＣＩＡのいうことを信じた。だから、ヤニスは、グレイマンを殺せという指令を受け、ハンブルク上空をこうして飛んでいる。

　その指令が、ヤニスの第一の任務ではあったが、個人的にはそれが最大の関心事ではなかった。モサド本部はルースの安全など意に介していないが、ヤニスはそれを重視していた。自分に使える資産をすべて駆使して、この危険な状況からルースを脱出させるつもりだった。それをやれば自分の仕事人生は終わりだとわかっていたが、今夜は力のかぎりを尽くして、ルースの命を救う。タウンゼンドの連中は、ジェントリーを見たら容赦なく発砲するだろうし、ルースが副次的被害を受けるおそれがじゅうぶんにある。

タウンゼンドよりも先にジェントリーを見つけなければならない。それがルースを救う唯一の途だと、ヤニスは考えていた。

ジェントリーとルースは、地下鉄（Uバーン）の駅があるハンブルガー通りでバスをおりて、すぐに地下トンネルにおりて、地下鉄に乗った。ルースはそこから中央駅へ行って、ブリュッセル行きの列車に乗る。ジェントリーは、ハンブルグの汚い下腹部へ武器を探しにいく。

ふたりは握手をして、数時間後に会おうといい、混雑している地下鉄駅で別れた。

数分後、ルースは顔を伏せ、フードをかぶって、中央駅を抜けていた。ブリュッセル経由パリ行きの列車に乗った。寝台車の乗車券を買ってあり、発車するとすぐに寝台に潜り込んで、仰向（あおむ）けになり、あっというまに眠り込んだ。ブリュッセルで待ち受けていることが、夢のなかまでつきまとっていた。

モサドのシコルスキーS‐92は、三十分近くハンブルク市上空を旋回し、ジェントリーの居所について行動可能な情報を得ようとした。ヤニスは、現地資産からの通信をおおむねターゲティング・オフィサーふたりに任せて、窓から外を見ながら、ルースのことを思った。

ヘリコプターが上昇するのがわかり、ヤニスは平穏から引き戻された。ヘッドセットをかけて、コクピットとのインターコム通信に切り換えた。「機長、どうして上昇しているんだ?」

「飛行高度（フライトレベル）二〇〇〇を飛行するよう、航空交通管制に指示されました。べつのヘリが市上空を旋回していて、もっと低い高度の承認を受けています」

ヤニスは右手の窓から覗き、キャビンを横切って、左も見た。S-92が旋回しているところから西に一・五キロメートル、一〇〇〇フィート下で、ブルーのユーロコプターEC175が、大きな弧を描いていた。そこはザンクトパウリ地区の上空にあたる。

「機長、向こうのヘリと交信できるか?」

「はい」

「何者だ? なにをやっている?」

「アメリカ人で、映画を撮影しているといっています。あと一時間、低空で作業するそうです」

ヤニスは、そばにいた女性ターゲティング・オフィサーふたりのほうを向いて、重々しく告げた。「タウンゼンドが来た」

すぐさま、衛星携帯電話に記録してある番号にかけた。相手はまもなく出たが、受信状態が悪く、空電雑音が混じっていた。

「バビットだが」

「バビットさん、ヤニス・アルヴェイだ」

「どんな用かな、アルヴェイさん？」

「きみたちは、ハンブルグ中心部で作戦をやっている」

「わたしにはそれをいう——」

「これは質問ではない、バビットさん。われわれもここにいることを、知っておいてもらいたい。わたしは直接行動資産を連れているし、われわれの考えでは、きみたちはわれわれのAO（作戦地域）を侵している」

バビットがいった。「われわれの部下は状況を掌握している、アルヴェイ。うしろにさがって、うちの手のものに仕事をやらせろ」

アルヴェイはいった。「きみたちのターゲットのそばに、代替のきかない貴重な工作員がいることを銘記しておいてもらいたい」

バビットが、くすりと笑った。「大量殺人犯にぞっこんになって協力しているきみの部下の女を、たいそう持ちあげるんだな」

「彼女は、ジェントリーのことでは思いちがいをしているのかもしれない。わたしにはわからない。だが、タウンゼンド・ガヴァメント・サーヴィスィズについては、的確に見抜いていると思うね。きみたちの部隊は自制心のない破廉恥な人殺し集団だと、彼女は判断している」

そういわれても、バビットが気を悪くしたふうはなかった。落ち着き払って応じた。「われわれがCIAの全面的な支援と承認を受けていると、念を押す必要はないだろうな」

「ああ、必要ない」ヤニスのどうとでも解釈できる返事が宙に浮かび、一瞬、沈黙が流れた。

バビットがいった。「われわれの狙いはエティンガーじゃない。ジェントリーだ。いま、ここでジェントリーに協力したことがあるとわかっている人間に対する、技術的監視を行なっている。じきにジェントリーは見つかるだろう。エティンガーがいっしょだったら、彼女の身の安全を図るために、できるだけ気を配る」間を置いた。「この作戦では、おたがいの組織がかち合わないようにすべきだ」

ヤニスはいった。「ルースの身になにかあれば、きみに個人的な責任を負わせる」

「アルヴェイさん、わたしはいま大西洋上空で飛行機に乗っている。きみのほうがずっと状況を掌握できる。きみらの人間をわたしの部下から遠ざけておけば、大惨事は避けられる」

ひと呼吸置いた。「去年、ローマで起きたようなことだよ」

ヤニスは電話を切り、窓の外に目を戻した。

50

ハンブルク中央駅の数百メートル東にあたるザンクトゲオルク地区で、ジェントリーは闇のなかを歩いていた。街灯や商店のウィンドウの明かりを避けるようにした。マイナス七、八度という気温でも、夜遅くまで表で商売をしている売春婦がたむろする角を通り、通行止めのコーンみたいに立ちはだかって、マリファナや錠剤の麻薬やヘロインのはいった注射器を売りつけようとする売人たちを避けながら進んでいった。

数年前に、ジェントリーはハンブルクで独行作戦を行なったことがあった。当時の調教師(ハンドラー)、サー・ドナルド・フィッツロイが、かつて戦争犯罪人で、ここで仕事をしていた裕福なセルビア人ビジネスマンを暗殺するために、射程の長いライフルを用意した。だが、狙撃当日の天気予報が変わり、濃い霧のなかでターゲットを四五〇メートルの距離からスコープに捉えるのは無理だと、ジェントリーは判断した。そこで、作戦を途中で変更し、本人に接近して仕事を片づけることにした。それには拳銃が必要だった。ハンブルクのザンクトゲオルク地区で、いかがわしいバーや裏通りを二日のあいだうろついた。そこには外国のギャングがひしめいているから、銃が手にはいるはずだった。

ようやくオズグルという中年のトルコ人とコネをつけて、ワルサーP99セミ・オートマティック・ピストルを買った。作戦にうってつけのすばらしい拳銃で、豪華なコンドミニアムの玄関ポーチでセルビア人の後頭部に一発撃ち込むのに、とても役に立った。

　ジェントリーはいま、オズグルがまだ健在で、寝る前に数千ユーロを手っ取り早く稼ぐ気になってくれることを願っていた。

　老朽化したそのビルを見つけて、エレベーターの前を通り、照明がろくにない裏手の階段へ行った。だれかがいつも便所の代わりに使っているらしいにおいがしていた。鉄の階段を、七階建てのビルの五階まで昇り、それから狭くて長い廊下を進んだ。

　数年前にここに来たときには、オズグルは廊下に見張りを置いていた。といっても、携帯電話を持ったトルコ人の少年だったが、いまはだれもおらず、廊下にはゴミ袋や安物の自転車があるだけだった。

　ジェントリーは、オズグルの部屋を見つけて、ドアをノックした。なかからがさごそという音が聞こえ、怪しむようにドアごしに質問を投げつけられるものと思った。

　ところが、ドアはさっとあいた。

　白いタンクトップ姿のオズグルが、目の前に立っていた。赤ん坊を片手で抱き、もういっぽうの手で携帯電話を耳にあてている。ジェントリーを見て、目を丸くすると、電話に向かってトルコ語でなにかをいった。不安にかられたり、脅しつけたりしているふうはなかった。

　あとでかけ直す、というようなことをいったのだろうと、ジェントリーは推測した。

「こんばんは（グーテン・アーベント）」電話を切ると、オズグルがいった。抱いている赤ん坊をあやした。もじゃもじゃの黒い髪の赤ん坊で、オズグルよりもずっとジェントリーに興味をおぼえているような目つきだった。

「おれを憶えているか?」ジェントリーは、ドイツ語できいた。

「もちろん（アーバー・ズイヒャー）。なんの用だ（ヴァス・ヴォレン・ジー）?」

「憶えているのなら、おれがほしいものもわかるだろう」

オズグルのうしろに、女が現われた。トルコ人でないことはたしかだった。髪がくすんだブロンドで、目はブルーだった。ポーランド人だろうと思った。ポーランド人の移民は、ドイツではめずらしくない。オズグルが、女に赤ん坊を渡した。男の赤ん坊を女が受け取り、ジェントリーに帰れというような目を向けた。

オズグルが廊下に出て、ドアを閉めた。

英語に切り換えた。「銃? 本気か? おれはもう武器売買はやってない」

ジェントリーは、品薄を理由に値段を釣りあげようとする人間にてこずらされるのを我慢していられるような気分ではなかった。

「金はある、オズグル。時間がないんだ。いい値で買うが、いますぐによこせ」

「駆け引きじゃない。銃はないんだ。べつのものはどうだ? 携帯電話とか?」

「いいか、おれは遠くから来たんだし、ひどい一日だった。あんたがおれの必要な物を手に入れられることは、わかっているんだ」

遠くからヘリコプターのローターのバタバタという音が聞こえていたが、ドイツ第二の都市の中心部だから、いつものことなのだろうと、ジェントリーは思った。

メッツァダ戦闘員のひとりが、自分が座っている左側の座席にヤニスを呼び、そばの窓から外を指さした。

タウンゼンドのユーロコプターが、中央駅から四〇〇メートル離れたところで、線路の上へ降下していた。

「だれか、双眼鏡を貸してくれ」

すぐにヤニスの手に双眼鏡が渡された。双眼鏡を覗いたとき、ふたりの男がヘリから五、六メートル下の線路にファストロープ降下するところだった。ふたりはすぐに線路脇の斜面を駆け登り、まもなくザンクトゲオルク地区の密集した街路に姿を消した。

ユーロコプターがまた上昇し、ザンクトゲオルク地区の上空へ移動し、アパートメントビルのまわりを旋回しはじめた。

ヤニスは、双眼鏡で観察しながら、マイクで伝えた。「あそこのビルにファストロープ降下するつもりだ。最初のふたりは、地上阻止チームだ」まわりの戦闘員たちのほうを見た。「やつら、ジェントリーを見つけたんだ」急いでコクピットへ行った。「機長、あのヘリに気取(けど)られずに近くへ行けないか？」

機長がすぐさまシコルスキーを降下させて、ザンクトゲオルク地区のほうへ近づけた。

「その数ブロック北に公園があります。外アルスター湖に架かるケネディ橋のそばです。あのヘリが南に機体を傾けたときに、湖の上を低空で飛びましょう。橋のすぐそばに着陸できます。あとは徒歩で行けばいいでしょう」

「そうしてくれ。全員おりるが、現場へはわたしが独りで行く」

「なにをするつもりですか？」キャビンで機長との交信を聞いていたターゲティング・オフィサーのひとりがいった。

「状況がわからないのに、十数名があのビルに突入するような危険を冒すわけにはいかない。まして、タウンゼンドの殺し屋どもが急襲しているさなかだ。わたしが独りで潜入し、目につかないようにして、状況を見極める。エティンガーを確保したら、チームを呼ぶ」

それから一分かけて口説いても、埒（らち）があかなかったが、ジェントリーはあきらめるつもりはなかった。「どこへ行けば、おれの必要なものを用意してくれる人間がいるか教えてくれれば、仲介手数料を払う」

オズグルがいった。「あんた、おれの話を聞いていないのか。おれは足を洗ったんだよ。刑務所へ行って、出所して、いまはまともな暮らしがしたいだけだ。いきなりうちにやってきて、子供や女房を怯（おび）えさせる、あんたみたいないかれた野郎とは、もう商売をしなくてすむようにな。あんたとはかかり合いになりたくない。帰ってくれ――」

オズグルが言葉を切り、上を見あげた。ビルの外のヘリコプターの音が、激しくなっていた。

ジェントリーは、屋根の上でヘリコプターがホヴァリングしているのを察した。「いつもこうなのか？」

オズグルが、暗い廊下でジェントリーの顔を見た。「見ろ！　あんたがトラブルを持ってきた！　おれはトラブルはごめんだ！」

ジェントリーは、オズグルのタンクトップをつかんで、壁に押しつけた。「銃がいるんだよ！」

「銃はない！　ない！　一挺も！　おれを離して、さっさと消えろ。いかれたアメリカ野郎め！」

ジェントリーは、腹立ちのあまりオズグルを壁に叩きつけて、向きを変え、階段に向けて駆け出した。


シコルスキーは、往来がまばらな午後十一時の橋のそばに着陸し、メッァダの十二人とヤニスがおりた。人間の多い都市部ではライフルは目につくので、メッァダ戦闘員たちは、拳銃だけを携帯していた。ヘリが向きを変えて、湖面をかすめるようにして北へ飛び去ると、ヤニスは年下の戦闘員たちに、ザンクトゲオルク地区全体にひろがって、目的のビルを取り囲み、連絡を維持するようにと命じた。ヤニスは衛星携帯電話を持っており、ターゲットを目視したときは、それでメッァダ急襲チームの指揮官に連絡することになっていた。


ジェントリーは、二階下まで階段をおりたところで、ずっと下の一階の物音を聞きつけた。何人かがロビーにはいってきたようだ。ふたりぐらいだろうと、物音から判断したが、七階から階段をおりてくるおおぜいの足音も、上から聞こえていたので、よくわからなかった。

ジェントリーは、三階で階段から離れようとしてドアをあけた。そこはフロア全体が改築中だった。まだできあがっていない暗い部屋がいくつもあり、天井では鉄の梁（はり）や断熱材がむき出しになっていた。建築資材や装備が、いたるところにある。

うしろでドアが、大きなガチャリという音をたてて閉じた。

ジェントリーは改築中の現場に踏み込み、あたりを見た。隠れるのにはうってつけの場所だが、時間がないとわかっていた。敵が出口を封鎖して、徹底的な捜索を開始する前に、脱出しなければならない。

銃があればと切実に思いながら、闇のなかを進んでいった。


ヤニス・アルヴェイは、ザンクトゲオルク地区を南に進んでいった。一分か二分ほどは、巨大なヘリコプターからおりたヤニスを、通行人や店主があからさまにじろじろと見た。このあたりでは、めったにない出来事だからだろう。だが、数ブロック進むと、ヤニスはいかがわしい界隈（かいわい）を歩いているひとびとに溶け込んでいた。麻薬密売人が、おおっぴらに品物（ブツ）を売りつけようとした。寒さをしのぐために厚着をして、背中をまるめて立っている売春婦が、そばを通るヤニスに声をかけた。中東系の小悪党が、金品を奪えるような相手かどうか、品定めした。ヤニスは怖れるふうもなく堂々と歩いていたので、そういう連中は、もっと楽な獲物を探した。

ヤニスは、ルース・エティンガーのことだけを考えていた。ここにいるかどうかはわからないが、いると想定して行動していた。タウンゼンドは明らかにジェントリーがここにいると考えている。殺し屋の群れと地球上でもっとも悪名高いフリーランスの刺客（しかく）との争いから、ルースが無事に脱け出せるかどうかが、心配だった。自分独りでその状況をどうにかできるという自信はなかったが、独りで来ることにはなんのためらいもなかった。

メッァダの武装した男を十二人投入すれば、この爆発寸前の状況に、危険な要素がもうひとつくわわる。それだけは避けたいと考えていた。

一階で阻止チームをつとめていたジャンパー・セヴンとエイトは、本来はロビーにいることになっていたが、ドアがガチャリと音をたてて閉まる音が近くの階段のほうから聞こえたので、ターゲットがいるのかもしれないと思い、たしかめにいった。一階と二階の廊下を覗いたが、静かだったので、三階まで昇ると、そこの階は改築中で、照明がなかった。

「ジャンパー・セヴンから、ジャンパー・アクチュアルへ」

「ああ」

「これから三階を調べる。だだっぴろい改築中の現場だ。閉まっているドアはない。階段も見張れる」

「了解した。七階は確認済み。通りはヘリが見張っている。南東の階段から、ふたりをそっちへ行かせる」

セヴンは、エイトのほうを向いてささやいた。「やつがあそこの奥まで行く時間はなかったと思う。ここでおれを掩護しながら、やつがここにいなかった場合に備えて、階段も見張ってくれ」

エイトがうなずき、セヴンは拳銃の銃身下のタクティカル・ライトをつけて、その場所の捜索をはじめた。

　複雑な構造の鉄骨、配水管、暖房の通風管が見えた。床全体が骨組みのみになっていた。壁板がなく、暗い窪みだらけだった。ほかの人間の存在を物語るにおいがしないかと、鼻をうごめかしたが、漆喰と埃のにおいが鼻腔に充満しただけだった。射撃姿勢をとり、物音はしないかと耳を澄まして、ゆっくりと進んだ。聞こえるのは、自分の心臓の鼓動だけだった。

　エイトが、チームだけの周波数で呼びかけた。「そっちの姿が見えない。戻ってきて、応援が来るのを待て」

　セヴンは応答しなかった。そのまま闇の奥へと進んでいった。建築資材が載っているパレットをすばやくまわり、その裏のなにもない空間をライトで照らした。やつはどこにいる？床から銃口をそむけて、うしろの廊下を照らした。もう一歩前に進み、ライトの光がどうにか届いている、突き当たりの改築中の部屋に注意を集中した。

　黒いものが、音もなく、顔の前にふって湧いたように現われた。鼻先から六〇センチと離れていないくらい近かった。光に照らされている遠いところから、目の前の暗いところに焦点を合わせようとして、瞳孔がひらいたが、天井から落ちてきたものを見分ける前に、セヴンは両手に衝撃を感じた。なにかが手首に叩きつけられ、セヴンは拳銃を取り落とした。暗い影が頭上を横切って、セヴンの左から右へと振り子のように揺れた。拳銃が見えないところへ飛んでいき、押しボタンから人差し指が離れたため、タクティカル・ライトが消えた。

　黒い動きがまた目の前を、こんどは右から左へとかすめた。シュッという音が聞こえ、ふたたび衝撃を感じた。顎の下を軽くひっぱられたような感じだった。セヴンはうしろによろめき、動いている影から遠ざかって、片手を喉に当てた。

指先が首から数十センチ以内に近づく前から、ジャンパー・セヴンは自分の血飛沫(ちしぶき)に触れていた。また人影が現われた。その男は、脚を曲げて梁(はり)からさかさまにぶらさがっていた。姿勢を整えると、男は軽々と音もなく着地した。

セヴンは、背後のエイトを呼ぼうとしたが、声がまったく出なかった。もう一歩あとずさり、ターゲットから離れようとしたが、自分の血で滑って、仰向(あおむ)けに倒れた。そのとき、ターゲットは闇に姿を消した。セヴンは天井を見て、自分の身になにが起きたのかを理解しようとした。自分が息をしていないことに気づいた。息をしようとすると、口に溜まった血で喉が詰まった。

グレイマンに喉を切り裂かれ、逃げられたという事実を、セヴンの脳は認めようとしなかった。

暗い通りを五分歩いたあと、ヤニスはブレーマー・ハウスというアパートメントビルを目指した。玄関ドアはあいていて、はいると、腐った食べ物のにおいがする、汚らしい暗いロビーがあった。ドイツではなく、チュニジアの貧民街にあるようなビルの感じだった。当然、住人は中東か北アフリカの人間だろう。ユダヤ人——とりわけモサドの人間にとっては、あまり踏み込みたくない場所だった。

ちゃんと動くかどうか怪しいエレベーターは避けて、ビルの南東の角にある階段を見つけた。階段室にはいり、上を見あげた。各階の踊り場には、非常口の上の壁に裸電球がひとつだけあったが、階段の部分には照明がなかった。階段は金属製だったので、音をたてないように、ヤニスは靴を脱ぎ、それを両手で持って昇りはじめた。タウンゼンドの殺し屋や一般市民と鉢合わせするおそれがあるし、目立たないようにしたいので、拳銃はショルダー・ホルスターに入れたままにした。

「ジャンパー・エイトから、ジャンパー・セヴンへ。感明度は？」

エイトは、ドアが閉まらないようにブーツで押さえ、拳銃の銃身下のタクティカル・ライトで前方を照らしていた。

拳銃を保持していた手を離し、無線を全部隊の周波数に切り換えようとしたが、チャンネルを確認しようと視線を下に向けたとき、正面から物音が聞こえた。目をあげたとき、ライトの光のすぐ右の暗闇から、人影が現われた。脅威に銃口を向けようとしたが、よろめきながらあとずさり、金属製の階段に拳銃を落とし、喉を両手でつかんだ。

ナイフが喉に刺さっていた。悲鳴をあげようとしたが、口を手で押さえられ、声が出なかった。

グレイマンは、相手を押さえつけたままでナイフを喉から抜き、こんどは横から首を刺して、完全に、そして永久に、声が出ないようにした。

踊り場からエイトのSIGザウアーを拾いあげ、ウェストバンドに差し込むと、死体を改築中の現場にひきずっていき、ざっと隠した。階段にひきかえし、物音はしないかと耳を澄ました。上のほうでドアがあく音がして、何人もがおりてくるのがわかった。ジェントリーはすばやくブーツを脱いで持ち、残された脅威はすべて上から来ると確信して、階段を精いっぱいの速さで駆けおりた。

ヤニスは、靴下のままで、ゆっくりと階段を昇っていった。通り過ぎる階に動きはないかと、物音に耳を澄ました。

二階の踊り場は、非常口の上の電球が切れていて、真っ暗だった。ヤニスはドアの前で立ちどまり、耳を澄ました。その向こうの廊下でタウンゼンドの連中が走りまわっている気配はないと判断した。

向き直り、また昇ろうとしたが、二階と三階のあいだの踊り場を、突然独りの男がまわってきた。男は二段か三段置きに階段を下っていて、暗いなかで、ふたりは激しく衝突した。ふたりいっしょに階段室の壁にぶつかり、二階の踊り場に落ちていった。

ジェントリーは、横向きに落ちて、転がり、仰向けになった。それと同時に、薄暗がりにいた男の両手を見て、脅威なのか、それとも遅くまで働いて階段を昇ってきたあわれなのろまなのかを、瞬時に見極めようとした。あとのほうなら安心できたのだが、相手が上半身を起こすとすぐに、右手をスーツのジャケットの下に入れるのが見えた。

ジェントリーは男の目を見た。こちらを見据え、興奮のあまり、目を丸くしている。

ジェントリーの右手が、反射的にウェストへ動いた。

「やめろ！」ジェントリーは叫んだが、ジャケットの下から拳銃の艶(つや)消しのグリップが出てくるのが見えた。ジェントリーは、さきほどタウンゼンドの手先を殺して奪ったSIGをウエストバンドから抜き、脅威に向けて銃身を斜めにした。目の高さまで持ちあげて、ターゲットのほうに腕をのばしているひまはない。

スーツの男も、叫びながら、黒い拳銃の狙いをつけようとしていた。

ジェントリーは、腰だめで二発を放った。なんのためらいもなく、つづけて撃った。すさまじい銃声が階段室に、ほとんど間を置かずに二度響いた。九ミリ弾は二発とも命中し、男は壁にぶつかって、踊り場に仰向けに倒れた。

ジェントリーは、相手に銃の狙いをつけたままで、立ちあがった。踊り場を横切り、男ののばした手のそばから拳銃を遠くに蹴とばし、ほかに脅威がないかどうかを探しながら、階段の上のほうに銃口を向けた。

階段の上のほうにいた男たちは、各階の部屋を調べに行っているようだった。

ジェントリーは、SIGザウアーをウエストバンドに差し込み、バックパックから懐中電灯を出して、男を照らした。

「タウンゼンドのやつらには見えない。ちくしょう。あんたはモサドだな？」

男は目をしばたたいただけで、答えなかった。

ジェントリーは膝をつき、男の上着をひらいて、シャツを引きちぎった。ケヴラーの抗弾ベストがその下にあった。一発はその胸の部分に当たり、完全に食いとめられていた。

だが、二発目は抗弾ベストに護られていない下腹に当たっていた。男の呼吸につれて、出血の勢いが強まったり弱まったりしていた。

ジェントリーは、懐中電灯で男の顔を照らし、もう一度きいた。「モサドだな？」

男がこんどはうなずいた。顔に汗が噴き出し、血の気がなく、目の焦点が合っていなかった。

「くそ」ジェントリーはつぶやいた。

男のダウンのコートを脱がせるとき、なにをされるのかわからない男があらがった。あっというまにコートを脱がせると、ジェントリーはそれを硬く丸めて、傷口に押し込んだ。男の両手をその間に合わせの止血帯に当てた。「圧迫しろ。うしろに射出口があるかどうかを調べる」

ジェントリーは、男を横向きにした。男が苦痛にうめいた。ジェントリーは、まず腰のうしろからはじめて、探す場所をひろげ、シャツに血がついていたり破れたりしているところがないかを手探りした。

「よし、射出口はない」ジェントリーはいった。「あんたの仲間に急いで手術室に運んでもらえれば、命を救ってもらえるかもしれない。そいつらが今夜ずっと、おれを追いまわすようだと」――ジェントリーは肩をすくめた――「あんたはまずいことになるだろうな」

ジェントリーは立ちあがった。顔から血の気が引いたイスラエル人は、ただ見つめていた。

その顔に驚きの色があるのを、ジェントリーは見てとった。

これがグレイマンという異名をとる、冷酷非情な刺客なのか？

いままでは三階から叫び声が聞こえていた。タウンゼンドの男たちが、仲間の死体を見つけたのだろう。ジェントリーはまた拳銃を持ち、脇で構えた。撃たれた男に目を戻し、そっといった。「ルースのいうことに耳を貸すべきだったたな。あんたたちは過ちを犯そうとしている。追う相手をまちがえている」肩をすくめた。「おれだったら、そんな過ちを犯しながら死んでいくのは願い下げだ」

あとはなにもいわず、ブーツを踊り場から拾い、背を向けて、拳銃を前に構え、脅威に目を配りながら、階段をおりていった。

ヤニスは、下腹を片手で圧迫したまま、ズボンのポケットに反対の手を入れた。衛星携帯電話を出し、血まみれの親指でボタンを押し、耳に当てた。

弱々しい声でいった。「アルヴェイだ。撃たれた。階段にいる」ゆっくりと息を吸った。

「用心しながら来い」

両手で出血をできるだけ抑えるために、ヤニスは電話を落とした。

51

ラス・ウィトロックは、ブリュッセル近郊のシント・ピーターズ・ヴォリュウェのケッレ通りにある、タウンゼンドの使われなくなった隠れ家で、一夜を過ごした。タウンゼンドはブリュッセル近辺で数十軒借りているし、一日や二日でそれをすべて調べるのは無理だから、発見されるおそれはない。早く起きて、近くのパン屋で朝食を食べ、隠れ家に戻って、腰の傷の包帯を換えた。

バスルームの鏡の前に立ち、きのうの包帯をはがすときに、顔をしかめた。黄色い膿(うみ)と、固まった黒い血がついていた。一週間ずっと、手当てがいいかげんで、たえず移動していたため、傷口が化膿(かのう)して、腫(は)れていた。消毒して包帯をするときに、きょうのことが終わったら、負担をかけないようにして治すのに時間をかけようと、自分にいい聞かせた。

寝室に戻り、クロゼットから黒いトランクを出して、床に置き、あけた。

なかには、三三八口径のアキュラシー・インターナショナル(AI)L115A3スナイパー・ライフルが収められていた。昨夜、タウンゼンドが所有している市外の農場の鍵のかかっている馬運車(ホーストレイラー)から持ってきたものだ。この隠れ家はいまは放置されているが、武器がそこに備蓄されていることを、ウィトロックは知っていたので、そこに寄り、武器隠匿所のホーストレイラーの鍵をピッキングであけて、ライフル、グロック19、それぞれの弾薬を持ち出した。

そして、いまはクロスカントリー・スキー用のケースにスナイパー・ライフルを収めて、弾薬を込めた弾倉数本も入れた。レンタカーのBMW5シリーズのリアシートに、こうやってライフルを載せれば、目的の場所に向かうのに不審に思われるおそれはない。ブリュッセルの郊外には、クロスカントリー・スキーに適している、雪に覆われた山道が、いくらでもある。

タウンゼンド・ガヴァメント・サーヴィスィズのガルフストリームは、午前五時にブリュッセル空港に着陸した。十数人が、夜明け前の激しいにわか雪のなかにおりた。リー・バビットとジェフ・パークスは、ダガー・チームの十人と、新手のUAVチームのふたりといっしょに、すばやく雪を避けて、ミニバン二台とメルセデス一台に乗り込み、夜明け前の闇のなかを東に向かった。

午前六時三十分、一行はオーベレルエイセの農家に作戦基地を設営し、チーム・ジャンパーの生き残り六人と合流した。ボーモントと部下たちは、ハンブルクでふたりを失ったあと、夜を徹して車を走らせてきて、疲れ切ったようすだった。だが、バビットがダガーから二名を割いて補充し、ボーモントのチームを完全な兵力にした。

バビットとパークスは、タウンゼンド・ハウスの通信室と連絡をとった。ルーカスとカールが、新手のUAVチームに協力して、ミニバン二台のそれぞれの後部に、移動地上管制基地を設営した。それと同時に、直接行動戦闘員たちが、表の納屋の隣にあるホーストレイラーに隠してあった武器を取りにいった。拳銃とサブ・マシンガンがダガー・チームに配られ、ほかにどんな武器が使えるか、在庫が調べられた。

そして、たちまち問題が起きたことを知った。

ボーモントがバビットとパークスを表に呼び、三人はホーストレイラーのそばで、雪の上に立った。「スナイパー・ライフルが一挺なくなっている」と、ボーモントがいった。

「なくなっている?」

「ああ、三三八口径のAI。グロック19も一挺減っている。両方の弾薬も」

「デッドアイだな」パークスがいった。

ボーモントが、嚙み煙草の汁を、雪に吐いた。「くそったれめ、イスラエル首相を狙撃するつもりだ」

バビットは首をふった。「出かけていって、このろくでもない一件を片づけよう」

バビットは、全員を農家のキッチンに集めた。「ダガーをディーヴェーク墓地の近くに配置したい。カルブがそこへ行くのは午後一時以降だが、ウィトロックがそこでカルブを暗殺する計画だった場合のために、そこにチームを配置して、ウィトロックが狙撃に使いそうなところを探せ。考えられる候補をいくつか選んで、身を隠せ。姿を見られないように」

ダガー・チームが、さっそく装備を整えた。

バビットは、つぎにボーモントとそのチームのほうを向いた。「きみはわたしといっしょに行動する。UAVチームを支援する。市内を監視するには、UAVチームは移動しなければばならないし、グレイマンを捕捉したら、われわれも移動し、すぐに追跡をはじめなければならない」

バビットは、バンに地上管制基地を設置したばかりの、二個UAVチームのほうを向いた。「きょうはフルタイムで無人機監視を行なってくれ。ジョーとキースはウィトロック捜索、ルーカスとカールはグレイマン捜索だ」

ルーカスが、中途半端に手をあげた。「エティンガーはどうしますか?」

「それがどうした?」

「その女がジェントリーいっしょだとすると、女のほうが見つけやすいですよ」

「どうしてだ?」

「ストックホルムにいたときに、エティンガーの歩容パターンをコンピュータに記録したので、人込みでも見つけられます」ルーカスは、心配そうにいった。「彼女を監視していたわけじゃないですよ。ジェントリーが目撃されたときに誘導しやすいように、記録しておいたんです」

ボーモントがいった。「モサドの女を、ジェントリーとおなじように追跡できるということだな?」

「ええ、じっさいはもっと楽ですよ、女のほうは、ジェントリーとはちがって、UAVを使ってわれわれが探しているとは思わないでしょう」

バビットはうなずき、最初から自分の思いつきだったとでもいうような口調でいった。「そうだ。エティンガーを見つけろ。利用できる」

ウィトロックは、朝のラッシュアワーを抜けて、市中心部から南に向けて車を走らせていた。レンタカーのシルバーのBMW5シリーズは、高級な界隈によく溶け込んでいた。運転していると、センター・コンソールのカップホルダーに置いたスマートフォンが鳴ったので、ウィトロックはイヤホンを耳にはめた。「よし、いえ」

「もしもし、馬鹿野郎」ジェントリーからだったので、ついていると思うと同時に、びっくりした。前の日からジェントリーとの連絡は途絶えていたし、きのうの晩をジェントリーが生き延びられたかどうかもわかっていなかった。

ウィトロックは、にやりと笑った。「あんたが生きているとわかって、うれしいね」

「たしかに」

「まだ一日がはじまったばかりだ」

ジェントリーはいった。「悪い報せだ。おまえのけちな計画は、にっちもさっちもいかなくなった」

「どうして？」

「計画を成功させるには、おれが必要だろう。カルブを殺し、それからおれを殺して、罪をなすりつけるという寸法だろう」

ウィトロックはいった。「完全無欠な世界では、そうなれば理想的だ。カルブ暗殺まで、あんたについてきてもらいたい。イスラエル首相暗殺に、あんたがぜったいに賛成しないことはわかってた。あんたは自分の承認されていない大量殺人が、正義と万民の秩序という衣をまとっているふりがしたいから、カルブはその基準に合わない。だからあんたには、ロンドンでべつのターゲットを狙うという話をするつもりだった。独裁者やろくでもないやつらが、おおぜい出席するから、いくらでも名前をあげられる。作戦のときまで、あんたがそばにいればいいと考えていた。そのころにはもう、おれがカルブを銃撃するつもりだというのは、見抜かれるだろうし、あんたはそれを阻止しようとするだろう。しかし、あんたを殺せばいいだけのことだ。で、カルブが死に、あんたが死に、おれはどうするか？　おれは承認されてグレイマンをずっと追っていたアメリカの戦闘員で、モサドがおれを取り囲んだときには、蜂の巣になったあんたの死体を見おろして立っている。来るのが一瞬遅かったせいで、カルブを救えなかったと、涙ながらにいい、みんなで泣き、最善を尽くしてやつらの指導者を殺した悪党を斃したおれは感謝される」

ジェントリーはいった。「しかし、ルース・エティンガーがおまえのことをモサドに報告したときに、おまえの計画は大きく狂ったんだ。カルブを狙っているのがおまえだということを、モサドは信じないかもしれないが、殺人現場におまえが現われたら、ルースの話はずっと正しかったのだということがわかる。おまえのけちな白昼夢は実現しない」

「願い事が多すぎるのはわかってる」ウィトロックは認めた。「しかし、それでも殺しはやるし、報酬はもらう」そこで言葉を切った。「そして、あんたは殺される」

「気の毒だが、おれは追っ手を撒いた。遠くにいる」

「そんなことは信じられない。あんたはここにいる。あんたの存在を感じる」ウィトロックはちょっと考えて、朝靄のなかで遠くにそびえている、森に包まれたひとつの山を見つめた。

そこが目的地だった。「避けられないことだ。あんたとおれ。二両の機関車が、おなじレールを、向き合って驀進している」

「おれはこれを阻止できる。カルブには手を出さずに消えろ」

ウィトロックの返事は、笑い声だった。

「避けられない、とあんたはいう。しかし、避けられなくはない。あんたが状況を支配している」

「そのとおりだ」ウィトロックが、不気味な声を出した。「おれが支配している。あんたは支配していない。あんたは逃げることなんてできない。おれを追わずにはいられない。おれの計画どおりに。あばよ、コート。こんど会うのは、おまえを殺すときだ」

ウィトロックは、笑みを浮かべて、電話を切った。声でわかった。グレイマンは大義に入れ込んでいるし、最後まで自分の役割を演じるはずだ。

十五分後、ウィトロックは、フェルレウィンケル通りにBMWをとめて、リアシートからスキーバッグを出し、通りを歩いていった。まもなく、急な山の斜面のなかごろにある私有地の森にはいり、葉の落ちた樹冠の下で凍った地面を踏んで、ゆっくりと進んでいった。森の奥にはいって、西へと進んでゆくと、頭上をカラスが飛んだ。一〇〇メートルほど行ったところで、細い山道に折れた。その峠道の下のほうに凍った池があり、背後の高いところから流れてきたゴミが溜まっていた。さらに一分歩くと、そこで木立がとぎれ、農家の広い裏庭を見おろす場所に出た。中庭の向こうは急斜面の下りで、下に浅い谷があり、底は列車の線路と住宅地だった。その向こうにも山があって、住宅がまばらに建っている。そこがブリュッセル近郊のイクルだった。そして、一二〇〇メートル向こうの山の頂上近くに、中世にできたディーヴェーク墓地があった。木立の端のウィトロックのところから、完璧に視界に収めることができる。

農家の裏庭には、木立の端に近いところに、小さな温室があった。ウィトロックはそこにはいり、アキュラシー・インターナショナル製のライフルを入れたスキーバッグを隠した。二十分後には、ＢＭＷに乗り、北の市内を目指していた。

ブリュッセルを覆う雪の毛布の上で、午前の陽射しが明るく輝いていた。ルースは、大きなサングラスでそのまぶしい輝きを避け、ブリュッセル北駅の小さな横手の出入口から出た。新しい帽子も、目を反射から護るのに役立っていた。

駅に着くとすぐに、ルースはブティックにはいり、頭のてっぺんから爪先まで、新しい服を買って、そのまま洗面所にはいり、変装しはじめた。ブロンドのかつらをつけて、化粧し、新しい服に着替えた。髪をおろして、房が目にかかるようにしてから、粋なサングラスでそのファッションを仕上げた。

駅を出たときには、跟けられていないという自信があったし、ぜったいに識別されないと思っていた。

タクシーに乗って、ルイーズ通りにある高級紳士服店〈ラ・メゾン・ドゥガン〉へ行き、そこから通りを渡って、カフェでコーヒーとクロワッサンを注文した。窓ぎわに座り、朝食を食べながら、通りを見張った。

エフード・カルブは、ブリュッセルに来るときには、いつも〈ドゥガン〉で仮縫いをしてもらう。モサドはそれを知っているが、ＣＩＡに知られているかどうかはわからない。知られていれば、立ち寄るとわかっているあそこを、ウィトロックは暗殺実行の現場にするはずだ。

しかし、ディーヴェーク墓地のほうが襲撃に使われる可能性が高い、とルースは判断した。もっと見通しがきくから、銃撃されればひとたまりもない。それに、カルブはぜったいに〈ドゥガン〉に行くとはかぎらない。ブリュッセルに来るのは、墓地を訪れ、ピエト・デ・シェッペルの墓を詣でるためなのだ。

それでも、ジェントリーが到着して、自分の行動手段になってくれる前に、もうひとりのアメリカ人刺客に目を光らせている必要がある。

52

カフェに三十分いて、ウィトロックもカルブも見なかったので、紳士服店の周囲の監視範囲をひろげるために、ルースはルイーズ通りを歩くことにした。数ブロックも行かないうちに、黒いメルセデス・ベンツの四ドアが、目の前で縁石に寄せてとまった。

ドアがあき、リー・バビットが独りでおりてきた。

ルースは立ちどまり、逆の方向を向いて、さりげなく離れていった。メルセデスが走り去るのが音でわかり、やがてうしろから聞こえた。「ミズ・エティンガー、わたし独りだ。話がしたい。部下はすべて遠ざけた」

ルースは、バビットのほうをふりむいた。バビットが詫(わ)びるように両手をあげた。「電話したが、スマートフォンをなくしたようだね」

「わたしがここにいるのが、どうしてわかったんですか?」

「〈ドゥガン〉の前のカフェにいるのを、部下のひとりが見た」

嘘だと、ルースは思った。変装に隙はないはずだし、隠密監視は専門の分野なのだ。怪しい人間は近くにいなかった。まして、スウェーデンとドイツで出会ったタウンゼンドの荒くれどもは、ひとりも見かけていない。

だが、ルースは、発見した手段についてのバビットの説明を怪しんでいることを、おくびにも出さなかった。とぼけてこういった。「それで、バビットさん、どうしてここに？　わたしに協力して、あなたの契約社員がわたしたちの首相を殺すのを阻止するため？　それとも、なんの罪もない男を殺すため？」

「ジェントリーが有罪か無罪かという話はやめておこう。きみは先入観が強すぎて、説得する気にもならないし、その必要もないが、おたがいに協力できるとは思う」

「どういうふうに？」

「きみの狙いはデッドアイ。わたしたちの狙いはグレイマン」

「デッドアイが離叛したことは信じているのね？」

「そう確信している」バビットが重々しくいったが、ルースはその言葉を信じなかった。

「昨夜、ここにいるのを突き止めたが……逃げられた。きみたちの首相にとっては、彼がほんものの脅威だと思う。いまそれがわかった。ヴァージニア州ラングレーのわれわれの共通の友人たちは、残念ながら納得していない。彼らの脅威マトリックスには、離叛した元独行工作員がふたりはいる余地はないようだ。複雑化を嫌う理論が根底にあるんだろうな、ミズ・エティンガー。単純な解決策が、つねに正しい解決策だと思っているんだよ」

「視野をもっとひろげる必要があるんじゃないの」

　バビットは、寒いなかで足踏みをした。「ジェントリーのことだが、不当な扱いを受けているときみが思っていることはわかる」言葉を切った。「肝心なのは、きみがこう自問することだ。ジェントリーの命は、自分たちの首相の命よりも値打ちがあるだろうか、と」

ルースはいった。「その先をいって」

「きみをラッセル・ウィトロックのところへ案内する。きょう、カルブ首相が来る前に」

「そして、その賞品の代償は、わたしがあなたたちをコート・ジェントリーのところへ案内することね」

「そのとおり」

「それはものすごく危険なゲームよ、バビットさん。あなたたちが国家指導者を取り引きの材料にしていることを、テルアヴィヴに伝えたら――」

「テルアヴィヴの人脈には、きみよりもわたしのほうがずっと信用されている。連中はきみの話を信じないだろうし、首相の身にひどいことが起きるまで、それは変わりはしない。わたしはただ、ウィトロックの居所をジェントリーに教えるようにと頼んでいるだけだ。ジェントリーはそこへ行くだろう。われわれはそこで、自然の成り行きを見守る」

ルースは顔をそむけ、バビットの提案をじっくりと考えた。

バビットがいった。「きみは厄介な立場なんだよ。刑務所に行くことになるかもしれない」

「そんなことは平気よ。わたしは首相を救うことだけを考えているのよ」

「それはわたしの目標でもある」バビットが、薄笑いを浮かべた。「第二の目標ではあるが。それでも、首相が危害をくわえられるのは避けたい。善良な男だし」

ルースは、しばらくためらってから、ゆっくりとうなずいた。「ジェントリーをあなたたちに渡してもいい」

「いま電話しろ。わたしの電話を使えばいい」

「彼は電話を信用しない。じかに会わなければならない」

「いつ、どこで？」

「それをいったら、わたしの切り札はなくなるのよ、バビットさん」

「では、どうするんだ？」

ルースは、きのうスウェーデンで買ったスマートフォンの番号を、バビットに教え、正午までに電話すると約束した。

バビットがいった。「ひとつ警告しておこう。きみがなんらかの形で裏切ろうとしたら、ウィトロックから首相を救うことはできなくなる。知っているだろうが、ウィトロックは、ジェントリーを創り出したのとおなじプログラムの訓練を受けている。ふたりともきわめて危険な人間だ」

「電話します。それまでに、ウィトロックを引き渡す準備をしておくことね」

「お安いご用だ」

ルースは、メルセデスが迎えにくるのを待っているバビットをその街角に残して、立ち去った。ルイーズ通りを、そのまま歩いていった。

二ブロック離れたところで、ルースはワイヤレスヘッドセットを使い、ジェントリーに電話した。

すぐにジェントリーの声が聞こえた。「どうした？」

「市内にいるの？」

「いま駅にはいる」

「注意深く聞いて。タウンゼンドが来ている。それに、無人機を飛ばしている」

「おれは目立たないようにするプロだ。だいじょうぶ――」

「コート、あいつらはあなたの歩容パターンを記録しているのよ。何百人、何千人のなかから、無人機はあなたを見分けられる。駅の近くにいるのなら、監視があることはまちがいない。ぜったいに逃げられない」

「まちがいないか？」

ルースは歩きつづけた。「まちがいない。いまはわたしを監視している。歩容パターン以外には、わたしを見つける方法はなかったはずよ。わたしを信じて」

ヘッドセットでルースと話をしながら、ジェントリーはブリュッセル中心部にある中央駅の正面に目を向けた。空には雲ひとつない。ほとんど姿の見えない無人機が、群集のなかから自分を見つけ出すようプログラミングされていて、殺し屋たちを誘導する可能性が高いことについて、じっくりと考えた。

すぐさま名案を思いついた。「わかった。情報をありがとう。それには対策をとる」話題を変えた。「ババビットはどういっていた？」

「あなたとわたしが協力しているのを、あいつらは知っている。ウィトロックとあなたを交換したいといってきたの。ウィトロックがいるはずの場所に、あなたを案内すると。たぶん、そこへバビットたちが襲いかかって、ふたりとも殺すつもりでしょうね」

「どうしておれにそういう話をする?」

「罠だから」

ジェントリーは、馬鹿にするように笑った。「罠に決まっているじゃないか。罠という言葉の定義そのものだ」

「ちがう。それを利用して、わたしたちがやつらを罠にかけられるという意味よ」

「どうやって?」

ルースはいった。「双眼鏡を手に入れて。高性能のを。それから電話して。やつらが使っている無人機は最新型で、三十分しかバッテリーがもたないから、航続距離が短いの。わたしは市外の辺鄙(へんぴ)なところまで、無人機をおびき出す。無人機で追跡をつづけるには、管制する車もわたしの近くにいる必要がある。あなたはビル内にいて、無人機を見つけ、充電のために無人機が車に戻るのを追跡すればいい」

ジェントリーはうなずいた。「そこにタウンゼンドのやつらがいる」

「そのとおり。そいつらにウィトロックのところまで案内してもらう」

「名案だ」ジェントリーは、正直にいった。「あんたはすごくずる賢いな」

「そうなのよ」ルースは認めた。

ジェントリーは、中央駅の地下駐車場へ行き、車の列のあいだを歩いて、気に入ったバイクを見つけた。オフロードもこなせるBMW・R1200だった。ピッキングの道具でロックを解除し、昨夜ドイツ北部でやったのとおなじように、直結でエンジンをかけた。駐車料金を払い、駐車場を出て、中心部を離れ、顔を完全に隠して、北へ向かった。

一〇キロメートルほど離れた郊外でスポーツ用品店を見つけるまで、走りつづけた。そこでニコンの高性能双眼鏡、ツーピースの革のバイクスーツとヘルメット――いずれも色は黒――を買った。前のバックパックと形も大きさもちがうバックパックを買い、服、金、装備、外傷用キットをそちらに移した。

ルースの位置を知るために電話して、盗んだバイクにまたがり、ブリュッセルの街路を駆け抜けた。

ルースは、追跡をつづけているはずのタウンゼンドのスカイシャーク無人機が、ちゃんとついてこられることを願いながら、路面電車で街を出た。何度もべつの電車に乗り換え、そのたびに足をとめてあたりを見まわし、空の目には気づかずに、ありきたりのSDRをやっているように見せかけた。じつは、UAVチームが捕捉しやすいように、また、バッテリーが弱くなった無人機を交替できるように、時間をかけていたのだ。

無人機がいそうなほうには、あえて目を向けなかった。手の内を見せてはならない。自分たちが逆に無人機を探していることは、ぜったいに悟られないようにしなければならない。

ジェントリーが電話をかけてきたとき、ふたりはそれぞれのスマートフォンで衛星地図を見て、条件にかなうような場所を決めた。

数分後、ルースはエテルベークで、独立したビルになっているデパートにはいっていった。

五階建てで、もっと小さなビルに四方を囲まれている。急いで店内を進み、エスカレーターで三階へ行った。そこでリネン売り場を抜け、家具売り場を抜けて、窓ぎわへ行った。

タウンゼンドの無人機に窓から覗かれた場合に備え、家具や買い物客の蔭になるようにして、通りが見えるところまで用心深く進んでいった。

ストックホルムにいたとき、ルーカスとカールが、昼間はビルの壁の近くを飛ばすのがふつうで、それが都市環境に溶け込む最善の方法だと話していた。窓ぎわまで行くと、向かいのビルを見たが、裸眼ではなにも見えなかった。

ジェントリーに電話し、ヘッドセットを通じていった。「位置についた。いまどこ？」

「道路。三ブロックほど東。双眼鏡でそっちを見ているが、なにも見えない」

「よく見て。どこかにいるはずよ。高さは三階くらい」

「なにもない」ジェントリーは答えた。

そのとき、ルースは思いついた。「コート、わたしの位置の真上を見て」

「デパートの上か？」

「ええ」

「ビルの側面を飛ぶはずだといったじゃないか」

「考えてもみて──わたしが裏から脱け出すかもしれないから、出入口をすべて見張らなければならないはずよ。真上にいないと見張れない」

「わかった」ジェントリーは青空を調べはじめ、双眼鏡を左右に動かしながら、デパートの上空を探した。「まだなにもない」

だろう。

「もっとよく探して」

そのとき、ジェントリーが双眼鏡の焦点を合わせたデパートの真上で、小さな黒い物体が空を横切っているのを見つけた。高度は一〇〇メートルに近く、数ブロック離れたジェントリーのところからは、点にしか見えない。静止していたら、ぜったいに見つけられなかっただろう。

「捕まえた」ジェントリーはいった。「離れてゆく」

それがジェントリーのそばを飛び、二機目が音もなく現われ、一機目がいたのとほぼおなじ場所へ行ってホヴァリングした。

「待て」ジェントリーはいった。「二機目が南からやってきた。移動基地の車は、そっちの方角にとまっているにちがいない」

ルースはいった。「そっちへ向かう。わたしがそっちへ接近しつづければ、見つけられるはずよ」

ジェントリーは、BMWのバイクに乗り、無人機を追って走り出した。角を曲がったところにUAVチームが乗ったバンがいればいいと思っていたが、黒い点を八〇〇メートル追ったところで、見失った。食料品店の駐車場にバイクを入れて、屋根付きの駐車場にバイクといっしょに隠れてから、一〇〇メートルほどしか離れていないバス停へ行くよう、ルースに指示した。

やがて、ルースがバス停にやってきた。ジェントリーは空を監視し、こんどはわずか一五メートル上にいるのを見つけた。バス停から一ブロック離れたところで、悠々とホヴァリングしている。

ジェントリーは時計を見た。しばらくすると、三十分きっかりで、無人機がまた交替した。一機目が離脱し、南東に向けて飛んでいったので、ジェントリーは車の流れにバイクを入れた。

やがてA4自動車道に乗り、右斜め前方の九〇メートル先を飛ぶ小さな黒い点を見逃さないように、精いっぱい注意を集中した。必死で目視しながら、車のあいだを縫って走るあいだ、二度、事故を起こしそうになった。その間ずっと、道路わきの乗用車かトラックのそばにUAVが着陸した場合に備えて、警戒をゆるめなかった。

だが、UAVは自動車道の行く手からそれて、小さな村にはいった。低い山ふたつのあいだを降下し、見えなくなった。

「ルース。見失った」

「まずい」

「あと三十分、待たないといけない」

「困った！　それだと正午を過ぎてしまう。これがうまくいかなかったとき、墓地へ行く時間がない」

ジェントリーは、どなり返した。「あとすこしだ！　つぎにUAVが村を出て、もう一機が戻ってきたら、おれは地上管制基地を襲う」

ジェントリーは、オーベレルエイセの村に急ぎ、すぐ東にある木立のなかの高みを見つけて、バイクをとめた。時間が逼迫(ひっぱく)しているが、いまは待つほかにやることがなかった。

53

ルースは、UAVが帰っていったのとほぼおなじ方角へ行くバスに乗ったが、タウンゼンドが作戦拠点にしている村を知っていることがばれないように、ふたつ目の停留所でおりた。道端に立ち、つぎのUAV交替まで時間をつぶした。

イヤホンから着信音が聞こえた。「もしもし」

「バビットだ。どうして電話してこなかった?」

見張られているだろうし、おかしな動きがバビットに報告されているにちがいないとわかっていたので、ルースはいった。「ジェントリーと連絡をとっているのよ。わたしが跟けられていないのをたしかめるために、あちこちへ行かされているところ」

「もう正午近い。急がないと、カルブの命はないぞ」

「わかっている。もうじきよ。デッドアイは見つけた?」

「ジェントリーを捕まえてから、折り返し電話しろ。ウィトロックの居場所はわかっている。ジェントリーがどこへ行けばいいかを教える」

「とても助かります」といい、ルースは電話を切った。

その返事とは裏腹に、バビットがずっと騙そうとしていることを、ルースは見抜いていた。

この旅の終わりは、ジェントリーとウィトロックが会うということにはならない。そうではなく、UAVがジェントリーの居場所までこちらを追跡し、タウンゼンドの殺し屋たちが襲いかかるという手はずなのだ。

ルースは、ジェントリーが行ったのとは逆の方面に向かうつぎのバスに乗った。そろそろ、ジャンパー・チームをジェントリーから遠ざけなければならない。

ラス・ウィトロックは、午前中いっぱいかけて、行動のあとでブリュッセルから脱出する準備をしていた。街の北に車を用意し、夜に泊まるのにアムステルダムのホテルを予約した。その先は臨機応変にやる。きのうの夜にCIAに渡された新しい書類は、ほとんど役に立たないとわかっていた。EU内で地下に潜り、偽造書類を手に入れるしかない。それには金と時間がかかるが、きょうの午後一時が過ぎれば、どちらにも不自由しなくなるはずなので、安心していた。

ウィトロックは、ブリュッセル近郊のシント・ピーターズ・ヴォリュウェにある一階の貸し間にいた。その付近に詳しいのは、そのビルにタウンゼンドの隠れ家があるからだった。最上階のその部屋を、前に使ったことがある。隠れ家を避けているのは、盗聴されているかもしれないことと、この時点ではジェントリーとおなじようにタウンゼンドに付け狙われている可能性があるからだった。

反射神経をよくして、注意を敏感にするために〈アデロール〉を一錠飲んだが、九〇〇メートルの距離からの射撃になることは承知していた。覚醒剤で動悸が速まり、血圧があがっていると、それをやるのは不可能になる。

だが、そんなことは心配していなかった。陶酔状態が覚醒剤の作用を抑え込むはずだ。きょうのこと、自分の計画、自分の未来は、とてつもなくすばらしいと思っていた。

もう正午近い。ディーヴェーク墓地の東にある隠れ場所へ行くまで、あと十五分、時間をつぶさなければならない。血と膿がにじんでいる傷を消毒し、包帯をすることにした。

立ちあがり、バスルームに向かいかけたとき、イヤホンから着信音が聞こえた。

「よし、いえ」

「バビットだ」

ウィトロックは、くすりと笑った。「なんだ？　認証番号確認はなしか？」

「おまえはもうタウンゼンド・ガヴァメント・サーヴィスィズの社員ではない。この電話は仕事とは関係ない」言葉を切った。「男と男、ふたりだけの話だ」

ウィトロックの浮かれた気分は、すこしも変わらなかった。冗談をいった。「クビにはできない。おれのほうから辞めたんだ」

バビットは笑わなかった。「わたしはブリュッセルにいる」

静かな部屋で、ウィトロックは肩をすくめた。「そうなのか？　現場に出てきたのか？　まさかパークスも連れてきたんじゃないだろう？」

「ジェフもここにいる」

「まいったな」ウィトロックは、皮肉たっぷりにいった。「保安官とその助手が、おれを逮捕しにきたか」

バビットがいった。「わたしの自由になるものなら、そうしたいところだ。しかし、デニー・カーマイケルに、ひきつづきジェントリーのほうの任務をやれと命じられた」

「懐かしのデニー。あいつは頑固一徹で執念深いからな。ちがうか？」

バビットが、咳払いをした。「モサドの女と、ずっと連絡をとっていた。女はこのブリュッセルにいて、ジェントリーに協力している。ふたりでおまえの居所を探している」

「見つかるものか」

「女は、おまえとジェントリーを交換したいといっている」

ウィトロックは、口笛を鳴らした。「コートのやつ、かわいそうに。友だちができたと思ったら、裏切られてばかりだな」

「まったくだ」

「でも、おれはモサドにもあんたたちにも降参するつもりはない」

「それはそうだろう」

「それじゃ、いったいなにが望みだ、バビット？」

「おまえの信頼がほしい」

ウィトロックは、首をかしげた。これはどういう話だ？　「はっきりいえよ」

「口答えせずに、こっちのいい分をしばらく聞いてほしい」ウィトロックが返事をする前に、バビットがいった。「われわれの使っていない隠れ家をおまえが使うだろうと思ったので、いまおまえが知っている場所をすべてUAVで調べた。ケッレ通りにいるのを見つけたので、いまジョン・ボーモントとそのチームが、おまえの玄関の外にいる。わたしもいる。はいっていって話がしたい。おまえになにかをする義務もなければ、承認も得ていない。ただ、ジェントリーを殺るのに、おまえの手を借りたいだけだ」

ウィトロックがぱっと立ちあがって、グロックを腰から抜こうとしたとき、リビングのドアが勢いよくあいて、銃を高く構えた男三人がはいってきた。ウィトロックはそこから飛び出して、裏手へと駆けていったが、裏口から突入したタウンゼンドの戦闘員三人が、サブ・マシンガンを高く構えて突進してきた。目を下に向けると、レーザーの点が胸で踊っていた。短銃身のサブ・マシンガン六挺のそれぞれのレーザー照準器がターゲットに照準を合わせていた。

ウィトロックは、抵抗せずに両手をあげた。狭い廊下を突進してきたボーモントが、すばやく右膝をあげ、ウィトロックの左腰の化膿している銃創を思い切り蹴った。

ウィトロックは、床に倒れた。

すぐにウィトロックの両手は、プラスティックの結束バンドで後ろ手に縛られ、リビングのソファに座らされた。タウンゼンドの戦闘員ふたりが、ウィトロックの頭にウージを突きつけ、あとのものがUAVチームの手を借りて、表のバンから装備を運び、リビングの表側にある出窓のそばに置いた長いテーブルに地上管制基地を移した。UAVオペレーターのジョーとセンサー・オペレーターのキースが装備を設置しながら、ウィトロックのほうをちらりと見た。ウィトロックは、若いオペレーターふたりに笑みを向けて、こともなげにいった。

「おまえらふたりとも殺す」

ふたりがうろたえて、ボーモントの顔を見た。

ボーモントがいった。「おまえたち、こいつのいうことをまともに聞くんじゃない。こいつはご機嫌斜めなのさ。おれたちがあのドアから突入したとたんに、二千五百万ドルが消え失せたからだよ」

バビットとパークスが、リビングにはいってきて、ウィトロックの向かいの耳付き椅子（ウィングチェア）に腰をおろした。ボーモントは部屋の向かいから動かず、胸にウージを吊るして、壁にもたれていた。

リーランド・バビットが、ウィトロックに向かっていった。「これからの流れを教えてやろう。イスラエル人の女が、ジェントリーと接触し、電話してくる。女がジェントリーをここに来させる。来たら殺す。そして、カルブが街を出るまで、ここでじっとしている。そのあと、おまえを解放し、全員解散だ」

ウィトロックは、信じていなかった。「あいかわらず嘘つきだな。ジェントリーが死んだら、CIAにはおれを生かしておく動機がなくなる。あんたはおれも殺すんだろう」ボーモントのほうを、顎で示した。「訂正。あんたは、部下のエテ公のひとりに、おれを殺させる」

パークスとボーモントが顔を見合わせて、にやりと笑った。

「それはちがう」バビットがいったが、ごまかしを押し通す勢いを失っていた。

ウィトロックは、ソファに背中をあずけた。打ちひしがれた顔を装っていたが、ソファのジッパーの一部をうしろでひきちぎっていた。その厄介な作業で指から血が出たが、ジッパーを結束バンドの下に通して、切れ味の鈍い小さなワイヤーソーを使っているみたいに、一度に五、六ミリずつゆっくりと動かした。

前にもやったことがあり、二分ほどでいましめを切り取れるとわかっていた。そのあとは、一秒以下でコーヒー・テーブルまで行き、ババビットに襲いかかる。

それをやれば、ジャンパー・チームに殺される可能性が高いが、リー・ババビットの首に両手を食い込ませる満足感とそれを、ウィトロックは天秤にかけた。穴だらけの死体になって床に倒れるはめになるだろうが、やめろと自分を説得するのに苦労した。

だが、そのとき、べつのことが頭に浮かんだ。傷だらけの指先が痛み、手首の筋肉がずきずきしていたが、ウィトロックはそれを気ぶりにも表わさずに挽(ひ)き切りながら、ババビットの顔を見た。「あんたの無人機は、おれを見つけたが、ジェントリーは見つけられなかった。奇妙だとは思わないか？」

キースがいった。「そうでもない。監視できないような、屋内にいるのかもしれない」

「あるいは、UAV追跡を防ぐための逆探(カウンターメジャー)を行なっているか」

パークスが、にやにや笑った。「それはないだろう」

「ジェントリーは、エティンガーと協力しているんだろう？　エティンガーがどこにいるか、わかるか？」

「いま街中を移動している。欺瞞(ぎまん)されないように、ずっと追跡している」

ウィトロックは笑った。「あんたらはもうあの女に欺瞞されてるよ。あんたらはターゲットのいないほうへ引きずりまわされてる。エティンガーは、UAVに監視されているのを知ってる。つまり、ジェントリーも知っている。いまごろジェントリーは、女と動きを合わせて、遠くから監視し、UAVが基地に戻るのを追跡しようとしてるだろうな」

パークスがいった。「座って口を閉じていろ、ウィトロック。おまえはもう終わりだ」

だが、バビットは、ウィトロックのほうを向いた。「どうしてそういうんだ、ラッセル？」

「おれならそうする。だから、ジェントリーもそうしているだろう」

バビットは、しばし考えた。パークスのほうを向いた。「女が農家のほうに向かいかけては、またべつの方向へ移動している理由が、それで説明できる」

ウィトロックはいった。「もちろん、解決策はある」

「聞こう」

「ジェントリーは、仔犬みたいに忠実だ。モサドの女を捕まえて、ここに連れてくればいい。ここならあんたたちが領域（テリトリー）を支配できる。女にジェントリーに電話をかけさせろ。ジェントリーは急いで助けにくるはずだ」

バビットは、ボーモントのほうを見た。バビットは経営者なので、肉体労働者――それももと契約社員――に案をさずけられるのは不愉快そうだったが、名案だと思ったようだった。

「エティンガーを捕まえろ。ここへ連れてこい。昔ながらのやりかたでやろう」

「わかりました、ボス」

「それから、ダガー・チームに、大至急農家へ行って、ルーカスとカールを連れてこいと指示しろ。用心しろというんだ。ジェントリーがそのあたりにいるはずだからな」

ジェントリーは、花屋のそばの駐車場にBMWのバイクをとめ、寒さにふるえながら、眼下の谷の小さな村を眺めていた。時計を見ると、最後に無人機を見失ってから、ちょうど三十分たっていた。タウンゼンドのUAVチームが、スケジュールをきちんと守っているようなら、まもなく見えるはず――。

あそこだ。小さな黒い点が、村の東のはずれにある家並みから上昇してきた。どの家から離陸したのかはわからなかったが、一本の道路に絞り込むことができた。そこには農家が四、五軒あるだけだ。バイクのエンジンをかけ、そちらに向けて猛スピードで下っていった。

坂の上にバイクを止めた。大きなリサイクル容器二個のあいだに立ち、ヘルメットを脱いで、ブーンという音が頭上から聞こえないかどうか、耳を澄ました。時計を見たくなるのをこらえた。作戦の時間が逼迫(ひっぱく)してきたが、たとえ数秒でも空から目を離したら、戻ってくる無人機を見つけそこねるおそれがある。

オーベルエイセの村に無人機が戻ってくるまで、五分とかからなかった。村の上を飛んでくると、ジェントリーにどんどん近づき、見張っていた場所から五〇メートルも離れていない農家の裏におりていった。

まちがいない。タウンゼンドのUAVチームの居所がわかった。

ジェントリーは、バイクを転がしてその農家に向かった。音を聞かれたくないので、エンジンはかけなかった。そうしながら、ルースに電話をかけた。

呼び出し音が鳴ったが、応答はなかった。

どうかしたのか？

カールとルーカスは、一日の作業の片づけをしていて、それがものすごくうれしかった。何日も休みなく働いてきて、装備もふたりの体力も、限界に近づいていた。

二十分前に、スカイシャークがモニターに送ってきた映像をふたりが見ていると、ターゲットのルース・エティンガーが、ブリュッセル近郊のステレベークでバスをおりた。バスが走り去るやいなや、白いバンがとまって、タウンゼンドのジャンパー・チームが跳び出してきて、拳銃を抜き、エティンガーを後部に押し込んだ。

モサドの女が拉致された理由を、UAVチームのふたりは知らなかったが、ふたりはアナリストでも戦闘員でもなく、技術者なので、そういう懸念材料は意識から追い出して、肝心な作業をつづけた。ダガー・チームがすぐに農家に寄って拾うから、できるだけ早く荷造りをしろと、パークスに命じられていた。

スカイシャークが裏庭に着陸するとすぐに、ルーカスがノートパソコンでパワーダウンの手順をやり、回収しにいった。

ドアをあけたとき、頭のてっぺんから爪先まで革のバイクスーツに身を包んだ男が、目の前に現われた。ルーカスが反応する間もなく、男が顎を殴って、リビングのタイルの床にルーカスを吹っ飛ばした。

カールは、黒ずくめの男が、仰向けに倒れたルーカスを乗り越えてはいってくるのを見た。さっと立ちあがり、テーブルのコンピュータの横に置いてあったウージを取ろうとした。

ジェントリーは落ち着いてSIGを抜き、UAVオペレーターの尻を撃った。カールが床に倒れ、苦痛に身もだえした。ジェントリーは、ルーカスの髪をつかんで、地上管制基地のテーブルの前に引き戻した。ルーカスを座らせると、つぎはカールの番だった。ジェントリーは、カールを無理やり椅子に戻して、傷ついた尻をおろさせた。

ふたりをすばやく見て、ジェントリーはいった。「おれには個人的なルールがあって、ほんとうに必要でないかぎり、コンピュータおたくは殺さない。そういうことは嫌いなんだ」SIGをウェストバンドに差し込んだ。「だから、やらせるな。このかっこいい装置の仕組みをすべて教えろ。わかったな？」

「わかりました」ルーカスがいった。カールもうなずいた。

「よし。デッドアイのいるところへ無人機を飛ばせ。いますぐにやれ」

ルーカスがいった。「その……どこにいるか、わからない」

ジェントリーは、カールの顔を見た。「一時間たったら出血多量で死ぬ。おれが望みのものを手に入れるまで、病院には行かせない。さっさとやったほうがいい」

カールは、すぐに落ち着いて、ただちに離陸するようシステムの準備をはじめた。「ぼくに……見つけられると思う」

ジェントリーはいった。「頼りにしているぞ」

ルースは、ケッレ通りの隠れ家に正午に連れてこられた。ジャンパー・チームの扱いはプロフェッショナルらしかったが、スマートフォンと〈メース〉は取りあげられ、バンのなかで徹底的にボディチェックされた。

ルースは激しく抗議し、バビットと話をさせるよう要求したが、あとはずっと黙って乗っていた。

ドアを通ると、そこはアパートメントの表側の広い部屋で、腕をつかまれ、こちらを向いてウィングチェアに座っているバビットとパークスの前に連れていかれた。ジャンパーの荒くれ男がふたり、ソファのそばに立っていたので、タウンゼンドの経営陣と向き合って座っている男の姿が隠れていた。すぐそばまで行くとようやく、ルースは座っている男と向き合った。引き締まったいかつい顔立ちだったが、とりたてて長身ではなく、筋肉が極端に盛りあがってもいなかった。両手はうしろにまわされていた。

ルースは、その男をもっとよく観察した。ジェントリーとまったくおなじ目だった。思慮深く、観察が鋭い。まずあたりを見てから、ルースに据えられた。目の奥にある頭脳が、個性のあらゆる面をすべて読み取り、データをすべて取り入れて、脅威かどうかを判断していることがわかった。

「あなたがウィトロックね」ルースはいった。

「あんたがエティンガーだな」ウィトロックが答えて、立とうとしたが、ジャンパーのひとりが、銃口をその頭の横に突きつけた。

ウィトロックは腰をおろし、銃口が離れた。

ルースは、バビットに向かっていった。「モサド工作員を拉致したのだと、わかっているでしょうね？」

バビットが首をふり、椅子にふんぞりかえって、脚を組んだ。「そんなことはしていない。きみが街中をうろついているあいだに、時間が足りなくなってきた。きみは交換にジェントリーを引き渡すつもりはない。それがわかった。そこで、プロセスを速めるために、きみをここに呼んだ」

ルースは黙っていた。

「しかし、われわれはデッドアイを捕まえた。それに、やりかたは雑だったかもしれないが、肝心なのは、きみを捕まえたことだ。ジェントリーに電話し、この住所を伝えろ——ケッレ通り三十三番地だ——そうしたら、やつがきみを救い、デッドアイを殺しにくるのを待つ」

ウィトロックが、またソファから立った。「われわれは合意に——」

ウィトロックはジャンパーを見張っていたもうひとりのジャンパーが、また頭の横に銃口を突きつけた。ウィトロックは座った。手は後ろ手に縛られたままだった。ソファにもたれ、正面のバビットとパークスのほうを向いた。ルースは、タウンゼンドの経営陣ふたりとボーモントの横に立っていた。

そのとき、パークスが、ダガー・チームからの電話を受けた。UAV装備を設置したテーブルのスピーカーに、パークスが電話をつないだ。

ダガー・アクチュアルがいった。「隠れ家まであと二分。UAVチームは無線に応答しない」

「了解した、アル」パークスが答えてから、バビットに向かっていった。「グレイマンがオーベレルエイセの農家のUAV基地を発見したのだとすると、手っ取り早く片がつきそうですね」

ウィトロックが、ソファに座ったままでいった。「コートがUAV基地を見つけたことは、まちがいないと思うね」

バビットがきいた。「どうしてそういい切れる?」

「あれを見れば、そういい切れるさ」ウィトロックは、部屋の向かいの大きな出窓を顎で示した。ルース、バビット、パークス、ボーモントが、全員、そっちを向いた。

スカイシャーク無人機が、窓のすぐ外で、目の高さでホヴァリングしていた。カメラがガラスごしに、リビングの全員を捉えていた。

「ちくしょう!」ジェントリーがガラスの向こうに立っているわけでもないのに、パークスが肝を潰して身を引いた。

ウィトロックが座ったままで大笑いした。「落ち着け、パークス。武器は積んでない。ジェントリーはヘルファイア・ミサイルを発射するつもりじゃない」

だが、三メートルと離れていないところから、ジェントリーに一挙一動を見られていると気づいて、バビットも動揺していた。「みんな落ち着け」そういったときに、ベルトに付けた電話が鳴り、バビットははっとして腰を浮かした。

ソファに座っているウィトロックが、一同のなかでいちばん事態を掌握しているように見えた。「電話に出ろ、リー。コートに挨拶(あいさつ)して、カメラに向かって手をふるんだ」

54

バビットは、電話に出る前に、パークスに目配せをして、小声でいった。「ダガーが農家に着いたらすぐに攻撃するよう指示しろ」

「わかりました」といい、パークスがリビングを出ていった。

バビットは、電話に出た。「だれだ？」

短い沈黙のあとで、聞こえた。「だれだか知っているだろう」

「ジェントリーだな？」

ジェントリーは、うなるようにいった。「バビット」

「UAVチームはどうした？」

「協力するよう説得した」

バビットは、落ち着かない顔で咳払いをして、権威を失わないような声を取り繕った。

「そうか。まあ……見ればわかるだろうが、デッドアイをここに捕まえてある」

「見ている。そこにいる全員がデッドアイに銃を突きつけたほうがいい。隣に立っている間抜けふたりを、デッドアイは一秒で片づけられる」

だが、バビットは、部下がジェントリーのその指図に従うのを許さなかった。ジャンパー

・チームのあとの六人に、そのまま動くなと命じた。

それから、部屋を覗き込んでいるカメラからは見えない、左手をちらりと見た。パークスがそこに戻り、一本指を立て、「十秒」とささやいた。

バビットは、無人機のカメラに目を戻した。「さて、ジェントリー。おまえはここで優位に立っている。この状況を改善するには、どうすればいい？」

「ルースを解放したら、そこへ行く」

「ミズ・エティンガーの世話はちゃんとやる」バビットは、左手をちらりと見た。無人機のカメラから見えないダイニングに立っているパークスが、電話を耳に当て、五本の指をのばした片手をあげて、一本ずつ指を折っていた。四、三、二。

バビットが、無人機のカメラに笑みを向けたが、なにもいわなかった。

パークスが叫んだ。「実行！」

ルースが、ボーモントをふりはらって、窓のほうに駆け出した。「逃げて！」

オーベルルエイセにあるタウンゼンドの隠れ家で、ダガー・チームの八人が、正面玄関、裏口、床から天井まである正面の窓、二階の寝室の小さな窓を爆薬で壊し、その四カ所から同時に突入した。

二人組四チームが、すばやく屋内を突進し、東西南北から中央のUAV基地を目指した。

「敵影（クリア）なし！」玄関のチームが叫んだ。

「クリア！」二階も涸（か）れ井戸だとわかり、そっちのチームが報告した。

リビングに突入したチームが、キッチンとリビングを確認した。「クリア!」

そして、裏口チームが、UAVのノートパソコンと操縦装置を設置したテーブルを目指した。

床に血痕があるだけで、テーブルにはなにもなかった。装備はなにひとつ残っていない。

「クリア」ダガー・アクチュアルが報告した。「ターゲットはいない」

ジェントリーは、ルーカスの頭に拳銃を突きつけて、ミニバンのリアシートに座っていた。ルーカスが、ケッレ通りの隠れ家に向けてミニバンを運転し、カールが片手で無人機を操縦していた。もういっぽうの手は、尻の脇を強く圧迫していた。銃創が痛まないように、バンの後部で横向きに寝なければならなかった。

ジェントリーは、ノートパソコンに映っている、びっくりするくらい鮮明な画像を見ていた。ケッレ通りの隠れ家の居間が、すっかり映し出されていた。ヘッドセットのイヤホンからは、バビットの携帯電話が拾う音がすべてかすかに聞こえていた。

三十秒前から、バビットは横のほうを見ていたし、突然、やりとりに気がはいらなくなった。農家急襲が開始されたのだろうと、ジェントリーは推測した。攻撃した連中は、ターゲットがUAVチームと移動していることに、すぐさま気づくだろう。

ジェントリーは、十分前に、UAVチームのふたりに命じて、バンに装備を積み込ませた。ふたりがノートパソコンを持って、バンに乗り込んだ。ジェントリーも乗ろうとしたが、私設車道を歩いているときに、雪の上の足跡がすべてホーストレイラーに向かっているのに気づいた。ふたりを連れ出し、トレイラーの錠前を撃って壊すと、そこは大きな武器隠匿所だとわかった。

ジェントリーは、そこからいくつかの武器をくすねた。グロック19一挺と弾倉数本、銃身を短く切った一二番径のショットガン一挺と弾薬ひと箱、手榴弾二発、それにケヴラーの抗弾ベスト。

それらをバンの後部に投げ込み、ルーカスとカールとともに出発した。ルーカスに銃を突きつけて運転させた。その直後に、半分充電されたUAVが裏庭から発進して、ケッレ通りの隠れ家へと飛んでいった。

そしていま、バビットの困惑し、がっかりした顔を見れば、一目瞭然だった。農家がもぬけの殻だというのを、タウンゼンドの殺し屋たちが知ったのだ。それと同時に、ルース・エティンガーの目を見て、心底ほっとしていることがわかった。ボーモントが、ルースをウィングチェアのそばに引き戻していた。ルースの向こう側のソファでは、武装した男ふたりに挟まれているデッドアイが、最初はほっとした表情を浮かべ、つづいてすぐに考えにふける顔になった。

バビットが、のろのろと携帯電話を耳に当てた。

「おや、おや、おや、ジェントリー君。またしても一歩先を越されたよ」

「スピーカーにしろ。デッドアイと話がしたい。デッドアイがきょうの作戦を休止し、おまえらがルースを解放すれば、おれはそこへ行ってやる」

バビットが、電話をスピーカーに接続する設定にしたが、なおもいった。「コート、なにひとつ変わっていないんだ。おまえはここへ来るしかない」

「わかっている」ジェントリーはいった。

ウィトロックは、後ろ手のままでいった。「リー、やつとおしゃべりするのはやめろ。こんなくだらないことに付き合っている時間がおれにはないんだ」

バビットが、ホヴァリングしているUAVから目をそらし、ウィトロックのほうを向いた。「ここから生きて出られて、カルブを殺せると、まだ本気で思っているのか？」

「もちろん、そう思ってる」

ボーモントが、ルースから目を離して、自分より小柄なウィトロックをどなりつけた。「おまえ、頭がおかしいんじゃないか？　ここから出るには、死体袋にはいるしかないんだ」

ウィトロックは、ボーモントを無視して、バビットに向けて話しつづけた。「リー、あんたの計画は潰れるよ。コートがエティンガーを救い出しにくると思ってるんだろう。だが、あんたの知らないことを、おれは知ってる」

バビットが、首を横にかしげた。「なにをだ？」

「コートは救いにくるよ。それが得意だというのは、前にもじっさいに証明している。しかし、コートにはもっと得意なことがある。もっとすばやく、自信たっぷりにやれることだ」

「なにを？」

ウィトロックは、窓の外のカメラを覗き込み、ウィンクした。笑みを浮かべて、いった。

「復讐だよ」立ちあがろうとした。これが三度目で、右側の男がまたウージの銃口を頭の横に突きつけたが、今回、ウィトロックは目にもとまらない速さで跳び起き、うしろから出した両手をさっとのばし、銃身を右手で、短い床尾を左手でつかんで、サブ・マシンガンの銃口をルースとバビットのほうに向けた。ウィトロックがサブ・マシンガンをひったくったとき、首に負い紐（ひも）をかけていたその男がバランスを崩した。

　部屋にいるだれも反応できないうちに、ウィトロックは引き金に指をかけ、長い連射を放った。煙と炎と騒音が居間に充満し、空薬莢（からやっきょう）がつぎつぎとサブ・マシンガンから弧を描いて飛び、壁にぶつかって跳ねた。ウィトロックはそこで左を向き、サブ・マシンガンを奪った相手を楯（たて）にすると同時に、左側にいた見張りの顔に銃口を向けた。ウィトロックが引き金を引き、男の顔が深紅の花火と化して炸裂（さくれつ）し、脳のかけらが天井に飛び散って、男は白いソファに倒れた。

　部屋の向かいにいたジャンパー戦闘員たちが銃を構えて発砲したが、ウィトロックは右に逃れるとともに身をかがめ、ウージの負い紐が首にからんで倒れ込んだ見張りの体の蔭に、ほとんど隠れていた。弾丸が背中につぎつぎと突き刺さり、見張りは死んだ。

　バビットは身をすくめ、射線から逃れようとする最初の反応で、頭をかばった。ウィトロックは、クイックリリース・ボタンを押して、ウージの負い紐を死んだ男の首からはずした。その間も、すばやく、勢いよく、身をかがめて右側に移動していた。部屋の向かいのジャンパー戦闘員とリー・バビットとのあいだを動き、ソファから跳び出して、バビットにヘッドロックをかけた。バビットの汗ばんだ肥った首を、ウージの熱した銃口で灼（や）き、正面の男たちに向かって叫んだ。

「さがれ！　さがれ！」

　ウィトロックは、敵がうしろにまわれないように、バビットをひきずって、部屋の隅へ行った。

　ボーモントとその部下は、ウィトロックに銃の狙いをつけていたが、会社の経営者が射線内にいるので、攻撃できなかった。

　リーランド・バビットは、ゆっくりと目をあけ、首をつかんでいる男に弱々しく抵抗しながら、目の前の光景を見てとった。空気に漂う火薬の薄い煙を透かして、部屋の向こう側が見えた。玄関寄りのダイニングの入口に、ジェフ・パークス、ボーモント、ジャンパー隊員五人が全員、拳銃かサブ・マシンガンを持ち、こちらに狙いをつけている。

　その前で、ジャンパー隊員ふたりが死んで横たわっていた。ひとりは割れたガラステーブルの残骸（ざんがい）のなかでうつぶせになり、もうひとりは首がちぎれかけて、白いソファに倒れていた。

　UAVチームのふたりも死に、出窓のそばのテーブルで、壊れたノートパソコンの上に突っ伏していた。装備類から血がしたたり、電子機器の光のなかでぎらぎら光っていた。

　バビットは、足もとをゆっくりと見た。ルース・エティンガーが仰向（あおむ）けに倒れ、胸のまんなかに弾痕がふたつあった。

　茶色の目があいたまま、ルースは死んでいた。

　バビットが、かすれた声でいった。「なんてことだ」ガタガタふるえた。「なんてことをしたんだ！」どなりはじめていた。「モサドの工作員を殺すなんて、おまえはとんでもないことをしたんだ！」

　バビットのうしろで、ラッセル・ウィトロックが、凶暴な荒々しい目で、眼前の光景を眺めていた。やがて、窓の外でホヴァリング中のＵＡＶが吊るしているカメラがある、右のほうへ顔を向けた。「おまえにはわかるよな、コート。あの女は片づいてない問題だった。死んでもらうしかなかった」

　ケッレ通りの隠れ家から五、六キロメートルのところを走っていたバンの後部で、ジェントリーは両手で頭を抱え、うなだれていた。ＳＩＧザウアーの側面を額に押しつけていた。目に涙が浮かんできたが、まぶたをぎゅっと閉じてこらえた。「ルース」そっとつぶやいた。

　つぎの瞬間、カールが後部でなにかを取ろうとしているのが、鋭い感覚でわかった。ルースのことを悲しんでいる場合ではない。カールの動きを、最初はすこし意識していただけだったが、なにかをフロアでひきずっている音が聞こえ、オーベレルエイセの農家にあったタウンゼンドの武器隠匿所から持ってきた、銃身を短くしたショットガンだとわかった。

　ジェントリーは、目をあけずにいった。「カール、死にたいのか？　おれはいま、だれかを殺したい気分なんだよ」

　尻を撃たれているＵＡＶオペレーターは、ショットガンから手を離し、両手をあげた。

　ジェントリーは、ＳＩＧの銃身で、ルーカスの頭のうしろを軽く叩いた。「車をとめろ」

ルーカスが、バンを道端に寄せた。バンがとまると、セレクターをパーキングに入れるよう、ジェントリーは命じた。ルースの死に呑み込まれそうになっていたジェントリーは、頭をはっきりさせ、任務に集中しようとした。

「ポケットの中身を出して見せろ」ふたりがジャケットとズボンのポケットに入れてあったものをすべて出した。携帯電話、鍵、財布、その他の小物が、バンのフロアに落ちた。ぜんぶ出し終えると、ジェントリーはふたりをバンからおろし、道端に立たせた。運転席に乗り、無人機で見た隠れ家のドアの住所を、フロントウィンドウに取り付けたGPSに入力した。

そのあいだに、あけ放った助手席のドアの外に立っていたルーカスに向かっていった。「友だちを病院に連れていくことのほうが、バビットに連絡をとるよりもずっと重要だぞ。わかるな？」

「わかっています。ありがとう。なにもあなたに恨みがあってやったことじゃないんです。ただ自分たちの――」

ジェントリーは、バンを急発進させた。その勢いでドアが閉まり、アメリカ人ふたりは、ひと気のない道路に残された。

ケッレ通りの隠れ家の裏庭で、ウィトロックはウージの銃口をバビットの首に押し当てたまま、雪の降るなかを、うしろ向きに歩かせていた。ジャンパー・チームの生き残り六人が、銃を高く構え、ゆっくりした足取りでそれを追っていた。

ジェフ・パークスは、戦闘員たちとならんで歩き、小さな銀色のセミ・オートマティック

・ピストルをウィトロックのほうに向けていた。それに気づいたバビットが、狙う方向に気をつけろとどなりつけた。

ウィトロックは、もとの雇い主をひっぱって歩くあいだに、耳もとで低くささやいた。

「これからの流れを教えてやろう。おまえは部下に、正面から出て車に乗るよう命じる。全員が乗り込む。ジェントリーがじきにここに来るだろうし、そのときはかなり機嫌が悪いはずだからな」

「おまえはどうする？」

「いっしょにいたいのは山々だが、べつの計画がある」

「カルブを殺すつもりだな？」

「いや。つぎの列車で町を出る。ジェントリーのいうとおりだ。おれの正体はばれてる」

嘘だと、バビットにはわかっていたが、自動火器を首に押しつけている男をなじるのは賢明ではないと思った。

ウィトロックがいった。「ジェントリーはここに来るが、あんたたちはひとまず逃げたほうがいい。再起して戦う日を待つ、というやつだな。おれを追って墓地へ来たら、ジェントリーと交戦するのに必要な兵力が足りなくなるぞ」

バビットは、かすかにうなずき、寒さでふるえた。

「ボーモントと頭のとろいやつらに、車に乗るよう命じろ。さっさとやれ」

バビットは叫んだ。「みんな行け。車に乗れ。ここを離れる」

ボーモントがいった。「そのいかれた野郎といっしょに、ここに残していくわけにはいかない」

「命令だ！」

あっというまに裏庭にはだれもいなくなり、ウィトロックはバビットをヘッドロックから解放した。

小さなサブ・マシンガンを目の高さで構えて、バビットと向き合った。「いい計画だろう、リー。あんたやパークスが思いつくろくでもない計画よりも、ずっといい」

バビットは、銃口から目を離すことができず、うなずくばかりだった。「ああ。ああ、そうだな」

「モサドに、女を殺したのはおれじゃなくてジェントリーだといえ。そうすれば、これが終わったあとも、やつらはおれを追わないし、おれもワシントンＤＣに戻っておまえと家族を皆殺しにせずにすむ」

「なんだと、ラッセル」

「お互いさまってことよ。いいな？」

バビットはうなずいた。「いうとおりにする。誓う」

「よし。これで、あんたたちは、おれの代わりにジェントリーを殺してくれるわけだし、おれはおれの仕事に戻れる」

バビットは、また不安げにうなずいた。「そうしよう」

ウィトロックは、灌木（かんぼく）の茂みを抜けてあとずさり、隣の裏庭にはいった。

バビットは、深く積もった雪の上で膝をついた。スーツのズボンは、身を切るような寒さから脚を護ってくれなかった。

55

ウィトロックがバビットを雪の上に置き去りにしてから五分後に、タウンゼンドの生き残りは、三台で車列を組み、隠れ家をあとにした。ジャンパー戦闘員ふたりが乗るアウディが先頭だった。二台目は黒いメルセデスEクラスで、ボーモントが助手席に乗り、ジャンパー2(ツー)が運転し、リアシートにパークスとバビットが座っていた。殿(しんがり)はフォード・ギャラクシーのミニバンで、やはりジャンパー戦闘員がふたり乗っていた。三台とも、無線で連絡をとり合っていた。

ボーモントが、膝に地図をひろげ、ケッレ通りの隠れ家から数ブロック東の環状交差路(ラウンダバウト)へ先頭車両を誘導していた。地図を見ながら、バビットにいった。「ウィトロックが武器隠匿所からスナイパー・ライフルを持ち出したことがわかってるので、ディーヴェーク墓地近くの高い場所をパトロールする必要がある。イスラエルのカルブ警護陣の外側のどこかで、ライフルの射程内の場所だ。ジェントリーもそれを知っているだろうから、そこへ行けばジェントリーが見つかる。ダガーとそこで落ち合い、手分けして狩りを開始する」

ボーモントが、さらに一分ほどバビットと相談し、ディーヴェーク墓地と小さな谷を挟んで向き合っている斜面に、それらしい場所を見つけた。そこで、先頭車両に無線連絡し、そこへ行くよう指示した。

「到着予定時間(ETA)は十分」先頭のアウディの助手席から、ジャンパー4(フォア)が応答した。

目的の場所が決まったあと、三台に分乗した八人は、ずっと黙り込んでいた。車列が聖ピエール教会のそばを通ったとき、教会小路という狭い一車線の道路に九〇度の左折をするために、先頭車両が速度を落とした。ほとんどとまるような速度に落ちたが、曲がるとすぐに加速しはじめた。

アウディの助手席に乗っていたジャンパー・フォアが、最初にその男に気づいた。狭い通りを、独りの男が走って近づいてくる。車数台分しか離れていない。一瞬、昼過ぎにジョギングをしているだけかとも思ったが、全身黒ずくめで、スキーマスクをかぶっていた。それに、小走り(ジョギング)ではなかった。全力疾走している。男の動きに、のんびりしたところはひとつもなかった。

運転していたジャンパー隊員が、フロントウィンドウのほうに身を乗り出した。「あれは——」

スキーマスクをかぶっているランナーがうしろに手をのばし、銃身を短く切ったショットガンを出した。アウディに乗っていたふたりが声を発する前に、男がショットガンを構え、すさまじい銃声が狭い通りに鳴り響いて、アウディのフロントウィンドウが吹っ飛び、運転手の頭が赤い炸裂(さくれつ)と化して消滅した。

助手席のジャンパー・フォアが、上半身が血とちぎれた体の破片にまみれ、悲鳴をあげたときも、スキーマスクの男は突進をつづけていた。まだ走っていたアウディのボンネットに跳び乗り、つぎの一歩でルーフに着地したとき、その音が車内で銃声のように響いた。

メルセデスの四人には、アウディの向こうの襲撃者の姿が見えなかったが、ショットガンの銃声はたしかに聞こえた。ボーモントはすかさず拳銃を抜こうとしたが、目の前の異様な光景のせいで、動きが鈍った。スキーマスクをかぶった男が、先頭のアウディの真上に現われた。男は両手と両脚をさかんに動かして、跳躍の距離と高さを稼ごうとしていた。路面から三メートル以上の高さに、男が跳びあがった。脚と腕をばたつかせている男が、宙に浮かんだかと思えた刹那(せつな)、右手に銃身を短く切った一二番径のショットガンを持っているのを、ボーモントは見た。

メルセデスを運転していたジャンパー・ツーが、急ブレーキを踏み、必死で横のセレクターレバーを操作しようとした。

襲撃者は、冷たい大気のなかを、黒い高級車のルーフめがけて落下した。

リアシートのバビットが叫んだ。「やつだ!」

ジェントリーは、メルセデスのルーフに激しくぶつかり、つづいてフロントウィンドウの運転手の側に落ちた。さっと膝立ちになり、銃身を切り詰めたレミントンのショットガンを構えたとき、メルセデスががくんとバックした。その勢いで、ジェントリーは仰向(あおむ)けになったが、距離九〇センチからフロントウィンドウを撃った。一台目とおなじように、運転手の首が吹っ飛んだ。

ジェントリーはボンネットから転げ落ち、凍った道路にぶつかって、その拍子にショットガンを取り落とした。

最後尾のフォード・ギャラクシーのミニバンは、ジャンパー5(ファイヴ)が運転していた。メルセデスが急にバックしたので、ブレーキを踏みつけた。

二度目にショットガンが銃声を轟かせたあと、メルセデスのボンネットに載っていた男の姿が、見えなくなった。メルセデスがバックをつづけていたので、運転手は死に、二号車は撤退できなくなったのだと、ファイヴは判断した。

「脱出しろ!」ファイヴは命じて、バンのドアをあけ、凍った道路に跳び出して、SIGを抜いた。狭い道路を横向きに進み、長い煉瓦塀(れんがべい)のなかごろにあった浅い戸口に身を隠そうとした。

動きながら、SIGを目の高さに構え、メルセデスの近くの雪に覆(おお)われた道路に視線を走らせた。

バックしているメルセデスのすぐ前で、黒い人影が横に転がり出てきた。頭の上に両腕をのばして、拳銃を両手保持(コンバットグリップ)で構えている。

ジャンパー・ファイヴは、拳銃の筒先を下げて、脅威を狙おうとしたが、ジェントリーが二発放ち、距離八メートル弱で、ケヴラーの抗弾ベストに二発命中させた。ファイヴは倒れたが、なんとか戸口まで行けた。遮蔽物(しゃへいぶつ)の蔭に隠れてから、抗弾ベストを調べると、負傷していないとわかった。ジェントリーがほかの仲間と交戦するのが音でわかるまで待ち、隠れ場所から出た。

ジェントリーは、冷たい石畳に胸をつけて伏せたままで、通りの前方に目を配ったが、射線にひとりもタウンゼンドの戦闘員がいないと見てとると、片手を拳銃から離して、胸のパウチを探った。破片手榴弾を一発出し、ピンを抜いて、野球のボールぐらいの大きさのそれを、メルセデスの車体の下に横手投げでほうった。車体の向こう側まで転がった手榴弾が、停止していたフォード・ギャラクシーの真下でとまった。

ジェントリーは、爆発が起きるまで待たなかった。凍った道路を這ったり滑ったりしながら、逆方向へ逃げ出した。運転している男が死んだアウディが、いまも走りつづけていた。

ズズーン！

手榴弾がギャラクシーの真下で爆発し、ガソリンタンクが破れて、車体は巨大な火の玉に包まれた。助手席に乗っていたジャンパー戦闘員は、ギャラクシーを遮蔽物に使い、右のフロントフェンダーの蔭でしゃがんでいた。

その男は、爆発で即死した。

ボーモントは、最初は自分が撃たれたのかと思ったが、ジャンパー・ツーの血がメルセデスのフロントシート全体に降り注ぎ、それが目にはいって一時的に目が見えなくなったのだと、すぐに気づいた。ツーは隣でハンドルに突っ伏し、顔と頭の上半分がなくなっていたので、人間だということすら見分けられなくなっていた。

ボーモントがジャケットの袖で目から血を拭き取ったとき、車のすぐ外の通りで銃声が響いた。リアシートでは、バビットとパークスが、恐怖のあまりわめき散らしている。

六メートルうしろで、フォード・ギャラクシーが火の玉に包まれて爆発した。

ボーモントは、助手席側のドアから脱出し、路面に落ちて、燃えている残骸に向けてゆっくりとバックしているメルセデスから、這って遠ざかった。歩道の雪の上まで行くと、そこで拳銃を抜き、ターゲットを探して、あちこちに向けた。

二〇メートル前方で、アウディがアパートメントビルの狭い玄関に突っ込んでとまった。ジャンパー・フォアはまだ生きていて、アウディからおりてきたが、気が遠くなっていて、よろめき、拳銃を持つ手も脇に垂らしていた。

ボーモントは、すばやく向きを変えて、通りの反対側を見た。一〇メートルと離れていない、狭い道路の中央で、盛りあがる黒煙にギャラクシーがつつまれていた。あいたままの助手席ドアのそばで、死体が燃えている。

だが、ジェントリーはどこにいる？

ボーモントは、雪の上から起きあがり、しゃがんだ。左腕でまた目についた血をこすり落としたとき、左のほうに動きがあったので、さっとそちらを向いた。バビットがメルセデスのリアドアをあけて、転がり落ちた。歩道で四つん這いになり、起きあがると、頭を低くして、横歩きで近づいてきた。ジェフ・パークスがあとにつづき、銀色のセミ・オートマティック・ピストルをふりまわしながら、よろよろと出てきた。

右手から銃声が聞こえ、ボーモントはそちらに注意を向けた。ジャンパー・フォアが、メルセデスの車体の蔭になっている方角を撃っていた。フォアが狙っている相手の姿は見えなかったが、ボーモントは頭を低くして、反対側からメルセデスの後部に向けて進んでいった。矢継ぎ早な応射の音が聞こえ、フォアの体が痙攣して、ジャケットから血が花の形にひろがり、アウディのトランクにうしろ向きにぶつかったあとで、腹のあたりにまた一発くらうのが見えた。

ジェントリーがメルセデスで蔭になっているところにいるとわかり、ボーモントは身を低くした。道路に伏せているか、それともこちらとおなじように屈んでいるのだろう。バビットとパークスが、左手を通り過ぎたが、それには目もくれず、すばやく車のまわりを移動してターゲットの背後にまわることに、すべての神経を集中した。

ジェントリーは、アウディのそばにいた男を、グロック19から五発放って斃したあと、ミニバンのほうをふりむくと、さきほど戸口に隠れた男が通りに出てきて、撃ってきた。鎖骨の上で抗弾ベストに一発が当たり、ジェントリーはうしろによろめいたが、凍った道路に倒れはしなかった。

ジェントリーは応射し、骨盤に当たって、男はきりきり舞いをした。拳銃を落として、ぶざまに四つん這いになった。氷の上に落ちた拳銃に手をのばしたところを、ジェントリーがまた撃ち、こんどは頭のてっぺんに命中した。

男は顔から石畳に倒れ、道路に血が流れ出した。

こんどは、逆の方角から動きが聞こえた。ジェントリーがさっとそちらを向くと、ウールのコートを着た男ふたりが、歩道を走って逃げてゆくのが見えた。ジェントリーは一発を放ち、うしろの男の背中に命中させた。男が前のめりになり、銀色の拳銃が氷の上を滑っていった。男は前の男にぶつかり、押し倒して、その上に倒れた。先頭の男に狙いをつけようとしたとき、ジェントリーはあらたな動きを察知した。右のすぐそば、黒いメルセデスの向こう側だ。その脅威のほうへ銃口を向けたとき、顎鬚(あごひげ)の大男が拳銃の狙いをつけているのが見えた。

ジェントリーはグロックの引き金を引き、初弾を発射した。それと同時に、腕が上に跳ねあがり、グロックがくるりとまわって、手から離れた。前腕を野球のバットで殴られたみたいだった。血が顔にかかり、体がまわるのがわかり、足を滑らせて、道路に倒れた。冷たい石畳に顔から倒れ込む前から、撃たれたのだとわかっていた。

首をふり、ふたたび戦おうとして、一瞬そこに横たわっていた。まわりの路面が自分の血で汚れているのがわかった。湯気が空中に立ち昇っている。それとともに、弾丸に引き裂かれたコートの穴から飛び出した灰色のダウンが、やさしい雪のように周囲を舞っていた。

ジェントリーの右腕は、手首と肘のあいだで骨が折れていた。ちくちくする痛み、激痛、疼痛(とうつう)、鈍痛を、同時に感じていた。痛みとショックを意識から追い出し、壊れたメルセデスから出てきた顎鬚の大男という脅威に立ち向かおうと必死になった。男の拳銃が石畳に落ちているのが、まず目にはいった。左手で拳銃を拾おうと跳び出しかけたが、顎鬚の男も倒れているのに気づいた。仰向(あおむ)けでのたうちまわり、太股(ふともも)をつかんでいる。大動脈からの血飛沫(ちしぶき)が、一五〇センチもの高さに噴きあがっていた。

ジェントリーは、なおもグロックに向けて這い進んだ。右腕はだらりと垂れ、使い物にならない。逃げてゆく男を、肩ごしに見た。バビットだった。三〇メートルほど離れている。タウンゼンドのディレクターは、通りの突き当たりの角に近づいていたが、あわてているせいで、氷に足をとられ、倒れて、必死で立とうとしていた。

ジェントリーはまだグロックを取っていなかった。バビットから目を離して、左手をのばし、懸命に拾いあげようとした。

だが、グロックのグリップに指をかけたとき、狭い通りであらたな銃声が沸き起こった。通りの先、聖ピエール教会の正面に、警官がふたりいて、こちらに向けて発砲し、拳銃の乾いた銃声が響いていた。

ジェントリーは、拳銃から手を離して、立ちあがった。燃えているギャラクシーとメルセデスをできるだけ遮蔽物に使いながら、警官とは逆の方角に通りを駆け出した。走りながら、腕の傷を押さえた。

銃声が熄み、警官たちがとまれと叫ぶのが聞こえたが、走りつづけた。バビットを見失った角をまわると、そこにはだれもいなかった。四方を見まわし、タウンゼンドの親玉を逃がした口惜しさのあまり、甲高い声で叫んだ。バンをとめておいたところへ走ってゆき、ひどくやりづらかったが、ステアリングコラムの右側のキイを左手でまわした。

数秒後には、走り出していた。南に向けて猛スピードで走らせるとき、道路の中心線の左右の固まった雪面で、バンが横滑りした。

背後の通りでは、七人が死ぬか、あるいは負傷していた。

リー・バビットは、小さな生垣を潜って、住宅の裏庭にあったおもちゃの家の蔭に隠れていた。そこで身を縮めて、雪の上に伏せていた。両手がひどくふるえ、助けを呼ぼうと携帯電話を出すのに苦労した。

56

ジェントリーは、ブリュッセル南部の午過ぎの車の往来を縫ってバンを走らせ、サイレンの音がうしろに遠ざかった。さきほど自分が生き抜いた銃撃戦は、ブリュッセルでは何年ぶりかに起きた劇的で衝撃的な事件だっただろうが、イスラエル首相の秘密のイクル訪問と、すぐに結びつけられることはないはずだった。銃撃戦の現場とイクルは、一五キロメートルほど離れている。

ウィトロックが予測しているとおりに、カルブはやってくる。それはジェントリーにとって、明るい報せではなかった。

ジェントリーはもう、カルブの生死などどうでもよかった。単純な復讐のために行動する。ウィトロックを追うのは、高名な指導者を脅かしているからではなく、ジェントリーが好意と敬意を抱いた女性の命を奪ったからだ。自分の信じることのために最善を尽くした女性を殺したからだ。

ラス・ウィトロックのいうとおりだった――ジェントリーは復讐を望んでいた。

バンで墓地に突っ込み、騒ぎを起こせば、首相警護班がカルブを急いで移動させるだろうから、暗殺を食いとめられるかもしれない。だが、イスラエル人に撃ち殺されるだけだし、そのあとでカルブが墓参りを再開しないともかぎらない。

それに、もう重要なのはカルブではない。ルースのためなのだ。

腕がずきずき痛み、血が手をだらだらと流れていた。リアシートのバックパックには、外傷用キットがはいっているが、いまはまだ手当てをする時間がない。

十二時四十分には、イクルに近づいていて、いかにもスナイパーが身を隠しそうな場所をすぐに見つけた。聖ジョブ教会の尖塔（せんとう）が、山の墓地よりも高くそびえ、墓地からの距離は数百メートルしかない。いかにもウィトロックが使いそうな場所だった。

しかし、あまりにもみえみえだった。イスラエル側は、まちがいなくあそこを見張っているだろうし、ウィトロックにもそれはすぐにわかるはずだ。

靄（もや）のかかる午後の景色の東、聖ジョブ教会の尖塔のずっと向こうの雪に覆（おお）われた山に、植林の斜面があった。そのあたりではもっとも高い場所だが、教会のさらに五、六〇〇メートル先で、墓地までの距離は、たっぷり九〇〇メートルないし一〇〇〇メートルある。

ウィトロックにそれだけの距離の狙撃ができるか？

ジェントリーが考えたのは、ほんの一瞬だった。

おれならできる。やつにもできる。

シント・ジョブセスティーンヴェークの薬局にバンをとめて、おりると、医療品を買いたくなるのをこらえた。時間がないし、こんな状態はだれにも見られたくない。警察に通報されるに決まっている。

森に向かっている上り坂の一車線の道路を見つけて、足早に登っていった。血の流れをとめて、歩くときに折れた骨が動かないように、左手で右腕をぎゅっとつかんだ。細い道路がやがて山道になり、あいかわらず上り坂で、左右も家がなくなって、森に変わっていった。新雪が木立にかぶさり、地面を覆(おお)いつくしていた。

植林の手入れをして出たありとあらゆる大きさの枝が、道端に積みあげてあるところに差しかかると、ジェントリーは立ちどまり、外傷用キットをバックパックから出した。すこし探して、直径一センチくらいのわりあいまっすぐな枝を見つけ、左手と歯で葉や若枝を落として、半分に折った。つぎに、もがきながら革のバイクスーツのジャケットを脱ぎ、命を救ってくれたケヴラーの抗弾ベストをはずした。その下には、長袖の保温下着(サーマル・アンダーシャツ)を着ている。下着の右袖は半分くらい血で染まっていたが、ズボンとブーツが黒くても、上半分が白いほうが、景色に溶け込みやすいはずだと思った。

雪の上でひざまずき、骨が折れた右腕を地面に横たえて、その左右に枝を置いた。はじめて傷の状態を見た。すさまじく痛かったが、銃弾の衝撃で折れた骨が一本だけだったとわかり、ほっとした。痛みをこらえて、外傷用キットの伸縮性包帯で腕と副木(そえぎ)二本を巻いた。血まみれの雪がかなりの量、いっしょに巻き込まれてしまった。

静かな森で叫び声を漏らしてしまうくらい、強く締めて、縛った。立つのもたいへんだった。凍てつく大気のなかでも、額から汗が垂れた。バックパックと抗弾ベストと血をそこの雪の上に残し、植林された山の奥へと登りはじめた。

武器はなく、片腕しか使えない。それに痛みのせいで、動きが鈍くなるとわかっている。

それでも、強行しなければならない。ほかに方法はない。

時間もない。

ラス・ウィトロックは、山の農家の裏庭にある小さな温室に隠れ、伏せていた。目の前にはスナイパー・ライフルがある。ケッレ通りの隠れ家での戦いと、隠れ場所まで森を歩いたせいで、一週間前に受けた腰の銃創が灼けるように痛んでいたが、気分はよかった。まちがいなくきょうの目的を達成できると、確信していた。

時計を見ると、ターゲットがまもなく到着するはずだとわかった。

数秒のあいだ望遠照準器を覗いてから、しばし緊張をほぐし、なにもかも順調だと思った。

あのエティンガーという女を殺したことで、ジェントリーがカルブ暗殺の犯人だとされる可能性が大きくなった。自分の契約社員がイスラエル首相を暗殺したことを、バビットがばらすわけがないからだ。ブリュッセルできょうタウンゼンドの戦闘員がジェントリーを始末すれば、こっちは一生モサドに追われる心配をせずにすむ。

CIAは、ジェントリーに対してやったのとおなじように、こちらに対しても、〝目撃しだい射殺〟指令を出すだろう。厄介だが、ジェントリーの衣鉢を継ぐのだから、まず避けられない。あらたな逃亡中の独行工作員、あらたなフリーランスの雇われ殺し屋になる。

あらたなグレイマンに。

その皮肉な成り行きに驚嘆した。おれがグレイマンになるのか。

その思いを意識から払いのけ、任務に注意を戻した。一一〇〇メートルの距離で風速二・

二メートルの南寄りの風が弾道にあたえる影響を計算し、リューポルド製スコープのウィンデージノブ（着弾点の左右調整を行なう）を数目盛りまわした。鏡内目盛り（レチクル）の中心をディーヴェーク墓地の入口ゲートに合わせ、それから狙いをその脇に立つイスラエルの警護官のほうに動かした。いま、警護官を撃ちたかった。あのイスラエル人に恨みはないが、この距離から殺すのは、さぞかし楽しいだろう。男をひとり撃ち殺しても、まったく罪に問われることはない。殺す理由がないことなど、関係ない。馬鹿なコート・ジェントリーが副次的被害と呼ぶものは、自然淘汰にすぎない。もっとも強いものが生き残る。地球上のどうでもいいような人間の群れは、間引かれる。

それでも、警護官の額を撃ち抜きたい気持ちを抑え込んだ。まもなく殺しの機会が訪れるし、それにはひとりの人間を殺すことで得られる誇りよりもずっと大きな褒賞（ほうしょう）がある。

二千五百万ドルが手にはいる。

ウィトロックはつぶやいた。目とライフルのスコープのあいだに白い息が出ることもないくらい、小さなつぶやきだった。

「来い、カルブ。いっしょに踊ろう」

ジェントリーの周囲の葉が落ちた樹木の梢（こずえ）を、カラスの小さな群れがかすめ飛んでいた。とがめているような鋭い鳴き声が大気を切り裂き、暗いまだらな陽が射している灰色の森を、いっそう不気味な雰囲気にしていた。

ジェントリーは、山道を歩いたり、そこからはずれたりして、いまは密生した森を抜けて登っていた。脅威に近づいているのはわかっていたが、発見したあとでどうするかは、わかっていなかった。ルースのことを考え、なにかを護るために戦う気持ちが自分にあるのなら、サイコパスの殺し屋を阻止するためにすべてをなげうった人間のために戦おう、と決心した。

自分は正気ではないのかもしれない。無情で、他人のことを意に介さず、冷酷だと、CIAに断定されていたとおりなのかもしれない。だが、いま感じているのはなんだろう？ 共感や同情ではないかもしれないが、たしかになにかの感情がある。

痛烈な怒りも感じていた。それが原動力になっている。だが、痛烈な怒りに支配されてはならない。

だめだ。気を静めろ。訓練と狡知を駆使しろ。

だが、右腕が使えない。手が腫れて、ほとんど使い物にならないし、枝を折ってこしらえた副木の下で、腕が細かくふるえ、ずきずきと痛んでいる。

開豁地に行き当たり、西の遠い山に墓地があるのが見えた。スナイパーがどこに陣取るかを見極めようとして、あたりを見まわし、開豁地の向こう側の森がもっとも適した場所だと気づいた。

ジェントリーは、木立に戻り、左のほうへ進んで、ついに新しい足跡を見つけ、それをたどって、こんもりとした牧草地の奥にある開豁地を渡った。そこは墓地の向こうの山頂よりも五〇メートルほど低く、スナイパーを監視しているものがいても、まちがいなく死角になっていた。そこからジェントリーは腰の高さの鉄条網を越え、また木立にはいった。

森でカラスがわめき、頭上の裸の梢でしじゅう飛びまわった。まるで木立を進むジェントリーの動きを追っているようだった。まもなくはじまるショーの観衆のように。

もうかなり近い。そのはずだ。あと三〇メートルも進めば、森の際がある。スナイパーが身を隠すにはうってつけの場所だ。向かいの山の斜面のターゲットがはっきりと見えるし、木立が遮蔽物（しゃへいぶつ）になる。

足跡をたどり、左側を南に向けてくねくねとのびている細い溝のそばを通った。左の急斜面の下には、凍結した池があった。

ジェントリーは、細い山道を進んでいき、池の真上で峠を越えた。地面は凍り、新雪が二〇センチ積もっていたので、足音はほとんどたてなかったが、ターゲットに近づくには道からそれなければならないとわかっていた。できるだけゆっくりと進み、一度だけ時計を見ると、もう時間がないと気づいたが、目的の場所が間近なので急ぎたくはなかった。

山道をそれて、数メートルもいかないうちに、雪に埋もれていた大きな倒木を、右足で踏みつけてしまった。頑丈そうだったので、それに載って、また右足でしっかりとした足場を見つけようとした。

凍った泥から突き出していた木の枝を足の裏で感じ、太いので体重を支えてくれるだろうと思った。それを踏んで、左脚を持ちあげた。

枝が折れ、静かな森にぎょっとするほど大きな音が響いた。

くそ。カラスの群れがその音に驚いて、とまっていた枝から飛び立った。

57

車列が墓地の入口に近づくのを、ウィトロックは見守っていた。一一〇〇メートルの距離でコールドボア射撃（銃身が冷えた状態で初弾を放つこと）を成功させるには、脈拍がゆっくりで安定していなければならないので、腰の痛みを意識から押しのけた。

遠い山の入口ゲートに、最初の付き添いの一団が現われたとき、木の枝が折れたとはっきりわかる音が、二〇メートルうしろから聞こえた。

ウィトロックの目が鋭く細められた。

それから閉じた。額を床尾に載せて、しばらくじっとしていた。

あっけなく計画が潰れたことを知った。ジェントリーが来た。タウンゼンドはジェントリーを殺すのに失敗した。

意識の片隅では、最初からこうなるのは避けられないとわかっていた。

二両の機関車が、おなじレールを、向き合って驀進（ばくしん）している。

だが、待て。ウィトロックは、床尾から額をあげた。ジェントリーを静かにすばやく片づければ、またこの銃のところへすぐに戻れる。計画を取り戻せる。格闘戦で脈拍が速くなっているときに、射程一一〇〇メートルの狙撃をやるのは、ふつうなら考えられないことだが、照準に捉えたものをすべて撃って、墓地に何発も撃ち込むというやりかたで、成功させられるかもしれない。

大雑把なやりかただが、仕事を終えて、金をもらうことはできる。

その前に肝心なことをやらなければならないと思い、ウィトロックは痛みに顔をしかめ、音もなく立ちあがった。

ジェントリーは、森の北西の端に行き着いた。左手の五〇メートルほど先に、二階建ての家があるのが見えた。その広い裏庭が、ジェントリーのすぐ先で終わっていて、木立の縁近くに小さな温室があった。ジェントリーは裏庭を見て、その温室が墓地を完璧な射線に捉えていることに気づいた。

あそこがデッドアイのスナイパー陣地にちがいない。

裏手から温室へ行くために、ジェントリーは大枝をまわって、凍結した池を見おろす峠道に出た。音をたてたり、雪の上で滑って斜面から落ちないように気をつけた。

温室まであと六メートルというところで、身をかがめ、オークの大木の左側を通るときに、十数メートルの高さがある池の上の急斜面が心配だったので、ちらりと左を見た。

オークの大木を過ぎた瞬間、近くで鞭がなるような音がした。反射神経が働き、とっさに左手をあげた。

紐が左手ごと顔と喉を圧迫して、右側の木立に体をひっぱられた。

首絞め具だと、ジェントリーは瞬時に悟った。それが首の右側に食い込み、左側では、手を首に押さえつけていた。副木をした右腕をふりまわし、うしろの男を殴ろうとしたが、不自由な腕では襲撃者を撃退することができなかった。

ウィトロックは、ジェントリーの体を自分の体に引き寄せ、ほとんど倒れかけていたが、オークのそばの茂った藪にさえぎられ、森の地面に落ちはしなかった。

ウィトロックは、首絞め具をひきつづけた。ジェントリーの手が絞め具にはいっているために、あせっていたが、瞬時もゆるめなかった。

ジェントリーは、両脚をばたつかせ、締めつけられている手を抜こうとした。その手のおかげで、絞め殺されずにすんでいたが、それなしでは戦うこともできないから、なんとかして引き抜かなければならないとわかっていた。うしろに頭突きをして、ウィトロックの顔にぶつけようとしたが、相手はそれを予期していて、届かないところに頭を離した。

パニックの波が高くなり、ジェントリーは腹の底から悲鳴を発した。細くて丈夫な紐から手を抜こうとして、上半身を必死で左右に揺すった。

骨の折れている右腕を顔の前に持ってきて、副木を巻いている伸縮性包帯の端をくわえた。獲物がなにかの手段で身を護るのを防ごうとして、ウィトロックがジェントリーの体を左右にふりはじめたとき、ジェントリーは歯で副木をはずした。折った枝がはずれ、ジェントリーは力のない右手で、そのうちの一本をなんとかつかんだ。

腕を動かせば、すさまじい激痛に襲われるとわかっていたが、ジェントリーは折れた右腕を頭の上までふりあげ、折った枝のぎざぎざに尖った先端を、ウィトロックの顔に叩きつけた。わずかな差で、枝は目に当たらなかったが、頬を激しく突いた。

顔を攻撃されるのを避けるために、ウィトロックが体をずらし、一瞬、首絞め具がゆるんだ。ジェントリーが左腕を抜くには、それでじゅうぶんだった。

首絞め具から抜いた手で、右手から枝を取った。首絞め具がふたたび喉を絞め、気道が完全にふさがれた。目が飛び出しそうになり、顔が真っ赤になった。

ジェントリーは、左手に握った枝を、ウィトロックの左腰にのばし、ジャケットとベルトの下を探って、銃創を覆う包帯を見つけて引きはがした。ウィトロックが痛みのあまり悲鳴をあげると、ジェントリーは化膿(かのう)している傷口に枝を突っ込んで、ぐるぐるまわし、やわらかい筋肉の下に突きたてた。

ウィトロックが首絞め具から手を離し、脇を押さえて、のたうちながら離れると同時に、ジェントリーに殴りかかった。

ジェントリーは、反対側に転がり、喉をつかんで、胸いっぱいに冷たい空気を吸い込みながら、藪に倒れ込んだ。

死闘のさなか、ふたりは一瞬、それぞれの傷のようすを見た。だが、ウィトロックは数秒で膝をつき、ジェントリーを見おろすように立ちあがった。腰のうしろに手をまわし、グロック19を抜いた。

ジェントリーは、雪に覆われた藪から跳び出し、左肩を下げて、ウィトロックの腹に勢いよく体当たりした。グロックが宙を飛び、ふたりとも急斜面に落ちた。転げ、木にぶつかり、どんどん速度が増した。

ジェントリーは、滑り落ちるのをとめられなかったが、落ちながらも、折れた腕を押さえていた。ウィトロックは、派手に転がって、負傷した腰を斜面の硬い地面や曲がらない枝にぶつけていた。

ふたりとも滑落をどうにもできず、低木や雪や石ころもろとも雪崩をこしらえていた。ウィトロックが手をのばして、斜面に生えている枯れた低木をつかんだが、凍った地面から抜けた木といっしょに落ちるはめになった。

ジェントリーとウィトロックの体が、宙でぐるりとまわり、ほとんど同時に、凍結した池の氷に激突した。斜面から落ちて勢いがついていたふたりの体が、摩擦のすくない氷の上を、三メートル、五メートル、六メートルと滑り、池の向こう端まで滑っていった。そこでようやくとまった。ジェントリーはうつぶせで、ウィトロックがすぐそばにいた。だが、ウィトロックが身を起こして、ジェントリーを探そうとしたとき、大きなめりめりという音がした。ふたりの男の体がぶつかったために、池の氷が割れ、傷ついたふたりのアメリカ人は、水のなかに姿を消した。

イスラエル首相は、毎年やっているようにピエト・デ・シェッペルの墓前にしばらくひざまずいて、祈りを捧げた。立ちあがり、コートの裾の雪を払い落とすと、墓所のかたわらにあるネオゴシック様式の石柱に片手を置いた。

「また来年、友よ」

向きを変え、墓地の出口に通じる小径を歩いていった。歩きながら、近接警護班の主任警護官に向かっていった。「こんな大雪は好きじゃないが、ここの静けさはとても気に入っている」

「そうですね」警護官が答えた。「まったく平和そのものですね」

コート・ジェントリーは、凍りついた池の底で、上になっている男の目を抉ろうとしていた。氷の下でふたりは戦っていた。体がぐるぐるまわり、泥やゴミでどろどろの水を蹴った。ふたりとも相手が武器を持っているかどうかを知らなかったので、相手の手を押さえようとして必死で争っていた。ジェントリーは右腕がほとんど使えないので、不利だった。

水は汚く濁っていたし、凍結した水面の氷が厚いため、池の底はほとんど視界がきかなかった。ふたりの男は、つかみ合い、相手の体に腕や脚を巻きつけ、手や脚の動きを封じられたときには、肘や額を武器にした。

寒さがたえずふたりの脳を電撃のように貫いて、中枢神経に襲いかかり、意識を鈍らせた。

ジェントリーは、一瞬ウィトロックをふり払い、泥の底を蹴って、氷の裏で空気を吸おうとした。池のそのあたりは二メートルほどの深さで、浮上するのは簡単だったが、空気はなく、水面を覆う厚い氷に頭をぶつけただけだった。

ウィトロックが、ジェントリーの腰をつかみ、深みに引き戻した。

深部体温を維持するために血流が末端に行かないようになり、たちまち手足の感覚が麻痺した。感覚がなく、動かせないために、微細運動技能があっというまにおとろえ、総合的運動スキルも鈍りはじめた。

だが、ウィトロックもおなじ苦境に陥っていた。さっきまではジェントリーの喉を両手で絞めようとしていたが、いまはヘッドロックで、自分が溺れる前に相手を溺死させようとしていた。

ふたりの刺客は、水に潜ったまま命懸けで戦い、貴重な酸素をもう一分も費やしていた。ふたりとも肺が灼けるように痛く、こらえられなくなって、空気を吸うために戦いを中断した。氷の割れ目を見つけて、重い氷の塊を頭と腕で押しのけ、咳き込みながら息を吸って、肺を空気で満たした。

凍てつく空気を吸ったとき、ジェントリーは左手でウィトロックを殴り、顎にみごとに命中させた。感覚がほとんど麻痺していたおかげで、ウィトロックはほとんど痛みを感じなかったが、首がかくんとまわった。

ジェントリーは、ウィトロックの背中に乗り、水中に押し戻した。だが、顔が水にはいる前に、ウィトロックは凍結した池の中心でグロックが氷の上に転がっているのを見た。

ウィトロックは手をのばして、ジェントリーをいっしょに水のなかにひきずり込んだ。そのときにジェントリーが苦しげに叫ぶのが聞こえたので、負傷した腕をねじって、とてつもない苦痛を味わわせた。ウィトロックは、ジェントリーの上に浮きあがって、右腕やそのほかの体全体を蹴り、踏みつけるようにして水に沈めた。ブーツでジェントリーの頭を踏んで、いっそう優位に立つと、両手を使い、凍れる水から跳び出した。

ウィトロックは、四方に水を撒き散らしながら、氷の上に這いあがり、穴のそばで横向きに倒れた。寒さで体が痙攣していたが、さきほど見えた拳銃を探して、首を激しく左右にふった。

あそこだ――八メートルほど離れた、池の中心近くにある。

体重を均等に分散させるために腹這いになり、できるだけ急いで、そちらのほうへ進んでいった。ぎざぎざの穴のほうをふりかえると、ジェントリーがまだ浮上していないことがわかった。もうだいぶ長いあいだ沈んだままだ。そのままでいろ、とウィトロックは心のなかでつぶやいた。

だが、ジェントリーは戦いをあきらめない戦士だ。だから、ウィトロックは滑りやすい氷の上を、拳銃のほうへ這っていった。

グロックで撃ったら、カルブを狙撃するわずかな見込みも失われるだろうが、いまは生き延びることしか頭になかった。

体の下の氷が薄くなりはじめ、また水に落ちたくないので、もっとゆっくり進むようにした。たとえジェントリーを撃つ必要がなくなったとしても、深部体温が下がりすぎているから、長距離射撃のためにライフルを安定させるのは無理だと気づいた。カルブ暗殺を台無しにされ、ウィトロックは怒りの叫びをあげた。

もう一度うしろを見て、ジェントリーがまだ水中にいることをたしかめた。氷の割れた部分が見つからず、必死で手探りしながら溺れているのか、それとも池の底の藻やゴミや泥にひっかかっているのだろう。

どちらにしても、ジェントリーはもう死んだも同然だ。

ウィトロックは、グロックまで三メートルに近づいていた。池の中心は氷がもっとも薄いが、ゆっくりと注意深く這い進み、体重を均等に広く配分していたので、まだひびははいっていなかった。

冷たい水と凍てつく大気が痛みを鈍らせてはいたが、まだ腰が痛かった。激しい疲労に苦しめられていただけではなく、明らかな低体温症の症状が出ていた。片手をのばして、体を進めようとしたとき、指が青黒くなり、小刻みにふるえているのが目にはいった。

もう一度うしろを見た。自分がこしらえた跡が、氷の穴からずっとのびていた。ずぶ濡れの服と血まみれの顔と腰が、血と水の跡を残していた。

岸に近いその穴の上に、割れた氷の大きな塊が載っていたし、穴はまた凍結して、グレイマンを水中に封じ込めそうに見えた。

もう拳銃はいらないだろうと、ウィトロックは思いはじめていたが、暖をとるために山の上の家に押し込むときに、役に立つはずだった。

そのとき、氷の上を這い進んでいたウィトロックの顔の真下で、水のなかから手が現われ、氷に押しつけられた。

ジェントリーが、氷を割ろうとしている。

「ちくしょう、コート！　死ね！」

手が離れていき、濁った水の暗がりに見えなくなった。

ウィトロックはなおも進みつづけ、指先が拳銃まであと一・五メートルというところで、ゆっくりと膝をつき、手をのばした。

頭上の木立で、カラスの群れが怒りのコーラスを響かせた。

ウィトロックは、不意に動きをとめた。前方で氷が砕け、水中で爆弾が破裂したかのように、高く噴きあがった。

黒い拳銃のそばにできたその穴から、水飛沫があがり、ジェントリーが姿を現わした。顔があたりの景色とおなじくらい灰色に変わっていたが、怒りのあまり見ひらいた両眼に、決意がみなぎっていた。流れるようなひとつの動きで、ジェントリーは叩きつけるように拳銃を握り、ウィトロックに向けた。

「よせ！」

三メートルと離れていないところから、グレイマンはデッドアイの胸のどまんなかを撃ち、仰向けに吹っ飛ばした。脚が体の下で曲がり、両腕を大きくふりまわしながら、デッドアイが倒れて、氷で頭をぶつけ、割れた氷が四方に飛び散った。

銃声が響くと、高い裸の梢にとまっていたカラスの群れが、わらわらと飛び立ち、灰色の午後の空を、東へ漂っていった。

ジェントリーは、池の中心のぎざぎざの穴から這いあがるとき、痛みと力をこめたせいで、うめき、悲鳴をあげた。左腕で引っぱり、片脚をばたつかせて氷の上に出すと、それで体を引きあげられる足がかりができた。拳銃を見おろすと、一発撃ったあとで作動不良を起こしたとわかった。グリップを握る力が弱かったせいだろう。ジェントリーはうつぶせのまま、力のない脚と左腕で、感覚のない体を押したり引いたりして這い進み、氷の穴から遠ざかった。

ウィトロックのそばまで進むと、動きをとめ、顔を氷にくっつけた。冷たさで血管が収縮したが、腕の銃創や、顔と首のあらたな傷からは血がしたたっていた。その血が、まわりのひび割れた氷の面にひろがり、割れ目で赤い線をこしらえて、じわじわと流れ、まるで生命が体から逃げていくように見えた。

胸が上下して、湿気の多い温かな息が凍てつく大気に吐き出され、凍って、視界をぼやけさせた。それを透かしてデッドアイを見ると、胸の銃創から流れ出している濃い血が、白い氷とあざやかな対照をなしていた。池の凍った表面で、デッドアイの血はジェントリーの血とおなじ割れ目に沿って進んでいた。

ウィトロックは、低くぜえぜえと喉を鳴らし、目が裏返って、まぶたが半分閉じていた。口をかすかにあけ、まっすぐ上を向いたまま、そういう姿で凍りついていた。

ジェントリーは、痛みと力をこめたためにうめきながら、仰向けになった。ふるえる腕をふってグロックを空に投げ、池のまんなかの穴に水飛沫をあげて落ちるのを見た。

暖をとらないと、まもなく寒冷曝露のために死ぬと、ジェントリーにはわかっていた。水浸しのブーツで氷を押し、池の縁まで仰向けで体を進めた。歯がガチガチ鳴り、苦しい重い息を吐くたびに、それが凍って、前がよく見えなかった。

葉の落ちた灌木の枝をつかんで起きあがり、両脚がいうことをきかないので、木の幹や灌木をつかんで体を引きあげながら、ぶざまな格好で斜面をのろのろと登った。

右腕を脇にだらりと垂らし、白い保温下着は凍り、鼻先や耳たぶにはつららができていた。一歩、また一歩と、脚を蹴り出すように歩いて、森を抜け、農家を目指した。歯が激しく鳴り、膝がぐらぐらしていた。

数分歩いた。そのあいだずっと、凍った下着を脱ごうとしたが、動かせるのは片腕だけで、その左手も腫れあがって痙攣し、鉤爪のようにしか使えなかった。

ジェントリーは、あきらめずにつづけたが、どうやっても保温下着から片腕を抜くことすらできなかった。

農家の裏庭でコンクリートブロックに載せてある古い車のそばを通り、石畳の道を進んで、裏口へ行った。二度倒れそうになったが、必死でバランスを保った。

ジェントリーの体はどこもかしこもボロボロだったが、頭脳にはまだ状況を認識する力が残っていた。さえぎるものがなにもないこの場所で雪の上に倒れたら、体を引き起こす手がかりもないから、確実に死ぬ。

だが、倒れなかった。裏口の階段までたどり着き、手摺につかまって昇った。

手摺を握ったせいで、手が激しく痙攣したが、ドアノブをまわそうとした。だが、ちゃんと握れなかった。

ドアにもたれ、感覚のない腕でノブを押し下げようとしたが、鍵がかかっていた。

ドアの前の階段にずるずると倒れ込んだ。

「助けて」その言葉はかすれ、小さく、ほとんど聞こえなかった。頭でドアを叩いたが、なにも感覚がなかった。

「助けて」絶望的な状況にあきらめをつけたかのように、声が小さくなっていた。またドアを頭で強く叩いた。

ドアがあき、ジェントリーは背中からなかにひっくりかえった。顔を起こすと、視界がさかさまになっていた。

年老いた男が見おろしていた。そのそばに、五、六歳の男の子がいた。

ジェントリーはいった。「助けて」

老人と男の子は、啞然(あぜん)としていた。すこし恐怖もあるようだった。

ジェントリーの意識がさまよいはじめた。眠りに落ちた。

意識を失う前に感じたのは、一生のうちでもっとも暖かくて厚い毛布をかけられていることだった。

エピローグ

ラス・ウィトロックをブリュッセル近郊のイクルの凍結した池で撃ち殺してから十二時間後、コート・ジェントリーは三度目のヒッチハイクでアムステルダムに着いた。

ブリュッセルから数キロメートル離れた店で買ったブルージーンズと黒い保温衣料(サーマルウエア)を着ていた。薬局にも行き、ガーゼと伸縮性包帯で腕の傷を包帯して安定させてから、集合住宅の裏のゴミ容器から拾った折れたカーテンレールを副木(そえぎ)にした。

すべてを考え合わせると、かなり上手に傷の手当てをしたといえるが、痛みはすさまじいし、医師に早く処置してもらう必要があることもわかっていた。

だが、今夜は無理だ。やることがある。午前一時になっていたが、アムステルダムで泊まるところが見つかるまで、きちんとSDR（監視探知ルート）をとって、歩きまわらなければならない。

眠らずにいるのは、難しくはない。腕に銃創を負ったことはあるから、数カ月とはいわないまでも、数週間はよく眠れないはずだとわかっていた。

街の中心部の数キロメートル手前で車からおろしてもらったとき、バックパックのなかで携帯電話が鳴った。

ジェントリーはびっくりした。番号を知っている人間は、ふたりしかいないし、どちらもまちがいなく死んでいる。だが、電話に出た。モバイルクリプトの能力を、ここ数日のあいだに確信していたからだ。

携帯電話を出して、オフィスビルの壁のくぼみに腰をおろした。黄色いハロゲン電球だけが明かりだった。

「ああ」

びっくりするくらい物やわらかな男の声が聞こえてきた。かなりなまりがあるが、衛星接続でも聞き取れた。「この番号は、ルース・エティンガーのスマートフォンに保存されていた。タイムスタンプからして、いま話している相手はコート・ジェントリーにちがいない」

「悪いな。番号ちがい――」

「待ってくれ！　ルースのために、ちょっとだけ聞いてくれ」

ジェントリーはためらった。「なんの用だ？」

「われわれは、ルースの話を信じなかった。きみのことも。きみの否認よりも信用できると思えるような情報があったからだ。われわれがまちがっていた。わたしがまちがっていた。彼女……ルースは……正しかった」

ジェントリーは、顎に力をこめた。「いまさら取り返しはつかない。そうだろう？」

「そう。取り返しはつかない」

男はイスラエル人だった。なまりで、ジェントリーにはすぐにわかった。それに、起きたことにひどく心を痛めているようだった。

「あんたはだれだ？」

弱々しい咳のあとで、男はいった。「昨夜、会っている。ハンブルクで」

「階段で」

「ああ」

「命は取りとめそうか？」

「きみのおかげで」また咳をした。「それから……ジェントリーさん、ブリュッセルから報告が来た。墓地の近くで、きみが刺客を殺してくれたようだね。カルブ首相を狙撃しようとした男を」

ジェントリーは、それには答えなかった。

「わたしの組織は感謝している。感謝を示したいと思っている」

ジェントリーは溜息をつき、オフィスビルの窓にもたれて、ハロゲンの明かりの下に凍った白い息を吐き出した。「どこの組織でもやることをやればいい。ルースの名前を彫った賞牌を注文して、壁に取り付ければいい」

「もちろんそうする。しかし、きみのためになにかをやりたい」

ジェントリーは、一瞬考えた。「おれの名前を彫った賞牌を注文して、あんたのケツに取り付けてくれ。それじゃ」

「待て！」

「なんだ？」

「それよりもましなことができる。ずっとましなことが」

「なにがいいたい？」

しばし間があり、弱々しい声で相手がいった。「きみがいまどこにいるにせよ、どこか行きたいところがあるだろう。それに手を貸す」

「どうやって？」

かすれた咳で、返事が遅れた。ようやくこういった。「われわれはモサドだ。それぐらいのことは簡単にできる」


ワシントンDCでは、初春だった。朝のナショナル・モールをジョギングするひとびとや連邦議会議事堂に、まばゆい陽光が降り注いでいた。

スミソニアン蝶園の遊歩道にあるベンチに、黒いレインコートを着た肥った中年の男が独りで座っていた。通りすがりに注意して見たら、男に落ち着きがなく、動揺しているのがわかったはずだ。

男は携帯電話で時間を確認した。三分間でこれが二度目になる。一分たつと、太股（ふともも）を揉（も）んだ。

とうとう、携帯電話のボタンをいくつか押して、耳に当てた。

呼び出し音がいくつか鳴ったあとで、リーランド・バビットは遊歩道の前後に目を配ってから、小声ですばやくいった。「八時十五分過ぎだ、デニー。三十分前にここで会うはずだったじゃないか」

デニー・カーマイケルが答えた。「行くという約束はしていない。考えるといっただけだ」

「いいかげんにしてくれ、デニー。じかに会う必要があるんだ」

「いや、そうじゃない。きみとわたしが近々じかに会うことはない。もちろん、きみにラングレーに来てほしくはないし、わたしもタウンゼンドに行くのはまっぴらごめんだ。この二週間、きみたちは派手にやってくれたからな」

バビットも必死で、声を荒らげたり、ひそめたりしていた。「わかっている。だから、こういう場所で会おうといったんじゃないか。どちらとも関係のない場所で。あんたとわたしだけで。これを穏便に片づけて、つぎのことへ進めるように」

カーマイケルがいった。「リー、ほとぼりが冷めるまで、時間をかけようじゃないか」

バビットは歯ぎしりした。それにつれて、肉付きのいい下顎が揺れた。「この件でわたしが風になぶられるのをほうっておくつもりか？」

「そうするのが当然だろうが！　きみの手先は、モサド工作員を殺したんだぞ。影響がないとでも思っているのか？」

「わたしの手先ではない、デニー！　あんたの手先だった！　あんたたちが創りあげた人間だ！　あんたたちがあの男をあんなふうにした！　ああいう若者を恐ろしい人間に変えたのは、あんたたちだろうが！　デッドアイが原因でイスラエルと揉めているうえに、グレイマンはまだどこかにいる。ブリュッセルのことで、タウンゼンドに責任をかぶせるのは勝手だが、作戦の悪役がふたりとも離叛したＣＩＡ資産だったという事実は消えない。それはタウンゼンドの落ち度ではない」

カーマイケルがしわがれた低い声で、早口にいった。「そちらが口を閉じて、何カ月か風になぶられていれば、そのうちわれわれから仕事をもらえる見込みがないわけではない。だが、ブリュッセルの事件について、わたしが宣誓していっさいを否認するつもりでいる出来事について、どんなことだろうとひとことでも口にしたら、二度と仕事はもらえなくなるだろうな。公式の仕事も、秘密扱いの仕事も」

「会社は、あんたたちの処置で秘密区分のデータへのアクセスを禁じられた。どうやってビジネスをつづければいいんだ？」

「タウンゼンドは民間セクターで儲かる警備の仕事を請け負えるだろうよ」

「われわれはアメリカの愛国者だ！　ショッピング・モールの警備員ではない！」

カーマイケルは、答えなかった。

しばらくして、気を静めたバビットがいった。「この街の大立て者は、あんたひとりじゃない」

「脅しのつもりか？」

「ああ、そうだ」

カーマイケルがうなった。「くそでもくらえ、バビット」

「いや、デニー、くそをくらうのは、あんたのほうだ。じつはこれからそれをやるところなんだ」

バビットは電話を切り、ベンチから立ちあがって、木立に携帯電話を投げ捨てようとして、腕をふりあげた。だが、思いとどまり、ポケットに入れて、ナショナル・モールに向けて遊歩道を歩き出した。

ジョギングをしているひとびとや通勤者をよけて、腹立たしげに歩くあいだ、一度もうしろを見なかった。だが、ふりかえっても、あとを跟けていた男には気づかなかっただろう。バビットを尾行していた男は、周囲の環境に溶け込む能力の持ち主だった。

バビットは、議事堂への階段を昇り、一分後には東の柱廊の下の暗がりに姿を消した。そこから議事堂にはいっていった。

かなり距離を置いて、まだ満開になっていない桜の木の蔭にいた尾行者が、右に向きを変え、モールを横切って南に向かった。

その男は、歩きながら、ジャケットの左ポケットのなかで握っていた小さなルガー・セミ・オートマティック・ピストルから手を離した。その手で、野球帽を目深に引きおろした。右手は、歩くときに揺れないように、ズボンのポケットに入れたままだった。

その男——コート・ジェントリーは、モールの二ブロック南にあたるランファン広場の地下駐車場にとめてある車のほうへひきかえした。きょうは無駄足だった。ターゲットから答を引き出すためにきたのだが、肝心なターゲットが現われなかった。それでも、長い回復期のあと、作戦が可能な状態に戻れたのは、気分がよかった。

ホットドッグの屋台に寄り、ミネラルウォーターを買って、そこで立ったまますこし飲んで、議事堂に最後の一瞥をくれた。さまざまな感情が胸のうちから湧きあがっていたが、じっと佇（たたず）んで眺めるのはまずい。偽装しているのだし、その偽装はもの珍しさに目を丸くする外国人観光客ではない。

これまでの数多くの作戦とはちがい、今回はめずらしくほんとうの身許とおなじ偽装だった。彼はアメリカ人だった。しばらく外国にいたが、アメリカ人であることに変わりはない。

そしていま、母国に帰ってきた。

訳者あとがき

グレイマン・シリーズ第四作『暗殺者の復讐』をお届けする。今回の舞台は冬のサンクトペテルブルクとヨーロッパ北部——陸、海、空のすべてで、グレイマンことコート・ジェントリーが攻撃し、防戦し、逃走し、身を隠そうとする。

だが、目立たない男（グレイマン）の異名をとるジェントリーの人混みにまぎれ込む能力は、現代のハイテク監視・捜索・追跡システムによって大きく損なわれていた。ジェントリーを付け狙う組織は、防犯カメラのデータにハッキングすることができ、ほとんど音をたてず肉眼では見えにくい超小型無人機などのハイテク装備を備えていた。さらに、顔のほんの一部が露出しているだけでも識別できるソフトウェアや、歩容（ほよう）によって見分けるソフトウェアを駆使して、ジェントリーがどこにいようと、短時間で発見することができた。

さらに、発見しだい、暗殺チームを送り込むこともできた。この組織はＣＩＡと深く結びついている民間企業で、ジェントリーを殺せば巨額の報酬が得られることになっていた。こうして、金に糸目をつけない人狩り（マンハント）が開始された。

とはいえ、防犯カメラも無人機も、監視できる範囲には限度がある。天候にも左右される。

ジェントリーはさまざまな手立てを使い、追っ手を撒くことができた。だが、ある人物にだけは動きを読まれ、先まわりされていた。その人物——デッドアイことラッセル（ラス）・ウィトロックは、ジェントリーとおなじように、独立資産開発プログラム（AADP）と呼ばれるCIAの秘密プロジェクトに参加したことがあり、ジェントリーとおなじように考え、行動することが身についていた。

ところが、ジェントリーの居所をつかんだデッドアイは、暗殺チームをそこへ誘導しつつ、不可解な行動をとる。ジェントリーを支援し、みずから暗殺チームを殲滅しようとしたのだ。その後、これまでずっと単独行動してきたジェントリーは、まるで自分の分身のようなデッドアイと、一定の連絡を維持するようになった。デッドアイのほんとうの意図を知らないままに——。

さらに、べつの組織もジェントリーを狙っていた。イスラエルの情報機関モサドだ。小規模だが世界最強ともいわれ、メツァダ（要塞の意味）と呼ばれる特殊作戦課——暗殺部隊——を擁している。モサドは、ある理由からジェントリーを脅威と見なして、凄腕の目標・決定官のチームを派遣した。このチームは、攻撃対象を探し出し、追跡し、監視して、メツァダを呼ぶ役割を果たす。ジェントリーにとっては、ハイテク機器よりも欺瞞しづらい相手だった。

EUになってから、シェンゲン協定加盟国の圏内で国境を越えるのは容易になったが、ヨーロッパ大陸は狭い。ジェントリーが利用できる交通網は充実しているが、敵は自家用機やヘリコプターであっというまに追いついてくる。しかも、人混みにまぎれやすい大都市には、いたるところに防犯カメラがある。敵の目を逃れるのは容易ではない。

今回、グレイマンことコート・ジェントリーの戦いは、復讐にはじまり、復讐に終わる。そして、最後の場面では、仇敵への反撃の兆しが見られる。第五作がどういう展開になるのか、期待はいやがうえにも高まる。このシリーズの作者マーク・グリーニーはこれまでずっと、前作をしのぐ新作を送り出しつづけてきた。本書もまた、自信をもってそういい切れる作品だ。

二〇一四年四月

冒険小説

死にゆく者への祈り
ジャック・ヒギンズ／井坂　清訳

殺人の現場を神父に目撃された元IRA将校のファロンは、新たな闘いを始めることに。

鷲は舞い降りた〔完全版〕
ジャック・ヒギンズ／菊池　光訳

チャーチルを誘拐せよ。シュタイナ中佐率いるドイツ軍精鋭は英国の片田舎に降り立った

鷲は飛び立った
ジャック・ヒギンズ／菊池　光訳

IRAのデヴリンらは捕虜となったドイツ落下傘部隊の勇士シュタイナの救出に向かう。

女王陛下のユリシーズ号
アリステア・マクリーン／村上博基訳

荒れ狂う厳寒の北極海。英国巡洋艦ユリシーズ号は輸送船団を護衛して死闘を繰り広げる

ナヴァロンの要塞
アリステア・マクリーン／平井イサク訳

エーゲ海にそびえ立つ難攻不落のドイツの要塞。連合軍の精鋭がその巨砲の破壊に向かう

訳者略歴　1951年生，早稲田大学商学部卒，英米文学翻訳家　訳書『暗殺者グレイマン』グリーニー，『ブラックホーク・ダウン』ボウデン，『ねじれた文字、ねじれた路』フランクリン（以上早川書房刊）他多数

HM=Hayakawa Mystery
SF=Science Fiction
JA=Japanese Author
NV=Novel
NF=Nonfiction
FT=Fantasy

暗殺者の復讐

〈NV1307〉

二〇一四年五月二十五日　発行
二〇二〇年十一月二十五日　四刷
（定価はカバーに表示してあります）

著者　マーク・グリーニー
訳者　伏見威蕃
発行者　早川浩
発行所　株式会社早川書房

郵便番号　一〇一‐〇〇四六
東京都千代田区神田多町二ノ二
電話　〇三‐三二五二‐三一一一
振替　〇〇一六〇‐三‐四七七九九
https://www.hayakawa-online.co.jp

乱丁・落丁本は小社制作部宛お送り下さい。送料小社負担にてお取りかえいたします。

印刷・株式会社亨有堂印刷所　製本・株式会社明光社
Printed and bound in Japan
ISBN978-4-15-041307-1 C0197

本書は活字が大きく読みやすい〈トールサイズ〉です。